KB259768

Περὶ ποιητικῆς

La Poétique

by Aristote

Texte, traduction, notes de Roselyne Dupont-Roc et Jean Lallot

Préface de Tzvetan Todorov

Copyright © Éditions du Seuil, 1980

All rights reserved.

Korean Translation Copyright © Greenbee Publishing Co., 2022

This Korean Edition is published by arrangement with Éditions du Seuil, France
through Milkwood Agency, Korea

Περὶ ποιητικῆς

그린비 고전의숲 01

서문 및 주해
로즐린 뒤퐁록, 장 랄로

머리말
츠베탕 토도로프

김한식 옮김

시학

뒤퐁록과 랄로가 주해한 현대적 시학

아리스토텔레스

그린비

머리말

시학(詩學)의 역사는 그 큰 줄기로 보자면 아리스토텔레스의 『시학』의 역사와 일치한다고 말해도 과언이 아닐 것이다. 그런데 유럽에서 문학 이론의 초석이 되는 이 저작을 꼭 읽어 보아야 한다고 마음먹으면서도 원래의 언어로 읽을 수는 없는 이들은 모두(나도 그 가운데 한 사람이다) 번역본들 중 하나를 읽으면서 아쉬움을 느끼게 된다. 더구나 번역본들이 흔히 갖게 되는 장애 외에도 또 다른 큰 장애가 덧붙여진다. 그것은 아리스토텔레스의 텍스트가, 모호하다고는 할 수 없을지라도, 지극히 생략적이라는 것이다. 따라서 번역은 말 그대로 하나의 해석이 될 수밖에 없다. 다시 말해서 서로 매우 다를 뿐만 아니라 때로는 상반되는 여러 독서 행로들 가운데 하나를 선택해야 한다는 것이다. 각 낱말들의 의미, 문장의 통사구조에서부터 전체 구성에 이르기까지, 모든 것을 텍스트 속에서 구성해야만 한다. 결국 아리스토텔레스에 대한 이러저러한 해석을 읽을 수는 있지만(실제로 프랑스어 번역본 가운데 우리가 사용할 수 있었던 것은 하나뿐이었으며, 그 번역본 또한 비판의 여지가 있다), 아리스토텔레스의 작품 자체를 읽을 수는 없었다. 문학 이론의 역사가 출발하는 지점과 전개 방향이 가려져 있었던 것이다.

로즐린 뒤퐁록과 장 랄로는, 그리스어를 모르는 독자들이 『시학』의 그리스어 판본을 접할 수 있게 했다는 점에서 거의 불가능한 일을 해냈다. 어떻게 그것이 가능했는가? 우선 가능한 한 원본에 가장 충실한 번역을 지향했다는 점을 꼽을 수 있다(물론 이들이 처음 시도한 일은 아닐 것이다). 이어서 일련의 기술적인 방식들을 적절하게 택했다는 점을 꼽을 수 있다. 즉, 텍스트와는 별도로 그리스어 낱말들이 나올 때마다 모두 표기한다든지, 프랑스어 표제어로 그리스어 낱말을 찾는 색인을 구성한 것이 그 예이다. 끝으로 무엇보다 중요한 것은 이 책 대부분을 차지하고 있는 주해(註解)이다. 단순한 문헌학적 주석은 아니고 그렇다고 해석이라고도 할 수 없는, 상당히 규정하기 어려운 이 주해를 어떤 장르로 분류해야 할지는 해석 이론가들이 밝혀야 할 몫이다. 그럼에도 불구하고 그 특성을 한마디로 규정하자면, 그것은 텍스트 내적인 주해라고 말할 수 있을 것이다. 여기서 말하는 텍스트는 『시학』 자체뿐 아니라 경우에 따라서는 아리스토텔레스의 나머지 저작일 수도 있고 나아가서는 비슷한 시기에 쓰인 글일 수도 있다. 주어진 관념이나 개념은 매번 그 동의어와 반의어, 파생형과 변이형들과의 관계 속에서 고찰된다. 언제나 가장 밑에서부터 출발하는 주해인 것이다. 즉 한 낱말이 어떤 문맥에서 갖는 뜻과 그 낱말이 다른 문맥에서 나타날 때 갖는 뜻을 대조하고, 특이한 통사구조가 나올 경우 다른 편집자들은 왜 이런 통사구조 대신에 저런 통사구조를 택했는지를 설명한다. 최종적으로는 독자로 하여금 스스로 판단을 내릴 수 있게 하고 경우에 따라서는 나름대로의 해석을 제시할 수 있게 하는 모든 요소를 제공한다. 물론 시작과 끝을 바꾸어 진행할 수도 있을 것이다. 그러니까 낱말과 통사구문을 연구함으로써 개념을 파악하는 것이다. 이런 역방향의 연구는 『시학』 텍스트를 이해하기 위해서는 시학뿐아니라 그리스어도 연구해야 한다는 생각을 깔고 있는 셈이다.

　　이 책의 주해를 읽으면서 우리는 텍스트 내적인 구성을 설명하는 것이 반드시 "밝히는 것"을 의미하지는 않음을 알 수 있다. 전체적으로 볼 때는 이전의 이런저런 번역본들에서 아리스토텔레스의 텍스트가 훨씬 더 명료하게 나타날지도 모른다. 이 책의 주해가 갖는 효과는, 텍스트를 애매하게 만드는 것은 물론 아니며, 텍스트 자체에 문제를 제기하는 것이다. 지극히 단순해 보이는 주장들도 텍스트의 나머지 부분과 같이 읽게 되는 순간 그 명료성을 잃어버리고, 덜 진부해지고, 보다 풍요로워진다. 이 주해는 그러니까 손쉬운 명확성보다는 진리를 추구하는 독자들을, 아니 그저 간단하게 모든 독자들을 향하고 있다고 할 수 있다.

츠베탕 토도로프

차례

일러두기

1. 이 책은 Aristoteles, *La Poétique*(Texte, traduction, notes par Roselyne Dupont-Roc et Jean Lallot, Éditions du Seuil, 1980)를 완역한 것이다.

2. 외국어 인명, 지명 등 고유명사는 2002년에 국립국어원에서 펴낸 외래어 표기법을 따랐으며, 그리스어 인명 및 지명의 경우에는 현지 발음에 가깝도록 하였다.

3. 프랑스어 원문에서 이탤릭체로 강조한 부분과 그리스어나 라틴어를 프랑스어로 옮긴 경우는 본문에서 고딕체로, 그리스어나 라틴어를 원어 그대로 사용한 경우는 이탤릭체로 표기하였다.

시학

감사의 말

이 책을 출판하는 데에는 고등사범학교와

프랑스IBM사의 재정적 도움이 있었다.

고등사범학교 책임자인 장 부스케 씨와 미셸 에르베 씨,

그리고 IBM사 과학 개발 분야 이사인

르네 모로 씨의 호의적인 지원에 감사의 뜻을 전한다.

서문

『시학』에 주해를 달아 프랑스어로 번역을 해야겠다는 생각을 하게 된 것은 몇 년 전, 정확히 말해서 미메시스(*mimèsis*), 뮈토스(*muthos*), 렉시스(*lexis*) 등과 같이 『시학』이 제기하는 중요한 문제들을 토론하기 위해 몇 몇 교수들이 만나는 자리에서였다. 그 자리에서 우리는 역설적인 상황을 깨닫게 되었다. 즉, 한편으로는 우리의 수사학적·시학적 전통의 기원이 되는 그리스어 텍스트들에 대한 관심이, 특히 구조주의에서 영감을 얻은 문학연구와 연계되어 뚜렷하게 되살아나고 있고(주네트가 미메시스, 디에게시스(*diègèsis*), 또는 "크라틸로스주의"(*cratylisme*)와 같은 플라톤의 개념들에 주의를 기울이고 있다는 사실만 생각해 봐도 알 수 있다), 하지만 다른 한편으로는 단순한 번역을 넘어 독자로 하여금 텍스트 해석이 제기하는 문제들 — 종종 난해한 이 텍스트의 판본을 최대한 엄밀하게 정립하고 해석하려고 고심하는 그리스 고전학자들이 이런 문제와 마주친다 — 에 접근할 수 있도록 풍부한 주해를 제공하는 『시학』 연구서가 프랑스에는 없다는 것이었다.

그것은 분명히 결핍이며, 우리의 작업은 바로 그 결핍을 메우는 데 기여하고자 한다. 그것은 인문학자들이 늘 해 오는 일이기도 하다. 물론 쉬운 일이라는 뜻은 아니다. 그렇지만 우리는 한 걸음 더 나아가서, 그러니까 위험을 감수하며 과감하게, 어쩌면 주제넘게, 동시에 두 부류의 독자에게 말을 건네고자 했다. 한 부류는 그리스 고전학자들이며(우리는 그리스어 텍스트를 본문에 수록하고, 그 구성과 이본異本들에 대해 논의했다), 다른 부류는 보다 광범위하지만 윤곽이 애매한 독자들, 즉 그리스어에는 거의 문외한이지만 아리스토텔레스의 작품과 보다 깊숙한 접촉을 갖고자 하는 독자들이다(우리는 이들을 위해 주해에서 그리스어를 라틴어 철자로 옮겨 적고 모든 인용문들을 세심하게 번역했다. 마찬가지로 프랑스어 표제어로 된 방대한 색인도 만들었다). 이러한 양면적인 기획이 부분적으로는 어정쩡한 상태이고, 내기이자 도박이라는 점도 알고 있다. 우리의 주해가 때로는 그리스 고전학자들을, 때로는 나머지 독자들을 불편하게 하리라는 것도 예상하고 있다. 어쩌면 양쪽 모두를 불편하게 할지도 모른다. 그럼에도 불구하고 우리는 이러한 시도가 나름대로 의미 있고 정당한 것이라 생각한다. 설사 결과가 기대에 미치지 못한다 할지라도, 우리가 원래 기획한 의도가 잘못되었다고 말하기보다는 오히려 그로 인해 다른 사람들이 같은 길을 걸어가며 더 잘 할 수 있도록 힘을 얻길 바란다.

그렇다면 아리스토텔레스를 어떻게 읽을 것인가? 오늘날 누구나 알고 있듯이 우리도 알고 있었고, 작업을 일단 마치고 난 지금 더 잘 알게 된 사실이 하나 있다. 그것은 바로 어떤 텍스트든 유일하고 객관적이며 흠 없는 독서란 존재하지 않는다는 사실이다. 모든 독서는 해석이다. 그리고 고전의 경우에는 전통적으로 이본만 많은 게 아니라 오류도 많기 때문에 이른바 텍스트의 판본을 정립하지 않을 수 없다. 그리고 이 때문에 독서에서 해석의 측면은 더욱 강조된다. 텍스트를 읽기 전에, 읽으면서, 읽을 수 있기 위해서, 길을 가면서 앞으로 갈 길을 스스로 닦아 나가야 하는 것이다. 중세의 필경사에서부터 현대의 편집자에 이르기까지, 그러한 작업은 언제나 전통과의 대화로 나타난다. 이 영역에서 우리가 어떤 도움을 받았는지에 대해서는 조금 후에 언급할 것이다. 어떻게 보면 『시학』을 읽어 내는 여정 내내 우리는 그것이 우리만의 작업이 아니었음을 깊이 의식하고 있었다.

간과할 수 없는 사실이 또 있다. 즉, 우리 두 사람이 공동 작업을 했고, 따라서 전체적으로 그리고 세부적인 것에 있어서도 서로의 해석을 조율해야 했다는 점이다. 또한 다른 동반자들도 있었다. 우리가 마음속에서 그려 낸 상상의 존재들, 그러니까 앞에서 말한 두 부류의 독자들이 품고 있을 의혹 섞인 기대가 그것이다. 문헌학자들을 위한 아리스토텔레스냐, 아니면 현대의 시학 이론가들을 위한 아리스토텔레스냐, 이 사이에서 선택을 해야 했을까? 선택할 수 있었을까? 단 한순간도 간단하게 선택할 수 있는 문제가 아니었다. 반면 내용을 개략적으로 설명하고 있는 대목에 대해서는 ─ 카타르시스를 다룬 대목이든, 표현의 문채, 아니면 에토스(ēthos)나 은유를 다룬 대목이든 ─ 가능한 두 가지 해석 방향을, 즉 번역과 주해를 염두에 두었다. 다소 엇갈리는 이 두 "비탈길"이 서로 대립되는 경우는 거의 없었지만 충분히 구별되는 것이어서 어떤 식으로든 선택할 수밖에 없다는 느낌이 들 정도였다. 실제로 길을 다 밟아 온 지금 다시 한번 돌아보면서 우리는 이렇게 말할 수 있다. 문헌학적 엄밀함을 희생시켜 가며 내용을 은연중에 일반화함으로써 『시학』의 저자야말로 프로이트나 브레히트 또는 야콥슨을 있게 한 선구자임이 분명하다는 시대착오적인 해석은 결코 (적어도 의식적으로는!) 하지 않았다고 말이다. 하지만 도움이 된다고 판단했을 때에는 언제나 주저 없이 현대성이 만들어 낸 도구들 ─ 낱말과 개념들 ─ 의 도움을 빌려 텍스트를 파악하고 우리가 이해한 바를 설명하려고 했다. 이런 말까지는 필요하지 않을지도 모르지만, 우리가 이 문제에 있어서 내세울 만한 업적을 이루었다고는 생각하지 않으며 마찬가지로 지나치게 대담한 시도를 했다고 사과할 필요도 없다고 생각한다. 우리는 단지 하나의 시론(試論)

을 쓰고자 했을 뿐이다. 어떤 사람들은 이것이 소심한 시도였다고 생각할지도 모르고, 또 다른 사람들은 무모한 시도였다고 생각할 수도 있지만, 대다수는 어설픈 시도였다고 생각할 것이다. 그러나 우리는 적어도 성실한 태도를 유지하려고 했다. 즉 우리가 직접 고전 텍스트 앞에 가 있으려 한 것이지, 고전을 빌려 현대학문의 개념이나 이론을 비호하거나 깎아내린다든지 찬양하거나 비난하지 않았다. 요컨대 『시학』은 우리에게 패러다임이나 들러리가 아니라 읽어야 할 텍스트였으며, 우리는 읽어 냈다. 물론 독자들이 우리 덕분에 새로 되살아난 아리스토텔레스를 만난다고 생각할 만큼 순진하지는 않다. 그저 우리의 책이 독자로 하여금 『시학』의 몇 대목이라도 보다 풍요롭게 읽을 수 있도록 도와준다면 목표는 달성된 셈이다.

아리스토텔레스의 『시학』은 어떤 책인가? 그 물음에 대한 첫 번째 대답으로 로스타니[Rostagni(1944)]의 말을 빌려 보자(p.18 이하). 그에 의하면 『시학』은 아리스토텔레스의 다른 논저들에 비해 그 스타일이 한층 더 "도식적이고, 개략적이며, 밖으로 드러나는 엄격한 질서와는 거리가 멀고, 갑자기 말을 끊었다가 다시 논의하기도 하고, 예상치 못한 주제들을 한참 길게 다루는 등 다양한 변화를 보이고 있으며, 삽입 구문과 파격적인 구문들이 잔뜩 뒤섞여 있고, 함축적인 표현, 생략법, 간략 어법들로 가득 차 있다". 다소 인상주의적인 이 묘사가 작품의 전체적 구성이라는 면에서는 지나치다고 보일 수도 있으나(이하 내용 참조), 독자가 『시학』을 읽으면서 느끼게 되는 것을 나름대로 잘 표현한 것은 사실이다. 이것은 『시학』을 연구한 문헌학자들이, 정도의 차이는 있지만 보편적으로 공유하는 판단이기도 하다.

하지만 의견 일치는 거기까지다. 이런 경우에 흔히 그렇듯이, 『시학』이 애초에 어떤 수신자를 겨냥했는지 그리고 후에 어떤 부분들이 수정되었는지를 밝힘으로써 텍스트의 상태를 설명하려 하는 다양한 가설들이 쏟아져 나왔다. 관심 있는 독자라면, 예컨대 몽몰랭[Montmollin(1951)] 저서의 「일람표」와 3장 「아리스토텔레스의 저술에서 『시학』의 위치」를 보고서, 마치 수사관과 같은 그러한 작업을 통해서 어떤 결과에 도달할 수 있는지를 짐작할 수 있을 것이다. 그의 결론을 간단하게 요약해 보자. 우리가 가지고 있는 텍스트는 젊었을 때 쓴 대화체 작품 『시인에 관하여』(남아 있는 몇 개의 단편이 알려져 있다. Rose, pp.70-77 참조)와는 다른 것이며, 흔적 없이 유실된 만년의 저작(『프라그마테이아Pragmateia』, 뤼케이온 학원의 학생들이 사용하게 만든 일종의 "강의 초록")과도 다른 것으로, "원래 있던 부분"과 "후에 추가한 부분"이라는 두 지층으로 구성되어 있으며, 아리스토텔레스는 자기가 보려고 거기에다 해설을 달아 놓았다. 그러니까 이 텍스트는 강의를 준비하기 위해 카드 형식으로 작성해서 기록한 것으로, 강의 초록이라는 제한적인 형태로라도 출판을 전제로 한 것이 아니었다. 역사의 우연 덕분에 유일하게 보존된 텍스트가 애초에 개인적 용도로 쓰인 데다가 원래 있던 핵심 부분에 이후 다른 내용들이 겹쳐지는 바람에, 지금의 독자들은 들쭉날쭉하고 불연속적이며 함축적일 뿐만 아니라 모순적이기도 한 텍스트를 보며 놀라게 되는 것이다.

텍스트가 그렇게 재구성되었다고 단언하려면 물론 이를 뒷받침할 추론이 필요할 테지만, 여기서 그것까지 다루지는 않겠다. 어쨌든 아리스토텔레스가 학생들을 위해 엄밀하게 구성된 『프라그마테이아』를 편집했지만, 지금의 『시학』과는 전적으로 다른 그 텍스트는 완전히 유실되어 우리에게 전해지지 않는다고 추론할 수는 있다. 물론 그렇게 유실된 것이 그 하나만은 아닐 것이고, 싫든 좋든 받아들일 수밖에 없다. 결국 우리가 가지고 있는 텍스트로 돌아올 수밖에 없다. 어쨌든 우리는 다른 많은 사람들이 생각했듯이 『시학』 텍스트가 — 마치 하나의 완전한 작품인 것처럼 전해져 왔지만 — 사실상 일관되게 쓰인 것이 아니며, "중복해서 다루고 있는 부분들"(17장이 대표적인 예이다)도 분명 있고 어설프게 끼워 넣어 "덧붙인 부분들"(21장 마지막 부분, 58 a 8-17의 예가 그렇다)도 있다고 판단한다. 하지만 어차피 텍스트 전체가 아리스토텔레스의 것이라고 한다면 — 오늘날 이에 대해 이의를 제기하는 이는 거의 없다 —, 어떤 대목이 최초의 텍스트에 추가된 부분이며 또 몇 년의 시차를 두고 추가되었는가를 아는 것이, 설사 어느 정도 정확하게 추정할 수 있다 한들, 과연 중요하겠는가? 우리는 그 문제에 대해서는 전혀 고려하지 않았음을 밝혀 둔다.

우리는 『시학』이 미완의 상태라는 점을 사실로(물론 그렇게 중요한 사실은 아니지만) 받아들이고(후에 몇 가지 증거를 거론하게 될 것이다), 있는 그대로의 작품을 검토하면서 두 담론 사이의 내적 긴장에 주의를 기울였다. 즉 명제들을 제시하고 거기서 가르침을 이끌어 내는 이론가의 담론(비극은 행동의 재현이라고 추측할 수 있기 때문에 좋은 비극을 만들기 위해서는 ~해야 한다 — 이것은 규범적인 담론이다), 그리고 이론과 들어맞기도 하고 그렇지 않을 때도 있는 사실들을 고려해야만 하는 역사가와 증인의 담론(가장 뛰어나다고 평가받는 비극작품과 작가들이 이상적인 규범에 가장 잘 부합하는 것은 아니다. 이것은 기술記述적인 담론이다) 사이의 긴장이 그것이다. 이 점을 설명하기 위해 몇 가지 예를 들어 보자.

첫 번째는 비극에서 볼거리(opsis)의 위상과 관련된다. 볼거리는 비극을 구성하는 여섯 가지 "구성 부분들"(merè) 가운데 하나임에도 불구하고(6장 50 a 8-10), "작시술과는 가장 거리가 먼 것"으로 소개되고 있다(같은 책, 50 b 17. 14장, 53 b 7 이하를 참조할 것). 이러한 이론적 기반에는 보다시피 역설이 내포되어 있다. 그러나 이게 다가 아니다. 아리스토텔레스는 비극의 진정한 심판은 관객이며, 책으로 읽으면 나무랄 데 없는 연극 작품들도 때로 무대에서는 실패하고 만다는 사실을 고려하지 않을 수 없었다(17장, 55 a 28). 줄거리를 꾸며 내고 표현을 다듬는 시인이 가장 엄격한 방식에 따라 시작(詩作)을 하는 중에라도 "사건들이 마치 자기 눈앞에서 일어나듯이"(*pro ommatôn*, 17장, 55 a 23) 볼거리를 고려해야만 하는 것은 바로 그 때문이다. 또한 서사시와 비극의 장점을 비교하는 26장에서, 볼거리(*opseis*, 62 a 16)의 잠재적 능력은 다른 장르보다 비극이 더 뛰어나게끔 하는 요소들 중 하나로 제시된다. 이 점과 관련하여, 아리스토텔레스 자신보다 아리스토텔레스를 더 잘 알고 있다고 자부하는 현대의 몇몇 편집자들(Spengel, Else, Kassel)이 이러한 긴장을 은폐하고 있다는 것은 흥미로운 사실이다. 심지어 "아리스토텔레스는 볼거리가 비극예술에 전혀 속하지 않는다고 그토록 거침없이 단언하고 나서는(6장, 50 b 17), 볼거리를 서사시에 직접 대립되는 것으로 내세울 수 없었다"[Else(1957), p.644]고 말하면서 텍스트 자체를 바꾸기도 한다. 우리는 이와 반대로 전승된 텍스트를 보존함과 아울러 작품 속에 내재한 모순을 통해 이론가의 엄밀한 담론과 사실에 보다 충실한 증인의 담론 사이의 갈등에서 생겨난 흔적을 보아야 한다고 생각한다. 나아가서 우리는 아리스토텔레스가 그러한 갈등을 완화시키기 위해 최선을 다했다는 것을 보여 줄 수 있을 것이다. 아리스토텔레스 자신은 그러한 갈등을 인식하지 못했다고 생각하는 건 그를 모욕하는 것이리라. 예컨대 줄거리의 "볼거리와 관계된" 부분, 즉 파토스(*pathos*)가 정화를 겪는 것으로 만들고 있는 부분(파토스에 대한 "거친" 정의는 11장, 52 b 11–13을, 올바르게 사용된 정화에 대해서는 14장, 53 b 19 이하, 53 b 22 각주 5를 참조할 것)은, 시선을 "지성화"하고 그렇게 해서 원칙적으로는 받아들일 수 없으나 불가피한 볼거리를 비극의 중심, 즉 줄거리에 접근시키려는 노력을 분명하게 보여 준다고 할 수 있다.

두 번째 예는 필연성 또는 있음직함의 규칙과 관련된다. 알다시피 그것은 줄거리 구성의 황금률이다. 사건들의 논리적 연쇄 관계를 통해 줄거리는 신뢰할 만한(*pithanon*) 것이 되어야 하며, 그렇지 않을 경우 관객은 비극적 감정을 느끼지 못할 것이다. 하지만 다른 한편으로 놀라움의 효과(*thaumaston*)는 실제로 강렬한 정서적 위력을 가지고 있다. 그러므로 시인은 필연성에 따라 줄거리를 만들 것이 아니라 있음직함의 한계지점에서 작업해야 하며, 그래서 아리스토텔레스는 "있음직하지 않음의 있음직함"(*eikos para to eikos*, 18장, 56 a 24; 25장, 61 b 15)이라는 역설적인 공식도 받아들인다. 물론 이론적으로는 비합리적인 것(*alogon*)과 불가능한 것(*adunaton*) 그리고 터무니 없는 것(*atopon*)은 배제되지만, 호메로스처럼 탁월한 시인도 그러한 것들의 힘을 빌렸으며(24장, 60 a 35), 아리스토텔레스는 호메로스가 능숙하게 은폐하고(*aphanizei*, 60 b 2) 교묘하게 속여 넘기는(*pseudè legein hôs dei*, 60 a 19) 것을 덕목으로 내세웠다.

또 다른 예들도 있다. 줄거리는 절대적 우위에 있으면서도(6장, 50 a 38) 사실상 그에 종속된 성격 구성과 경쟁 관계에 놓인다는 주장(24장, 60 a 10 이하), 그리고 미메시스를 통해 시(詩)를 정의하지만(1장, 47 b 15; 9장, 51 b 27) 사실상 운율로 이루어진 작품으로 연구가 제한된다는 것이 그에 해당된다. 그 밖에도 다른 예가 많으며, 우리는 그러한 긴장들에 주목하고 주해에서 다루었다. 어쨌든 그 긴장들은, 아리스토텔레스에 있어서 연구(한편으로는 『시인에 관하여』와 25장이 하나의 본보기를 제시하고 있는 『호메로스의 문제』에 관한 탐구, 다른 한편으로는 『시학』의 이론적이고 규범적인 골격인 테크네*technè*의 구성)와 교육[Montmollin(1951) 참조]이라는 두 가지 연속된 양상을 드러내느냐의 여부에 관계 없이, 상당히 흥미롭다. 아리스토텔레스가 이론가로서 이론을 정립하는 작업에 전력을 기울이면서도 이론에 저항하고 여러 측면에서 이론을 넘어서는 대상들 — 시 작품들, 또는 보다 정확하게 말해서 "재현적인"(mimétique) 시 작품들 — 과 겨루었다는 사실을 우리에게 보여 주기 때문이다. 우리가 이제 말하고자 하는 것은 바로 그 점이다. 과연 『시학』은 무엇을 다루고 있는가?

누구나 알고 있듯이 논의의 중심은 비극에 대한 연구이며, 그 가운데에서도 핵심은 뮈토스, 즉 7장에서 14장 그리고 16장에서 18장에 걸쳐 있는 비극의 "줄거리"에 대한 연구이다. 그보다 부수적인 여러 연구들은 핵심부분과 얼마나 밀접한 관계를 맺고 있는가에 따라 주위에 배열되어 있다. 6장, 15장 그리고 19장은 핵심 부분과 밀접하게 결부되어 있다. 6장이 비극에 대한 유명한 정의(49 b 24~28)와 분석에 입각하여 "줄거리"의 우선권을 정립하고 있다면, 나머지 두 개 장은 "성격"(èthè, 15장)과 "사상"(dianoia, 19장. 이 장은 "표현"lexis을 배우의 기술이라고 중요하지 않은 척 그냥 넘어가는 수사학적 기법으로 끝맺고 있다)에 관한 원칙으로 표를 완성하고 있다. 6장에서 19장까지를 하나로 보면 그 앞뒤에 (20장에서 22장 그리고 25장을 잠시 논외로 한다면) 서사시에 대한 고찰이 놓인다. 서사시는 준거가 되는 고상한 장르, 즉 비극과의 차이를 통해 설명되며(5장, 49 b 9-끝; 23장과 24장), 그 논의는 마지막 장인 26장에서 서사시와 비극을 비교하여 평가함으로써 완결된다. 본건물 앞에 재현예술의 분류를 다루는 출입문이 있고(1장), 이어서 문학 장르들 — 비극과 희극 그리고 서사시 — 을 보다 세분해서 다루고 있으며(2장과 3장), 그러한 시적 형태들의 기원과 분화 그리고 진화과정에 대한 성찰을 덧붙이고 있다(4장과 5장 첫 부분).

이러한 중심 논제와 보다 느슨하게 연결된 다른 논제들이 다음과 같이 덧붙여진다.

• 우선 표현을 다룬 세 개의 장(20장에서 22장)이다. 20장은 언어 형태의 일람표를 제시한 다음 개략적이긴 하지만 언어학적이고 문체론적인 전반적 고찰을 상당히 체계적으로 전개하고 있다. 21장은 낱말과 그 용법과 관련하여 이미 알려진 일탈의 목록을 소개하고 있으며, 아울러 22장에서 시 텍스트에서 현재 통용되고 있거나 그렇지 않은 낱말들의 올바른 용법과 관계된 원칙들을 적고 있다. 그러니까 이 세 개 장은 19장의 "사상"에 이어 이번에는 표현이라는, 이른바 비극을 구성하는 네 번째 부분을 다루는 것으로 보인다. 그 내용은 비극과 서사시를 망라하는 시적 표현 일반에 적용된다. 결국 20장에서 22장은 서사시를 다루는 장들과 더불어 일종의 중간단계가 된다.

• 25장은 "문제와 해결"이라는 이름으로, 대부분의 경우 아마도 아리스토텔레스 시대부터 이미 잘 알려졌을 일련의 미묘한 사례를 제시하며 비평문제, 특히 호메로스 비평과 관련된 문제를 다루고 있다. 핵심은 가능한 것과 불가능한 것의 문제이다. 호메로스는 불가능해 보이는 것을 쓸 수가 있었을까? 만일 그렇다면, 어째서 쓴 것일까? 아리스토텔레스의 입장에서 호메로스에 대한 검토는 자신의 이론적인 요구 사항을 실제 자료, 흔히 껄끄럽지만 그 때문에 인용되는 자료들과 명시적으로 대조해 보는 기회가 된다. 그래서 사례 또는 "실천적인 작업"으로 이루어진 이 장은 『시학』의 전반적인 특징이라고 할 수 있는 긴장 관계들을 분명한 문제로 제시하며 드러내고 있다.

우리는 『시학』의 일반적인 배치도를 도표로 요약할 수 있다.

이 도표를 보면 빠진 부분이 있다는 것을 곧바로 알게 되는데, 그에 대해서는 간략하게 언급할 필요가 있다. 즉 『시학』은 희극을 다루지 않고 있다. 비극이나 서사시와 마찬가지로 재현 장르에 속하는 희극은, 이 책의 초반부에 비극과 서사시와 같은 차원에서 언급되고 있기에(예를 들어 3장 48 a 25~28을 참조) 그러한 공백은 더욱 놀랍다. 게다가 5장 첫 부분에서는 희극의 역사를 간략하게 서술하고 있고, 특히 아리스토텔레스는 6장 시작 부분에서 "나중에 그에 관해 이야기할" 것이라고 약속하고 있다.

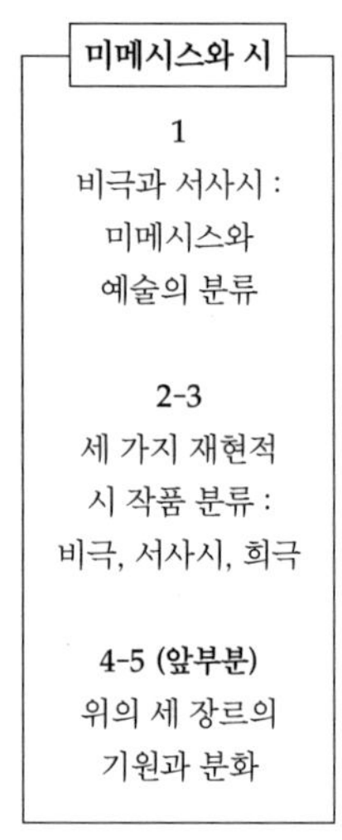

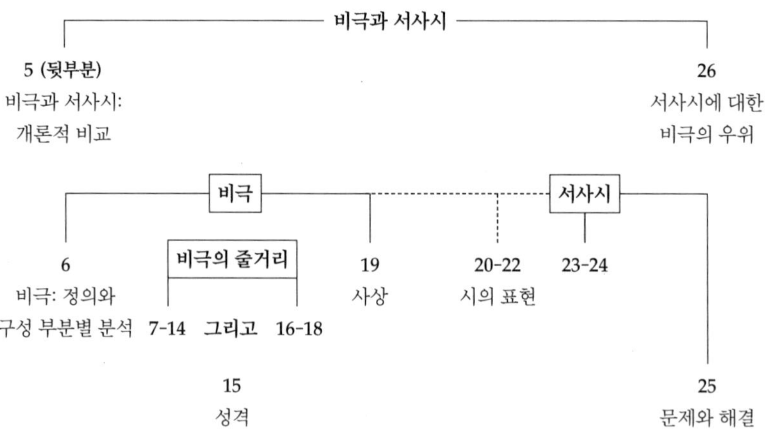

일반적으로, 특히 『수사학』에 나오는 두 대목(I, 1371 b 33 이하; III, 1419 b 6)을 증거로 삼자면, 우리에게는 전해지지 않은 『시학』 2권에서 아리스토텔레스가 희극을 다루었을 것이라고 생각할 수 있다. 설득력이 있어 보이는 가설이다(실제로 그것이 지금 우리가 가진 『시학』의 속편이든 아니면 몽몰랭이 가정하듯 완전히 유실된 『프라그마테이아』의 일부분이든). 실제 버나이스[Bernays(1880)], 쿠퍼[Cooper(1924)] 이후로 많은 학자들이 희극론의 내용을 복원하려고 시도했는데, 여기서 그 문제는 다루지 않겠다. 그에 대해서는 푸어만[Fuhrmann(1973), 54쪽 이하]의 세밀한 지적들을 참고하기 바란다.

『시학』에서 흔히 언급되는 또 다른 "공백"은 바로 카타르시스에 관한 아리스토텔레스의 체계적인 분석이 있었을지도 모른다는 것이다. 하지만 주로 『정치학』 8권에 나오는 약속 — "카타르시스에 대해서는 […] 시학에 관한 저술에서 보다 자세하게 설명할 것이다"(1341 b 39) — 에 근거한 이 가설은 별로 설득력이 없어 보인다. "2권"이라는 자체가 이미 가설에 의한 것이긴 하지만, 일반적으로 2권의 희극 이론 옆에 집어넣고 있다고 추정되는 이른바 "카타르시스 이론"이 희극과 특별한 논리적 관계를 맺고 있다는 가정은 다분히 독단적이다(루카스, p.XIV와 p.288 이하는 그런 방향으로 기우는 것처럼 보인다). 사실상 이 문제에 있어서 많은 부분은 우리가 카타르시스를 어떻게 생각하느냐에 달려 있다. 언제나 논란을 빚는 이 물음에 대한 우리의 입장은 6장의 주해 3에 드러나 있으니, 그 부분을 참조하기 바란다.

반면에 핵심적 개념이면서도 정작 『시학』 어디에도 정의되어 있지 않은 미메시스 개념을 밝혀 줄 몇 가지 고찰을 여기서 제시할 필요는 있을 것이다.

정의가 주어지지 않았기 때문에, 그 개념의 윤곽을 드러내기 위해서는 낱말 자체와 용법에서 출발할 수밖에 없다. 행동을 나타내는 명사인 미메시스는 같은 어근에 속하는 다른 낱말들 ——『시학』에 자주 등장하는 용어들만 보자면 동사는 '*mimeisthai*', 동작주를 나타내는 명사는 '*mimètès*', 형용사는 '*mimètikos*' —— 과 결부되며, 또한 1장(47 b 10)에서 확인할 수 있듯이 우리에게는 전해지지 않은 극 텍스트들, 즉 "소프로노스과 크세나르코스의 풍자 희극"을 가리키는 실사 '*mimos*'와 결부된다. 일상생활에서 소재를 얻은 일종의 촌극이라고 추정되는 고대의 풍자 희극이 어떤 것이었는지는 정확히 알 수 없지만, 언어학적으로 거슬러 올라가 볼 때 미메시스와 관련된 말들이 연극에서 말하는 재현 형태에 뿌리를 내리고 있다는 것은 주목할 만한 사실이다. 콜러(Koller)는 리듬을 맞춘 대사로 구성된 연극 형태가 춤에서 발전되었다는 점에 착안하여, 보다 독창적으로 그러한 재현이 무도(舞蹈)의 성격을 지니고 리듬을 주축으로 삼았을 것이라고 주장했다[Koller(1954; 1958)]. 그 주장을 수용한 비평들[Vernius, 『므네모쉬네*Mnemosyne*』, ser. 4, vol. 10, 1957, pp. 54-58을 참조할 것. Pfeiffer(1968, p.281)도 이에 동의하고 있다]보다는 주장 자체가 더 가치 있어 보이기는 하지만, 여기서 그에 대해 논의하지는 않을 것이다. 다만 미메시스 개념이 연극에 기원을 두고 있다는 부수적인 언급만을 기억해 두자. 어떻게 해서 이 어원으로부터 기원전 4세기에 미메시스와 그에 속한 낱말들의 의미가 만들어진 것일까? 플라톤은 『국가』 3권에 나오는 유명한 미메시스와 디에게시스 대립에서, 저자와는 다른 사람이 텍스트를 책임지고 있다는 환상을 주는 직접화법의 존재를 시에서의 미메시스의 기준으로 삼고 있다. 그럼으로써 전적으로 미메시스에 의한 텍스트와 연극 텍스트를 같은 것으로 보는 것이다. 미메시스를 이처럼 기술(技術)적 용법으로 사용하는 것이 사실상 그 말의 기원에 가장 가깝다고 할 수 있다.

하지만 아리스토텔레스는 여러 가지 점에서 스승 플라톤과 거리를 두면서, 무엇보다도 미메시스 개념의 위치를 바꾼다. 즉 더이상 플라톤처럼 미메시스의 정도에 따라 연극 텍스트와 서사시 텍스트를 구분하지 않는 것이다. 아리스토텔레스의 입장에서 서사시와 비극은 미메시스 내부에서 단지 방식(*hos*, 3장)에 따라 대립될 따름이다. 이것은 시적 미메시스가 전적으로 대화체로 이루어진 작품이라는 영역을 벗어나서, 적어도 부분적으로는, 플라톤이 디에게시스라고 불렀던 것을 포괄하게 되었다는 점에서 매우 중요한 변화이다. 하지만 이렇게 확대 적용될 경우 미메시스 개념이 일반화되고, 결국 양태나 대상이 끝없이 달라질 수 있는 모방적 활동이라는 개념으로 되돌아오지 않을까? 실제 어법에서 '*mimeisthai*'를 특별한 규정 없이 "모방하다"라는 뜻으로 사용하게 된 것은 미메시스가 갖는 기술적 의미 때문이 아닐까? 우리는 그렇게 생각하지 않으며, 여기서 세 가지 점을 강조하는 것이 좋을 것 같다.

1. 『시학』에서 미메시스는, 무도를 통한 것이든, 회화적이든, 시적이든, 그 대상은 언제나 사람과 관련된 것이다. 무도가 재현하는 대상들 — 성격, 성서와 행동 — 을 보기나 혹은 비극이 재현하는 대상들 — 행동, 성격, 사상 — 을 보더라도, 문제는 언제나 사람들, 그리고 무엇보다도 (6장, 50 a 16) 행동(*praxis*)의 주체나 보조자로서의 사람들이다. 이러한 사실 — 미메시스의 용법과 마찬가지로 별다른 설명이 없으며, 그만큼 자명해 보이는 순수한 사실 — 에서 우리는 보기와 달리 미메시스 개념에는 연극적 구성 요소가 유지되고 있다는 표지를 읽어야 한다. 암묵적이지만 가장 중요한 이러한 여건에, 『시학』을 주도하고 그 구조 자체에 대한 정보를 제공해 주는 가정들이 덧붙여진다. 즉 줄거리는 행동의 미메시스로서 비극에서 가장 중요하며, 그에 밀접히 관련된 성격이 두 번

째 자리를 차지한다(6장, 50 a 20-39). 호메로스의 가장 큰 장점은 자신의 서사시를 일관성 있게 행동하는 인물들(24장, 60 a 5 이하)을 보여 주는 극(4장, 48 b 35)으로 만들었다는 것이다. 요컨대 비극은 서사시보다 우월하며 『시학』에서 영예로운 자리를 차지할 자격이 있다. 미메시스 예술로서의 시에 대한 정의와 극시(劇詩), 그리고 그 가장 순수한 형태인 비극에 부여된 특권은 그처럼 내밀한 조화를 이루고 있다. 나아가 우리는, 아리스토텔레스가 비극이 지켜야 할 규범에 관해 말하면서(6장, 50 a 16 - 50 b 4) 성격(*èthos*)이 행동(*praxis*)에 종속된다고 단언하는 것, 더구나 그렇게 강하게 밀어붙이는 것은 미메시스의 대상이 "당연히" 자기 행동의 근원인 윤리적 주체로서의 사람이기 때문이 아닌가라고 생각해 볼 수 있다. 마찬가지로 행동이 갖는 특권을 확립하기 위해서는 정반대의 입장을 취할 필요가 있었으리라는 것 역시 분명하다. "비극은 사람이 아니라 행동의 미메시스이다"(50 a 16). 이 명제는 『시학』의 핵심을 이루지만 허점이 많은 것도 사실이다. 행동 주체가 없이는 행동이 있을 수 없으며 성격을 체계적으로 정립하지 않고는 있음직하지도 않기 때문이다. 15장은 바로 그 점을 입증하고 있다. 행동의 미메시스로 정의되는 줄거리를 다루는 장들 사이에 이상하게 끼어들어서 성격에 대해 논함으로써 "본론을 벗어나는 부분"이 여기밖에 없는 것은 아니다. 별다른 설명 없이 에토스에서 뮈토스로 갑작스럽게 넘어가고 있는 54 b 1을 보면, 뮈토스는 에토스의 이면과도 같으며, 비록 이 둘에 서열을 두어 구분하려는 규범적인 결정이 없다고는 할 수 없으나 둘이 협력하여 특별히 미메시스의 대상을 구성할 만한 전적인 근거를 가지고 있다는 사실을 암시하지 않는가? 그리고 정작 아리스토텔레스가 둘 중 어느 것이 먼저냐는 문제에 관심이 없었다는 것은, 24장(60 a 5-11)에서 줄거리가 아니라 성격을 만들어 내는 데 누구보다도 뛰어난 호메로스의 탁월한 미메시스 능력을 예로 들 때 명백하게 드러나지 않는가? 여기서 원래의 미메시스 개념, 즉 이론가들이 천명하고 있는 규범에도 불구하고 행동뿐만 아니라 사람 — 행동하고 있는 사람이라고 말해도 지나치지 않을 — 도 대상으로 삼는 미메시스 개념이 다시 떠오르지 않는가?

2. 미메시스는 풍자 희극이라는 극적 유희로서, "시적", 다시 말해서 창조적이다. 그렇다고 무(無)에서 나오는 것은 아니고, 기본 재료가 주어져 있다. 행동할 수 있고, 정열을 가질 수 있으며, 사건들의 그물 속에 갇혀 있고, 성격을 부여받은 사람이 바로 그것이다. 이렇게 주어진 것을 시인은 그대로 찍어내듯 모방하지는 않는다. 그런 식의 작업은 "알키비아데스가 실제로 무슨 일을 했고 무슨 일을 겪었는지"(9장, 51 b 11)와 같은, 우발적인 특수한 사건에 대한 추억에 얽매여 있는 연대기 작가의 작업이다. 시인은 재현하는 자(*mimètes*)로서, 보편성과 필연성의 질서에 속하는 합리성에 따라, 기능을 갖는 행동 주체들과 더불어 "줄거리"(*muthos*)를 만들어 낸다. 시인은 재현하기 위해서 모방할 따름이다. 시인에게 모델이 되는 대상들 — 오이디푸스, 이피게네이아 그리고 전설로 전해져 내려오는 그들의 성격과 모험 — 은 소포클레스나 에우리피데스가 구성한 대상, 즉『오이디푸스 왕』이나『아울리스의 이피게네이아』뒤로 사라져 버린다. 미메시스는 앞서 존재하는 대상들에서 출발하여 시적 가공물에 이르는 이러한 움직임 자체를 가리키며, 아리스토텔레스가 말하는 시학은 바로 이러한 이행의 기술이다. 물론 "모방된" 대상이 결코 비워지진 않지만 — 우리는 미메시스를 순수한 창조라고 주장하는 이들의 입장과 우리의 입장을 명확하게 구분하기 위해서 이 점을 강조한다 — 여기서 중요한 것은 재현된 대상, 즉 재현이 성공적인 결과를 얻기 위해서는(*kalôs ekhein*) 아리스토텔레스가 정의한 바와 같은 기술(*tekhnè*) 규칙에 따라야 하는 대상이다.

이제 독자들은 왜 우리가 지금까지의 모든 전통과 달리 ‘*mimeis -thai*’를 “모방하다”가 아니라 “재현하다”로 옮겼는지 알 수 있다. 이 동사에 연극적 함의가 담겨 있기도 하고, “모델”이 되는 대상과 생산된 대상 두 가지 모두를 목적보어로 가질 수 있다는 점 —— “모방한다”는 가장 중요한 이 후자를 배제한다 —— 이 우리의 해석을 뒷받침한다.

3. 아리스토텔레스가 말하는 미메시스는 연극에 기원을 두고 있기는 하지만, 이미 말했듯이 그럼에도 불구하고 연극과 분리된다. 서사시 역시 재현적이기 때문이다. 그뿐이 아니다. 아리스토텔레스는 연극이 가진 보다 특수한 것, 즉 볼거리를 시학과는 무관한 것으로 간주하고 배제한다. 기실 그로서는 상당히 입장이 곤란했을 것이다. 우리 역시 이론과 실제 사이의 긴장을 보여 주는 예로 이 문제를 제시한 바 있다. 여기서는 아리스토텔레스의 이론적 입장에 내포된 논리, 즉 정화, 카타르시스라는 용어를 통해 설명될 수 있는 논리를 살펴보는 데 그칠 것이다. 모든 재현활동은 부분적으로 재현의 수단들에 의존하고 있는 일종의 여과 과정을 전제하는데, 춤에서 몸의 형상, 음악에서 멜로디, 시에서 언어(다양하게 “맛을 낸”; 6장, 49 b 28 참조)가 그렇다. 시인은, 시인으로서, 언어로 된 작품을 만들어 낸다. 따라서 언어로 된 그 작품을 어느 층위에서 파악하느냐에 따라 로고스(17장, 55 b 17) 혹은 뮈토스(그 밖의 여러 곳을 참조할 것)라 부르고, 아리스토텔레스가 탐구한 유일한 재현 수단(노래된 부분의 멜로디 구성은 무시하고 있으므로)을 렉시스라 부르는 것은 우연이 아니다. 그러므로 언어에 덧붙여지는 것 혹은 덧붙여져야 하는 것은 모두 옆으로 밀려난다. 무대감독의 몫이 되는 볼거리가 그렇다(14장, 53 b 7). 그뿐이 아니다. 시학 이론가는 글로 된 텍스트에서 기호들의 놀이만을 고려하기 때문에(26장, 62 a 11), 언어 그 자체도 소리로 이를 실현하는 행위(19장, 56 b 8-19)로부터 정화된다.

　　글로 쓰인 이러한 텍스트를 시인의 영감의 원천이 되는 "전해져 내려오는 줄거리들"(*paradedomenoi muthoi*, 9장, 51 b 24)과 비교해 보면, 시인의 텍스트는 필연성 또는 있음직함의 규칙에 따르는 구성 ── 본래의 뜻에 가장 가까운 의미에서의 포이에시스(*poièsis*) ── 을 갖는다는 점이 다르다. 규범적 성격이 강한 그 규칙은, 줄거리로 사건들을 배열하는 작업(*sunthesis tôn pragmatôn*, 6장 50 a 5), 즉 좁은 의미에서의 뮈토스를 만드는 작업을 규제하는 "통사론" 전체의 토대를 설정한다. 재현적 생산에서 이러한 통사론이 수행하는 기능은 언어적 생산에서 문법이 수행하는 기능과 같다. 즉 "받아들일 수 있는" 배열만을 분리해서 선택하는 여과 과정으로 작동하는 것이다. 시인은 운문보다는 줄거리를 만드는 시인(*tôn muthôn* [⋯] *poiètèn*)이 되어야 한다는 말(9장, 51 b 27)은 문법에 대해 재현의 통사론이 갖는 우선권을 인정하는 것이다(그와 더불어 "표현"*lexis*의 규칙들은 부차적인 것으로 밀려난다). 그러므로 우선 시인은, 연극을 쓰건 서사시를 쓰건, 마치 어떤 형상을 그릴 때 그 윤곽선을 다듬는 것처럼 줄거리의 형상을 빚어내는 사람이다(이 이미지에 관해서는 6장, 50 b 1을 참조할 것). 그러므로 어원적 의미로 볼 때 그의 작업은 허구에 속한다.

　　시가 허구적 작업의 산물이라는 이러한 개념은 『시학』이 서정시를 다루지 않는 이유를 설명해 준다. 실제로 우리가 알고 있듯이 서정시는 『시학』에서 그 어떤 형태로도, 어렴풋하게라도 나타나지 않는다(핀다로스의 이름이 한 차례 인용되기는 하지만[26장, 61 b 35] 그것은 우스꽝스러운 흉내로 널리 알려진 배우의 이름이다!). 아리스토텔레스가 서정시를 다루는 것을 잊었다고 할 수는 없으므로, 다음과 같이 설명할 수밖에 없다. 즉 서정시는 재현적인 것이 아니며, 그렇기에 『시학』의 전망 속에 들어올 수 없었다는 것이다. 재현에 의한 거리만이 정화된 줄거리를 구성할 수 있는데, 우발적으로 그리고 특이한 순간에 포착된 시인의 자아에 초점을 맞추는 서정성 — 이것이 옳은가 아닌가는 또 다른 문제이다 — 은 그러한 거리를 배제한다고 말할 수 있다. 요컨대 헤로도토스의 연대기와 마찬가지로(9장, 51 b 10) 서정시에는 허구의 물러섬이 없으며, 그렇기 때문에 『시학』은 서정시를 무시할 수 있었던 것이다. 미메시스의 관점에서 서정시는 아예 빠져 있는 것이나 다름없다.

우리는 이러한 일반적인 견해의 결론을 이렇게 맺고자 한다. 그러니까 『시학』의 핵심 논제는 시 전체가 아니라 시적 미메시스, 즉 사람의 행동을 언어로 재현하는 활동이라고 할 수 있다. 이러한 재현활동은 이중의 생산작업, 이중의 짓기(*poiein*)에 근거한다.

• 첫 번째이자 가장 중요한 것은 줄거리를 구성하는 것, 즉 필연성이나 있음직함에 따라 이어지는 사건들을 조직적으로 배열하는(8장, 51 a 32를 참조할 것) 것이다. 설계도의 구성이라고 할 수 있는 이러한 구성은 미메시스가 갖는 "카타르시스적" 요소를 부각시킨다.

• 두 번째는 그에 종속된 것으로서 언어로 표현(*lexis*)하는 작업, 즉 줄거리를 말(6장, 50 b 14)과 운율(6장, 49 b 35)로 표현함으로써 텍스트를 생산하는 작업이다.

그 두 가지 작업의 관계라는 문제는 가볍게 언급하고 지나갈 수밖에 없다. 아리스토텔레스 역시 문제를 제기하지 않았으며, 따라서 답을 제시하려는 모든 시도는 『시학』 원문을 확대 해석하는 것일 수밖에 없다. 요컨대 시적 생산의 최종적 통일성은 엄밀히 말해서 "은유적으로" 바꾸는 움직임에 있으며, 그러한 움직임이야말로 줄거리를 통한 행동의 재현(*mimèsis*)과 낱말을 통한 의미의 출현(*hermèneia*)에 공통된 특성이라고 할 수 있다. 표현에 대한 아리스토텔레스의 이론에서 은유가 그토록 중요한 자리를 차지하는 것은(21장, 57 b 5-33 ; 『수사학』 3권도 참조할 것) 닮음의 지각(22장, 59 a 8)에 토대를 둠으로써 평범한 "문채"를 훨씬 넘어서서 허구 활동 전반의 패러다임 자체를 구성하기 때문일 것이다. 여기서 우리의 관점은 리쾨르의 관점과 매우 가깝다. 리쾨르의 몇 구절을 인용하면서 끝맺기로 하자.

> [⋯] 하나의 전체로 간주되는 시에서 이루어지는 비극적 모방 고유의 의미 상승과, 낱말 차원에서 실행되는 은유 특유의 의미 이동 사이에서 볼 수 있는 보다 밀접한 합목적적 관계를 미메시스의 두 번째 특징["위를 향한 이동"]에 결부시킬 수 없을까? [⋯] 그렇게 생각할 수 있다면, 은유는 일상 언어와 관련하여 단지 일탈만이 아니라 그러한 일탈을 이용하여 의미를 위로 끌어올리는, 그렇게 해서 미메시스를 만드는 특별한 도구가 될 것이다[Ricoeur(1975), p.57 이하].

이제 『시학』 텍스트에 대해서, 그리고 순전히 문헌학적인 측면에서의 우리 작업에 대해서 몇 가지 이야기해야 한다.

우선 텍스트 원문을 확정하는 작업과 관련하여 간접적인 접근방식에 만족했다는 점을 밝혀 두자. 우리는 필사본을 검토한 것이 아니라, 필사본이 제공하는 정보와 비교하면서 기존의 주해본들, 특히 그 가운데에서도 카셀의 주해본을 참조했다[Kassel(1965)]. 카셀의 텍스트와 주해는 우리 작업의 가장 확고한 토대가 되었다. 아랍어와 라틴어 번역본으로는 트카츄[Tkatsch(1928~1932)]와 발지밀리[Valgimigli et al.(1953)]를 각각 참조했다.

『시학』 텍스트의 필사본 출처에 관한 간략한 개요는 카셀의 서문에서 빌려 왔다.

예외적인 경우도 있지만, 그 내용이 원래의 텍스트 상태를 복원하는 데 그다지 도움이 되지 않는 사본(寫本)을 무시한다면, 우리가 알고 있는『시학』텍스트는 다섯 가지의 문서자료에 근거하고 있다. 두 종류의 그리스어 필사본, 두 종류의 라틴어 필사본, 아랍어 필사본 하나가 그것이다.

1. 그리스어 필사본

(a) 파리시누스(*Parisinus* 1741 = A)는 10~11세기의 것으로서, 『시학』편집자라면 반드시 참조해야 하는 가장 중요한 필사본이다.

(b) 리카르디아누스(*Riccardinaus* 46 = B)는 14세기의 것으로서, 오랫동안 파리시누스 필사본의 사본으로 간주되어 주목을 받지 못했으나, 20세기 초엽에 원래 텍스트에 더 가까운 상태를 입증하는 데 도움이 되는 소중한 독자적 자료로 인정받게 된다.

2. 라틴어 필사본

우리가 가지고 있는 1280년경의 톨레타누스(*Toletanus, Bibl. Capit.* 47.10 = T) 필사본과 1300년경의 에토넨시스(*Etonensis, Bibl, Coll.* 129 = O) 필사본은 무르베커(G. de Moerbeke)가 1278년 『시학』을 라틴어로 번역했다는 사실을 입증하는 두 가지 자료이다. 이 라틴어 번역본(*Aristoteles Latinus XXIII*, 1953)의 공동 편집자이자, 카셀이 그 뒤를 이어받게 되는 미니오 파루엘로(Minio-Paruello)에 따르면, 무르베커가 사용했던 그리스어 필사본은 파리시누스 필사본(A)이 아니라 그와 비슷한 시기에 쓰인 다른 필사본이다. 라틴어 판본은 거의 글자 그대로 번역했기 때문에 매우 유용한 고증 자료가 된다. 파리시누스 필사본(A)과 다르고 리카르디아누스 필사본(B)과 일치하는 이 판본은 원칙적으로 A가 원본 그대로가 아님을 보여 준다.

3. 10세기로 추정되는 아랍어 판본의 『시학』(Parisinus Arab. 2346 = Ar)은 시리아 판본을 거쳐(연대는 9세기경으로 추정되나 확실하지 않고, 6장 첫 부분의 몇 줄을 제외하고는 전해지지 않는다. Tkatsch I, p.155을 참조할

것) 그리스어 필사본을 참조하고 있다. 아랍어 판본은 시리아 판본이라는 중간단계를 거치긴 했지만 그리스어 판본을 거의 원문 그대로 여러 차례 개역한 것이기에 귀중한 자료이며, 그리스어 필사본 원본 상태의 흔적을 여러 곳에서 간직하고 있다는 점에서 더욱 귀중한 자료이다. 물론 이 고증 자료의 가치를 지나치게 과대평가할 이유는 없다. 이 역시 다른 자료와 마찬가지로 여러 가지 오류와 해석을 담고 있다[이 점에 관해서는 Montmollin(1966), p.163 이하를 참조할 것]. 그러나 이 판본이 제공하는 정보들 중에서 분명한 것들은, 적어도 그리스어나 라틴어 번역본에 입증된 내용을 다시 확인한다는 점에서 높이 평가되어야 하며, 텍스트의 원본을 확정할 때에도 신중하게 고려해야 한다.

다음 그림은 카셀(p. XII)이 말한 다섯 가지 자료들 사이의 관계를 요약하고 있다(대괄호로 된 부분은 문헌을 통해 입증되지는 않았으나 우리가 가정할 수 있는 텍스트 상태를 나타낸다).

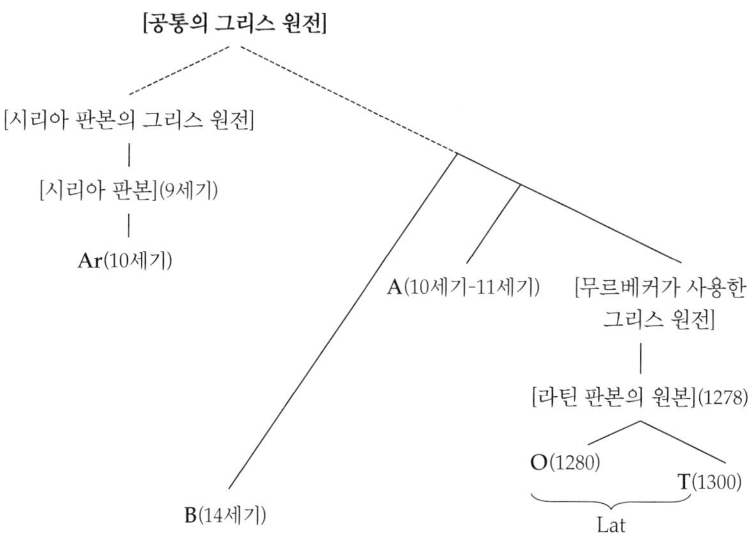

물론 우리가 제시하는 그리스어 원문 텍스트는 전해 내려온 판본들 전체를 고려하고 있지만, 다음과 같은 원칙에 따라 고증 자료를 대폭 줄여서 제시할 것이다.

1. 우리의 텍스트는 필사본 A에 토대를 두고 있다. 원래의 내용이 그대로 수록되지 않은 경우는 매번 고증 자료에 표시해 두었다(명백한 오류는 제외했는데, 이에 대해서는 Kassel, p.VI을 참고할 것). 반면 B에 있는 것이 수록되지 않았을 때, 사소한 변형이나 별다른 영향을 주지 않는 자리바꿈 혹은 생략, 뚜렷한 오류들일 경우는 고증 자료에 시시콜콜 언급하지 않았다.

2. 텍스트가 A와 B에 동시에 있는 것일 경우에는, 예외적인 경우를 빼고는 고증 자료에 아무런 표시도 하지 않았다. 그 외에 A 혹은 B의 내용을 취하지 않은 경우, 즉 B 대신에 A의 내용을 취하거나 A 대신에 B의 내용을 취한 경우 혹은 A도 B도 취하지 않은 경우는, 필요하다고 판단되거나 유용할 수 있으리라 여겨질 때마다 아랍어 판본(Ar)과 라틴어(Lat) 번역본의 내용을 근거를 밝히는 증거 자료로 삼았다(우리가 Ar과 Lat라고 표기한 것은 각기 아랍어와 라틴어로 된 텍스트들[파리시누스 Arab 2346, 두 종류의 라틴어 필사본 O와 T를 포함한다]. 그리고 그 원형이 되는 각각의 그리스어 판본들을 동시에 가리킨다. 따라서 예를 들어 주해에 56 b 23 sunète A B Lat : sunthetè Ar로 표기되어 있다고 해서 의아해할 필요는 없다).

3. 사본들(A에 대한 최근의 수정사항은 약어 'rec'로 표시했다)과 문헌학자들의 가설은 예외적인 경우를 빼고는 우리의 텍스트 안에서 채택할 경우에만 언급했다.

추가: 약어 'rec'은 하나 혹은 여러 개의 사본들을 구별 없이 가리키며, 우리는 그 사본들을 개별적으로 언급하지 않았다. 단 하나의 예외는, B에 없는 내용을 본문에 수록했을 경우 이를 뒷받침하기 위해 사용했던

B를 베껴 쓴 사본, 파리시누스 2038이다(48 a 29의 첫 부분과 61 b 3에서 62 b 1까지).

이렇게 작업을 의도적으로 단순화함으로써 우리가 『시학』 전문 연구자들의 판본 대신 새로운 판본을 만들어 내려 한 것이 아님을, 그와 경쟁하려고 한 것도 아님을 보여 줄 수 있을 것이다.

이 책은 이미 출판된 수많은 『시학』 해설들과 나름의 방식으로 경쟁할 뿐, 이전의 작업들을 대체하려는 것은 아니다. 독자들은 『시학』을 읽는 우리의 방식을 다른 것들과 비교하고 싶은 마음을 당연히 가질 것이다. 우리는 독자들에게 우리의 작업 이전에 이루어진 연구들, 우리 자신도 도움을 받았던 연구들을 참조하기를 강력하게 권한다. 그 연구들을 주해에서 매번 인용할 수는 없으므로 이 자리를 빌려 한꺼번에 우리가 진 빚을 고백하려 한다.

루카스의 책(1968)은 가장 먼저 인용할 만하다. 참고하기도 쉽고 매우 정확한 정보와 치밀하고 일관성 있는 내용을 담고 있어서 언제나 우리 책상 위에 펼쳐져 있던 책이다. 엘스의 역작[Else(1957)] 또한 주의 깊게 체계적으로 참고했으며, 발렌의 탁월한 기고문(Valhen, *Beiträge*, 1865-1867)과 『시학』 번역본에 붙인 해설(3판, 1885) 역시 우리에게 큰 도움을 주었다. 또한 필요할 때마다 바이워터[Bywater(1909)], 로스타니[Rostagni(1945)], 갈라보티[Gallavotti(1974)]의 저서를 참조했다. 로스타니의 해설은 여러 번 적절한 지적과 암시를 주었다. 끝으로 하디슨의 명쾌하고도 예리한 해설 역시 마찬가지다[Golden-Hardison(1968)에 수록된 해설이 대부분 우리와 같은 입장이라는 것을 알게 되었다].

이렇게 우리가 진 빚을 고백하면서(사실 중요한 것만 얘기한 것이다) 우리는 오히려 『시학』에 관한 책을 빠짐없이 읽어 보지 못했음을 강조하려고 한다. 우리를 이끌어 왔고 우리의 연구에 활기를 불어넣었던 것은

『시학』을 다룬 고금의 문학연구를 최대한으로 탐사해야겠다는 마음보다는, 독자로서 우리가 가진 물음들이었다. 우리가 『시학』을 읽고 얻은 것은 우선 지엽적이고 편파적일 수밖에 없는 우리의 호기심에서 비롯된 것이다. 예컨대 아리스토텔레스가 별로 알려지지 않은 작품이나 작가를 예로 들 때면 우리가 별 관심을 기울이지 않고 넘어갔다는 것을 독자들은 알아차릴 수 있을 것이다. 테오덱테스(Théodectès)의 『링케우스』에서는 정확히 어떤 일이 일어났는가(18장, 55 b 29)? 튀에스테스(Thyeste) 전설 가운데 어떤 판본의 주인공이 아리스토텔레스가 말하는 주인공의 이상에 부합하는가(13장, 53 a 21)? 일반적으로 (아리스토텔레스의 분석이 필요로 하는 가설에 준해서 인용된 작품들을 적절하게 재구성해서 쌓아 올리지 않는 한) 답하기 힘든 이러한 종류의 물음들은 전체적인 주제를 밝히는 데 별 도움을 주지 못한다. 따라서 우리는 그런 문제들을 다루느라 시간을 지체하지 않았고 그것을 다룬 문학연구에도 관심을 두지 않았다. 이것은 단지 하나의 예에 불과하며, 우리의 『시학』 독해가 갖는 독자성을 밝혀 줄 다른 예들도 많이 있다. 그러나 지금 그 점을 주장한들 무슨 소용이 있겠는가? 어차피 독자들이 책을 읽어 나가다 보면 충분히 알아차릴 수 있을 것이다.

끝으로 우리의 번역에 대해서 몇 마디 하겠다. 우선 우리는 정확한 번역을 지향했다. 그 때문에 간혹 문장의 유려함이 희생당하기도 했지만, 번역의 성실함이 우선한다고 말할 수 있을 것이다. 특히 그리스어 원문 구조에는 기표(signifiant)들이 되풀이된다는 특징이 있는데, 우리는 그 흔적을 프랑스어 텍스트에서도 보존하려고 최대한의 노력을 기울였다. 물론 언제나 가능한 일은 아니었으며, 지나치게 집착할 경우 터무니없는 상황에 이르게 되는 것도 사실이다. 예컨대 파토스라는 낱말의 다의성에 상응하는 프랑스어 낱말은 존재하지 않기에, "감정", "격정적인 효과", 때로는 "변모"('*pathè lexeôs*'라는 낱말의 형태에서) 등으로 옮기지 않을 수 없었다. 문맥에 따라 여러 가지로 옮길 수 있는 렉시스(*lexis*), 로고스(*logos*), 스케마(*skhèma*) 등에 대해서도 비슷한 지적을 할 수 있다. 그리스어에서는 그 자체로 "의미를 갖는" 것처럼 보이는 통일성이 프랑스어로 옮기는 과정에서 깨어질 경우 매번 주해에 표기했다(예를 들어, 스케마를 "동작"과 "형상"이라고 번역한 17장 주해 4를 참조할 것). 색인을 내부적으로 참조하는 것도 번역본을 읽는 독자에게는 원본의 주된 기표의 조직망을 재구성하는 데에 도움을 줄 것이다.

우리는 무슨 일이 있어도 독창성을 잃지 않으려는 입장이 아니라, 이미 시대에 뒤쳐진 번역 그리고 독자를 잘못된 길로 이끌지는 않는다 해도 새로운 정보를 제공하지 못하는 관례적인 번역들과 조심스럽게 거리를 두려 했다. '*mimeisthai*'와 그 어근에 속하는 낱말들을 "재현" 등으로 옮기기로 한 것에 대해서는 앞에서 설명한 바 있다. 마찬가지로 뮈토스의 의미를 되살리기 위해서 "파블"(fable)을 버리고 "줄거리"(histoire)로, 그리스어 '*peripeteia*'에서 그대로 직역한 "급변"(péripétie) 대신에 "급전"(coup de théâtre)으로, 현대 언어에서는 그에 상응하는 용어가 없어 보통 그리스어 낱말 그대로 쓰고 있는 *parodos/stasimon*의 대립이 갖는 의미를 되살리기 위해 "입장 노래"(chant d'entrée)와 "무대에서 하는 노래"(chant sur place)로 옮기는 것이 좋다고 생각했다. 그 밖에도 다른 예는 많이 있으나, 한마디로 우리는 프랑스어로 옮기려고 노력했다. 번역이라는 분야에서 완벽성에 도달한다는 것은 불가능하지만, 적어도 우리의 번역이 때로 독자를 멈추게 하고 독자들에게 정보를 제공하면서도 스스로 질문하게 만든다면, 우리의 목표는 달성된 셈이다. 이러한 겸허한 바람에도 불구하고 두 가지 중요한 점에서는 타협하지 않을 수 없었다. 그러니까 프락시스(*praxis*)를 "행동"(action)으로 번역할 수밖에 없었는데, 사실 그다지 좋은 번역은 아니다. 그리스어에서 프락시스는 "행동" 보다 더 광범위한 영역을 포괄하며, 인간 주체로 보자면 예컨대 행복이나 불행 같은, 우리가 "상태"로 규정짓는 것(6장, 50 a 16)도 가리키기 때문이다. "행동의 재현"이라는 비극의 정의는 이처럼 확장된 프락시스의 의미에 기대고 있다. 다른 한편 "윤리학에 속하는" 것으로 알려진 용어들 — *spoudaios*와 *phaulos, khrèstos; aretè*와 *kakia* 등 — 을 번역하면서도 당혹스러움을 느꼈는데, 그 용어들은 모두 도덕적 가치와 다소 관련이 있으나 거의 대부분 사회적이고 때로는 미학적이라고 할 수도 있는 "품격"과 관련을 맺기 때문이다. 프랑스어에서 상대적으로 유연한 개념인 "고귀함"(noblesse)과 "품격"(qualité)이라는 용어를 사용하여 나름대로 번역하긴 했으나, 그에 상응하는 그리스어 용어가 갖는 의미를 다 담고 있다고는 할 수 없다. 이러한 의미론적 문제들은 주해에서 여러 차례에 걸쳐 논의되었다.

일반적으로 우리는 매우 실용적인 입장에서 여러 곳으로 들어갈 수 있는 그런 책을 만들고자 하였다. 그리스어 텍스트와 그 고증 자료, 그리고 조금 전에 말한 번역 이외에도 우리가 독자에게 제공하는 것들은 다음과 같다.

- 때로는 간략하고 국지적이며, 때로는 상세하고 공을 들인 주해에서는 번역을 해 나가면서 텍스트를 해석하려는 우리의 노력을 볼 수 있을 것이다.
- 개념 색인은 번역본과 그리스어 원본을 동시에 참조하고 있다. 책 속에서 참조 사항을 연결하여 체계적으로 구성했기 때문에 그리스어를 모르는 독자도 프랑스어 표제어로 된 항목에서 여러 뜻을 지닌 그리스어 용어가 때에 따라 다른 뜻으로 쓰인 흔적을 찾아볼 수 있을 것이다. 우리가 택한 표제어는 단지 그 가운데

하나를 번역한 것일 뿐이다(그리스어를 아는 독자라면 부분적이지만 매우 탁월한 카셀 편집본의 색인을 참조하기를 권한다).

• 고유명사 색인은 텍스트에 대한 참고사항 외에도 『시학』에서 언급된 작가나 작품들에 대해 간략하게 소개했다.

• 간략한 서지사항(이 부분을 참조하면 우리가 「서문」과 「주해」에서 그 이름을, 경우에 따라서는 연도로 표시했던 저자들의 서지사항을 확인할 수 있을 것이다).

• 그리스어를 라틴어로 옮겨 쓰는 작업은 단순화했으나 상당히 정확한 체계를 택해서 발음 부호를 제외하고 그리스어 필체를 정확하게 복원하려 했다. 라틴어로 옮겨 쓸 때 그에 해당하는 그리스어는 다음과 같다. è = η; ô = ω; âi, èi, ôi는 각각 α, η, ω; ng, nk, nkh는 각각 γγ, γκ, γχ. (하지만 고유명사의 경우에는 관례가 된 철자법을 지켰다. 아이스퀼로스를 *Aiskhulos*가 아니라 *Eschyle*로 옮긴 것 등이 그러한 경우에 속한다.)

• 관례에 따라 행수 조회는 언제나 베커(I. Bekker) 판본의 그리스어 원문에 표시된 행수를 가리킨다. 우리 텍스트도 베커판의 행수와 거의 일치한다(읽기에 덜 부담스럽도록 베커판의 쪽 매김에서 첫 두 자리 숫자 14…는 삭제하고 출전을 표기했다. 따라서 47 a 12는 Bekker 1447 쪽의 a 열[列] 12행을 가리킨다). 번역문 끝에 그리스어 원문의 행수를 수시로 표기함으로써 베커판 조회 기호로 표시된 대목을 쉽게 참조할 수 있도록 했다.

그리스어 텍스트와 문헌학적 고증 자료는 도미니크 베르주로(Dominique Bergerot)가 작성했다. 뛰어난 지적 능력만이 아니라 능숙함도 필요로 하는 과업을 수행하면서 그녀가 보여 준 모범적인 태도와 실천력에 대해 이 자리를 빌려 고마움을 표한다.

오스와(Aussois) 학술대회(1972)에서 그리고 고등사범학교에서 주최한 세미나(1973~1974)에서 『시학』에 대해 우리와 더불어 문제를 제기하고 여러 방안을 제시했던 동료 교수들에게도 깊은 사의를 표한다. 어느 부분에서 도움을 받았는지 정확히 말하기 어려울 정도이다. 여기서 그 이름을 일일이 거론하지는 않겠다. 그렇게 해서 혹시 우리가 비난을 받게 된다 해도 전혀 책임이 없는 그들까지 함께 비난받는 일은 피할 수 있을 것이다.

끝으로 츠베탕 토도로프의 끊임없는 격려와 자상한 인내심이 없었더라면 이 책은 결코 빛을 보지 못했을 것이다. 매우 각별한 감사의 뜻을 전한다.

로즐린 뒤퐁록과 장 랄로

약어

A = 파리시누스 그리스어 필사본(*Parisinus Gr.* 1741, 10-11세기)

B = 리카르디아누스 필사본(*Riccardinaus* 46, 14세기)

Ar = 파리시누스 아랍어 필사본(*Parisinus Arab.* 2346, 10세기). 트카츄를 통해 우리
   에게 알려졌으며, 관례적으로 거슬러 올라가면 시리아 판본을 거쳐 그리스어
   원본에 이른다.

Lat = 무르베커의 라틴어 번역은 다음 필사본에 포함되어 있다.
   O = 에토넨시스(*Etonensis, Bibl, Coll.* 129, 1300년 경)
   T = 톨레타누스(*Toletanus, Bibl. Capit.* 47.10, 1280년 경)
   또는 관례적으로 무르베커가 번역한 그리스어 원본을 가리킨다.

rec = A 또는 B의 사본(들), 혹은 A의 최근 수정본.

제1장

47 a 8   우리는 앞으로 작시술 그 자체, 그 여러 종류와 그 각각의 고유한 목적성, 시 창작에 성공하기 위해 필요한 줄거리 구성 방법, 시를 구성하는 부분들의 수와 성질, 기타 이 연구와 관련된 다른 모든 문제들을 다룰 것이다. 자연의 질서를 따라서 제일 먼저인 것부터 다루어 보자.[1]

47 a 13   서사시와 비극시는 물론 희극, 디튀람보스 창작 기술 그리고 피리나 현금을 연주하는 대부분의 기술[2]은 모두 재현이라는 공통점을 가지고 있다.[3] 그러나 이들은 세 가지 점에서 다르다. 즉 재현하는 수단이 다르거나, 재현하는 대상이 다르거나, 다르게, 즉 다른 방식으로 재현한다.[4]

47 a 18   (기술에 의해 또는 습성에 따라[5]) 색채와 형상이라는 수단을 사용하여 여러 사물의 모양을 재현하는 사람들이 있고, 소리를 수단으로 사용하는 사람들도 있듯이, 위에서 말한 여러 기술들의 경우에도 마찬가지이다. 즉 재현행위는 모두 리듬과 말과 선율을 수단으로 이루어지는데, 그 각각의 수단은 독자적으로 사용되거나, 서로 결합하여 사용되기도 한다. 예컨대 피리나 현금을 연주하는 기술과 그와 비슷한 기능을 갖는 목동 피리(syrinx) 같은 기술들은 선율과 리듬만을 사용한다. 춤꾼들의

기술은 선율 없이 리듬만을 수단으로 사용하여 재현한다(실제
로 그들은 리듬에 형상을 부여함으로써 성격, 감정, 행동을 재현한
다[6·7]).

그러나 산문이든 운문이든, 오직 말만을 사용하는 기술, 또 47 a 28
는 운율의 형식을 갖춘 말을 사용하는 기술은, 여러 운율을 결 47 b 8
합하든 한 운율만을 사용하든, 아직까지 이름이 정해져 있지
않다.[8] 소프로노스와 크세나르코스의 풍자 희극 그리고 소크
라테스의 대화록을 동시에 가리키는 공통된 명칭은 없으며, 단
장 3보격 운율이나 비가운율(悲歌韻律) 또는 다른 종류의 운율
을 사용하여 재현하는 작품 모두를 가리키는 공통된 이름도 없
다. 어쩔 수 없이 운율의 이름에 "시인"이라는 낱말을 붙여, "애
가(哀歌)시인"이나 "서사 시인"이라고 부른다. 이때 그들을 시
인이라 부르는 것은 재현하기 때문이 아니라 그들 모두가 공통
적으로 운율을 사용하기 때문이다. 실제로 의학이나 자연학을 47 b 16
주제로 한 저술이라도 운율을 사용했으면 관례적으로 그 저자
에게 시인이라는 이름을 붙이고 있다. 그러나 호메로스와 엠페
도클레스는 운율을 사용한다는 것 외에는 아무런 공통점이 없
다. 호메로스는 시인이라 해야 옳지만 엠페도클레스는 시인이
라기보다 오히려 자연학자라고 해야 할 것이다. 마찬가지로 카
이레몬이 온갖 운율을 혼합한 랍소디아인 『켄타우로스』에서
했던 것처럼 온갖 운율을 뒤섞어 재현하는 경우에도 시인이라
불러야 할 것이다.[9] 이런 문제들에 관해 꼭 필요했던 구분들이
바로 이런 것이다.

한편 디튀람보스, 송가, 비극과 희극 등에서와 같이 앞서 47 b 24
말한 모든 수단들, 즉 리듬, 노래, 운율을 모두 사용하는 작가들

도 있다. 어떤 이들은 그 모두를 한꺼번에 사용하고, 어떤 이들은 부분에 따라 나누어서 사용한다는 점에서 다르다.[10]

47 b 28   이상은 재현에서 사용하는 수단에 따라 시적 기술들을 구분한 것이다.

제1장 주해

1. 47 a 13

『시학』의 첫 부분은 그리 쉽다고는 할 수 없는 간략한 개요로 시작된다. 물론 이 개요가 『시학』의 정확한 구상을 담고 있는 것은 아니지만, 방법론적 연구(*methodos*)라고 할 수 있는 과정의 큰 윤곽을 그리고 있으며, 또 몇 가지 주요 개념들을 제시하고 있다.

자연학자의 분류방법론을 시학에 적용하면서("자연의 질서를 따라서", 47 a 12), 아리스토텔레스는 작시술을 유(類)개념으로 취급하고 거기서 여러 종(種, *eidè*)들을 구분한다. 그렇게 해서 시작된 구별과 분류는 47 a 16 이하에 나열되는 세 가지를 기준으로 해서 이루어진다.

우선 작시술은 방향이 설정된 활동으로 제시된다. 즉 가가의 장르는 고유의 뒤나미스(*dunamis*)를 가지고 있다. 우리가 "목적성"이라고 옮기고 있는 이 용어는, 보다 정확히 말해서 아리스토텔레스에게는 "현실태"(*energeia*)로 실현되게끔 되어 있는 "가능태"를 가리킨다. 가능태는 근원이라는 측면에서 고찰할 수도 있고 ─ 47 a 25(9장, 51 b 38을 참조)에서 뒤나미스가 "원동력, 가능성"의 뜻을 갖게 되는 것은 이 때문이다 ─ 목적성이라는 측면에서, 다시 말해 현실태에 이르는 과정을 통해 규정될 수도 있는데, 이 경우가 그렇다(6장, 50 b 18을 참조). 시 작품이 "성공적인지"(*kalôs ekhon*)의 여부는 이처럼 현실태로 넘어가면서 입증될 것이다. 그러한 현실화가 어떤 것인지에 대해서는 아무런 언급이 없지만, 작품이 수용자(관객, 청자, 독자)에게 만들어 내는 효과, 즉 장르에 따라 다양하게 변화하는 "쾌감"(hèdone)으로 정의되는(예컨대 13장, 53 a 35 이하; 14장, 53 b 10 이하를 참조) 효과와 관계가 있는 것은 분명해 보인다. 우선 아리스토텔레스는 각각의 장르가 나름대로의 뒤나미스를 가지고 있다고 상정함으로써 각 장르가 "고유의 쾌감"(okkeia hèdonè)에 따라 질서를 갖는다는 사실을 은연중에 암시한다.

모든 경우에 있어 기술의 성공과 완성도는, 시 창작 활동의 결정적인 핵심 요소인 줄거리 구성(sunistasthai tous muthous)에 달려 있을 것이다(7-18장). 끝으로 아리스토텔레스는 "구성 부분들"(moria)의 수와 성질에 대해서 언급하는데, 문장 구성상 이것이 일반적으로 시를 구성하는 부분들을 말하는지 아니면 각각의 장르를 구성하는 부분들을 말하는지는 결정하기 어렵다. 어쨌든 그것은 별로 중요한 문제가 아니다. 시에 대한 연구는 이상적인 장르, 즉 다른 모든 장르들의 모델과 표준이 되는 비극 장르에 대한 연구와 줄곧 뒤섞이기 때문이다.

2. 47 a 15

어째서 피리나 현금으로 연주된 음악의 "대부분"(hè pleistè)만이 재현적인지 우리로서는 밝힐 방도가 없다. 도대체 다른 어떤 "부분"이 미메시스에서 제외된다는 말일까? 피리와 현금이 각기 특히 가사 있는 음악으로 이루어진 디튀람보스와 가창곡에 보조 악기로 사용되었다는 점을 감안한다면, 순수한(psilè) 악기 연주는 재현적인 것으로 간주되지 않는다고 생각할 수도 있을 것이다. 하지만 뒤를 보면(47 a 23 이하) 그런 해석은 불가능하다. 대부분이라고 유보적인 표현을 쓴 것은, 이미 플라톤이 비난한 바 있듯이(『법률』, II, 669 d-e), 악기 연주자들이 때때로 지나친 과

시 욕구에 휩쓸려 가는 것을 겨냥했을 것이라는 의견도 있지만(Bywater, 해당 부분 참조), 아리스토텔레스가 정말로 플라톤과 같은 생각으로 그런 말을 한 것인지 단정할 만한 근거는 없다. 『시학』 26장(61 b 30)에 어설 픈 피리 연주자에 대한 비판이 단 한 번 나오는데, 그것은 공중제비를 돌 거나 다른 동작들을 함으로써 자기 예술의 경계를 벗어난다는 것일 뿐, 피리 연주 기술 자체를 문제 삼는 것은 아니다. 게다가 보조수단으로 사 용하는 그러한 유형의 과시는 엄밀히 말해서 무언극에서 재현하는 것 과 같은 행위의 한 예로 볼 수 있다. 갈라보티(해당 부분 참조)는 음악에 서 비–재현적인 부분은(『정치학』, VIII, 1341 b 35) "행동"(*prakticka*)과 "성 격"(*èthika*)이 아니라 "감흥"(*enthousiatika*)을 나타내는 선율로 볼 수 있다 고 말하지만, 이러한 주장 또한 상당히 자의적이다.

3. 47 a 16

우리는 미메시스라는 낱말을 "재현"으로 옮긴다(마찬가지로 '*mimeisthai*' 라는 동사는 "재현하다" 등으로 옮긴다). 우리가 왜 "모방, 모방하다⋯" 등 의 전통적인 번역을 포기하기로 했는지 그 이유의 정당성은 앞으로도 계속 입증할 것이다. 서문 25쪽과 색인의 재현 항목을 참조할 것.

4. 47 a 18

몇몇 작시술에 공통된 특성을 지칭하기 위해(모든 기술이 빠짐없이 언급 된 것은 아니고, 더구나 언급된 것들도 분명히 동질적이지는 않다. 전적으로 언어적인 기술[서사시]에 속하는 문학 장르들이 음악을 연주하는 기술과 같 이 나오기 때문이다[47 a 16]) 도입된 미메시스라는 용어는 그 어느 곳에 도 정의되어 있지 않다. 이러한 침묵은, 미메시스라는 용어가 아리스토 텔레스가 나열하고 있는 (재현의) 종류만큼이나 다양한 (재현) 활동을 포괄하는 총칭 개념을 표현하기 위해 당연하게 사용되었음을 받아들이게끔 한다. 서사시, 비극 등은 모두 일반적으로(*to sunolon*) 미메시스, 즉 "재현"이라는 주장을 하나의 공식처럼 세울 수 있었을 것이다.

　물론 이 주장은 오늘날의 독자들이 보기에는 더 이상 자명하지 않다. 미메시스 개념을 규명하기 위해선 다양한 재현행위들을 분류하고 그 차이점을 검토하는 방법밖에 없을 것이다. 실제로 곧이어 아리스토텔레스는 재현하는 기술을 구분하는 세 가지 기준, 즉 재현행위의 수단(*en hois*), 대상(*ha*) 그리고 방식(*hôs*)을 열거하며, 1장과 2장 그리고 3장에서 이 기준들을 차례로 분석할 것이다. 그것을 읽어 나가며 우리는 선별 수단이 갈수록 세밀해짐으로써 미메시스 개념의 윤곽이 좀 더 확실하게 파악되고 정제되는 것을, 4장에 이르러서는 명확한 형태가 추출되는 것을 보게 될 것이다.

　47 a 18 이하에서 '*mimeisthai*'라는 동사는 '*apeikazontes*'라는 분사로 분명하게 한정되어 있다. 우리가 가지고 있는 아리스토텔레스의 『시학』에서 단 한 번 쓰인 '*apeikazein*'이라는 동사는 기원전 4세기에는(이소크라테스, 플라톤, 크세노폰) "어떤 모델로부터(*apo-*) 하나의 이미지('*-eikazein*'; "이미지"라는 뜻의 '*eikôn*'을 참조할 것)를 만들어 내고, 베낀다"는 뜻으로 쓰였다. 특히 플라톤에게서 '*apeikazein*'은 이념적인 모델을 모방하여 감각적인 대상을 만들어 내는 것을 가리키는데, 목적격으로 쓰인 대상(또는 수동태에서는 주어)은 모델 자체를 가리키는 목적격일 때도 있고(『티마이오스』, 39 e 4), 복제를 가리키는 목적격일 때도 있다(같은 책, 29 c 1; 『국가』, 511 a 8). 물론 여기서 아리스토텔레스가 말하는 미메시스는 '*apeikasia*'와 결합되어 있기 때문에 (『법률』, 668 c 1에서 그 두 가지 실사를 비교하는 플라톤에서처럼) 이념적인 패러다임의 존재를 가정하는 것은 아니다. 이것은 분명 중요한 차이이지만, 그렇다 해

도 플라톤과 아리스토텔레스에게 있어서 "모방"과 관련된 동사들에 공통된 특성은 훼손되지 않는다. 즉 이 동사들과 함께 쓰이는 목적의 대격은 모델의 경우처럼 관계된 대상이거나 복제의 경우처럼 실현된 대상을 동시에 가리킴으로써, 기본적인 양가성을 띠고 있는 것이다. 이는 우리가 'mimeisthai'를 "재현하다"로 번역하기로 한 이유들 가운데 하나이기도 하다(15장, 54 b 9와 22장, 59 a 12는 예외인데, 그 부분의 주해를 참조할 것). "모방하다"라는 전통적인 번역은 목적격을 무조건 모델의 목적격으로만 해석하지만, 사실상 문맥 속에 판별 요소가 없는 경우 "한 사람을 재현하다"라는 말 역시 'mimeisthai anthrôpon'과 마찬가지로 애매하다. 우리가 'polla mimountai'를 "여러 사물을 재현한다"로 번역하는 것 역시 재현된 "대상들"(그리스어로 단순 중성복수)의 위상과 관련해서 볼 때 한 마디로 간단히 해결되지는 않으며 애매한 것으로 이해해야 할 것이다 (이 문제에 대해서는 2장 주해 1과 2; 3장 주해 3도 참조할 것).

5. 47 a 20

괄호 안의 내용은, 플라톤이 여러 차례 다루었던 고전적인 문제를 가볍게 언급하고 있다. 시인이나 혹은 여기서처럼 화가와 같은 예술가들은 작품을 만들 때 기술(*tekhnè*)로 만드는가? 그렇지 않다면 예술작품은 어떤 능력으로 만들어지는가? 우리는 플라톤의 대답을 알고 있다. 시인이 시인인 것은 지식(*sophia*, 『소크라테스의 변명』, 22 c)이나 기술(*tekhnè*, 『이온』*Ion*, 533 e; 『파이드로스』, 245 a) 때문이 아니라, 타고난 본성과 신이 부여한 능력(*phusei tini kai enthousiazontes*, 『소크라테스의 변명』, 인용문 가운데; *entheoi ontes*, 『이온』, 인용문 가운데) 덕분이거나 뮤즈가 불러일으킨 열정과 광기 탓(*apo Mousôn katokôkhè te kai mania*, 『파이드로스』, 인용문 가운데)이라는 것이다.

아리스토텔레스는 플라톤으로부터 시의 비합리적 구성 요소를 받아들인다. "작시술은 남다른 재능(*euphuous*)을 가진 사람이나 망상(*manikou*)에 빠진 사람들의 소관이다"(17장, 55 a 32). 하지만 그는 시 창작에서 기술의 역할에 대해 물음을 제기한다. 그 누구보다도 탁월한 시인인 호메로스가 언제나 올바르게 선택한 건 "기술 덕분인가 아니면 타고난 본성 덕분인가?"(*ètoi dia tekhnèn è dia phusin*, 8장, 51 a 24) 1장 괄호 안의 내용(47 a 20)은 화가의 경우를 예로 들어 기술과 습성을 저울질하고 있다. "기술에 의해"(*dia tekhnès*) 재현하는 화가도 있고, "습성에 따라"(*dia sunètheias*) 재현하는 화가도 있을 것이다. 아리스토텔레스가 각기 전자와 후자의 부류에 어떤 화가들을 위치시켰는지 그리고 그 두 부류 사이에 어떤 서열을 세웠는지는 전혀 알 수 없다.

『시학』의 전체적 논지로 보자면, 재현적 생산에서 테크네의 역할 문제는 결코 상투적인 주제가 아니다. 그것은 두 가지 물음, 즉 '테크네는 어디서 나오는가?' 그리고 '누가 그것을 지니고 있는가?'와 연결된다. 『형이상학』(A 1, 981 a 5 이하) 첫 부분에서 "일련의 경험에서 추출되는 앎"으로 정의되는 테크네는 "경험"(*empeiria*)과는 직접적으로 대립된다. 테크네는 추상화 과정을 통해 경험으로부터 파생되는 것이기 때문이다. 본문에 나오는 기술(*tekhnè*)/습성(*sunètheia*)의 대립도 그와 동일한 가치를 담고 있다. 그런데 4장에서는 "즉흥적인 창작으로부터"(48 b 23) 작시술(*tèn poiètiken*[즉 *tekhnèn*], 48 b 4)이 탄생하는 것을 상세하게 다룬다. 즉, "천부적으로 뛰어난 적성을 타고난 사람들"(*hoi pephukotes pros auta malista*, 48 b 22)이 시도하는 처음의 경험들, 하지만 아직은 기술이 없어서 제대로 길을 잡지 못한 경험들로부터 작시술이 생겨난다는 것이다. 그러니까 애초에는 타고난 능력과 경험이 중요하다. 하지만 일단 시가(詩歌)가 태어나서 발전하게 되면 어떤 시인이라도 테크네를 습득해서 이를 구사하게 될까? 분명 그렇지 않을 것이다. 호메로스의 경우마저도 그의 창작이 "기술 덕분인가 아니면 타고난 본성 덕분인가"라는 물음을 제기하고 있기 때문이다.

그러면 테크네를 지니고 있는 것은 누구인가, 그리고 어디서 테크네를 얻는가? 테크네라는 낱말을 『형이상학』 첫 부분에 나오는 좁은 뜻으로 이해한다면, 테크네를 확실하게 아는 사람은 수많은 작품들에서 그것을 추출하여 방법론적으로 설명하고 제시할 수 있는 철학자뿐이다. 작품으로 평가받는 시인에 대해서는, 그 재능의 토대가 되는 것이 정말 테크네에 대한 지식인지는 전혀 말할 수가 없다. 습성이나 타고난 능력만으로도 충분히 설명할 수 있기 때문이다. 하지만 아주 분명하다고는 할 수 없으나, 호메로스는 예외가 될 수 있다. 24장에는 적어도 이를 암시하는 대목이 두 군데 있다. 호메로스는 "시인들 가운데 자신이 해야 하는 일을 알았던 유일한 시인"(60 a 6)이다. 또한 "무엇보다도(*malista*) 다른 시인들에게 거짓말하는 법을 가르쳤던"(60 a 18 이하) 사람이기도 했다. 호메로스는 바로 그런 지식을 가지고 있었고 규범을 가르쳤기 때문에 자신의 기술을 의식하고 있었던 시인, 그 기술을 공식화해서 전할 수 있었던 시인이라는 이미지를 얻은 것이 아닐까? 그래서 그는 시를 짓는 일(*poièsis*)의 아버지에 그치지 않고 작시술(*poiètikè tekhnè*)의 아버지도 되는 것이다. 아리스토텔레스는 호메로스에게서 모델을 넘어 자신의 이론을 입증하는 보증인을 발견했을지도 모른다.

실제로 아리스토텔레스는 이론가로서 "예술의 일반규칙"을 폭넓게 설정하고 있다. 그리하여 이론에 관한 설명적이고 규범적인 논의는 경직된 논리적 틀을 만들어 내면서 이론을 위한 이론이 되기도 한다. 그 경우에 마주치는 난관은, 이론에서 출발하여 구체적인 작품들을 만나고 또 그 작품들의 다양성과 독창성을 고려해야 한다는 점일 것이다. 『시학』은 이렇게 불편하게 이론과 작품 사이를 오가고 있기 때문에, 곳곳에 어정쩡하거나 거의 모순되는 진술들이 눈에 띄게 된다(3, 4, 6, 18, 24, 26장을 참조할 것).

6. 47 a 28

회화 영역을 잠시 제쳐 둔다면 여기 나열된 모든 재현행위에 공통된 항목은 리듬이며, 리듬만을 사용하는 춤이 가장 헐벗은 형태의 미메시스로 규정되고 있다는 점을 주목할 수 있을 것이다(콜러는 이를 미메시스의 가장 근원적인 형태와 관련이 있다고 말하지만, 여기서는 그 문제에 대한 결론을 뒤로 미룰 수밖에 없다[Koller(1954)]). 그런데 춤꾼들에 대해서는 아리스토텔레스는 "그들이 성격·감정·행동을 재현한다"고 말하고 있다. 어떻게 그것이 가능한가? "리듬에 형상을 부여함으로써"(*dia skhèmatizomenôn rhuthmôn*) 그렇다는 것이다. 리듬은 여기서 몸으로 "형상" ― 안무에서 사용하는 뜻으로 ― 을 그리는 춤꾼의 움직임을 통해 구현된다. 하지만 리듬이 어떻게 성격과 감정 그리고 행동을 재현할 수 있는가? 사실 리듬이라는 재현 수단은 자의적이지 않다. 그리스인들은 언제나 개인들의 지속적인 성향으로서의 성격(*èthè*), 그리고 춤과 음악의 리듬 사이의 유사성을 인식하고 있었다. 플라톤 역시 "가무(歌舞) 예술(노래를 동반한 춤)이 성격의 재현(*mimèmata tropôn*)으로 이루어진다"는 것을 자명한 사실로 제시하고 있으며(『법률』, II, 655 d), 아리스토텔레스는 『정치학』 VIII권에서 음악을 교육에 활용할 수 있는 기회를 검토하면서 "선율 속에는 성격의 재현(*mimèmata èthôn*)이 있다"(1340 a 39)라고 강조한 뒤에 이렇게 말한다. "리듬의 경우도 마찬가지이다. 즉 어떤 리듬은 보다 침착한 성격(*èthos*)을, 다른 리듬은 들뜬 성격을 지니고 있다(*ekhousi*)…"(1340 b 8). 여기서 말하는 것이 성격을 재현하는 선율이든 성격을 가진 리듬이든, 이 대목은 리듬과 다양한 선율의 양태들이 내포하는 에토스 개념이 그리스인들의 정신에 자연스럽게 나타났다는 것을, 거의 은유적인 관계에 있었음을 잘 보여 준다. 따라서 춤꾼들이 "리듬에 형상을 부여함으로써 성격·감정·행동을 재현한다"라고 말하더라도 놀랄 것이 없지 않은가?

춤꾼들은 또한 "감정"(*pathè*)과 "행동"(*praxeis*)을 재현한다. 성격과 감정 그리고 행동이라는 세 용어들 사이에는 어떤 관계가 있는가?『니코마코스 윤리학』에서는 감정과 행동이 서로 대립되는 짝을 이루고 있는데, 일반적으로 이를 "격정"과 "행동"으로 번역하곤 한다. 이 두 용어는 개인이 겪는 일시적인 상태나 과정을 가리킨다는 공통점을 지니며, 지속적인 여건을 구성하는 "성격"(*èthos*)은 그 둘과 관련하여 결정되고 규정된다. 이렇게 해서 지적인 덕목과는 구별되는 윤리적 덕목(*èthikè aretè*)은 "격정"과 "행동"과의 관계에서 중간 위치에 있는 것으로 규정된다(『니코마코스 윤리학』, 1107 a 5를 특히 참조할 것).『시학』에서 성격… 감정… 행동에 관한 일련의 대목들은 십중팔구『니코마코스 윤리학』의 분석을 염두에 두고 해석해야 한다. 따라서 감정과 행동의 짝은 그처럼 춤꾼들이 재현하는 주된 대상인 성격에 종속된다.

(이런 관점에서 텍스트를 볼 때 성격과 감정[*èthè kai pathè*]은 소리상 짝을 이룬다는 것밖에 없다. 이어지는 대목에서 두 용어는 전혀 다른 문맥에서 사용되는데, 성격[*èthè* 혹은 *èthos*]은 재현의 대상들 가운데 하나를 이루면서[6장, 50 a 16 이하] 줄거리[*muthos*]가 재현하는 행동[*praxis*]에 종속되는 반면에, 격정적인 효과[*pathos*]는 줄거리를 구성하는 부분에 속하게 된다[11장, 52 b 10]. 하지만 24장을 보면 두 용어에서 파생된 형용사 '*èthikè*'와 '*pathètikè*'[59 b 9]는 서로 구분될 뿐만 아니라 상반되기까지 하는 극 유형을 지칭하면서[주해 3의 해당 부분 참조], 후에 수사학에서 각광을 받게 될 의미

론적 짝을 이룬다. 1장에서 그것까지 다룰 필요는 없을 것이다.)

7. 47 a 28

아리스토텔레스는 재현의 수단을 기준으로 삼아 여러 유형의 창작 기술들을 비교하는데, 시는 전적으로 그리고 당연히 형태와 색채를 사용하는 회화와 달리 춤, 그리고 리듬이나 말 혹은 선율을 도구로 사용하며 반주가 곁들여지는 노래 쪽에 위치한다.

4장에서 아리스토텔레스는 발생론적으로 춤과 노래를 비극과 결합시키는 긴밀한 관계를 상세히 설명할 것이다(48 b 29 이하; 49 a 10 이하). 하지만 기원에 대한 성찰을 시작하기도 전에 시에 부여된 위치는 『시학』의 근본적 관점을 드러낸다. 즉 시는 그 완성된 형태로 보자면 무엇보다 춤과 노래에서 파생된 예술, 다시 말해서 비극일 수밖에 없다는 것이다. 그런데 재현예술은 성격을 부여받은 행동하는 존재들의 재현을 겨냥한다는 점에서 ─ 아리스토텔레스는 2장에서 이를 명제로 내세운다 ─, 리듬이 성격과 긴밀한 상응 관계로 이어져 있기 때문에(위, 주해 6을 참조할 것) 아리스토텔레스는 춤을 모델로, 말하자면 원형으로 삼고 있는 것이다.

그런데도 『시학』 전반에 걸쳐 특별히 참조하고 있는 기술이 춤이 아니라 회화라는 사실은 역설적으로 보일 수도 있다(2장, 48 a 5 이하; 4장, 48 b 10-19; 6장, 50 a 26 이하와 50 a 39 이하; 15장, 54 b 9 이하; 25장, 60 b 8 이하).

여기서 우리는 해당 부분을 미리 분석하지는 않을 것이고, 어떻게 그러한 역설이 가능한지 간단하게 설명하는 데 그칠 것이다. 리듬은 성격의 직접적 표현으로서 일차적으로 에토스를 재현의 대상으로 내세운다. 반면에 아리스토텔레스가 강력하게 주장한 명제들 가운데 하나는,

시 창작에서 에토스는 행동(*praxis*)에 종속된 부차적인 대상(*deuteron*, 6장, 50 a 39)이 되어야 한다는 것이다. 그런데 회화 예술은 사실상 성격과 훨씬 더 느슨한 관계를 유지한다. 회화 예술은 성격에 대한 "지시"만을 제공하기 때문이다. 실제로 『정치학』(VIII, 1340 a 28 이하)에 나오는 용어를 빌리면, 성격의 "재현"(*mimèmata*)을 포함하는 선율에 반해, 시각 영역에서 형태와 색채는 성격의 "복제품"(*homoiômata*)이라기보다는 오히려 "기호"(*sèmeia*)에 가깝다. 회화 특유의 쾌감을 만들어 내는 것은, 윤곽, 흑백으로 된 이미지의 소묘(*leukographèsas*, 6장, 50 a 39 이하), 달리 말해서 형태의 창조와 구성이다.

아리스토텔레스의 주장은 리듬에 의한 재현행위들 ── 춤에 이어서 노래 그리고 운율을 갖춘 말 ── 을 성격 표현과 연결시키는 기존의 생각에 반하는 것이라서 논쟁의 여지를 안고 있다. 어쨌든 『시학』은 회화 모델에서 형태의 구성을 받아들인다. 이는 뮈토스 형태, 즉 사실들을 조직적으로 배열하는 줄거리 형태가 될 것이다. 일반적으로 알려진 견해를 바꾸려 하고 또 아마도 정반대의 입장을 취했기 때문에 아리스토텔레스는 줄거리의 우위(6장, 50 a 38을 참조할 것)를 더욱더 강력하게 주장하면서 역설적인, 하지만 그렇기 때문에 더욱 충격적인 회화의 예를 선택했을 것이다.

하지만 모든 논쟁을 넘어 『시학』은 복합적인 현실을 인정한다. 즉 운율이라는, 리듬을 갖춘 언어를 제쳐 놓고 시를 생각할 수는 없다는 것이다. 그래서 시적 미메시스는, 회화처럼 리듬 없는 형상들(*skhèmata*)과 춤과 같이 "형상화된 리듬들"(*skhèmatizomenoi rhuthmoi*) 사이에서, 독자적인 공식에 따라 미메시스의 "수단"들이 균형을 이루게 하며, 그러한 공식 덕분에 시적 미메시스는 가능태에 할당된 고유의 목적에 이르게 되는 것이다.

8. 47 b 9

버나이스는 속사 '*anônumos*'를 복원시켜 이 문장의 구조를 다시 정립한 바 있는데, 아랍어 판본은 그의 탁월한 추정을 뒷받침해 주었다. 하지만 모든 필사본에 나오는 '*epopoiia*'라는 용어는 수긍하기 힘들다. 아리스토텔레스가 서사시는 이름이 없다고 주장했을 리는 없기 때문이다. '*epopoiia*'를 그대로 보존하는 것은, 발렌(*Beitr.*, I, p.270, 303, 주해 6)이 그랬듯이, 다음과 같은 사실을 가정하는 것이다. 즉 여기서 '*epopoiia*'는 서사시라는 기술적 의미(사실 일반적으로 이렇게 쓰이고 있고, 『시학』에서는 특히 그렇다)가 아니라 훨씬 더 일반적인 가치를 가지고 있었으며, 산문이든 운문이든 모든 작품을 포괄하는 것, 해당되는 그리스어가 없는, "말로 된 작품" 전체를 가리킨다는 것이다. 하지만 아리스토텔레스가 무엇 때문에 이름이 정해져 있지 않은 실재를 지칭하기 위해, 더구나 단 한 번 그리고 엄밀하게 말해서 임기응변 식으로 지칭하기 위해서, 자신의 설명 가운데 자주 등장하는 만큼이나 그 뜻이 분명한 전문 용어를 선택했는지는 알 수 없는 일이다. 그래서 우리는 위버베크(Ueberweg) 이후의 모든 편집자들이 그랬듯이(그리고 '*epopoiia*'를 번역하고 있지 않은 아랍어 판본에 의거하여), 모든 필사본에는 다 나와 있지만 문헌학적으로는 잘 설명되지 않는 그 낱말을 삭제할 것이다.

하지만 원전의 형태가 어땠는지와 관계없이, 텍스트에 내재한 난관을 성찰하는 데서 출발하여 상상의 나래를 펼치는 것은 가능할 것이다. 예를 들어 이를 '*è de poiia*'라고 적어 보면서(그렇게 되면 텍스트가 전승되는 과정에서 음절 '*po*'를 겹쳐 씀으로써 오류가 생겼다고 쉽게 설명할 수 있을 것이다) 신조어를 생각해 볼 수도 있다. 형태론적으로 '*poiia*'는 ― 데모크리토스가 '*ouden*'에서 부정을 나타내는 요소 '*ou*'를 제거한 후에 '*den*'을 사용했던 것처럼 ― 개별 장르들을 가리키는 복합어(*epo-poiia, elegeio-*

poiia, dithurambo-poiia…)에서 나온 인위적인 형태라 할 수 있다. 따라서 그것은 그리스어에는 해당하는 낱말이 없는 것으로, 문학적 유형이 아니라 공통적인 장르, 즉 세분화되지 않은 "작문" 그 자체를 가리킨다고 할 수 있다. 물론 행동을 나타내는 명사 *'poièsis'*가 있긴 하지만, 그 낱말은 『시학』에서 이미 "운문으로 된 작문"이라는 세분화된 뜻으로 사용되고 있으므로, 새로운 용어를 만들어 낼 필요성이 있었을 것이다. 전승되는 과정에서 곧바로 희미해져 버리는 바람에 어휘 연구자들이 미처 파악할 여유가 없었던 이 드문 용례의 낱말을 어느 정도 받아들여야 할지는 잘 모르겠다.

9. 47 b 23

"리듬, 말 그리고 선율"을 사용하는 여러 예술들에 있어서 이들을 구분하는 요소는 리듬이다. 음악에서는 리듬이 선율과 결합되며, 춤에서는 리듬만 나타난다. 그래서 중간 단계를 거의 거치지 않고 곧바로 언어 예술을 다룰 때 역시(47 a 28), 리듬이 있는지 그리고 리듬이 무엇과 결합하는지에 따라서 근본적인 구분이 이루어질 거라고 생각하게 된다. 실제로 47 a 28 이하에서 아리스토텔레스는 리듬의 차이에 의거해서 언어를 수단으로 삼는 구성 유형들을 나열하고 있는데, 규칙적인 리듬의 부재를 그 특징으로 삼는 산문은 운율을 사용하는 장르와 대립되며, 운율을 사용하는 장르들 역시 각기 운율을 특수하게 사용하는 법에 따라 구분된다. 사용된 운율에 따라 시 장르들을 구분하던 "사람들"(*hoi anthrôpoi*)의 논리가 그렇다. "*epos*를 만드는 사람"이라는 뜻의 *'epopoioi'*는 서사시의 저자가 아니라, 다루고 있는 주제가 무엇이든 "영웅시의 운율"(장단단격의 육각운율)을 사용하는 사람이며, "*elegeion*을 만드는 사람"이란 뜻의 *'elegeiopoioi'*는 애가(哀歌)의 이행구(二行句) ― 장단단 5보격에 이은 육각운율 ─ 를 사용하는 사람이다, 등등. 이 논리에 따르면 "시인"(*poiètès*)은 장르를 지칭하는 공통용어(*koinèi*, 47 b 15)로서 그와 관련된 각각의 '*-poioi*'는 그 하위 유형을 대표하고, "시"(*poièsis*)는 그들의 활동에 공통된 것, 즉 운율에 맞춘 글쓰기를 지칭한다.

그러니까 어떤 의미로는 우리가 문학적이라고 부르는 작품들의 분류에 있어서 "사람들"의 관점과 아리스토텔레스의 관점 사이에 동질성이 있는 셈이다. 하지만 아리스토텔레스는 관점을 뒤집어 볼 것도 제안한다. 즉 관점을 뒤집어 "재현"(*mimèsis*)을 시에서 근본적인 기준으로 상정해 보라는 것이며, 그것은 1장의 핵심 주제이기도 하다. 그래서 "사람들"이 시인이라고 부르는 명칭은, "재현과 관련해서가 아니라"(*oukh hôs kata tèn mimèsin*, 47 b 4) 운문으로 글을 쓰는 모든 사람들을 같은 부류(*koinèi*)로 묶어 그렇게 부른다는 점에서 적절하지 않다고 비난하는 것이다. 관례적인 언어 용법을 공격한다는 점에서 분명 논쟁의 소지가 있는 논리이지만, 어쨌든 그 연장선에서 아리스토텔레스는 서로 대칭되는 두 가지 예를 분석한다.

(a) "사람들"에게 엠페도클레스는 장단단격의 육각운율로 글을 쓰기 때문에 호메로스와 마찬가지로 '*epo-poios*'이다. 그런데 엠페도클레스는 호메로스와 아무런 공통점도 없다(*ouden koinon*, 47 b 17). 아리스토텔레스는 호메로스가 재현 덕분에 시인이라는 이름을 얻을 자격이 있다면, 엠페도클레스가 운문으로 쓴 작품은 "자연에 관해"(*Peri phuseôs*) 얘기하기 때문에 "시인이라기보다 오히려 자연학자라는 이름으로"(*phusiologon mallon è poiètèn*, 47 b 19) 불러야 한다고 강조한다. 이렇게 구분한 것은 엠페도클레스의 작품이 다루고 있는 대상("physique"; *phusikon*, 47 b 16을 참조할 것)과 관련하여 작품이 "재현적" 특성이 없다는(혹은 적다는?) 이유밖에 없다. 탁월한 시인 호메로스가 재현하는 대상은 그와 달리 뭔가

분명한 특성을 보이면 좋을 것이다. 그렇게 되면 미메시스를 구별할 수 있는 기준이 마련될 테니 말이다. 하지만 전혀 그렇지 않다. 아리스토텔레스의 강의를 듣는 사람들에게 미메시스라는 낱말은 그 자체로는 별다른 뜻이 없어 보인다. 엠페도클레스에게 자연학이라는 주제가 그런 것처럼, 호메로스에게 해당하는 그 "명백한" 짝이 무엇인가를 그의 강의 내용을 추론해서 찾아내는 일은 결국 우리의 몫이다. 그렇다면, 한마디로 그것은 행동하는 인간이라고 말할 수 있다. 1장 첫 부분에서 든 예들도 이를 암시하고 있고, 『시학』의 나머지 부분에서도 확인할 수 있듯이, 비극·희극·서사시는 사람(또는 사람과 비교할 수 있는 의인화된 존재)이 그 행동 주체(*prattontes*)가 되는 행동들(*praxeis*)을 재현한다는 공통점을 가지고 있다. 의학이나 자연철학(*iatrikon è phusikon*)에 속한 "주제"(그리스어 원본에는 단순 부정대명사인 "어떤 것"*ti*으로 되어 있다)는 설명되고 (*ekpherôsin*, 47 b 17; 이 동사는 『시학』에서 단 한 번 사용되고 있다), 행동하는 인간은 재현된다. 아리스토텔레스에 따르면 시인은 바로 그 때문에 시인이 되며, 이런 의미에서 자연철학자인 엠페도클레스는 '*epo-poios*'이긴 하지만 시인이라고 할 수는 없다.

(b) "온갖 운율을 혼합한 랍소디아"인 『켄타우로스』의 저자 카이레몬 또한 마찬가지 이유로 '*-poios*'가 붙은 이름을 얻을 수가 없다. 어떤 '*-poios*'가 아니기 때문에 논리적으로 "시인"(*poiètes*)이라는 총칭 용어로 지칭할 수는 없다는 것이다. 그런데 아리스토텔레스는 "그 역시 시인이라 불러야 할 것이다"(*kai poièten prosagoreuteon*)라고 주장한다. 앞에서 (호메로스는 시인이라 부르고 엠페도클레스는 자연학자라고 불러야) "옳다"(*dikaion*, 47 b 19)라는 말이 쓰인 것과 마찬가지로, 여기서 사용된 의무 형용사는 앞에서(47 b 15) 같은 동사의 분사형태인 '*prosagoreuontes*'로 기술된 바 있는 잘못된 관행에 대해 규범을 세우려는 관점을 나타낸

다. 아리스토텔레스가 그렇게 생각한 이유가 분명하게 드러나 있지는 않지만, 카이레몬의 『켄타우로스』가 재현적인 작품이라는 이유 외에는 없어 보인다. 그러나 그 작품은 우리에게 전해지지 않기 때문에, 매우 막연하게나마 사람들(또는 사람과 유사한 켄타우로스!)이 거기에 나오는 하나의(또는 여러) 행동(들)을 재현했을 것이라고 가정할 수밖에 없다.

아리스토텔레스가 제안한 대로 관점을 뒤집는다면 다음과 같은 물음을 제기할 수 있을 것이다.

(a) 모든 (말로 된) "재현"은 시인가?

(b) 모든 시는 반드시 재현적인가?

이 두 가지 물음에 답이 될 수 있는 모든 요소들은 포이에시스와 미메시스 개념의 상호관계를 밝히고 규명하는 데 기여할 것이 분명하다.

(a) 첫 번째 물음에 대해 간단명료한 답을 내릴 수는 없다. 한편으로 아리스토텔레스가 프랑스어에서 시/산문의 짝과 가까운 포이에시스/로고스라는 상반된 짝을 알고 있었다는 사실은 『수사학』의 여러 대목(특히 III, 1404 a 29, 1405 a 4 그리고 1414 b 20을 참조할 것)에 분명하게 드러난다. 어쨌든 설사 재현적이라 하더라도 운율을 갖지 않는 장르까지 『시학』에서 다루려 한 것 같지는 않다. 그는 사실상 리듬을 시를 분별하는 기준으로 택했고 "산문시"는 고려하지 않았다.

다른 한편으로 포이에시스/로고스의 짝은, 프랑스어에서 그에 상응하는 시/산문의 짝과 마찬가지로 절름발이라는 사실을 주목해야 한다. 비록 "운문"(*metra*)과 "운율을 갖지 않은 텍스트"로서의 "산문"(*psiloi logoi*)이 아무리 엄격히 대립되는 것이라 해도(『시학』, 47 a 29 이하; 『수사학』, III, 1404 b 12 이하를 참조할 것), 아리스토텔레스는 표현(*lexis*)의 특정한 용례는 산문과 시가 서로 통할 수 있게 만든다는 사실을 인정한다. 그러므로 그는 "동격"(*epitheta*, 이 낱말에 관해서는 21장 주해 3을 참조할 것)

의 무분별한 사용이 (산문으로 된) 로고스 안에서는 어울리지 않는데, 그렇게 하면 "그것이 시를 짓는 일에 속하는 것임을 분명하게 하기" 때문이라고 주장한다(『수사학』, III, 1406 a 10 이하). 디오게네스 라에르티오스(III, 37 = frag. 73 Rose)에 따르면, 아리스토텔레스는 플라톤의 대화에 대해 "그 형태(*idea*)는 시와 산문의 중간에(*metaxu poièmatos kai pezou logou*) 있다"고 말한다. 그렇다면 그것은 문체론적 이유 때문인가, 아니면 그 재현적 특성 때문인가? 명쾌한 답을 내리기 쉽지 않다. 이데아(여기서 이 낱말은 아리스토텔레스의 것도 디오게네스 라에르티오스의 것도 아니다. 이어서 나오는 '*pezos logos*', 즉 아리스토텔레스는 몰랐던 "산문"의 이름을 참조할 것)라는 말은 워낙 모호해서, 때로는 "문체"로 번역되고(Hicks, *Diogenes Laertius*, Loeb 판, I, p.311), 또 때로는 "장르"로 번역된다(Ross, 『영어로 번역된 아리스토텔레스의 작품들*The Works of Aristotle translated into English*』, XII, p.74). 『시학』 1장에서 "소크라테스의 대화편"을 재현적 작품 중 하나로 언급하고 있는 것을 보면(47 b 11) 아리스토텔레스는 재현적 "장르"에 속한다는 것이 나름대로 중요하다고 생각했던 것 같다. 하지만 다른 한편으로 엠페도클레스의 경우는 표현 하나로도 결정적인 기준이 될 수 있다는 사실을 우리에게 보여 줄 것이다.

　(b) 엠페도클레스는 시인인가 아닌가? 그렇기도 하고 아니기도 하다. 우선 우리가 보았듯이, "'미메시스'와의 관계에서" 그는 "오히려 자연학자"이기 때문에 시인이 아니다. 9장(51 b 27)에서 이러한 주장을 다시 언급하고 있는데, 그 대목을 인용할 필요가 있다. "시인이 시인인 것은 재현하기 때문이며(*kata tèn mimèsin*, 1장 47 b 15에서도 같은 표현법을 사용한다), 또 재현하는 것이 행동인 만큼(*hosôi*) 운율(*metrôn*)보다는 오히려(*mallon*) 줄거리(*muthôn*)를 만들어 내는 시인(본래의 뜻으로는 제작자)이어야 한다." 이 대목은 "오히려"(*mallon*)라는 부사의 어조까지 엠페

도클레스에 관한 1장의 판단을 확인하고 있다는 점에서 흥미롭다. 엠페도클레스가 시인이라기보다 오히려 자연철학자인 것과 마찬가지로, 비극 시인은 운율보다는 오히려 줄거리를 만들어 내는 시인이다. 달리 말해서 재현의 대상(꾸민/실행된 대상)이 재현의 수단, 즉 이 경우에는 "표현"(*lexis*, 6장, 49 b 34를 참조할 것)을 구성하는 부분인 운율보다 우선하며, 시인인 것은 재현하는 만큼(*hosôi*) 그렇다는 것이다. 그런데 여기서 오히려나 만큼이라는 용어는 배타적 표현이 아니다. 다시 말해서 표현의 형태로 보자면 덜 탁월할지라도 역시 시인일 수 있는 것이다. 우리는 여기서 앞서 인용한 『수사학』의 대목과 다시 만난다. 즉 "동격"의 특정한 사용은 그 자체가 시적이다. 그리고 실제로 아리스토텔레스는 엠페도클레스를 시인으로, 심지어 표현의 대가로 인정했다. "아리스토텔레스는 『시인론』에서 엠페도클레스가 호메로스 학파(*homèrikos*)에 속하며 표현의 대가(*deinos peri tèn phrasin*)라고 말하고 있다. 즉 그는 은유에 정통하며 작시술 속에 숨겨진 모든 탁월한 표현법(*epiteugmasi*)을 구사한다"(Diogenes Laertius, VIII, 57 = frag. 70 Rose). 『시학』은 표현을 다루고 있는 장들(21장, 57 b 23과 58 a 5; 25장, 61 a24)에서 여러 차례에 걸쳐 엠페도클레스를 인용함으로써 이 증언을 확인해 준다.

따라서 재현행위와 시의 관계에 대한 아리스토텔레스의 입장은 확고한 동시에 미묘한 차이를 보인다는 것을 알 수 있다. 즉 시인은 우선 재현(*mimèsis*)하기 때문에 시인이지만, 시(*poièsis*)는 또한 표현(*lexis*, *phrasis*), 다시 말하자면 말(은유, "동격" 등)과 리듬을 특정한 용법(운율)으로 사용한다.

우리가 확인한 것을 다음과 같은 도표로 정리해 볼 수 있을 것이다.

표현 　　　　재현	+	-
+ (유표)	호메로스, 카이레몬 시인(완벽한 자격을 갖춘)	엠페도클레스 시인(표현만으로 보자면)
- (무표)	플라톤, 소크라테스의 대화편들 비(非)-시인(또는 반半-시인?)	헤로도토스, 『연대기』 비-시인(이중으로)

여기서 우리는 재현이라는 기준 하나만으로 어떤 문학 작품을 시적인 것이라고 하기에는 불충분하며, 궁극적으로 시는 운율을 갖춘 작품들과 동일한 외연을 갖는다(산문작가가 단어들이나 리듬을 시적으로 사용하는 잘못된 일탈은 제외하고)는 것을 알 수 있다. 결국 재현을 시를 판별하는 가장 중요한 기준으로 삼는 입장은 모순에 처하게 된다. 아리스토텔레스가 그렇게 주장하는 것은, 스스로 『시학』이 무엇보다도 재현에 관한 논의라는 주장을 옹호하고 있고 또 논의의 방향이 그렇게 설정되어 있기 때문이다.

10. 47 b 28

일단 "덧붙는 게 없는 말"인 산문을 엄격한 시의 영역에서 제외시키고 나면, 사용된 수단에 따라 서로 다른 시 장르들을 분류하는 일이 남게 된다. "리듬, 노래, 그리고 운율"(*rhuthmôi kai melei kai metrôi*)이라는, 세 가지를 하나로 엮어 놓은 표현에 현혹되어선 안 된다. 리듬은 운율과 노래를 구성하는 근본 요소이다. 리듬이 언어화되면 바로 운율과 노래라는 두 가지 형태를 취할 수 있다. 리듬이라는 말을 또 쓴 것은 그 중요성을 부각시키기 위해서일 뿐이다. 따라서 두 가지 수단, 즉 운율과 선율로 구분될 뿐이다. 즉 리듬의 "일부"로 정의되는(4장, 48 b 21: *ta metra… moria tôn rhuthmôn*;『수사학』, III, 1408 b 28을 참조할 것) 단순한 운율(*psilometria*,

48 a 11을 참조할 것)과 "선율"(*harmonia*)을 수반한 운율인 노래가 그것이다. 그러한 수단들을 한꺼번에(*hama*) 사용하는 장르도 있고, 번갈아서(*kata meros*) 즉 나누어서 사용하는 장르도 있다. 전자는 노래는 있으나 비-연극적인 장르 또는 디튀람보스에서의 "피리"(*aulos*. 클라리넷의 일종)나 송가에서의 현금처럼 적어도 음악 반주는 있는 경우이며, 후자는 리듬만을 지닌 어조와 노래하는 부분이 번갈아 나오는 비극과 희극의 경우이다(비극과 관련하여 똑같은 요소들이 6장에서는[49 b 29] 상이한 순서로 다시 나타나는 것을 볼 수 있을 것이다).

제2장

재현하는 사람들은 행동하는 인물들을 재현하기에,[1] 또 그들은 고상하거나 저속하거나 둘 중 하나이기에(사람들의 성격은 거의 언제나 이 두 부류에 속한다. 성격은 고상하거나 저속한 정도에 따라 달라지기 때문이다), 다시 말하면 우리보다 더 낫거나 더 못하거나 또는 우리와 비슷하기에 ― 화가들의 경우도 마찬가지로, 폴뤼그노토스는 사람들을 우리보다 더 낫게 그렸으며, 파우손은 더 못하게 그렸고, 디오뉘시오스는 우리와 비슷하게 그렸다 ―, 앞서 말한 여러 재현 유형들도 각기 이런 차이를 보일 것이고, 조금 전에 말한 관계 속에서 서로 다른 대상들을 재현할 것이므로 그 유형들도 서로 구분될 것이 분명하다.[2] 실제로 이런 차이는 춤에서도 나타날 수 있고 피리나 현금 연주에서도 나타날 수 있으며, 음악 없이 산문이나 운문으로 된 작품에서도 마찬가지다. 예컨대 호메로스는 우리보다 낫게, 클레오폰은 우리와 비슷하게, 그리고 파로디아를 처음 만들어 낸 타소스 출신의 헤게몬과 『데일리아다』의 저자 니코카레스는 우리보다 못하게 인물을 재현했다.[3] 그리고 티모테오스와 필록세노스가 그들의 방식으로 퀴클롭스를 재현했을 때처럼, 디튀람보스와 송가의 경우에도 같은 원칙을 적용할 수 있을 것이

48 a 16 다.[4] 바로 이 차이에 따라 비극과 희극이 나누어진다. 희극은 보통 사람들보다 못하게, 비극은 더 낮게 재현하려고 한다.

48 a 16 다.[4] 바로 이 차이에 따라 비극과 희극이 나누어진다. 희극은 보통 사람들보다 못하게, 비극은 더 낮게 재현하려고 한다.

제2장 주해

1. 48 a 1

미메시스의 두 번째 특징으로서 서로 다른 창작 기술들을 비교할 수 있도록 해 주는 특징은 그 대상(*ha*)이다. 그런데 '*mimeisthai* + 목적격'으로 이루어진 구문은 대상의 성질에 따라 전혀 다른 두 가지 관계를 내포할 수 있다. 다시 말해서 목적보어는 모델-대상로서 우리가 모방하는 자연의 대상을 가리키기도 하지만(15장, 54 b 9에서 그러한 구문을 확인할 수 있다), 『시학』에서는 더 많은 경우에 복제-대상, 즉 만들어진 가공물을 가리킨다. 결국 문맥을 통해서만 명쾌한 답을 얻을 수 있을 것이다.

    1장에서 '*mimeisthai*'가 중성 복수 목적격과 함께 사용된 몇몇 경우 목적격의 의미론적 가치는 불확실하며, 2장의 이 첫 부분에서도 마찬가지다. 우선 문제의 "행동하는 사람들"(*prattontes*)은 윤리학에서 설명하는 실제 우리 인간들의 윤리적 특성(저속함이나 고상함)을 가지고 있으며, 시인은 바로 그러한 특성을 모방할 수 있다. 그러나 복잡한 구문으로 이루어진 문장의 마지막 부분에서는 모델-대상인 실제 인간이 비교의 두 번째 항(우리보다, 48 a 2)으로 나타난다. 그 경우 '*mimeisthai*'의 목적보어는 생산된 대상을 가리키는 목적보어(복제-대상, "그 모델보다 낫거나, 비슷하거나 또는 못하게")로서 대조를 통해 정해진다. 이처럼 문맥을 참고하면 분명해지기 때문에, 우리는 '*mimeisthai*'를 프랑스어로 여러 가지 뜻을 지닌 재현하다로 옮기게 되었다(서문을 참조할 것).

이러한 애매함으로 말미암아 목적보어인 'prattontas'(본래 뜻으로는 "행동하는 사람들")의 의미와 번역 또한 문제가 된다. 그들은 우선 실제로 행동하고 윤리적 영역에 속하는 품격을 갖는 사람들과 동일시되고, 이어서 그 모델에서 분리되는 거리를 통해 정의되며("우리보다 낫거나, 못하거나, 비슷한"), 그리고 이야기 속이나 무대 위에서 행동하는 사람들로 나타난다. 따라서 정확하게 말하자면 허구 속에서 행동하는 사람들, 하지만 실제로 현실에서 행동하는 사람을 모방하여 만들어진 사람들이다. 고대 그리스어에는 등장인물을 지칭하는 용어가 없었기 때문에 행동하다라는 동사의 분사를 사용하고, 재현행위의 대상의 다양한 성질을 밝히는 일은 문맥에 맡길 수밖에 없었다(아래, 주해 2; 3장, 주해 1과 3을 참조할 것).

2. 48 a 9

재현활동(재현하는 사람들)은 모델과 복제라는 두 대상들 사이에 복잡한 관계를 설정한다. 그것은 닮음과 다름, 동일화와 변형을 동시에 내포하는 것이다.

여기서 머뭇거리는 듯한 문장은 그러한 과정을 일관성 있게 설명하는 게 어렵다는 사실을 보여 준다. "~이기에"(epei, 48 a 1)라는 접속사에 이어 원인을 나타내는 두 개의 대등한 종속절 'epei de mimoûntai'와 'anankè de'가 오고, 거기서 미메시스를 차등화하는 대상들이 정의된다. 이어서 삽입구(Polugnôtos men gar…)에서 화가들과 비교한 다음, 비로소 조금 전 정의한 대상들에 따라 예술을 분류하는 주절(dèlon de, 48 a 7)이 나온다.

대상들을 구분하는 기준이 되는 것은 성격(èthè)이다. 윤리학의 관점에서 보자면 현실은 ‘aretè’와 ‘kakia’, 즉 미덕과 악덕이라는, 모든 사람이 스스로를 비추어 볼 수 있는 두 가지 일반적인 기준을 통해 분석하고 규명할 수 있다. 짝을 이루는 형용사 ‘spoudaioi’와 ‘phauloi’는 아리스토텔레스의 작품에서 흔히 짝을 이루는 실사 ‘aretè’와 ‘kakia’와 대응한다. 하지만 그리스 사회에서는 도덕적 가치가 사회적 “품격”과 혼동되는 경향이 있었다는 사실에 주목할 필요가 있을 것이다. 본질적으로 귀족적인 가치 체계에서 “자연스럽게” 왕과 왕자들은 미덕의 모델이 되고 노예들은 악덕의 모델이 된다(15장, 54 a 21을 참조할 것). “미덕”과 “악덕”은 그래서 고상함과 저속함과 같은 것이 된다. 아리스토텔레스가 사용한 ‘spoudaioi’와 ‘phauloi’라는 말에는 그렇게 관례적인 용법을 통해 획득된 의미가 들어 있다.

이어지는 부분은 괄호 속에 윤리학의 두 가지 핵심 개념들을 언급한 다음 본격적으로 재현적 생산을 다룬다. 이제 목적보어는 재현하는 대상의 목적보어, 즉 여기서는 실제 모델(“우리”kath’ hèmas; 아래, “요즘 사람들”tôn nun, 48 a 18을 참조할 것)에 준해 예술가가 만들어 낸 “복제”가 된다. 그런데 예술가는 실제 모델의 윤리적 품격을 부각시킴으로써 고상한(beltionas, “나은”) 쪽이나 저속한(kheironas, “못한”) 쪽으로 변형시킬 수도 있고, “있는 그대로”(toioutous) 유지할 수도 있다. 엄밀히 말해서 윤리적 영역에 속하는 이러한 변형 ― 긍정적이거나 부정적인 또는 그 어느 것도 아닌 ― 은 서로 종류가 다른 재현예술(회화, 춤, 노래가 곁들여진 음악)이 생산한 것들을 상이한 장르들로 분배하는 기능을 갖는다. 폴뤼그노토스, 파우손, 디오뉘시오스라는 세 명의 화가는 회화 영역에서 그러한 배분의 예를 보여 준다(기원전 5세기 전반의 인물들로 추정되는 이 세 화가들 가운데, 폴뤼그노토스만이 아테나이와 다른 곳에 남긴 수많은 작품으로 잘 알려져 있으며, 특히 〈포에틸레〉(Poecile)가 유명하다. 파우손에

대해서는 거의 알려진 것이 없는데,『정치학』[VIII, 1340 a 36 이하]에서는 폴
뤼그노토스와 상반된 모습으로 기술되고 있다. 디오뉘시오스에 관해서는, 플
리니우스[『자연사』, 35, 113]가 "인물화가"*anthropographos*라는 별명을 붙였
다고 말하는 사람과 같은 사람인 듯하다. 별명에 있는 "인물"이라는 말은, 영
웅으로 치켜올리거나 노예나 괴물 쪽으로 깎아내리는 것과는 반대로, 우리와
"같은 사람들"과 닮은 모습을 가리킨다고 할 수 있다.)

그러나 윤리적 영역에서의 변형이 당연히 미메시스가 되는 것은 아
니다라는 사실에 주목할 필요가 있다. 만일 그렇다면 결과적으로 변형이
전혀 없는 ("우리와 비슷한") 생산물, 다시 말해서 회화에서 디오뉘시오
스의 작품들 같은 것에 어떻게 재현적 지위를 부여할 수 있겠는가? 4장
(48 b 10 이하)과 15장(54 b 8 이하)을 보면, 재현 과정을 구성하는 진정한
특성은 "특유의 형태"(*idia morphè*)를 추상화해서 이를 생산된 작품 속에
복원(*apodidontes*, 54 b 10을 참조할 것)하는 것이며, 윤리적인 변이는 그러
한 근본적 활동에 덧붙여져서 그 생산물에 차이를 부여한다.

원칙적으로는 그럴 것이다. 하지만 실제로는 재현과정의 두 층위가
서로 맞물려 있다는 걸 확인할 수 있다. 즉 시 영역에서는 긍정적이든 부
정적이든 윤리적 변형이 있어야만 비극과 희극 같은 공인된 장르가 태
어날 수 있는 것이다. 반면 아리스토텔레스의 유형론에서 (우리와) 비슷
한 사람들의 재현은, 물론 디오뉘시오스라는 화가와 클레오폰이라는 시
인과 연관시키고는 있지만, "빈칸"으로 남아 있다. "사실주의적인" 회화
나 시라는 장르가 성립하지는 않는 것이다. 클레오폰의 예는 이 점에서
시사적이다. 비극 시인이지만 표현은 희극 쪽에 가까운 시인으로 인용
되고 있는(『수사학』, III, 1408 a 15) 클레오폰은 그 사이에 위치하지만, 제
자리가 아님을 알 수 있다. 아리스토텔레스가 규정하고 있는 문학 분야
에서 그 칸은 이론적으로만 존재할 뿐이며, 문학사의 전통도 클레오폰

에 대해서 이름 외에는 아무것도 전하지 않음으로써 실제로 그 칸은 빈 칸이 되어 버렸다(빈칸이 된 또 다른 이유들에 대한 설명은 4장, 주해 6 끝부분을 참조할 것).

따라서 실제로 시 영역에서 진정 풍요로운 재현활동은, 우리보다 더 낮거나 못하게, 즉 모델의 윤리적 변형이 있어야만 하는 것 같다. 이제 문제는 그러한 변형이 단지 윤리적인 것에 속하는지, 아니면 앞서 말한 당연한 구분에도 불구하고 그러한 변형을 재현과정 전체에 통합하는 미학적 차원을 발견할 수는 없는지 알아보는 것이다. 중요하고도 어려운 이 문제에 대한 해답의 실마리는 나중에(15장) 만날 수 있을 것이다.

3. 48 a 14

이 대목은 "파로디아"(*parôidia*)라는 낱말이 처음 등장한 예이다. 루카스(해당 부분 참조)는 서사시 텍스트에서 낭송에 적합한 부분을 가리키는 "랍소디아"(*rhapsôidia*)와 관련이 있을 수도 있다는 의견을 제시한다. 다시 말해서 헤게몬이 풍자적 의도로 말장난을 했다는 것이다. 니코카레스 역시 『데일리아스』("비겁한, 졸렬한"이라는 뜻을 가진 '*deilos*'에서 파생된 낱말)를 통해 뛰어난 영웅 서사시 『일리아스』를 뒤집어 우스꽝스럽게 만들었다는 점에서 비슷한 예가 될 것이다.

타소스의 헤게몬과 니코카레스에 대해서는 별로 알려진 것이 없다. 헤게몬은 기원전 5세기 후반에 아테나이에서 살았으며, 아테나이오스에 따르면(*Deipn*., 406 E, 699 A) 파로디아를 무대에 올렸다고 한다. 니코카레스는 아마도 아리스토파네스와 동시대의 희극 시인이었을 것이다.

4. 48 a 15

이 부분의 텍스트는 훼손되어 있다. 발렌이 제안했던 왜냐하면(*gar*)은 문법적으로 적절하지 않다. 문맥상으로 보면 여기서 각각의 재현 유형 ―― 더 낫거나, 못하거나, 비슷하게 ―― 을 보여 주는 세 가지 예를 들고 있다고 생각할 수 있으므로, 텍스트가 훼손되었다고 보는 것은 충분히 가능하다. 퀴클롭스는 "더 못한" 경우라고 생각되는데, 필록세노스의 디튀람보스에 나오는 폴뤼페모스가 근시였던 시라쿠사의 디오뉘시오스를 희화화한 인물이라고 전해지는 것과 같은 맥락이라고 할 수 있다(*Ibid*., p. 426을 참조할 것). 티모테오스의 『퀴클롭스』는 어떠한가? 그에 대해서는 전해지는 것이 없어서(Page, PMG, p.401 이하) 대답하기가 힘들다. 몇몇 편집자들이 훼손된 텍스트를 복원하려고 시도했으나, 여전히 설득력이 부족하고 그 어느 것도 받아들여지지 않았다.

제3장

이 기술들 사이에는 또한 세 번째 차이가 있다. 즉, 각각의 대 48 a 19
상을 재현하는 방식이 다르다. 실제로 같은 수단을 사용하여
같은 대상을 재현하더라도, 때로는 화자로서 이야기할 수 있
고―자신이 아닌 다른 무엇이 되어 이야기할 수도 있고(호메
로스의 경우가 그렇다) 그러한 변모없이 여전히 자신으로 머물
러 있으면서 이야기할 수도 있다―, 혹은 모두가, 그들이 실
제로 행동하는 한에서 재현의 저자가 될 수 있다.[1]

수단, 대상, 방식은 우리가 처음에 말했던 바와 같이, 재현 48 a 24
에 적용되는 세 가지 기준이다.[2] 따라서 어떤 측면에서 보자면
소포클레스는 호메로스와 같은 유형의 재현 작가라고 할 수 있
다. 둘 모두 고상한 인물을 재현하기 때문이다. 하지만 다른 측
면에서 보면 소포클레스는 행동하고 실제로 연기하는 인물을
재현한다는 점에서 아리토파네스와 같은 유형으로 분류할 수
있을 것이다.[3] 바로 이 이유를 들어, 시인이 실제로 극을 연기
하는 인물들을 재현한다는 뜻에서 "극시"(劇詩)라는 이름이 생
겼다고 말하는 사람도 있다. 또한 도리아 사람들이 자기들이 48 a 29
비극과 희극을 창안했다고 주장하는 것도 이 때문이다(희극의
경우, 이곳 그리스 본토에 사는 메가라 사람들은 그것이 그들의 민

주 정치 시대에 창안된 것이라고 주장하고, 시켈리아에 사는 메가라 사람들은 키오니데스나 마그네스보다 훨씬 먼저 태어난 시인 에피카르모스가 시켈리아 출신이라고 하여 자기들이 희극을 창안했다고 주장한다. 펠로폰네소스에 사는 도리아 사람들 중에도 자기들이 비극을 창안했다고 주장하는 이들이 있다). 그들은 주장의 근거로 명칭을 내세운다. 실제 자기들은 변두리 마을을 코마이(*kômai*)라고 부르는 데 반해 아테나이 사람들은 "데메스"(*dèmes*)라고 한다는 것이다. 그래서 그들은 "희극배우"라는 명칭이 '축제를 벌이다'라는 뜻의 코마제인(*kômazein*)에서 온 것이 아니라 이들이 도시에 머무는 것이 금지되었기 때문에 마을(*kômè*)에서 마을로 옮겨 다니며 공연했다는 사실에서 왔다고 주장한다. 마찬가지로 도리아 사람들은 "행동"을 뜻하는 동사를 드란(*dran*)이라고 하는 데 반해 아테나이 사람들은 프라테인(*prattein*)이라는 말을 쓴다고 한다.[4]

48 b 2　　　　지금까지가 재현을 구분하는 여러 가지 기준들의 수와 성질에 대해 이야기해야 할 것들이다.

제3장 주해

1. 48 a 24

미메시스를 구분하는 세 번째 기준은 재현 방식(*hôs*)이다. 행동하는 인물들을 재현하고 재현에 사용된 수단이 동일하다 할지라도, 재현하는 방식이 다를 수 있다. 여기서 아리스토텔레스는 플라톤이 『국가』III권(392 c-394 c)에서 제시한 장르들의 유형론을 받아들이는 것처럼 보인다. 즉 시인은 자기가 직접 말함으로써 화자로서(*apangellonta = di' apangelias*, 『국가』III권, 394 c 1) 재현할 수도 있고 마치 다른 사람인 것처럼 다른 이, 즉 등장인물로 하여금 말하게 할 수도 있다.

그렇지만 아리스토텔레스는 플라톤의 도식을 상당 부분 바꾼다. 즉 플라톤은 첫 번째 형태를 단순 이야기(*haplè diègèsis*)라 부르면서 재현적 (*dia mimèseôs*)이라는 수식어가 붙은 두 번째 형태와 대립시키고 있는 반면, 아리스토텔레스는 그 두 가지 가능성을 다 미메시스라는 항목으로 분류하는 것이다. 게다가 (a) 두 형태를 나누는 경계선도 조금 다르며, 특히 (b) 이제부터는 인물이 아니라 인물의 "행동"(*prattein*)이 중요해지면서 그 의미가 바뀌고 상당하게 윤색된다.

(a) 화자로서의 재현은, 화자가 시인 자신이든(호메로스), 아니면 호메로스에게서 이야기할 권리를 위임받은 어떤 서술 주체이든, 우리가 이야기(récit, 뱅베니스트의 용어로는 스토리histoire)라고 부를 수 있는 모든

것을 포괄한다("다른 무엇"*heteron ti*이라는 중성명사는 "성격"*èthos*을 상정한다고 추정되며, 우리가 그것을 성격으로 규정할 수 있다면, 사물에서 신神에 이르기까지 다양한 존재들을 폭넓게 지칭할 수 있다[24장, 60 a 11과 주해 8을 참조할 것]).

(b) 재현의 다른 유형에서는, 모두가 그들이 행동하고 실제로 행동으로 옮기는 한에서 재현의 저자가 될 수 있다. 흔히 이 문장의 후반부는 손상된 상태이고 복원이 불가능하다고 여겨져 왔다. 우리는 전해 내려오는 텍스트를 보존한 상태에서 다음과 같이 문장을 구성할 수 있다고 생각한다. "할 수 있다"라는 뜻을 가진 '*estin*'에는 두 개의 동사 부정법 구문이 걸려 있고, 동사 '*mimeisthai*'가 공통요소로 들어 있다. 그런데 이 두 개의 부정법은 약간 불균형한 평행선을 이루며 전개된다. 즉, "때로는"(*hote men*)에 대응하는 것은 "혹은"(*è*)뿐인데, 이것은 "*è*" 연결어 구문 속에 잘못 들어가 있는 것처럼 보이기 때문이다. 첫 번째 부정사 구문에서 '*apangellonta*'는 정상적으로 볼 때 동사 '*mimeisthai*'의 표현되지 않은 주어에 붙는 것이다. 그것은 곧이어 다양한 동격 구문들(분사만을 가지고 있는 구문이나 '*hôs*'로 유도되는 구문들)에 의해 그 의미가 분명해진다. 그러나 두 번째 부정법 구문에서 문장의 주어는 명시되면서 갑자기 "모두"(*pantas*)라는 복수형으로 넘어간다. 그리고 그것은 '*hôs*' + 분사에 의해, 그리고 문장 끝에서는 일종의 동격 구문이, 즉 아주 멀리 문장 첫 부분에 나오는 동사 '*mimeisthai*'를 의미론적으로 되풀이하는 실사화된 분사 '*tous mimoumenous*'("재현하는 이들")에 의해 펼쳐지면서 그 의미가 분명해진다. 그렇게 해서 다음과 같은 문장이 완성된다. 재현하는 사람들, 그들은 모두, 그들이 행동하고 또 실제로 행동으로 옮기는 한에서 재현이 가능하다.

동사 '*prattein*'은 여기서 '*energein*'과 겹쳐져서 "실제로 행동하는"

이라는 뜻을 갖는다. 이제 텍스트를 행동으로 옮기는 것, 즉 극의 행동이 문제가 된다. 달리 말해서 저자로부터 말할 권리를 위임받아 나라고 말하면서 행동하는 인물은, 무대 위에서 실제로 행동을 재현하는 인물이다. 말하는 사람이 애초에 배우냐 아니면 재현의 저자인 동시에 배우냐 하는 구분은 여기서 적합하지 않으며, 중요한 것은 나라고 말하면서 대사 전체를 맡아서 이를 행동으로 옮기는 인물이 여럿이라는 점이다. 그러므로 볼거리(*opsis*, 6장, 50 b 16 이하를 참조할 것)가 작시술 외적인 것임에도 불구하고 재현 방식(*hôs*)의 한 형태이기에 작시술 내적인 요소가 된다는 것을 알 수 있다.

그처럼 '*prattontas*'에서 '*energountas*'로, 인물의 행동에서 텍스트의 실현으로 넘어간다. 그러니까 '*prattontes kai energountes*'라는 표현은 앞에 나온 '*prattontas* […] *kai drônta*'(I. 27이하)와 마찬가지로, 단순한 인물이 아니라 "연기로 실현하려는" 인물을 포괄한다. 이제 동사 '*prattein*' 단독으로도 그런 의미를 나타낼 수 있게 된다. 6장, 49 b 31과 22장, 59 a 15도 참조할 것.

2. 48 a 25

필사본 A에는 '*en hois te kai hôs*'라는 두 가지 기준밖에 나오지 않지만, '*tristi*' 다음에 '*en hois te ⟨kai ha⟩ kai hôs*'라는 세 가지 기준이 나열되었을 것으로 생각된다. 그 부분은 무르베커의 라틴어 번역본에도 빠져 있는데, 전승 과정에서 발생한 오류일 뿐이다. 파리시누스 2038(필사본 B가 없는 경우에 한해서는, 서문 37쪽을 참조할 것)가 우리의 기대에 부응하는 텍스트를 제공하고 있으며, 대부분의 편집자들과 마찬가지로 우리도 이를 채택한다.

3. 48 a 28

재현 방식이라는 관점에서 보자면, 소포클레스와 아리스토파네스는 둘 다 "실제로 연기하는"(*drôntas*) 인물을 재현한다는 점에서 같은 부류에 속한다. 극 형태로 행동하는 인물, 다시 말해서 나라고 말하는 인물을 등장시키는 이러한 재현 유형은, 호메로스처럼 화자로서 이야기를 통해 재현하는(*apangellonta*) 경우와는 정반대이다.

그럼에도 불구하고 호메로스의 인물들은 비극의 인물과 똑같이 "행동한다"(*prattein*). 따라서 소포클레스와 아리스토파네스 특유의 극적 방식을 서사적 재현과 대립시키기 위해서는 분사 '*prattontas*'의 의미를 2장 첫 부분처럼 해석하는 것으로는 충분하지 못하다. 그래서 카조봉 (Casaubon)은 48 a 23에서 '*prattontas*'가 주어로 쓰인 것에 근거하여, 목적격인 '*prattontas*'(48 a 27)와 '*drôntas*'(48 a 28과 29)를 주격으로 고쳤으며, '*mimountai*'(48 a 28과 29)의 주어로 보았다. 즉 재현의 저자-배우들은 그들 자신이 극을 연기함으로써 재현한다는 것이다. 하지만 여러 가지 이유에서 볼 때, 꼭 이렇게 수정될 필요는 없어 보인다. 수정은 반드시 텍스트에 무리를 주기 때문이다.

(a) 분사 '*drôntas*'는 '*prattontas*'의 의미를 한정해 준다. 즉 자기 작품을 쓰는 시인의 입장에서는 행동하는 인물(*prattontas*)을 극 형태로(*kai drôntas*), 다시 말해서 앞서 '*pantas hôs prattontas kai energountas*'로 명시되었던 재현 방식에 따라 재현하는 것이다.

(b) 카조봉처럼 수정할 경우 분사 '*drôntas*'가 재현의 저자-배우들의 연기로 연결되면서 의미가 왜곡된다. 사실상 행동을 재현하거나 배우를 등장시키는 것보다 더 중요한 것은, 그 누구라도 언제나 그 역할을 행동으로 실현할 수 있지만 텍스트 구조 자체에 의해 이미 극중인물로 주어져 있는 등장인물을 창조하는 것이다. 동사 '*dran*'과 그 파생어들, 특

히 형용사 '*dramatikos*'는 극의 연기를 넘어서서 그 가능성의 근거를 제공하는 텍스트의 형식적 특성, 즉 나를 여러 인물들에게 배분하는 발화 행위 양식을 가리킨다. 다시 말해서, 역설적으로, 배우가 있어야만 연극 텍스트가 재현과 극으로 존재하는 것은 아니다.

그러므로 서사 시인들에게, 작품들을 극 형태로 재현한(4장, 48 b 35) 호메로스처럼 "이야기를 극 형태로"(*dramatikous muthous*, 26장, 59 a 18) 구성하도록 권유한다고 해서 놀라울 것은 없다. 극단적으로는 플라톤이 지적한 대로 단지 "대화 사이에 끼어 있는 시인의 말을 삭제하는 것"(*ta tou poiètou ta metaxu tôn rhèseôn exairôn*, 『국가』III권, 394 b 5 이하)만으로도 극이 될 수 있을 정도로, 서사시의 서술행위에서 직접화법에 상당한 비중을 둘 것을 권하고 있다.

4. 48 b 2

아리스토텔레스에 따르면 도리아 사람들은 자기들 방언에서 "행동"이라는 뜻을 지닌 동사 '*dran*'을 근거로 내세우며 비극과 희극이 도리아에서 만들어졌다고 주장한다. 물론 '*dran-prattein*'의 등가성에 의거하여 '*prattontes*'가 극의 행동주체를 가리킨다고 주장할 수는 있다. 하지만 그처럼 특정 방언을 내세우는 것은 억지일 뿐이다. 실제로 '*dran*'이라는 용어는 아티카 지방에서 폭넓게 사용되었다는 것을 확인할 수 있다(예를 들어 『시학』, 23장, 59 a 30을 참조할 것).

'*kômôidia*'를 '*kômè*'와 연관시키는 것 역시 매우 자의적인데, 아리스토텔레스는 이에 대해서도 별다른 의견을 표명하지 않는다. 현대에 와서는 도리아 사람들의 주장과 달리 기존의 어원이 보다 설득력 있는 것으로 간주된다. 즉 '*kômôidoi*'는 애초에 "*kômos*의 가수들", 다시 말해서 '*kômos*'(명사 파생어 *kômazein*은 거기서 나온 것이다)라는 이름의 축제 행렬, 특히 디오뉘소스 축제에서 지금의 희극 텍스트의 원조라 할 수 있는 텍스트를 읽으며 연기하는(또는 즉흥적으로 만들어 내는, 4장, 48 b 23과 49 a 9를 참조할 것) 사람을 지칭한다. 희극의 기원이 도리아인가에 관한 문제는, M. Pohlenz, *Nachr. Akad. Wiss. in Göttingen*, 1949, 31 이하, 그리고 L. Breitholtz, *Die dorische Farce*, Göteborg, 1960을 참조할 것. 비극의 기원에 대해서는 4장, 주해 15를 참조할 것.

에피카르모스, 키오니데스, 마그네스에 관해서는 고유명사 색인을 참조하기 바란다. 에피카르모스가 나머지 두 사람들보다 겨우 몇십 년 먼저 태어났는데도 아리스토텔레스가 "훨씬 먼저"(*pollôi proteros*)라고 말하고 있는 것은 의외이다. 이렇게 시간적으로 떨어트려 놓는 것은 희극 장르를 창안한 사람의 우월성을 보여 주기 위한 은유일까?(5장, 49 b 6을 참조할 것)

제4장

일반적으로 시는 사람의 본성에 내재하는 두 가지 원인에서 태어난다고 말할 수 있다. 48 b 4

    1. 사람은 어릴 때부터 재현하려는 성향과 ── 사람은 유난히 무언가를 재현하려는 성향이 있으며, 재현을 통해 배움을 시작한다는 점에서 다른 동물과 다르다 ── 무엇을 재현한 것들에서 쾌감을 느끼는 성향을 동시에 타고 난다.[1] 그 증거를 48 b 9 실제 경험에서 찾을 수 있다. 예를 들어 더할 나위 없이 추한 짐승이나 시체의 형체는, 실물로는 보기만 해도 고통스럽지만 그것을 아주 잘 다듬어 그린 그림을 볼 때는 쾌감을 느낀다.[2] 무언가를 배운다는 것은 철학자들뿐 아니라 다른 사람들에게도 쾌감을 주기 때문이다(하지만 이 문제에 있어 철학자와 다른 사람들 사이의 공통점은 지극히 미약하다). 실제로 사람들이 그림을 보는 것을 좋아하는 이유는 그림을 바라보면서 알아보는 법을 배우기 때문이며, 그렇게 해서 "이 사람이 바로 그 사람이구나"라고 말할 때처럼 개개의 사물이 무엇무엇이라고 결론을 내리게 된다.[3] 왜냐하면 그것이 이전에 본 적이 없는 모습이라면, 재현이 쾌감을 주는 것이 아니라, 솜씨, 색채 또는 그와 비슷한 다른 원인에서 쾌감이 생기는 것이다.[4]

2. 재현행위는 우리에게 아주 자연스러운 성향이고, 선율과 리듬도 자연스러운 것이므로(운율은 확실히 리듬의 일종이다), 초창기에 천부적으로 뛰어난 적성을 타고난 사람들이 조금씩 발전시켜 나갔으며 즉흥적인 창작으로부터 시를 탄생시켰다.[5] 이어 시인들 각자의 성격에 따라 시는 두 가지 형태로 갈라졌다. 엄숙한 시인은 고상한 사람들의 고상한 행동을 재현의 대상으로 삼았고, 보다 경박한 시인들은[6] 저속한 사람들의 행동을 재현했다. 엄숙한 시인들이 찬가(讚歌)와 송가(頌歌)를 지었듯이, 경박한 작가들은 처음에는 대상을 헐뜯는 내용의 시를 썼다.

호메로스 이전에도 이런 종류의 시를 쓴 사람들이 많았을 테지만, 우리가 그 시를 인용할 수 있는 사람은 없다. 하지만 호메로스 이후로는 인용이 가능한데, 예를 들어 바로 호메로스가 쓴 『마르기테스』나 그와 같은 종류의 시들이 있다. 이 시들에는 단장격(短長格)의 운율(*iambe*)이 사용되었는데, 그것이 가장 잘 어울렸기 때문이다. 그리고 오늘날 우리가 풍자시를 '*iambe*'(욕설)라고 부르는 것은 예전에 단장격 운율로 욕설을 주고받았기

때문이다.[7] 이와 같이 옛 시인들 가운데 더러는 영웅시의 운율로 지었고 더러는 풍자시의 운율로 지었다. 호메로스는 고상한 주제를 다루는 데에도 최고의 시인이었지만(그는 뛰어난 재현을 해냈을 뿐 아니라 극 형태의 재현을 해낸 유일한 시인이었다[8]), 또한 헐뜯는 욕설이 아니라 희극적인 것을 극 형태로 재현함으로써 희극의 주된 특징을 처음으로 보여 준 시인이기도 하다.[9] 기실 희극에서 『마르기테스』가 차지하는 위치는 비극에서 『일리아스』와 『오뒤세이아』가 차지하는 위치와 같다.[10]

비극과 희극이 등장하자 시인들은 각자 자신의 타고난 본성에 따라 둘 중 한 가지 경향에 끌리게 되었고, 어떤 시인들은 욕설의 시 대신 희극을 썼고 다른 시인들은 서사시 대신 비극을 썼다. 새로 등장한 두 형식이 이전의 형식들보다 더 고귀하고 품위가 있었기 때문이다. 비극의 다양한 종류들이 그때부터 곧바로 완성에 이르렀는지를 검토하는 것과 관련하여, 이를 그 자체로 그리고 공연 연극과 관련해서 분명하게 해결하는 것은 또 다른 문제이다.[11]

아무튼 비극은 처음에는 즉흥적인 창작에서 시작되었다 (이것은 비극만이 아니라 희극도 마찬가지다. 즉 비극은 디튀람보스를 지휘하던 이들로부터, 희극은 오늘날에도 여러 도시에서 관습으로 남아있는 남근숭배가를 지휘하던 이들로부터 생겨났다[12]). 그 후에 시인들이 비극 자체에 내포된 모든 가능성들을 발전시키면서 비극은 차츰 꽃을 피우게 되었다. 그리하여 수많은 변형을 거치는 동안 본연의 모습을 갖추면서, 마침내 비극의 형식이 정해졌다.[13]

제일 처음 아이스퀼로스가 배우의 수를 한 명에서 두 명으로 늘렸고, 합창 부분을 줄이면서 대화에 가장 중요한 역할을 부여했다.[14] 소포클레스는 배우의 수를 세 명으로 늘리고 무대 배경을 도입했다. 또한 그 규모에 있어서 비극은 사튀로스 극에 기원을 둔 짧은 줄거리와 우스꽝스러운 표현을 버리면서 후대에 이르러 장중함을 갖추게 되었다. 운율도 장단 4보격 운율(*tétramètre*)에서 단장격 운율로 바뀌었다.[15] 처음에 장단 4보격 운율을 썼던 것은 당시의 시가 사튀로스 극과 결합되어 있었고, 또 보다 밀접하게 춤과 연결되어 있었기 때문이다. 하지만 이후 대화[16]가 도입되면서 자연히 적합한 운율을 찾게 되었다. 실제로 단장격 운율은 대화체에 가장 적합한 운율이다. 우리가 대화할 때 흔히 단장격 운율로 말한다는 사실을 보아도 이를 알 수 있다. 반면에 6보격 운율(*hexamètre*)은 일상 언어의 범위를 벗어날 때가 아니면 거의 쓰이지 않는다.[17]

49 a 28 　　게다가 삽화(挿話)의 수도 있다. 그밖에도 비극을 구성하는 여러 가지 요소들이 생겨나게 된 경위가 있지만, 이를 하나씩 일일이 살펴보는 것은 너무 번거로운 일이 될 것이므로 그대로 넘어가도록 하자.[18]

제4장 주해

1. 48 b 9

사람은 무엇보다도 재현하는 동물이다. 그것이 바로 사람의 본성에 비추어 시가 태어나게 된 첫 번째 원인이다. 두 번째 원인은 사람이 본성적으로 선율과 리듬을 좋아하는 성향을 가지고 있다는 점이다(48 b 20 이하. 주해 5 참조). 사람이 재현행위와 친근하다는 사실은 두 가지 형태로 나타난다. 하나는 능동적인 것으로, 무언가를 재현한 형태를 만들어 내는 것이다. 다른 하나는 수용과 관련된 것으로, 무엇을 재현한 작품 앞에서 누구나 느끼게 되는 독특한 쾌감이다. 두 경우 모두 사람의 미메시스 성향이 배움(*mathèseis*, 48 b 7; *manthanein*, 1. 13과 16 참조)의 토대를 이룬다. 무엇을 재현한 것들을 바라보면서 배우는 것에 관해서는(수용과 관련된 측면), 이어지는 내용과 48 b 10–17, 그리고 주해 3을 참조하기 바란다. 또한 재현을 통해 무언가를 만들어 내는 행위는, 고유의 형태를 추상화하는 작업으로 이루어진다는 점에서(주해 2 참조), 어릴 때부터 인간의 학습에서 근본적인 자리를 차지한다는 것도 알 수 있다. 모든 재현활동은 특수한 것에서 보편적인 것으로 올라가는 방식이기 때문이다.

2. 48 b 12

이 구절이 예술의 연금술을 통해서 추함이 아름다움으로 변모하는 숭고

함의 미학을 보여 준다고 생각하는 것은 옳지 않을 것이다. 아리스토텔레스의 관점은 (근대적 의미에서의) 미학적인 것이 아니라, 오히려 지성이나 인식과 관련된 것이다. 재현하는 작품이란 언제나, 정확하게 재현하기 위해 아무리 공을 들였다 해도(*malista èkribômenas*), 결국 자연 상태에서 소재와 결합되어 있는 형태(*morphas*, 15장 54 b 10 참조. 화가들은 본래의 형태*idian morphèn*를 되돌려 준다)를 소재에서 떼어 내어 옮겨 놓은 것이다. 예술가는 이처럼 대상의 형상인(形相因)을 명백하게 드러냄으로써 우리의 지성이 특유의 활동을 할 수 있는 기회, 즉 인과율에 대해 추론할 수 있는 기회를 제공하고 그러한 추론이 쾌감을 수반하는 것이다(주해 3 참조). 미메시스를 구성하는 이러한 추상 활동은 질적으로 (더 낫거나 더 못하게) 변형시키는 활동과 — 때로 예술가들이 이 활동에 몰두하기는 하지만 — 원칙적으로 구분된다는(논리적으로는 무관하다는) 점은 이미 설명한 바 있다(2장 주해 2). 예술가가 모델을 있는 그대로 재현할 수 있다는 사실이 이러한 구분의 증거가 된다. 다시 말해서 그런 식으로 재현하는 예술가 역시 — 회화에서 디오뉘소스, 시에서 클레오폰 — 재현하는 행위의 주체(*mimètès*)이며, 자신이 모델로 삼고 있는 대상 특유의 형태를 떼어 내어 재현하는 것만으로도 예술가는 재현행위의 주체가 될 수 있기 때문이다.

3. 48 b 17

재현행위 그 자체가 주는 쾌감은 발견하는 쾌감, 즉 이미 알고 있는 자연의 대상을 재현된(재현을 통해 창조된) 형태와 연관시키는 지적인 쾌감이다. 그런데 엄밀히 말해서 발견하는 행위 특유의 쾌감은 그림이 대상의 정확한 복제가 아니라는 사실에 기인한다. 두 번째 본 것이 첫 번째 대상과 똑같은 것이라면 처음과 같은 인상(경우에 따라 유쾌하거나 불쾌하거나 혹은 아무 관심이 없거나)을 줄 뿐이다. 반면에 모델에서 고유의 형태를 따로 떼어 낸 그림은 추론하는 능력(*sullogizesthai*, 48 b 16)을 필요로 하며, 발견하는 행위를 통해 알아차림의 쾌감, 즉 놀라움(*thaumazein*)의 쾌감인 동시에 배우는(*manthanein*) 쾌감을 제공한다. "자, 바로 그 사람이로군", "그러니까 바로 이 점이 그 특유의 형태야"라고 말할 때가 그렇다. 이 대목을『수사학』1장, 1371 b 4 이하 부분과 비교해 볼 수 있다. "놀라면서 동시에 배우는 것은(*to mantahnein te hèdu kai to thaumazein*) 얼마나 유쾌한 일인가. 그런 느낌과 배움을 주는 것들은 당연히 유쾌한 느낌도 준다. 예컨대 회화와 조각 그리고 시처럼 무언가를 재현하는(*to mimètikon*) 예술에 속하는 것, 그리고 원래 대상이 유쾌하지 않은 것이라 할지라도 잘 재현된 모든 것이 그렇다. 실제로 쾌감은 원래 대상에서 오는 것이 아니라, 이것이 바로 그것이다(*touto ekeino*)라고 판단하는 추론(*sullogismos*)에서 비롯된다. 그렇게 해서 우리는 어떤 것을 배우게 되는 것이다(*manthanein ti*)."

4. 48 b 19

여기서 말하는 쾌감(*hèdonè*)은 발견의 쾌감과는 전혀 다른 차원이다. 그것은 물질성(사용된 재료, 제작 기술: *apergasia*)의 측면에서 본 작품의 성질과 직접 관련이 있기 때문에, 배움이 전혀 필요하지 않은 직접적이고 미적인 쾌감이다. 그래서 아리스토텔레스는 별다른 주의를 기울이지 않고 그저 언급하며 지나간다.

하지만 우리는 회화 작품과 관련하여 여기서 언급되고 있는 두 종류의 쾌감과 유사한 것을 시적 재현의 영역에서 찾을 수 있지는 않은지 생각해 볼 수 있다. 이 물음에 대해서는 가능하다고 대답할 수 있을 것이다.『시학』은 시 작품 고유의 쾌감(*oikeia hèdonè*)이라는 개념을 여러 차례에 걸쳐 사용하고 있는데(53 a 36, b 11; 59 a 21), 그것은 다른 곳에서 사용하고 있는 매력(*hèdusma*, 50 b 16; 매력적인 언어*hèdusmenos logos*, 49 b 25와 28) 개념과는 분명하게 구별된다. 각각의 장르(비극, 희극, 서사시)가 주는 고유의 쾌감은 줄거리에 대한 전반적 개념과 밀접하게 연결되어 있는데, 줄거리는 재현 작품을 구성하는 가장 중요한 부분으로서(6장 50 a 3 이하 참조), 인과성의 이미지를 있음직함이나 필연성의 형태로 제시해야 한다. 그러므로 시 작품 고유의 쾌감은 회화 작품과 관련하여 설명했던 발견의 쾌감과 훌륭한 짝을 이룬다. 이와 달리 언어의 매력(음악, 리듬) ── 아리스토텔레스는 언어의 매력에는 재현과 관련된 효과가 없다고 생각한 것 같다 ── 은 독자-청중에게 직접적인 쾌감을, 그러니까 회화에 있어서 제작 솜씨와 사용된 재료에서 비롯되는 쾌감에 상당 부분 대응하는 쾌감을 제공한다. 한편 실현 작업(*apergasian*, 6장, 50 b 19; *ergôn*, 26장 62 a 18 참조)의 대상으로서의 볼거리(*opsis*) 또한 회화에서의 실현 작업(*apergasia*)과 무관하지 않다. 볼거리는 음악과 마찬가지로 가장 강렬한 쾌감(*hèdonai*)을 만들어 낸다(26장 62 a 16 이하). 끝으로 의미를 만들어 내는 재료로서 재현행위에 직접적으로 기여하는 표현(*lexis*)은 특수한 작업(*sunapergazesthai*, 17장 55 a 22)의 대상이 된다. 몇몇 극단적인 경우에는 재현의 쾌감을 보충하는 미적 쾌감을 만들어 내는 것만을 표현의 목적으로 삼기도 한다(재현의 결점을 은폐하는[*aphanizei, apokruptei*] 매력[*hèdunôn*을 참조]의 역할을 표현이 담당한다고 말하고 있는 24장, 60 b 1-5 참조).

5. 48 b 24

시 예술이 태어나게 된 두 번째 원인 ── 인간은 천성적으로 선율과 리듬을 즐기는 성향이 있다 ── 은, 첫 번째 원인을 다시 언급하면서 마치 부수적인 것을 보여 주듯이 요점만 나열하는 식으로 제시된다. 두 가지 원인이 이렇게 판이한 방식으로 제시되었다는 사실이 의아할 수 있다. 여기서, 몇몇 주석자들의 의견대로, 인간의 본성에 따른 원인을 (a) 재현하려는 성향, (b) 무엇을 재현한 것들(4장 시작 부분에 두 가지 원인이 있다고 말한 후 바로 뒤이어 *te*[48 b 5] … *kai*[48 b 8]에 이르는 부분에서 제시된다)에 대한 취향, 이 두 가지라고 단정하는 것은 옳지 않을 것이다. 그러한 해석은 다음 두 가지 논증을 통해 반박될 수 있다. (a) 개별 재현예술로서의 시가 태어나게 된 원인을 설명하는 데 있어서 인간이 재현행위에 친근하다는 사실은 지극히 일반적인 원인이며, 보다 특수한 두 번째 원인이 따라온다. 즉, 선율과 리듬을 즐기는 인간의 성향이 수행하는 기능이 그것이다(리듬에는 운율이 포함되는데, 사실상 그리스 시어詩語를 다른 시어와 구별되게 하는 특징은 바로 운율이다). (b) '본성에 내재하는 (원인)'(*phusikai*, 48 b 5)~'자연스러운 (성향)'(*kata phusin*, 48 b 20) 그리고 '태어난다'(*gennèsai*, 48 b 4)~'탄생시켰다'(*egennèsan*, 48 b 23), 이렇게 이중으로 상응하는 표현들이 분명하게 가리키고 있듯이 48 b 20-24의 문장은 이 장의 첫 문장을 다시 취하고 있다. 이처럼 서로 상응하는 구조는 사실상 분명하게 상응하지는 않는 용어들, 즉 '두 가지 원인'(*aitiai duo*, 48 b 4 이하)~재현하려는 성향(=첫 번째 원인), 선율과 리듬을 좋아하는 성향(=두 번째 원인)이 상동 관계에 놓이게 해 준다.

6. 48 b 26

일단 시가 태어난 이후에는 그 분화 과정(*diespasthè*, 48 b 24), 즉 고귀한 장르와 저속한 장르로 나뉘면서 발전하는 과정을 설명해야 한다. 성격(*èthos*) 개념이 실제의 인물과 동시에 허구적 작중인물, 그러니까 윤리적으로 품격을 부여받은 인물을 등장시키는 허구 그 자체의 품격을 규정하는 데 적합하다는 점에서(2장을 참조), 아리스토텔레스에게 장르들의 (윤리적) 분화 과정을 시인들의 성격 차이로 돌리는 것보다 더 자연스러운 게 있겠는가? 아리스토텔레스는 여기서 별다른 입장 설명 없이 그대로 받아들임으로써 실제로 그렇게 한다. 그러니까 작품은 암묵적으로 작가의 투영이나 반영이 되는 것이다. 이 점에 관해서는, 그리고 보다 일반적으로 『시학』에서의 성격(ethos)에 관해서는 쉬트룸프[Schütrumpf(1970)]를 참조하기 바란다.

하지만 우리는 사람의 성격과 작품의 성격이 유사할 수는 있어도 동일할 수는 없다는 사실을 지적해야 한다. 재현된 등장인물의 성격을 둘로 나누고(2장 첫 부분에서, "고귀하거나 저속하거나"를 참조) 그에 대응하여 시인들을 상반된 두 집단으로 나눌 수는 있겠지만(semnoteroi와 eutelesteroi에서 대립을 나타내는 접미사 -tero-의 용법을 참조), 그 두 경우에 같은 형용사가 사용된 것은 아니다. "근엄하고 진지한"(semnos) 시인은 "아름답고 고귀한"(kalai) 행동과 "고상하고 고귀한"(spoudaioi) 인물을 재현하는 반면에, "경박하고 속된"(eutelès) 시인은 "저속하고 품위 없는"(phauloi) 인물을 재현한다. "고상하고 고귀한"(spoudaios)/"저속하고 품위 없는"(phaulos)의 짝이 『시학』에서 비극(그리고 서사시) 장르를 희극 장르와 대립시킬 때 매번 사용되는 용어임에 비해, "근엄하고 진지한"(semnos)과 "경박하고 속된"(eutelès)이라는 형용사는 22장에서 "표현"(lexis)을 언급할 때 한 번 더 사용될 뿐이다. 즉 일상적인 용법을 벗어난 말이 쓰일 때 "품격 높은"(semnè, 58 a 21; 또한 비극이 사튀로스 극의 노래에서 볼 수 있는 우스꽝스러운 표현을 버린 것을 말하면서 사용된 "장중함을 갖추다"apesemnunthè라는 용어[49 a 20; 아래 주13 참조]도 참조) 표현이라고 했고, 반대의 경우를 "평범한"(eutelès, 58 b 22) 표현이라고 했다. 이 두 형용사는 『시학』에 극히 드물게 나타나지만 한정된 구조의 의미론적 짝을 이룬다는 것을 알 수 있다. 다시 말해서 'semnos'는 특별히 품격 높은 상태를 뜻하며 'eutelès'는 별다른 특징이 없는 보통의 상태를 의미함으로써 유표항/무표항의 대립을 이루면서 시인이나 시인의 문체의 특성을 규정한다.

같은 관점에서, 이에 대응하는 또 다른 짝, 즉 작품에 적용되는 형용사 "고상하고 고귀한"(spoudaios)과 "저속하고 품위 없는"(phaulos)의 짝을 생각해 볼 차례다. 여기서 이 두 형용사 가운데 어느 하나라도 언어에서 특별한 의미론적 표지를 지닌다고 확실하게 말하기는 어렵다. 또한 희극에 대한 아리스토텔레스의 이론은 전해지지 않고 있기에, 그가 모델로 사용된다고 추정되는 현실("오늘날 우리")과 관련하여 비극과 희극 두 장르 가운데 어느 것이 더 특별하다고 생각했는지 결론 내리기 어렵다. 그저 비극과 희극의 관계는 품위 있는 관중(theatas epiekeis, 26장, 62 a 2)과 저속한(phaulous, 같은 곳, 1. 4) 조건에 있는 관중의 관계와 같을 것이라고, 또한 비극은 『정치학』(VIII, 1342 a)에서 대중들을 비교한 대목 ── "두 부류의 대중이 있는데, 자유롭고 교양 있는 대중이 있는가 하면, 육체노동을 하는 사람들, 정해진 임금을 받고 일하는 사람들, 또 같은 부류의 다른 사람들로 구성된 속된 대중이 있다" ── 에서 말하는 실증적인 구분의 표지를 지닐 것이라는 점을 말할 수 있을 뿐이다. 두 부류의 관중, 그러니까 오로지 좋고 나쁜 두 부류의 관중만이 있다면, 실제로 두 가지 장르, (더 낫게 변형시키는) 비극과 (더 못하게 변형시키는) 희극이라는 두 장르만이 있다는 게 그리 놀라운 일은 아닐 것이다. 그 사이는, 이미 앞에서 보았듯이(2장 주해 2) 클레오폰이 결국 채우지 못한 빈칸이며, 말하자면 문학 장르 영역에서 사회적 우리(kath'hèmas, 48 a 4)에 대응하는 상관항일 뿐이다. 자유롭지도 않고, 일에 얽매이지도 않고, 교양이 있지도 않고, 천박하지도 않은, 결국에는 추상적인 관념, 비어 있는 계급에 불과한 우리 말이다(우리가 아는 한 아리스토텔레스는 어디서도 비극은 좋은 관중을 위한 것이고 희극은 나쁜 관중을 위한 것이라고 말한 적이 없다. 아리스토텔레스가 그렇게 생각했다고 해석할 이유도 없다. 앞에서 말한 것의 핵심은, 근본적인 윤리적 이분법과 비교하여 재현의 삼분법이 갖는 인위적인 성격을 뚜렷하게 부각시키려는 것뿐이다).

7. 48 b 32

"*Iambos*: 시행(詩行)의 이름, 그 시행을 특징짓는 운각(韻脚)의 이름, 또한 이암보스, 이암보스 시, 풍자시에서처럼 문학 장르의 명칭"(Chantraine, *DE*, s.v). 샹트렌느는 이암보스의 의미론적 역사에 관해서는 말하지 않는다. 아리스토텔레스는 풍자, 욕설이라는 뜻을 일차적인 것으로, "이암보스 리듬"이라는 뜻을 파생된 것으로 간주했다. 그의 추론은 이렇다. 즉, "헐뜯는 시" 장르는 욕설을 주고받는 운율, 즉 이암보스에서 적절한 리듬 표현을 발견했으며, 그리고 이후에도 그 운율을 계속 "욕설"(*iambeion*)이라는 이름으로 부르게 된다. 애초에 서로 욕설을 주고받는 데(*iambizon*) 쓰인 운율이었기 때문이다. 여기서 우리는 아리스토텔레스가 이암보스라는 낱말과 그 파생어의 (추정된) 역사가 이암보스 리듬의 에토스에는 특별한 영향을 미치지 않았다고 생각했다는 것을 알 수 있다. 그것이 대화 어조와 가장 근접한 운율이라고 말할 뿐이다(49 a 25 이하; 22장, 59 a 12).

8. 48 b 35

극의(*dramatikas*)라는 형용사의 뜻에 관해서는 3장 주3을 참조할 것.

9. 48 b 38

호메로스는 두 가지 방식으로 희극의 탄생을 준비했다. 『마르기테스』
에 극 형태(*dramatopoièsas*)를 부여한 것, 그리고 희극적인 것을 위해(*to geloion*) 헐뜯기(*psogos*)를 포기한 것이 그것이다. "나는 웃는다"라는 뜻
을 지닌 '*gelô*' 어군에 속하는 형용사 '*geloios*'는 프랑스어 "우스꽝스러
운"에 해당한다고 볼 수 있으나, 실사화되면 기법상 "희극적인 것"을 가
리킨다.

『시학』을 번역하면서 우리는, "…하는 것은 우스꽝스럽다"에서처
럼 술어적 표현으로 '*geloion*'을 사용하는 경우(51 b 25; 60 a 33)를 제외하
고는, 이 낱말을 언제나 "희극적인"으로 번역할 것이다. 아리스토텔레스
가 호메로스를 우스꽝스러운 것을 무대에 올린 연출자라기보다는 희극
적인 것의 창시자로 본다는 점을 고려하면, 이러한 용어 선택은 특히 이
대목에서 나름의 중요성을 갖는다.

10. 49 a 2

장르의 분화 과정이 시인들의 성격 차이에 기인한다고 말한 후에 아리
스토텔레스가 호메로스를 비극과 동시에 희극의 선구자로 간주하는
것이 의아스러울 수도 있다. 『시학』에서 여러 번 되풀이되는(18, 23, 24,
26장) 이러한 모순은 두 종류의 담론의 충돌에서 비롯된다. 한편으로는
원인이 다르기 때문에 결과가 다르다고 주장하는 "과학적" 담론이 있고,
다른 한편으로는 호메로스를 완벽한 경지에 도달한 비조(鼻祖)이자 대
가로 삼는 "문화적" 담론이 있다. 호메로스의 위대한 두 서사시 ―『일
리아스』, 『오뒤세이아』― 와 이를 모방한 일련의 음유 서사시를 처음으
로 명백하게 구분하는 놀라운 비평적 안목을 보였던 아리스토텔레스가,
지극히 진부해 보이는 익살시풍의 시 『마르기테스』를 호메로스의 작품

이라고 판단하는 이유는 그렇게 설명될 수 있을 것이다. 파이퍼(Pfeiffer)는 "그 시(=『마르기테스』)가 어떻게 아리스토텔레스의 이론에 맞을 수 있는지, 그리고 어떻게 해서 『일리아스』와 『오뒤세이아』 곁에 놓일 수 있는지, 우리에게는 여전히 곤란한 문제다"라고 말한다(1968, p.74). 아마도 『마르기테스』가 "문화적" 담론의 균형과 요구 조건을 충족시키기 때문이라고 대답할 수 있을 것이다(『마르기테스』가 호메로스의 작품이 아니라고 여겨지게 된 것은 기원전 3세기 초 알렉산드리아의 문헌학자 제노도토스 이후부터이다).

11. 49 a 9

전승된 텍스트는 이 부분이 확실하지 않다. 여러 문헌학자들(Forch-hammer, Vahlen, Else)이 다양한 수정안을 제시한 바 있는데, 의미상으로는 모두 동일하다. 우리는 포슈하머의 안(*krinetai è nai* [A], *krinetai einai* [B] 대신에 *krinai*)이 가장 무난하다고 생각하여 이를 취했다.

여기서 아리스토텔레스는, 비극의 다양한 종류들이(『시학』에서의 종류*eidè*에 관해서는 6장 주해 10과 18장 주해 4를 참조) 어느 정도까지 완성도를 갖추게 되었는가 하는 문제를 다루는 것은 사실상 시기상조라 보고 이에 대해서는 언급하지 않는다. 완성도에 대한 평가는 내재적 기준(*auto kath' hauto*)에 입각해서, 즉 사물의 본성 자체가 부과하는 규범을 참조해서(*ho kat' autèn tèn phusin tou pragmatos horos*, 51 a 9 이하) 이루어질 수도 있고, 작시술과는 무관한 우발적인 요소들, 즉 극장 공연에서 비롯되는(*pros ta theatra*) 일들을 참조해서 이루어질 수도 있다. 두 번째 경우에는 연극 경연 대회를 구성하는 데 따른 제약뿐 아니라(*pros tous agônas*, 51 a 6), 관중의 품격과도 관계된다(*pros theatas epieikeis* vs *pros phaulous*, 62 a 2-4). 시인은 때로 관중의 결점에 영합하려고 하는 것이다.

이렇게 해서 아리스토텔레스가 낮은 서열에 놓은 줄거리 유형이 "관객의 결점 때문에 높은 서열에 위치하는 것처럼 보인다". 시인들이 관중의 요구에 순응하기 때문이다(53 a 33-35). 하지만 그것은 별도의 문제다.

　　여기서 직접 관련된 것으로 제기된 문제는 극 형태(*skhèmata*, 49 a 6)가 진정으로 비극에 이르렀다고 말할 수 있는 단계까지 발전해 간 역사적 과정이다(주12 참조).

12. 49 a 13

장르의 분화 과정을 다룬 후 아리스토텔레스는 초기의 즉흥적 창작(49 a 9; 위 48 b 23 참조)으로부터 완성된 형태에 이르기까지의 진화 과정을 개략적으로 설명한다. 희극의 진화 과정은 5장에서 따로 검토될 테지만, 아리스토텔레스는 괄호 속 대목에서 희극 역시 비극과 유사한 과정을 밟는다고 강조하고 있다. 즉 두 장르 모두가 호메로스의 작품들 — 영웅적인 작품들과 익살시풍의 작품 — 에서 이미 모습을 드러냈으며, 또한 마찬가지로 고대의 연극적 표현 형태가 발전한 것으로 제시되고 있는데, 비극은 디튀람보스에서, 희극은 남근숭배가에서 발전했다는 것이다. 사실 49 a 11의 *phallika*는 추측으로 제기되던 것인데, 최근의 필사본에서 확인되었다. 예전부터 전해져오던 텍스트에는 *phaul(l)ika*로 되어 있는데, 이것은 희극 장르를 특징짓는 성격을 나타내는 형용사로 저속함을 뜻하는 *phaulos*를 연상시킨다(2장 48 a 2). 하지만 *phaul(l)ika*가 다른 곳에서는 전혀 눈에 띄지 않는 것과 달리, ('*l*' 두 개를 겹쳐 쓴 *phaullika*가 간접적으로 가리키는) *phallika*는 특히 아리스토파네스의 『아카르나이 사람들』261행에서 그 근거를 얻을 수 있다. 그러니까 주인공이 남근숭배 행렬을 조직한 뒤 *phallikon*, 즉 남근숭배가를 부를 것이라고 말하는 구절이다. 『아카르나이 사람들』에서 문제의 대목(241-279행)은 아리스토텔레스가 남근숭배가와 희극 사이에 설정한 관계를 구체적으로 보여 준다. 그렇다 하더라도 *phallika*에 대해서는 알려진 것이 거의 없으며, 그것이 희극의 탄생에 어떤 역할을 했는지도 명확하게 설명하기 어렵다(Else, p.163 참조). 디튀람보스 역시, 물론 남근숭배가에 비해 상대적으로 더 잘 알려져 있긴 하지만(Pickard-Cambridge, 1장 참조), 역사적으로 비극과 어떤 관계인지는 규명되지 않았다(아래 주해 15에 나오는 참고문헌을 참조).

어쨌든 아리스토텔레스는 디오뉘소스 축제와 관련된 두 장르가 적어도 지휘자(*exarkhôn*)가 이끄는 합창대에 의해 공연된다는 공통점을 가지고 있다고 보았다. 그리고 바로 그 지휘자가 비극과 희극 최초의 배우라고 보는 것 같다. 두 장르로 나누어진 것 역시 원칙적으로는 디튀람보스와 남근숭배가의 성격이 다르다는 사실을 전제한다. 실제 우리가 알고 있는 바에 의하면 디튀람보스는 형식적으로는 디오뉘소스 축제와 관련되어 있기는 하지만, *phallika*와 연관된 사육제 행렬과 신나는 음담패설보다는 분명 더 점잖았다.

이제 비극과 희극이라는 두 가지 고대 극 장르의 탄생에 호메로스가 어떤 기여를 했는지(2장 참조), 그리고 디오뉘소스 축제에 연관된 장르들이 어떤 기여를 했는지를 — 여전히 아리스토텔레스의 시각에서 — 살펴보자. 호메로스는 텍스트의 극 형태를 창안하고(2장 주3 참조) 윤리적 분화과정의 길을 열어 줌으로써 비극과 희극의 토대와 내적 특성들을 제시했다. 그리고 디튀람보스와 남근숭배가는 극 형태의 유희라는 연극적 장치들을 제공했다고 말할 수 있다. 하지만 이는 텍스트의 일관성을 구성하기 위해서 제시한 가설일 뿐이다. 사실상 여러 기원이 있으며 이보다 훨씬 복잡하다는 것을 앞으로 보게 될 것이다(주해15).

13. 49 a 15

비극의 진화는 성장(*èuxèthè*, 49 a 13)을 거쳐 완성된 존재에 이르는(*eskhe tèn hautès phusin*, 49 a 15) 과정으로 제시된다. 여기서 완성된 존재라는 표현(글자 그대로 옮기면 "본연의 모습을 갖게 되었다")은 무엇보다도『물리학』의 한 대목(193 a 36)을 통해 설명될 수 있다. "가능태(*dunamei*)에 있는 육신(肉身)은 우리가 그것을 정의하는 바에 정확히 부합하는 형태를 얻기 전까지는 본연의 모습을 갖춘 것이 아니다(*out' ekhei pô tèn heautou phusin*)."『시학』에서 아리스토텔레스가 말하는 비극을 이 대목과 결부시키면 이렇게 이해될 수 있다. 즉, "비극은 성장하는 시기에는 가능태로만 존재했다. 가능성이 하나둘 드러날 때마다 시인들이 그것을 현실화시킨 이후, 비로소 그 정의에 부합하는 진정한 비극이 되었고, 그때 이후 성장은 멈추었다(*epausato*)."

아리스토텔레스는 언제 비극이 성장을 멈추고 완성되었는지에 관해서 정확하게 말하지는 않는다. 그렇지만 이 문제에 대한 그의 견해를 어느 정도 그럴듯하게 추론할 수는 있다. 실제로 6장의 정의(49 b 24-28)는 배우의 수를 두 명으로 늘리고 대화에 가장 중요한 역할을 부여함으로써 디튀람보스와 결정적으로 구분되는(주14 참조) 아이스퀼로스의 비극에 완벽하게 부합된다. 이에 비하면 세 번째 배우와 무대배경을 도입한 소포클레스의 변화는 그다지 분명하고 중요한 진전이라고 말할 수 없다. 따라서 엄격히 말하면 아리스토텔레스는 비극이 아이스퀼로스 때부터 "본연의 모습"에 이른 것으로 보았다고 가정할 수 있다. 물론 소포클레스를 탁월한 비극 시인으로 본 것은 분명하다(사실 소포클레스는 아이스퀼로스보다는 겨우 서른 살 아래였고, 경연 대회에서 여러 차례 그와 경쟁하기도 했다). 소포클레스의『오이디푸스 왕』은『시학』에서 7번이나 인용되고 있다. 그리고 비극을 다른 장르와 비교할 때면, 서사시의 호메로스와 희극의 아리스토파네스처럼, 소포클레스가 언제나 대변자로 등장한다(4장 48 a 25 이하; 26장 62 b 2 이하).

14. 49 a 18

아이스퀼로스가 비극의 진화에 기여한 바는 바로 초기 형태의 비극 속에 이미 담겨 있던 잠재성을 계발해 낸 것이라고 할 수 있다. 디튀람보스 합창대 지휘자의 역할이 대사로 낭송하는 배우로 바뀐 것을 비극의 출생을 알리는 것으로 어느 정도 간주할 수 있다면, 두 번째 배우의 등장은 말로 하는 대화(*logon*)를 끌어들이고 그에 따라 합창 부분이 줄어듦으로써 그 직접적인 발전이라고 할 수 있다. 아이스퀼로스가 기여한 바를 아리스토텔레스가 어떻게 요약하고 있는지 살펴보자. "대화에 가장 중요한 역할을 부여했다(*prôtagônistein*)." 이 말은 문맥상 주목할 만한 은유이다. 사실 역설적으로, 두 번째 배우를 등장시킴으로써 주역(主役, *protagoniste*)이라는 개념을 그 본래 의미로 쓸 수 있게 된 바로 그 시점에, 아리스토텔레스는 이를 대화라는 발화행위 양태와 말이라는 표현 양태에서 본 언어행위(*logon*)에 적용한 것이다. 텍스트가 배우보다 더 우세하다는 사실을 이보다 더 잘 드러낼 수는 없을 것이다. 말(*logos*)이 가장 중요한 역할을 담당한다면, 배우들은 그 하인에 불과하다. 가장 중요한 역할을 부여하다(*prôtagônistein*. 우리는 필사본에 나오는 *prôtagônistèn*보다 이 말을 선택하는데, 이에 관해서는 R. Kassel, *Rheinisches Museum*, 1962, p. 117 이하를 참조할 것)라는 낱말의 은유적 용법에 관해서는 플루타르크의 『음악론』(*De musica*, 1141 D)에 나오는 구절과 비교해 볼 수 있을 것이다. "⋯시가 가장 중요한 역할을 맡는(*prôtagônistousès*) 반면에, 플루트 연주자들은 지휘자(=연출자인 시인들)에 종속되어 있다(*huperetountôn*)." 그 다음 구절은 은유를 문자 그대로 사용하여, 연극에서 반대로 "여자 모습을 한 음악의 신"(*tèn Mousikèn en gunaikeiôi skhèmati*)을 등장시킨 페레크라토스라는 희극 시인의 경우를 인용한다. 아리스토텔레스의 텍스트와는 흥미로운 대조를 보여 주는 부분이다.

15. 49 a 21

이 대목은 주석자들을 당혹스럽게 했다(우리가 가진 필사본은 아마도 내용이 빠져 짧아진 것일 테고, 아랍어 판본은 더 길지만 내용을 이해할 수 없다). 아리스토텔레스는 디튀람보스에서 비극이 나왔다고 말한 다음에 여기서 "사튀로스 극"을 비극의 기원으로 설정한다.

디튀람보스 ⟶ 사튀로스 극 ⟶ 비극 ?

이렇게 이어지는 직선적인 계보를 가정하는 것일까? 아니면 한편으로는 디튀람보스에서, 다른 한편으로는 사튀로스 극에서 시작하여 비극으로 수렴하는 이중의 진화 과정을 상정하는 것일까?

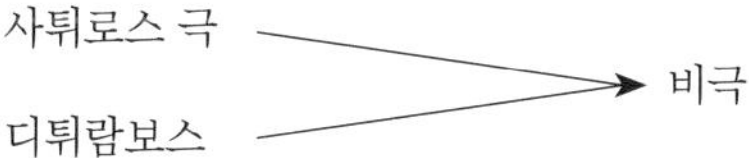

사튀로스 극이 고전기에 4부작으로 구성된 비극의 네 번째 극으로 명맥을 이어 갔음에도 불구하고 이처럼 비극보다는 먼저 생긴 것으로 제시되고 있는데, 그렇다면 여기서 말하는 *saturikou*(49 a 20)가 과연 엄밀히 확립된 장르로서의 사튀로스 극을 가리키는 것일까? 아니면 좀 더 약한 실사적 의미로, 그러니까 조금 뒤에 나오는 사튀리켄(*saturikèn*, 49 a 22)처럼 (사튀로스들로 구성된 합창대가 나오는) 디튀람보스의 사튀로

스적 특성을 가리키는 것일까? 뒤의 가설을 택하면『시학』텍스트의 일관성은 가장 잘 유지된다. 물론 이러한 가설이 비극의 기원 문제를 해결하지 못하는 것은 사실이며, 여기서 우리가 그 문제를 다룰 수도 없다(A. Lesky, *Die tragische Dichtung der Hellenen*, 3판, Göttingen, 1972, 1장과 참고문헌을 참조). 아리스토텔레스의 텍스트가 분명 중요한 자료이긴 하지만, 그의 말이 전적으로 타당한가에 대해서는 역사가들이 다양한 평가를 내리고 있으며, 그 가운데 몇몇은 상당히 유보적인 입장을 보인다(H. Patzer, *Die Anfänge der gr. Trag.*, Wiesbaden, 1962; G. F. Else, *The Origin and Early Form of Gr. Trag.*, Havard-London, 1966; W. Burkert, *Gr., Rom. and Byz. Studies*, 7, 1966, p.87).

아리스토텔레스는 이렇게 생각했을 것이다. 비극은 사튀로스적인 디튀람보스에서 나왔으나, 여러 점에서 그 기원과는 단절되었다. 대화 형태가 도입됨으로써(앞의 주14 참조) 규모(*megethos*)가 한층 더(*eti*, 49 a 19) 커졌으며, 특히 어조와 운율 그리고 크기가 바뀌었다. (a) 어조: 사튀로스 합창대의 노래에 있을 수 있는 희극적인 것(*geloias*, 49 a 20)이 사라지고 비극적인 장중함(*apesemnunthè*, 49 a 20)이 나타났다. (b) 운율: 장단 4보격 운율의 "춤추는 듯한"(*orkhestikôteran*, 49 a 23; 60 a 1 참조) 리듬은 사튀로스 극에는 잘 들어맞았지만 언어 자체가 가장 중요한 재현 재료가 되는 예술, 즉 보여 주는 성격이 덜한 예술 형태에는 더 이상 적합하지 않게 되었다. 그리하여 대화에 가까운 운율인 단장 3보격 운율(49 a 24 이하 참조), 그러니까 장단 4보격 운율보다 덜 두드러진 운율이 자연스럽게 채택되었다(주해 17 참조). (c) 크기(*megethos*) 면에서도 비극의 줄거리(*muthos*)와 디튀람보스의 짧은 줄거리(*mikrôn muthôn*, 49 a 19)는 구별된다. 게다가 19행에서 28행까지 전개되는 논의의 제목이 될 수 있을 '*megethos*'는 단지 양적인 개념만을 가리키는 게 아니다. 같은 의미를 지닌다고 할 수 있는(50 b 25; 51 a 15 등) 'mèkos'(49 b 12; 51 a 6 등) ── 길이를 뜻한다 ── 와는 달리, 'megethos'는 장엄함이라는 의미를 내포할 수 있다. 그러므로 이 부분에서 'megathos'는 줄거리의 길이가 늘어난 것뿐 아니라 표현에서의 어조, 나아가서 운율의 변화도 포괄하고 있는 것처럼 보인다. 우리가 "규모"라고 옮긴 것은 바로 그 때문이다.

16. 49 a 23

여기서 대화는 *lexis*를 번역한 것이다. 『시학』에서 *lexis*는 일반적으로 기술(技術)적인 용어로 사용되며, 비극을 구성하는 여섯 구성 부분들 가운데 하나로, 이 경우에 우리는 표현으로 옮긴다. 몇 줄 앞에서 희극적인 표현(*lexeôs geloias*, 49 a 19)이라고 할 때 바로 그런 뜻으로 쓰인 것이다.

*lexis*는 "말하다, 대화하다"라는 뜻을 가진 어간 *legô*에서 만들어진 것으로, 이오니아와 아티카 지방의 산문 작품에서 많은 신조어를 만들어 냈던 *-sis*형 파생어 부류에 속한다(P. Chantraine, *Histoire de la formation des noms en grec ancien*[고대 그리스어에서 명사 형성과정의 역사], p.282). 이 용어가 처음으로 나타난 플라톤의 작품에서는 "행동"을 뜻하는 *praxis*(『국가』, 396 c), "노래"를 뜻하는 *ôidè*(『법』, 816 d) 그리고 *logos*(『국가』, 400 d)와 대립되는 뜻으로 쓰이고 있으며, 이 마지막 경우에 *lexis*는 언어의 형식적 양상으로서, 언어 일반을 가리키는 *logos*에 대립한다. 우리는 서로 대립되는 이 세 가지 의미를 통해 *lexis*가 문맥에 따라 뜻이 변하는 다의성을 지니고 있음을 짐작할 수 있다. 이미 플라톤이 사용한 바 있는 기법과 관계된 의미, 즉 "표현, 문체"의 의미(『소크라테스의 변명』, 17 d; 『법』, 795 e)가 갈수록 중요해지지만, 그렇다고 다른 뜻이 사라진 건 아니다. *lexis*가 한 번은 표현(49 a 19), 또 한 번은 대화(49 a 23. 사튀로스 극에서 노래하거나 낭송하는 부분에 대립되는 의미)를 의미하는 이 대목에

서 그것을 확인할 수 있다. 파생 형용사 *lektikos*(49 a 24와 27)는 두 번째
뜻으로 쓰이고 있다.

17. 49 a 28

이런저런 운율이 각기 이런저런 유형의 어조나 낭송에 자연스럽게 연결
된다는 이 대목의 설명에 대해서(24장, 59 b 34 이하; 주7 해당 부분 참조)
현대의 운율학자들은 다분히 회의적이다. 매스(P. Mass, *Greek Metre*, p.54
이하)는 논증해야 할 것을 전제로 내세우는 논점 선취의 오류라고까지
말한다. 예를 들어 아리스토텔레스는 비극적 표현에서 단장 3보격 운
율을 사용해야 하는 것은 그 운율이 대화체와 가깝기 때문이라고 말하
지만, 매스에 따르면 그것이 대화체와 가깝게 보이는 것은 실제로 대화
의 운율이고 ── 단장격의 리듬이 대화에 사용된 것은 이유가 있을 것이
다 ── 특히 희극에서의 대화의 운율이기 때문이다(과장이 별로 없는 희
극의 어조에 단장 3보격 운율은 아마도 일상 대화에 가장 가까웠을 것이다).
아리스토텔레스는 결과를 원인으로 간주한 것이다. 진짜 이 판단이 맞
는가 하는 문제에 대해서는 ── 사실 고대인들이 리듬을 느꼈던 방식에
대해 사실상 현대인들이 어떻게 알 수 있겠는가? 그리고 리듬과 어조의
연결이 관례상 당시 사람들에게 필연적 연관을 느끼게 했다면, 인과 관
계를 (아마도) 거꾸로 읽는다 한들 대수이겠는가? ── 우리로서는 유보
적일 수밖에 없다. 어쨌든 논점 선취의 오류라는 가설은 상당히 설득력
이 있다. 아리스토텔레스는 자연학적인 용어를 사용해 추론하면서, 시
(詩)의 역사는 목적론적인 과정이며, 비극 역시 자연의 일종으로서 그 고
유의 본성(*tèn hautès phusin*, 49 a 15)을 되찾게 되는 진화 과정을 겪었다
고 가정한다. 그렇다면 완성된 상태 속에서 진화 과정의 자연적인 설명
원칙을 찾을 수밖에 없지 않겠는가? 기원전 5세기의 비극에서 단장 3보

격 운율이 일반적으로 대화의 운율로 사용되었다면, 이는 비극의 본성 (*autè hè phusis*, 49 a 24)이 그 본성상 대화와 가까웠던 단장격 운율을 찾아내게끔 했기 때문이다.

우리는 나아가 아리스토텔레스가 개략적으로 그려 보이는 비극사의 다른 측면들에도 이러한 유형의 추론이 내재해 있지 않은가 생각해 볼 수 있다. 사튀로스 극에 기원이 있다는 이론 — 이 역시 몇몇 현대 이론가들이 강력히 이의를 제기한 바 있다(주15 참조) — 은 시간을 거슬러 올라가 비극의 역사를 합리화하는 데에서 비롯된 것이 아닐까? 그러니까 장단단격을 사용했던 호메로스에서 시작하여 단장 3보격 운율로 대화를 구성했던 소포클레스에 이르게 되는 비극 장르의 설명을 위해서는, 장단 4보격 운율이 나타났다가 없어지는 과정을 입증해야만 했을 것이다. 물론 이것은 가정일 뿐이다. 하지만 정말 그렇다면 아리스토텔레스가 비극의 역사에 대해서 말한 것들의 타당성은 현저하게 떨어질 것이다. 여기서는 이 문제에 대해 명쾌한 답을 구하기보다는 — 해결할 수 없는 부분도 있을 것이다 — 시에 관한 아리스토텔레스의 담론에는 두 가지 관점이 공존한다는 것, 즉 역사적으로 기술하는 관점과 철학적으로 추론하는 관점이 공존한다는 것만 지적하고 넘어가기로 한다. 우리가 보기에는 두 번째 관점이 첫 번째 관점에 대해 우위를 보이는 경향이 있는 것 같다.

18. 49 a 30

"게다가"(*eti de*)라는 말로 시작하면서 "삽화"(이 말의 정의에 관해서는 12장, 52 b 20 이하 참조)의 수에 대해 언급한 이 대목은 앞서 규모에 대해 언급한 부분(*eti de megethos*, 49 a 19)과 같은 차원에 놓인다. 앞에서는 줄거리의 양적인 확대를 포괄적으로 다루었다면, 여기서는 많은 삽화들로 이루어진다는 구성을 다루며, 이를 비극의 진화 과정에서 주목할 만한 사실로 꼽는다. 삽화 수의 증가와 질적인 면에서의 진보, 즉 "초기 시인들"보다 능숙하게 "사실들을 조직적으로 배열"(6장, 50 a 35 이하)하는 후계자들을 구별하는 기준이 되는 진보 사이에는 모종의 관계가 있을 것이다. 이러한 비교는 "정돈되다"라는 뜻의 동사 *kosmèthènai*에서 다음과 같이 확인할 수 있을 것이다. 즉 비극의 진화는 점진적으로 "자리를 잡아가는 역사"이며, 설사 그 진화 과정이 양적인 변화의 형태를 띨 때라도, 궁극적으로는 언제나 그 완성된 "본성"에 이르고자 점진적으로 "정돈되어" 가는 조화로운 성장 과정을 포괄하는 역사인 것이다.

제5장

앞서 말한 바처럼 희극[1]은 저속한 인물들의 재현이다. 하지만 49 a 32
온갖 종류의 저속함을 다 포함하는 것은 아니다. 희극적인 것
은 추악한 것의 일부분일 따름이다. 실제로 희극적인 것은 일
종의 결함이며 추악함이지만, 그로 인해 고통이나 해(害)가 생
기는 것은 아니다. 분명한 예를 들자면, 희극의 가면은 추악하
고 일그러졌지만 고통을 나타내지는 않는다.[2]

    비극의 다양한 변모와 그러한 변모를 이끈 사람들은 잘 알 49 a 37
려져 있지만, 희극의 경우는 그렇지 못하다. 처음에는 희극을
진지하게 생각하지 않았기 때문이다. 실제 집정관이 희극 합창
대를 마련해준 것은 한참 뒤의 일이었고, 그 전에는 자원자들
이 담당했다. 사람들이 말하는 최초의 희극 시인들이 기록되기
시작한 것은 희극이 이미 몇 가지 확정된 형식을 갖추고 난 뒤
의 일이다. 누가 희극에 가면이나 프롤로그를 도입했는지, 또 49 b 4
배우의 수와 그 밖의 모든 것을 정했는지는 전혀 알 수 없다.[3]
그러나 줄거리를 구성한다는 생각은 시켈리아의 에피카르모스
와 포르미스로부터 처음 나온 것이며, 아테나이 시인들 가운데
에서는 크라테스가 처음으로 단장격 욕설 형식을 버리고 보편
적인 것으로 차원을 높여 줄거리 형식으로 주제를 다루기 시작

했다.[4]

49 b 9

　　서사시와 비극은 고귀한 인물을 재현하고 장중한 운율을 사용한다는 점에서는 서로 일치하지만, 서사시는 오로지 장중한 운율만을 사용하고[5] 단일한 운율로 이야기하는 방식을 취한다는 점에서 비극과 다르다. 또한 길이에 있어서도 다르다. 비극은 가능한 한 한나절이나 한나절을 별로 벗어나지 않는 시간 범위를 지키려고 하는 데 반해[6] 서사시는 시간제한이 없다. 하지만 초창기에는 비극 시인들도 서사시 시인들과 마찬가지로 시간에 그리 얽매이지 않았다.[7] 구성 부분들에 관해서 말하자면, 일부는 두 장르에 공통되지만, 다른 것들은 비극에만 있다. 따라서 어떤 비극이 좋고 나쁜지 말할 수 있는 사람은 서사시에 대해서도 그렇게 말할 수 있다. 왜냐하면 서사시를 구성하는 요소들은 모두 비극에 있기 때문이다. 하지만 비극을 구성하는 요소 모두가 서사시에 있는 것은 아니다.

제5장 주해

1. 49 a 32

5장에 통일성이 있는가? 희극을 다루는 전반부(49 a 32-b 9)에서 아리스토텔레스는 희극의 윤리적 특성을 설명하고, 또한 희극의 역사를 간략하게 기술한다. 바로 이 두 번째 특징으로 인해 이 대목은 비극의 역사를 다루고 있는 4장 끝부분의 연속이며 또한 대응하는 짝이 된다. 이 장의 후반부(49 b 9-20)는 비극과 서사시의 유사점과 차이점을 매우 간단하게 소개함으로써, 6장에서 26장에 걸친 논의의 서론이 된다. 6장에서 25장까지는 비극과 서사시에 관해 설명하고, 마지막 26장은 두 장르의 장점을 비교하면서 일종의 가치판단을 내리며 논의를 마무리함으로써 서론, 즉 이 5장의 뒷부분에 상응한다. 이 점에서, 49 b 9를『시학』의 중요한 연결 고리로 본 발렌(*Beitr.*, I, p. 282)의 지적은 적절하다.

하지만 그렇다고 해서 5장의 통일성을 부정하는 것은 옳지 않다. 물론 상당히 다른 개념을 다루고 있는 것은 사실이지만 ─ 앞부분은 희극의 정의 그리고 개략적인 역사 기술, 뒷부분은 비극과 서사시의 간략한 비교 ─ , 그럼에도 불구하고 희극, 비극, 서사시라는 세 장르는『시학』의 전체적 관점에서 볼 때 분명하게 서로 관계 맺으면서 구조화된 하나의 전체를 이룬다. 즉 3장(48 a 25 이하)에서 이미 명확하게 설명했듯이, 비극과 희극은 (극적인) 재현 방식에서는 같으나 재현의 대상(고귀함 대

저속함)으로 보면 서로 대립된다. 비극과 서사시는 (극적 대 서사적) 방식은 대립되나, 대상(고귀한 사람들)에서는 같다. 비극은 각기 유사성과 차이에 의해 다른 장르들과 연결됨으로써 가운데 자리를 차지한다.

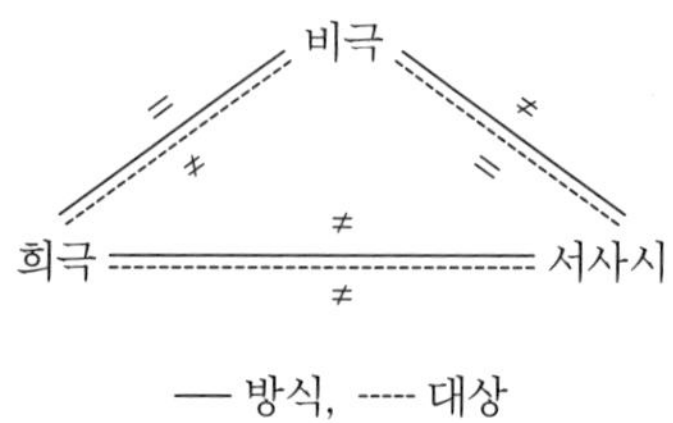

—— 방식, ----- 대상

이런 구조이기 때문에, 그리고 가까운 두 장르를 나란히 놓고 기술하려 한다면, 아리스토텔레스로서는 두 가지 해결책밖에 없다. 즉 비극을 희극과 나란히 놓고 연구하는 방법과 아니면 서사시와 나란히 놓고 연구하는 방법이다. 그런데 이 5장에서 아리스토텔레스는, 희극과 비극을 이어 주는 유사성은 은연중에 암시하는 것에 그치는 반면 비극과 서사시를 연결하는 유사성은 뚜렷하게 부각시킴으로써("일치한다"(*èkolouthèsen*, 49 b 10), 재현 방식보다는 재현 대상이라는 기준을 중요시하는 두 번째 해결책을 선택한다. 이렇게 해서, 충분한 증거가 제시되고 있지는 않지만, 아리스토텔레스의 분석에 있어서 윤리적 요소(고귀함 대 저속함)가 형식적 요소(극적 대 서사적)보다 우월하다는 게 분명히 드러난다. 하지만 뒤에 이어지는 대목을 보면 실제로 서사시와 비극의 공통점은 "대상"의 동일성에 그치지 않는다는 것을 알 수 있다.

2. 49 a 37

이 부분에서 희극에 대한 정의가 나오는 것은 놀라운 일이다. 하지만 과연 이것을 정의라고 할 수 있는가? 형식적으로는 그렇다고 답할 수 있

다. 6장에서 "비극은 …의 재현이다"(49 b 24)라고 비극을 정의(horon)하
는 것과 마찬가지로, "희극은 […] 재현이다…"라고 말하고 있기 때문이
다. 그러나 겉으로 드러난 이러한 표현의 유사성은 부분적일 뿐이다. 희
극에 대해 말하고 있는 부분은 희극의 구성 요소를 규명하기보다는(비
극에 대해서는 49 b 24의 'ousia'를 참조할 것) 비극과 대립되는 요소를 규정
할 따름이다. 희극과 비극의 대립 요소는 여기 5장 첫 부분에서 완벽하
게 규정된다(주해 1을 참조할 것).

무엇보다도 아리스토텔레스는 다시 한 번("앞서 말한 바처럼") 희극
은 희극적인(4장, 48 b 37을 참조할 것) 것에 극적 형태를 부여하면서 저속
한 인물들(3장, 48 a 16 이하; 4장, 48 b 26 이하를 참조할 것)을 재현한다고
말한다. 여기서 새로운 점은 희극적인 것(geloion)을 'aiskhron', 다시 말
해서 물리적인 의미와 동시에 도덕적인 의미에서 "추악한" 것의 일부로
정의한 것이다('aiskhron'은, 그 또한 미학적인 동시에 윤리적인 뜻에서 "아
름다운" 것을 가리키는 'kalon'과 반대의 뜻을 가진 낱말이다). 희극적인 것
이 추악한 것에 속한다는 사실로 말미암아 희극은 성격들이 품격과 "품
위"를 갖도록 요구하는 비극(15장, 54 a 17의 'khrèsta'; 54 b 13의 'epieikeis'
를 참조할 것)과 정반대가 된다. 하지만 새로운 변별적 특징이 나타나는
데, 희극적인 것은 "고통이나 해"(anôdunon kai ou phthartikon)를 야기하
지 않는 "과오, 과실, 결함"(hamartèma)으로 보다 정확하게 규정되고 있
다. 이렇게 해서 12장에서 "해를 끼치거나 고통을 안겨 주는 행동"(praxis
phthartikè è odunèra, 52 b 11 이하)으로 정의되는 비극적 폭력, 다시 말해
서 파토스가 바로 이 희극적인 "과실"과 대립된다. 일그러졌지만 "무해
한"(anôdunon, aneu odunès) 희극 가면은 희극적인 것의 특성을 뚜렷하게
보여 준다.

아울러 짚고 넘어가야 할 것은 그리스어에서 극 속의 "인물"을 가

리키는 데 쓰이는 낱말 ‘*prosôpon*’(49 a 36, 원래는 “얼굴”이라는 뜻)이 『시학』에서는 “얼굴”이라는 뜻(25장, 61 a 13)을 벗어나 “가면”의 뜻만 가진다는 사실이다(49 b 4를 참조할 것). 우리가 “인물”이라고 부르는 것, 즉 허구적 존재로서 연극이나 이야기의 행동 주체는 『시학』에서는 특별한 명칭을 부여받지 못하고 있다. ‘*prattontes*’라는 분사(원래는 “행동하는 존재”라는 뜻) 또한 때로는 “행동 주체”와 “배우”를 구분하지 않고 그 둘을 동시에 지칭할 수도 있다(3장, 48 a 23과 27; 6장, 49 b 31과 37을 참조할 것).

3. 49 b 5

여기서 아리스토텔레스는 역사가로서 이야기하고 있다. 구체적인 정보가 없기에(*elathen, ègnoètai*) 아리스토텔레스는 희극의 역사에 대해 알려진 게 없는 이유를 나름대로 해석한다. 처음에는 희극을 진지하게 생각하지 않았기 때문이라는 것이다. 그 증거로, 처음엔 자원자들이 합창대를 담당하다가 훨씬 뒤에야 집정관이 정식 합창대를 마련해 주었다는 사실을 들고 있다(아마도 희극이 디오뉘소스 축제에서 허용되었던 해인 기원전 486년일 것이다). 이어 아리스토텔레스는 사람들이 말하는(*legomenoi*) 희극 시인들(*hoi* […] *autès poiètai*, 형태상으로 볼 때 “희극적이라 불리는 시인들”이라고 해석할 수도 있는데, 이는 거의 뜻이 없으므로 그러한 해석은 배제한다)이 언급되기(*mnèmoneuontai*) 시작할 때, 희극은 이미 몇 가지 확정된 형식(*skhèmata tina*) —— 가면의 사용, 프롤로그, 여러 명의 배우들 등등 —— 을 갖추고 있었다고 말한다. 서술의 현재에 행위 시작의 가치를 부여하여 ‘*legomenoi*’를 “사람들이 말하는 시인들”, 즉 명성을 얻은(= *logon ekhontes*) 시인들이라는 뜻으로 이해한다면, ‘*legomenoi*’(“사람들이 말하는”)와 ‘*mnèmoneuontai*’(“언급하기”)는 외견상으로만 동어 반복이다).

이 5장의 첫 부분에서 희극이 언급될 때 매번 부정적인 표현이 쓰였다는 사실은 다소 충격적이다. 저속한(=고귀하지 않은) 인물의 재현인 희극은, 구성적 측면에서의 과실(*hamartèma*)에서 비롯되는, 고통도 주지 않고 해도 끼치지 않는 결과만을 강조하며, 게다가 초기에는 희극을 진지하게 생각하지 않았기 때문에 그 역사가 알려지지 않은 극 형식인 이 장르는, 마치 이 모든 문제에 있어서 완전히 상반되는 비극 장르를 돋보이게 하는 역할만을 하는 것처럼 보인다. 이처럼 부정적 표현들이 많이 나타나는 것을 보면, 희극에 대한 아리스토텔레스의 이론이 없는 것이 흔히 얘기되는 것처럼 『시학』 텍스트가 전해지던 중 우발적인 사고로 인해 유실된 것으로 간주할 수 있는지도 의심해 볼만 하다. 여기서 우리는 설사 아리스토텔레스가 정말로 희극성과 희극에 대해 이야기했다 하더라도(『시학』, 2권, 서론, p.17을 참조할 것), 고상한 장르인 비극과 서사시보다는 더 간략하게 다루었을 것이라고 가정할 수 있을 것이다.

4. 49 b 9

이 문장은 통사구조가 산만하긴 하지만 49 b 4의 '*tis apedôken*'에 의거해 어느 정도는 설명할 수 있다. 그리고 아랍어 판본에는 없지만 우리가 사용한 필사본에는 나오는 "에피카르모스와 포르미스"라는 고유명사도 그대로 옮겼다. 에피카르모스는 3장(48 a 33)에서 고대 시켈리아의 희극 시인으로 이미 언급된 바 있다. 따라서 여기서 아리스토텔레스가 희극에 대해 간략하게 설명하면서 그의 이름이 (사실상 아무것도 알려져 있지 않은 또 다른 "원조"인 포르미스라는 이름과 더불어) 재등장한 것이 별로 이상하지는 않다(아리스토텔레스의 원래 강의록에는 3장의 48 a 33에 에피카르모스가 거론된 이후, 여기서는 이름 없이 그저 시켈리아에서 희극이 시작되었다는 말만 나오고, 실제 여러 사람이 추측한 대로 "에피카르모스와 포르미스”라는 낱말은 옆에 써 있던 설명이었을 것이라고 생각할 수도 있다. 하지만 어차피 중요한 문제는 아니다).

　희극의 역사에서 우리가 이름을 알고 있는 최초의 시인들은 희극을 완벽한 시적(동사 ‘*poiein*’이 49 b 6과 8에서 두 번에 걸쳐 사용된다) 장르로 만든 두 가지 주요 혁신과 결부되어 있다. 즉, 상황만을 가지고 즉흥적으로 연기하던 이전 시대의 희극과 달리 “줄거리”(*muthos*)를 구성하고, 또한 전통적인 단장격 “욕설” 형식의 특징인 감정에 호소하는 인신공격(*ad hominem*) 대신에 보편적인(*katholou*) 영향력을 갖는 주제를 다루기 시작한 이 두 가지 변화는 그 자체만으로 희극이 탄생하게 했다고 말할 수 있다. 실제로 우리는 6장과 9장에서 줄거리가 비극(그리고 희극도 마찬가지라고 충분히 가정할 수 있다)의 가장 중요한 부분(“영혼”, 50 a 38)이며, 보편적인 것의 재현은 연대기(*historia*, 51 b 17)와 대립해서 시를 구별하는 특징, 특히 욕설로 표현하는 시(51 b 9-15)와 대립해서 희극을 구별하는 특징이라는 것을 보게 될 것이다. “크라테스가 처음으로 보편적인 것으로 차원을 높여 줄거리 형식으로 주제를(*logous kai muthous*) 다루기 시작했다”는 대목에서, 로고스와 뮈토스의 의미론적 차이를 분명하게 구별해야 할까? 발렌(*Beitr.*, I, p. 297 이하)을 비롯한 많은 해설자들은 두 낱말을 동의어로 간주한다. 우리도 로고스, 뮈토스가 유사하다는 것은 인정한다. 두 낱말 모두 초기의 욕설 형식과 달리, 만들어진 주제를 가리키기 때문이다. 하지만 로고스에서 뮈토스로 넘어가면서 보다 심화되고 세분화된다고 말할 수도 있다. 명시적 의미가 덜한 로고스라는 낱말은 “주제”, 다시 말해 재현적 허구의 가장 초보적 형태의 테마라고 말할 수 있다(17장, 55 b 17에서 『오뒤세이아』의 로고스를 몇 줄로 소개하고 있다. “삽화들”은 포함되지 않는다, 55 b 23). 반면에 뮈토스는 “줄거리” 전체, 전개되고 살이 붙은 주제, 간단히 말해서 행동을 재현하는 구조화된 언어적 재료로서 시 텍스트 자체를 가리킨다고 할 수 있다(6장, 50 a 4 이하 뮈토스의 정의를 참조할 것). 그러므로 로고스는 "단장격 욕설 형식"과 관련하여 크라테스의 혁신이 보여 주는 변별적인 특징, 어쩌면 가장 중요한 특징을 따로 부각시키는데, 그것은 바로 주제를 다루고 있다는 점이다. 설명적인 기능을 갖는 'kai'라는 등위사로 연결된 뮈토스는, 이미 크라테스 때부터 『시학』이 "줄거리"라고 부르는 형태로 주제를 다루기 시작했다는 사실을 명시하고 있다.

줄거리에 보편적 차원을 부여한 최초의 인물이라고 소개되고 있는 아테나이 희극 시인 크라테스에 대해서는 별로 알려진 것이 없다. 그는 고대 희극 최초의 위대한 시인으로 간주되는 크라티노스(대략 기원전 484-420년)보다 조금 젊었다. 그러니까 아리스토텔레스는 크라테스의 작품에서 "보편" 요소들(유형으로 취급되는 인물들? 본보기가 되는 줄거리?)을 발견했던 것인데, 그러한 보편 요소들은 인신공격적인 욕설을 주로 하는 아르킬로코스 전통(*Arkhilokhoi*라는 제목이 붙어 있는 희극에서 볼 수 있듯이, 아르킬로코스, 즉 "타소스의 독설"[*Thasian halmèn*, frag.6 Kock]은 희극 시인의 모델을 재현한다고도 할 수 있다)에 보다 충실한 크라티노스에게서는 볼 수 없는 것이었다. 하지만 아리스토텔레스가 어떤 짐에서 아리스토파네스가 희극 작품 속에서 소크라테스, 클레온, 에우리피데스 등을 공격하면서 각 개인이 아니라 유형을 조롱한 것이고 따라서 겉으로 보이는 것과 달리 보편성의 차원으로 올라갔다고 생각했는지는 한번 짚어 볼 만한 문제이다. 이 점에 대해 뚜렷하게 알려 주는 것은 없지만, 아리스토파네스가 호메로스(서사시)나 소포클레스(비극)와 어깨를 나란히 하면서 희극 시인으로 불리고 있다면(3장, 48 a 27), 이는 틀림없이 아리스토텔레스가 그를 희극 장르의 걸출한 대변자로 보고 있기 때문이라는 사실만 지적하기로 하자.

　　희극의 탄생에 대한 이 간략한 역사에 비추어 볼 때, 호메로스가 『마르기테스』의 저자로서 희극의 선구자 역할을 했다고 말했던 4장의 내용(48 b 28 이하)은 어떻게 설명할 수 있을까? 아리스토텔레스에 따르면 호메로스는 희극을 창안한 것이 아니라 단지 그 "형식을 보여 주었을"(*skhèma hupedeixen*, 48 b 36) 따름이다. 실제로 호메로스는 욕설 형식의 전통을 사용하지만, 그대로가 아니라 변형시킴으로써 후세 시인들에게 길을 보여 주었다. 즉 욕설 형식의 특징인 단장격 운율(48 b 30)을 사용하지만, 원색적인 헐뜯기(*posgos*) 대신 희극적인 것(*geloion*)을 "극 형태로 구성"(*dramatopoièsas*, 48 b 37)한 것이다. 그처럼 호메로스는 희극이 앞으로 나아가야 할 방향을 설정한다. 그에 따르면 『마르기테스』는 희극이 아니며, 희극에 있어서 『마르기테스』는 비극에 있어서 『일리아스』나 『오뒤세이아』와 같다. 말하자면 몇 가지 형식들, 특히 제한적이고 기술적인 의미에서 연극의 특징이라 할 수 있는 화자 없는 대화 형식이 완성되지 못한 일종의 초벌 상태라고 말할 수 있을 것이다. 일단 이렇게 길이 열린 이후에는, 희극이 "출현"하여(*paraphaneisès*, 49 a 2) 여전히 욕설과 헐뜯기에 매달려 있는 풍자 시인들이 새로운 장르로 개종하기를 기다려야만 했다. 단장격 욕설 형식의 전통은, 호메로스의 『마르기테스』에 의해 미리 그 모습이 그려졌던 새로운 장르를 진정한 목적(*telos*)으로 삼아 "방향을 틀어" 발전하게 된다. 이 5장에서 다루고 있는 것은 바로 희극의 출현이다. 아리스토텔레스는 이 분야에서는 남아 있는 기록이 없다고 주장하고 있지만, 『마르기테스』에서 호메로스가 이룩했던 혁신을 시켈리아 사람들과 크라테스가 계승한다고 말하고 있으니 그의 주장에 따라 에피카르모스, 포르미스 그리고 크라테스를 희극의 아버지로 간주해도 큰 무리가 없을 것이다. 비극과 희극이라는, 『시학』의 첫 부분에서 나란히 오는 두 담론은 어쨌든 이렇게 해서 하나로 만나게 된다. 완벽하고 본보기가 되는 시인인 호메로스 속에는 모든 것이 들어 있지만, 호메로스의 작품이 가능태로 그리고 초벌 형태로 내포하고 있던 것은 때가 되어서야 역사가 만들어 내는 것이다.

5. 49 b 10

우리가 택한 필사본 A에는 ‘*mekhri monou metrou megalou*’라고 나와 있는데, 매우 까다로운 이 대목을 글자 그대로 해석하면 “오로지 장중한 운율까지만”이라는 뜻이 된다. 엄밀하게 말해서 한정어는 “만”(*monou*)에 걸려 있기 때문에 ‘*mekhri*’는 “…까지는 제외하고”(L.S.J., s.v., II, 4: 영어로는 바로 …는 제하고just short of)라는 뜻으로 이해해야 한다. 서사시와 비극은 “장중한 운율”(다시 말해서 6보격 운율을 말하는데, 이에 관해서는 아래를 참조할 것) ― 비극에 대해서는 26장(62 a 15)에서 그 가능성을 명백하게 언급하고 있다 ― 을 사용한다는 공통점을 갖지만, 서사시는 그것만을 사용한다는 고유의 특징을 지닌다. 아리스토텔레스는 다음 행에서 “서사시는 단일한 운율을 사용한다”고 명확하게 밝힌다.

이 대목과 관련하여 필사본 B가 제시하는 독법 ‘*metrou meta logou*’(본래 뜻은 “언어가 수반된 운율[까지만])”는 해석이 거의 불가능하며, 그래서 일반적으로 편집자들이 수정을 가했다. 무르베커의 경우에는 번역을 포기한 것으로 보인다. 라틴어 번역본에는 ‘*metrou megalou*’에 상응하는 것 자체가 없다. 이 대목이 이처럼 당혹감을 자아낸 이유는 두 가지일 것이다. (a) …는 제외하고 …까지라는 ‘*mekhri*’의 제한적 의미를 보지 못했거나 인정하지 않았다. (b) 6보격 운율이 “장중한 운율”이라 불릴 수 있다는 사실을 받아들이지 않았다.

첫 번째 난관은 “…까지는 제외하고”라는 뜻을 지닌 ‘*mekhri*’가 서사시와 비극의 공통점을 언급해야 하는 문장 안에서 이미 그 둘의 차이를 지적하고 있다는 데서 비롯되며, 이는 사실 논리적으로 보자면 충격적이다. 'monou'에 걸린 제한적 의미의 한정어는 뒤에 어떤 문장이 올지 예견하게 해 주며 또 서사시와 비극이 사람들이 생각하는 것처럼 칼로 자르듯 대립하지는 않는다는 것을 암시한다. 이러한 표현은 사실상 두 장르에 공통된 요소로 장중한 운율을 언급한 데 대한 일종의 보상일 뿐이다. 여기서 아리스토텔레스는 운율에 있어서의 공통점 — 단지 "운문으로 재현할" 뿐만 아니라 "장중한 운율"로 — 을 가능한 한 가장 정확하게 설명하고 있기 때문에, 운율의 범위를 설정하는 동시에 그 한계를 엄격하게 규정해야만 했다. 바로 그 때문에 이어질 문장을 추측할 수 있게 되는 것이다.

두 번째 난관을 보자면, 여기서 왜, 그리고 오로지 여기서만, 아리스토텔레스는 6보격 운율을 "장중한 운율"이라고 부르는 것일까? 또한 그렇게 명시적으로 밝혀야만 했던 무슨 절실한 이유가 있었던 것일까? 이 두 가지 물음은 서로 연결되어 있다고 말할 수 있다. 『시학』의 핵심 명제 가운데 하나는, 5장(49 b 18 이하) 끝 부분에 가장 명료하게 나와 있듯이, 서사시가 비극 속에 포함되어 있다는 명제이다. 이 명제는 26장(62 a 14)에서 비극의 우월성을 예증하는 논거로 다시 등장한다. 그런데 비극에 비해 서사시가 갖는 특징은, 그 "길이"(*mèkos*, 5장, 49 b 12 이하; 24장, 59 b 17 이하; 26장, 62 a 18 이하)와 "규모"(*onkos*, 24장, 59 b 28), 그리고 영웅시 운율의 "양"(量, "가장 풍성하고, 가장 풍부한"이라는 뜻을 지닌 *onkôdestaton*이라는 낱말이 한정하고 있다. 59 b 35; 주해 7의 해당 부분을 참조할 것)이 어우러져 보여 주는 그 규모에 있다. 이런 여러 요소들이 그냥 우연히 만나는 것은 아니다. 아리스토텔레스는 이를 서사시와 6보격 운율의 본성에 따른 조화를 나타내는 표시로 설명하고 있다. "그처럼 영웅시 운율 말고 다른 운율로 긴 시(*makran sustasin*)를 쓴 사람은 아무도 없었는데, 앞서도 말했듯이 본성 자체가(*autè hè phusis*) 서사시에 알맞은 (*to harmotton*) 운율을 선택하게끔 해주기 때문이다"(24장, 60 a 2-5).

그렇다면 서사시보다 길이가 더 짧은 비극(24장, 59 b 20 이하; 26장, 62 a 18)이 어떻게 더 큰 것을, 그리고 서사시에서 질적으로도 더 크다고 판단된 것을 포함할 수 있을까? 서사시의 길이는 그 자체로는 품격(26장, 62 a 18 이하; 주해 7과 8의 해당 부분을 참조할 것)이 아니기 때문에, 비극이 서사시를 포함할 수 있는 유일한 방법은, 서사시와 마찬가지로 6보격 운율, 즉 이 상황에서는 "장중한 운율"(*metron megalon*)이라고 부르는 운율을 사용하는 것이다. 『시학』 내에서는 따로 떨어져 나와 사용되고 있는 이 표현(하지만 26장에서 '*tôi tou metrou mèkei*'라는 기이한 표현을 볼 수 있다)에 대한 언급은, 데메트리우스라는 사람이 쓴 『문체론*Peri hermèneias*』에서 찾아볼 수 있다. 연대는 불분명하지만 아리스토텔레스 학파의 전통과 연결되어 있는 것이 분명한 그 책에서는 영웅시의 6보격 운율을 "긴 시구(詩句)"(*makron kôlon*)라고 부르면서 서사시 장르와 조화를 이루는 운율이라고 강조하고 있다(§4-5). "언어(또는 주제)의 차원을 높이려면 시구의 크기도 그에 걸맞아야 한다(*tôi megethei tou kôlou sunexèrtai kai ho logos*). 그래서 6보격 운율을 영웅시의 운율이라 부르는 것이다. 그 길이(*mèkos*)는 영웅들에게 어울리며, 호메로스의 『일리아스』를 아르킬로코스식의 짧은 (시구로) 쓰는 것은 어울리지 않을 것이다…"

6. 49 b 13

시간의 단일성이라는 고전주의 연극의 "규칙"은 오직 이 대목의 권위에 기대고 있다. 하지만 아리스토텔레스가 표명한 바가 반드시 이러저러해야 한다는 규정은 아니다. 단지 비극에서 재현된 행동의 "실제적인" 지속시간에 맞는 길이를 지시하고 있을 뿐이다. 이러한 규범은 사실상 소포클레스와 에우리피데스의 관례를 따른 것이다. 반면에 아이스퀼로스의 비극 일곱 편 가운데 우리에게 전해지고 있는 두 편 ─『아가멤논』과 『에우메니데스』─ 은, "실제"로는 며칠(『아가멤논』에서 에게해의 횡단), 심지어는 몇 달(『에우메니데스』에서 복수의 여신 에리뉘에스에게 쫓기는 오레스테스)에 걸친 행동을 재현한다. 그렇다면 아리스토텔레스는 아이스퀼로스를 서사시에서처럼 시간 문제에 대해 비교적 자유로웠던 "초기"(*to prôton*, 49 b 15) 시인들 부류에 포함시키는 것일까? 이를 확인할 만한 단서는 『시학』 어디에도 없다. 심지어 18장(56 a 17)에서는, 바로 에우리피데스와의 비교에서 아이스퀼로스는 줄거리를 구성하는 데 있어서 서사시적 모델을 벗어날 줄 알았던 비극 시인으로 인용되고 있다. 아리스토텔레스가 아이스퀼로스에 대해 내리고 있는 판단을 정확하게 설명하기는 어렵다. 어쨌든 『시학』에서는 아이스퀼로스보다는 소포클레스와 에우리피데스를 훨씬 더 자주 인용하고 있다는 점만 지적해 두자.

7. 49 b 16

아리스토텔레스가 말하고 있는 "길이"(*mèkos*)란 물론 행동의 지속시간이다. 여기서 행동의 지속시간은 행동이 실제로 이루어질 경우에 추정되는 지속시간이라는 뜻이다. 비극을 무대 위에서 24시간, 아니 12시간이라도 계속 공연한다는 건 서사시를 끝없이 낭송하는 것과 마찬가지로 어불성설이다. 그럼에도 불구하고 『시학』에서 '*mèkos*'가 때로 작품의 길이를 가리킨다는 것 또한 사실이다(7장, 51 a 5 이하; 24장, 59 b 17 이하; 26장, 62 a 18). 우리는 그 용어가 우연히 여러 가지 뜻을 갖게 되었다기보다는 "실제" 행동의 지속시간과 작품의 길이 사이의 상관관계를 가리킨다고 생각한다. 여기서 말하는 상관관계는 아리스토텔레스의 텍스트 속에 들어 있는 것이지, 작품 자체를 통해 사실로 확인되는 것은 아니다.

따라서 이야기에서는 한 줄만으로도 행동이 "실제" 지속되는 시간을 모두 재현할 수 있다는 반론(예를 들어 루카스가 인용하고 있는 『일리아스』 24장, 784의 해당 부분을 보면 9일로 되어 있다)은 별로 적절하지 않다. 아리스토텔레스가 보기에 비극의 특별한 농도(*athroôteron*, 26장, 62 b 1을 참조할 것)는 연극으로 공연할 경우에 짧을 수밖에 없는 지속시간(26장, 62 b 2와, 텍스트의 길이 문제를 명확하게 다루고 있는 62 b 6을 참조할 것)과 그에 상응하여 상대적으로 간략할 수밖에 없는 "실제" 행동과 동시에 관계를 맺고 있다. 그리고 본문에 따르면 그것은 대략 한나절이라는 시간이 되는 것이다. 비극은 반전(7장, 51 a 14를 참조할 것), 그러니까 짧은 부분의 어느 한 ("실제") 순간에 엄밀하게 초점을 맞추어야 하지만, 동시에 일어나는 행동들을 재현하는 데에는 기술적인 제약이 따르기 때문에 그렇게 초점을 맞추기가 힘들고(24장, 59 b 24 이하), 따라서 간단한 삽화들만 도입해야 한다(17장, 55 b 16). 이 모든 이유들 때문에 비극은 상대적으로 짧은 행동을 재현하는 상대적으로 짧은 시가 될 수밖에 없다. 반면에 비극의 이러한 제약으로부터 자유로운 서사시에서는 행동이 지속되는 "실제" 시간이 정해지지 않아(*aoristos tôi khronôi*, 49 b 14) 당연히 길어질 수밖에 없다. 행동이 지속되는 "실제" 시간과 시 작품의 길이의 조화는 완숙한 단계에 이른 두 장르들 각각에 있어 사실상의 규범이 되는 셈이다(서사시와 아주 가까운 고대 비극은 이러한 규범을 확인하게 해 주는 반증이다). 이러한 조건들을 고려한다면 '*mèkos*', 즉 "길이"가 상당히 애매하게 작품에도 적용되고 작품이 재현하는 "실제" 행동에도 적용된다고 해도 놀라울 것은 없다.

　　(의미론적으로 모호한 또 다른 예로 "장엄함"이라는 개념을 들 수 있는데, 이에 대해서는, 4장, 49 b 19 이하와 '*megethos*'에 관한 주해 15를 참조할 것. 또한 "장중한 운율"에 관한 위, 주해 5도 참조할 것)

제6장

49 b 21

6보격 운율로 재현하는 기술과 희극에 대해서는 뒤에 논할 것이다.[1] 여기서는 지금까지의 논의에서 도출되는 비극의 본질에 대한 정의만 따로 떼어낸 후에 비극을 다루기로 하자.[2]

49 b 24

비극은 그 끝까지 완결되어 있고 일정한 크기를 갖는 고귀한 행동의 재현으로서, 작품을 구성하는 부분에 따라 각기 다양한 종류의 양념으로 맛을 낸 언어를 수단으로 삼는다. 그리고 비극의 재현은 이야기가 아닌 극의 등장인물에 의해 이루어지며 연민과 두려움을 재현함으로써 그러한 종류의 감정에 대한 카타르시스를 실현한다.[3]

"맛을 낸 언어"란 리듬과 선율 그리고 노래가 있는 언어를 뜻하고, "각기 다양한 종류"라 함은 어떤 부분은 운율만으로 되어 있고 어떤 부분은 반대로 노래의 도움으로 이루어진다는 것을 뜻한다.[4]

49 b 31

재현하는 사람은 행동하는 등장인물[5]이므로, 우선 볼거리의 구성이 비극의 필수적 요소임을 짐작할 수 있으며, 그 다음에는 재현할 수 있게 하는 수단인 노래와 언어적 표현이 필요함을 알 수 있다. 언어적 "표현"이란 운율의 배열 그 자체를 뜻하며[6], "노래"라 함은 그 의미가 자명하다.

비극은 행동의 재현이고 그 행동의 주체는 행동하는 등장 **49 b 36**
인물이며, 이들은 반드시 성격과 사상의 측면에서 일정한 특징
을 지니고 있으므로(실제로 우리는 성격과 사상을 통해 그들의 행
동의 품격을 판단하며, 행동에는 사상과 성격이라는 두 가지 자연적
인 원인이 있다. 그렇기 때문에 사람들이 성공하거나 실패하는 것도
바로 그들의 행동을 통해서이다[7]). 줄거리는 바로 행동의 재현이
며[8](나는 여기서 사건들의 조직을 "줄거리"라고 부른다), 성격은
행동하는 등장인물들의 품격을 판단하게 해 주고, 사상은 말을
통해 어떤 주장을 내세우든가 준칙을 진술하면서 드러나는 모
든 것이다.[9]

따라서 모든 비극은 반드시 여섯 가지 구성 부분을 포함하 **50 a 7**
고 있으며 그에 따라 비극으로서의 특징을 얻게 된다. 줄거리 ·
성격 · 표현 · 사상 · 볼거리 · 노래가 그것이다. 실제로 그 가운데
두 가지는 재현의 수단, 하나는 방식, 세 가지는 대상이며, 볼거
리는 성격 · 줄거리 · 표현 · 노래 그리고 사상까지 모두를 포함
하니까 그것들 말고는 다른 아무것도 없다(어쨌든 많은 시인들
이 그것들을, 이를테면 그러한 특유의 구성 부분들을 사용했다).[10]

이 요소들 가운데 가장 중요한 것은 사건들을 조직적으로 **50 a 15**
배열하는 것이다. 실제로 비극은 사람을 재현하는 것이 아니라
행동과 삶과 행복(불행 역시 행동 속에 들어 있다)을 재현하며,
비극이 겨냥하는 목표는 행동이지 성품이 아니다. 인간의 이런
저런 성품은 성격에 따라 결정되지만, 행복한가 아닌가는 그들
의 행동에 따라 결정된다. 따라서 그들은 성격을 재현하기 위
해서 행동하는 것이 아니라, 행동을 통해서 그들의 성격이 드
러나는 것이다. 그러므로 사건과 줄거리가 바로 비극이 겨냥하

는 목표이며, 언제나 목표가 가장 중요하다.[11]

50 a 23

　　게다가 행동이 없는 비극은 있을 수 없지만, 성격이 없는 비극은 있을 수 있다. 최근 대부분의 시인들의 비극에는 성격이 없으며, 많은 시인들이 그렇게 하고 있다. 회화에서 제욱시스와 폴뤼그노토스를 비교하는 경우도 마찬가지이다. 폴뤼그노토스는 우수한 성격 화가인 데 비해 제욱시스의 그림에는 성격이 전혀 나타나 있지 않다.[12]

50 a 29

　　그뿐 아니라 어느 시인이 성격을 잘 묘사하는 대사들, 표현과 사상에 있어서 흠잡을 데 없이 완벽한 대사들을 연결시키고 있다 해도, 그것만으로 비극의 진정한 효과를 얻을 수는 없을 것이다. 반면에 그러한 점에서는 다소 못 미친다 하더라도 줄거리와 사건들의 조직을 갖추고 있는 비극이 훨씬 더 바람직한 효과를 얻을 수 있을 것이다. 그뿐만 아니라 비극에서 우리의 정서에 가장 강한 호소력을 갖는 것은 바로 급전과 발견인데, 이는 다름 아닌 줄거리를 구성하는 부분들이다. 게다가 이를 보여 주는 하나의 증거로, 시에 처음 입문한 사람들이 사건들을 조직적으로 배열할 줄은 몰라도 먼저 표현과 성격 묘사에서는 완벽할 수도 있다는 사실을 들 수 있다. 그리고 실제로 거의 모든 초기 시인들의 경우도 다 마찬가지였다.[13]

50 a 38

　　그러므로 비극의 제1원칙이며 비극의 영혼이라고 할 수 있는 것은 바로 줄거리이며, 성격은 두 번째로 중요한 구성 부분이다(실제로 그림의 경우에도 이와 거의 유사하다. 아무리 아름다운 물감이라도 화가가 이를 되는대로 칠한다면, 그 결과는 색채 없이 선으로만 그린 명확한 형상만큼 매력을 갖지 못할 것이다). 비극은 무엇보다 행동의 재현이며, 바로 그렇기 때문에 행동하는

사람들의 재현인 것이다.[14]

　　세 번째로 중요한 것은 사상이다. 사상이란 상황이 무엇을 **50 b 4**
함축하고 있으며 무엇이 적절한 것인지를 말할 수 있는 능력으
로서, 엄밀하게 말해서 정치적 또는 수사학적 담론 기술의 대
상이다. 왜냐하면 옛 시인들이 등장인물들로 하여금 시민으로
서 말하게끔 했다면, 오늘날의 시인들은 웅변가로서 말하게 하
기 때문이다.[15]

　　성격은 윤리적 선택을 드러내기에 알맞다. 따라서 말하는 **50 b 8**
사람이 무엇을 선택하는지 또는 무엇을 회피하는지 알 수 없는
대사에는 성격도 없다.

　　사상은 무엇이 있거나 없다고 논증하는 형식이며, 또는 보 **50 b 11**
편적 진리를 말하는 형식이다.[16]

　　네 번째 구성 부분은 언어의 영역에 속하는 표현이다. 앞 **50 b 12**
서 말했듯이 표현은 낱말의 도움으로 뜻을 드러내는 것인데,
그 기능은 운문에서든 산문에서든 동일하다.[17]

　　나머지 구성 부분들 가운데 노래는 비극의 맛을 내는 양념 **50 b 15**
에서 가장 중요한 것이다. 볼거리는 매력은 가장 강하지만 시
인의 기술과는 전적으로 무관하고 작시술과도 아무 관계가 없
다. 왜냐하면 경연이나 배우가 없어도 비극은 목적을 이룰 수
있기 때문이다. 뿐만 아니라 볼거리를 위한 기술적 작업에는
소도구들을 제작하는 기술이 시인의 기술보다 더 중요하다.[18]

제6장 주해

1. 49 b 22

6보격 운율로 된 시, 즉 서사시에 대해서는 23장과 24장에서 따로 살펴보게 될 것이다. 하지만 서사시 역시 고상한 장르로서 비극과 공통점이 아주 많기 때문에, 아리스토텔레스는 비극시의 이런저런 양상과 관련하여 여러 차례 호메로스의 『일리아스』와 『오뒤세이아』를 언급한다. 예컨대 8장(51 a 22 이하)과 13장(53 a 31 이하)에서는 "줄거리"와 관련하여, 15장(54 b 14 이하)에서는 성격과 관련하여, 16장(54 b 25 이하)에서는 발견과 관련하여 언급하고 있다. 그 과정에서 서사시를 기술하는 데 도움이 되는 많은 것들을 얻을 수 있을 것이며, 특히 23장과 24장에서는 비극과 서사시를 비교함으로써(59 a 17-21) 두 가지를 구분하는 뚜렷한 특징들을 알게 될 것이다. 아리스토텔레스는 "6보격 운율로 재현하는 […] 뒤에 논할 것이다"라는 약속을 그렇게 지킨다.

희극에 대한 같은 약속에 관해서는 서문을 참조하기 바란다.

2. 49 b 23

우리는 (버나이스 이후 흔히 'analabontes'로 수정된) 'apolabontes'를 필사본 그대로 두었다. 동사 접두어 'apo-'는 정의(定義)를 이루는 요소들을 단순히 요약해서 "다시 다루는" 것을 뜻한다기보다는 ── 오히려 'ana-'의 뜻이 그렇다 — 정의를 독립된 진술로 "따로 떼어 내는" 것을 뜻하며, 이어지는 부분에서 다시 다루며 자세히 분석하겠다는 뜻이다. 이야기의 주제를 이런 식으로 — 명제를 보완하여 정리하는 식으로 — 제시하는 것은 다분히 엄숙해 보이기까지 한다. 여하튼 다음 대목에서 자세하게 정의할 비극의 본질(*ousia*)은 『시학』이 다른 무엇보다도 중요하게 다루고 있는 대상이다.

3. 49 b 28

이 부분은 『시학』에서 매우 중요한 계기를 이룬다. 어떤 점에서 비극의 정의가 아리스토텔레스의 주장대로 지금까지의 논의에서 도출되는지를 검토하고, 또 뒤에서 어떤 요소들을 상세하게 다룰 것인지 얘기할 필요가 있다.

비극을 정의하는 요소들 중 네 가지는 앞에서 이야기한 것들이다.

1. 비극은 재현(*mimèsis*)이다. 이 주장에 대해서는 1장(47 a 13-16)에서 제시한 최초의 전제를 참조하기 바란다.

2. 비극은 다양한 종류의 양념으로 맛을 낸 언어(*hèdusmenôi logôi*)를 수단으로 사용한다. 그로 말미암아 비극은 시(*poièsis*) 장르에 속하게 되며, 한편으로는 악기를 사용하는 음악, 춤 그리고 회화와, 다른 한편으로는 산문과 대립하게 된다. 이 대목은 1장 전체, 보다 정확히 말해서 47 b 24-28을 다시 설명한다. "양념"의 종류와 비극을 구성하는 부분에 따라 각기 달리 사용되는 용법에 대해서 아리스토텔레스는 비극의 정의 바로 다음에 이어지는 문장에서(49 b 28-31) 간략하게 설명할 것이다. 비극을 구성하는 두 가지 "부분", 즉 노래와 표현은 비극이 사용하는 재현 수단 부분에 직접 나온다(49 b 33-36). 표현(*lexis*)은 19장에서(56 b 8부터) 22장까지 다루어질 것이다.

3. 비극이 재현하는 대상의 성품은 고귀하다(*spoudaias*)는 특성을 가지고 있으며, 이로 말미암아 비극은 희극과 대립된다. 이에 대해서는 2장을 참조할 수 있으므로 별도로 분석하지 않겠다. "고귀함"이라는 특징은 비극을 구분하게 하는 특성으로서, 『시학』에 나오는 다양한 작시술 규정들의 토대를 제공한다. 특히 성격의 "품격"과 관련된 15장(54 a 16-20; 54 b 8이하를 참조할 것)을 참조하기 바란다.

4. 재현 방식이 극 형태라는 점에서 비극은 이야기로 재현하는 서사시와 대립된다. 이 점은 3장에서 이미 언급된 바 있는데, 그 결과 볼거리(*opsis*)가 비극을 구성하는 "부분들" 가운데 하나가 된다(49 b 31-33).

비극의 정의를 구성하는 다른 요소들은 1-5장에서 이미 언급된 요소들만큼 분명하지는 않다.

1. 비극은 행동의(*praxeôs*) 재현이라는 핵심적인 규정은, 2장 앞부분("재현하는 사람들은 행동하는 인물들을 재현하기에…")과 비슷한 것처럼 보이지만, 결정적인 한 지점에서 벌어진다. 즉 재현의 일차적인 대상은 행동하는 주체가 아니라 행동이라는 것이다. 이러한 규정으로 말미암아 줄거리(*muthos*)는 성격(*èthè*)보다 우위를 차지한다(50 a 15-50 b 4의 논거를 참조할 것). 사실상 줄거리는 『시학』의 분석에서 핵심적인 위치를 차지하며, 7장과 11장, 13장과 14장 그리고 16장과 17장이 모두 줄거리를 주로 다루고 있다. 행동의 재현이라는 정의에서 비극을 구성하는 나머지 두 "부분"들, 즉 성격과 사상(*dianoia*)이 도출된다. 성격과 사상이 비극을 구성하는 부분이라는 사실은 이미 앞에서 입증되었으며(49 b 36-50 a 7), 성격이 줄거리에 종속된다는 사실 역시 이미 언급되었다. 그 밖에도 15장은 주로 성격을 다루고 있으며, 19장의 첫 부분(56 a 33-56 b 8)은 사상에 대해서 간략하게 검토하고 있다.

2. 비극의 행동은 완결성(*teleias*)과 크기(*megethos*)를 가지고 있다. 크

기에 대해서는 이미 언급했지만(4장, 49 a 19; 5장, 49 b 12), 여기서 비극의 정의가 크기 문제에 있어서 새로운 것을 도입하고 있다는 점은 분명하다. 7장과 8장에서 아리스토텔레스가 다시 이 개념들을 다룰 때, 완결성은 매우 중요한 특성을 지닌 개념으로서 **통합된 전체성**이라는 용어로 다시 분석될 것이다(*teleias kai holès*, 7장, 50 b 24; *praxis mia*, 8장의 여러 곳을 참조할 것).

3. 비극의 재현은 "연민과 두려움을 재현함으로써 그러한 종류의 감정에 대한 카타르시스를 실현한다". 유명하고 논란이 많은 카타르시스의 문제가 바로 이 구절에서 시작된다. 유명하다는 것은 르네상스 이후 카타르시스 개념과 연극의 도덕성과 관련된 중요한 문제 사이에 연관 관계가 설정되었기 때문이다. 그리고 논란이 많다는 것은, 비극의 정의를 구성하는 이 마지막 요소가 앞에서도 다루어지지 않았고 이후에도 명백하게 밝혀지지 않은 채로『시학』을 읽는 독자에게 수수께끼를 던지고 있기 때문이다. 여기서 카타르시스에 관한 이 짤막한 문장의 해석을 둘러싼 역사를 간략하게나마 소개할 수도 있겠지만, 우리는 그렇게 하지 않을 것이다. 이 문제에 관심이 있는 독자라면 무엇보다도 근년에 출간된 두 저서 — Golden-Hardison(1968), p.133-137과 Somville(1975), p.55-92 — 를 참조하기 바란다.

우리는『시학』자체에는 비극의 카타르시스에 대한 설명이 없기 때문에 그에 대한 모든 해석은 필연적으로 가설의 성격을 지닐 수밖에 없다고 생각한다. 우리가 아래에 제시하는 (그리고 여러 선행 연구들에게서 영감을 얻은) 해석은 단지 합리적인 가설을 구성하려는 것뿐이다. 물론『시학』자체에서 해석의 여지를 제공하는 요소들에 주로 의거한 가설이지만,『정치학』VIII권에 나오는 음악의 카타르시스에 관한 중요한 대목도 고려하고 있다.

카타르시스: 해석을 위한 시론(試論)

"비극은 '연민'(*eleos*)과 '두려움'(*phobos*)을 불러일으킴으로써 그러한 종류의 감정에 대한 정화(*katharsis*)를 실현하는 […] 재현이다."

우리가 이 문장에서 볼 수 있는 의미심장한 세 용어들 가운데 그 어떤 것도 『시학』에서 이전에 나타난 적이 없다. 아리스토텔레스는 스스로 예고한 대로 여태까지의 논의를 빌려 비극을 정의하지만, 그 정의가 완성되기 위해서는 이질적인 요소의 도움이 필요한 것일까? 다른 한편으로, 정의에 추가되어, 지금까지 열거한 비극의 구성 요소들과 달리 비극의 외적 기능을 밝힌다고 할 수 있는 이 부분은 어떤 기능을 갖는 것일까? 더구나 이 대목 이후 아리스토텔레스는 비극이 정서적 격동(*pathèmata*)에 미치는 효과에 대해서는 전혀 다루지 않고 있다. 우리는 바로 이 두 가지 물음에 대답하려고 하는 것이다.

첫 번째 물음은, '연민과 두려움 그리고 카타르시스는 어디에서 비롯되는가?' 하는 것으로, 분명한 답을 제시하기는 어렵다.

1. 『시학』에 앞으로 여러 번 나오게 될(특히 13장과 14장) 연민과 두려움은 여기서 자명한 사실인 것처럼 제시되어 있다. 플라톤의 대화 『파이드로스』(268 c-d)에 나오는 파이드로스와 마찬가지로, 아리스토텔레스 역시 연민과 두려움이 비극 특유의 정서적 충동이라는 사실은 모두가 다 알고 있다고 말하는 것 외에 별다른 방도가 없다고 판단한다. 따라서 앞에서 연민과 두려움에 대한 언급이 전혀 없었다는 점에서는 이 부분이 새로울 수 있으나, 모두가 이미 알고 있는 사실이라는 점에서 당시의 그리스 사람들에게는 실제로 아무런 정보도 제공하지 못한다(플라톤 이전에 이미 고르기아스는 『헬레나 예찬』 9에서 두려움의 전율*phrikè periphobos*이라는 격동, 눈물을 자아내는 연민*eleos poludakrus* 그리고 애도의 고통*pathos philopenthès*을 청중에게 느끼게 할 수 있음을 시의 예를 들어 설명

하면서 로고스의 위력을 입증하고 있다. 고르기아스가 염두에 두는 것은 분명 비극이다).

2. 반면 카타르시스는 그렇게 자명하지 않다. 플라톤은 오히려 비극의 미메시스가 관객을 부패시키고 오염시킨다는 생각이었다. 여기서 아리스토텔레스가 플라톤을 반박하려 했다는 사실에는 의심의 여지가 없다. 하지만 과연 플라톤과 아리스토텔레스가 서로 같은 문제의식을 가지고 말하고 있는 것일까? 무엇보다 확실한 것은, 『시학』에서 아리스토텔레스가 예술의 도덕성에는 관심을 기울인 적이 없다는 사실이다. 게다가 "정화"되는 것은 관객이 아니라 연민과 두려움 같은 유형의 격동이다. 이는 무엇을 뜻하는가?

아리스토텔레스에 따르면 연민과 두려움은 고통스런 감정이다. 두려움은 "고통과 무질서"(*lupè tis kai tarakhè*)로(『수사학』, II, 5장), 연민은 간접적으로 나타나는 두려움이 안겨 주는 고통으로 정의되고 있다(같은 책, 8장). 두려움을 느낀다는 것은 자기 때문에 전율하는 것이고, 연민을 느낀다는 것은 다른 사람 때문에 전율하는 것이다. 비극은 바로 그러한 감정의 격동을 관객에게 불러일으켜야 한다. "실제로 공연을 보지 않고 일어난 사건들을 듣기만 해도 그 앞에서 두려움과 연민을 느낄 수 있도록 줄거리가 구성되어야 한다. 『오이디푸스』의 이야기를 듣는 사람이 느낄 수 있는 것이 바로 그것이다"(14장, 53 b 4-7). 그러나 관객이 고통(*lupè*) 대신 쾌감(*hèdonè*)을 느낀다는 데에 역설이 있다. "시인이 만들어 내야 하는 쾌감은, 재현에 의해서 일어나는 두려움과 연민에서 와야 한다"(*tèn apo eleon kai phobon dia mimèseôs hèdonèn*, 53 b 12).

우리가 보기에 비극의 카타르시스 효과는 바로 그러한 것이다. 즉 비극이 관객에게 불러일으키는 격동들 — 두려움, 연민 그리고 그와 비슷한 격동들(*toioutôn*, 6장, 49 b 27) — 을 정화하는 것인데, 그러한 정화

과정을 통해 고통 대신에 쾌감을 느끼게 되는 것이다. 도대체 어떤 연금술이 작동하여 고통이 쾌감으로 바뀌는가? 14장은 "재현에 의해서"(*dia mimèseôs*)라고 말하고 있다. 이 말은 매우 중요하다. 그것이 함축하는 바는 다음과 같다. 6장에서 아리스토텔레스가 비극을 "[…] '연민과 두려움을 재현함으로써'(*dia* + 속격屬格. 14장의 '*dia mimèseôs*'를 참조할 것) 그러한 종류의 감정에 대한 카타르시스를 실현"하는 것이라고 정의할 때, 연민과 두려움이라는 말은 관객의 병리학적인 경험이 아니라, 재현행위의 산물로, 즉 그것이 연민이나 두려움을 불러일으킬 수 있는 것과 대체 가능한 것이 될 수 있도록 어떤 특수한 작업을 통해 형상화된 줄거리의 구성 요소들로 이해해야 한다. 14장에서는 그러한 내용을 다시 다루면서 진정하고 비극에 걸맞은 두려움과 연민은 볼거리를 통해(*dia tès opseôs*) 얻어지는 기괴함(*to teratôdes*, 53 b 9)과는 엄밀하게 구별되어야 한다고 말한다. 즉 비극에서는 그러한 요소들이 사건들 속에(*en tois pragmasin*, 53 b 13), 다시 말해서 줄거리의 조직 속에 포함되어 있는 반면, 기괴함은 관객을 확실하게 전율케 할 수 있음에도 불구하고 "비극과는 아무런 관련이 없기"(*ouden tragôidiâi koinônousin*) 때문이다.

그러니까 비극이 관객에게 일깨우는 감정들을 "정화"하고 그처럼 고통이 아닌 쾌감을 줄 수 있는 것은, 비극이 그 자체로 정화된 대상들을 관객의 시선에 제공하기 때문이다. 그러한 재현의 연금술 모델은 4장에서 이미 설명한 적이 있다(48 b 10 이하). "실물로는 보기만 해도 고통스럽지만(*auta lupèrôs horômen*) 그것을 아주 잘 다듬어 그린 그림을 볼 때는 쾌감을 느낀다(*khairomen theôrountes*)." 고통(*lupèrôs*, "고통"을 뜻하는 '*lupè*'에서 파생된 부사) 대신에 쾌감을 느끼는 것(*khairein*은 "쾌감"을 뜻하는 실사 '*hèdonè*'에 상응하는 동사. 『니코마코스 윤리학』, 1154 b 26 및 다른 부분들을 참조할 것)은 형태를 정화하는 재현 작업을 통한 시선의 변형에 근거하고 있다. 보기만 해도 혐오감과 고통을 느끼게 하는 사물 그 자체의 단순한 시각(*horan*)이, 이를 재현한 미메시스의 산물 앞에서는 지성의 작용(*manthanein*)으로, 그러니까 쾌감을 동반하는 시선(*theôrein*)으로 바뀌는 것이다. 비극의 카타르시스도 그와 비슷한 과정의 결과이다. 관객은 시인이 능숙하게 만들어 낸 형태들, 연민과 두려움을 불러일으키는 것의 본질을 규정하는 그 형태들을 줄거리(*muthos*)에서 알아보게 되며, 그러한 줄거리를 접하게 된 관객 자신은 연민과 두려움을, 하지만 정제된 형태로 느끼게 된다. 그리고 이때 관객을 사로잡고 우리가 미적이라고 규정하게 될 정화된 감정이 쾌감을 수반하는 것이다.

그러니까 아리스토텔레스가 아무런 근거 없이 비극의 정의에 카타르시스를 언급한 것은 아니다. 카타르시스라는 낱말이 더 앞에서 사용되지 않았을 뿐, 무언가를 재현한 작품을 접하면서 감수성이 "미학적으로" 격상된다는 개념은 4장에서 이미 명백하게 설명된 바 있다.

본질적으로는 골든과 하디슨[Golden-Hardison (1968, p.116 이하)]의 해석과 가까운 우리의 카타르시스 해석은, 『시학』의 다른 부분(특히 4장과 14장)과 일관성을 유지하고 있다는 점에서는 별 무리가 없어 보인다. 하지만 이를 『정치학』(VIII, 7, 1341 b 32 이하)에서 음악의 카타르시스 효과를 다루고 있는 유명한 대목과 비교하면, 한 가지 문제를 피할 수 없게 된다. 더구나 아리스토텔레스가 『정치학』(1341 b 39)에서 "여기서는 별다른 설명 없이 카타르시스라는 낱말을 그냥 쓰지만, 시학에 관한 책에서 그 문제를 다시 다루면서 용법을 밝힐(*saphesteron eroumen*) 것이다"라고 말하며 비교해 볼 것을 권하고 있다는 점에서, 우리가 납득할 만한 이유 없이 이를 그저 회피할 수는 없는 일이다. 위의 대목을 보면 아리스토텔레스가 『정치학』을 쓰면서 재현적 작품의 지각과 관련하여 자신이 사용한 카타르시스의 용법을 『시학』에서 밝히려 했다는 것을 알 수 있다.

그러한 계획은 적어도 아리스토텔레스가 음악의 카타르시스와 시 예술의 카타르시스 사이에 공통된 의미 영역을 감지하고 있었음을 가정한다. 아리스토텔레스는 이 계획을 실행에 옮겼는가? 우리는 아무것도 알 수 없다(만일 『시학』 2권이 정말로 존재한다면 분명 아리스토텔레스가 카타르시스를 다루었을 것이다. 『시학』을 통해서 『정치학』을 조명하는 것은 불가능하기 때문에, 부득이 우리는 반대로 시도할 수밖에 없다. 즉 『정치학』에서 음악의 카타르시스 개념을 밝혀 주는 것들을 수집한 다음에, 그 개념이 어떤 점에서 비극의 카타르시스의 경우와 겹쳐질 수 있는지 살펴보는 것이다).

『정치학』 8권에서 음악은, 1) 유쾌한 것으로(*tôn hèdistôn*, 1339 b 20; 1340 b 17을 참조할 것), 2) 성격의 취향이나 성향과 일종의 유사(*homoiôma*, 1340 a 18; 33을 참조할 것) 관계를 유지하고 있는 것으로 제시된다. 그 관계에 따라 선율은 세 가지로 구분되는데, 성격의 안정적인 취향을 나타낸다는 점에서 교육에 매우 중요한 "윤리적"(*èthikai*) 선율, 행동을 나타내는 "실천적"(*praktikai*) 선율, 그리고 두려움이나 연민 또는 종교적 도취 등 다양한 상태의 정서적 격동을 재현하는 "열정적"(*enthousiastikai*, 1341 b 34) 선율이 그것이다. 그런데 마지막으로 언급된 열정적 선율은 듣는 사람들에게 — 그리고 청중들이 미리 마음의 준비를 하고 있을수록 더 강렬하게 — 정서를 자극함과 동시에 "의학적인 치료와 정화의 방식으로"(*hôsper iatreias* [⋯] *kai katharseôs*) 진통 효과(*kathistamenous*, 1342 a 10)를 발휘한다는 것을 볼 수 있다. 아리스토텔레스는 연민이나 두려움 또는 다른 격동을 경험하는 모든 사람들이 그 순간 "쾌감을 동반한 일종의 정화와 안도감(*tina katharsin kai kouphizesthai meth' hèdonès*)을 경험한다"고 말한다. "정화 효과가 있는 선율(*ta melè ta kathartika*)이 듣는 사람들에게 아무런 해가 없는(*kharan ablabè*) 쾌감을 선사하는 것도 마찬가지 방식이다"(1342 a 14-16).

　　이 대목에서 의학적 은유가 갖는 중요성은 오래전부터 주목받아 왔는데, 아리스토텔레스가 다름 아닌 의학 요법을 참조하여 음악의 쾌락 효과를 설명하기 때문이다. 즉, 어떤 음악은 그 자체로 사람들에게 연민과 두려움 같은 고통스런 격동을 불러일으키면서 사람들에게 "쾌락 효과"를 일으킨다는 것이다. 음악의 효력은 동종요법에 의한 치료 효과와 비교할 수도 있다(예를 들어 Lucas, p.283). 실제로 『정치학』에서 음악은 내면 상태(*pathè èthous*, 1340 a 11을 참조할 것)의 "모사"(模寫, *homoiôma*)로 제시되고 있으며, 이를 통해 내면 상태를 치유한다. 그렇다면 앞에서 시 예술의 카타르시스에 대해 설명한 것처럼, 음악의 카타르시스에 수반되는 쾌감을 설명하는 문제가 남게 된다. 격동이 강렬할수록 그 격동이 그칠 때 안도(*kouphizesthai*를 참조할 것)의 쾌감이 더 크다는 점에서, 사람들은 쾌감의 원천을 격동 그 자체에서 찾으려 했다. 엄밀하게 생리학적으로 말하자면, 어떤 기질이 비정상적으로 농축되면 병리학적 상태의 원인이 되고, 쾌감은 그런 기질의 배출과 관련이 있다는 것이다(Lucas, p.285). 문제의 핵심은 음악과 관련된 카타르시스의 은유적 용법을 해석하는 데 있어 의학이론을 그대로 적용할 수 있는가 하는 것이다. 음악이 행하는 정화 작용이라는 것이, 격동을 불러일으키고 그 격동이 그치는 것을 전제한다는 말이 어디에 있는가? 우리가 알기로는 그 어디에도 그런 말이 없다. 따라서 우리는 음악의 카타르시스에 수반되는 쾌감은, 『정치학』 8권에서 누누이 강조하고 있듯이, 음악 자체의 구성적 특징, 즉 음악은 유쾌하며(*hèdeia*) 쾌감(*hèdonè*)의 원천이라는 특징에서 직접 생기는 것이라고 생각할 것이다. 그러니까 음악은, 모사라는 그 위상으로 인해 고통스런 격동을 야기할 수 있고 그 해독제를 자기 안에 담고 있는 것이다. 음악의 카타르시스 그 자체는 기질의 배출과 무관하다(비록 음악이 몇몇 치료법에서는 보조 수단으로 쓰인다 하더라도). 음악의 카타르시스는 고통을 불러일으키고 쾌감으로 그 고통을 중화시키는 데에 있다. 안도감은 격동과 동일한 외연을 지니며, 해로운 고뇌는 기쁨에 자리를 내주면서 (*kharan a-blabè*, 원래 뜻은 "무-해한 기쁨") 해소되는 것이다.

이것이 몇몇 음악들, 특히 피리로 연주하는 프리지아 음악의 힘이며, 아리스토텔레스는 "연극 음악을 담당하는" 이들에게, "막일꾼과 임금 노동자, 그리고 그런 부류의 관객들로 구성된 천한 청중들"(1342 a 17-21)을 감안하여, 그런 음악을 사용할 것을 권하고 있다. 이제 더 이상 음악의 카타르시스를 시 예술의 카타르시스와 뒤섞을 수는 없다. 비극의 카타르시스는 전율과 연민을 느끼면서, 두려움과 연민을 불러일으키는 것의 형태를 지적으로 이해함으로써 생기는 쾌감을 갈구하는 최상의 청중에게 호소하는 것이다. 음악은 단지 "가장 생생한 쾌감"(26장, 62 a 16)을 만들어 내는 양념(*hèdusma*, 『시학』, 6장, 50 b 16)으로서 연극의 카타르시스에 기여하는 것이다.

이제 우리는 아리스토텔레스가 『정치학』 8권에서 음악의 카타르시스에 대해 이야기하면서, 그 용어에 대해서는 시학에 관한 책에서 나중에 밝히려 하니 이를 참조하라고 말하는 까닭을 짐작할 수 있다. 음악의 카타르시스와 『시학』의 카타르시스는 동일 관계가 아니라 인접 관계이며, 어떤 의미에서는 유사 관계이다. 음악은 볼거리(*opsis*)와 마찬가지로 전적으로 형식적인 줄거리의 아름다움에 특유의 매력, 다시 말해서 재현적 작품 그 자체에서 비롯되는 매력에 맛을 내고 "양념을 친다"는 점에서 시학과 인접 관계에 있다. 하지만 음악은 "모사"(*homoiôma*)로서, 그리고 나아가서 "성격의 재현"(*mimèma tôn èthon*, 『정치학』, 1340 a 39)으로서 카타르시스 효과를 실현할 수 있다는 점에서 시학과 유사 관계에 있다. 더 직접적이고 더 즉흥적이긴 하지만, 줄거리와 마찬가지로 음악도 재현하며, 그로써 연민과 두려움을 일깨우면서 쾌감을 통해 이를 "정화"

한다.

연극의 카타르시스 개념을 명백하게 밝혔을 것으로 추정되는 아리스토텔레스의 분석을 복원하려고 하는 건 지나친 오만일 것이다. 하지만 아리스토텔레스가 두 가지 층위를 구분했으리라는 가정은 해 볼 수 있다.

(a) 근본적인 층위, 즉 재현의 층위에서 볼 때, 카타르시스는 결국 재현활동 자체가 주는 "쾌감"이다. 관객의 입장에서 보자면 그 고유의 쾌감(*oikeia hèdonè*)은, 재현된 형태들 —— 비극의 경우에는 연민과 두려움을 불러일으키는 것의 형태들 —— 을 관조함으로써 얻게 되는 정화된 정서적 경험에서 비롯된다.

(b) 시인의 기술 그 자체와는 보다 무관한 부수적인 층위, 즉 "양념"(*hèdusmata*)의 층위, 특히 음악이라는 양념의 층위에서 볼 때, 비극적 감정의 카타르시스는 "행복감을 안겨 주는" 음악의 매력에서 비롯된다. 음악의 매력은 선율이 일깨우는 격동의 고통스러운(*lupè*) 양상을 중화시킬 수 있고, 나아가서 쾌감(*hèdonè*)이라는 반대 요소를 통해 그것을 대체할 수 있다.

두 층위는 서로 구분되긴 하지만 하나의 공통된 특징, 즉 카타르시스는 여기서 미학적 본성에 속한다는 특징을 가지고 있는데, 아마도 그 특징이 『정치학』 8권에서 두 층위를 접근시킬 수 있는 근거를 제공할 것이다. 그로 인해 그것은 비유로 제시된 의학적 의미(*hôsper iatreias*, "일종의 의학 요법처럼", 『정치학』, 1342 a 10)와는 근본적으로 대립된다. 그것은 정확하게, 말 그대로 정확하게, 즉 오직 비유적으로만 받아들여져야 한다. 버나이스[Bernays (1880)] 이래 많은 해석자들이 범한 오류는, 『정치학』에서는 비유하는 항과 비유되는 항을 혼동했고, 이어서 그렇게 읽고 해석한 카타르시스 개념을 무턱대고 『시학』 6장에 적용했다는 점이다. 이는 시적 카타르시스의 의미와 범위를 심각하게 훼손하는 이중의 혼동이다[우리의 해석과 비슷한 것으로는, 다음을 참조. Somville(1975), 2장].

4. 49 b 31

우리가 맛을 낸이라고 옮기고 있는 낱말은 "기분 좋은"이라는 뜻을 가진 'hèdus'에서 파생된 사역동사 'hèdunô'의 완료형 분사 수동태이다. 따라서 'hèdunô'의 원래 뜻은 "기분 좋게 만들다"는 뜻이다. 그러나 좀 더 뒤에 나오는(50 b 16) 파생된 실사(實辭) 'hèdusma'는, 음악에도 적용되는 것으로, 일반적으로(아리스토파네스, 플라톤, 크세노폰) 요리의 맛을 내기 위한 "양념"을 가리키고, 복수로는 "조미료"를 뜻한다(히포크라테스). 아리스토텔레스 이전에는 이런 뜻으로 사용된 예가 보이지 않으며, 진부한 은유는 절대 아니다. 아리스토텔레스는 『수사학』(III, 1406 a 19)에서 알키다마스의 문체가 지나친 수식어를 구사한다고 비판하면서, 수식어를 양념(hèdusma)이 아니라 주식(edesma)으로 사용하고 있다고 말한다.

그러니까 선율(harmonia)과 리듬(rhuthmos)에 속하는 요소들은, 언어에 덧붙여져서 언어에 맛을 내는 조미료로 제시되고 있다. 비극을 구성하는 부분들은 모두 (운문으로) 리듬을 가지고 있으나 그 가운데 노래로 옮겨지는 것은 일부에 지나지 않기 때문에, 양념의 용법은 부분에 따라 달라진다. 양념이라는 은유는, 시에 사용되는 언어가 서로 뚜렷하게 구분되는 두 가지 요소들로 구성되어 있다는 시 언어 이론을 분명하게 함축하고 있다. 즉 군더더기도 장식도 없는 "벌거벗은" 언어(logois psilois, 1장, 47 a 29를 참조할 것)는 기본 재료로서 외연적인 기능을 수행한다. 그리고 부가적이고 보조적인 요소들의 기능은 쾌감(hèdonè, hèdus와 같은 어근에 속하는 hèdusma)에 의해 주도되는, 엄밀히 말해서 미적인 기능을 갖는다.

필사본 텍스트의 49 b 29 부분에는 불필요한 말이 중복되고 있지만 우리는 그대로 옮겼다. 리듬과 선율을 담고 있는 언어는 결국 "노래"(*melos*)이므로, 언어의 양념에 관해 말하면서 정작 언어를 포함하는 노래를 언급한다는 것은 적절하지 않다. 하지만 소개 방식이 허술하다고 해서 '*melos*'라는 용어 자체가 틀렸다고 말할 수는 없다. '*melos*'는 전달하는 정보의 측면에서는 '*harmonian*'과 동일하지만, 33행에서 비극의 음악 부분을 '*melopoiia*'라고 지칭할 준비를 하는 것이다. 즉, 여기서 이미 뜻이 분명해졌기 때문에 나중에 따로 정의하지 않아도 되는 것이다(1. 35).

5. 49 b 31

"행동하는 등장인물"이란 말은 분사 '*prattontes*'(원래의 뜻은 "행동하는 사람들")를 옮긴 것이다. 3장(48 a 28)에서 '*prattein*'은 "연기하다"(*dran*)라는 말과 짝을 이루고 있는데, 거기에서 '*prattein*'이란 말은 실제로 극 중에서 연기를 한다는 기술적인 의미, 즉 배우들 각자가 1인칭 역을 맡아 텍스트 전체를 책임진다는 의미를 갖게 된다(3장, 주해 1을 참조할 것). 극시의 특징적인 발화행위 구조로 말미암아 이렇게 행동하는 인물을 실제로 무대 위에 세움으로써 텍스트는 필연적으로(*ex anankès*) "무대 장치"(*ho tès opseôs kosmos*)라는 시각적 요소에까지 확장된다. 여기에 아리스토텔레스는 비극을 구성하는 다른 두 부분들 ── 노래(*melopoiia*)와 표현(*lexis*) ── 도 갖다 붙인다(좀 더 느슨한 방식이긴 하지만, "그 다음에는"*eita*이라는 말을 통한 연결을 참조할 것). 노래와 표현은 실제로 텍스트를 목소리로 실행하는 두 가지 형태로 간주될 수 있다. 19장 끝에서(56 b 8-19) 표현이 바로 그런 식으로 설명되고 있다. 즉, 아리스토텔레스는 볼거리를 설명하는 다른 부분(50 b 17; 14장, 53 b 17을 참조할 것)에서 말한 것과 마찬가지로, 그 "관점"(*eidos theôrias*)에서 보자면 표현은 작시술에 속하지 않는다고 말한다. 볼거리는 연출자(14장, 53 b 7) 또는 소품 담당자(50 b 20)의 몫으로, 표현은 배우(19장, 56 b 10)의 몫으로 돌아가기 때문에, 이 두 요소는 비극의 미메시스를 연극으로 연출 ─ 통상적인 의미에서의 "공연" ─ 하는 것에서 논리적으로 도출된다. 노래의 경우에도 『시학』에서 명백하게 언급하고 있지는 않지만 사정은 마찬가지라는 것을 쉽게 납득할 수 있을 것이다.

이렇게 정리된 비극의 세 "구성 부분"들은 각기 재현의 방식(볼거리, 3장을 참조할 것)과 수단(표현과 노래, 1장을 참조할 것)에 상응한다. 방식과 수단이라는 기준은 인접해 있으며, 어떤 의미에서 수단은 방식에 종속되어 있다고 말할 수 있다. 그러나 단지 어떤 의미에서 그렇다는 것이다. 볼거리와 달리 표현은, 그리고 암묵적으로는 노래 역시, 시인의 소관이기 때문이다. 이 점은 이미 아리스토텔레스가 표현(*lexis*)을 "운율의 배열"로, '*melopoiia*'를 "노래의 구성"(단어 자체에서 어떤 단어가 합성된 것인지 그대로 드러난다)으로 정의하고 있는 데서도 뚜렷하게 드러난다. 두 경우 모두 문제는 목소리로 연기하는 것이 아니라, 연기해야 할 "대본"을 시인이 만드는 것이다. 20장과 22장은 시적 표현에 대한 이러한 "관점"에 상응한다(노래에 대해서는 『시학』에서 이에 해당하는 부분이 없다). 그러므로 우리는 재현의 수단에 상응하는 비극의 구성 부분들이 이중적인 의미를 가진다는 것을 알 수 있다. 즉 표현과 노래는 실제로 목소리로 노래한다는 측면에서 시인 자체와 무관한 볼거리 안에 나타나기도 하지만, 온전히 시(*poièsis*)에 속하는 또 다른 측면도 있는 것이다.

6. 49 b 35

표현에 대한 이러한 정의는 다른 것과 구별하게 해 주는 가치밖에 없다.

표현은 운문으로 제작함으로써 언어에 리듬을 부여하는 것이며, 이는 노래로 제작함으로써 언어를 음악으로 옮기는 것과 대립된다. 여기서 사용하는 용어들은 잠정적인 것이며, 50 b 13(주해 17을 참조할 것)에 나오는 두 번째 정의에서 보다 정확하게 밝혀질 것이다.

7. 50 a 3

49 b 37의 그리스어 원문 —— "행동(*praxis*)은 행동하는 어떤 사람들에 의해(*hupo tinôn prattontôn*) 행해진다(*prattetai*)" —— 은 우리가 번역한 것보다 한층 더 동어반복적인 것으로 보인다. 기실 여기서 거의 눈에 띄지 않지만 중요한 낱말은 "어떤 사람들"(*tinôn*)이라는 부정(不定)대명사이다. 그 부정성에도 불구하고 이 대명사는 연극의 등장인물들을 현실에 붙들어 맨다. 아무리 특정되어 있지 않은 "익명의 사람들"(*quidams*)이라 할지라도, 성격과 사상의 영역에서 그들은 필연적으로(*anankè*) 어떤 한정을 받을 수밖에 없는 "사람들"(*tines*)이다. 즉 "질적인 특성을 지닌 사람들"(*poious tinas*, 여전히 두 개의 부정사로 되어 있다), 다시 말해서 윤리학이 연구 대상으로 삼는 실제 사람들과 동일한 유형 위에 동일한 바탕으로 이루어진 행동 주체들이라는 한정이 바로 그것이다. 2장 서두에서 등장인물(*prattontes*)의 윤리적 품격을 설명하면서 '*anankè*'(48 a 1)라는 낱말을 사용한 것과 동일한 흐름으로 논의가 진행되는 것이다. 그때도 그랬지만 여기서도 "실제로"(*gar*)라는 말로 도입되는 괄호 부분의 내용은, 연극의 인물들에게도 당연히 유효한 것으로 볼 수 있는 윤리학의 근본 명제들을 요약하고 있다(이어지는 주해를 참조할 것).

윤리학의 관점에서 보자면(예컨대 『니코마코스 윤리학』, II, 1105 a 30 이하를 참조할 것), 인간의 행동이 도덕적 품격을 부여받으려면, 그 행동을 완수하는 주체의 윤리적 성향을 기준으로 삼아야만 한다. 특히 성격

(*ethos*)과 사상(*dianoia*)의 결실이자, 행동을 통해 드러나는 확고한 선택(*proairesis*, 『시학』, 50 b 9를 참조할 것)을 기준으로 삼아야만 한다.

하지만 좀 더 자세히 살펴보면, 실제로 여기서 윤리학의 근본 여건들을 고려하고 있다 치더라도, 배경이 되는 관점은 독창적이라고 할 수 있다. 괄호 안의 부분은 성격이나 사상이 서로 다른 행위자들의 도덕적 자질을 판단하기 위해서는 바로 그 성격이나 사상을 기준으로 행동에 도덕적 자질을 부여할 필요성이 있다고 설명함으로써(*gar*, 49 a 31) 윤리학의 관점을 전복시킨다. 여기서 부각되는 것은 행동 주체가 아니라 행동인데, 이는 그러한 행동은 물론 행위자들 또한 윤리적인 용어로써 그 특성이 규정되어야 하기 때문이다. 성격이 행동에 종속되어야 한다는 주장은 나중에 공식적으로 표명될 테지만(50 a 16 이하), 여기에 이미 암시되어 있다. 이처럼 행동 주체와 행동의 우위 관계가 뒤바뀌는 것은 직접적으로는 극시를 행동의 재현으로 정의한 데에서 비롯된다. 괄호 내용 가운데 마지막 부분은 성공과 실패가 행동의 영역(*kata tautas*)에 속한다는 점을 강조함으로써 이러한 근본적 논제와 일치하며, 행복과 불행이라는 용어로 같은 생각을 표명하고 있는 50 a 16 이하를 예고한다. 두 경우 모두 비극의 반전의 극단적인 결말과 관련된다(7장, 51 a 14 이하).

"행동에는 사상과 성격이라는 두 가지 자연적인 원인이 있다." 연결을 나타내는 접사 없이 중첩된 이 문장은 흡사 윤리적 교의(敎義)를 연상시키며, 말하자면 텍스트 사이에 주석이 끼어든 것처럼 보인다. 아니면 말로 설명할 때 집어넣을 수 있는 부수적인 설명이라고도 할 수 있다. 어쨌든 그대로 두면 결국 우리가 여기서 보는 것과 같은 긴 문장이 된다.

8. 50 a 3

이 대목의 문법적 구조에 대해서는 논란이 많다. 문제는 "이므로"(*epei*,

49 b 36)로 도입되는 원인절들이 어디서 끝나고, 따라서 무엇이 주절인가 하는 것이다. 세 가지 해결책을 둘러싸고 해석자들의 의견이 나뉘고 있는데, 그 어느 것도 쉽지는 않다. 특히 하디(Hardy)처럼 주절이 *'pephuken'*(50 a 1)에서 시작한다고 보는 해석은 배제할 것이다. 아리스토텔레스가 논점 선취의 오류를 범하고 있다는 의미가 된다는 걸 쉽게 확인할 수 있기 때문이다. 엘스, 카셀, 루카스의 해석에 의하면 주절은 50 a 7에 가서야 *'anankè oun'*과 더불어 나타난다. 이 해결책에 따르면 추론의 필요성을 강조하는 기능을 가진 이 *'anankè'*는, 같은 기능을 가지고 있는 앞 문장의 *'anankè'*(*ex anakès*, 49 b 32)와 상응한다. 그럼에도 불구하고 이 주절의 내용 — 비극을 구성하는 여섯 가지 구성 부분들의 필요성 — 은 주절을 이끌고 있는 원인절에 논리적으로 내포된 한계를 넘어선다는 것을 알 수 있다. 즉 원인절에서 우리는 줄거리, 성격, 사상이라는 재현의 세 가지 대상에 상응하는 세 가지 구성 부분들을 추론할 수 있는데, 주절의 내용은 이를 넘어서고 있다는 것이다. 이것을 문제 삼는다 해도 추론이 결정적으로 무너지는 것은 아니지만(만일 그렇다면 아리스토텔레스가 논리적 추론과 요약법을 융합할 수 있기 때문에), 그 점에서 로스타니의 해결책이 더 나아 보인다. 우리는 쉬트룸프[Schütrumpf(1970, p.81 이하)]와 함께 로스타니의 해결책을 따를 것이다. 그에 따르면 주절은 *'estin de'*(50 a 3)와 함께 시작되며, 50 a 3의 *'men'*(줄거리), 50 a 5의 *'de'*(성격), 50 a 6의 *'de'*(사상)으로 뚜렷하게 분절되는 세 가지 정의들로 구성된다. 그리고 괄호 속에 들어 있는 내용("나는 여기서 사건들의 조직을 줄거리라고 부른다")은 보충적으로 설명하는 기능을 한다. 주절 맨 앞에 있는 동사 *'estin'*과 설명적 기능을 가진 문장들이 이어지면서 유기적으로 연결되는 것을 강조하는 접사 *'de'*(이 용법에 관해서는 L.S.J., s.v. *de*, II, 1을 참조할 것)는 이 대목에서 매우 중요한 계기를 이룬다. 즉 바로

49 b 36-50 a 3까지의 논리적인 전개를 거쳐 그 마지막에 이르러, "줄거리"(muthos), "성격"(èthè), "사상"(dianoia)이라는 재현의 "대상"(ha)을 가리키는 세 가지 항목들을 제시하는 것이다.

이러한 해석이 안고 있는 난관은 추론("비극은 행동의 재현이므로 […] 그러니까 행동을 재현하는 것은 줄거리이다")이 비논리적이라는 것인데, 우리가 보기에는 별로 중요하지 않은 것 같다. 사실 앞 문장의 볼거리에 대한 부분과의 균형을 고려한다면, 차라리 "[…] 비극을 구성하는 부분으로 줄거리가 있다"라는 문장을 기대할 수도 있다. 그러나 중간에 사상과 성격에 관한 고찰을 거치게 됨으로써 아리스토텔레스는 비극을 구성하는 부분으로서의 줄거리의 존재(estin)는 맨 처음 나오는 원인절에서 추론된다고 다시 한 번 강조할 수밖에 없었다. 다른 한편으로 그렇게 한 번 더 강조함으로써, 줄거리와 비극은 "행동의 재현"이라는 동일한 용어로 정의된다는 상당히 중요한 사실이 드러나게 된다. 그러므로 줄거리가 "가장 중요한"(50 a 15) 부분이고 "비극의 영혼"(50 a 38)이라고 말해도 그다지 놀랍지 않게 된다.

두 번째 난관은(우리가 조금 전 이야기한 통사론적 해석과는 별개의 것이다) 텍스트의 원문을 확정하는 문제와 관련된다. 50 a 6에서 기존의 해석은 모두 목적격 'dianoian'을 제시하고 있는데, 우리는 라이츠(Reiz)의 견해에 따라 이를 주격인 'dianoia'로 고친다. 그렇게 하면 'ho muthos'(50 a 4)와 'ta èthè'(50 a 5)와 마찬가지로 'estin'의 주어가 되는 것이다. 사실 그렇게 고칠 필요가 없다는 것이 일반적인 견해였다(루카스, 해당 부분을 참조할 것). 왜냐하면 괄호 안의 설명("여기서 나는 … 줄거리라고[muthon, 목적격]…") 때문에 아리스토텔레스가 이 문장을 목적격으로 이어 갔다는 통사론적 변형으로 설명할 수 있기 때문이다. 더구나 형태론적으로 모호한(주격 혹은 목적격) 복수 중성명사인 'èthè'와 같이 쓰이면서 그러한 변형이 더욱 쉽게 일어났다는 설명이다. 이는 그 자체로는 나무랄 데 없지만, 여기서는 받아들일 수 없는 설명이다. 즉 '*èthè*' 앞의 관사 '*ta*'는 '*ta èthè*'가 '*muthon*'(술어적 목적격)이 아니라 '*estin*'의 주어인 '*ho muthos*'와 통사론적으로 같은 위상에 있음을 보여 준다. 그러므로 아리스토텔레스가 '*ta èthè*'를 간과하고 목적격 '*dianoian*'을 썼다는 것은 설득력이 없다. 그러한 형태는 우리가 보듯이 통사론적 변형의 결과이지만, 오랜 관행에서 빚어진 오류 탓이라 생각하여 우리는 이를 수정한다.

9. 50 a 7

줄거리는 행동 자체와 재현적인 상관관계를 맺고 있기 때문에 비극을 구성하는 부분 중에서 가장 중요하다. 뮈토스라는 낱말이 다른 뜻을 가질 때도 있으므로 — 실제 『시학』에서도 전승되어 내려오는 "전설"이라는 뜻으로 쓰일 때가 있다(51 b 24; 53 b 23) — 아리스토텔레스는 여기서 사용되는 뜻을 명확하게 하기 위해 줄거리를 "사건들의 조직"(*sunthesin tôn pragmatôn*)으로 규정한다. '*sunthesis*'(여기, 52 b 31, 59 a 2) 또는 더 자주 쓰이는 용어로 '*sustasis*'(50 a 15, 32 등)는 사건들의 "종합"이나 "조직"을 뜻한다. 『시학』에서 줄거리는 항상 이렇게 정의되고, 어느 문맥에서나 뮈토스의 동의어로 쓰인다. "사건들의 조직"이라는 개념은 줄거리를 다루고 있는 다른 장에서 여러 번의 손질을 거쳐 명확하게 규정될 것이다.

　　행동을 재현한 판본을 가리키는 것으로 뮈토스라는 특수한 용어가 존재한다는 사실은 재현에 의한 전이(轉移)에 관심을 기울이게 한다. 물론 직접 지칭하는 전문 용어가 없다 하더라도 재현에 의한 전이가 존재하는데, 성격과 사상의 경우가 그러하다. 줄거리와 행동의 관계와 마찬가지로 성격과 사상은 결국 행동하는 등장인물, 즉 극 중 인물들을 기준으로 정의된다. 그런데 여기서 정의되는 것은 윤리학이 아니라 시학의 개념들이다. 49 b 36~50 a 8의 내용을 도표로 요약하면 다음과 같다(화살표를 따라 왼쪽은 위에서 아래로, 오른쪽은 아래에서 위로 읽으면 된다).

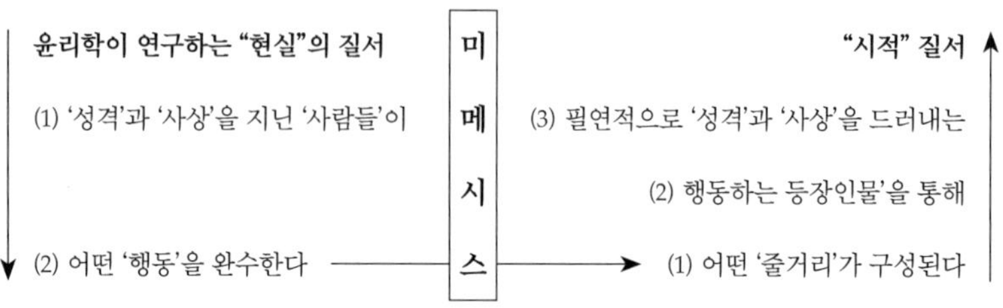

사상의 경우, "말을 통해 어떤 주장을 내세우든가 준칙을 진술하면서 드러나는 모든 것"이라는 정의 자체에서 위상의 변화가 생겨난다. 사상은 여기서 말하는 형태들의 수사학적 영역(19장, 56 a 33 이하)으로 연결되며, 『시학』은 바로 그것을 취한다. 성격의 경우는 전이가 덜 명확한데, 이는 "행동하는 등장인물들의 품격을 판단하게 해 주는 것"이라는 정의가 너무 일반적이기 때문이다. 실제로 성격이라는 용어는 『시학』에서 두 가지 의미를 오가는 것으로 보인다. 한편으로 그것은 등장인물을 구성하는 여건을 가리키는데, 등장인물은 필연적으로 선하거나 악하거나, 고귀하거나 저속하거나 할 수밖에 없다. 15장 첫 부분에서는 바로 이런 뜻으로 사용된다. 다른 한편 그것은 (사상과 마찬가지로) 등장인물들의 윤리적 특성을 재현하는 것을 가장 중요한 기능으로 삼는 텍스트의 요소들(50 a 29 이하; 50 b 9와 10 그리고 아래 주해 16을 참조할 것)을 가리킨다. 이 두 번째 의미로 보자면 성격은 비극에 필수적인 것은 아니다. 왜냐하면 "성격이 없는 비극은 있을 수 있기"(50 a 24; 주해 12를 참조할 것) 때문이다. 50 a 5에 제시된 정의는 두 가지 의미를 뚜렷이 구분하지 않고 있는데, 바로 이러한 모호성으로 말미암아 바로 다음에 나오는 '*ethē*'의 용법이 상당히 불확실해지는 것이다(『시학』에서 '*ethos*'에 관해서는 Schütrumpf, 1970을 참조할 것).

10. 50 a 15

앞에서 말한 내용들을 요약하고 있는 이 대목(*oun*, 50 a 8을 참조할 것)은 해결하기 힘든 여러 문제들을 제기하며, 여러 부분의 텍스트가 훼손된 게 아닌가 생각하게 된다.

우선 이론의 여지가 없는 부분부터 살펴보자. 앞에서 말한 내용을 토대로 아리스토텔레스는 모든 비극은(*pasès tragôidias*, 필사본 A. 전반적으로 적용될 수 있는 말이다) 여섯 가지 구성 부분들(*merè*)을 내포하고 있으며 그에 따라 비극의 자격을 얻는다고 확고한 결론을 내린다. 재현적 작품을 다른 작품과 구별하기 위해 지금까지 1장부터 3장에 걸쳐 제안된 세 가지 기준에 따라 구성 부분들(59 a 9 이하)을 모두 분류하면 다음과 같이 하나의 도표로 요약할 수 있다.

기준	대상(*ha*)	수단(*en hois*)	방식(*hôs*)
구성 부분들	줄거리 성격 사상	표현 노래	볼거리

한 가지만 비튼 것을 빼고는, 대상이 앞서고 수단과 방식이 뒤이어 온다는 점에서 나열 순서는 자리만 바꾸었을 뿐 두 단계로 이루어진 추론은 그대로 반복된다. 한 가지 비튼 것은 사상이 표현 앞에 놓이면서 대상의 항목에 들어갔다는 것이다. 굳이 이유를 설명하자면 —— 어차피 확

실하게 설명할 수는 없다. 여기 50 a 14에서 나열된 순서는 완전히 자의적이기 때문이다 — 표현과 사상은 매우 밀접한 관계를 맺고 있기 때문에 순서가 바뀌어도 자동적으로 묶어서 연상할 수 있다는 정도이다 (19장, 주해 2를 참조할 것).

50 a 12 이하에서 우리는 대부분의 편집자들이 수정했거나 또는 수정이 불가능하다고 간주했던 난해한 문장을 전승된 형태 그대로 보존하기로 했다. 그 문장은 비극의 구성 부분들을 여섯 가지로 제한한다는 주장과 논리적 관계를 맺고 있는데, 그 관계는 우리가 "어쨌든"이라고 옮기고 있는 *men oun*'을 통해 드러난다. "그것들(*tauta*) 말고는 다른 아무것도 없다: 어쨌든 바로 이것들을(*toutois men oun*) 많은 시인들이, 이를테면 바로 이 특유의 구성 요소들을(*tois eidesin*) 사용했다." 이 문장은 전체 혹은 거의 전체가 문제가 된다. '*toutois*' […] '*tois eidesin*'의 분리, "많은 시인들"이라는 언급("모든 비극"이라고 말하고 있는데, 왜 모든 시인이라고 하지 않는가?), "이를테면"(*hôs eipein*)이 미치는 범위, 그리고 무엇보다도 '*eidesin*'의 의미가 그렇다. 우리는 마지막 문제부터 시작할 것이다.

'*eidos*'는 일반적으로 "유"(類, *genos*)의 하위구분으로서 "종"(種)을 의미하며 다양한 용법을 갖지만, 『시학』은 '*eidos*'에 대해 분명하게 기술(技術)적인 다음 두 가지 유형의 용법을 보여 준다.

1. 12장 처음과 (암묵적으로) 끝 부분에서(52 b 14과 52 b 25), "특유의 구성 요소로(*hôs eidesi*) 사용되어야 할 비극의 구성 부분들(*merè*)"이라고 말하고 있는데, 그러한 표현은 여기서 문제되고 있는 대목의 구조와 매우 유사하다. 단 하나 빠진 것이 있다면, 6장에서는 "로서"(*hôs*)라는 접속사 대신 '*tois*'라는 관사를 쓰고 있다는 점이다. 이러한 유형의 용법을 "에이도스 I"이라고 하자.

2. 18장(55 b 32)과 24장(59 b 8)에서는, 비극과 서사시 각각의 개별

적인 유형들을 지칭하기 위해서, 즉 비극이나 서사시와 같은 시 장르에서 이를 복합적인 종류, 단순한 종류, "윤리적인", "격정적인" 종류로 하위 구분하는 종류들을 지칭하기 위해서 에이도스라고 말한다. 이러한 유형의 용법을 "에이도스Ⅱ"라고 하자.

해석에서 비롯되는 이러한 어려움에도 불구하고 우리는 이 두 가지 기술적인 용법이 서로 겹쳐져야 한다고 생각한다. 비극의 다양한 종류들(에이도스Ⅱ)들은 다양한 구성 부분들(merè)을 에이도스Ⅰ로서, 즉 특유의 구성 요소로(hôs eidesi) 사용하는 데서 비롯된다. 그러므로 예를 들어 성격은 "그에 따라 비극으로서의 특징을 얻게 되는"(kath'ho poia tis estin hè tragôidia, 50 a 8) 하나의 구성 부분이라고 말할 수 있다. 이것이 뜻하는 바는, 에토스는 "양적인"(kata to poson, 12장, 52 b 15) 구성 부분들에 맞서 명시된, 그러니까 "윤리적"(에이도스Ⅱ)인 것으로 규정될 수 있는 비극을 만들기 위해서 명시적인 요소(에이도스Ⅰ)로 사용될 수 있다는 것이다. 구성 부분들과 종류들의 관계는 18장(55 b 32 이하)에 명확하게 나타나 있다. "비극의 종류는 네 가지이다(실제로 이는 앞서 말한 바 있는 구성 부분들의 수와 같다)." 특유의 구성 요소라는 뜻으로 사용된 구성 부분들의 동일성과 수의 문제에 대해서는 18장 주해 4를 참조하기 바란다. 우리가 여기서 주목하는 것은 단지 '에이도스Ⅱ'가 'merè'(구성 부분들)와 밀접한 관계를 맺고 있으며, 바로 거기서 'merè'에 항상 밀접하게 연결되어 있는 '에이도스Ⅱ'를 '에이도스Ⅰ'과 같은 것으로 볼 수 있는 결정적 논거를 찾을 수 있다는 사실이다.

이제 50 a 12 로 돌아와서, 이 구절은 앞에서 이미 지적한 약간의 변형에도 불구하고(hôs 대신 tois를 쓰고 있다는 점) 12장의 같은 대목에 비추어 해석할 수 있다. "그것들 말고는 다른 아무것도 없다(어쨌든 많은 시인들이 그것들을, 이를테면 그러한 특유의 구성 요소들을 사용했다)." 여기서 "이를테면"이라고 말하는 데는 "그것(구성 부분)들"(*toutois*)을 "그러한 종류들"(*tois eidesin*)로 연장한 데 대한 변명이 들어가 있다. 줄여서 그냥 '*toutois*'라고 하게 되면, 처음에는 '*merè*'를 다시 반복하는 조응 대명사, 그리고 다음에는 '*eidè*'를 한정하는 지시형용사로서 이중의 역할을 한다는 점에서 혼란의 여지가 있다. 따라서 이 대목이 상당히 거친 것은 사실이지만, 어쨌든 문제들이 꼬이기보다는 오히려 상쇄되어 없어진다고 할 수 있다. 즉 '*toutois*' […] '*tois eidesin*'을 분리시키고 "이를테면"이라는 표현을 집어넣음으로써 '*merè*' 대신 대담하게 '*eidè*'가 사용된 상황이 조정되고 완화되는 것이다.

이제 이 문장에 들어 있는 산술적인 계산의 문제가 남는다.

1. 왜 모든 시인들이 아니라 "많은 시인들"인가? 여기서 우리는 모든 비극들이 다 정말로 "특유의 구성 요소들로 이루어진" 것은 아니며, 따라서 몇몇 시인들은 특정 구성 부분을 특유의 구성 요소로 만들기 위해 다른 구성 부분들을 희생시켰다고 추측할 수 있다.

2. 보다 놀라운 것은 구성 부분들의 수를 '여섯'으로 제한하는 것과 그 구성 부분들을 특유의 구성 요소로 사용하는 것 사이에 성립하는, 원칙적으로 논리적인 관계가 제기하는 문제이다. 왜냐하면 비극의 종류는 넷밖에 없을 뿐만 아니라 그중에서 오로지 하나의 종류 ─ "윤리적" 종류 ─ 만이 6장 첫 부분에서 나열된 여섯 구성 부분들 가운데 하나인 성격(*èthè*)과 직접적인 관계를 맺을 수 있기 때문이다. 이 문제에 대해 산술적으로 만족할 만한 해결책을 제시할 수는 없다. 산술적 계산을 좀 더 설득력 있게 만들기 위해서는 다른 영역으로 넘어가서, 특히 비극의 구성 부분에서 줄거리의 구성 부분들로 넘어가서 계산해야 한다. 이에 대해서는 나중에(18장, 주해 4) 살펴볼 것이다. 하지만 이 모든 것을 고려하더라도 확실한 것은 산술적 모순 때문에 『시학』의 바탕에 있는 근본적 생각,

즉 구성 부분들과 종류들 사이에는 당연히 밀접한 관계가 있다는 생각을 포기할 수는 없다는 것이며, 50 a 12에서 논거로 제시되고 있는 것도 (숫자가 아니라) 바로 그러한 생각이다.

끝으로, 볼거리를 다른 다섯 부분들을 포함하는 것으로 제시하면서 여섯 가지 구성 부분들에 대한 설명에 결론을 내리고 있는 문장을 간단히 살펴보자. 일반적으로 현대에 들어 편집자들은 이 문장을 수정하여 (*"uno spettacolo comprende tutto, e in pari grado: caratteri e racconto*…"라고 옮기면서 우리와 동일한 문장 구성을 택하고 있는 갈라보티만이 예외이다) 앞에서 나열한 것에 대한 설명(*gar*, 50 a 13)으로 제시하면서, 더도 덜도 아닌 여섯 가지 필수적인 구성 부분들로 이루어져 있다는 설명이 매우 철저하다고 강조했다. 하지만 논리적 연결이 허술해 보인다. 실제로 가장 외부적인(*atekhnotaton*, 50 b 17) 구성 부분임이 분명한 볼거리를, 다른 부분들을 포함하는 것으로 부각시키는 것은 논리적인 증거라기보다는 오히려 사실상의 확인 — 볼거리가 있으면 나머지 다른 다섯 가지 구성 부분들도 있다 — 으로 보인다. 독자는 이에 대해 불만스러울 수도 있다. 그러나 그렇다고 해서 전승되어 온 텍스트를 무조건 거부할 수는 없지 않은가? 6장 첫 부분에도 분석적인 추론보다는 경험적인 확인에 속하는 주장들이 나와 있지 않은가? 예컨대 비극에서 노래로 된 부분들이 있다는 주장도 마찬가지이다. 이를 받아들인다면 아리스토텔레스가 볼거리에 잠시 특권을 부여한다 해도 이의를 제기할 명분을 찾기는 힘들 것이다. 생각해 보면 다른 어떤 구성 부분도 그만한 통합적 기능을 가지고 볼거리를 대신할 수는 없다고 말할 수 있다. 가장 외부적인 것은 또한 가장 포괄적이며, 그렇기에 선험적으로 동질적인 전체를 이루지 못하는 요소들을 병렬로 나열한 목록 작성을 "정당화"하는 데에 적합하다.

11. 50 a 23

6장 전체의 핵심이라 할 수 있는 50 a 15에서 50 b 4까지의 대목은 성격보다 줄거리가 우선한다는 사실을 입증하기 위한 것이다.

“가장 중요한 것은 사건들을 조직적으로 배열하는 것이다”라는 명제를 진술한 다음, 예증을 위해 “게다가”(*eti*, 50 a 23, 29, 35), “그뿐 아니라”(*pros de toutois*, 50 a 33)로 유도되는 추론들을 병치시킨다. 그리고 “그러므로(*oun*) 비극의 제1원칙이며 비극의 영혼이라고 할 수 있는 것은 바로 줄거리”(50 a 38)라고 요약하는 문장으로 매듭을 짓는데, 이 요약은 뒤에 나오는 “성격은 두 번째로 중요한 구성 부분이다”라는 문장과 밀접하게 연결되어 있다. 사실상 성격에 대해 간략하게 진술하고 있는 이 문장은 이미 설정된 명제와 균형을 이루기 위해 다시 한번 언급하는 것일 뿐이다. 성격에 대해 따로 설명하는 대목이 없다는 사실만 보아도 아리스토텔레스가 성격이라는 “구성 부분”에 부수적인 위치를 부여했다는 것이 충분히 드러난다.

줄거리의 우위를 입증하려는 일련의 추론들 중에서 첫 번째 것이 이론적인 관점과 수사학적인 관점에서 가장 정교하다고 볼 수 있다(나머지 추론들은 차라리 확인을 위한 특수한 지표 —— *sèmeion* [50 a 35]을 참조할 것). 첫 번째 예증 형식을 띤 추론에서는 논리적 연관 관계가 뚜렷하며 —— “따라서”(*oukoun* 안에 들어 있는 *-oun*, 50 a 20), “그러므로”(*hôste*, 50 a 22) ——, 결론 부분에서는 “가장 중요한”(*megiston*, 50 a 23, *megiston hapantôn* ~ 50 a 15, *megiston toutôn*)이라는 낱말을 다시 사용하여 논의의 핵심을 부각시킨다. 전체적인 도식은 다음과 같다. 비극이 재현하는 것은 행동이지 성격에 따라 이런저런 성품을 지닌 존재로서의 사람이 아니다. 그러므로 비극에서 행동을 재현하는 것, 즉 “줄거리”야말로 성격보다 우선하면서 가장 중요한 구성 부분이 되는 것이다. 실제로 이러한 결론은 비극에 대한 정의(49 b 24, 36)와 일치하는, 줄거리에 대한 정의(50 a 4)에서 직접 도출된다. 즉 둘 다 "행동의 재현"(*mimèsis praxeôs*)으로 정의되는 것이다. 그러므로 줄거리가 비극의 "가장 중요한 것", "원칙"(*arkhè*, 50 a 38), "영혼"(*psukhè*, ibid.)이라는 단언도 놀라울 것이 없다.

이렇게 해서 세부적인 예증은 더 흥미로워지지만 또한 더 어려워진다. 여기서도 우리는 관례와 달리 필사본 A 텍스트를 수정하거나 삭제하지 않고 그대로 사용할 것이다. 사실 한 가지 미묘하고도 충분히 인식되지 못했던 문제가 하나 있는데, 그것은 바로 윤리학의 범주에서 증명할 수 있는 "실제" 모델로부터 그 재현적 상관물로, 즉 있는 그대로이지만 뒤집어서 모델을 반영하는 재현적 상관물로 옮겨 가는 전이의 문제이다. 윤리학의 주제는 성격(*èthos*)에 따라 이런저런 성품을 지니고 있는(*poios tis*) 사람(*anthrôpos*)이며, 자신의 행위를 통해 목표(*telos*)에 도달하려고 하는 사람인데, 이는 "행동"(*praxis*) 영역에 속한다. 여기서 "행동"이라는 말은 활동만이 아니라 예를 들어 행복과 같은 상태도 가리킨다. 그리스어로 '*praxis*'라는 낱말은 그에 상응하는 동사 '*prattein*'처럼 두 가지 뜻을 가지기 때문이다. 사람의 특성을 나타내는 지속적인 성향을 가리키는 에토스와는 반대로, 프락시스는 요컨대 자신의 삶(*bios*)과 행동 그리고 상태를 막론하고 그러한 것들을 실제적으로 만들어 내는 모든 것으로 정의된다. 그런데 비극이 목표로 하는 것, 다시 말해서 핵심적이고 가장 중요한(*megiston*) 대상으로 삼는 것은 사람이 지닌 목표(*telos*, 50 a 18), 즉 "행동"이지, 특정한 성격을 지닌 사람이 아니다(*ouk anthrôpôn*, 50 a 16). 여기서 결정적인 동시에 당혹스러운 사실은 바로 목표(*telos*)라는 낱말이 주어로 쓰이다가 슬며시 술어로 바뀌어 사용되고 있다는 것이다. 즉 윤리학에서는 "목표가 행동"(50 a 18)이었다가 비극에서는 "사건과 줄거리가 목표"(50 a 22)가 되면서 슬그머니 뒤바뀌는 것이다. 그러면서 용어상의 변화도 뒤따른다. 행동 대신에 재현된 행동으로서의 줄거리가 쓰인 것이다. 더구나 중간에 "사건"(*pragmata*)이라는 낱말이 놓이면서 행동이 줄거리로 바뀌는 것이 더욱 용이해진다. 사건은 어원상으로는 프락시스와, 의미론적으로는 "사건들의 조직"(*hè tôn pragmatôn sustasis*)으로 정의되는 뮈토스(*muthos*)와 불가분의 관계에 있다. 마지막으로 은근슬쩍 한 가지 전이가 더 일어나는데, 이는 꽤 중요하다. 그러니까 50 a 19(*eisin*)와 21(*prattousin*과 *sumperilambanousin*)에서 주어를 명시하지 않고 3인칭 복수를 사용하여 경계를 모호하게 만들면서 윤리학에서 시학으로 넘어가는 것이다. 앞에서 제일 처음 언급한 전이의 경우 — "인간의 이런저런 성품은 성격에 따라 결정되지만…" — 는 (윤리적인) 인간의 문제일 수도 (시적인) 등장인물의 문제일 수도 있다. 결국 이 문장은 두 영역 사이를 오가고 있다. 반면 이어지는 문장은 확실하게 시적 영역에 놓인다. "그들은[즉 등장인물들] 성격을 재현하기(*mimèsôntai*) 위해서 행동하는 것이 아니라, 행동을 통해서 그들의 성격이 드러나는 것이다." 비극의 재현영역에서는 행동이 먼저이며, 성격은 그 과정에서 결정된다. 동사 '*sumperilambanein*'은 등장인물의 성격을 윤리적으로 드러난 특징, 다시 말해서 실제로 행동에 의해 산출된 특징들을 규정하는 것(영어에서 'characterization'의 뜻으로)을 지칭한다.

12. 50 a 29

두 번째와 세 번째 추론은 매우 유사하다. 하나는 비극이 존재하기 위한 조건의 문제를, 다른 하나는 비극 특유의 효과(*ergon*)의 성취라는 문제를 논하면서, 줄거리와 성격 각각의 기능을 다루는 것이다. 두 추론 모두에서 줄거리는 필요하고도 충분한 구성 부분으로 제시되는 반면, 성격은 충분하지도 실제적으로 필요하지도 않은 것으로 제시되고 있다. 이

점은 50 a 24 이하에서 정언(定言)적인 방식으로 진술된다. "성격이 없는 (*aneu*) 비극은 있을 수 있다. 최근 대부분의 시인들의 비극에는 성격이 없으며(*a-ètheis*) […] 회화에서 […] 경우도 마찬가지이다 […] 제욱시스 의 그림에는 성격이 전혀 나타나 있지 않다(*ouden ekhei èthos*)."

여기서 회화에 대해 잠깐 살펴볼 필요가 있다. 2장에서 파우손, 디 오뉘시오스와 함께 삼인방으로 나왔던 폴뤼그노토스는 여기서는 그보 다 이후의 화가인 제욱시스와 대조되고 있다. 두 사람을 비교하는 아리 스토텔레스의 판단에 대해서는 미술사가들에게 그 평가를 맡겨 두고, 단지 한 가지만 지적하자. 즉, 비극과 회화 모두에서 성격 묘사가 거의 없는 상태를 언급하고는 있지만, 회화에서 성격이 줄어드는 과정은 진 보로 간주되지 않았다는 사실이다. 폴뤼그노토스는 "우수한 성격화가" 라 칭하고 제욱시스는 성격이 없다는 부정적 특징으로만 규정하고 있다 는 점에 미루어 볼 때, 폴뤼그노토스가 제욱시스보다 못하다고 판단하 고 있는 것 같지는 않다. 어쩌면 우리가 앞에서 암시한 것처럼(1장, 주해 7), 아리스토텔레스가 보기에 회화 기법은 어쨌든 폴뤼그노토스 때부터 윤곽의 구성이라는 중심적 구조 여건을 갖추었으며, 그로 말미암아 줄 거리에 초점을 둔 재현적 시와 같은 계열에 속하는 기능을 담당할 할 수 있게 되었다고 이해하면 될 것이다. 그 결과 영역은 다르지만 폴뤼그노 토스와 회화의 관계는 호메로스와 시의 관계와 같다는 느낌을 받게 된 다. 즉 기원인 동시에 모델이 되는 것이다. 어쨌든 묘하게도 폴뤼그노토 스와 호메로스는 『시학』에서 바로 성격이 논의되는 대목에서 특별한 찬 사를 받고 있다. 여기선 폴뤼그노토스가, 24장(60 a 5-11)에서는 호메로 스가 그렇다. 이 모든 일은 마치 구성 기술에서 그들이 보여 준 완벽함 은 당연한 데 반해, 성격을 묘사하는 재능은 그 두 사람 모두에게 덤으로 주어진 자질인 것처럼 진행되고 있다. 호메로스-폴뤼그노토스의 유사성을 근거로 해서 우리가 알 수 있는 사실은, 2장에서 언급한 호메로스-클레오폰-헤게몬과 폴뤼그노토스-디오뉘시오스-파우손이라는 짝에서 호메로스와 폴뤼그노토스가 서로 상응하는 위치를 차지하고 있다는 것이다. 끝으로 아리스토텔레스가 폴뤼그노토스에 대해 내리는 평가는 『정치학』의 한 대목에서 확인되는데(VIII, 1340 a 36), 즉 무엇보다 성격을 묘사하는 화가인 폴뤼그노토스의 미술 작품들은 젊은이들에게 보여 주어서는 안 되는 파우손의 것과는 반대로 적극 추천하고 있는 것이다.

이제 중심 논제인 시로 되돌아와서 텍스트 50 a 29 이하를 살펴보면, 최근 시인들의 비극에서 성격의 부재가 무엇을 뜻하는지 설명할 필요가 있다. 사실 한 가지 문제가 있다. 만일 49 b 37의 주장대로 등장인물들이 성격 영역에서 필연적으로(ananke) 일정한 특징을 지니고 있어야 한다면, 비극에서 성격이 전혀 없을 수 있다는 것은 받아들이기 힘들어진다. 물론 앞에서(위, 주해 9) 이미 에토스가 서로 구분되는 두 가지 의미를 가진다고 인정한다면 이러한 역설이 약화된다고 암시한 바는 있다. 즉 에토스가 가진 의미 가운데 하나는 등장인물의 윤리적 특성과 관련하여 그의 행동이 드러내는 모든 것을 성격으로 간주하는 것이다(앞의 주해 참조). 이런 의미의 성격은 재현 기술에 흠집을 내지 않고도 언제나 있을 수 있으며, 이것은 언제나 성격을 부여받은 인물을 등장시키는 호메로스의 큰 장점 중 하나이다(24장, 60 a 10 이하). 그러나 시인은 예를 들어 오로지 그 자체만을 목적으로 꼬리에 꼬리를 물고 이어지는(ephexes) 일장연설(rheseis ethikas, 50 a 28)을 하도록, 직접적으로 "성격을 재현하는"(50 a 20) 인물들에게 발언을 하도록 할 수 있다. 그런데 반드시 그런 방식으로 "성격을 부여"할 필요는 전혀 없으며, 여기서 "성격이 없다"고 말할 수 있는 비극이란 바로 그런 방식에 호소하지 않는 비극을 지칭한다. 물론 그런 비극에서도 등장인물에 품격이 부여될 수는 있지만, 오로지 그들의 행동이라는 매개를 통해서만(*dia tas praxeis*, 50 a 22)로 그렇다. 그러한 유형의 비극은, 행동을 전면에 내세우면서 바로 줄거리를 통해 연민과 두려움 같은 비극적 감정을 일깨운다는 점에서 비극 고유의 효과(*ho èn tès tragôidias ergon*)를 달성하는 비극이다(14장, 53 b 10-14를 참조할 것).

네 번째 추론(50 a 33-35) 역시 동일한 논점을 더욱 분명히 한다. 즉 관객을 매료시키는 데(*psukhagôgei*) 있어서, 다시 말해서 관객의 마음속에서 비극의 쾌감을 일깨우는 데 있어서 가장 중요한 것은(*ta megista*) 성격의 묘사가 아니라 급전과 발견 같은 줄거리의 구성 요소들이라는 것이다.

13. 50 a 38

마지막 추론은 줄거리의 우위를 보여 주는 단순한 증거(*sèmeion*)라고 할 수 있다. 줄거리를 적절하게 다룰 줄 아는 능력은 시인의 경력에서도 그렇지만 장르의 점진적인 완성이라는 측면에서도 가장 뒤늦게 나타난다. 여기서 우리는 장르의 진화와 시인들의 개인적 진보 사이의 유사성을 짚고 넘어갈 수 있을 것이다.

14. 50 b 4

"그러므로 비극의 제1원칙(*arkhè*)이며 비극의 영혼(*psukhè*)이라고 할 수 있는 것은 바로 줄거리이다." 결론이라 할 수 있는 이 문장은 "그러므로(*hôste*) 사건과 줄거리가 바로 비극이 겨냥하는 목표(*telos*)"(50 a 22)라는 앞의 결론과 상응한다. 줄거리는 제1원칙인 동시에 목표로서, 은유적으로("처럼"이라는 뜻을 지닌 '*hoion*'을 참조) 비극의 "영혼"과 동일시되고 있다. 이 은유에서 줄거리는 비극을 존재하게 하고 현재의 모습으로 만든 역동적인 형태로 나타난다(18장, 56 a 7 이하). 그에 비하면 인물의 성격은 부차적이고(*deuteron*, 50 a 39) 파생적(*dia tautèn*, 50 b 3)이다. 아리스토텔레스는 여기서 다시 한 번 회화와 비교한다. 회화에서 성격은 화가가 구사할 수 있는 가장 아름다운 물감(*pharmaka*)을 되는대로(*khudèn*) 칠하는 것에 해당되며, 반면 색채 형태 이외에는 다른 아무것도 아닌 흑백으로 된 그림(*eikôn*)은 줄거리에 해당한다. 아리스토텔레스는 색채만 사용한다면 데생의 간결한 형태와 같은 매력 — 그와 동일하거나 그만큼 큰 매력이라는 뜻으로 이해할 수 있다 — 을 갖지 못할 것(*ouk an homoiôs euphraneien*)이라고 말한다. 용어 자체만 보면 이러한 지적은 4장(48 b 10-19)에서 두 가지 쾌감을 고찰한 대목을 떠올리게 한다. 그림에서(*eikonas*) 형태(*morphas*)를 알아봄으로써 생기는 지적 쾌감과, 다른 무엇보다 색채(*khroia*)가 불러일으키는 보다 직접적인 쾌감이 그것이다. 물론 문맥이 상당히 다르기 때문에 성급하게 두 대목을 비교할 수는 없지만, 직접적으로 느낄 수 있는 감각적 자료를 희생하고서라도 재현적 작품의 형태적, 즉 구조적 요소에 가치를 부여하고 있다는 점에서 두 대목이 수렴하는 것은 분명하다고 말할 수 있다. 이 6장에서 성격이 줄거리 다음으로 두 번째 자리를 차지하고 있다고 하지만, 사실상 이러한 감각적 자료와 비교되고 있다는 점에서 상당히 깎아내린 자리이다. 결국 성격은 줄거리 자체보다는 비극의 다른 구성 부분들(사상, 표현, 음악, 볼거리)과 더 가까워진다. 같은 맥락에서 아리스토텔레스는 50 a 29에서 "성격을 잘 묘사하는 대사들, 표현과 사상에 있어서 흠잡을 데 없이 완벽한 대사들"을 언급하면서 그 대사들이 비극적 효과를 갖지는 못한다고, 오직 줄거리만이 비극적 효과를 갖는다고 말한다. 어쨌든, 적어도 사상과 표현의 측면으로 보자면 50 a 29 이하의 추론에서 드러나는 것은 바로 이런 내용이다.

15. 50 b 8

이 대목에서 사상(*dianoia*)의 두 번째 정의가 나온다(첫 번째 정의는 50 a 6을 참조할 것). 즉, "상황이 무엇을 함축하고 있으며 무엇이 적절한 것인지를 말할 수 있는 능력"이라는 것이다. 비극을 구성하는 부분으로서의 "사상"은 그러니까 말(*legein*, 다음 줄에 나오는 *epi tôn logôn*과 *legontas*를 참조할 것)을 구성하는 요소이며, 이 점에서 19장(56 a 34, 56 b 9, 주해 4를 참조할 것)에서 단도직입적으로 말하듯이 수사학에 속한다. 여기서 아리스토텔레스는 이전 시대의 시인들을 특징짓는 정치적 유형의 사상과 동시대 시인들 특유의 수사학적 유형의 사상이라는 두 가지 변이형을 구분한다. 둘의 차이는 상황(*ta enonta*)이 요구하는 것이 무엇인지 그리고 적절한 것(*ta harmottonta*)이 무엇인지를 판단하는 과정에서 가치를 고려하는 정도에 달려 있을 것이다. 등장인물이 어떤 상황에 관한 논의를 선택할 때, 전자의 경우에는 시민의 정치 윤리가 중요한 역할을 하며(예를 들어 소포클레스의 『안티고네』에 나오는 논쟁을 참조할 것), 후자의 경우 책임은 덜 중요해지고 보다 형식적인 수사학적 논쟁의 관례를 따르게 된다(에우리피데스의 『트로이의 여인들』, 914-1032가 그렇다). 두 경우 모두 사상은 수사학으로 다듬어야 하는 동시에 상황과 인물에 알맞게 선택된 내용 요소들을 적용하는 것으로 이루어진다.

16. 50 b 12

우선 "사상" 자체를 정의한 다음(50 b 3-8), 아리스토텔레스는 성격과 사상을 연결해서 대조한다(*èthos men*⋯, 50 b 8 – *dianoia de*⋯, 50 b 11). (50 a 5의 정의에 이어) 에토스, 즉 "성격"의 두 번째 정의가 주어지고, "사상"의 정의 역시 이번에는 50 a 6과 아주 가까운 변이형을 갖게 되는 것이다. 이러한 연결에서 주목할 점은 바로 성격이 언제나 다른 구성 부분들과 더불어 언급된다는 사실이다. 즉 성격은 줄거리에 종속되어 설명되거나(50 b 15 - 50 b 3), 아니면 사상과의 구별을 통해 설명된다. 이렇게 해서 성격이 극시의 조직에 깊이 얽혀 있음이 드러난다. 줄거리나 사상을 말할 때면 언제나 성격이 등장하는 것이다. 따라서 우리는 아리스토텔레스가 성격을 부차적인 지위로 깎아내리려고 노력했음에도 불구하고, 때로 성격이 놀라운 힘으로 다시 솟아오르는 것을 이해하게 된다(24장, 60 a 11).

성격과 사상은 내용과 관계된 요소들로서, 등장인물의 말을 통해 인물 자신(성격)이나 상황(사상)에 관해 어떤 것을 드러낸다는 공통점을 지닌다. 이를 보다 정확하게 윤리학의 분석 틀에 맞추자면(예컨대 『니코마코스 윤리학』, 1417 a 19), 화자의 발언이 자신이 심사숙고한 선택(*proairesis*)을 뚜렷하게(*dèloi*) 만들 때 성격이 있다. 이러한 선택은 인간이라는 합리적 존재의 에토스의 특징을 특유의 방식으로 규정한다. 반면에 앞에서 무엇이 적절한 것인지를 말하는 능력으로 정의된 사상은 하나의 존재 유무에 대한 논증이나 보편적 명제의 발언이라는 용어를 사용하여 분석적으로 기술된다. 존재 유무에 대한 논증은 그 주어진 여건을 분석함으로써, 준칙(50 a 7의 '*gnômè*'를 참조할 것. 여기서는 "보편적인 범위를 갖고 있는 논제"*katholou ti*라는 말로 다시 쓰고 있다. 『수사학』, II, 1394 a 21을 참조할 것)의 발언은 그에 대한 평가의 방향을 설정함으로써, 하나의 상황을 규명하는 것이다. 또한 존재 유무에 대한 논증은 상황의 객관적 내용을 가리키는 50 b 5의 '*enonta*'와 연결시킬 수 있고, 준칙의 발언은 보다 분명하게 가치판단을 내포함으로써 그 결과 윤리적 참여를 끌어들이는 '*harmottonta*'와 연결시킬 수 있다. 바로 이 마지막 특징으로 인해 사상은 성격에 접근한다. 이러저러한 준칙을 선택한다는 것은 주어진 상황에서 말하는 사람의 윤리적 성향을 드러내면서 상황에 대한 관점을 나타낸다는 이중의 효과를 갖기 때문이다.

(50 b 9와 10에 있어서 우리는 아랍어 판본을 통해 확인된 베커의 수정본과 의견을 같이한다. 그리스어 필사본[그리고 라틴어 판본]에는 성격에 대한 얘기를 보완하는 보다 긴 텍스트 ─ "[선택을 드러내기에 알맞은 것], 다시 말해서 결정이 뚜렷하지 않은 경우에 무엇을 선택하는지, 무엇을 회피하는지" ─ 가 들어가 있다. 더구나 바로 뒤에 그 내용이 반복 언급되기까지 하기에, 이런 어설픈 부연 설명은 여백에 써 놓은 메모가 텍스트 속에 슬며시 끼어든 것처럼 보인다.)

17. 50 b 15

표현(*lexis*)과 관련된 이 대목에는 두 가지 난점이 있다. 첫 번째 난점은, 비극의 네 번째 구성 부분을 소개하는 문장 속에 갑자기 비정상적으로 삽입된 언어의 영역에 속하는(*tôn men logôn*)이라는 세 낱말(우리가 택한 필사본에는 있지만, 아랍어 판본에는 상응하는 것이 없다)에 있다. '*logôn*'의 의미와 '*men*'이라는 연결사(小辭)의 용법에는 별 문제가 없다. 따라서 우리는 이 경우 역시 여백에 써 놓은 메모를 뒤늦게 텍스트 속에 삽입하여 표현을 "언어의 영역에 속하는" 구성 부분으로 언급한 것이 아닌가 생각했다. 이로 말미암아 50 b 15에서 "나머지 구성 부분들 가운데⋯"(*tôn de loipôn*)라는, 부분 속격과 연결사 '*de*'를 통해 제시되는 나머지 두 구성 부분들, 즉 노래와 볼거리와는 이미 대립적인 관계에 놓이게 된다. 하지만 이른바 여백에 써 놓은 메모가 텍스트를 구성하는 요소에 준해 그토록 정확하게 틀에 맞추어져 있고, 그래서 오히려 텍스트를 대신하는 경향을 가진다는 것은 이상해 보인다. 또한 '*logoi*'를 적절하게 언급하고 있다는 점도 덧붙일 수 있는데, 이로 말미암아 우리는 "여백에 써 놓은 메모"가 표현이 상당히 조악함에도 불구하고 아리스토텔레스가 직접 쓴 것일 수 있다는 생각을 하게 된다. '*tôn men logôn*'라는 구절은, 줄거리, 성격,

사상이라는 이미 앞에서 살펴본 세 가지 구성 부분들과 더불어 표현이 언어의 "여건"으로서 비극을 구성하는 요소에 속한다는 사실을 강조한다. 복수 '*logôn*'은 50 b 10에서처럼 "대사"라는 뜻이 아니라, 언어를 시적으로 사용할 때 서로 다른 여러 층위에서 구체적으로 파악된 언어 그 자체라는 특수한 뜻을 갖는다.

두 번째 난점은 바로 표현의 정의에 있다. 아리스토텔레스는 우리가 "낱말의 도움으로 뜻을 드러내는 것"(*tèn dia tès onomasias hermèneian*)이라고 옮긴 정의가 운문이나 산문에 다 해당된다고 설명한다. 앞에서는 표현을 "운율의 배열 그 자체"(49 b 34)라고 정의했고, 여기서 "앞서 말했듯이"라는 말은 바로 그 대목을 가리키는 게 분명하다. 하지만 "운율의 배열"과 "낱말의 도움으로 뜻을 드러내는 것"은 전혀 같은 뜻이 아니다. 전자는 운문에만 적용된다는 점에서 보다 제한적인 동시에 구성(*sunthesis*)만을, 즉 운율의 리듬 도식에 따라 언어적 자료를 조직화하는 것만 언급한다는 점에서 보다 형식적이다. 후자의 정의는 산문을 포함할 뿐만 아니라 형태를 통해 의미를 드러낸다는 뜻을 내포하는 '*hermèneia*' 개념을 도입한다. 따라서 중요한 것은 낱말을 매개로(*dia tès onomasias*) 나름대로 의미를 담을 수 있는 형태를 고안하는 것이다. 줄거리, 성격, 사상은 재현의 대상(*ha*)으로서, 다양한 형태로 담을 수 있는 내용들을 가리킨다는 것에는 이의가 없다. 표현과 더불어 우리는 그 내용들을 언어로 드러내는 수단([*en*] *hois*)의 문제에 접하게 된다. 우리가 옐름슬레우의 언어학적 대립 도식(내용/표현)을 빌려 렉시스를 표현으로 번역한 것은 바로 그 때문이다. 즉, 그럼으로써 일반적으로 사용하는 문체라는 낱말이 지닌 지나치게 미학적인 내포 의미를 벗어날 수 있기 때문이다. 20장에서 보듯이, 렉시스란 기표의 층위에서 기본적인 소리에서부터 문장과 텍스트에 이르기까지 언어 전체를 말한다. 그러므로 "운

율의 배열"이란 표현 차원의 규칙들(리듬, 휴지)에 따르게 하려는 의도로
낱말을 배열하는 것이며, 그것이 바로 렉시스의 정확한 모습이다. 하지
만 이는 약간은 추상적인 모습이며, 운율을 갖는 텍스트에 한정된다는
점을 짚고 넘어가야 할 것이다. 앞서 렉시스의 정의가 처음 나왔을 때 지
적한 바 있지만(위, 주해 6), 렉시스의 정의는 다른 무엇보다 표현을 비극
적 재현의 다른 수단, 즉 선율을 사용하는 노래라는 수단과 대립시키는
기능을 갖는다.

18. 50 b 20

"언어의 영역에 속하는"(*tôn logôn*) 구성 부분들을 다루고 나서 남는 "나
머지"(*loipôn*) 두 구성 부분들은 부차적인 것으로 제시된다. 그 둘 중 어
느 것도 『시학』에서 따로 깊이 있는 논의의 대상이 되지 못한다. 노래가
"맛을 내는 양념에서 가장 중요하다"(*megiston tôn hèdusmatôn*)고 말하
면서도 정작 따로 언급한 곳이 없고, 기껏해야 26장(62 a 15 이하)에서처
럼 거의 같은 용어를 사용하여 환기하는 정도에 그친다. 볼거리의 경우
엔 좀 더 복잡하다. 아리스토텔레스의 입장에서 그것은 성가신 불청객
이다. 시인보다는 오히려 배우나 소도구 제작의 문제라고 할 수 있는 볼
거리는 사실 작시술과는 거리가 먼 것(*atekhnotaton*)이며, 『시학』에서 볼
거리가 언급되는 것은 오로지 매번 배제하기 위해서이다. 하지만 볼거
리가 그 자체만으로도 극의 방식(*hôs*)을 규정하는 한, 그리고 그러한 자
격으로 "모든 것을 내포하는"(50 a 13)한, 아리스토텔레스는 매번 고비
마다 볼거리와 마주치면서 정리를 하지 않을 수 없게 된다(14장, 53 b 7;
26장, 62 b 11을 참조할 것). 심지어 17장에서는 볼거리가 텍스트의 지평
으로서 아리스토텔레스에게 그 상황을 피할 수 없게 강요하기도 한다.
　어쨌든 여섯 가지 구성 부분들 가운데에서 두 가지를 부차적인 것

으로 간주함으로써 "특유의 구성 요소로"(*hôs eidesi*, 위 주해 10과 18장, 주해 4를 참조할 것) 기능할 수 있는 요소들의 수를 미리 줄일 수 있게 된다.

으로 간주함으로써 "특유의 구성 요소로"(*hôs eidesi*, 위 주해 10과 18장, 주해 4를 참조할 것) 기능할 수 있는 요소들의 수를 미리 줄일 수 있게 된다.

제7장

이것들이 정의되었으니 이제 사건들의 조직이 무엇이어야 하 **50 b 21**
는지를 말해 보자. 왜냐하면 이것이 비극의 가장 처음이며 가
장 중요한 요소이기 때문이다. 우리는 비극이 그 끝까지 완결
되어 있고 하나의 전체를 이루면서 일정한 크기를 가지고 있는
행동의 재현이라고 규정한 바 있다. 전체를 이루고 있지만 크
기를 전혀 갖지 않는 것도 있기 때문이다.

전체라 함은 처음과 중간 그리고 끝을 갖는 것을 뜻한다. **50 b 26**
처음이라 함은 필연적으로 다른 무엇을 뒤따르지는 않지만, 자
연적으로 그 뒤에 다른 어떤 것이 있거나 생기는 것이다. 이와
는 반대로 끝은 필연성 또는 개연성에 따라 그 전의 어떤 것 다
음에 자연적으로 오는 것이지만,[1] 그 이후에는 아무것도 없는
것을 뜻한다. 중간은 어떤 것 이후에 오고 또 그 이후에 다른 어
떤 것이 오는 것을 뜻한다. 그러므로 잘 짜인 줄거리는 아무 데
서나 시작하거나 아무 데서나 끝나서는 안 되며, 위에서 말한
형식들을 충족시켜야 한다.

뿐만 아니라 어떤 존재가 아름다운 것이 되려면, 그것이 **50 b 34**
하나의 생물이든 또는 결합되어 만들어진 것이든, 그 구성 요
소들은 반드시 일정한 질서에 따라 배치되어 있어야 할 뿐만

아니라 그 크기도 적당하지 않으면 안 된다. 아름다움이란 크기와 배치에 있기 때문이다.[2] 하나의 생물이 너무 작든가 너무 커서는 아름다울 수가 없는 것도 바로 그 때문이다. (너무 작으면 그에 대한 지각이 순간적이라서 우리의 시선은 혼란에 빠질 것이고, 너무 크면 눈에 한 번에 들어오지 않기 때문에 전체의 단일성은 바라보는 사람의 시선을 벗어날 것이다.) 예를 들어 천리나 되는 동물을 상상해 보라… 그러므로 조직체나 생물이 어떤 크기를 가져야 하지만 쉽게 눈에 들어올 수 있는 크기라야 하듯, 줄거리도 일정한 길이를 가져야 하지만 기억 속에 쉽게 담을 수 있는 길이여야 한다.[3]

연극 경연이나 관객의 지각과 관련하여 제한해야 할 길이를 정하는 일은 작시술과는 관계가 없다. 만일 백 편의 비극을 공연해야 한다면, 예전에 한때 그랬다는 말이 있듯이, 물시계로 재어 가면서 공연해야 할 것이다. 사물 자체의 본성에서 생기는 제한에 대해 말하자면, 전체적으로 명료한 한, 크기의 영역에 있어서는 가장 긴 것이 언제나 가장 아름답다.[4] 대략 그 한계를 정하자면, 한 비극 작품의 크기는 불행에서 행복으로 또는 행복에서 불행으로 뒤바뀌게끔 하는 일련의 사건들을 있음직함이나 필연성에 따라 연결하는 데 필요한 길이라고 하면 충분할 것이다.[5]

제7장 주해

1. 50 b 30

7장은 규범적인 관점에서(*dei*, 50 b 22) 줄거리 구성을 다룬다. 일단 비극의 정의를 체계적이고 간결하게 되짚어 본 다음(50 b 22-24), 줄거리의 가장 중요한 두 가지 특성을 차례로 다루고 있다. 크게 두 부분으로 이루어져 있는 이 장의 앞부분에서는 "전체를 이루는"(*holon*, 50 b 25-36) 행동이라는 개념을, 뒷부분에서는 "크기"(*megethos*, 50 b 36; 51 a 15)라는 개념을 검토하고 있다. 두 경우 모두 우선 일반적인 모델을 전개한 다음, 그렇게 도입된 개념들을 비극이라는 특수한 경우에 적용하고 있다.

전체(*holon*)는 처음과 중간 그리고 끝이라는 구성 부분들이 연속적으로 배치된 것으로 정의된다. "배치"(*taxis*)라는 낱말 자체는, 조금 아래에 한 번밖에 나오지 않지만(50 a 36과 주해 2), 이 분석 전체에 걸쳐 언제나 전제되어 있다. 부분들의 연쇄 관계는 필연성(*ex anankès*)이나 개연성(*è hôs epi to polu*, 50 b 30)이라는 용어로 정의된다. "아무 데서나 시작하거나"(*hopothen etukhe*, 50 b 32) "아무 데서나 끝나서는"(*hopou etukhe*, 50 b 33) 안 된다는 비극의 구성 부분들의 연속으로 넘어가면서 필연성이라는 관념은 부정적인 방식으로 강하게 강조되어 있다. 문제가 되고 있는 구성 부분들의 성질이나 내용에 대해서는 전혀 암시가 없기 때문에, 여기서 말하고 있는 요구 사항들은 체계를 구성하는 순전한 구조 규칙으로 간주하게 된다. 게다가 또는 개연성에 따라라는 선택적인 상황은 구성 부분들 사이의 그러한 관계가 미묘한 성질을 띠고 있음을 잘 드러낸다. 'hôs epi to polu'라는 표현은 "일반적으로", "대개의 경우"라는 의미를 갖는다. 그런데 비극의 내적 구성의 문제에 들어가게 되면, 이제부터는 동일한 개념이라도 약간 다른 형태로, 다시 말해서 "있음직함이나 필연성에 따라"(kata to eikos è to anankaion, 51 a 12; 9장, 10장 등을 참조할 것)라는 뜻을 갖는, 『시학』에서는 "기술에 속하는" 표현이라고 할 수 있는 거의 굳어진 형태로 나오게 될 것이다. 따라서 'hôs epi to polu'라는 상투적 표현은 프랑스에서 관례적으로 "있음직함(vraisemblable)에 따라"로 옮기고 있는 'kato to eikos'로 대체될 것이다. 표현의 유사성으로 말미암아 "있음직함"(to eikos)은 흔히 통계적 개연성으로 간주되기도 한다. 그 증거를 『수사학』(I, 1357 a 34)에서 찾아볼 수 있는데, 아리스토텔레스는 거기서 'to eikos'를 "가장 빈번하게 일어나는 것"(hôs epi to polu) 그리고 특수한 경우와 비교해서 일반적인 법칙으로 제시되는 것으로 정의한다. 따라서 개연적인 것(epi to polu)이나 있음직한 것(eikos)은 둘 다 필연성이 완화된 형태를 나타내지만, 전자는 통계적 현실의 객관적 각도에서, 후자는 기대의 주관적 각도에서 나타낸다고 말할 수 있다. 가장 개연적이고 가장 빈번한 것은 또한 가장 설득력이 있고 가장 기대되는 것이기도 하다. 따라서 그것은 자연스러울 뿐만 아니라 그럴 수밖에 없는 것으로 보인다. 하지만 가능한 수많은 연쇄 관계들 가운데 예외적이고 기대하지 않았던 경우가 있을 수 있는데, 그러한 상황 역시 개연적인 것이 된다(18장, 56 a 24를 참조할 것: "있음직하지 않은 일들이 많이 일어나는 것 또한 있음직하기 때문이다").

2. 50 b 37

7장을 이루고 있는 두 부분을 연결하는 핵심적인 문장은 "아름다움이란 크기와 배치에 있다"(50 b 37)는 문장이다. 이 문장은 전체를 질서에 따라 배치된 전체로 간주함으로써 논의에 결론을 내림과 동시에 크기의 제한에 관해 살펴볼 것임을 예고한다. 그와 동시에 (추상명사의 도움을 얻어) 종합적이고 간결하게 표현하는 방식은 주어진 문장이 7장의 제목 혹은 핵심 개념이라는 인상을 갖게 한다. 내용을 요약하는 문장을 중심으로 하는 논증 구성 방식은 전체적인 구도를 나타냄과 동시에 서로 다른 부분들을 연결하는 역할을 한다. 이것은 『시학』에서 드문 방식이 아니며(25장, 61 b 10을 참조할 것), 성찰하고 내용을 구성하는 데 있어 아리스토텔레스 특유의 방법론을 보여 주는 흥미로운 사례가 된다.

작시술에 대한 논의에서, 독단적이고 상대적으로 문맥과 유리되어 나타나는 미(美)에 대한 정의는 짚고 넘어갈 만한 가치가 있다. 『시학』에서 'kalon'은 가장 모호한 개념이다. 여기서 규범적 정의는 배치와 크기에 기초하고 있는데, 배치는 미의 내재적 구성 요소로 받아들일 수 있지만 크기는 요구되는 규모를 정확히 규정해야만 할 것이다! 물론 가장 아름다운 것은 가장 큰 것(51 a 10)이라고 나중에 정의하고는 있지만, 그러한 주장 다음에 곧바로 아주 중요한 유보사항을 덧붙임으로써 외적인 제한을 두게 된다. 실제로 크기는 이 후반부의 처음부터 시선(*theôria*, 50 a 38; 50 a 1과 2)과 관련하여, 즉 바라보는 사람들(*tois theôrousi*, 51 a 1)의 시선과 관련하여 제한을 받고 있다. 아무리 추상적이라 하더라도 크기는 언제나 그 수신자인 관객을 전제하고 있으며, 그러한 방향 설정이 요구하는 바에 따라 그 한계와 규범을 받아들이게 되는 것이다.

결국 사물은 단지 그 크기만이 아니라 그 자체의 목적에 얼마나 부합되느냐에 따라서도 아름다운 것이 된다. 이러한 미(美) 개념은 아리스토텔레스의 작품 여러 곳에서 나타난다. 『동물사』(645 a 23)에서는 혐오스러운 사물이 철학자의 눈에 아름답게 보일 수 있는 것은 그것이 어떤 목적을 위해 전체가 기능적으로 조직되었기 때문이라고 말한다. 마찬가지로 『정치학』(VII, 1326 a 33 이하)에서 가장 아름다운 도시는 자급자족해서 살 수 있는 최대한의 인구를 가진 도시이다. 『형이상학』(1078 a 36)에서는 수학적 존재들에 아름다움을 부여하는데, 왜냐하면 그것들은 "아름다움의 가장 중요한 형태들인 배치, 비율 그리고 제한"(*tou de kalou megista eidè taxis kai summetria kai to hôrismenon*)을 갖기 때문이다. 배치(*taxis*)와 제한(*hôrismenon~horos*, 『시학』, 51 a 6)이라는 개념들이 그처럼 여러 저서에서 서로 조응하고 있음을 감안할 때, 미에 대한 그러한 공식은 『시학』의 공식과도 상응한다. 그러나 아리스토텔레스는 다른 곳에서 그 개념들을 다룰 것이라는 약속(『형이상학』, 1078 b 6)을 지키지 않고 있기 때문에 『형이상학』에서와 마찬가지로 『시학』에서도 모호할 수밖에 없다.

젊은이들로 하여금 "육체의 아름다움을 깨달을 수 있는 능력을 가지도록"(*theôrèkon tou peri ta sômata kallous*) 권유하는 『정치학』(VIII, 1338 b 1)의 문맥에서처럼 '*kalon*'이라는 개념은 보다 순수하게 미적인 가치를 담을 수도 있다. 『시학』에서와 마찬가지로 "바라보다, 관람하다"(*theôrein*)라는 동사는 여기서 아름다움의 발견과 연결되어 있다는 것에 주목할 수 있다(4장, 48 b 10과 6장, 주해 3을 참조할 것). 그러므로 아름다움이란 대상이 그 효과를 미치게 되는 관객의 시선에 따라 배치되어 있음이 확인된다. 이 지점에서 기능적인 적응과 미적인 만족이 서로 만난다. "아름다움은 배치와 크기에 있다." 왜냐하면 배치와 크기는 관객에 미치는 효과에 따라 결정되고, 그렇게 해서 비극이 그 고유의 목적을 달성하게끔 하기 때문이다. 필연성이나 있음직함에 의해 조직되고 규제되는 이해 가능한 전체로서의 줄거리를 수단으로 하여 "정화"된 비극적 감정을 일깨운다는 목적 말이다(아래, 주해 5. 또한 4장 , 48 b 15-19; 6장, 50 a 3 이하와 50 a 38; 15장에서는 비극 고유의 형식을 부각시키는 것과 관련하여 다시 미를 언급하고 있다. 54 b 10과 주해 6을 참조할 것).

3. 51 a 6

7장의 후반부는, 우선 일반적으로 생물이나 여러 부분으로 구성된 사물의 경우에 바람직한 규모를 정한 다음(50 b 34 - 51 a 4), 비극의 크기(*megethos*)를 다루고 있다. 우리는 '*megethos*'라는 낱말에 종종 "장엄함"이라는 긍정적인 내포 의미가 들어가 있음을 보았다(4장, 주해 15). 이 7장에서도 그 말은 처음에는 중립적이다가 긍정적 함의를 띠게 되는 것을 볼 수 있는데, 왜냐하면 크기는 아무렇게나(*mè to tukhon*, 50 b 36) 정해지는 것이 아니라 관객의 존재, 시선의 요구사항이 부과하는 기준에 따르는 것이기 때문이다. 그처럼 이론적 관객의 만족이라는 작품의 목적을 실현하는 데 기여한다는 점에서 크기는 미의 원칙이 된다(아래, 주해 4를 참조할 것).

7장 후반부에서 '*megethos*'는 비극과 관련하여 "길이"라는 낱말로 대체된다. "한 번에 눈에 들어올 수 있는" 크기에 "기억 속에 담을 수 있는"(51 a 4와 6) 시간적 지속인 길이가 대응한다. '*megethos*' 대신에 '*mèkos*'라는 용어를 사용한 것은 아마도 다른 영역의 지각이 작용하고 있음을 강조하기 위해서이거나, 그 낱말이 '*megethos*'보다 더 중립적이라서 한계(*horos*)를 부과하기에 더 알맞기 때문일 것이다. 따라서 우리는 "길이의 제한"(*mèkous*, 51 a 5와 59 b 18)과 "크기의 영역에서 아름다운"(*megethos*, 51 a 11)이라는 두 표현을 대립시킬 수 있게 된다.

4. 51 a 11

비극의 크기에 적당한 상한선은 7장 끝부분에 두 가지 관점에서 제시되어 있다(*horos ho men* [⋯] *ho de* [⋯], 51 a 6-9). 한편으로 경연(競演)의 물질적인 — 그리고 전통적인 — 편성 상의 한계가 있다. 그것은 작시술에 속하는 문제가 아니라 시간의 흐름을 측정하는 물시계의 문제일 뿐이라고 말할 수 있을 것이다("물시계로 재어 가면서 공연해야 할 것이다"라는 문장의 뜻도 그것이다). 하지만 아리스토텔레스는 공연에 할당된 시간의 상한선을 정한 이유에 대해서는 생각하지 않는 것처럼 보인다. 그는 순전히 외적인 제약과 관객의 지각(*aisthèsis*)에 관련된 제약을 병치시키는 것에 만족한다. 그리고 놀랍게도 관객에게 미치는 효과 역시, 경연 편성과 마찬가지로, 작시술의 영역이 아니라는 것이다!

반면에 규범적인 한계는 이론적 관점에서 "사물 자체의 본성"(*kat' autèn tèn phusin*)에서 비롯된 것으로 규정된다. 순전히 내적인 그 제한은 서로 매우 다른 두 원리를 결합시킴으로써 생겨난다. 한쪽에는 "길이가 길면 길수록 아름답다"는 선험적으로 정립된 미학적 공리가 있으며, 다른 한쪽에는 "전체가 명료한 한"(*mekhri tou sundèlos einai*)이라는, 관객의 지각 능력과 연결된 제약이 있다. 접두사 '*sun*'이 붙은 형용사 복합어 '*sundèlos*'는 "그 전체가(*sun-*) 명료한 지각의 조건을 충족시키는 (*-dèlos*)"이라는 뜻으로 이해해야 한다. 그것은 '*eu-sun-opton*'(51 a 4), 즉 생물은 "그 전체가 쉽게 눈에 들어올 수 있는" 크기여야 한다는 말을 다시 설명하고 있다. 게다가 비극을 비교하기 위한 토대를 제공하려는 이러한 논의를 전개하는 과정에서(50 b 34-51 a 4), 생물에 적합한 크기는 바라보는 사람의 지각, 보다 정확하게는 바라보는 사람(*theôrousin*, 51 a 1)의 시선(*theôria*, 50 b 38)과 관련하여 이미 정의된 바 있다. 그렇기 때문에 지각과 연결된 조건들은 당연히 비극의 크기에 대한 기준을 정하는 데에 기여한다. 그러한 제한이 비극 "자체의 본성"에서 생긴다는 것은, 그러한 본성이 관객에 미치는 효과와 무관하지 않다는, 다시 말해서 방향설정에 따라 크기의 제한이 규정된다는 말이다. 요컨대 'phusis'라는 용어 자체는 아리스토텔레스에게 목적을 향한 과정이라는 뜻을 담고 있다(4장을 참조할 것). 그 결과 아리스토텔레스가 언제나 그러한 목적론적 관계를 강조하는 것은 아니지만, 이론적 제약은 실제로는 작품의 목적성에서 비롯된 정언적 명령을 작품의 내적 구조에 투영하는 것에 불과하다.

그렇지만 지각은 두 가지 상반된 각도에서 생각할 수 있으며, 이 7장 전체로 보자면 그것은 서로 매우 다르고 절대 환원 불가능한 두 층위에 위치하고 있다. 우선 그것이 경연을 관람하는 실제 관객의 지각 능력일 뿐이라면, 작품을 평균적 관객의 제약, 다시 말해서 평범한 개인적 성향과 사회적 관습의 제약에 종속시킨다면, 결국 지각(aisthèsis, 51 a 7)은 경연의 편성, 그리고 작시술 외적인 모든 것에 연결된다. 그러한 지각은 작시술과 무관하며, 작시술에서도 이를 고려할 필요가 없다. 반면 이상적 관객이 바라보는(theôria) 이론적 역량으로서의 지각은 작품의 성질 자체에 방향을 설정하고 수정한다. 그러므로 "그 전체가 눈에 들어올 수 있도록"(eusunopton; eumnèmoneuton, 51 a 5를 참조할 것) 크기를 조정하는 것은 "전체적으로 명료하게 지각할 수 있는"(sundèlos) 줄거리 자체의 객관적 특성이 된다. 아리스토텔레스에게서 예술의 목적은 결코 평범한 관객의 비위를 맞추면서 즐겁게 하는 것이 아니라(26장을 참조할 것) 이론적 또는 이상적인 시선을 지닌 최상의 관객의 역량에 부응하는 것이다. 그러한 관객이야말로 작품에서 요구할 수 있는 특성들을 객관적으로 정의할 수 있다.

5. 51 a 15

성질 자체에 의해 규정된 이상적인 한계에 대한 일반적인 정의(*aei men*, 51 a 10)는 다음 단계에서 비극의 뮈토스에 구체적으로 적용된다. 우리는 사물의 본성에 따른 그러한 제약이 작품 자체의 방향 설정이 투영된 것에 지나지 않는다는 사실을 알고 있으나, 그처럼 이상적인 수용자에 의거하고 있다는 규범적 특성 덕분에 줄거리 구조라는 용어로 작품을 객관적으로 기술할 수 있게 된다(주해 4를 참조할 것). 줄거리 구조는 그 자체가 일관되고 조직화된 하나의 전체로 분석될 수 있다. 7장의 마지막 대목에서 볼 수 있는 정의는 6장(50 a 4 이하)의 정의보다는 더 간결하고 완벽하다. 우리는 그로부터 두 가지 근본적인 제약을 구분할 수 있다.

(a) 필연성이나 있음직함에 따라 연결된 사건들의 연속(*ephexès gignomenôn*).

(b) 행복에서 불행으로 또는 불행에서 행복으로의 반전(*metaballein*).

두 번째 내용은 지금까지 나오지 않았던 것인데, 비극에 대한 훨씬 정확한 구조적 기술(記述)을 가능하게 한다(그리고 서사시의 경우에는 그에 상응하는 것이 없다고 말할 수 있다). 여러 다양한 반전 형태들은 13장에서 다루게 되고, 가능한 변형들이 망라된 목록이 제시될 것이다. 하지만 그것들은 관객에 미치는 영향과, 두려움과 연민이라는 관객에게 불러일으킨 감정에 따라 판단되고 분류될 것이다. 그리고 반전의 구조는 미적 감정 그 자체와 떼어 놓을 수 없는 것으로 나타날 것이다.

제8장

51 a 16

하나의 줄거리는, 몇몇 사람들이 생각하듯, 한 특정 인물을 중심으로 한다고 해서 단일성이 생기는 것은 아니다. 왜냐하면 단 한 사람의 인생에도 무수히 많은 사건들이 일어날 수 있으며, 그중에는 전혀 단일성을 이룰 수 없는 것도 있기 때문이다. 마찬가지로 한 특정 인물이라도 결코 하나의 단일한 행동을 이루지 못하는 수많은 행동을 한다.[1] 그러므로 『헤라클레스전(傳)』이나 『테세우스전』 같은 종류의 시를 쓴 시인들은 모두 잘

51 a 22

못 생각한 것 같다. 그들은 헤라클레스가 한 개인이었으니 줄거리도 당연히 하나라고 생각했던 것이다. 그런데 호메로스는, 작시술을 잘 알고 있었던지 아니면 타고난 재능이 뛰어났던지, 다른 점에 있어서도 독보적이지만 이 점에 있어서도 올바로 보았던 것 같다. 그는 『오뒤세이아』를 지으면서 오뒤세우스에게 일어날 수 있었던 사건을 모두 이야기하지 않았다. 예컨대 오뒤세우스가 파르나소스산에서 부상당한 일이라든지, 원정군 소집을 피하려고 미친 척한 것 등, 서로 필연적이거나 있음직한 연결성이 없는 사건들은 제외시켰다. 그는 앞에서 언급한 바와 같은 단일한 행동을 중심으로 『오뒤세이아』를 구성했으며, 『일리아스』의 경우도 마찬가지이다.[2] 그러므로 다른 재

51 a 30

현예술에 있어서도 재현의 통일성은 대상의 통일성에서 비롯되는 것과 마찬가지로, 행동의 재현인 줄거리도 하나의 전체를 이루는 단일한 행동을 재현한 것이어야 한다. 그리고 각각의 부분들을 구성하는 사건들은 그 가운데 어느 하나라도 옮겨 놓거나 빼면 전체가 뒤죽박죽이 되게끔 구성되어야 한다. 왜냐하면 덧붙이거나 빼 버려도 뚜렷한 결과가 생기지 않는다면 그 부분은 전체의 한 부분이 되지 못하기 때문이다.[3]

제8장 주해

1. 51 a 19

부분들이 엄격하고도 필연적인 사건들의 연쇄 관계에 따라 배치되어 완결된 전체로 줄거리를 정의한 다음(7장, 50 b 24와 51 a 13 이하), 8장은 줄거리의 단일성(이는 행동의 단일성이라는 고전적 규칙이 되었다. 아래 주해 3을 참조할 것)이 요구하는 사항을 제시한다. "하나"를 뜻하는 *'heis'*는 의미론적으로 볼 때 "하나의 전체를 이루면서 완결된"(*teleios kai holos*)이라는 표현과 동등하기 때문에, 하나의 줄거리(*muthos heis*, 51 a 16)라는 표현은 7장의 분석을 한마디로 요약하고 있다.

8장 첫 부분은 "하나"를 뜻하는 형용사 *'heis'*가 갖는 상이한 두 가지 의미를 동시에 겨냥하고 있다. 때로 그것은 순전히 산술적인 기수(基數)로서 다수성(*polla*)과는 반대의 뜻으로 존재나 대상의 단일성을 의미한다. 그러니까 줄거리는 살아가면서 무수히 많은 사건들을 겪은 유일한 개인에 초점을 맞출 수도 있다. 하지만 때로 그 형용사는 행동이나 대상의 통일된 성격, 즉 여기서처럼 부분들의 밀접한 상호관련성 덕분에 얻게 된 행동의 내적 일관성과 같은 구조적 특성을 말하기도 한다(그러므로 우리는 하나의 또는 통일된 또는 단일한으로 옮긴다). 그래서 "한 특정 인물이 수많은 행동을 하더라도 그것들이 하나의 단일한 행동을 이루지 못할 수도 있는 것이다"(51 a 18 이하; 51 a 21 이하)처럼, 한 문장 안에 두 개의 '*heis*'가 서로 부딪힐 수도 있는 것이다. 이와 관련하여 복수형으로 주어진 '*praxeis*'는 시인이 개입하지 않으면 "하나의 통일된 행동", 즉 '*praxis*'(단수)를 이루지 못하는, 윤리적 의미에서 등장인물의 "행동들"을 가리킨다. 복수성의 연합이나 유일성만으로는 시적 구성이 수행하는 통합작용에 근거한 단일성을 보장하기에 충분치 않다(아래, 주해 3을 참조할 것).

2. 51 a 29

행동의 단일성을 정의하기에 앞서 우선 줄거리 구성에서, 시적 재현의 핵심이자 영혼이라고도 할 수 있는 분야에서 눈부신 성공을 거둔 호메로스의 독보적인(*diapherei*, 51 a 23) 예를 들어 설명한다. 비극의 줄거리와 관계된 일반적인 논의에서 호메로스의 이름이 나온다고 해서 놀라울 것은 없다. 우선 각각의 장르들 고유의 특징은 나중에 세분해서 설명하더라도(6장, 주해 1과 23장을 참조할 것), 여기서는 줄거리의 일반적 특성을 폭넓게 다루어야 한다고 생각하는 것처럼 보이고, 이어서 모든 시적 재현의 선구자이자 대가인 호메로스의 작품이 곧바로 서사시와 비극의 패러다임으로 제시되기 때문이다(또한 희극에 대해서도 마찬가지이다[4장, 48 b 19–49 a 2를 참조할 것]). 호메로스의 성공은 작시술을 잘 알고 있기(*dia tekhnèn*) 때문인가 아니면 타고난 재능이 뛰어났기(*dia phusin*, 51 a 24) 때문인가? 아리스토텔레스는 1장에서처럼(47 a 20) 겉으로는 분명하게 말하지 않는다. 하지만 시인들은 작시술을 잘 알고 있기 때문이라기보다는 우연히 또는 타고난 재능을 통해 줄거리를 발견한다는 점에서, 실제로 작시술에 대한 지식은 시 이론가의 몫으로 남겨 두었다고 생각하는 것이 자연스럽다(1장, 47 a 20; 14장, 54 a 12를 참조할 것). 그럼에도 불구하고 호메로스는 모든 작시술을 완벽하게 구사한 것으로 보아 이론가들이 작품 자체에서 추출하는 지식을 그 누구보다도 더 많이 알고 있었다는 것이다. 아리스토텔레스가 보기에 그는 선구자라기보다는 기대야 할 전범이자 보증인이다(1장, 주해 5를 참조할 것).

　여기서 『오뒤세이아』의 통일성은 전적으로 소극적이고 외부적인 방식으로 그려진다. 우선 주인공의 이름을 달고 있는 서사시 계열의 다른 시들(『헤라클레스전』과 『테세우스전』)과 대립시키고, 이어서 적어도 작품의 주된 줄거리 속에는 나타나지 않는 오뒤세우스의 공적을 나열한다. 호메로스의 타고난 재능은 바로 버릴 것은 버리고 제대로 선택할 줄 알았다는 점이다. 『오뒤세이아』의 내적 단일성, 즉 "하나의 단일한 행동"(*peri mian praxin*, 51 a 28)에 초점을 맞춘 그 "주제"(*logos*)의 단일성은 17장 끝에 가서야 분석될 것이다(55 b 17 이하). 그 "행동"이란 다름 아닌 트로이 전쟁 이후 오뒤세우스가 우리가 알고 있는 그 모든 모험을 다 겪은 뒤에 이타카로 귀환하는 것이다. 따라서 아가멤논이 원정대를 소집했을 때 거기서 빠지기 위해 미친 척한 사건은 자연스럽게 배제된다(『키프로스인들의 노래*Chants cypriens*』 같은 트로이 계열의 서사시는 그 사건을 다룬다. Kinkel, p.18을 참조할 것). 반면에 "파르나소스산에서 부상당한 일"은 『오뒤세이아』에서 이야기되고는 있으나(19장, 392-466), 나이 든 유모가 오뒤세우스를 알아볼 수 있게 하는 흉터와 관련된 "삽화"에 그친다. 아리스토텔레스는 23장(59 a 17 이하)에서 서사시의 줄거리 문제를 다루면서 단일성 원칙(59 a 19)을 다시 언급하고 있는데, 그 원칙은 51 a 27 이하에서와 마찬가지로, 이야기를 통해 나열되는 행동들의 연쇄라는 용어로 기술되고 있다. 그러나 마치 대위법처럼 삽화들을 갖다 붙이면서 이야기의 다양한 변화를 추구하는 기술 또한 언급하고 있다(59 a 35-37; 59 b 26-31). 그것이 바로 『오뒤세이아』에서 오뒤세우스의 젊은 시절로 거슬러 올라가, 사냥 중 멧돼지 때문에 상처를 입은 사건을 환기하는 삽화의 역할이다. 호메로스가 트로이 전쟁에서의 귀환과는 논리적으로 전혀 관련이 없는 이 사건을, 오뒤세우스의 모험 전체를 서술하고자 하는 방대한 시퀀스 속에 집어넣었다면 단일성이 훼손되었을 것이다.

3. 51 a 35

아리스토텔레스는 등장인물의 유일성에만 근거한 단일성은 눈속임에 지나지 않는 것이라고 배제하면서 줄거리의 단일성을 위한 필요충분조건을 추출한다. 그것은 "하나의 단일한 행동을 중심으로 줄거리가 구성되어야 한다"(51 a 28)는 것이다. 그 논증은 "재현의 통일성은 대상의 통일성에서 비롯된다"(*hè mia mimèsis henos esti*, 51 a 31)는 일반적인 미학 원칙에 토대를 두고 있다. 이를 시학에 적용하게 되면 재현된 대상, 즉 "행동"(*praxis*)의 통일성 원칙이 나온다.

앞서 말한 내용에 비해 전혀 새로울 것이 전혀 없는 이러한 추론 과정은, 그럼에도 불구하고 대상이라는 개념에 신선하고도 매우 암시적인 빛을 던짐으로써 어쩌면 모델-대상 대 복제-대상의 구별을 결정적으로 넘어서게 해 줄 수도 있을 것이다.

행동이 단일하다고 말하는 것은 그 행동에서 날것으로서의 현실, 직접적 여건의 지위를 단숨에 박탈하는 것이다. "통일된 행동"(*mias te kai holès*, 51 a 23)은 이미 조직화된, 따라서 만들어지고 구성된 전체이다. 한 주인공이 수행한 행동들(*praxeis*)의 다양성에서 "하나의 전체를 이루는 단일한" 행동(*praxis*)의 구성에 이르는 과정은 있음직함과 필연성에 따라 선택하고 정돈하고 배열하는 과정이다. 행동들(*praxeis*)은 외적으로 주어진 것들이지만, "행동"을 구성하는 "사건들"(*pragmata*)은 선택과 엄밀한 정돈에 따른 결실로서, 재현의 소재이며 재현영역의 구성 요소들이다. 따라서 "행동"은 당연히 그와 동일한 영역, 즉 그 어원적 의미에서의 시적 영역에 속한다. 재현의 대상이자, 줄거리보다 먼저 만들어졌거나(이것이 말이 된다면) 혹은 줄거리로부터 재구성된 구조로서의 프락시스는 미메시스 내부에 있을 수밖에 없다. 반대로 행동을 재현하는 "줄거리"(*muthos*)는 행동을 작품으로 옮기는 것, 보다 정확히 말해 텍스트로 옮기는 것이다. "줄거리가 행동의 재현"이라 함은 재현이 두 가지 층위에서 이루어지고 있다는 말이다. 다시 말해 재현은 하나의 행동을 형식으로 구성하는 동시에 그 행동을 언어 재료 속에, 즉 텍스트 속에 기재한다.

프락세이스(*praxeis*), 프라그마타(*pragmata*), 프락시스(*praxis*), 뮈토스(*muthos*)라는 용어들 사이에서 유지되고 있는 관계들을 표현하기 위해 대상지시, 기의(시니피에), 기표(시니피앙)라는 언어학적 개념들을 빌려 올 수 있을 것이다. 담론의 구조 분석에서 광범위하게 이루어진 이러한 개념 전이는 정당한 것으로 여겨진다. 현실 또는 상상 속에서 이루어진 주인공의 행동을 뜻하는 프락세이스는 시적 영역을 벗어난 지시대상에 속한다. 반면에 프락시스와 뮈토스는 기표와 기의처럼, 하나의 동일한 시적 대상의 분리할 수 없는 양면으로서(앞면/뒷면recto/verso이라는 소쉬르의 은유를 빌리자면) 서로 상응한다. 둘 간의 대응은 특히 그 공통 재료인 프라그마타의 위상이 결정될 수 없기에 더욱 명확한 것이 된다. 어원으로 보자면 프락시스 어족에 결부되어 있는 프라그마타는 시니피에의 구성 요소인 사건들을 가리키고, 그 사건들을 질서에 따라 연속적으로 배치하면 단일한 행동이 구성된다. 하지만 그 사건들은 텍스트 속에 기재됨으로써만, 즉 줄거리 속에 구현됨으로써만 안정성을 얻는다. 그래서 줄거리는 언제나 "사건들을 조직적으로 배열하는 것"(*sustasis pragmatôn*, 속격이 설명의 용법을 갖는 51 a 33의 '*ta merè tôn pragmatôn*'이라는 표현은, 사건들이 갖는 양상들 가운데 줄거리를 구성하는 기본적인 "부분들"로서의 그러한 양상을 강조하고 있다)으로 정의된다. 시니피에의 구성

요소인 사건들은 이론적으로는 구별되지만 실제로는 줄거리 속에 나타
난 그 표현과 떼어 놓을 수가 없다.

요소인 사건들은 이론적으로는 구별되지만 실제로는 줄거리 속에 나타
난 그 표현과 떼어 놓을 수가 없다.

제9장

이상의 논의로 미루어 볼 때 분명한 사실은, 시인의 역할은 실제로 일어난 일을 이야기하는 것이 아니라 있음직함과 필연성의 질서에 따라 일어날 수 있는 일을 이야기하는 것이다. 역사가와 시인을 구분 짓는 것은 운문으로 표현하느냐 산문으로 표현하느냐 하는 것이 아니라(헤로도토스의 작품을 운문으로 쓸 수도 있겠지만, 운율이 있든 없든 그것은 여전히 역사책일 것이다), 역사가는 실제로 일어난 일을 이야기하고 시인은 일어날 수 있는 일을 이야기한다는 사실에 차이가 있다. 바로 이 까닭에 시는 역사보다 더 철학적이고 더 고귀하다. 시는 보편적인 것을 다루는 데 반해 역사는 특수한 것을 다루기 때문이다. "보편"이라 함은 어떤 유형의 인물이 있음직함이나 필연성에 따라 하는 말이나 행동의 유형을 말한다.[1] 시는 등장인물들에게 이름을 붙이면서도 바로 이러한 보편성을 목표로 삼는다. 반면에 "특수"라 함은 알키비아데스가 실제로 무슨 일을 했고 무슨 일을 겪었는가 하는 것이다.

희극의 경우는 아주 명백하게 드러난다. 희극 시인들은 특정 개인들에 대해 풍자시를 짓는 시인들과 달리, 있음직한 사건들로 줄거리를 구성한 다음 임의로 이름을 골라 등장인물들에게 부여한다.[2] 반면에 비극에서는 실제로 있었던 이름들을 고수한다. 가능한 것이 설득력이 있다는 이유에서다. 우리는 전에 일어난 적이 없는 사건의 가능성은 믿지 않아도 실제로 일어난 사건은 확실히 가능하다고 보기 때문이다(불가능하다면 일어나지 않았을 테니 말이다).

51 b 19　　그렇지만 한두 명의 친숙한 이름만 쓰고 나머지는 시인이 지어낸 이름을 붙인 비극들도 있고, 아가톤의 『안테우스』처럼 인물의 이름을 모두 지어낸 극도 있다. 『안테우스』에서는 사건과 인물의 이름을 모두 시인이 지어냈지만 그렇다고 극의 매력이 줄어드는 것은 아니다. 그러므로 우리 비극의 주제를 이루는 전통적 이야기들에만 매달리려 해서는 안 된다. 그것은 오히려 우스꽝스러운 요구 조건이다. 알려진 이야기라 해도 결국 소수만이 알고 있는 것이고, 그럼에도 여전히 모든 사람을 즐겁게 할 수 있기 때문이다.[3]

51 b 27　　위에서 말한 모든 사실에 비추어 명백한 것은, 시인이 시인인 것은 재현하기 때문이며, 또 재현하는 것이 행동인 만큼 운율보다는 오히려 줄거리를 만들어 내는 시인이어야 한다는 점이다. 그리고 실제로 일어난 사건들을 소재로 시를 짓는다 하더라도 시인임에는 변함이 없다. 왜냐하면 실제로 일어난 사건들 가운데 어떤 것은 있음직하고 가능한 것일 수도 있으며, 그렇다면 시인은 그것들로부터 시를 만들 수 있기 때문이다.[4]

51 b 33　　단순한 줄거리와 행동을 다룬 작품 중에서 가장 나쁜 것은 "삽화식"의 줄거리나 행동이다. 여기서 말하는 "삽화식 줄거리"란 여러 삽화들이 있음직하거나 필연적인 연관성 없이 연속되는 것을 말한다. 열등한 시인들이 능력이 모자라서 그런

작품을 만든다면, 우수한 시인들은 배우들 때문에 그렇게 만들 때가 있다. 실제로 경연을 위한 작품을 만드느라 줄거리를 지나치게 늘이는 바람에 사건의 연속성을 그르치는 경우도 허다하다.[5]

그런데 재현의 대상은 끝까지 완결된 행동뿐만 아니라 두려움과 연민을 일으키는 사건들이다. 그러한 감정은 서로 인과 관계가 있는 사건들이 전혀 예기치 않게 일어날 때 특히 강렬하게 느껴진다. 사건들이 그렇게 일어나면 저절로 또는 우연의 결과로 일어날 때보다 더 놀랍게 느껴질 것이다. 우연한 사건도 무슨 의도에 의해 일어난 것처럼 보이면 매우 큰 놀라움을 자아내기 때문이다. 예컨대 미튀스를 살해한 자가 아르고스에 있는 그의 동상을 구경하고 있는데 동상이 그 위로 떨어져 즉사시킨 경우 같은 것이다. 그런 사건들은 맹목적인 우연 탓에 일어나지 않은 것처럼 보인다. 그러므로 그런 종류의 줄거리가 더 훌륭하다고 할 수밖에 없다.[5]

제9장 주해

1. 51 b 9

9장에서는 줄거리와 그 고유의 특성에 대한 기술은 잠시 접어두고 앞에서 살펴본 일반적 성찰(1-4장, 48 b 24)로 다시 돌아가서, 줄거리에 대한 개별적 분석(*ek tôn eirèmenôn*, 51 a 36)으로부터 시에 대한 근본적인 가르침을 이끌어 낸다. 실제 8장 끝에서 줄거리는, 실제로 일어난 사건들(*peri mian praxin*, 51 a 28 이하. 이는 *hosa autôi sunebè*, 51 a 25와 대립되는 개념)이 임의적 다양성을 갖는 것과는 반대로, 필연적 질서에 따라 선택되고 배열된 요소들로 만든 하나의 전체라는 정의가 주어졌다. 그러한 정의는 이 장에서 폭넓게 전개되는 대립 관계를 포함하고 그것을 불러들인다. 시는 "실제로 일어난 일이 아니라 있음직함과 필연성의 질서에 따라 일어날 수 있는 일"을 이야기해야 한다는 것이다. 그리스어 판본에서는 "일어날 수 있는 일, 다시 말해서 가능한 일"(*hoia an genoito kai ta dunata*)이라고 표현을 중복하고 있는데, 우리는 '*kai*'가 설명적인 기능을 담당하고 '*ta dunata*'라는 실사화된 형용사는 잠재적인 것을 통해 표현된 양태를 명확하게 하고 강조하는 기능만을 한다고 보고, 그것을 "일어날 수 있는 일"이라는 하나의 표현으로 옮긴다. 사실 중점을 두어야 할 것은 "있음직함과 필연성의 질서에 따라"라는 표현인데, 이 표현에서 같이 사용된 두 용어의 용법은 앞에서와 달리 그 의미 확장이 엄격하게 제한된다. 즉 우리가 있음직하거나 필연적으로 기대할 수 있는 것, 필연성의 논리적 요청 또는 그와 똑같이 개연성의 보편적 요청에 의해 한정되는 것이라는 의미로 쓰이고 있다. 그러므로 줄거리의 구성을 규제하는 법칙은 시의 근본적인 기준임이 드러나는데, 왜냐하면 그것이 바로 "시인의 역할"(*poiètou ergon*, 51 a 37)을 규정하기 때문이다.

아리스토텔레스는 여기서도 1장에서와 마찬가지로(1장, 47 b 18을 참조할 것) 언어(*legein*, 51 b 1)의 다른 사용법과 관련하여, 특히 역사가 chroniqueur(*ho historikos*, 51 b 1)의 언어 사용법과 관련하여 시의 영역을 단계적으로 명확하게 규정함으로써 대조를 통해 논의를 전개한다. 운문(다시 말해서 리듬을 갖춘 언어)이라는 형식적 기준은 배제되고, 연대기적 역사(chronique)와 시(poésie)를 구분하는 유일한 변별적 기준은 내용 영역에 속한다. 역사의 경우 일어난 일, 시의 경우는 필연성과 있음직함이 기준이 되는 것이다. 하지만 이어지는 내용을 보면 아리스토텔레스가 일어난 그대로의 사건, 즉 역사적인 사건(51 b 17 이하)을 배제하는 것은 전혀 아니며, 다만 시 특유의 제약사항을 고려할 때 연대기적 역사의 불완전한 특성을 강조할 뿐임을 분명하게 알 수 있다. 23장을 보면 보다 명백한데, 연대기적 역사(23장, 59 a 21 이하를 참조할 것)에 대해(아마도 다시금 헤로도토스의 연대기적 역사에 대해) 가해지는 비난은 사건들의 필연적 연쇄 관계가 결핍되어 있다는 점에 집중된다. 실제로 거기에선 하나의 단일한 행동을 이루지 못하고 동일한 목적(*telos*)을 지향하지 않는 사건들이 기술되어 있는 것을 볼 수 있다. 우리가 '*historia*'(원래는 "조사", 그러니까 다양한 자료들을 상세하게 수집하는 것을 뜻한다)라는 용어를 "연대기적 역사"로 옮기기로 한 것은, 바로 이처럼 단순한 시간적 연속선상에 병치된 다수의 사건(*genomena*)이나 행동(*praxis*, 『수사학』, I, 1360 a 36)을 다루는 줄거리의 복합적이고 분산된 양상을 강조하기 위해서이다. 연대기적 역사에 대한 아리스토텔레스의 의견은 그런 것으로 보인다(그처럼 사건들의 인과적 구성은 결여되어 있으나 "정돈된 표현"을 특징으로 삼는 헤로도토스의 문체가 어떤 특징을 보이는지에 대해서는, 『수사학』, III, 1409 a 31을 참조할 것).

연대기적 역사와 시의 대립은, 아리스토텔레스가 그것을 특수한 것(*kath' hekaston*)과 보편적인 것(*katholou*, 51 b 7)이라는 용어를 사용하여 규정하면서 한층 더 눈에 띈다. 연대기적 역사는 알키비아데스 개인과 그의 행동에 관심을 가지지만(51 b 11), 시는 유형, 즉 성격과 행동 사이의 필연적이거나 있음직한 관계들에 주목한다("보편이라 함은 어떤 유형의 인물이 있음직함이나 필연성에 따라 하는 말이나 행동의 유형을 말한다"). 보편성이라는 그러한 양상은 바로 행동을 구조화하는 인과적 연쇄 관계에서 나온다. 정신의 합리적 요청 또는 모든 정신에 공통된 기대에 부응함으로써 성격과 행동은 범례(*paradeigma*, 25장, 61 b 13), 즉 보편적 모델의 형태를 취하며, 그래서 미메시스에 고유한 발견을 가능하게 한다(4장, 48 b 16 이하와 15장, 54 b 10을 참조할 것). 그로 말미암아 시는 "보다 철학적인"(*philosophôteron*, 51 b 5) 지위로 격상된다. 플라톤은 『국가』 III권에서 감각적인 것 자체와 관련하여 타락한 것으로 간주되는 시를 도시국가에서 추방하고 수호자인 철학자들에게는 금해야 한다고 말하고 있는데(394 e-398 a), 여기서 명백한 것은 아리스토텔레스가 정반대의 입장을 취함으로써 플라톤과의 대립적인 논쟁에 종지부를 찍고 있다는 사실이다. 플라톤과는 반대로 아리스토텔레스는 시를 모델, 즉 패러다임(25장, 인용문) 쪽에 분명하게 위치시키고 있는데, 물론 그 모델은 플라톤의 이데아와는 아무런 공통점이 없다.

2. 51 b 15

연대기적 역사가 알키비아데스라는 인물의 행동과 말에 관심을 기울이는 반면, 시는 "등장인물들에게 이름을 붙이면서도" 보편적인 유형을 목표로 삼는다. 'onomata epitithemenè'라는 표현은 함께 붙은 분사가 두 가지 의미로 해석될 수 있기 때문에 문제가 될 수 있다. 즉 양보의 뜻으로 "등장인물들에게 (특정한) 이름을 붙이면서도"라고 해석할 수도 있으며, 인과적인 의미로 "등장인물들에게 (어떤 유형을 재현하는) 이름을 붙인다는 사실로 말미암아"라고 해석할 수도 있다. 이 두 의미 중 어떤 것을 택하느냐에 따라 'onomata'의 뜻이 달라질 수 있는 것이다. 여기서는 겉으로는 모순적인 것처럼 보이지만("[특정한] 이름"), 시를 연대기적 역사와 구분하게 하는 목표("보편성")를 강조하는 양보적 해석이 논리적으로 보다 적합해 보인다. 또한 게다가를 뜻하는 접두어 'epi-'에 의미를 강하게 부여할 수 있는데, 이 경우 이름을 붙인다는 것은 줄거리가 갖는 보편적 영향력과 배치되지 않으면서도 부차적인 여분의 특성을 갖는다. "그럼에도 불구하고 시는 게다가 등장인물에게 이름도 붙인다"는 것이다. 희극의 예(51 b 12-15)는 그러한 해석을 뒷받침할 것이다.

왜냐하면 "있음직한 사건들에 준해 구성된", 그러니까 "보편적인 것"을 다루는 줄거리의 가장 완벽한 모델을 제공하는 것은 역설적이게도 희극이기 때문이다. 사실상 — "이 점은 아주 명백하다" — 비극보다 희극이 아리스토텔레스의 이론이 요구하는 바에 보다 잘 부합하는 것처럼 보인다. 여기서 이름(다시 말해서 등장인물의 이름)이 줄거리의 구성에 종속된다는 것을 예증하기 위해 희극을 인용하고 있다는 것은 이론의 여지가 없다. 즉 "희극 시인들은 […] 줄거리를 구성한 다음 임의로 이름을 골라 등장인물들에게 부여한다"(51 b 12 이하). 하지만 51 b 10에서 사용했던 동사 'epi-tithesthai' 대신에 다른 동사 접두어를 붙여 '*hupo-tithenai*'라는 표현을 사용하고 있다는 점에서 세부적으로는 문제가 될 수 있다. '*hupotithenai onoma*'라는 표현이 ── 나중에는 "이름을 부여한다"라는 뜻을 갖는 '*epitithenai onoma*'와 극히 유사한 중립적인 의미를 갖게 되지만 ── 플라톤의 작품에서는 그 동사 접두어들의 대립 관계가 매우 뚜렷하기 때문이다. 여기서 텍스트를 약간 과잉 해석하는 한이 있더라도 그 표현에 의미를 부여할 수 있다. 그 경우, 이름을 할당하는 행위("임의로"['*tukhonta*']라는 분사를 통해 강화된다)가 갖는 부차적인 성격과 그러한 행위를 근본이자 토대로 지칭하는 동사 '*hupo-tithenai*'("기초로 삼는다"라는 뜻을 갖는다)의 의미가 분리된다. 이러한 긴장은 '*onomata*'에 "이름을 통해 확인되는 등장인물"이라는 강한 뜻을 부여해야만 유지될 수 있다. 이름을 붙인다는 것, 그것은 등장인물을 있는 그 자체로 구성하는 것이다. 건물이 기둥 위에 세워지듯 사실상 모든 행동(*praxis*)은 행동 주체(*prattontes*), 즉 사건들의 구조를 밑에서(*hupo-*) 기둥처럼 지탱하고 있는 등장인물을 전제한다(6장, 49 b 36 이하를 참조할 것). 그럼에도 불구하고 시학 이론에서는 행동들을 줄거리 속에 배열하는 것에 우선권이 있는 것 또한 여전히 사실이다. 우리가 이름을 통해 확인하는 행동 주체들에 (부차적으로) 존재를 부여하는 것은 바로 그러한 줄거리 구성 그 자체이기 때문이다. 이름이 갖는 이중적 지위, 즉 행동의 논리적인 주체(그리고 심리적으로는 "성격")인 동시에 줄거리의 "기능들"을 부차적으로 지탱하는 축이라는 지위는 그렇게 이해된다. '*onoma*'의 의미 중에서 순전히 지칭만 한다는 양상 역시 간과할 수 없는데, 그에 관해서는 지어내기, 그리고 우연과 연결된 파생 작업이 있다. 즉, 이름을 임의로 골라(*ta tukhonta onomata*) 부여함으로써(*houtô*, 이런 의미에 관해서는 L.S.J., s.v., 7을 참조할 것) 줄거리에 기반을 제공하는 행동 주체들을 명명하는(*hupotitheasi onomata*) 것이다.

3. 51 b 26

희극의 우위를 인정하는 본질적인 목적은 가장 일반적인 형태의 비극이 제기하는 두 가지의 이론적 난점을 강조하고 또 제거하기 위해서이다. 즉 비극 시인들은 실제로 존재했던 인명(*tôn genomenôn onomatôn*, 51 b 16)에 매달리는데, 그것은 무엇보다도 "비극이 전통적 이야기에(*tôn paradedomenôn muthôn*, 51 b 24) 매달리기" 때문이다. 우리는 아리스토텔레스가 서사시나 전설에 나오는 주인공들을 어느 정도로까지 "역사적인" 인물로 간주했을까를 생각하면서, 비극의 등장인물의 인명을 수식하는 '*genomena*'의 용법(51 b 15)을 9장 첫 부분에서 사용된 용법, 즉 "실제로 일어난"(*ta genomena*, 51 b 4) 역사적 사건을 가리키는 용법과 구분하려고 했다. 하지만 두 가지 측면에서 문제 설정이 잘못된 것 같다. 우선 요즘 우리가 말하는 "신화"와 "역사"라는 범주는 기원의 신화들이 당연히 주류를 이루었던 그 당시의 역사에 대해 아리스토텔레스가 이해했던 것과는 아무런 관련이 없다는 점이다. 게다가 현대인들이 보기에 헤로도토스의 『역사』 첫 부분의 서문과 여러 대목들은 신화에 가깝지 않은가? 이어서 그 추론에서 아리스토텔레스가 축소시키려 하는 것은 비극의 주인공들과 그들의 모험의 실재성이 아니라, 오히려 이를 있음직함과 필연성의 보편적 모델에서 분리시키는 양상이다. 그들의 특수성은 이미 정해져 있고 모두가 인정하기 때문이다. 즉 그들은 알려져 있으며(*gnôrimôn*, 51 b 20), 이러이러한 역사적 사건들과 마찬가지 자격으로 그 인물들도 "주어져 있는 것"이다("전통으로 전해져 내려오는 주어진 이야기"를 뜻하는 '*muthoi paradedomenoi*'라는 표현에서 잘 알 수 있다). 있는 그대로 받아들여진다는 점에서 그들은 "실제로 존재"했으며, 그렇기에 전적으로 시인의 활동으로 환원될 수는 없다. 그들이 어떻게 뮈토스를 주도하는 합리적 요청에 따르고, 있음직함과 필연성의 질서 안으로 진입

할 수 있는가?

　그러니까 여기서 아리스토텔레스는 한편으로는 인과 관계의 발견이라는, 미적 쾌감에서 지적인 원칙을 찾고자 하는 이론의 합리적 요청과, 다른 한편으로는 위대한 비극들이 전통적인 신화를 연출함으로써 거두었던 성공이라는, 사실들이 요구하는 자명성 사이에 끼어 있는 것이다. 9장의 전반부는 결국 규범이 되는 모델을 대폭 변형시키는 위험을 무릅쓰고라도 유명한 작품들과 그 모델 사이의 거리를 줄이려 한다. 왜냐하면 근본적으로는 관객, 그리고 모든 관객들의 쾌감(*euphrainei pantas*, "모든 사람을 즐겁게 할 수 있다")이야말로 미학의 궁극적 기준으로 채택될 것이기 때문이다. 9장 끝부분에서는 놀라움이 만들어 내는 감정적인 격동과 정서적인 충격이라는, 그러한 쾌감의 원인들이 보다 상세하게 분석될 것이다.

　추론은 매우 단순하게 한 개념에서 다른 개념으로 잇달아 넘어가면서 진행된다. 있음직함과 필연성에 따른 가능성이라는 제한된 영역은 단도직입적으로 가능성(*to dunaton*, 51 b 16)이라는 보다 광범위한 영역으로 단번에 대체되며, 곧이어 그와 상관관계가 있는 주관적 요소가 도입된다. 즉 우리가 가능하다고 믿는 것(*pisteuomen*)은 설득력이 있는 것(*pithanon*)이다. 가능한 것, 따라서 설득력이 있는 것은 있음직함을 넘어서서 "있음직함에 반해"(18장, 56 a 25를 참조할 것) 일어난 것에 이르기까지, 실재 영역, 즉 사실로 확인된(*ta genomena*, "일어난 것") 영역 전체를 포괄한다. 왜냐하면 바로 그것이 일어났기 때문이다.

　그렇게 해서 전통으로 전해져 내려오는 신화들을 다루고 이미 알려진 그들의 이름을 그대로 주인공들에게 붙이는 가장 유명한 비극들, 그리고 가장 일반적으로 통용되는 실천적 작업이 정당화된다. 하지만 그 과정에서 설득력 있는 것이란 개념, 즉 관객의 마음을 사로잡아 지지를 이끌어 내는 작품의 힘이 다소 협소한 있음직함의 틀을 파열시켜 버렸다. 그런데 위대한 작품이라고 공인하는 대중의 판결이 갖는 무게로 말미암아, 이제는 이론가들이 자신의 방식을 뒤집어(*ou mèn alla*, 51 b 19), 즉 만들어 낸 이름을 붙임으로써 독창적인 작품을 만들어 내고 그래서 (드물긴 하지만) 이론적 요구를 충족시키는 시인을 역설적으로 정당화해야 하는 그러한 상황에 처하게 된다. 아가톤의 『안테우스』가 그러하다. 실제 이 작품은 우리에겐 전혀 알려져 있지 않지만, 그것은 중요하지 않다. 의미심장한 것은, 역사성과 특수성에서 벗어나게끔 하는 시적 활동을 나타내는 기호 자체의 정당성을 이 작품에서 인정하지 않을 수 없다는 데에서 아리스토텔레스의 심경이 불편했다는 점이다. 이 대목은, 앞에서 말한 원칙을 무시하고서도 성공을 거둔 비극들이라는 실제로 주어진 사실들과, 이를 적용하면 허수아비로 전락할 위험이 있는 인물을 낳게 되는 이론적 규범 사이에서 끊임없이 오가는 시소 놀이를 벌이는 것처럼 보인다. 아가톤이 비록 "일어났던 일"을 피하고 "사건과 인물의 이름을 지어내긴" 했으나, 그래도 관객의 지지라는 쾌감의 기준을 무시하지는 않았을 것이다. 그러므로 지어냈다는 사실 그 자체를 용서해야 하는 것이다! 게다가 완료형 *'pepoiètai'*의 뜻도 양면성을 지니고 있다. 즉 『시학』에서 *'poiein'*이라는 동사는 "작품을 만들다", "줄거리를 구성하다"와 같은 긍정적이고 강한 의미를 가지고 있으나, 완료형으로 쓰게 되면(이 문맥에서는 "인물의 이름과 사건을 지어냈다"는 표현과 관계된다. 54 b 30과 55 b 1을 참조할 것) "작품 전체를 지어내고 제조한다"는 경멸의 뜻을 흔히 담게 된다. "그렇다고 극의 매력이 줄어드는 것은 아니다"(*kai ouden hètton euphrainei*, 51 b 23)라는, 난데없이 겸허한 표현은 그렇게 설명할 수 있다. 규범을 따르는 비극이 적어도 관객의 동의를 통해 공식적으로 인정받은 비극들보다 못한 것은 아니다! 뿐만 아니라 아리스토텔레스도 매우 강력하게 주장하고 있듯이, 그러한 작품들이 성공을 거둔 것은 특수한 사건이나 잘 알려진 인물을 거기서 인지할 수 있기 때문이 아니라 그것이 "모든 사람을 즐겁게 할 수 있는"(*homôs euphrainei pantas*, 51 b 26. 51 b 23의 『안테우스』에서 사용되었던 표현은 여기서 긍정의 형태로 다시 나온다) 매력 때문이다.

이처럼 먼 길을 돌아온 끝에 개연성이라는 지적이고 귀족적인 원칙은 쾌감이라는 민중적인 판결에 자리를 양보한 것처럼 보인다. 하지만 아리스토텔레스는 다시 본론으로 돌아가, "줄거리를 만드는 자(*poiètès*)"라는 시인의 이론적 정의를 확고하게 표명하게 될 것이다.

4. 51 b 33

이 장의 백미라고 할 수 있는 시인에 대한 정의는 『시학』을 해석하는 열쇠들 중 하나라고 말할 수 있는 것으로서, 포이에시스와 미메시스라는 두 개념의 의미를 동시에 규정한다. 아리스토텔레스는 위에 말한 — 9장 첫 부분만이 아니라 6장에서 8장까지 줄거리를 다루고 있는 장들 전체 — 모든 사실에 비추어(*ek toutôn*, 51 b 27) 1장에서 사용한 용어들을 다시 언급하며 그 뜻을 명확하게 한다. 시인이란 "운율을 만들어 내는 사람"(*poiètèn tôn metrôn*)이라기보다는 "줄거리를 만들어 내는 사람"(*poiètèn tôn muthôn*)이다. 왜냐하면 6장(50 a 4)에서 이미 보았듯이, 행동을 재현한다는 것(*poiètès kata tèn mimèsin, mimeitai de tas praxeis*)은 사건들을 조직적으로 배열하는 것이며, 하나의 줄거리를 만들어 내는 것이기 때문이다. '*poiein*'이라는 동사에 부여된 주된 의미, 기술상의 의미는 바로 그것이다. "시 작품을 만든다는 것", 그것은 "구성하는 것"이며 그 재료가 무엇인지는 중요하지 않다! 실제로 일어난 것과 일어날 수도 있는 것 사이의 구분도 더 이상 통하지 않는다. 있음직함과 필연성에 따라 행동을 배열하고 줄거리를 구성한다면 시가 될 수 있는 것이다. 아리스토텔레스는 독창적인 이야기를 만들어 내거나 전통으로 전해져 내려오는 이야기에 충실한 것에는 특별한 의미를 두지 않는다. 어떤 경우든 중요한 것은 줄거리, 즉 뮈토스를 만들어 냄으로써 시인이 반드시 개입해야 한다는 점이다. 바로 그렇기 때문에 시인이 되는 것이다.

이 대목에서는 뮈토스라는 용어를 이중적 용법으로 사용함으로써 대조를 통해 그 기술적 의미를 특히 강조하고 있다. "전통적 이야기들"이라고 복수형으로 주어지면 그것은 전통을 통해 전해져 내려오는 전설들의 내용, 영웅이나 일군의 영웅들과 관계된 모험담으로서 그 출처도 다양하고 의도도 모호하지만 모두의 기억에 여전히 남아 있는 이야기를 가리킨다. 반면에 시적 줄거리란 전승된 그 신화적 이야기들 가운데 시인이 어떤 것을 고르고 배열하고 구성함으로써 형태를 부여하고 그 결과 있음직함과 필연성의 질서 안에서 엄격한 연쇄 관계를 따라 일어나는, 단일하고 완성된 줄거리를 가리킨다.

그러나 앞에서 보았듯이(위, 주해 3을 참조할 것) 아리스토텔레스는 전통적 이야기들에 나오는 사건들과 그것들이 거둔 혁혁한 성공을 여러 모로 고려하지 않을 수 없었고, 그래서 자신의 느낌이나 쾌감보다는 관객의 판단이 모든 것을 좌우한다는 점을 받아들여야만 했다. 바로 그러한 객관적 사실 확인을 고려하여 마지막 문장의 내용이 약간 바뀌고 그 범위도 넓어진 것으로 보인다. "실제로 일어난 사건들 가운데 어떤 것은 있음직하고 가능한 것일 수도 있다"(*hoia an eikos genesthai kai dunata genesthai*, 51 b 30 이하). 가능한 것에까지 넓어진 시인의 행동 영역은 이제 "설득력이 있는"(*pithanon*) 영역, 관객이 신뢰를 가지고 받아들이게 될 영역 전체를 포괄한다. 결론적으로 아리스토텔레스가 받아들이는 것은 아가톤이 아니라 아이스퀼로스, 소포클레스, 에우리피데스와 같은 우리가 알고 있는 비극 시인들이다. 즉, "실제로 일어난" 이야기를 썼다 할지라도 "있음직함"을 넘어서서 가능한 것, 따라서 설득력이 있는 것을 재현하기 때문에 "시인임에는 변함이 없다".

5. 52 a 1

여기서 소개하고 있는 단순한 줄거리나 행동(*haplôn muthôn*) 개념은 52 a 14에 가서야 복합적인 행동(*peplegmenè*)과 기술적으로 대립되는 용어로 정의된다는 점에서, 이 단락(51 b 33-52 a 1)은 일반적으로 10장의 내용을 예상하고 쓴 것으로 간주된다. 하지만 다양한 유형의 줄거리를 구분하기에 앞서, 7장에서 필연적이거나 있음직한 사건들의 연쇄 관계 원칙들로 인해 빚어지는 결과를 얘기하면서 이를 전부 다루지 못했다는 문제가 있다. 이러한 배경에서 볼 때 9장에 주어진 이른바 여담(51 a 36-52 a 1)은 연대기적 역사가 시와 다른 점을 부각시킴으로써 특정 유형의 줄거리, 즉 삽화식 줄거리(*epeisodiôdès muthos*)를 배제할 것임을 예고하는 것이다.

"삽화"(*epeisodion*)는 애매한 용어이며, "여러 삽화들이 있음직하거나 필연적인 연관성 없이 연속되는 것"이라는 "삽화식의 줄거리"에 대한 정의는 그러한 애매성에 기대고 있다. 기술이라는 시각에서 본다면, 12장(52 b 10)에서 정의하고 있는 삽화는 합창대의 노래들 사이에 위치하고 있는 비극의 일부분이다. 하지만 보다 일반적으로 삽화란, 행동 또는 적어도 "주제"(*logos*, 17장, 55 b 1-55 b 24; 23장, 59 a 35를 참조할 것)의 치밀한 진행 과정에서 다소 느슨하거나 군더더기처럼 삽입된 모험이나 일련의 사건으로 나타난다. 그 어느 경우에나 삽화의 기능은 본질적으로 줄거리를 길게 늘이고 그 규모를 부풀리는 데 있다. 늘이다(*parateinein*)라는 동사는 삽화와 관련하여 두 번이나, 그리고 "삽화를 만들다"(*epeisodioun*, 51 b 39, 55 b 2)라는 용어와 거의 같은 뜻으로 사용되고 있다. 그런데 삽화는 그 자체로 발전해서 나머지 행동과 관련하여 실제로 자율적인 전체를 형성하려는 경향을 강하게 가지고 있다. 그 경우 줄거리는 자신의 역량(*dunamis*, 51 b 38)을 넘어서서 늘어질 위험이 있다. 다시 말해서 비틀거나 덧붙여도 통일성과 일관성을 잃지 않고 감당할 수 있는 역량을 넘어설 수도 있다는 말이다. 뒤나미스라는 용어에 대해서는 이미 언급한 바 있으며(1장, 주해 1), 여기서는 "가능태"라는 기본적 의미에 준해, 줄거리를 배태하고 있으며 그 형태를 제공하고 전체적으로 이를 "만들어 내는" 프로그램을 가리키는 뜻으로 이해해야 한다. 그에 상응하는 말로 주제나 추론을 뜻하는 로고스는 보다 정태적이고 구조적인 형태를 뜻한다(17장, 55 b 17을 참조할 것).

이처럼 삽화는 줄거리에 전적으로 통합되는 부분은 아니지만 그 짜임새 속에 삽입될 수 있다. 하지만 매우 엄격하게 정해진 한계를 벗어나서는 안 된다. 즉 삽화를 갖다 붙임으로써 작품이 터무니없이 길게 늘어나서는 안 되며, 작품의 논리적 질서가 비틀려서도 안 된다(하나의 전체는 그 구성 부분들의 확고부동한 배치로 정의된다. 8장, 51 a 33-35). 그리고 특히 피해야 할 가장 나쁜 잘못은 여러 삽화들이 있음직하거나 필연적인 연관성 없이 연속되는 것이다(*met' allèla*). "삽화식 줄거리"는 그러니까 인과성을 순전한 연속성으로 대체하는 것이라고 말할 수 있다(10장, 52 a 20 이하를 참조할 것).

그럼에도 불구하고 "삽화식 줄거리"가 존재한다면, 그 잘못은 시인이 열등하거나 아니면 배우들이 경연(*agônismata*, 51 b 37)에서 각광을 받기 위해 시인에게 압력을 가하기 때문이다. 여기서 '*agônismata*'라는 용어가 걸림돌이 된다. 『수사학』(III, 1413 a 8)에서 아리스토텔레스는 정확함을 특징으로 하는, 글로 쓰인 표현과 "귀로 듣는 해석을 가장 중요시하는, 논쟁(*agônistikè*)을 목적으로 한 표현"을 대립시킨다. 여기서 말하는 것은 설전, 즉 눈앞에서 펼쳐지는 공적인 논쟁이다. 똑같은 그리스어 낱말 '*agôn*'이 연극 경연과 동시에 설전을 가리킨다는 점에서 '*agônismata*'라는 용어는 7장에 나오는 '*agônes*', '*agônizesthai*'("경연") 등의 어군과 매우 가까운 것임이 분명하다. 하지만 그것은 무엇보다도 그러한 연극 구성에서 나타나는 모순되는 발언들, 말싸움의 양상을 강조한다(희극에서 '*agôn*'을 생각해 보면, 그것은 줄거리에 통합되어 있긴 하나 볼 만한 대목으로 제시된다. 즉 관객들은 거기서 두 등장인물들의 우스꽝스러운 대결을 기대하는 것이다). 삽화 덕분에 연설과 설전이 가능했으며, 그때 배우의 연기와 대사는 보다 더 두드러져 심지어는 전면에 나와서 경연에서의 우위를 결정하기도 했다(*agônes*, 『수사학』, III, 1403 b 31을 참조할 것). 그러한 "대결"이야말로 진정한 "경연극"이다. 또한 행동의 전개가 삽화에서는 보다 느슨하기 때문에 관객들의 주의력을 좀 덜 필요로 했고 따라서 배우들의 연기력이 전면에 부각될 수 있었을 것이다. 그 경우에 우리는 24장(60 b 2-5)에서 말하고 있는 것과 같은 유형의 현상을 볼 수도 있다.

6. 52 a 11

사건들의 연쇄 관계 영역에서 아리스토텔레스는 가장 나쁜(*kheiristai*, 51 a 34) 경우에 이어 최상(*tauta de ginetai malista*, 52 a 2)의 경우를 생각하는 것처럼 보인다. 후자는 인과 관계를 존중할 뿐만 아니라, 두려움과 연민을 불러일으킨다는 비극 고유의 목적에도 상응한다. 여기서 표명하고 있는, 겉보기에는 모순적인 이중의 조건은 바로 비극적 줄거리의 매듭을 구성한다. 비극이 성공하려면 다음 사항을 동시에 충족시켜야 한다.

(a) 사건들의 인과적 연쇄 관계(*di' allèla*, 52 a 4)

(b) 놀라움의 효과: "예기치 않게"(*para tèn doxam*) 일어나는 것을 말한다. 24장(60 a 12)에서는 서사시와 관련하여 놀라움(*to thaumaston*)이라는 개념을 전개하게 될 텐데, 놀라움은 필수적인 조건이 되어 논리에서 크게 벗어나 불가능한 것까지 허용하게 된다(24장, 주해 9를 참조할 것). 놀라움이라는 개념은 "단순한 우연"(*apo tukhès*)이나 "사건들의 순전히 기계적인 생산"(*apo tou automatou*)과 연결되어 있다.

그러나 놀라움이 정말로 강렬하고 효과적일 때란, 다시 말해서 두려움을 자아낼 수 있을 때란 우연의 덮개 아래 어떤 합리성을 깨달을 때, 즉 의도적인 섭리의 행동이나 피할 수 없는 운명적 행동이 "무슨 의도에 의해 일어난 것처럼"(*hôsper epitèdes*) 개입하고 있다고 느낄 때이다.

여기서 문제는, 사람들이 흔히 알고 있듯, 아리스토텔레스가 시인에게 민중의 맹신이나 미신에 기댈 것을 주문하고 있는지, 더 나아가서 전통으로 전해져 내려오고 모두가 알고 있는 위대한 신화들이 어떤 놀라움을 자아낼 수 있는지를 알아보는 것이 아니다. 그것은 문제를 잘못 이해한 것이다. 실제 여기서 아리스토텔레스는 비극 이론가로서 이상적인 관객을 정의하는 두 가지 근본적인 성향을 고려하고 있다.

· 감정을 불러일으키고 두려움을 자아내는 놀라움, 비합리석인 것에 대한 취향.

· 신성한 정의(正義)가 항상 내재해 있다고 가정하는, 질서와 논리에 대한 심층적인 요청(이 주제에 관해서는 'philanthrôpos'에 관한 13장[52 b 38]의 해석을 참조할 것).

사건들의 인과적 연쇄 관계가 올바르고(이 경우에는 범죄의 희생자의 동상이 가해자 위로 떨어지게 하는 신의 개입) 있음직하며 종국에는 필연적으로 보이기만 한다면 그 겉모습은 별로 중요하지 않다. 관객은 그렇게 해서 볼거리의 논리, 겉모습의 논리 속에 들어선다. 즉 관객에게는 그러한 사건들이 "맹목적인 우연 탓"(*eikèi*)이 아닌 것처럼 보이며(*eoike*), 따라서 있음직하다(*eoike~eikos*)는 것이다. 여기서 '*eoike~eikèi*'가 어원상으로 유사하다는 것을 지적하지 않을 수 없다. 즉 사건들이 단순히 그렇게 "보이기" 때문은 아니라는 사실이 "있음직하며", "겉모습" 때문이 아닌 것처럼 "보이는" 것이다.

제10장

줄거리에는 단순한 것도 있고 복합적인 것도 있다. 이는 단지 52 a 12
줄거리에 의해 재현되는 행동이 그러한 특성을 가지고 있기 때문이다. "단순한" 행동이란 앞서 정의했듯이 단일하고 연속적으로 전개되는 행동으로서 급전이나 발견 없이 반전이 이루어지는 것이다. "복합적인" 행동이란 급전이나 발견 또는 그 둘 다와 함께 반전이 이루어지는 것이다. 급전과 발견은 모두 줄거리의 조직적인 배열 자체에서 생겨나는 것이라야 한다. 다시 말해서 그에 앞선 사건들의 결과로 필연성이나 있음직함에 의하여 뒤따라 일어나는 것이어야 한다. 왜냐하면 "이것이 저것 '때문에' 일어나는 것"과 "이것이 저것 '다음에' 일어나는 것"에는 큰 차이가 있기 때문이다.[1]

제10장 주해

1. 52 a 21

간략한 이 10장에서는 단순한 줄거리 대 복합적인 줄거리라는, 크게 두 부류로 나뉘는 줄거리의 유형론을 시도하고 있다. 하지만 복합적인 줄거리를 구성하는 중요한 "부분"들, 즉 단순한 행동의 "연속성"(*sunekhous*, 52 a 15)과 대비되는 "급전"(*peripeteia*)과 "발견"(*anagnôris-mos*. 같은 의미로 나중에 *anagnôrisis*라는 말이 나올 것이다)도 소개되고 있는데, 그 정의와 분석은 11장에서 다룰 것이다. 두 경우 모두 행동의 초점은 "반전"에 있다. '*metabasis*'(52 a 16과 18)라는 용어는 이곳 외에는 18장(55 b 29)에서 사용되는 것이 전부이며, 11장(52 a 23, 31 등)에서는 '*metabolè*'라는 용어를 사용하고, 그에 상응하는 동사 '*metaballein*'은 13장(52 b 34 등)에서 나온다. 게다가 7장(51 a 14)에서 비극적 줄거리에 대한 첫 번째 정의에서 사용되었던 것도 이 동사이다. 하지만 의미상 차이는, 있다 하더라도 미미하다. 단지 나중에 이러저러한 형태의 "변화"로 세분화될 모든 유형의 "운명의 반전"을 포괄한다는 점에서는, '*metabasis*'가 '*metabolè*'보다는 더 일반적이라고 할 수 있다(11장, 주해 1과 18장, 55 b 29를 참조할 것).

아리스토텔레스가 다시 한번 강조하는 것은 사건들의 필연적이거나 있음직한 연쇄 관계라는 조건이다. 논리적 인과성(*tade dia tade*)에 따른 그러한 관계는 단순한 연대기적 연속성(*tade meta tade*)과는 무관한 것이다.

른 그러한 관계는 단순한 연대기적 연속성(*tade meta tade*)과는 무관한 것이다.

제11장

52 a 22　　앞에서 말했듯이 급전은 행동의 결과가 완전히 뒤집히는 반전을 의미하는데, 우리의 공식에 따르면 그것은 있음직하거나 필연적으로 이루어져야 한다. 예를 들어 『오이디푸스 왕』에서 어떤 사람이 오이디푸스에게 용기를 주고 그의 어머니에 대한 의구심을 해소해 주려고 오지만, 본의 아니게 오이디푸스의 정체를 밝힘으로써 정반대의 결과를 낳는다. 『륑케우스』에서 한 사람이 죽을 곳으로 끌려가고 다른 사람, 즉 다나오스가 그를 죽이려고 따라가지만, 우여곡절 끝에 오히려 다나오스가 죽고 죽을 사람이 살게 된다.[1]

52 a 29　　발견이란 문자 그대로 무지(無知)에서 앎으로 넘어가게 하는 반전으로,[2] 행복하거나 불행한 운명을 타고난 사람들 사이의 우호 관계 또는 적대 관계를 드러낸다. 예컨대 『오이디푸스 왕』에서 보듯이 가장 훌륭한 발견은 급전과 더불어 일어나는 경우이다. 물론 그와 다른 종류의 발견도 있다. 앞서 말했듯이 발견은, 그것이 무엇이든, 무생물과 관련해서도 갑자기 일어날 수 있다. 또한 어떤 인물이 실제로 어떤 일을 저질렀는가 또는

52 a 36　　저지르지 않았는가 하는 사실을 드러낼 수도 있다. 그러나 행동에 가장 잘 통합된, 줄거리에 가장 잘 통합된 것은 바로 우리

가 말한 발견이다. 실제로 그처럼 발견이 급전과 결합되면 연민이나 두려움을 불러일으킨다(연민과 두려움은 우리의 정의에 따르면 비극이 재현하는 행동들의 특징이 된다). 바로 그런 사건들이 일어나는 경우에 불행이나 행복이 불시에 닥쳐오기 때문이다.[3] 그리고 발견은 등장인물들 사이에서 이루어지는 것이므로 어떤 사람이 신분이 확실한 다른 한 사람을 알아보는 경우도 있고, 서로 동시에 알아보는 경우도 있다. 예를 들면『오레스테스』에서 이피게네이아가 보내는 편지를 보고 오레스테스는 그녀를 알아보지만 이피게네이아가 그를 알아보기 위해서는 또 다른 발견 수단이 필요하다.

52 b 3

　이처럼 급전과 발견은 줄거리를 구성하는 두 부분이다. 세 번째 부분은 격정적 효과이다. 급전과 발견에 관해서는 이미 설명했다. 격정적 효과란 예컨대 무대 위에서 이루어지는 살인, 심한 고통, 부상 기타 그와 비슷한 종류의 파괴나 고통을 야기하는 행동을 말한다.[4]

52 b 9

제11장 주해

1. 52 a 29

11장에서는 "줄거리를 구성하는 부분"(*tou muthou merè*, 52 b 10) 세 가지를 차례로 분석한다. 급전, 발견 그리고 격정적 효과가 그것인데, 앞의 둘은 특히 복합적인 행동의 특징을 이룬다.

이 첫 단락에 나오는 "급전"(*peripeteia*)의 정의에 대해서는 상당히 논란이 많다. 그 특성이 지나치게 일반적이고, '*tôn prattomenôn*'이라는 용어의 뜻이 모호하며(글자 그대로의 뜻은 "이루어진 일들"), "앞에서 말했듯이"(*kathaper eirètai*, 52 a 23)가 가리키는 부분이 부정확하다는 것이다. 그와 맞물려 줄거리가 의도하는 포괄적 반전에서 급전이 정확하게 어떤 위치를 차지하는지도 불분명하다. "상반된 방향으로 행동의 결과가 완전히 뒤집히는 반전"(*tôn prattonmenôn metabolè eis to enantion*)이라는 정의는 7장(51 a 13-15)에서 말한 비극의 일반적 공식과 대체적으로 상응하지만, 단순한 행동에 비해 급전이 어떻게 복합적인 행동의 특성인지가 규정되어야 한다. 단순한 행동도 복합적인 행동과 마찬가지로 똑같이 상황의 역전을 내포하기 때문이다. 이렇게 해서 우리는 "앞에서 말했듯이"가 정확히 어디를 가리키는지 짐작할 수 있게 된다. 즉 두려움과 연민을 불러일으키기 위해서는 "서로 인과 관계가 있는 사건들이 전혀 예기치 않게 일어나게끔"(52 a 2 이하) 구성하기를 권하고 있는 9장 끝부분을 가리킨다고 할 수 있을 것이다. 실제로 복합적인 비극의 특징을 규정하는 급전이 두려움과 연민을 불러일으키는 데에 특별히 적합하다면(52 b 1과 13장, 52 b 32), 이는 급전이 필연적이거나 있음직한 행동의 연쇄 관계에 놀라움의 효과를 덧붙이기 때문이다.

이어지는 두 가지 예는 이러한 해석을 확인해 주고, 제시되는 방식 자체에서 이미 급전을 이루는 사건의 역설적 특성(*para tèn doxan*, 9장, 52 a 4를 참조할 것)이 뚜렷하게 드러난다. 그 두 가지 예에서 미래분사(*hôs*를 통해 강화되는: *hôs euphranôn* […] *kai apallaxôn*[52 a 25]; *hôs apothanoumenos* […] *hôs apoktenôn*[52 a 27 이하])는 관객의 기대를 불러일으키는 행동의 역동적인 방향 설정을 강조하고 있다. 일회적 사건을 표현하는 부정(不定)과거는 결과를 뒤집음으로써(*tounantion epoièsen*, "정반대의 결과를 낳는다", 52 a 26) 움직임을 파열시키고 기대를 어긋나게 한다. 『륑케우스』의 예에서 상황의 급변은 대칭적인 형식을 통해 직접적으로 드러난다. 즉 "(한 사람은) 죽으러 가고 […] (다른 사람은) 죽이려고 하다가, 후자가 죽고 […] 전자는 살게 된다"(*hôs apothanoumenos* […] *hôs apoktenôn* → *ton men apothanein* […] *ton de sôthènai*). 행복을 향한 행동이 정반대로 불행 쪽으로 뒤집어지는 것이다.

(소포클레스의 『오이디푸스 왕』에서의 급전은 잘 알려져 있으나, 사실 테오덱테스의 『륑케우스』에 대해서는 전혀 알려진 바가 없다. 아마도 그 작품에서 다나오스는 자기가 죽이려 했던 사위 륑케우스의 손에 죽었을 것이다.)

그러므로 (연속적인 놀라움의 효과들로 급전이 이루어지는 가능성을 전혀 배제할 수 없음에도 불구하고) 대체적으로 단 한 번 일어나는 급전은 비극적 "반전"(*metabasis*)의 한 계기라기보다는 비극적 반전이 때때로 취하는 특수한 형태라고 할 수 있다. 그것은 연쇄 관계에 있는 사건들이 전혀 예기치 않게 일어나고(그것은 "있음직함에 반해 일어나는 있음직함"이다. 18장, 56 a 25) 놀라움의 생생한 쾌감(*to thaumaston*, 52 a 4 이하; 16장, 55 a 17)을 유발하는 있음직함이 극에 이르는 지점이다(여기서 "놀라움의 충격은 있음직함의 길을 따라 일어난다"라는 공식은 '*peripeteia*'에 대한 훌륭한 정의인 것처럼 보인다. 그러한 의미 때문에 우리는 그것을 "급변"péripétie이라고 옮길 수가 없었다. 현대 프랑스어에서 그 용어는 오역이 될 수밖에 없기 때문이다. 우리는 그보다는 예측할 수 없고 괄목할 만한 변화의 양상을 표현하는 "급전"coup de théâtre이라는 용어를 선택했다).

2. 52 a 32

"발견"(*anagnôrisis*: *anagnôrismos*의 동의어, 52 a 17) 또한 반전의 한 형태이다. 그것은 "무지에서 앎으로 넘어가게 하는 반전이다". 발견은 두 가지 특징으로 인해 급전과 구별된다. 한편으로 그것은 등장인물의 신분과(대부분의 경우 그렇다는 것이다[아래, 52 a 35 이하를 참조할 것]), 다른 한편으로는 주인공(들)이 주관적으로 상황을 인식하게 되는 것과 관련된다. 그렇다고 해서 인물들에게 미치는 주관적 효과와 심리적인 변모가 다는 아니다. 발견을 결정하는 것이 바로 '*philia*'나 '*ekhthra*'를 인지하는 것이라고 하면, 그 용어들은 순전히 정서적인(프랑스어에서 "우정"이나 "증오"와 결부된) 의미가 아니다. '*philia*'는 폐쇄적인 집단의 구성원들을 묶어 주는 끈, 특히 혈육이나 동맹관계를 지칭한다(14장에 나오는 형제 또는 부모 자식 관계의 예를 보면 납득할 수 있을 것이다. 53 b 19). 마찬가지로 '*ekhthra*'는 무엇보다도 그러한 관계를 위반함으로써 발생하는 사실상의 적대 관계를 지칭한다. 발견은, 주인공이 자신의 행동이나 다른 사람들과의 관계에 대해 주관적으로 이해하는 것이라기보다는, 자신이 다른 어떤 사람과 객관적인 관계, 즉 사회적으로 긍정적(*philia*) 또는 부정적(*ekhthra*)인 것으로 규정되는 관계로 맺어져 있다는 사실을 이전에는 몰랐다가 새로 발견하는 것이다. 오이디푸스는 그렇게 해서 자기를 부친과 맺어 주는 "우호 관계를 발견한다"(14장, 53 b 31).

"행복하거나 불행한 운명을 타고난 사람들"(*tôn pros eutukhian è dustukhian hôrismenôn*, 52 a 31)의 상황 반전은 그처럼 사건 자체를 통해 이루어진다. 아리스토텔레스가 '*horizein (pros)*'이라는 동사를 "타고나다, 예정되어 있다"라는 뜻으로 쓴 경우는 거의 없다는 점에서 이 대목에 대해서는 논란이 많았다. 즉 그와는 반대로 등장인물들이 반전을 겪기 이전의 상황을 규정하는 최초 상태를 지시한다는 것이다(그래서 엘스는 '*hôrismenos*'가 "연극 초반부에 오이디푸스는 비교적 행복하다고 말할 수 있는 상황에 있다는 단순한 사실"[p.351]을 가리킨다고 본다). 문장의 흐름 그리고 "행복이나 불행"이라는 용어를 뒤에서는 도달 지점의 뜻으로 다시 사용하고 있다는 점을 고려한다면(*to atukhein kai to dutukhein sumbèsetai*, 52 b 2), 여기서는 "타고나다"라는 일반적 의미로 해석하는 것이 더 타당해 보인다. 하지만 그것은 형이상학적 영역에 속하는 운명은 결코 아니며, 시인에 의해 배열된 연속적인 사건들이 이르게 되는 필연적인 결말이라는 점을 잊지 말아야 한다(13장, 주해 5를 참조할 것).

3. 52 b 3

52 a 34-35의 문장은 거의 해석이 불가능한 것으로 간주되어 왔지만, 아주 조금만 수정하면(*sumbainei* 대신 *sumbainein*, 52 a 35) 해석이 가능해진다. 즉, 다양한 사물이나 사실에까지 발견의 영역을 확장하는 것이다("앞서 말했듯이 발견은, 그것이 무엇이든, 무생물과 관련해서도 갑자기 일어날 수 있다." 그리고 그 다음에 "어떤 인물이 실제로 어떤 일을 저질렀는가 또는 저지르지 않았는가 하는 사실을 드러낼 수도 있다". "앞서 말했듯이"라는 말이 정확히 무엇을 가리키는지는 알기 힘들지만, 이 경우에는 특별히 발견

의 일반원칙을 환기하는 것으로 보인다). 'anagnôrisis'라는 낱말을 보다 일반적인 뜻으로 사용함으로써 이처럼 발견의 영역을 넓히는 것이 허용되고, 아마도 그렇게 하도록 암시하고 있다고 말할 수 있다. 그러나 무엇보다 이로 말미암아 제일 먼저 나타나는 발견 유형은 "독특한 표시에 의한 발견"(54 b 21)인데, 16장의 분석에서 그것은 가장 조악한 유형의 발견으로 간주될 것이다. "예술과 무관하다"는 점에서 그러한 발견 유형에 대해서는 그냥 언급만 하고 지나가는 것을 충분히 이해할 수 있을 것이다. 하지만 제대로 사용되기만 하면, 즉 급전과 더불어 발견이 이루어지는 경우에는 그 결점을 메울 수가 있다.

다시 말해서 그 어떤 경우에든 가장 바람직한 것은 발견과 급전을 밀접하게 연결시켜 형상화하는 것이다. 이 경우는 사실들이 구조적으로 배열되어 있는 영역이기에, 사실들의 필연적인 배열에 따라 일어나는 발견은 "줄거리와 행동"(52 a 37), 또는 보다 정확히 말하면 "줄거리에, 즉 행동에"('kai'는 여기서 설명적인 용법이다) 완전히 "통합"될 것이다. ('muthos - praxis'의 구별에 관해서는 8장, 51 a 30 이하, 그리고 주해 3을 참조할 것).

그처럼 급전과 발견이 한꺼번에 오면서 필연성의 경로에 따라 놀라움의 효과가 유발되면 연민이나 두려움을 불러일으키기에 더 적합하며, 따라서 비극의 목표에 도달하기에도 적합할 것이다. 그렇게 해서 급전과 발견의 결합은 행동 그 자체에 의해 인물의 행복이나 불행을 완성하고, 비극을 결말로 이끌게 될 것이다. "바로 그런 사건들이 일어나는 경우에 불행이나 행복이 불시에 닥쳐온다"(52 b 2; 6장, 50 a 16을 참조할 것).

4. 52 b 13

세 번째 "줄거리를 구성하는 부분"인 파토스는 그 위상이 달라 보인다.

"대낮에"(*en tôi phanerôi*), 즉 실제로 "무대 위에서" 이루어지는 "살인과 부상" 같은 물리적인 폭력을 예로 들어 설명하고 있는 파토스는, 줄거리 속에 볼거리가 끼어든 것처럼 보인다. 파토스를 "행동"(*praxis*)으로 정의하게 되면 원칙적으로는 비극의 줄거리, 즉 행동을 재현하는 행위(6장, 50 a 4; 8장, 51 a 31)가 "실제로 행동하는"(*energountes*, 3장, 48 a 23) "행동주체"(*prattontes*)에게 맡겨진다는 사실을 구체적 의미로 받아들이지 않을 수 없게 된다. 따라서 파토스를 줄거리를 구성하는 부분으로 보면서 아리스토텔레스는 ── 지금까지 주장해 온 대로(6장, 50 b 18; 14장, 53 b 4; 26장, 62 a 11과 17) ── 볼거리(*opsis*)가 비극 자체와는 무관하며 독서만으로도 비극의 효과가 생길 수 있다고 주장하기는 어려운 입장에 처하게 된다.

여기서 우리는 『시학』을 특징짓는 긴장, 즉 카타르시스를 낳는 미메시스의 추상화(볼거리를 부차적인 것으로 만드는 것)를 강조하는 이론적 입장과 무대 위에서 일어나는 격정적 효과를 비극적 감정을 불러일으키는 가장 효과적인 원천들 가운데 하나로 보는, 보다 "현실적인" 태도 사이의 긴장을 보게 된다. 14장(주해 4와 6)에서 우리는 비극에 유일하게 어울리는 파토스의 정화된 형태를 이상적으로 만들어 내면서 아리스토텔레스가 그러한 긴장을 줄이기 위해 얼마나 노력하는가를 보게 될 것이다.

제12장

52 b 14 앞에서 우리는 특유의 구성 요소로 사용되어야 할 비극의 구성 부분들에 관해 말했다. 이제 그 외연적인 관점에서 본다면 비극은 서로 구별되는 다음 부분들로 나뉜다. 즉, 도입부(프롤로그), 삽화(에피소드), 퇴장(엑소더스), 합창(코러스)이며,[1] 합창 부분은 입장할 때 부르는 노래와 무대에서 하는 노래로 나뉜다. 이는 모든 비극에 공통된 부분들이다. 반면 무대 위에서 배우들이 부르는 노래와 애탄가는 몇몇 비극에서만 볼 수 있다.

52 b 19 "프롤로그"는 비극에서 합장대의 입장 앞에 오는 부분 전부를 말하고, "삽화"는 각기 하나의 전체를 이루는 합창 노래들 사이에 있는 부분 전부를 말한다. "퇴장"은 마지막 합창 노래에 뒤따르는 부분 전부를 말한다. 합창 중에서 "입장 노래"는 합창 전체로 볼 때 처음 나오는 합창이고, "무대에서 하는 노래"는 장장단격(長長短格)과 장단격(長短格)이 아닌 운율로 되어 있는 합창이다. "애탄가"는 무대 위에서 합창대와 배우들이 서로 주고받는 탄식의 노래이다.[2]

52 b 25 [특유의 구성 요소로] 사용되어야 할 비극의 구성 부분들은 앞서 말했고, 외연적 관점에서 비극은 바로 위와 같은 부분들로 구분된다.[3]

제12장 주해

1. 52 b 16

사실 줄거리를 구성하는 부분들에 관해 논의하는 도중에(11장과 13장) 끼어들어 맥을 끊는다는 점에서 12장의 상황은 종종 위작이 아닌가 하는 이의를 제기할 정도로까지 문제가 되었다. 하지만 이 역시 상세한 설명이 필요한 문제이기에 줄거리와 연관성이 덜하고 순전히 양적인 이런 이야기가 다소 거칠게 끼어 들어간 것도 이해할 수 있다.

실제로 11장은 "줄거리를 구성하는 부분들"(*tou muthou merè*, 52 b 8)을 다시 요약하면서 끝을 맺었다. 급전, 발견 그리고 격정적 효과는 줄거리를 구성하는 연속적 계기라기보다는 그 가능한 형태들의 특징을 규정한다. 앞서 6장에서 말한(50 a 18) "비극의 구성 부분들"(*tragôidias merè*)이란 비극을 질적으로 구성하는 요소, 이른바 "구성적인" 여섯 가지 부분들을 지칭했는데, '*merè*'라는 동일한 용어가 전혀 다른 유형의 "비극의 부분들", 즉 진행 순서에 따른 비극의 구분이나 분할을 가리킬 수도 있다. 일종의 끼워 넣은 형태라 할 수 있는 이 12장에서 아리스토텔레스는 바로 그러한 구분이나 분할의 위상을 규명하고 있다.

아리스토텔레스는 이른바 "특유의 구성 요소로 다루어야 할"(이 정의가 어떤 난관을 제기하는가에 관해서는 잠시 후에 다시 설명할 것이다) 질적인 구성 부분들과 양적인 구성 부분들을 명확하게(52 b 14 이하의 *hois men* [···] *kata de*의 균형 덕분에) 대립시킨다. 양적인 구성 부분들이란 "그 외연적인 관점에서 본"(*kata to poson*) 비극의 구성 부분들, "비극을 분할하는"(*eis ha diaireitai*) "서로 구별되는"(분사 *kekhôrismena*는 공간적 의미를 갖는다) 구성 부분들, 다시 말해서 이제 곧 차례대로 규정하게 될 비극의 세분된 부분들을 말한다.

비극을 구성하는 질적인(흔히 "구성적"이라고 말하기도 한다) 부분들을 "종류(*eidè*)로 다루어야 할 구성 부분들"(*hôs eidesi khrèsthai*)이라고 지칭한 이후, 아리스토텔레스는 비극을 구성하는 그러한 부분들(*merè*)과 "종류"(*eidè*) 사이의 명시적인 관계를 6장에서보다(50 a 13; 주해 10의 해당 부분을 참조할 것) 더 명확하게 설정한다. 여기서는 종류의 문제를 거론하지는 않고, 우선 질적인 구성 부분들을 "종류로 다룰" 수 있는 것들(적어도 몇몇 구성 부분들에 대해서는)이라고 간략하고 포괄적으로 규정함으로써 다른 종류들과 비교하는 것으로 그친다. 문제가 되는 종류들은 나중에 따로 다루게 될 것이다(여섯 가지 구성 부분들과 네 가지 종류의 상응 관계로 인해 발생하는 난점에 관해서는 18장 주해 4에서 상세하게 다룰 것이다).

2. 52 b 25

비극을 분할하는 서로 다른 부분들이 전개되는 순서나 그 부분들에 대한 정의가 우리가 알고 있는 기원전 5~4세기경의 비극들과 정확히 일치하지 않는다는 사실 때문에, 이 대목은 뒤늦게 끼워 넣은 것으로 간주되어 왔다. 그럼에도 불구하고 우리는 다음과 같은 사실을 환기하지 않을 수 없다. 즉 한편으로 우리에게 전해진 작품들은 아리스토텔레스 이전의 것이며, 한두 세대가 지나가면서 관행이 조금 바뀌어 좀 더 경직될 수도 있었을 것이라는 점이다. 또한 다른 한편으로 무엇보다도 아리스토텔레스는 여기서 모든 비극의 구성에 해당되는 체계를 엄격하게 정립하려는 것이 아니라 이상적인 대칭 관계, 즉 실재하는 그 어떤 비극도 완벽하게 준수할 수는 없는 대칭 관계에 따라 정리된 순수 형태들의 목록을 제시하고 있다는 점이다(사실 각각의 작가들이 지닌 고유의 기술은 그가 작업하는 장르에서 어느 정도 공인된 형태를 얼마만큼 자유롭게 변형시키는가에서 드러난다).

그렇게 해서 아리스토텔레스는 말로 된 부분들을 두 측면으로 나누어 비교한다. 한편에는 "도입부, 삽화, 퇴장"이, 다른 한편에는 합창단의 노래가 있고, 후자는 다시 "입장할 때 부르는 노래"와 "무대에서 하는 노래"(드물긴 하지만, 거기에 "무대 위에서 배우들이 부르는 노래"와 "애탄가" 같은 특수한 형태들*idia*이 추가된다)로 나뉜다. 구성 원칙은 말로 된 부분과 노래를 번갈아 집어넣는 것이다. 말로 된 부분과 관련하여 "전체로 볼 때" 텍스트에서 어느 정도의 분량인지를 계속 강조하는 것을 보면, 아리스토텔레스가 세부적인 변이의 경우 별 영향을 미치지 않는 것으로 간주하고 미리 제외했다는 것을 알 수 있다. 여기서 말로 된 부분 사이에 간단한 노래를 삽입하는 것을 세부적 변이의 예로 들 수 있는데, 이를 고려하여 "삽화"나 "퇴장"의 개념을 논의할 수 있을 것이다. 논란의 여지가 많고 제한적인 유용성밖에 없는 개념들이지만, 여기서 아리스토텔레스는 그 문제에는 별다른 관심을 보이지 않고 기존 어휘들만을 간략하게 검토하고 넘어간다.

우리는 의미를 전혀 전달하지 못하는 일반적인 직역을 최대로 피하면서 그리스어 용어를 옮기려고 노력했다. 문제가 되는 것들도 있었다. 여기서는 엄밀하게 기술과 관계된 의미로 사용되고 있는 용어 "삽화"는 『시학』 나머지 부분에서는 부수적으로 전개되는 이야기라는 훨씬 더 일반적인 의미로 쓰일 때가 많다(9장, 51 b 34 이하와 주해 5). "무대에서 하는 노래"(보다 일반적으로는 "스타시몬"*stasimon*)는 합창대가 걸어 들어오며 부르는 "입장 노래"와 대립된다. 하지만 아리스토텔레스 시대 비극의 현황에 대한 자료가 없는 탓에, 실제로 몇몇 위대한 비극 작품에서 반대되는 경우가 있는데도 아리스토텔레스가 "스타시몬"을 장장단격과 장단격 운율을 사용하지 않는 합창으로 정의할 수 있었다는 것이 우리에겐 여전히 거북하다. 이러한 곤경을 벗어날 수 있는 길은 대일의 주장대로(A.M. Dale, *Eranos*, 1950, p.14-19), 여기서는 "trochée"라는 용어가 장단격 운율을 가리키는 것이 아니며, "anapeste"도 서정시의 단단장격 운율을 제외하고는 그러한 단단장격 운율체계를 가리키지 않는다고 보는 것이다. "애탄가"(plainte)는 '*kommos*'를 옮긴 것인데, 이 두 낱말은 "상(喪)을 당해 충격을 받다"(라틴어로는 '*plangere*', 그리스어로는 '*koptein*')라는 뜻을 지닌 동사에서 다같이 파생되었다는 공통점을 지닌다. 아이스퀼로스의 『제주(祭酒)를 바치는 여인들*Choéphores*』에 나오는 유명한 '*kommos*'는 그 낱말의 어원이 지닌 힘을 그대로 간직하고 있다(특히 423-428행을 참조할 것).

3. 52 b 27

결론에 해당하는 이 문장은 처음에(52 b 14 이하) 제시된 문장을 거의 그대로 반복하고 있다. 단지 필사본에서는 "종류로(*hôs eidesi*) [사용되어야 할 구성 부분들]"라는, 비극의 양적인 구성 부분들과 비교하여 질적인 구성 부분들의 변별적인 특징을 나타내는 명사구가 빠져 있을 뿐이다. 그렇지만 아리스토텔레스가 질적인 구성 부분을 가리키고 있다는 점에는 의심의 여지가 없다. 그래서 대부분의 편집자들은 이 표현 전체를 복원시키고 있다. 하지만 전해 내려오는 필사본들을 보면 그렇게 고쳐야 하는지가 확실하지 않고, 오히려 복잡한 표현을 축약해서 다시 쓴 문장의 예로 생각해 보게 한다. 일단 완전한 표현을 제시한 다음에, 변별적 특징은 없이 통사적으로 중심을 이루는 부분인 "사용되어야 할 구성 부분들"(*merè hois khrèsthai*)에 암묵적으로 그러한 특징이 부여된 것이다. 그렇게 되면 "사용되어야 할 구성 부분들"은, 비극-대상을 분할 가능한 여러 부분들로(*eis ha diakreitai kekhôrismena*) 나중에 절단하는 것에 반해, 이러이러한 종류의 비극을 지향하면서 구성하고 선택하며 방향을 설정하는 시인의 작업의 특징을 나타낼 것이다. 문맥에 따라 결정되는 의미를 암묵적으로 "취하는" 현상과 유사한 예에 대해서는 3장, 주해 1 끝부분을 참조할 수 있다.

제13장

52 b 28 앞에서 말한 것에 이어 이번에는 줄거리를 구성할 때 겨냥해야 할 목표와 피해야 할 장애, 그리고 비극 고유의 효과를 산출할 수 있는 수단에 대해 말해야 한다.[1] 우선 가장 우수한 비극의 구조는 단순하지 않고 복합적이어야 하며, 또한 그러한 비극은 두려움과 연민의 감정을 불러일으키는 사건들을 재현해야 함은 이미 알고 있는 사실이다(이것이 바로 이러한 종류의 재현의 특징이다). **52 b 34** 따라서 무엇보다도 자명한 사실은, 첫째, 의로운 사람이 행복에서 불행으로 떨어지는 모습을 보여서는 안 된다는 것이다. 이는 두려움도 연민도 불러일으키지 않고 오로지 반감만을 자아낸다. 둘째, 악한 사람이 불행에서 행복으로 옮겨 가는 모습을 보여 주어도 안 된다. 그것은 비극이 요구하는 조건을 하나도 충족시키지 못하기 때문에 비극과는 가장 거리가 먼 경우이고, 인간적인 느낌도, 연민도, 두려움도 불러일으키지 않는다. 셋째, 극히 악한 사람이 행복에서 불행으로 떨어지는 모습을 보여서도 안 된다. **53 a 1** 그런 줄거리 구조는 인간적인 느낌을 줄 수는 있지만 두려움이나 연민을 불러일으키지는 못할 것이 분명하다. 왜냐하면 연민은 부당하게 불행을 겪는 사람을 향한 것이고 두려움은 우리와 비슷한 사람의 불행에서 느끼는 것이

기에, 그 경우 연민도 두려움도 불러일으키지 못할 것이기 때문이다.[2]

　　따라서 그 중간의 경우가 남는다. 덕과 정의감이 특별히 　　**53 a 7**
뛰어나지는 않고, 악덕과 악행 때문이 아니라 어떤 과오 때문
에 불행에 빠지는 사람의 경우인데, 그중에는 오이디푸스나 튀
에스테스처럼 명문가 출신의 인물들로서 큰 명망과 행복을 누
리는 사람도 있다.[3] 따라서 잘 만들어진 줄거리가 되기 위해서 　　**53 a 12**
는 단순해야 하고, 어떤 사람들이 주장하듯 이중적이어서는 안
된다.[4] 그리고 주인공의 운명은 불행에서 행복이 아니라 정반
대로 행복에서 불행으로 바뀌어야 하며, 주인공의 악행 때문이
아니라 중대한 과오 때문에 그렇게 되어야 한다. 여기서 주인
공은 위에서 말한 바와 같은 인물이거나 혹은 그보다는 더 나
은 인물이어야지, 더 못한 인물이어서는 안 된다.[5] 실제로 비 　　**53 a 17**
극들을 보면 이를 증명할 수 있다. 초창기에 시인들은 아무 이
야기나 손에 잡히는 대로 선택했으나, 오늘날 가장 우수한 비
극들은 소수의 가문들, 예컨대 알크메온, 오이디푸스, 오레스테
스, 멜레아그로스, 튀에스테스, 텔레포스 등과 같이 끔찍한 사
건을 겪거나 저지른 사람들의 가문을 다루고 있다. 결국 작시
술의 측면에서 가장 우수한 비극은 그러한 구조를 갖는다.[6]

　　그러므로 에우리피데스가 자신의 비극에서 그렇게 했다 　　**53 a 23**
고, 그 대부분을 불행한 결말로 끝냈다고 비난하는 사람들은
같은 잘못을 저지르는 것이다. 앞서 말했듯이 그러한 구성 방
식은 정당하다. 가장 결정적인 증거는 경연 때 무대 위에서 효
과적으로 연출되기만 하면 그런 종류의 작품이 가장 비극적인
인상을 준다는 사실이다. 그리고 에우리피데스는 작품의 전체

구성 측면에서는 부족한 점이 있다 하더라도 모든 시인들 가운
데 가장 비극적인 시인이다.[7] 『오뒤세이아』처럼 이중의 구조
를 가지고 있어서 선한 사람과 악한 사람들이 각각 서로 반대
되는 결말에 이르는 비극을 가장 좋은 형식이라고 주장하는 사
람들도 있지만, 우리가 보기에는 그 다음으로 좋은 형식에 지
나지 않는다. 그러한 형식을 가장 좋다고 하는 것은 단지 일반
관객의 수준이 낮아서 그렇게 보일 따름이다. 왜냐하면 시인
들은 관객의 취향에 따라 그들이 원하는 대로 작품을 쓰기 때
문이다. 그러나 이것은 비극이 줄 수 있는 쾌감이 아니라 오히
려 희극에서 얻을 수 있는 쾌감이다. 희극에서는 예를 들어 오
레스테스와 아이기스토스처럼 줄거리로 보면 불구대천의 원수
사이일지라도 결말에 가서는 서로 친구가 되어 퇴장하고 아무
도 죽지 않는다.[8]

제13장 주해

1. 52 b 30

여기서 줄거리와 그 형태들에 대한 분석은 명백하게 규범적인 관점에서 기술되고 있다. 반전(反轉)의 형태들은 도달해야 할 목표(*hôn dei stokhazesthai*), 즉 "비극 고유의 효과"(*to tès tragôidias ergon*)를 산출해야 한다는 목표에 준해서 서열이 매겨질 것이다. 우리는 이미 비극 고유의 효과라는 모호한 개념이 카타르시스의 과정을 포괄한다는 것을 보았다(6장, 49 b 28, 주해 3을 참조할 것). '*ergon*'이라는 용어는 과제의 완수와 그 결과를 동시에 표현하기 때문에 "효과"로 옮긴다. 또한 "고유의"라는 형용사로 소유를 나타내는 속격을 강조한 것은, 비극의 쾌감이 다른 연극 형태에서 비롯되는 쾌감과는 대립된다는 점에서, 산출되는 효과가 변별적 기능을 가지고 있기 때문이다(아래 53 a 35 이하와 14장, 53 b 10 이하를 참조할 것. "고유의"를 뜻하는 수식어 '*idion*'은 몇 줄 뒤에도 나타난다. 52 b 33).

2. 53 a 7

아리스토텔레스는 다양한 형태의 반전들을 상정하면서 기능적 기준에 따라 하나씩 검증한다. 그 기준은 두려움과 연민을 불러일으킬 수 있는가, 다시 말해서 비극 고유의(*idion*) 효과를 산출할 수 있는가이다. 문제는 비극의 이상적인 형상화의 윤곽을 그리기 위하여 부적절한 경우들을 제외시키는 것이다. 이러한 관점에서 단순한 구조를 지닌 줄거리 ― 52 a 14에서 급전이나 발견을 내포하고 있지 않은 줄거리로 정의된 ― 는 별다른 검토 없이 그냥 "이미 알고 있는 사실"(52 b 30)이라는 말로 제외된다. 그러한 사실은 실제 『시학』 어디에서도 명백하게 규정되고 있지 않지만, 쉽게 추론할 수 있다. 즉, 두려움과 연민은 놀라움의 효과(9장, 52 a 1 이하를 참조할 것)와 연결되어 있으며, 그 충격(*ekplèxis*)은 발견을 통해 생기고(11장, 55 a 16 이하), 발견 그 자체는 급전을 통해 지탱되고 강화된다(11장, 52 a 32 이하)는 주장이다. 급전과 발견은, 비극적 반전을 과장해서 구사하는 것으로 비극에 가장 큰 매력을 부여하는 요소들이다 (6장, 50 a 33). 이러한 조건들을 감안한다면, 분석의 끝에 가서는 언제나 작품이 관객에 미치는 충격에 마음을 쓰고 있는 아리스토텔레스가 복잡한 줄거리를 단순한 줄거리보다 당연히 우위에 두는 것을 이해할 수 있을 것이다.

그러나 반전의 비극적 특성은 다른 요인들과도 결부되어 있다. 아리스토텔레스는 이제 그 가운데 두 가지를 검토하는데, 지금까지 관심을 두지 않았던 반전의 의미가 그 하나이고(7장, 51 a 13 이하), 다른 하나는 반전으로 인해 영향받는 사람들의 윤리적인 특성이다. 행복과 불행은 반전과 관계된 용어들이고(인용문을 참조할 것) 덕과 악덕(혹은 선함과 악함)은 참조점이 되는 윤리적 축이기 때문에, 선하거나 또는 악한 사람이 불행에서 행복으로 또는 행복에서 불행으로 이행하는 것에 따라서 정의되는 네 가지 경우가 가능하다. 그 네 가지 형상들을 검토함으로써 하나의 줄거리에서 비극적 이상이 실현된 정도(*atragôidotaton*, "비극과는 가장 거리가 먼", 52 b 37을 참조할 것)를 뚜렷하게 드러낼 수 있게 된다. 여러 형태의 줄거리에 서열을 매겨 분류하는 과정은, 53 a 12-17에서 성공을 거둔 줄거리(*ton kalôs ekhonta muthon*)에 대한 정의에서 정점에 이른다. 즉 두려움과 연민을 불러일으키는 것이라는 최소한의 기준 외에 부수적인 기준들이 개입되는 것이다. 그런데, 앞으로 보겠지만, 그 기준들의 내용과 적용에는 상당한 문제점들이 있다.

비극성을 특별하게 정의하는 감정, 즉 두려움과 연민의 감정이 다른 무엇보다 시금석 역할을 하고 있으므로 우리는 이 두 용어의 정의에서 출발해야 할 것이다. 이 단락 끝에 가서야 주어지는 그 정의들은 마치 명백한 합의가 이루어진 듯 간략하고 암시적이다. 우리는 『수사학』 2권에서 감정의 생산에 대한 이론적인 성찰들을 소개하는 세밀한 분석을 참고하여 그 정의들을 규명할 수 있을 것이다. 『시학』에는 "두려움(*phobos*)은 우리와 비슷한 사람의 불행에서 느끼는 것"(*peri ton homoion*, 53 a 5)이라는 간략한 언급이 나온다. 그런데 『수사학』(II, 1382 b 이하)에서는 그러한 격정에 대한 동일시 과정을 보다 정확하게 밝히고 있다. "다른 사람들에게 일어나고 있거나 일어날 조짐을 보이면서 연민을 불러일으키는 모든 것들은 두려워할 만하다." 우선 두려움은 불행과 예기치 않았던 고통 앞에서 느끼는 놀라움을 전제한다(1383 a 11). 하지만 그것은 무엇보다 우리 스스로에게 고통과 고통에 대한 납득할 만한 이유를 유추에 의해 설명하는 추론을 내포하고 있다. 그들은 고통을 겪었으며, 따라서 우리도 고통을 겪을 수 있고, 또 겪을 위험이 있는 것이다.

"연민(*eleos*)은 부당하게 불행을 겪는 사람을 향한 것이다"(『시학』, 53 a 5). 연민은 대개 고통스럽고 참기 힘든 사건들(*odunèron kai lupèrôn*)을 직접 목격할 때 느끼게 된다. 그러나 동시에 거기엔 거리가 내포되어 있다. 즉 친구에 대해서는 연민(*eleeinon*)을 느낄 수 있으나, 자기 자식에 대해서는 "끔찍한"(*deinon*) 고통이 너무 가까운 곳에서 충격을 주기 때문에 그럴 수가 없다(『수사학』, II, 1386 a 18 이하).

이러한 개념들을 바탕으로 아리스토텔레스는 다양한 형상들을 상정한 후 그것이 비극적 행동의 이상에 어느 만큼 일치하는지를 평가한다. 주어진 변수들을 고려하면 이론적으로 네 가지 기본적 형상이 가능하다.

(1a) 선한 사람이 행복하다가 불행해진다.

(1b) 선한 사람이 불행하다가 행복해진다.

(2a) 악한 사람이 불행하다가 행복해진다.

(2b) 악한 사람이 행복하다가 불행해진다.

사실 아리스토텔레스는 (1b)의 경우는 언급하지 않고 있는데, 나머지 경우들을 분석한 것에 비추어 (1b)가 생략된 이유를 알 수 있는지는 확인해 봐야 할 문제이다. 아리스토텔레스로서는 (1a) (2a) (2b) —— 그가 검토하는 순서이다 —— 중에서 어느 것도 만족스럽지 않다.

완벽하게 평행을 이루고 있는 (1a)와 (2a)를 보면(“의로운 사람이 […] 악한 사람이 […]”), 이 두 형상들이 배제되어야 함은 자명한 사실(*dèlon*, 52 b 34)로 간주된다. 자명한 까닭은 이렇다. 우선 그 두 공식 가운데 어느 것도 두려움이나 연민을 불러일으키지 못하며, 또한 앞의 것은 이른바 “반감”(*miaron*)을 자아내고 뒤의 것은 “인간적인 느낌에 어긋나고”(*ou philanthrôpon*) “비극과는 가장 거리가 멀기”(*atragôidotaton*) 때문이다. 독자로서는 이러한 평가가 당혹스러울 수밖에 없다. 실제로 두려움과 연민이라는 문제에 대해 아리스토텔레스가 취하고 있는 동일시 논리를 받아들이자면, (2a)의 경우는 관객이 비극적 감정을 느낄 이유가 없다고 쉽게 인정할 수 있지만, (1a)처럼 의로운 사람이 행복하다가 불행해지는 경우는 사정이 다르기 때문이다. 관객이 스스로를 선한 사람과 동일시하면서 그 사람에게 닥친 불행 앞에서 전율하고 그의 부당한 운명에 연민을 느끼지 못할 이유는 없을 것이다. 문제의 이유는 아마도 "불쾌하고, 반감을 자아낸다"는 뜻을 가진 'miaron'에서 찾아야 할 것이다. 이 용어는 기술(技術)과는 아무 상관이 없다. 아리스토텔레스는 이 용어를 『시학』에서만 사용하는데, 즉 여기서 한 번, 그리고 14장에서 두 번(53 b 39와 54 a 3) 사용한다. 14장에서는 발견을 어떻게 사용하는가에 따라 줄거리를 분류하는 문제를 다루므로 지금과 문맥이 비슷하다. 주인공이 "완전히 발견한 상태에서 (격정적으로pathos) 행동할 준비가 되어 있으면서도 행동하지 않는 줄거리가 가장 나쁜 것이다. 실제로 그것은 반감을 불러일으키며, 격정적인 효과(apathes)가 없기 때문에 비-비극적이다". 여기서 반감은 비-비극적인 것과 짝을 이루지만, 같은 것은 아니다. 비-비극적인 것은 격정적인 효과의 결핍과 결부된 반면, 반감은 모든 인간 윤리의 불가침의 원칙에 반해 인척(philos)임을 알면서도 그를 살해하려는, 한마디로 극악무도한 의도와 결부된 것처럼 보인다. 반대로 똑같이 격정적인 행동이라도 살인자와 희생자를 묶어 주는 관계를 모르는 상태에서 이루어지게 되면 "반감을 피하게 된다"(54 a 3). 의로운 사람의 불행을 재현하는 줄거리에 적용된 반감이라는 특성 규정을 어떻게 이해할 것인가? 그 말은 이러이러한 줄거리가 참을 수 없는 것이라는, 도덕적으로 극악무도하다는 특성을 가리킬 것이다. 그 외 다른 가능성은 없어 보인다. 받아들일 수 없음으로 나타나는 'miaron'은 특수한 형태의 있음직하지 않음을 지칭할 것이며, 비극은 분명(dèlon) 그것을 받아들일 수 없을 것이다. 우리는 결국 아리스토텔레스에게 비극적 행동은 있음직함이라는 질서의 테두리 내에 포함되어야 한다는 것을 인정해야 한다.

그렇다면 여기서 또 다른 물음이 제기될 수 있을 것이다. 과연 아리스토텔레스는 에우리피데스의 『아울리스의 이피게네이아』에 대해 어떻게 생각했을까? 예를 들어 나무랄 데 없는 등장인물이 상황을 완전히 알고 있는 아버지의 결정에 따라 죽음을 맞이하게 되는 그 비극은 진정 반감을 불러일으키지 않겠는가? 에우리피데스는 그 계획이 있음직하지 않다는 것을 아가멤논이 직접 토로하게 하지 않는가(1134행)?

> 클뤼타임네스트라: 당신 자식, 당신 자식이자 내 자식인 그 애를 죽이려 하는 것인가요?
> 아가멤논: 말이 되는 답을 원한다면 말이 되는 질문을 해 보시구려.

(달리 말해서, 원문의 뜻을 좀 더 잘 살려 보면, 만일 당신의 질문이 있음직한 것*eikota*을 목표로 한다면, 있음직한 것이 답이 될 것이다). 실제로는 기적처럼 바꿔치기를 해서 이피게네이아가 죽음을 면하게 된다는 것을 우리는 알고 있다. 데우스 엑스 마키나(*deus ex machina*, 15장, 54 b 1 이하)에 대한 아리스토텔레스의 생각은 제쳐 두고, 일단 여기서는 그가 있음직하지 않은 하나의 사건이 또 다른 있음직하지 않은 사건으로 균형을 이루는 것에 만족한다고 생각해야 할까? 어쨌든 아리스토텔레스에게는 살고자 애원하던 희생자가 갑자기 애국심이 불타올라 죽음을 자청하는 영웅이 되어 버리는 심리적인 돌변이 만족스럽지 않았다. 『아울리스의 이피게네이아』가 『시학』에서 단 한 번 언급되고 있는 것도 바로 그러한 성격상의 "기복"을 비난하는 부분이다(15장, 54 a 31 이하). 과연 아리스토텔레스는 이론적 원칙의 명목으로 더 가혹하게, "모든 시인들 가운데 가장 비극적인"(53 a 30) 시인, 경연에서 대상을 획득했던 시인의 비극이 "반감을 불러일으킨다"고 선언할 수 있었을까? 다른 어떤 징후들보다도 『시학』이 『아울리스의 이피게네이아』에 대해서 거의 언급하지 않았다는 사실에 미루어 볼 때, 한쪽으로는 공인된 이론적 기준들과 다른 쪽으로는 관객의 미적 경험에 속하는 사실상 기본적으로 주어진 것들 사이에 긴장이 있음을 부인하기 어렵다.

  그렇다면 "행복에서 불행으로 떨어지는 의로운 사람들"을 보여 주는 행동이 왜 두려움이나 연민을 자아내지 않는가? 우리는 두려움이란 우리 스스로가 동일시하게 되는 비슷한 사람(*homoios*)의 발견을 전제한다는 것을 알고 있다. 따라서 논리적으로는, "의로운 사람"(*epieikeis*)이란 너무 고상해서 관객이 그에게서 자기와 "비슷한 사람"을 볼 수 없는 완벽한 유형을 재현한다고 가정해야만 한다(『니코마코스 윤리학』[1137 b 12]에서 '*epieikès*'는 정의로운 법보다 더 선한 것으로 규정되고 있으며, 그로 말미암아 윤리적으로 가장 탁월한 위치에 놓이게 된다). '*epiekès*'라는 낱말을 "선한 사람"이 가진 사회적-윤리적 품격을 가리키는 뜻으로 보다 애매하고 불확실하게 사용할 수도 있지만(예컨대 54 b 13이나 62 a 2), 이 13장의 문맥이 순전히 윤리적이라는 사실을 감안하면 "(지극히) 선하다"는 뜻으로 이해하지 못할 근거는 없다. 그렇다면 이제 두려움을 생기게 할 수 없다는 것은 납득할 수 있으나, 부당하게(*anaxion*) 불행을 겪는 의로운 사람이 왜 연민을 불러일으키지 못하는가에 대한 문제는 그대로 남는다. 어쩌면 그 두 가지 감정이 때로는 혼동될 정도로 서로 밀접하게 연결되어 있기 때문인지도 모른다. 『수사학』에 나오는 정의를 통해 두 감정을 보다 엄밀하게 유기적으로 연결할 수 있을 것이다. "자기 자신에게는 두려운 것이 다른 사람에게 일어나면 연민을 느끼게 된다"(『수사학』 II, 1383 a 11). 두려움과 연민을 이렇게 정리하고 나면, 주인공과 동일시함으로써 생기는 두려움이 없을 경우에는 연민 또한 나타날 수 없게 된다.

  주인공과 동일시할 수 없다는 사실은 (1a)의 형상을 비극성 바깥으로 배제하는 데 결정적인 역할을 하는 것으로 보이며, (2a)의 경우에는 더욱더 그렇다. 관객의 입장에서 볼 때 악한 사람들(*mokhthèrous*)과 자신을 동일시하는 것은 너무 완벽하게 선한 사람들과 동일시하는 것보다 더 어려울 것임을 충분히 짐작할 수 있다. (1a)와 대칭을 이룸으로써 마찬가지로 받아들이기 힘들다는 특성을 보여 주는 (2a)의 행동이 "비극을 보여 주기에는 가장 부적합하다"(atragôidotaton)라고 말하는 이유도 바로 그것이다. 이제 이 경우에 해당되는 수식어인 인간적인 느낌도 주지 않는(ou philanthrôpon)가 한정하는 부분을 규명해야 할 것이다.

형용사 'philanthrôpos'와 실사 'philanthrôpia'는 아리스토텔레스의 작품 속에서 드물게 산발적으로 나타날 뿐이다. 그 말들은 여기 13장이 아닌 다른 곳에서는, 인간사회 속에 어울려 관대함이나 절제 같은 미덕을 발휘하도록 하는 상당히 단순한 "우정"을 가리킨다(『정치학』 II, 1263 b 15를 참조할 것). 『시학』에서는 'philanthrôpos'가 세 번 나오지만(52 b 38, 53 a 2 그리고 18장, 56 a 21) 그런 뜻으로는 해석이 잘 되지 않는다. 53 a 2처럼 아무리 불행 속으로 떨어졌다 해도 어떻게 악한 사람이 우정의 느낌을 줄 수 있는지는 분명하지 않다(아리스토텔레스의 입장에서 선한 사람이 악한 사람의 불행을 목격할 때의 정상적인 느낌은 기쁨이다[『수사학』 II, 1386 b 23 이하]). 56 a 21에서 역시 함정에 빠진 교활한 악인이나 용감하더라도 선하지 못한 패배자는 인간적인 동정이라는 단순한 감정으로서의 우정을 특별히 불러일으키지 못한다. 반면 서로 다른 이 경우들에서 설득력이 있는 것은 정의가 이루어졌다는 것을 확인한 관객이 "사필귀정"의 느낌을 갖는 것이다. 'philanthrôpon'은 무엇보다 인간적인 느낌을 충족시키는 줄거리가 갖는 특성을 가리키며, 그러한 특성은 침범할 수 없는 절대적 가치가 정당한 보상 원칙을 낳는 것을 뜻하기 때문이다. 그렇다면 'philanthrôpon'은 당연히 'miaron'과는 정반대의 뜻을 가질 것이다. 이 둘은 각기 똑같은 정의 원칙을, 하지만 상반된 양태로 가리키며, 시인은 그러한 원칙을 무시할 수 없기 때문에 이를 받아들일 수 없는 것, 있음직하지 않은 것의 형태로 자기 줄거리 속에 스며들게 한다.

　　그러므로 인간적인 느낌에 가장 부합하는 줄거리는 의로운 사람이 급변의 도움으로 불행에서 행복으로 옮겨 가는 것이 될 것이다. (1b)의 경우가 그러한데, 아리스토텔레스는 이에 대해선 언급하지 않고 있다. 왜일까? 사실상 그냥 빠뜨린 것을 해석하는 것은 더없이 위험한 일이다. 『시학』에서 빈틈이 있는 부분이 이것만은 아니다(61 b 25에서 언급된 열두 가지 해결책들에 대해서도 설명이 다 나오지 않고, 18장[55 b 32]에서 비극을 구성하는 부분들merè과 종류들eidè의 수가 같다는 것은 무엇을 말하는가 등의 문제도 있다). 어쨌든 (1b)의 형상이 비극적인 것이 아님은 너무나 자명하기 때문에, 아리스토텔레스가 그것을 언급할 필요가 없다고 판단했다는 설명은 불가능해 보인다. 이유는 두 가지이다. 우선 체계적으로 어떤 것을 집중 검토하면서 명백한 증거를 제시하지 않는 것은 아리스토텔레스의 방식이 아니다(예컨대 7장, 50 b 27 이하를 참조할 것). 그리고 이것이 앞에서 말한 대로 자명하기 때문이라면 (2a)에 대해서는 언급하면서 (1b)에 대해 언급하지 않는 까닭을 설명할 수가 없다. 이 이유에 못지않게 중요한 두 번째 이유는, 우리가 보았듯이 (1b)의 형상은 바로 『시학』에서 가장 자주 인용되는 작품이자 모든 그리스 시인들 가운데 가장 비극적인 시인(tragikôtatos, 53 a 29)의 작품, 즉 에우리피데스의 『타우리케의 이피게네이아』에 해당된다는 사실이다. 그 작품은 모든 점에서 완벽하다고 할 수는 없으나(16장, 54 b 30 이하, 이피게네이아가 오레스트를 알아보는 것에 대한 비판을 참조할 것) 몇몇 뛰어난 장점들이 있고, 아리스토텔레스는 이를 언급하고 있다. 예컨대 오레스트가 누이동생인 이피게네이아를 알아보는 부분(16장, 55 a 16 이하)의 탁월함(beltistè)은 발견과 (격정적인) 행동을 연결시키고 있다는 점에서 줄거리의 탁월함(krastiston)이라고 할 수 있다(14장, 54 a 4 이하). 그리고 끝으로 17장(55 b 2-12)에서 줄거리의 "전체적 구도"가 어떠해야 하는가에 대한 예로 『타우리케의 이피게네이아』의 주제를 선택했다는 점은 사실상 그 우수성을 인정한 것이나 다름없다. 그런데 그 이야기의 구조는 끝까지 결백과 순결을 지켰던 처녀가 바로 불행에서(사로잡힘, 제관이 되어 자기 동생을 제물로 바치지 않을 수 없는 상황에 놓임) 행복으로(달아남, 피를 보지 않을 수 없는 제관직 대신 아르테미스 여신 곁에서 시중드는 평온한 일을 맡음, 동생을 결정적으로 구해 줌) 넘어가는 것이다(이 불행들 가운데 남이나 운명 탓이 아닌 것은 없다).

아리스토텔레스가 보기에 위에서 말한 모든 것들이 탁월한 비극을 이루는 요소들이라면, 어째서 13장의 방법론적 분석에서 (1b)의 형상을 다루지 않은 것일까? 약간 미묘하긴 하지만, 우리가 찾을 수 있는 유일한 이유는 이렇다. 이론적으로 그러한 형상은 찾아보기 힘들 정도로 완벽한 존재를 등장시킴으로써 관객이 주인공과 자신을 동일시할 수 없고, 그래서 (1a)의 경우처럼 의로운 사람이 행복하다가 불행해지는 줄거리와 달리 비극적 감정을 불러일으키기 어렵다는 것이다. 따라서 만일 (1b)를 언급한다면, 이미 (1a)를 분석한 논리에 따라 그것을 비극과 거리가 먼 것으로 배제할 수밖에 없었을 것이다. 하지만『타우리케의 이피게네이아』에 대해 높이 평가하기 때문에 그렇게 할 수도 없는 것이다.

(2b)의 형상, 즉 악한 사람이 사필귀정으로 행복에서 불행으로 떨어지는 형상에 대한 아리스토텔레스의 분석은 특히 명확하다. 그러한 줄거리는 인간적인 느낌에 부합하기 때문에 관객의 즉각적인 호응을 얻는다는 것이다. 그러나 두려움이나 연민을 불러일으키지 못하기 때문에 그것은 비극적인 것에서 제외된다. 한 가지 주목할 만한 사실은 아리스토텔레스가 "극히 악하다고"(*sphodra ponèron*) 간주되는 극단적 입장의 윤리적 유형을 눈에 띄게 강조하고 있다는 점이다. 이 대목이 대칭적인 구조를 이루고 있다는 사실을 고려한다면, 우리는 여기서 마찬

가지로 극단적인, 하지만 가치 서열에서 정반대에 있는 완벽하게 "의로운"(*epieikès*) 사람의 입장을 상정하고 있음을 확인할 수 있을 것이다. 게다가 극단적인 유형을 그처럼 강조하는 것은 이제 곧 언급하게 될 "그 중간" 유형과 대조하기 위해서임을 미리 짐작할 수 있다.

3. 53 a 12

극단적인 경우들, 즉 의로운 사람과 근본적으로 악한 사람이라는 가장 극단적인 형태의 두 가지 윤리적 유형과 관계되어 대칭을 이루는 반전들을 제거하고 나면, 받아들일 수 있는 것은 "그 중간의"(*ho metaxu*, 53 a 7) 경우뿐이다. 순수 논리에 따른 이러한 결론('*ara*'는 삼단논법에서 전형적으로 결론을 유도하는 연결사인데, 예컨대 『시학』, 16장, 55 a 6에서도 같은 용법을 볼 수 있다)은 자세하게 밝힐 필요가 있다. "그 중간의" 사람은 미덕과 악덕의 한가운데 위치하는 것일까? 아니면 양쪽 끝에 상반된 유형들이 자리 잡고 있는 윤리적 공간 내부 어디에나 놓일 수 있는 것일까? 이러한 물음들에 명쾌하게 답이 주어지지는 않았지만, 아리스토텔레스는 바로 다음 대목에서(53 a 16) 시인에게 재량권이 주어진다면 최대한으로 활용해야 한다고 말한다. 즉 "위에서 말한 비와 같은 인물이거나 혹은 그보다는 더 나은 인물이어야지, 그보다 못한 인물이어서는 안 된다"는 것이다. 따라서 비극의 주인공은 특별히 선하지도 근본적으로 악하지도 않은 사람이면서, "어떤 과오로 말미암아"(*di' hamartian tina*) 행복에서 불행으로 떨어진다는 실제적인 특성을 가진다. 여기서 "덕과 정의감이 특별히 뛰어나지는 않고"라는 표현은 앞에서 의로운 사람(*epieikès*)이 의미했던 것에 대한 분석적인 부정으로 보이며, "악덕과 악행 때문이 아니라"(*dia kakian kai mokhthèrian*)라는 표현은 통사적으로 비대칭적임에도 불구하고 앞서 나온 "덕과 정의감"이라는 표현과 정확히 균형을 이루고 있음을 주목할 수 있다. 그러니까 비극의 주인공은 과오를 범하기 쉬운 사람이어야 한다. 개별적인 비극 줄거리 안에서 어떤 형태로 나타나든, 과오를 범할 수 있다는 최소한의 윤리적 특성으로 말미암아 우리는 비극의 주인공이 결코 도덕적으로 완벽한 인물이 아니며, 따라서 "중간적" 위상이 그 필요충분조건이라고 말할 수 있다. "비극적 과오"(*hamartia*)에 관해서도 많은 연구가 있는데[가장 최근의 것으로는 사이드Saïd(1978)의 연구를 들 수 있다. 특히 서론과 참고문헌을 참조할 것], 이 또한 도덕적 농도를 가지고 있는 것은 분명해 보인다. 비극적 과오의 특징은 바로 도덕적인 것이며 『시학』 13장에서 이를 언급하는 것도 바로 그 때문인데, 여기서 그것은 엄밀하게 말해서 윤리적 영역에서 있음직함이라는 기능을 수행한다. 즉 의로운 사람의 불행은 있음직하지 않기 때문에 근본적으로 비극에서 배제되는 데 비해, 중간에 있는 사람의 불행은 아무런 거부감 없이 받아들일 수 있는 비극적 주제를 제공한다. 왜냐하면 과오란 불행을 "납득할 수 있게" 함으로써 반감(*miaron*)의 소지를 없애기 때문이다. 이처럼 있음직함에 도움이 되는 비극적 과오는 우리가 앞서 이해한 것과 같은 카타르시스에 직접적으로 기여한다. 즉 두려움과 연민을 야기할 수 있는 사건들의 배열을 합리적으로 설명함으로써 이를 정화하는 데 기여하는 것이다. 이로써 비극적 과오가 무엇인가에 대한 정확한 이해를 얻을 수 있을까? 그런 것 같지는 않다. 우리가 비극적 과오에 부여하는 기능은 『수사학』에서 완전히 비합리적인(*paraloga*) 불운(*atukhèma*)과, 악함(*ponèria*)에 근원을 두고 있는 불의(*adikia*) 사이에 위치하고 있는 비극적 과오에 대한 정의(I, 1374 b 6; 『니코마코스 윤리학』, 1135 b 16을 참조할 것)와 배치되지 않는다는 사실 정도를 지적할 수 있을 따름이다. 비극적 과오에서 무지(*agnoia*, 『니코마코스 윤리학』, 인용 부분을 참조할 것)가 수행하는 역할을 무지-(격정적인) 행동-발견의 변증법에 대한 『시학』 14장의 성찰(53 b 27 이하)과 비교해 보는 것도 좋을 것이다. 물론 비극적 과오를 격정적인 행동과 직접 동일시할 수 있는 것은 아니라는 점에서 신중해야겠지만, 이러한 비교가 설득력이 있는 것은 사실이다. 비극적 과오는 다른 무엇보다 격정을 통해 잘 드러나지 않는가? 어쨌든 비극에서 널리 알려진 이야기의 주인공들이 겪거나 저지른 "끔찍한 사건"(*deina*, 14장, 53 b 30의 *deinon*을 참조할 것)에 대한 언급은 비극적 과오가 취할 수 있는 형태들 가운데 탁월하다고 할 수 있는 예를 언급하는 것으로 이해하면 될 것이다.

우리의 생각을 요약하자면, (a) 『시학』의 관점에서 과오의 본질적 기능은 주인공이 과오를 범할 수 있다는 것을 보여 줌으로써 윤리적 영역에서 행동의 있음직함에 분명 기여한다는 것이다. 그리고 그로 인해 과오는 카타르시스의 논리 속에 들어간다. (b) 통합적 측면에서 과오의 일부를 이루는 무지라는 요소(『니코마코스 윤리학』, 『수사학』 I)는 발견이라는, 복합적인 행동을 구성하는 계기와 변증법적인 관계를 맺는다는 것이 설득력이 있다. 그로 인해 과오는 사건들의 조직, 즉 비극적 줄거리에 확실하게 통합된다.

4. 53 a 13

이 문장은 앞의 내용을 요약하고 있지만(결론의 성격을 갖는 연결사 *ara*, 53 a 12를 참조할 것) 그러한 특성에도 불구하고, "단순한"(*haploun*)이라는 용어는 지금까지와는 전혀 다른 대립체계에 속하며 따라서 13장 첫 부분(52 b 31 이하)에 사용된 것과는 전혀 다른 의미를 갖는다. 다시 말해서 52 b 31 이하에서는 아리스토텔레스가 "복합적인 구조"(*peplegmenè*)의 비극을 패러다임으로 설정하기 위해 "단순한 구조"(*haplè*)의 비극을 배제했던 반면, 여기서는 "단순한"(*haploun*) 줄거리를 칭찬하기 위해

"이중적인" 줄거리를 한 단계 떨어지는 것으로 격하시킨다. "단순한/이중적인"의 짝이 갖는 의미는 더 뒤에서 『오뒤세이아』의 예를 통해 밝혀질 것이다. 이중적인 행동이란 "의로운 사람과 악한 사람들이 각각 서로 반대되는 결말에 이르는"(53 a 33) 행동이다. 따라서 단순한 줄거리란 에우리피데스의 주요 비극들이 보여주는 것처럼, 불행한 결말로 끝나는 행동이라고 결론지어야 할 것이다(53 a 25 이하). 'haplous'의 이러한 용법에서 우리는 아리스토텔레스가 여러 가지 뜻을 갖는 용어들을 같은 장(章)에서 동시에 사용하는 데 별로 거부감이 없었다는 것을 알 수 있다. 그럼에도 불구하고 이 경우는 문맥이 매우 모호하다는 것을 염두에 두어야 할 것이다.

단순한 줄거리가 우월하다는 주장은 논쟁적이다. 즉 이중적인 줄거리를 선호하고 이를 가장 좋은 형식이라고 하는 사람들(*tines*, 53 a 13)도 있다는 것이다. 좀 더 뒤에도 그런 말이 나온다(*tinôn*, 53 a 31[주해 7을 참조할 것]).

5. 53 a 17

내용을 요약하고 있는 이 문장에서는 단순한 행동에 대한 뚜렷한 선호 말고도 세 가지 새로운 요소들이 도입된다. (a) 불행에서 행복으로 넘어가는 반전과는 정반대로 행복에서 불행으로 바뀌는 반전의 우월성. (b) 과오는 "중대한"(*megalèn*) 것이어야 한다. (c) 윤리적으로 중간에 있는 주인공("위에서 말한 바와 같은"[53 a 16]은 "그 중간의"[53 a 7]를 가리킨다)은 "그보다는 더 나은 인물이어야지 더 못한 인물이어서는" 안 된다. 이 세 번째 요소는 이미 검토한 바 있다(위, 주해 3). 아리스토텔레스는 주인공을 행복에서 불행으로 이끄는 줄거리가 가장 좋다고 하면서, 텍스트의 논리가 제기하는 물음에 분명한 답을 제시한다. 즉 이로써 의로운 주인공과 악한 주인공 각각의 유형들에 대응하는 반전 유형들을 모두 살펴보고 평가한 것이다[우리가 위, 주해 3에서 검토한 이유들로 인해 "생략된" 것이라고 불렀던 (1b) 유형을 제외하고]. 그런데 53 a 7-12의 문장은 주인공의 윤리적 자질 문제는 해결하지만 반전의 의미 문제는 슬쩍 건드리기만 하고 지나가는 것을 알 수 있다. 즉, 다시 다루기는 하지만 이번에도 주장만 할 뿐 증명하는 것은 아니다. 치명적인 결말이 줄거리에 비극성을 부여하는 것이 자명하다고 말할 수 있을까? 그럴듯한 생각이긴 하지만,『시학』에서 직접 끌어낼 수는 있는 생각은 아니다. 7장 끝부분에서는(51 a 13 이하) 두 가지 유형의 반전이 그 어떤 우열 관계의 표시도 없이 나란히 언급되었다. 13장 첫 부분에 검토된 것을 보아도 줄거리의 결말이 비극성의 조건이라는 말은 없다. 악한 사람이 행복하다가 불행해지거나 또는 반대로 불행하다가 행복해지는 경우에는 그 누구도 그의 운명에 대해 연민이나 두려움을 느끼지 않는다. 두 경우에서 유일한 차이점은 후자가 아니라 전자가 인간적인 느낌에 맞는다는 사실이다. 그렇다면 "중간에 있는" 주인공의 경우는 어떻게 되는가? 그 경우에 윤리적인 있음직함은 무엇을 함축하고 있는가? 초기에는 시련의 근원이 된 과오가 끝에 가서는 용서받는다는 것이 받아들여질 수 있을까? 게다가 그의 과오가 악하지도 않은 그를 불행으로 이끌어 간다는 것을 받아들일 수 있을까?『에우메니데스』의 오레스테스와『오이디푸스 왕』의 오이디푸스 중에서 누가 더 인간적인 느낌에 부합하는 인물일까? 앞에서와 마찬가지로 여기서도 대답은 텍스트 자체에서 찾아야 한다. 아리스토텔레스가 치명적인 결말을 선호한다면, 다른 무엇보다도 그러한 결말이 보다 있음직하다는 것이 이유가 될 것이다. 실제로 오레스테스가 살아남게 되는 것은 아리스토텔레스가 그리 높게 평가하지 않았던 방법인 데우스 엑스 마키나 덕분이 아닌가(15장, 54 a 37 이하를 참조할 것)? 그

러나 어째서 치명적인 결말을 선호하는지에 대해서 윤리적인 있음직함
보다는 지금 다루고 있는 이론적 주제의 논리가 보다 본질적인 설명을
제공하는 것처럼 보인다. 불행을 있음직한 것으로 만들어야 한다는 기
능적으로 명시된 요구에서 발생했기에, 비극적 과오는 불행에 맞추어져 있
다. 과오를 범하기 쉬운 주인공은 불행할 수밖에 없는 주인공일 것이며,
운명이라기보다는 내적인 구조적 규정 때문에 그런 것이다(‘*hôrismenôn*’
의 의미에 대해서는 11장, 52 a 32와 주해 2를 참조할 것).

과오가 왜 “중대해야” 하는지도 이제 마찬가지 논리로 이해할 수
있다. 그 같은 과오는 악하지 않기에, 부당하게 느껴지는 운명에 놓인
(*anaxion*, 53 a 5) 사람을 행복에서 불행으로 이끄는 폭넓은 반전의 축이
된다. 뿐만 아니라 그 폭은 “큰 행복을 누리는 명문가 출신의 인물들 가운
데서”(*tôn en megalèi doxèi ontôn kai eutukhiâi*, 53 a 10) 선택된 주인공이라
는 최초 조건과 상응한다. 순전히 우발적인 것으로 생각할 수도 있었던
비극의 변별적 특징은 이처럼 비극적 과오의 증폭 효과로 인해 비극성
의 내적인 구성 요소가 된다.

6. 53 a 23

규범적인 논의에 이어 사실에 의한 증거(*sèmeion de*)가 나오고, 이어서
아리스토텔레스가 어떤 비극이 가장 우수한가에 대해 결론(*men oun*)을
내리는 대목이 나온다. 6장에서와 마찬가지로(50 a 35; *sèmeion hoti*… 를
참조할 것) 결론의 증거는 비극 장르의 변천(*to gignomenon*)에 있다. 즉,
이미 보았듯이(4장, 49 a 13 이하를 참조할 것) 아리스토텔레스는 비극이
진보한다고 가정한다. 오늘날의 작가들은 이야기들을 선별하여 거기서
“가장 우수한 비극”을 이끌어 내는 반면, 예전에는 시인들이 “아무 이야
기나 손에 잡히는 대로 선택했다”는 사실에서 얻을 수 있는 결론은, 오

늘날의 시인들이 택한 이야기들을 특징짓는 구조(*sustasis*)에 입각해서 만들어진 비극이야말로 "기술 측면에서 가장 우수한" 비극이라는 것이다. 결국 증거로 제시된 것은 진보의 가설뿐인 셈이다. 그것을 빼고 나면 검증되지 않은 평가를 되풀이하는 동어 반복밖에 남지 않는다. 여기서 말하고 있는 구조를 지닌 비극이 "가장 우수한" 것은 알크메온, 오이디푸스 같은 인물들의 이야기를 소재로 삼는 비극이 "가장 우수하기" 때문이라는 것이다.

그렇다면 그 모든 이야기들의 공통점은 무엇인가? 여기서 나열되어 있는 각각의 주인공들 ─ 그 가운데 오이디푸스와 튀에스테스 둘은 과오를 범한 뒤에 행복에서 불행으로 치달려 가는 "명문가 출신"(*epiphaneis*) 인물의 예로 53 a 11 이하에서 이미 언급된 바 있다 ─ 에 대해 전해져 내려오는 이야기들을 주의 깊게 살펴보면, 아리스토텔레스가 가장 우수하다고 평가하는 비극 구조를 특징짓는 여러 다른 요소들을 쉽게 알아차릴 수 있을 것이다. 알크메온은 자기 어머니를 죽이고 (14장, 53 b 33에 의하면 아스튀다마스의 작품에서는 알지 못하고서 어머니를 죽이는 것으로 되어 있다) 오레스테스처럼 복수의 여신 에리뉘에스에게 쫓기게 된다. 멜레아그로스는 자기 삼촌들을 죽였기에 어머니의 저주를 받고, 격노한 에리뉘에스에게 무릎을 꿇는다. 삼촌들을 죽였기 때문에 벙어리가 된 텔레포스(24장, 60 a 32)는 여러 모험을 겪은 뒤에 아킬레우스에게 부상을 당하고, 그에게 부상을 입힌 창만이 고칠 수 있는 병의 고통에 8년 동안이나 시달린다. 연이어 끔찍한 죄를 저지른 튀에스테스는 형제 아트레우스가 죽여 요리한 자기 아들들을 먹게 된다. 사실 주인공이 아리스토텔레스가 바란 만큼의 도덕적 품격을 가지고 있는지(튀에스테스가 "중간" 부류에 속한다고 말하기는 힘들다), 또 과오가 정확히 무엇인지를 밝히는 일이 언제나 쉬운 것은 아니다. 하지만 아리스토텔레스가 그 조건에 부합하지만 우리에게 알려져 있지는 않은 특수한 판본들을 암시하는 것이라고 가정할 수는 있다. 어쨌든 신화 속에 나오는 이야기나 부분적으로 전해지는 이야기들을 끌어모아 다소 자의적으로 잘라내고 꿰매어 가면서 이 이야기들을 재구성하는 일은 별 의미가 없을 것이다.

반면에 아리스토텔레스가 예들을 제시한 후에 끝으로 이를 일반화하는 공식, 즉 "끔찍한 사건을 겪거나 저지른 사람들"(*è pathein deina è poièsai*, 53 a 22)이라는 공식은 살펴볼 만하다. 요컨대 거기서 말하고 있는 것은 파토스, 즉 격정적인 행동이다. 14장(53 b 19)에서 아리스토텔레스는 파토스가 인척 관계의 한복판에서 솟아올라 가장 친밀한 가족관계를 뒤흔든다고 말한다. 그리고 실제로 바로 그 점이야말로 알크메온, 오이디푸스, 오레스테스, 멜레아그로스, 튀에스테스, 텔레포스 같은 이름들이 일깨우는 모든 이야기들에서 그 누구도 이의를 제기할 수 없는 공통분모가 된다. 실제로 사실에 따른 증거(*sèmeion*)는 본질적인 요소에 논의의 초점을 맞춤으로써 논의 자체를 단순화하는 결과를 가져오는 듯하다. "가장 우수한 비극"은 그 무엇보다도 끔찍한 사건들, 특히 가까운 인척들을 대상으로 한 살인 같은 사건들로 말미암아 주인공이 불행 속으로 치달려 가는 그런 비극인 것이다. 앞에서 윤리적 있음직함이라는 조건과 관련하여 지극히 섬세하던 이론적 논의와 비교해 보면 여기서는 그 층위가 달라진 것을 볼 수 있다. 여기서 우리는 비극에 대한 규범을 정하는 이론가로서의 아리스토텔레스와 실재하는 작품들에 대한 "비평가"로서의 아리스토텔레스가 같은 언어로 이야기하지 않는다는 사실을 인정할 수밖에 없다. 이어지는 대목(다음 주해를 참조할 것)에서도 이를 다시 확인할 수 있을 것이며, 따라서 그 층위가 실제로 단절되어 있음을 보지 못한 채 담론의 논리적 외양(*sèmeion de*, 53 a 17; *sèmeion de megiston*,

53 a 25를 참조할 것)에만 매달리는 우를 범하지 않아야 할 것이다.

7. 53 a 30

에우리피데스를 비난하는 사람들(*hoi Euripidèt enkalountes*, 53 a 24)도 "이 중 구조"(53 a 31의 *tinôn*은 53 a 13에 나오는 *tines*를 다시 가리킨다) 유형의 비극을 선호하는 사람들과 같은 잘못(*to auto hamartanousi*)을 범하고 있다. 그들이 에우리피데스에게서 비난하는 "것"(*touto*)은 앞 문단에서 말했던 구조적 특징 전체를 가리키며, 특히 바로 이어지는 문장, 즉 "그가 비극을 대부분 불행한 결말로 끝냈다"에서 곧바로 알아차릴 수 있다. 우리에게 전해지고 있는 에우리피데스의 작품에서 행복한 결말로 끝나는 작품들의 비율이 얼마나 되는지는 정확히 알 수 없으나, 우리는 이 대목에서 상당수의 작품이 불행한 결말로 끝난다는 증거를 볼 수 있다.

　두 가지 진술, 즉 (a) 에우리피데스는 "모든 시인들 가운데 가장 비극적인 시인이다"와 (b) 그럼에도 불구하고 "작품의 전체 구성 측면에서는 부족한 점이 있다"(*ta alla mè eu oikonomei*, 53 a 29)가 외견상 모순되는 것처럼 보인다는 사실에 거북함을 느낄 수도 있다. 바로 그 때문에 우리는 비극적 효과의 범위를 마지막 재앙을 통해 두려움과 연민이라는 고유의 비극적 감정을 불러일으키는 것으로 한정하게 된다. "왜냐하면 그러한 구성방식은 정당하기 때문이다"(*orthon*, 53 a 26). 그렇다면 분명히 과오이긴 하지만 실체는 알 수 없는 과오에 이어 예기치 못한 불행이 특별한 미덕이나 악덕을 갖지 않는 "중간의" 사람을 덮치는 것을 재현하는 데 있어서 에우리피데스가 탁월한 솜씨를 보였다는 데 대해 아무도 이의를 제기하지 못할 것이다. 반면 줄거리의 세부적인 배열에 허점이 있다거나, 있음직함과 필연성의 규칙을 다소 벗어남으로써 작품의 "경제"(*oikonomei*를 참조할 것)를 실현하지 못한 것 등은 흔히 결점으로 지적된다. 하지만 과연 줄거리의 뼈대 자체, 즉 사건들의 배열을 비극적 완성도에서 제외하고 최종적인 효과만으로 작품을 판단할 수 있을까? 아리스토텔레스가 그러한 관점을 취하는 것은 오직 "경연 때 무대 위에서"(53 a 27)의 성공, 다시 말해서 감정을 만들어 내는 작품의 상연 효율성만을 명백하게 염두에 두고 있기 때문일 것이다. 공연이 성공한다(an katorthôthôsi)는 것을 조건으로 한다면, 그러한 종류의 작품들은 (hai toiautai) 공연될 때 그리고 관객의 취향에 따를 때 그 비극적 우수성을 드러낸다(tragikôtatai phainontai). 여기서 부정(不定)과거 시제로 쓰이고 있는 'katorthousthai'라는 동사는, 이 문맥에서는 이미 주어진 사실의 중요성, 즉 불행한 결말로 끝나는 비극에 내재한 비극성을 드러내기 위해(phainontai) 필수적인 조건인 공연에서의 성공(그 원인이 무엇이든)의 중요성을 강조한다.

아리스토텔레스는 이러한 측면을 특별히 강조함으로써 다른 시인들에 비해 에우리피데스가 명백하게(phainetai) 뛰어나다고 말할 수는 있지만 그러한 탁월함이 한계를 지님을 조심스럽게 설명하고 있다. 즉 "작품의 전체 구성 측면에서는 부족한 점이 있다"(53 a 29)는 것이다. 뮈토스의 이상적인 형태와 관련해서는 에우리피데스도 가장 뛰어난 시인은 아니라는 것이다.

우리는 여기서 아리스토텔레스가 그 어느 때보다도 이질적인 기준을 가지고 작업하고 있다는 것을 알 수 있다. 즉 한편으로는 이론적인 규범을, 다른 한편으로는 실제 성공, 관객의 호응을 기준으로 삼아서, 그 성공 자체를 규범에 부합하는지 판단하는 "가장 결정적인 증거"(sèmeion de megiston, 53 a 27; sèmeion, 53 a 17과 위의 주해 6을 참조할 것)로 간주한다! 그럼에도 불구하고 두 기준은 일치할 수도 있다. 관객들의 부류 또한 서로 다를 뿐만 아니라 모순적이기도 한 두 가지 양상을 보이기 때문이다. 때로는 에우리피데스의 경우처럼, 비극성의 진정한 시금석이라 할 수 있는 이상적인 관객의 반응이 공연에서 드러나는(*phainontai*. 53 a 28: *phainetai*. 53 a 30을 참조할 것) 비극의 품격을 공인하기도 한다. 또 때로는 반대로, 조잡한 시인들이 타락한(*phauloi*, 26장, 62 a 4를 참조할 것) 실제 관객의 약점에 비위를 맞추고(*dia tèn tôn theratrôn asthèneian*, 52 a 34), 이로 인해 별 볼일 없는 작품이라도 더 뛰어나게 보이는(*dokei*, 53 a 33: '*phainetai*'와 '*dokei*'라는 두 동사의 대립이 여기서는 의미심장해 보인다) 경우도 있다.

8. 53 a 39

이 대목은 두 가지 점에서 놀랍다. 즉, 비극을 다루고 있는 장에서 갑자기 『오뒤세이아』의 예를 들고 있으며, 통념에 반해 『오뒤세이아』를 단지 그 다음으로 좋은 형식(*deutera* [⋯] *sustasis*, 53 a 31)으로 간주하기 때문이다. 그러나 두 가지 이유를 같이 놓고 비교해 보면 그런대로 설명이 된다. 알고 있듯이 아리스토텔레스는 서사시와 비극을 일종의 연속선상에 두고, 서사시가 앞서 윤곽을 그려 낸 이상적 형태를 비극이 완성하는 것으로 본다(이 점에서 호메로스는 또한 비극의 아버지로 소개된다. 4장, 48 b 25 이하와 8장, 51 a 23을 참조할 것). 하지만 이러한 발전적 관점에서 보자면 서사시가 모든 점에서 완벽한 재현에 이를 수는 없다는 사실은 명백하다(26장도 참조할 것).

게다가 이 대목의 논의는 비극의 결함을(서사시에서는 받아들일 수 있는 것이 비극의 보다 엄격한 틀에서는 받아들일 수 없기 때문이다) 보다 광범위하게 관객의 결함(이번에는 항상 약점이 있다고 의심받는 실제 관객을 말한다. 앞의 주해를 참조할 것)으로 설명하려고 한다. 즉 쉽게 편안한 곳으로만 가려고 하는 자연적인 성향으로 말미암아 관객은 각자가 자신의 공적에 따라 보상을 받는, 즉 의로운 사람은 행복하게, 악한 사람은 불행하게 끝나는 결말을 더 좋아한다는 것이다. 사실 그것은 무엇보다도 "있음직한" 결말이 아닌가? 그렇다면 이를 거부할 이유가 어디 있는가? 악한 사람들이 (행동이 진행됨으로써 두려움과 연민을 불러일으키면서) 의로운 사람들을 격정으로 위협할 수도 있고 결국에는 그들 자신도 격정에 굴복할 것이기 때문에, 그러한 결말에도 격정이 없는 것은 아니다. 기실 우리는 여기서 있음직함 — 우리는 이 말에는 윤리적 의미를 부여한다 — 이라는 조건의 유효성이 갖는 한계에 거의 도달했다. 비극적 행동이 존재하기 위한 가장 기본적인 선행조건은 있음직하지 않으면 안 된다는 것이다. 그렇지 않으면 반감을 불러일으킨다. 그러나 그 조건은 부정적인 형태로만 개입한다. 즉 그것을 소홀히 하지 않으면 충분한 것이지, 유일한 금과옥조로 삼아서 지킬 필요는 없다는 것이다. 달리 말해서 줄거리의, 특히 그 결말의 특징은 가장 정확한 배분적 정의의 규준에 최대한 부합하는가에 따라 정해진다. 비극성이 있으려면 선한 사람들의 불행이라는 조건이 충족되어야 하고(위 주해 5를 참조할 것), 그러한 조건은 비극을 희극의 대척점에 위치시키는 실제적인 기준이라는 역할을 수행한다. 희극에서는 착한 사람이나 악한 사람이나 나중에는 모두 화해하고 아무도 죽지 않기 때문에 악한 사람들의 불행이 차지할 자리가 없다.

여기서 우리는 『오뒤세이아』의 균형 잡힌 결말, 편안하고 "있음직한" 결말에서 『오레스테스』 같은 작품을 희극 양식으로 다루었을 경우 상상할 수 있는 결말로 은밀하게 넘어가고 있다는 사실을 주목할 수 있다. 전자에서 후자로 넘어가면서 불행과 격정은 사라진다. 구혼자들의 학살은 오레스테스와 화해한 아이기스토스의 구원과 대립된다. 바로 거기서 우리는 격정으로 얼룩진(*pathètikon*, 24장, 59 b 14) 『일리아스』에 반해, "성격에 초점을 맞춘"(*èthikè*, 24장, 59 b 15) 서사시로서의 『오뒤세이

아』가 갖는 양면성을 알아차릴 수 있다. 『일리아스』가 진정 비극의 모체,
파토스의 자리라면, 『오뒤세이아』는 그 윤리적 특성으로 말미암아 나중
에 비평사에서 에토스의 자리라고 기술하게 될 장르, 즉 희극을 예견하
게 하는 것이다(『오뒤세이아』에 나오는 몇몇 장면을 성격희극과 비교하는
『숭고에 관하여』, IX, 15 참조. 또한 퀸틸리아누스, VI, 2, 20도 참조할 것).

제14장

53 b 1   두려움과 연민은 무대 위의 볼거리에서도 생길 수 있으나, 사건들의 조직 자체에서도 생길 수 있다. 이 점이 무엇보다 중요하며, 가장 뛰어난 시인의 자질을 보여 주는 것이기도 하다. 실제로 공연을 보지 않고 일어난 사건들을 듣기만 해도 그 앞에서 두려움과 연민을 느낄 수 있도록 줄거리가 구성되어야 한다. 『오이디푸스』의 이야기를 듣는 사람이 느낄 수 있는 것이

53 b 7   바로 그것이다.[1] 시각적인 장치를 빌려 그러한 효과를 만들어 내는 것은 시인의 기술에 속하는 것이 아니라 무대 위에 올리는 공연의 문제이다. 볼거리를 사용하여 두려운 것이 아니라 단지 기괴한 것만을 만들어 내는 사람은 비극과는 아무런 관련이 없다.[2] 비극에서 얻어야 할 쾌감은 어떤 종류라도 다 좋은 것이 아니라 비극 고유의 쾌감이어야 하기 때문이다. 그런데 시인이 만들어 내야 하는 쾌감은, 재현활동을 통해 일어나는 두려움과 연민에서 와야 하므로, 시인은 시를 지으면서 바로 사건들 속에서 그것이 나타나도록 해야 함은 자명하다.[3]

53 b 14   이제 어떤 사건들이 두려움과 연민을 불러일으키는지 살펴보기로 하자. 그러한 감정을 불러일으키는 행동은 필연적으로 우호적인 관계이거나 적대적인 관계, 또는 중립적인 관계에

있는 사람들 사이에서 벌어질 수밖에 없다. 그런데 적대적인 관계에 있는 사람들 사이에서 벌어지는 행동이나 그 행동에 대한 계획은, 격정 그 자체에서 생기는 것이 아니라면, 연민을 자아낼 수 없다. 서로 중립적인 관계에 있는 경우도 마찬가지이다. 비극 시인은 우호적인 관계에 있는 사람들 사이에 격정적인 행동이 벌어지는 경우를 겨냥해야 한다. 예컨대 형이 동생을, 아들이 아버지를, 어머니가 아들을, 아들이 어머니를 죽인다든지 또는 그런 유의 행동을 하거나 하려고 하는 경우가 그렇다.[4] 그런데 예컨대 오레스테스의 손에 어머니 클뤼타임네스트라가 죽는다든지, 알크메온의 손에 역시 어머니인 에리퓔레가 죽는 것 등 전해져 내려오는 이야기들을 시인이 마음대로 바꿀 수는 없을 것이다. 하지만 시인은 그러한 이야기들마저도 좋은 효과를 내도록 잘 다루는 방법을 강구해야 한다.[5] "잘" 다룬다는 말이 무엇을 뜻하는지 좀 더 분명히 말해보자. 첫째로 행위자가 자신의 행동으로 인한 희생자를 알고 있고 깨닫고 있으면서도 그 행동을 저지르는 경우가 있을 수 있다. 이는 옛 시인들이 사건을 다루는 방식인데, 에우리피데스가 메데이아로 하여금 자기 아이들을 죽이게 한 방식이다. 둘째로는 희생자가 누구인지 모르면서 끔찍한 행위를 저지르고 나중에야 서로 우호적인 관계라는 것을 알아차리는 경우가 있을 수 있다. 소포클레스의 오이디푸스가 그런 경우인데, 하지만 여기서는 끔찍한 행위가 극의 외부에 위치하는 것과 달리, 아스튀다마스의 알크메온이나 『부상당한 오뒤세우스』에 나오는 텔레고노스의 경우처럼 그러한 행위가 비극의 일부가 될 수도 있다. 세 번째 가능성은 전혀 알지 못하고 돌이킬 수 없는 행위를 저지르려는

53 b 22

53 b 29

찰나에 그 희생자를 알아보는 경우이다. 이러한 방식들 외에 다른 가능한 방식은 없다. 행동을 하든가 하지 않든가 둘 중 하나이며, 알고 하든가 모르고 하든가 둘 중 하나일 수밖에 없다. 가장 나쁜 것은 모든 사실을 알면서 행동을 하려다가 못하고 마는 경우이다. 그 경우에는 격정적인 효과가 없으므로 비극적인 감정을 낳지 못하고 반감을 불러일으킨다. 따라서 시인이 그런 식으로 줄거리를 구성하는 경우는 없으며, 있다 하더라도 매우 드물다. 『안티고네』에서 크레온에 대한 하에몬의 태도가 바로 그런 드문 경우에 속한다. 이어서 실제로 행동으로 옮기는 경우가 가능하다. 그보다 더 좋은 것은 모르는 상태에서 행동을 저지르고 나중에야 진실을 알게 되는 방식이다. 그 경우 반감이 없을 뿐만 아니라 발견에 따른 놀라움의 효과가 덧붙여지기 때문이다. 그러나 가장 좋은 것은 앞에서 마지막으로 언급한 방식이다. 예를 들자면 『크레스폰테스』에서 메로페는 자기 아들을 죽이려다가 아들임을 알아보고 그만두며, 『이피게네이아』에서도 누이와 동생 사이에 같은 장면이 벌어지고, 『헬레』에서는 아들이 어머니를 죽을 곳에 넘겨주려는 순간에 어머니임을 알아본다.[6] 이처럼, 비극은 몇몇 가문의 이야기를 중심으로 벌어진다. 이는 시인이 작시술을 잘 알고 있기 때문이 아니라 자기 이야기에 알맞은 방식을 이것저것 모색하다가 우연히 그렇게 된 것이다. 그래서 시인들은 그런 격정적인 행동들이 벌어진 몇몇 집안에 시선을 돌리게 되었던 것이다.[7] 이상으로 사건들의 조직과 줄거리가 지녀야 하는 품격에 관해서는 충분히 논의했다.[8]

제14장 주해

1. 53 b 7

앞장에서와 마찬가지로 여기서도 아리스토텔레스는 비극 고유의 효과를 산출하는 수단들을 살펴보고 그 순위를 정하여 가장 좋은 것을 제시한다. 13장에서는 각기 인물들의 윤리적 유형론과 결말로 이끄는 반전의 방향을 변수로 삼으면서 주로 인물에 중점을 두었다. 14장은 인물들 사이의 관계, 관계들의 변형(그에 의한 반전)을 끌어들이면서 행동에 초점을 맞춘다.

첫 번째 단락은 애초에 제시된 기본 명제를 다시 한번 강조한다. 즉 사건들의 배열을 통해 두려움과 연민을 불러일으켜야 한다는 사실을 강조하고(53 b 2-6), 간략한 추론 형태로 다시 결론을 내리는 형식을 취한다(53 b 13 이하, 주해 3 참조).

시작 부분에 나오는 볼거리(*ek tès opseôs*)와 사건들(*ex autès tès susta-seôs tôn pragmatôn*)의 대칭성(*esti men* […] *esti de* […], 53 b 1과 2)은 장식에 불과하다. 비극적 감정을 만들어 낼 수 있는 하나의 근원으로 볼거리를 언급함으로써 실제로는 필연적인 질서에 따라 사건들을 배열하는 데서 생기는 비극적 감정의 기제(機制)가 상대적으로 더욱 두드러지고(아래, 주해 2 참조) 명확해진다.

사건들의 배열만이 온전히 시인의 기술에 속하는 유일한 것이며,

이 경우에 두려움과 연민은 사건들을 봄으로써가 아니라(*aneu tou horan*, 53 b 4) 듣고서 기다리고 기대함으로써(*ton akouontata pragmata*) 생겨난다. 뛰어난 비극의 전형인 소포클레스의 『오이디푸스』가 그 경우에 해당된다. 『오이디푸스』에서 관객은 육체적일 뿐만 아니라 생리적인 고통의 감정을 느낀다고 말함으로써[이 점에 관해서는 샤데발트Schadewaldt(1955)를 참조할 것] 관객이 체험하는 두려움과 연민(*haper an pathoi tis*, 53 b 6)의 주관적 측면을 강조하는 것처럼 보인다. 사건들의 배열과 볼거리를 비교하면서 두려운 것의 변질된 형태인 기괴한 것을 도입하지만, 곧이어 받아들일 수 있는 비극의 형태들에 대한 분석으로 돌아간다. "두려움과 연민을 사건들 속에서 나타나도록 해야 한다"(*en tois pragmasin empoièteon*, 53 b 13, 아래, 주해 3과 4 그리고 6장 주해 3을 참조할 것)는 것이다. "일어난 사건들을 듣기만 해도", "『오이디푸스』의 이야기를 듣는" 이라는 표현은 말의 매개를 거쳐 줄거리에 형태를 부여하고 이로써 카타르시스, 즉 극적 형태를 통해 객관적 정화를 실현함을 가리킨다.

17장에서 아리스토텔레스는 무대 위에서 상연하는 것이 작품의 목적이며 그렇게 해서 작품이 최종적으로 실현된다고 말한다. 다시 말해 줄거리에 형태를 부여하고 이를 텍스트로 옮길 때에도 시인은 시각적인 공연을 염두에 두고, 가능한 한 "눈앞에서"(*pro ommatôn*) 보듯이 행동을 재현한다는 것이다. 그러나 시인은, 적어도 부분적으로는, 무대에 올린 작품이 완결되고 성공적인 작품이 되게 해 줄 그것을 바로 사건들의 배열과 표현 그 자체 속에서 — 이는 듣는 행위를 거쳐 간다 — 나타나게 한다.

2. 53 b 10

볼거리의 도움으로 비극적 감정을 불러일으킬 수 있는 가능성(53 b 1)은 곧바로 두 가지 추론을 통해 배제된다.

1. 볼거리는 "시인의 기술과는 가장 거리가 먼"(*atekhnotaton*, 50 b 17) 비극의 구성 부분으로서 부수적이고 주변적인 성격을 지니고 있다고 말한 6장에서와 마찬가지로, 아리스토텔레스는 그것이 "시인의 기술에 속하는 것이 아니라"(*atekhnoteron*, 53 b 8)고 확인하고 있다. 볼거리는 물론 비극적 효과를 산출할 수 있지만 그 원리는 시인의 기술과는 무관하며, 이는 아리스토텔레스가 용납할 수 없는 허점이 되는 것이다.

2. 게다가 볼거리는 기괴한 것(*to teratôdes*, 53 b 9)과 같은, 비극성과 무관한 형태에 호소하는 경향이 있다. 기괴한 것은 날것 상태의 두려움, 직접적인 두려움, 그 어떤 반성의 여지도 허용하지 않는 육체적 고통을 야기한다. 관객에게 끔찍하고 기괴한 모습을 보여 줌으로써 그러한 고통을 야기하기는 쉬우며, 볼거리를 선호함으로써 시인은 쉽게 그러한 길에 빠져들 수 있을 것이다. 하지만 거기에만 머물러서, 감정에 형태를 부여하고 "정화"한다는 정말로 시적인 작업을 포기하게 되면 그것은 더 이상 비극이 아니며, 오로지 "기괴한 것만"(*to teratôdes monon*) 남게 된다.

3. 53 b 14

이 대목은 간략한 논증을 통해서 기본 명제로 되돌아간다. 즉 기괴한 것과 볼거리는 비극 "고유의 쾌감"(*tèn oikeian hèdonèn*)을 만들어 내지 못하므로 의심쩍은 것으로 배제되어야 한다는 것이다. 그리고 실제로 비극 고유의 쾌감은 서로 연결된 두 가지 요구 조건을 충족시켜야 한다.

(a) 그것은 연민과 두려움에서 비롯되어야 한다(*apo eleou kai phobou*).

(b) 그러한 감정 자체는 재현활동을 통해(*dia mimèseôs*, 53 b 12) 일어나야 한다.

이 문장에서 위의 두 조건 중 어떤 것이 고유의 쾌감에 대한 변별적 기준으로 특히 강조되었는가? 분명한 것은, 한편으로 낱말들의 순서를 볼 때 '*dia mimèseôs*'는 '*apo eleou kai phobou*'에 통사론적으로 종속되어 있다는 것과("재현활동을 통해 일어나는 연민과 두려움"), 구문 전체가 분리할 수 없는 하나의 전체를 이루고 있다는 사실이다. 그리고 다른 한편으로, 이 단락의 논리적 연관 관계를 판별하는 요소는 "재현활동을 통해"(*dia mimèseôs*)라는 구절일 수밖에 없다. 시인이 다른 무엇보다도 추구하는 "두려움과 연민에 근거한 비극 고유의 쾌감"이 볼거리와 사건이라는 두 가지 근원을 가질 수 있기에 더더욱 무엇이 더 적합한지를 밝혀야 하는 것이다. "재현활동을 통해"라는 표현이 갖는 기능은 바로 그러한 것이다. 다시 말해서 두려움과 연민은 "재현활동을 통해" 생겨나야 한다. 그리고 무엇이 본질적으로 재현을 정의하는지 갈피를 못잡는 독자에게는 이어지는 문장, 즉 "시인은 시를 지으면서 바로 사건들 속에서 그것이 나타나도록 해야 한다"가 분명히 밝혀 줄 것이다. 재현한다는 것은 사건들을 조직적으로 배열하는 것이며, 두려움과 연민이란 무엇보다도 이런저런 사건들의 배열, 이런저런 재현된 사건들의 이런저런 시퀀스에 내재한 극적 효과이다.

4. 53 b 22

아리스토텔레스는 "두려움과 연민을 불러일으키는" 사건들에 대한 형식적 분석을 체계적으로 이어간다. 여기서 사용된 형용사, '*deinon*'과 '*oiktron*'은 '*phoberon*'과 '*eleeinon*'의 동의어로 기능하며, 그 대상적 측면을 강조하여 "두려움과 연민을 불러일으키는 것"을 뜻한다. 분석을 이끌어 가는 틀은 비극에 가장 적합한 반전, 즉 급전과 발견을 결합한 유형의 반전이다(11장, 52 a 38을 참조할 것). 발견, 즉 "우호적이거나 적대적인 관계에 대한 무지에서 앎으로 넘어가게"(52 a 30 이하) 하는 과정이 인물들 사이에 만들어 내는 것들과 같은, 가능한 여러 관계들을 생각해 보아야 한다.

여기서 든 예만을 가지고("형이 동생을…") 'philia'가 혈연관계에 국한된다고 결론 내려서는 안 될 것이다. 우리가 이미 지적했듯이(11장, 주해 2), 그 낱말은 친밀한 관계만이 아니라 사회적으로 공인되는 객관적인 어떤 관계, 즉 그와 관련된 개인들로 하여금 혈연이나 결혼 또는 환대 등을 통한 벗이 되게 함으로써 그들 사이에 어떤 격정적 행동이 벌어진다면 전율할 정도로 끔찍한 일이 되어 버리는 그런 관계를 가리킨다('deinon'이라는 낱말은 객관적으로 말도 안 되는 "끔찍스러운" 것을 가리킬 때 사용된다). 반면에 'ekhthra'는 그와 상반되는 관계로서, 개인들을 적대적인 상태에 둠으로써 그들 사이에서 격정적인 행동이 있더라도 당연한 관계를 가리킨다. 가능한 모든 관계를 망라하기 위해 아리스토텔레스는 세 번째 가능성을 언급한다. 즉 격정적인 행동이 기대되는 것은 아니나 그러한 행동이 있더라도 전혀 충격적이지 않은 중립적인 관계가 그것이다. 여기서 첫 번째 관계만이 비극적 행동을 제공할 수 있다. 격정적인 행동(ta pathè)은 우호적인 관계의 심장부에서(en tais philiais, 53 b 19) 터져 나올 때 두려움과 연민을 동시에 불러일으키는 끔찍한 사건이 된다. 아리스토텔레스는 나머지 두 경우, 즉 적대적인 관계와 중립적인 관계에서는 "격정 그 자체에서 생기는 것이 아니라면"(plèn kat' auto to pathos) 연민이 들어설 자리가 없다고 말한다. 처음에는 다소 애매해 보이는 이러한 제한은 파토스의 의미를 밝히고 격정적인 효과가 줄거리에서 어떤 위상을 차지하는지를 규명하는 데 기여할 것이다. 11장(52 b 11 이하)에서는 파토스를 무대 위에서 보이는 것, 즉 본질적으로 볼거리와 연결된 것으로서 살인이나 심한 고통 등과 같은 장면을 통해 생겨나는 격정적인 효과로 정의한 바 있다. 그러한 격정적 행동은 관객의 파토스를 자아내는 것이다. 이것은 파토스란 말이 가지고 있는 또 다른 주관적인 측면이며, 가장 일반적으로 통용되는 의미에서 그 말이 가리키는 측면이기도 하다.

하지만 즉각적인 감각과 관련된 날것의 감정은, 두려움이든 연민이든, 엄밀한 의미에서의 비극적 감정이 아니다. 왜냐하면 그것은 정화된 감정이 아니기 때문이다. 여기서 말하는 정화된 감정이란, 예를 들어 연민의 경우 피할 수 없이 이어지는 사건들로 말미암아 정당한 이유 없이 파멸하는 사람을 향한 감정을 말한다. 서로 적대적인 경우에 격정 그 자체(*kat' auto to pathos*, 53 b 18)에서 생기는 연민, 격정적인 행동이 빚어내는 그러한 "줄거리의 부분"을 직접 봄으로써 생기는 연민이 비극에서 받아들여질 수 없다는 것도 그렇게 설명된다.

반면에 우호적인 관계에 있는 사람들 사이에서 벌어진 격정적인 행동들(*en tais philiais* […] *ta pathè*)은 볼거리가 아니라 사건들 그 자체로 인해 빚어지는 숙명적이고 끔찍한 결과에서 생기는 비극적 두려움과 연민을 불러일으킬 것이다.

5. 53 b 26

여기서 뮈토스라는 용어의 두 가지 의미 층위를, 그리고 시인이 이야기를 만들어 내고 구성하면서 정확히 어느 지점에 개입하는가를 분명히 밝혀 둘 필요가 있다. 전자에 관해서는 우리가 이미 언급한 내용을 환기하는 것으로 충분할 것이다(9장, 주해 4). "전통적인 이야기들"(*hoi pareilèmmenoi muthoi*)이란 전해져 내려온 것이라 그 굵직한 윤곽의 안정성은 그대로 보존하면서도 다양한 형태의 전통 ── 지역에 따라 여러 이본(異本)이 있는 민간전승의 판본, 종교적이고 문학적인 판본 등 ── 을 통해 세부적인 내용이 변할 수 있는 이야기들을 말한다. 그것을 마음대로 바꿀 수는 없다. 예를 들어 정말로 비극 시인이라면 오레스테스가 자기 어머니를 죽이지 않는다거나 아이기스토스와 화해하게 할 수는 없을 것이다(13장, 53 a 37을 참조할 것). 하지만 그러한 전승되는 이야기들마저도 "시인은 잘 다루는 방법을 강구해야 한다"(*auton dei heuriskein kai tois paradedomenois khrèsthai kalôs*). 우리는 '*khrèsthai kalôs*'를 '*heuriskein*'에 종속된 부정법(不定法)으로 보고 문장을 구성하며(*heuron* [⋯] *paraskeuazein*, 54 a 11을 참조할 것), '*heuriskô*'의 현재형 어간은 "방법을 강구한다"는 능동적 의미로 해석할 것이다(55 a 25의 경우에도 마찬가지이다). "마저도"(*kai*)라는 낱말은, 전통적인 이야기들은 시인이 마음대로 주무를 수는 없지만 그럼에도 불구하고 작시술의 규칙에 따라 줄거리를 만들어야 한다는 사실을 강조하고 있다. 이야기를 새로 만들어 내든 이미 있는 이야기를 활용하든(9장, 51 b 21; 17장, 55 a 34 이하를 참조할 것) 시인은 시인인 것이다. 시인이 할 일은, "비극 고유의 효과를 산출하기에 알맞은 사건들의 조직"이라는 기술적 의미에서의 줄거리를 만들어 내는(9장, 51 b 27) 일이다. 그런데 줄거리는 "잘 만들어져야 하며"(*kalôs ekhein*, 53 a 12; 1장, 47 a 10) 이를 위해 시인은 자기가 가진 재료를 "잘 다루어야"(*kalôs khrèsthai*)한다. 그래서 아리스토텔레스는 반전과 발견의 결합에 의해 구성될 수 있는 복합체의 다양한 형태를 열거하고 분류함으로써, "잘" 다루는 원리를 집중적으로 규명하려고 한다.

6. 54 a 8

행동의 형태는 "행동하기"(*prattein, poiein*)와 "알기"(*gignôskein, eidenai*)라는 두 가지 기본적인 요소들이 있느냐 없느냐에 달려 있다. 그에 따라 두 요소들의 다양한 결합이 만들어진다. 평소대로 아리스토텔레스는 가능한 결합 유형의 목록을 체계적으로 설정하는 대신에 사실들을 경험적으로 기술한 후 그 분류 기준을 제시한다.

그에 따라 행동의 형상을 네 가지 항목, 즉 "행동하기/행동하지 않기" 대 "알기/알지 못하기"라는 항목에서 접근하는 도표를 만들 수 있을 것이다. "행동하지 않기"는 언제나 의도(*mellein*, 53 b 18, 34와 38)는 있으나 이를 포기한다는 것을 전제로 한다는 점부터 밝혀야 한다. "행동하기"는 "의도는 있으나 행동하지 않기"와 대립된다. 이어서 "알기"는 "모르기(알지 못하기) + 알기"(*agnoein + anagnôrisai*)의 짝과 대립한다. 다시 말해서 비극에서 무지는 언제나 발견을 함축하고 있으며, 발견은 살인(그런 일이 있다면)을 저지른 다음이나 살인을 저지르기 전에 있게 된다(그 경우에 살인은 일어나지 않고, 만약 일어난다면 "알기 + 행동하기"의 경우가 된다).

이를 체계적으로 정리하면 다음과 같은 도표가 된다(본문은 가장 나쁜 경우에서부터 분류하는데 여기선 가장 좋은 경우부터 분류하기 때문에 '*deuteron*'[3위]부터 시작하게 되면서 보기에 좀 이상해진다).

	알기	모르기 + 발견	
		살인 이전	살인 이후
행동하기	예) 메데이아 *deuteron* (3위)		예) 오이디푸스, 알크메온 *beltion* (2위)
(의도는 있으나) 행동하지 않기	예)『안티고네』 에서의 하에몬 *kheiriston* (4위)	예)『크레스폰테스』 에서의 메로페,『타우리 케의 이피게네이아』 *kratison* (1위)	

어려운 점은 아리스토텔레스가 일차적으로 세 가지 경우만을 나열했고, 그중 처음 두 경우만 예를 들어 설명하고 있다는 사실이다.

(a) 인물이 알고 행동한다 : 메데이아의 경우가 이에 해당된다.

(b) 인물이 모르고 행동하며 그 다음에 자신과 희생자를 잇는 우호관계를 발견한다: 오이디푸스의 경우만이 아니라 아스튀다마스의 알크메온이나 『부상당한 오뒤세우스』에 나오는 텔레고노스의 경우도 해당된다(이 두 작품에 대해서는 실제로 전해진 것이 없다).

(c) 인물이 모르고 있다가 행동하기 전에 발견하게 되고 그래서 행동을 포기한다. 하지만 이 경우에 해당하는 예는 아직은 제시되지 않고 있다.

아리스토텔레스는 다른 가능성은 없다고 단언한다. 하지만 곧이어 하나하나의 경우를 다시 언급하며 가장 나쁜 것에서 가장 좋은 것까지 분류하면서, 네 번째 경우를 가장 나쁜 것으로 제시한다. 즉 알면서 행동하지 않는 것인데, 그 예로 소포클레스의 『안티고네』에서 자기 아버지에 대한 하에몬의 태도를 들고 있다. 그 경우에 자기 아버지를 죽이려는 의도는 그 무엇으로도 정당화할 수 없을 것이고, 반인륜적이고(심지어 혈연을 기꺼이 끊음으로써) 극단적인 패륜을 가정한다는 점에서 "혐오감을 불러일으킨다"(54 a 3을 참조할 것). 그리고 격정적 효과가 없으므로 비극적이라고 할 수도 없다. 여기서도 우리는 다시 한번 '*pathos, apathes*'로 이루어진 복합어가 갖는 모호함에 어려움을 느끼게 된다. 격정적 행동이 결여되어 있기 때문에 동시에 비극적 감정도 없는 상황이 되는 것이다. 이것은 매우 드물고 비극적이지 못한 경우이기에 별다른 얘기 없이 비극적 상황의 일차 목록에서 배제될 수 있었다.

이어서 나쁜 것에서 시작해서 더 좋은 것을 언급해 가는 방식으로 논의가 전개된다.

1. 고민 끝에 자기 아이들을 죽이는 메데이아처럼 알고 있으면서도 행동하는 경우이다. 격정적인 행동(*praxai*, 54 a 2)이 있다는 점에서 이 경우에는 어느 정도 "비극성"이 있다고 인정할 수 있다. 하지만 메데이아가 자기 아이들을 죽이는 것이 반감(*miaron*)을 불러일으키는 것은 아닌지 검토해 보아야 한다. 사실 우리가 조금 전에 말한 바에 따르면 답은 분명하다. 하지만 반감이 자동적으로 비극성을 가로막는 것은 아니다. 격정적 행동이 반감과 효과적으로 균형을 이룰 수 있기 때문이다. 그러므로 격정적 행동이 갖는 비극적 힘은 윤리적 가치보다 우위에 있다고 말할 수 있다. 이 점에 관해서는 나중에 다시 설명하겠지만 이제부터는 비극의 성공 여부가 아니라 오직 비극적 효과의 달성만이 중요함을 기억해야 할 것이다.

2. 모르고 있다가 행동한 후 알아차리는 경우이다. 이 경우에는 두려움을 불러일으키는 격정적인 행동(*praxai to deinon*, 53 b 30)의 실행에 발견에서 생겨나는 놀라움(*ekplèktikon*, 54 a 4)과 그러한 연쇄 관계에서 비롯되는 감정이 합쳐진다. 소포클레스의 『오이디푸스』는 보다 성공적인(*beltion*, "더 나은") 이러한 형상에 해당한다.

3. 마지막으로 가장 좋은 경우(*kratison*)는, 목록 끝부분에 두 번이나 언급하고 있지만, 모르고 있다가 깨닫게 되고 그래서 행동을 포기하는 경우이다. 세 작품이 예로 주어졌는데, 『크레스폰테스』, 『타우리케의 이피게네이아』, 『헬레』가 그것이다. 그 경우 발견과 놀라움의 기능은 최대한으로 발휘된다. 그럼에도 불구하고 격정적인 행동이 일어나지 않는다는 점에서(죽이려다가 그만두는 것을 말한다. *mellei* […] *apokteinein*, 54 a 6) 어려움은 남는다. 하지만 비극적 효과는 충분히 달성된다. 행동의 직접적인 격정(*pathos*)이 사라진다 하더라도 또 다른 파토스, 즉 사건들의 연쇄를 통해 생겨나는 완전히 정화된 감정은 얻을 수 있는 것이다.

아리스토텔레스는 이와 같이 13장과 14장에서 연이어 비극들을 분류하고 서열을 정한다. 그러나 그러한 분류가 서로 부합될 수 있는지 또는 양립할 수 있는지는 확실하지 않다. 오이디푸스의 경우만 보더라도 13장에서는 가장 우수한 비극 — 우리와 비슷한 사람이 자신의 무지로 말미암아 행복에서 불행으로 떨어지는 경우 — 이라고 했지만, 14장에서는 "1위" 자리를 차지하지 못한다. 알아차린 뒤에 행동하려는 의도를 포기하는 주인공의 경우가 1위를(*kratison*, 54 a 4) 대신 차지했기 때문이다(우리가 아는 비극으로 여기서 그와 같은 계열에 속하는 것은 『타우리케의 이피게네이아』이다). 우리는 우선 그것이 분류의 변이에 지나지 않으며, 성공을 거둔 소수의 비극들, 다시 말해서 이상적인 모델과 아주 가까운 비극들 사이에서 망설이고 있을 뿐이라는 점을 지적할 것이다. 사실 그러한 이상적 모델에 도달하는 것이 가능한가? 답은 너무도 확실하다. 일단 기본적인 목표와 수단이 정해지고 나면 세부적으로 사건들을 배열할 수 있는 가능성은 다양하다. 그리고 어떤 것이 가장 좋은지 언제나 논리적으로 규정할 수 있는 것은 아니기에, 매번 그 가능성들 가운데 하나가 비극적 효과를 산출하기에 가장 적합한 것이 될 수도 있다. 아리스토텔레스의 텍스트에 나타나는 모순은 이처럼 모든 측면에서 동시에 완벽함에 이를 수는 없다는 사실에서 비롯되며, 같은 이유에서 우수한 시인은 자유롭게 선택할 수 있는 다양한 가능성을 갖는다.

본문에서 비극성(*tragikon*)과 비극을 암묵적으로 구분하고 있다는 사실도 눈여겨볼 만하다. 전자는 본질적으로 격정적인 행동의 열매로서(53 b 39, *ou tragikon, apathes gar*를 참조할 것) 비극적 감정을 만들어 낼 수 있는 사건들을 가리키며, 후자는 시적 미메시스 — 그 비극적 감정의 근원은 바로 사건들의 조직적 배열인 줄거리이다 — 의 이상적 모델을 가리킨다. 13장(52 b 34 이하)에서 비극성 정도에 따른 구분, 그리고 특히 작품의 전체 구성이라는 측면에서는 부족한 점이 있지만, 모든 시인들 가운데 가장 "비극적인" 시인(53 a 30)이라고 일컬어지고 있는 에우리피데스의 자질에 관한 설명은 그렇게 이해할 수 있다. 그리고 매번 다른 기준들을 적용하면서 다양하게 분류하려는 아리스토텔레스의 시도들(13, 14장) 역시 보다 잘 이해할 수 있을 것이다. 결국 이상적인 비극이란 다양한 비극적 수단들이 서로 대립하는 가운데 긴장을 이루면서도 수렴하는, 현실에는 존재하지 않는 지평이라 할 수 있다. 그것은 두려움과 연민이라는 비극 고유의 감정을 산출할 수 있도록 조직되어 있으며, 최종적으로는 격정적인 효과(*pathos*) 없이도 기대와 놀라움만으로 감정(*pathos*)을 불러일으킴으로써 "카타르시스"를 통해 정화된 형태의 두려움과 연민을 제공하는 비극이 될 것이다.

7. 54 a 13

13장(주해 6)에서 강조했듯이, 아리스토텔레스에게 비극의 역사는 바로 "가능한 주제"의 영역을 명확하게 규정하고 제한하면서 그 고유의 본성을 차츰 발견해 가는 과정이다. 그래서 시인이 소재를 구하게 되는 "유명한 가문"의 수는 극히 제한되어 있다고 다시 한번 설명하는 것이다(53 a 19를 참조할 것). 그러나 이번에는 그러한 발전이 "기술이 아니라(*ouk apo tekhnès*) 우연 덕분에(*all'apo tukhès*)" 이루어졌다는 것이 다르다. 줄거리를 조직적으로 구성한 것이 아니라 "우연히 찾아내게" 되었다는 말은 아리스토텔레스가 시인들을 비난하는 것처럼 들린다(54 a 9에 있는 '*dia touto*'라는 표현은 다음 문장 — "그것 때문이 아니라 […] [말하자면] 우연히 시인들이 발견하게 된 것이다" — 을 예고하는 것으로 간주된다). 8장(51 a 24)에서는 기술이 시인의 타고난 재능과 대립되었는데, 그 타고난 재능 자체에는 어느 정도 우연이 들어가 있는지도 생각해 볼 문제가 된다.

『시학』에서 "기술"(*tekhnè*)이란 용어는 경우에 따라 "습관"(*sunèthe -ia*, 1장, 47 a 20을 참조), "타고난 재능"(*phusis*, 8장), "우연"(*tukhè*, 14장)과 대립되는 등, 그 용어가 매우 이질적으로 사용되고 있기 때문에 체계적으로 정리하기가 힘들다. 『형이상학』(A 1, 980 b 1 이하)에서는 기술을 "경험적으로 다양한 여러 개념들로부터 유사한 것들을 포괄하는 유일하고 일반적인 개념으로 이행하는 것"(*gignetai de tekhnè hotan ek pollôn tès empeirias ennoèmatôn mia katholou genètai peri tôn homoiôn hupolèpsis*)으로 정의하고 있다. 산만한 경험들의 축적에 불과했던 것을 의식적으로 만들어 내어 추상화하는 작업에서 기술이 생긴다는 것이다. 그런데 경험은 애초에 자연적(*phusei*, 980 a 21) 욕구의 결실이다. 결국 기술은 우연과는 완전히 반대되는 것이다. "경험은 기술을 만들고, 경험의 부재는 우연을 만든다"(*è men empeiria tekhnèn epoièsen* [⋯], *è d'apeiria tukhèn*, 981 a 3 이하). 이처럼 기술과 우연의 대립이 여전히 근본적인 것이라고 한다면, 『시학』에서 습관(*sunètheia*, 습관은 급이 낮은 경험으로 간주될 수 있는데, 『형이상학』에는 그에 대한 언급이 없다)과 본성과의 관계에 대해 만족스러운 성찰이 충분히 제시되지 않은 것은 분명하다.

적어도 한 가지는 분명하다. 비극은 우연과 시인의 발견 그리고 실수를 거쳐 — 호메로스의 타고난 재능을 거치듯이 — 어쨌든 완성에, 그 본성의 완전한 실현을 향해 가고 있었다. 그러나 기술, 테크네가 무엇인지 확실하게 알고 — 또는 깨닫고 — 있었던 유일한 사람은 바로 이론가 아리스토텔레스라는 사실이다.

8. 54 a 15

결론에 해당하는 이 문장은 7장의 첫 문장("사건들의 조직이 무엇이어야 하는지를 말해 보자")과 조응한다. 따라서 줄거리를 다루는 『시학』의 핵심적 부분은 원칙적으로 이 지점에서 마무리된다. 15장에서 논리적으로 줄거리에 종속적으로 연결된 성격을 다루는 것이 별로 놀랍지 않은 것은 그 때문이다(6장, 50 a 38 이하를 참조할 것). 같은 이유에서 16장에서 다시 줄거리로 돌아가는 것은 전혀 예기치 않게 나중에 생각난 것으로 비난을 받게 된다[Solmsen(1935)를 참조할 것].

제15장

성격과 관련하여[1] 추구해야 할 목표는 네 가지가 있다. 그 가 **54 a 16**
운데 첫째는 성격에 품격이 있어야 한다. 앞서 말했듯이 등장
인물의 말이나 행동이 어떤 특정의 선택을 드러내는 경우 성격
을 가질 것이다.[2] 이때 그러한 선택이 품격을 지니면 성격 역
시 품격을 지니게 될 것이다. 그것은 어떤 종류의 사람이든 다
지닐 수 있다. 실제로 여자와 노예도 — 비록 전자는 열등한 존
재이고 후자는 매우 천한 존재이지만 — 마찬가지이다. 둘째 **54 a 22**
는 성격이 적합해야 한다. 예컨대 용감한 성격이 있을 수 있으
나, 여자가 용감하거나 달변인 것은 적합하지 않다. 셋째는 성
격이 유사해야 한다는 것인데, 이는 방금 말한 대로 성격이 품
격이 있고 적합해야 한다는 것과는 별개의 것이다. 넷째는 성
격에 일관성이 있어야 한다. 재현의 대상이 되는 인물이 일관
성이 없고 그런 종류의 성격을 가지고 있다 하더라도, 그 성격
은 일관성 있게 일관성이 없어야 한다. 반드시 그럴 필요가 없 **54 a 28**
는데도 성격이 악하게 제시된 예는 『오레스테스』의 메넬라오
스에게서 볼 수 있고, 걸맞지 않고 부적합한 성격의 예는 『스퀼
라』에 나오는 오뒤세우스의 한탄과 멜라니페의 장광설에서 볼
수 있다. 일관성 없는 성격의 예는 『아울리스의 이피게네이아』

에서 볼 수 있다. 살려달라고 애원하는 이피게네이아는 나중의
그녀와는 전혀 닮은 데가 없기 때문이다.[3]

54 a 33　　　성격에 있어서도 사건들의 조직적인 배열에서와 마찬가지
로 언제나 필연적이거나 있음직한 것을 추구하지 않으면 안 된
다. 한 사건 다음에 다른 사건이 일어날 때 필연적이거나 있음
직해야 하듯이, 이러이러한 사람이 이러이러한 것을 말하거나
행할 때 그것은 필연적이거나 있음직해야 한다.

54 a 37　　　따라서 줄거리의 결말 또한 줄거리 그 자체에서 비롯되어
야지, 『메데이아』나 『일리아스』에서 그리스군의 출범 장면에
서 볼 수 있는 것처럼 기계 장치에 의존해서는 안 됨이 명백하
다. 기계 장치는 극 바깥의 사건, 즉 이전에 일어났지만 사람이
알 수 없는 사건이나, 앞으로 일어나겠지만 누군가 예언으로
알려줄 필요가 있는 사건들에 한해서 사용되어야 한다. 왜냐하
면 우리는 신들이 모든 것을 볼 수 있는 능력을 가진 것으로 인
정하기 때문이다. 하지만 사건들에 불합리한 것이 있어서는 안
된다. 불가피한 경우에는 소포클레스의 『오이디푸스 왕』에서
처럼 비극 바깥에 있어야 한다.[4]

54 b 8　　　비극은 우리보다 나은 인물의 재현이므로 훌륭한 초상화
가들을 모방해야 한다.[5] 그들은 고유의 형상을 재현하여 실물
과 유사하게 그리되 더 아름답게 그린다. 마찬가지로 시인은
화를 잘 내는 사람이나 무심한 사람 또는 그와 유사한 성격상
의 특징을 가진 사람들을 재현할 때 그런 특징을 갖되 더 품격
있는 인물로 그려야 한다.[6] 모진 성격의 예로는 아가톤과 호메
로스가 그린 아킬레우스를 들 수 있다.[7]

54 b 15　　　시인은 이러한 점들에 유의해야 하며, 그리고 또한 작시술

에 필연적으로 내포되는 인상들과 반대되는 인상들에도 유의
해야 한다.[8] 왜냐하면 이 분야에서 자주 과오를 범할 수 있기
때문이다. 그러나 그에 관해서는 이미 간행된 논저들에서 충분
히 설명한 바 있다.[9]

제15장 주해

1. 54 a 16

비극을 구성하는 부분들을 체계적으로 연구하면서 줄거리를 다루는 장들 다음에 성격(*ta èthè*)에 관한 장이 오는 것은 논리적으로는 그럴 수 있다. 하지만 그렇게 되면 뮈토스 분석의 흐름이 끊어진다. 14장의 마지막 문장에서 일단 끝난 것처럼 보이는 뮈토스 분석이 16장과 18장에서 다시 이어지기 때문이다. 하지만 구성상 이 15장의 주제보다는 뮈토스를 그렇게 다시 다루는 것이 차라리 더 이상하다고 할 수 있다. 앞선 장들에서 줄거리에 대해 분석하면서 끊임없이 행위자 문제를 끌어들였으므로 그 문제를 정리하지 않을 수 없다는 점에서, 이쯤에서 성격에 관한 연구가 오는 것은 합당하다.

실제로 반전을 통해 비극적 감정을 만들어 낸다는 것은 성격을 부여받을 수밖에 없는 인물들을 함축하며, 앞에서 보았듯이 그러한 성격들은 비극적 효과의 성공 여부와 무관할 수 없다(13장, 52 b 34-53 a 17를 참조할 것). 행동과 관련해서 서로 다른 윤리적 유형들의 상대적 효율성을 확인한 다음, 이제 아리스토텔레스가 비극적 인물의 규범적 윤곽을 그려 보려 하는 것은 그 때문이다.

2. 54 a 19

성격의 네 가지 특성을 다루기 전에, 짧게 삽입된 문장을 통해 마치 윤리학에서 말하는 것 같은 에토스의 정의가 주어진다. 6장에서 이미 언급한 바 있는 정의로(50 b 8 이하와 주해 16을 참조할 것), "성격은 선택의 윤리적 특성을 드러내기에 알맞다"는 것이다. 그러한 선택은 본성과 관계없이 매번 특정한 도덕적 품격을 부여받게 될 것이다.

필사본들에서는 이 대목이 명백하게 훼손되었기 때문에 복원이 불가능하다. 우리는 엘스(와 다른 학자들)의 의견을 받아들여 부정(不定) 관계사로, 즉 6장의 '*hopoia tis*'를 다시 받는 '*hè tis an èi*'로 쓸 것이다('*tina èi*'라고 주어진 필사본들의 모호한 내용에 대해서 우리가 수정한 것은 발렌이 '*tina hè tis an èi*'"로 고친 것에서 착상을 얻은 것으로, 보다 만족스러운 설명을 제공하는 것 같다). 6장에서 보았듯이 선택의 윤리적 품격이야말로 성격의 결과로서 그 주된 특징들을 드러낸다.

하지만 그 성격을 누구와 연관시켜야 하는가? 달리 말해서 '*hexei èthos*'(54 a 17)의 주어는 무엇인가? 종속절의 주어는 말과 행동(*ho logos è hè praxis*)이지만, 행위자로서의 사람이 언급되지는 않는다. 주절의 주어 또한 말과 행동이며, 에토스는 "선택을 드러내는 경우 성격을 기질" 말과 행동에 연결되는 것이라고 해야 할까? 아니면 '*hexei*'를 단순히 비인칭으로 보아 "성격이 있을 것이다"라고 해야 할까? 어떤 경우이든 에토스는 줄거리 자체가 드러내는 여건, 즉 행동과 말로 제시된다. 여기서 에토스는 (적어도 처음에는) 행위자에 연결되지 않고, 행위자는 윤리학의 관점과는 반대로 결코 주어로 상정되지 않는다.

3. 54 a 33

성격에는 네 가지 서로 다른 특성이 요구된다. 그 특성들은 네 가지 유형의 일관성을 명시하고 있다는 공통점을 갖지만, 어떤 면에서는 첫 번째가 나머지 셋을 이끌고 있다.

그 첫 번째 조건은 성격에 "품격"(khrèstos)이 있어야 한다는 것이다. 『시학』에 나오는 사회-윤리적 가치판단 용어들의 뜻이 모호하다는 것은 다 아는 사실이다(2장과 13장을 참조할 것). 그럼에도 불구하고 주목할 만한 것은 'khrèstos'라는 용어가 이 장에서만 사용되고 있으며(54 a 17, 19 그리고 20), 이로 말미암아 다른 가치판단 용어와 질적으로 다른 위상이 부여될 수 있다는 점이다.

여기서 문제되는 것이 사회적 지위일까? 노예의 예를 보면 그렇다고 할 수 없다. 노예가 "품격"이 있으면서 동시에 "천한 신분"일 수 있다는 데는 전혀 모순이 없기 때문이다. 그보다는 'khrèstos'에 도덕적 의미를 부여하는 것이 나을 것이다. 이어지는 반례(反例)에서도(paradeigma, 54 a 28 이하) 'khrèstos'의 부정적인 면은 "악함"(ponèria, 54 a 28)으로 제시되어 있는데, 의미로 보자면 'mokhthèria'(13장, 53 a 1과 11을 참조할 것)와 가까운 'ponèria'는 다양한 형태의 비열함을 가리킬 수 있다. 에우리피데스의 『오레스테스』에 나오는 메넬라오스의 "악함" 또한 무엇보다 비열함이다. 그러므로 도덕적인 특성이 분명하다.

그럼에도 불구하고 한 가지가 우리의 주목을 끈다. 즉 메넬라오스의 악함은 그 자체로 비난을 받거나 왕족의 지위와 걸맞지 않기 때문에 비난받는 것이 아니라, 필요가 없는 악함이기 때문이라는 것이다(많은 편집자들이 그랬듯이 우리는 필사본의 텍스트, 즉 paradeigma […] mè anankaion[꼭 그럴 필요가 없는데 (성격이 악하게 제시된) 예]을 그대로 사용한다. 메넬라오스의 악함이 줄거리상으로 꼭 필요한 것이 아님은 분명하다. 이 때문에 튀로(Thurot)는 이 부분을 'ponèrias mè anankaias'로 고쳐 썼다. 하지만 어구의 순서를 바꾸는 편이 더 설득력이 있고, 그런 식으로 고칠 필요는 없어 보인다). 인물의 성격이 행동의 전개 자체에 의해 요구되지는 않았다는 것이다. 아리스토텔레스가 비난하고 있는 것이 바로 그 점이다 (25장, 61 b 19를 참조할 것). 따라서 직접적이지는 않지만 이러한 예에 비추어 '*khrèstos*'의 두드러진 특징들을 부각시킬 수 있을 것이다.

'*khrèstos*'는 도덕적으로 긍정적 함의를 지닌 용어이다. 하지만 주인공은 행동이 요구한다면 나약할 (뿐만 아니라 "악할") 수도 있다. 그렇기 때문에 사건들의 연쇄가 내포하는 바에 따라 등장인물은 충분히 과오를 범할 수 있고 그래서 "우리와 비슷"하지만, 부당한 그의 불행에 관객이 연민을 느낄 수 있을 만큼 충분히 "선해야"(13장, 53 a 35) 한다는 것이다. 이는 『오레스테스』의 메넬라오스 같은 인물은 물론이고 비극의 주인공이라면 누구에게라도 해당된다. 비극의 주인공은 과오(*hamartia*)의 희생양이지만 결코 스스로 악함을 선택하는 것은 아니다. 이상적으로는 비극에서 악함을 완전히 제거하는 것이 좋겠지만, 『시학』은 이 점에 관해 분명한 입장을 보이지 않는다. 확실한 것은 비극적 과오의 필연성이 허용하는 한 아리스토텔레스는 주인공을 "위로" 끌어올린다는 사실이다.

그렇게 해서 우리와 가깝지만, 동시에 도덕적으로 고귀하기 때문에 우리보다 차원이 높다고 할 수 있는, 즉 우리가 "품격"있다고 말하는 범주의 성격이 그려진다. 여자나 노예도 가질 수 있는 그러한 "품격"의 특성은 관객이 연민을 느끼게끔 한다는 것이다. 따라서 "품격 있는" 성격은 비극적 인물의 특수한 형태로, 비극적 감정을 만들어 낼 수 있는 행동을 형상화하는 데 꼭 필요한 것이 된다. 그러한 관점은 전반적으로 윤리 영역을 넘어선다. 비극의 인물은 "품위가 있고" "행실이 좋은" 인물이어야 하며, 바로 이 때문에 첫 번째 조건은 나머지 세 가지 조건 ─ 적합성, 유사성, 일관성 ─ 을 이미 포함하게 된다.

둘째, 실제로 성격은 "적합해야"(*harmotton*, 54 a 22) 한다. 주어진 반례(反例)는 적합성이 무엇인지를 너무나 잘 보여 준다. 즉 부적합성은 용감한 여자나 투덜거리는 주인공(티모데오스의 『스퀼라』에 나오는 오뒤세우스의 한탄에 대해서는 달리 알려진 바가 없다) 또는 "박식한 여인"(에우리피데스의 『박식한 멜라니페』에서 멜라니페는 여성의 입에 걸맞지 않게 자유자재로 철학적 성찰을 펼치는 것처럼 보인다)처럼 걸맞지 않은 (*aprepous*, 54 a 30) 행동을 통해 드러난다. 결국 그것은 전통적인 윤리 유형들에 대한 적합성이다. 그리고 "무엇이 적절한지를(*ta harmottonta*, 6장, 50 b 5와 주해 16 해당 부분을 참조할 것) 말할 수 있는 능력"으로서의 "사상"(*dianoia*)에 속하는 수사학적 행동들은 그러한 윤리 유형과 밀접하게 연관될 수밖에 없다. 철학적–수사학적 성격론이 공통의 기반 위에 성격 모델들 전체를 설정하고, 시인은 그것을 뒤집을 수 없게 된다.

세 번째 특성, 즉 "유사성"(*to homoion*)은 더욱 아리송하다. 예도 반례도 없다. 우선 '*homoios*'라는 용어를 13장에서 사용된 용법과 연결하지 않을 수 없다. 비극적 감정, 특히 두려움은 우리와 "비슷한"(*homoios*, 53 a 5) 주인공에 대한 동일시 가능성에 근거를 둔다. 따라서 "유사한" 성격이란 그렇게 착하지도 악하지도 않은 "중간 정도의"(*ho metaxu*) 사람이며, 13장에서 아리스토텔레스는 그런 인물을 비극의 이상적 주인공으로 권했다. 비극이라는 장르에 맞도록 "품격 있는" 인물이어야 한다는 조건만 맞으면(위 부분과 13장 주해 3을 참조할 것), 주인공은 바로 우리를 닮은 것이다. 이것이 어떤 성격을 가리키는지가 분명하기 때문에 예를 들 필요가 없었는지도 모른다.

끝으로 성격은 "일관성"(*homalos*)이 있어야 한다. 내적 일관성을 지녀야 한다는 것이다. 실제로 (『아울리스의 이피게네이아』에서) 희생 제물로 바쳐지는 이피게네이아의 돌변은 성격의 논리적 변화만으론 쉽게 설명할 수가 없다. 결국 논지는 명확하다. 즉 일관성이 없다 하더라도 일관되게 일관성이 없어야 한다. 그렇지만 텍스트를 자세히 살펴보면 세부적으로는 여전히 질문들이 제기된다.

"재현의 대상이 되는 인물"(*ho tèn mimèsin parekhôn*)이라는 표현은 놀랍다. 모델-대상과 복제-대상 사이의 거리를 다시 만들어 내기 때문이다. 우리는 능동형의 현재분사 '*hupotitheis*'를 사용하고 있는 필사본 A의 텍스트를 참조하여 이 부분이 "그러한 유형의 성격을 재현하게 하는" 모델-대상을 가리키고 있다고 주장한다. 사실상 윤리적인 특성 규정이 현실 영역에서만 의미를 가질 수 있다면, 재현과 관련된 것은 일관성이라는 논리적 요구사항이다. 그리스어는 '*homôs homalôs anômalon*'(54 a 27 이하)로 두운법을 사용한 일종의 말놀이를 통해서 그 두 영역을 밀접하게 연결하고 있는데, 이를 옮겨 내려고 고심한 끝에 "그 성격은 일관성 있게 일관성이 없어야 한다"라고 번역했다.

4. 54 b 8

『시학』에서 엄밀한 계획에 따른 설명을 기대하는 독자라면 갑자기 줄거리와 결말로 되돌아가는 이 부분(*tas luseis tôn muthôn*, 54 a 37)이 당연히 곤혹스러울 것이다. 그래서 (아랍어 판본에 의거하고 있는) 많은 주석자들은 '*muthou*'(54 b 1)를 '*èthous*'로 읽어야 한다고 제안했고, "줄거리의 결말 또한 줄거리 그 자체에서 비롯되어야"라는 대목은 "[…] 결말 또한 성격 그 자체에서 비롯되어야"가 되었다. 하지만 아무리 그렇게 고치고 싶어진다 하더라도 그래서는 안 된다는 것이 우리의 입장이다. 실제로 포르퓌리오스의 텍스트(『일리아스에 대한 주석』, 2장 73 = frag. 142 Rose) 는 '*muthou*'로 읽어야 한다고 분명하게 단언하고 있다. 『일리아스』의 제2권에서 함대가 "거짓 출발"하는 장면을 논하면서(아래 54 b 2 이하에서 논의될 것이다) 포르퓌리오스는 아리스토텔레스의 이름으로 호메로스를 비판한다. 즉 "작시술에 따르면 줄거리 그 자체를 통해서(*ex autou tou muthou*)가 아닌 다른 방식으로 줄거리의 결말을 맺는 것(*to mèkhanèma luein*)은 금지되어 있다(*apoièton*). 아리스토텔레스가 잘 말하고 있듯이 시적이라는 것(*poiètikon*)은 통상 일어나는 것을 재현하는 것(*mimeisthai*)이다…"

몇몇 연구자들은 이 대목(54 a 37-54 b 8)이 몇 줄 앞의 문장(54 a 33-36) —— 극의 논리 문제를 전반적으로 다시 다루면서 앞뒤를 연결하는 문장이다 —— 에 직접 연결된 내용이라서 18장이나 24장으로 가야 한다고 주장한다. 사실 성격은 행위자들을 구체적으로 드러내는 요소로서 줄거리에 밀접하게 종속되어 있기 때문에, 줄거리와 마찬가지 자격으로 있음직함과 필연성의 법칙을 따른다. 그로 인해 극에서 인과 관계의 문제는 두 가지 양상으로 나타난다.

- 한편으로는 행동들 사이의 관계(*touto meta touto ginesthai*, 10장 52 a 19 및 이하를 참조할 것).
- 다른 한편으로는 성격과 행동의 관계.

그런데 구체적으로 보면 성격은 행동의 근본적인 논리적 원동력으로 나타난다. 즉 이런저런 유형의 행동과 말은 반드시 어떤 유형의 성격에서 비롯되는 것이다(*ton toiouton ta toiauta legein è prattein*). 9장에서 제시된 있음직함과 필연성이라는 개념도 다르지 않다. "보편이라 함은 어떤 유형의 인물이 있음직함이나 필연성에 따라 하는 말이나 행동의 유형을 말한다"(51 b 8 이하). 여기서 우리는 아리스토텔레스의 이론 자체에서는 행동에 종속되어 있는 성격이 재현을 통한 창작과정에서는 점차 중심적인 위치를 차지하게 되는(24장, 60 a 11에 대한 주해 8을 참조할 것) 변화를 미리 짐작할 수 있다. 하지만 때로 극단적인 논쟁을 유발하면서 줄거리의 우위를 주장하는 이론들이 보기에 행동들을 성격과 묶어 주는 인과 관계는 기껏해야 필연성이라는 핵심 원리, 즉 줄거리를 구성하는 모든 부분들이 결말에 이르기까지 밀접하게 연쇄 관계를 이루도록 하는 원리의 필연적 귀결일 뿐이다.

그런데 우리가 알고 있듯이 반전의 방향을 좌우하는 결말은 비극적 효과가 달성되었는지를 결정하는 데 핵심적인 요소이지만(13장, 53 a 25), 또한 불합리한 것(*to alogon*)이 종종 기계 장치의 형태로 자의적으로 도입되는 자리이기도 하다. 기계(*mèkhanè*, 신들이 출현하는 데 사용되었던 기중기)에 대한 의존은 9장 끝부분에서 "저절로 또는 우연의 결과로"(52 a 5) 일어나는 놀라운 사건들에 관해 이야기하면서 거론되었던 것인데, 여기서 극적인 기교의 가장 두드러진 형태로 다시 제시되고 있다(『일리아스』의 두 번째 노래(110-206) 출범 장면에서 오뒤세우스를 인도하는 아테나이 여신이 나타나서 위태로운 상황을 해결하는 대목에 대한 암시는 바로 이런 추상적 의미로 이해해야 한다).

불합리한 것이 재현 작품에서 어떤 자리를 차지할 수 있는가 하는 문제는 24장에서 다시 자세히 논의될 것이다(60 a 12 이하와 60 a 28 이하 그리고 주해를 참조할 것). 하지만 핵심적인 내용은 다소 단순화된 형태로 이미 여기에 언급되어 있다. 즉 부득이한 경우에는 불합리한 것도 작품에 허용된다는 것이다. 이것은 물론 다른 모든 작품들의 본보기가 되는 비극 『오이디푸스 왕』을 정당화하기 위해서다. 하지만 그 경우라 해도 "극 바깥"(*exô tou dramatos*, 54 b 3), "비극 바깥"(*exô tès tragôidias*, 54 b 7) 에서 그래야 한다. 문맥을 살펴보면 극(그것은 "무대 위에서 연기하다"라는 뜻을 지닌 동사 '*dran*'에 정확하게 상응한다)의 경계를 명확하게 구분할 수 있다. 즉 극은 무대 위에서 펼쳐지는 행동, 공연을 통해 제공되는 볼거리와 관계되는 것이다(24장, 60 a 32와 주해 12를 참조할 것). 거기에 불합리한 것은 끼어들 수 없다. 하지만 사건들의 조직(*en tois pragmasi*, 54 b

7), 즉 줄거리 속에는 슬며시 끼어들 수 있다. 그러니까 이야기나 예언과 같은(*praogoreuseôs kai angelias*, 54 b 5) 매개된 형태로만 무대 위에 나타나는 것이다. 그 경우 비극은 서사시적인(*epangelia*) 서술 장르의 자유, 특히 신적인 경이의 가능성을 되찾게 된다. 한편으로 이야기는 불합리한 것이 억지로 끼어들어 관객의 눈에 보이는 일이 없도록 한다. 그리고 다른 한편으로는 불합리한 것에 받아들여질 수 있는 것, 있음직한 것이라는 외양을 부여하면서 이를 정당화한다. "왜냐하면 우리는 신들이 모든 것을 볼 수 있는 능력을 가진 것으로 인정하기 때문이다"(54 b 6).

5. 54 b 9

『시학』에서 '*mimeisthai*'라는 동사가 명백하게 "모방하다", "본을 따르다"라는 뜻으로 쓰이는 경우는 두 번 나오는데, 여기가 바로 그중의 하나이다. 그러나 이때 모방의 본보기는 대상이 아니라 예술적 활동의 행동주체로서의 인간이다(이는 우리의 논의에서 독특한 경우이다). 다른 한번에 대해서는 22장, 59 a 12를 참조할 것.

6. 54 b 13

줄거리를 분석할 때와 마찬가지로(6장, 50 a 26 이하 그리고 50 b 1 이하) 여기서도 참고로 언급된 예술은 회화이다. 회화에서 재현활동이 가장 직접적으로 드러나고, 모델-대상과 복제-대상 사이의 거리도 상대적으로 단순한 용어로 분석할 수 있기 때문이다.

맨 앞에 나오는 문장들은(54 b 8-12) 재현과정 자체가 가지고 있는 가장 독특한 점과 비극 장르 고유의 특성을 동시에 기술하는 핵심적 대목이다. 2장에서 설명한 바와 같이 비극 미메시스의 가장 큰 특징은 인물을 "더 낫게"(*beltionôn è hèmeis*, 2장, 48 a 4) 변형시키는 것이다. 물론 그러한 변형은 본질적으로 윤리적 영역에 속하지만, 가치판단 용어들이 얼마나 유동적이고 개념 정리하기 어려운지는 우리도 잘 알고 있다(2장과 13장을 참조할 것). 훌륭한 화가들은 작업을 하면서 두 가지 기본적인 조건을 따르는데, 그 둘의 관계에 대한 논의가 필요하다.

첫 번째 조건은 "고유의 형상을 재현하여 실물과 유사하게 그리는"(*apodidontes tèn idian morphèn homoious poiountes*, 54 b 10 이하) 것이다. 병치된 두 개의 분사구문 사이의 논리적 관계는 분명하게 드러나지 않는다. 그럼에도 불구하고 4장에 주어진 모방적 재현에 관한 성찰 — '*morphè*'라는 용어가 나온다 — 을 참조한다면 그것이 인과 관계라고 결론내릴 수 있을 것이다. 4장에서 말한 것은 "추한 짐승이나 시체의 형체(*morphas*)"였고, "그것을 아주 잘 다듬어 그린 그림"(48 b 12)이 가져다 주는 쾌감이었다. 그 그림들이 "이전에 본 적이 있는" 것과 닮았기 때문에 철학자든 보통 사람이든 누구나 "개개의 사물이 무엇 무엇이라고 판단하게 되고", 다른 것과 구분되는 특징을 기준으로 삼아 특유의 형태를 발견할 수 있게 된다. 훌륭한 화가란 따라서 사물과 유사한 초상화를 그림으로써 보는 사람에게 발견의 쾌감을 보장하는 화가를 말한다. 다른 것과 구분되는 특징을 포착하면서 고유이 형상(*tèn idian morphèn*)을 재현하는 것이다.

두 번째 조건은 "더 아름답게 그린다"(*kallious graphousi*)는 것이다. 회화의 경우, 모델이 실제 아름다운 것보다 더 아름답게 미적 영역에서 변형시켜야 한다는 것을 이해할 수 있었다. 하지만 이것이 유사성의 조건과 양립할 수 있을까? 비극의 경우에 그랬듯이, 유사성이 더 낫게 변형시키되 너무 지나치지는 않도록 한계를 설정하는 것임을 받아들인다면, 충분히 양립가능하다.

그래도 한 가지 물음이 남는다. "고유의 형상을 재현한다"는 원래의 재현활동과 관련해서 더 나은 변형은 어떤 자리를 차지하는가? 화가는 아름다움을 덧붙이는 것 외에도 실물과 유사하게 초상화를 완성함으로써 고유의 형상을 복원하는가? 혹은 다른 것과 구분되는 특징을 드러내는 양식화를 추구한다는 사실 그 자체가, 보다 더 뛰어난 아름다움의 근원이므로 고유의 형상은 미적 치환을 통해 드러나는가? 이것은 때늦은 질문이 아니다. 물론 아주 신중해야 하겠지만, 우리가 이미 4장에서 살펴본 것에 비추어 볼 때 제기할 수 있는 질문이다.

아무리 추한 형상들이라도 잘 다듬어 그렸을 때 우리가 쾌감을 느끼는 것이 사실이라면, 그 쾌감은 바로 고유의 형상을 이끌어 냄으로써 무엇을 발견한다는 지적 활동을 가능하게 하는 양식화에서 발생한다. 하지만 아리스토텔레스가 그러한 형상들이 우리에게 더 아름답거나 우아하게 나타난다고 말한 적은 없으며, 그러한 지적인 쾌감이 엄밀한 의미에서의 미적 쾌감이라고 말하지도 않는다. 결국 고유의 형상의 미학이라는 길이 그려지긴 하지만, 여전히 그에 대해 논의할 만한 근거는 없는 것이다.

시로 넘어가면 문제는 복잡해진다. 이것을 시에 적용하면서 아리스토텔레스는 다양한 성격들, 즉 "화를 잘 내는 사람이나 무심한 사람 또는 그와 유사한 성격상의 특징을 가진 사람들"을 예로 들고 있다. 사실 고유의 형상을 복원한다는 말이 재현하다(*mimoumenon*)라는 하나의 동사로 명확하게 표현되면서 이 문장의 통사론적 구조는 앞 문장의 구조와 짝을 이룬다(*apodidontes tèn idian morphèn homoious poiountes~mimoumenon toioutous ontas*; *kallious graphousi~epieikeis poiein*), "그와 유사한"(*toiouotous ontas*)이란 표현은 앞서 말한 작품 외적인 참조 대상, 즉 "화를 잘 내는 사람"이나 "무심한 사람"과 같은 윤리적 범주와의 유사성을 강조한다. 사실 이 예들은 일부러 고른 듯한데, 긍정적 품격으로 간주되기는 어려워 보인다. 『니코마코스 윤리학』은 "화를 잘 내는 사람"(*orgiloi*)에 대해 설명하면서 중용을 벗어난 것으로 보고 있고(1108 a 7), "무심함"(*rhâithumoi*)은 분명하게 악덕들 가운데 하나로 분류하고 있다(같은 책, 1138 b 28;『수사학』, I, 1368 b 18).

따라서 시인은 그러한 결점들 고유의 형상을 재현한 뒤에 주인공들이 "더 품격 있는"(*epieikeis*) 인물이 되도록 성격을 완성시켜야 한다. '*epieikeis*'는 가장 일반적인 의미로, 그리고 13장에서 사용된 용법에 따르면, 착한 사람, 즉 도덕적으로 우월한 가치를 지닌 사람의 특성을 가리킨다. 그러므로 변형은 필연적으로 윤리적 영역에 속한다. 비극의 등장인물의 성격을 "고귀한"(*spoudaioi*) 것으로 특징짓고 있는 2장의 유형론 역시 같은 방향이었다(48 a 9, 주해 2).

그럼에도 불구하고 화를 잘 내는 사람이나 무심한 사람을 착한 사람으로 변모시키는 작업은 질 나쁜 연금술에 속한다. 거기에는 "매우 천한" 노예 신분과 그의 성격상 특징이 될 수 있는 "품격"(*khrèstos*) 사이의 긴장(위, 54 a 20과 주해 2를 참조할 것)과 같은 정도, 또는 그보다 더 강한 긴장이 존재한다. 따라서 "*epieikès*"의 용법을 이 장 서두에서 분석한 바 있는 "*khrèstos*"의 용법(주해 3)과 비교하지 않을 수 없고, 오히려 "더 나은" 상태로의 변형이란 성격에 순전히 미적인 영역의 격조와 아름다움을 부여하는 것이 아닌지 묻게 된다. "*epieikès*"는 이 경우에 그것이 오를 수 있는 최고의 단계까지 상승된 긍정적 가치를 드러낼 것이며, 순수한 우월성의 색조 이외엔 다른 어떤 색조도 띠지 않게 될 것이다. 그리고 그러한 우월성, 위대함이 재현을 통해 완전히 순수한 상태로 추출되면 화를 잘 내거나 무심한 성격들마저도(*kai*) 품격을 부여받게 될 것이다.

물론 "*epieikès*"를 격조나 우아함 쪽으로만 끌고 가는 것도 분명 문제가 있다. 아리스토텔레스의 사유 방식에서 아름다움과 선함이 본질적으로 분리될 수 없다는 것은 명확하기 때문이다. 하지만 여기서 우리는 고유의 형상을 복원시키는 것을 미메시스의 부동의 원칙으로 제시함으로써 결정적인 걸음을 내디뎠다고 할 수 있다. 재현 과정에 따르는 변환의 긍정적 특성을 윤리적 용어로 정리할 수밖에 없다 하더라도, 순전히 그리고 단지 도덕적인 의미에서의 개선의 문제가 아니라는 것은 알 수 있다. 비극은 그 "품행", "품격"이 행동 고유의 구조, 즉 두려움과 연민을 불러일으키게 되어 있는 반전으로 특징지어지는 구조와 조화를 이루는 인물을 등장시키는 것이다.

7. 54 b 14

몇몇 편집자들은 이 대목을 훼손된 것으로 간주하고 이를 † † 부호 사이에 넣어 인쇄한다. 또 어떤 편집자들은 '*agathon*'이 들어 있는 필사본 B의 독법을 받아들여 수정하고 있다. 그렇게 되면 아킬레우스의 예는 그의 "모진 성격"(*sklèrotètos*)이 아마도 시인의 연금술에 의해 "선함"(*agathon*)으로 바뀐 것이 될 것이다. 아가톤이 아킬레우스를 무대에 등장시킬 수 없었다고 생각할 근거는 어디에도 없으므로, 우리는 필사본 A 텍스트를 (철자 부호 하나만 제외하고) 그대로 옮겼다. 이 예는 윤리적 관점에서는 부정적으로 나타나는 듯한 성격이 오히려 비극적 행동에 알맞은 태도와 "품위"를 지니는 극단적 경우를 보여 준다. 이런 식으로 텍스트 속에 슬쩍 포함되어 있는 예를 통해서 숭고 미학의 단초를 엿볼 수도 있을 것이다.

8. 54 b 16

결론에 덧붙여질 추가적인 조언("그리고 또한"은 명확하지 않고 미묘한 문제들을 제기한다. 만들어 낸 "인상들"*tas aisthèseis*에 유의해야 한다는 것인데,

이때 "인상들"이 관객의 것임은 확실하다. *'aisthèseis'*라는 용어는 『시학』 다른 곳에서 단 한 번 경연과 밀접하게 연관된 용법으로 쓰인 바 있다(*pros tous agôntas kai tèn aisthèsin*, 7장 51 a 7). 이렇게 해서 우리는 볼거리 영역, 관객들의 판단에 맡겨진 무대 위에서의 재현영역으로 들어가게 되며, 이는 17장을 확실하게 예고한다.

우리는 여기서 *'para'*를 "~와 반대의"라는 뜻으로 이해한다. 시인은 "작시술에 필연적으로 내포되는 인상들과 반대되는 인상들"을 만들어 내는 과오를 범하지 않도록 조심해야 한다. 성공 여부를 최종적으로 그리고 결정적으로 가름하는 기준은 결국 무대 위에서의 성공이기 때문이다. 시인들은 텍스트 안에 "형상(문채)들"(*skhèmata*, 17장, 55 a 29; 해당 부분 주해를 참조할 것)을 새겨 넣고 텍스트는 그 형상(문채)들 속에 말하자면 배우들을 위한 지시사항 "프로그램"을 담게 되며, 그 프로그램의 실행 여부가 무대에서의 성공을 가름하는 것이다.

9. 54 b 18

여기서 말하는 논저들은 세 권으로 된 『시인들에 관하여』일 것이다. 아리스토텔레스의 다른 대외용 작품들과 마찬가지로, 이 책들은 유실되었고 단지 몇몇 짧막한 문장들만 남아 있다(Rose, pp.70-77).

제16장

 발견이 무엇인지는 앞서 설명한 바 있다. 그런데 그 종류에는 어떤 것들이 있는가?[1] 첫째로 작시술과 가장 무관하며 시인들이 창의력 빈곤으로 가장 자주 사용하는 것으로, 독특한 표시에 의한 발견이다. 표시 가운데 어떤 것들은 "대지의 자손들이 지니는 창"이나 카르키노스의 『튀에스테스』에 나오는 별처럼 타고난 것들이다. 그리고 다른 것들은 나중에 생긴 것들인데, 어떤 것들은 흉터처럼 몸에 있기도 하고, 목걸이나 『튀로』에서

 표시가 되는 조각배처럼 바깥에 있는 것들도 있다. 이러한 표시들을 사용하는 데 있어서도 우열이 있다. 예를 들어 오뒤세우스는 흉터가 있어서 유모가 그를 알아보게 되고 돼지치기도 그를 알아보는데, 그 방식은 서로 다르다. 사실 확인을 위한 증거로 표시를 사용하는 후자의 경우 발견은 작시술과는 더 무관하다. 그리고 그런 유형의 발견은 언제나 그렇다. 반면에 발 씻는 장면과 같이 급전에서 비롯되는 발견은 보다 훌륭하다.[2]

　　두 번째 발견은 시인이 꾸며서 만들어 내는 것이며, 따라서 작시술에 속하지 않는다. 『이피게네이아』에서 오레스테스가 자신이 오레스테스임을 알아차리게 하는 장면을 예로 들 수 있다.[3] 실제로 그의 누이는 편지에 의해서 신분이 드러나지만,

그는 줄거리와 상관없이 시인이 요구하는 바를 자기 입으로 말한다. 이는 앞에서 말한 결함과 큰 차이가 없다. 오레스테스 역시 어떤 표시를 지닐 수 있었을 것이다. 또 다른 예로는 소포클레스의 『테레우스』에 나오는 "베틀북 소리"를 들 수 있다.[4]

54 b 37세 번째는 기억에 의한 발견으로서, 한번 보고서 바로 알아차리게 되는 경우이다. 예를 들어 디카이오게네스의 『키프로스 사람들』에서 주인공은 그림을 보고 갑자기 눈물을 흘린다. 또 알키오노스에게 해 주는 이야기에서 오뒤세우스는 현금 연주를 듣고 지난 일이 떠올라 눈물을 흘리고, 그로 인해 발견이 이루어진다.[5]

55 a 4네 번째는 추론에 의한 발견이다. 예컨대 『제주(祭酒)를 바치는 여인들』에서 누군가 닮은 사람이 왔는데, 오레스테스 말고는 닮은 사람이 없고, 그러므로 그가 온 것이다. 이피게네이아에 관한 소피스트 폴뤼이도스의 발견도 마찬가지이다. 오레스테스가 추론을 통해 누이의 희생과 자신의 희생을 연결하는 것은 있음직한 일이기 때문이다. 또 테오덱테스의 『튀데우스』에서 주인공은 아들을 찾으러 왔다가 자기가 죽는구나라고 추론한다. 『피네우스의 딸들』에서도 여인들이 어떤 장소를 보고 전에도 바로 그곳에서 내버려진 적이 있기 때문에 죽게 될 것이라고 자신들의 운명을 추론한다.[6] 또 관객의 그릇된 추론에55 a 12서 출발하는 발견도 있다. 예컨대 『거짓 사자(使者) 오뒤세우스』에서 오뒤세우스가 다른 모든 것을 제쳐 놓고 활을 당긴다는 것은 시인이 만들어 낸 사실이고 추론의 전제가 된다. 오뒤세우스가 한 번도 본 적이 없는 활을 알아볼 수 있을 거라고 주장하는 것 역시 마찬가지이다. 하지만 활을 당김으로써 사람들

이 그를 알아볼 것이라는 구실로, 사실상 말을 통해 발견이 이
루어진다면, 그것은 그릇된 추론이다.[7]

        모든 발견들 가운데 가장 훌륭한 것은 사건 자체로부터 비
롯되는 발견이다. 이 경우 놀라움의 충격은 있음직한 사건들의
경로를 따라 생긴다. 예를 들어 소포클레스의『오이디푸스 왕』
이 그렇고,『이피게네이아』에서 이피게네이아가 편지를 부탁
하려고 하는 것도 있음직하다.[8] 이러한 유형의 발견만이 꾸며
낸 표시나 목걸이에 의존하지 않는다. 추론에 의한 발견이 두
번째로 좋다.[9]

제16장 주해

1. 54 b 20

15장에서 성격을 연구한 뒤에 이 장에서 다시 뮈토스를 구성하는 부분들을 다루는 것은 논의가 제 길을 잃어버린 것처럼 보인다. 발견은 급전(13장)이나 격정적인 효과(14장)와 같은, 줄거리를 구성하는 다른 부분들에 뒤이어 올 것이라 생각되기에, 사실 13장이나 14장 끝부분에 오는 것이 보다 논리적이기 때문이다. 따라서 이 16장은 17장과 18장에서 전체적으로 결론을 내리기 전에 일종의 사족처럼 갖다 붙인 것으로 보아야 한다.

문제가 되는 것은 여러 종류의 발견을 구분하고 그 서열을 정하는 것이다. 사실상 13장과 14장에서도 이미 발견에 관해 매우 폭넓게 다룬 바 있지만, 여기서는 '시인이 사용할 수 있는 여러 발견 수단에는 어떤 것들이 있는가?'라는 하나의 특수한 양상만을 다루고 있다. 아리스토텔레스는 다섯 개 범주로 발견을 정의하고, 14장에서와 동일한 원칙에 따라(53 b 38 이하) 그것들을 가장 안 좋은 것부터 차례로 분류한다.

2. 54 b 30

첫 번째 방식이 가장 나쁘다. 행동에 내재한 그 어떤 논리적 필연성에 의해서도 요구되지 않는 외적인 기호 ― 타고난 것이든 나중에 생긴 것이든──의 도움으로 발견이 이루어지기 때문이다.

물론 그러한 독특한 표시(*sèmeia*)는 그들이 어떤 가문에 속해 있는 가를 나타나는 관례적인 속성일 수 있으나("대지의 자손들이 지니는 창"도 그렇고, 또 어깨 위의 별은 태어날 때부터 펠롭스의 자손임을 나타낸다), 그럼에도 불구하고 줄거리 구조, 즉 사건들의 연쇄 바깥에 있다는 사실에는 변함이 없다. 오뒤세우스의 흉터는 전승되어 오는 이야기를 통해 주어진 것일 수 있으나『오뒤세이아』의 극적 상황은 이를 끌어들이지도 논리적으로 요구하지도 않는다. 그처럼 연극에서는 독특한 표시가 연출에 속하기보다는 볼거리의 외적인 구성에 속한다고 볼 수 있다(6장, 50 b 17). 따라서 이러한 종류의 발견은 엄밀히 말해서 뮈토스의 영역에 속하지 않으며, 그래서 "작시술과는 가장 무관한" 것이다. 그런 발견에 호소하게 만드는 "창의력 빈곤"(*aporia*)은 "경험"(*empeiria*)과 직접적으로 대립하는데, 기술(*tekhnè*,『형이상학』, 981 a 4 이하, 위 14장, 54 a 13 주해 7 인용 부분을 참조할 것)이라는 통합적 성찰에 필요한 재료는 바로 경험의 축적을 통해 제공된다.

표시에 의한 발견이라는 범주는 타고난 표시와 나중에 생긴 표시로 나뉘며, 후자는 다시 세분된다. 그러나 보다 흥미로운 것은 바로 뒤에 여담처럼 나오는 부분(54 b 25 이하)인데, 거기서 오뒤세우스의 예를 통해 독특한 표시의 서로 다른 두 가지 용례를 구분하고 분류할 수 있다. 즉 동일한 상처가 연속적으로 발견의 계기가 되지만, 하나가 다른 하나보다 "작시술과 더 무관한"(*atekhnoterai*, 54 b 28) 발견인 것은 바로 표시가 증거로(*pisteôs heneka*) 내세워지고 있기 때문이다.

이처럼 표시를 증거로 사용하는 것은 급전에서(*ek peripeteias*)와는 반대로 사용하는 것이다. 급전에서 표시는, 줄거리에 의해 설명되지 않는다 하더라도 그 전개에 직접 개입한다. 즉 흉터 때문에 일상적인 호의의 몸짓 — 몸종이 이방인의 발을 씻어 주는 것 — 이 급작스럽게 인물들 사이의 관계를 바꾸게 되고, 행동의 흐름을 급변하게 하는 발견이 이루어지는 것이다. 하지만 그렇다면 "증거로" 사용됨으로써 결국엔 동일한 효과를 낳는 똑같은 표시가 어째서 "작시술과는 무관한" 것으로 배제되는가?

실제로 『시학』에서 기술에 속하는 것과 그렇지 않은 것의 경계선을 결정하는 것이 가능한가의 문제는 검토해 볼 만하다. 텍스트 전체에서 'teckhnè'와 'atekhnos'라는 용어가 쓰이는 경우들을 살펴보면 서로 반대되는 양극단으로 나누어짐을 알 수 있다. 즉 한편으로는 사건들의 구성(pragmata)에 기여하는, 엄밀한 의미에서의 작시술 영역에 속하는 것이 있으며, 다른 한편으로는 시인이 아니라 연출자의 기술에 속하는 볼거리와 관계되는 것이 있다(6장, 50 b 17-20; 14장, 53 b 8 이하).

그런데 표시를 증거 혹은 계기로 사용하여 급전이 일어나면서 발견이 이루어지는 것은 표시를 원래 용도에서 벗어나 부차적으로 사용하는 것이다. 독특한 표시는 원래 보다 하위 영역, 즉 볼거리 영역(atekhnotatè, 14장, 53 b 8 이하)에 속하기 때문이다. 그렇지만 그러한 표시에 어느 정도 새로운 가치를 부여할 수는 있을 것이다. 즉 한편으로 시인이 그것을 법률적인 영역의 방증이나 증거로 사용하는 것이 가능한데, 그것은 암묵적인 추론을 가정하면서 추론에 의한 발견을 예고한다(아래 55 a 4와 주해 6을 참조할 것). 하지만 그렇다고 해도 무대 장식, 그리고 직접 눈으로 봄으로써 생기는 효과와 아주 가깝기 때문에 좋은 평가를 받을 수는 없다(kheiron). 다른 한편으로 급전을 유도하기 위한 도약대로 표시를 사용하는 것이 가능한데, 이 경우는 이미 사건들의 배열 그 자체에서 비롯되는 발견이라는 완벽한 발견 유형의 윤곽을 보여 주기 때문에 보다 훌륭하게(beltious, 54 b 30) 사용하는 것이 된다(아래 55 a 16과 주해 8을 참조할 것).

3. 54 b 32

55 b 9와 21에서처럼 여기서도 "알아차리게 하다"(*anagnôrizô*)라는 사역 용법이 쓰이고 있다. 오레스테스라는 이름을 반복하는 보어적 구성 — "오레스테스가 자신이 오레스테스임을 알아차리게 하는" — 은 무겁고 주장이 강하다는 느낌을 주지만, 그렇다 해서 텍스트를 수정할 이유는 없다.

4. 54 b 37

두 번째로 나오는 것은 시인이 꾸며서 만들어 내는(*pepoièmenai*) 발견이다. 그러나 역설적이게도 꾸밈을 통해 시인이 개입(*pepoièmenai hupo tou poiètou*)하는 것과 그 발견이 작시술과는 무관하다(*atekhnoi*, 54 b 31)는 특성 사이에는 인과 관계가 있다. 그런데 그와 반대로 『시학』에서 '*poiein*'이라는 동사는 매우 긍정적이며 강한 의미로 쓰이고 있다. 특히 "줄거리를 구성하다, 사건들을 배열하다"(*poiein ton muthon*)라는 표현에서는 더욱 그렇다. 즉 바로 그것이 시인의 작업이며, 시인은 있음직함과 필연성에 따라 구성한다(*poiei*)는 바로 그 점에서 시인(*poiètès*)이라 일컬어지는 것이다(9장, 51 b 30. '*poiein*'이 일반적으로 중립적인 의미의 동사로 쓰이고 있다고 간주되는 몇몇 용법[53 b 28과 29, 54 a 1 그리고 55 b 10]에서조차도 그러한 강한 의미와 결부되어 있는 것처럼 보인다).

그럼에도 불구하고 이 모순은 쉽게 해결할 수 있다. 이 문장을 '*poiein*'이 수동형 완료분사로 쓰인 일련의 용법, 즉 동사 '*poiein*'이 언제나 꾸미다, 만들어 내다라는 뜻으로 쓰이는 용법에 연결시키면 된다 (9장, 51 b 20, 22과 주해 3을 참조할 것. 21장에서는 "만들어진 이름"[*onoma pepoièmenon*, 57 b 2]이라는 표현이 있고, 좀 더 뒤에는 마치 퇴행이 일어난 듯 그 동사가 능동형으로 사용된 예를[*to de poièi*, 58 a 7] 볼 수 있다. 그러나 17장, 55 a 34 이하에서 수동형 완료분사로 쓰이는 경우도 참조할 것). 독특한 표시를 만들어 내는 것은 시인의 특수한 과제, 즉 있음직함과 필연성에 따라 줄거리를 엮어 가면서 구성(*poiein*)하는 것과는 대조적으로, 보다 수준이 낮은 활동으로 나타나고, 시인의 창조력이 줄거리가 요구하는 바에 필연성이라는 자격으로 통합되지 못한 것으로 보인다(*ha bouletai ho poiètès all'oukh ho muthos*, 54 b 34). 말을 못하게 된 필로멜레가 "베로 짠 작품"을 통해 자기 목소리("베틀 소리")를 들리게 함으로써 자신을 박해한 자를 고발하는데, 이때 그러한 표시를 만들어 내는 것이 이에 해당될 것이다. 『이피게네이아』에서 오레스테스가 자신의 어린 시절의 배경을 묘사하는 것 역시 시인의 자유로운 상상력에 내맡겨져 있다… 하지만 이처럼 심하게 비난하는 것은 놀라운 일이 아닐 수 없다. 이 경우 발견의 과정이 행동을 통해 논리적으로 이루어지는 것처럼 보이기 때문이다. 그럼에도 불구하고 아리스토텔레스가 그처럼 엄격한 입장을 취하는 것은 16장의 논리가 이상적 형식과 관련하여 여러 가지 경우들의 우열을 조망하는 것이기 때문일 것이다.

5. 55 a 4

세 번째 경우는 기억에 의한 발견이다. 이 경우는 주인공이 보는(*idôn*) 외부적 표시("그림")로부터 발견이 이루어지기도 하고, 그가 듣는(*akouôn*) 이야기로부터(*en apologôi*) 발견이 이루어지기도 한다는 점에서, 앞의 경우들과 비슷하다.

그러나 기억은 『형이상학』 A권에서 정의된 것과 같은 발견 과정 (980 a 27 이하. 그리고 아래 주해 8을 참조할 것)에서 단순한 감정에 비해

진전된 단계를 보여 주며, 따라서 기억에 의한 발견은 더 좋은 것이 된다. 기억은 보다 지적인 영역에 속하며, 있음직하고 또 종종 필연적인 연상의 산물이다. 그래서 기억은 엄밀한 의미에서의 논리적 추론을 예비한다(그 다음 발견 유형에 관해서는 55 a 4 이하를 참조할 것).

또한 이 경우 발견의 정서적 힘이 보다 강렬할 것이다. 감정과 관련된 동사들이 되풀이되는 것 외에도, 등장인물에게 보다 내밀한 방식으로 영향을 미치는 감정을 나타내는 동사 "눈물을 흘리다"(*eklausen*, 55 a 2 ; *edakrusen*, 55 a 3)가 처음으로 그리고 두 번에 걸쳐 나온다. 표시는 —— 그림이든 이야기든 —— 그렇게 바로 등장인물로 대체되며, 그의 자각(*aisthesthai ti*)과 그로 인한 감정(눈물)은 증인들이 해독할 수 있는 살아 있는 표시가 된다. 알키노오스의 손님은 음영시인(吟詠詩人)의 이야기에 반응을 보이면서 스스로 자기의 정체를 보여 주는 징표가 되고 그렇게 해서 자기의 정체를 발견할 수 있게끔 예비한다.

6. 55 a 12

추론에 의한 발견에 이르러 우리는 단지 볼거리와 연결되었을 뿐인 외부적 표시에서 한 단계 더 멀어지게 된다. 등장인물이 추론을 하지만 관객 또한 줄거리에서 주어진 것에 관해 같이 추론한다. 필요한 삼단논법의 방법을 사용하면 사건 그 자체로부터 돌연 발견이 이루어지는 것처럼 보이고, 그렇게 해서 이것은 좋은(두 번째) 방식이 된다.

남매가 똑같이 닮았다는 사실에서 발견이 이루어지는 『제주를 바치는 여인들』(55 a 4 이하)의 예는 널리 알려져 있었던 것이 틀림없다. 나머지 예들은 그렇게 분명하지는 않다. 테오덱테스의 『튀데우스』(55 a 8 이하)는 전해지지 않고 있으며, 『피네우스의 딸들』(55 a 11)에 대해서도 알려진 것이 없다. 끝으로 문제가 되는 것은 이피게네이아의 예인데, "이피게네이아에 관한 폴뤼이도스의 발견"(*hè Poluidou peri tès Iphigeneias*) 이라는 표현이 애매하기 때문이다. 폴뤼이도스가 직접 쓴 것일 수도 있고, 그가 에우리피데스를 평하면서 말한 것일 수도 있다. 하지만 우리는 필사본 B와 상치되는 필사본 A의 해석을 채택하여 "그는 ~라고 말한다"(*ephè*)라는, 비평가의 판단을 드러내는 도입동사를 피하고 오레스테스가 "추론"(*sullogisasthai*)하는 폴뤼이도스의 작품이 있었을 가능성이 더 크다고 본다. 비극 작가로서의 폴뤼이도스에 관해서는 17장, 55 b 10의 '*epoièsen*'을 참조할 것.

이 지점에서 우리는 추론을 증거에 연결시키게 된다. 언뜻 보자면 실제로 『제주를 바치는 여인들』에서 오레스테스의 발견 — 발자국이나 머리 타래처럼 물질적 표시에 입각해서 전개되는 추론의 산물 — 은 돼지치기 앞에서 자신의 흉터를 증거로 사용하는 오뒤세우스의 발견과 원칙적으로 크게 다를 것이 없다. 그러나 『수사학』1권에서 두 종류의 증거를 구분하고 있음을 떠올린다면(1355 b 35 이하) 문제는 보다 분명해질 것이다. 하나는 기술적인 것(*entekhnoi*)이고 다른 하나는 기술 외적인 것(*atekhnoi*)이다. 말하는 사람에 달린 것이 아니라 표시나 증언, 고백처럼 외부에서 주어진 증거는 기술 외적인 것이다. 반면에 말(*dia tou logou*), 체계에 속한 증거는 기술적인 것이다. 후자는 설득하고자 한다면 말하는 사람이 그 기술을 자유자재로 구사할 수 있어야 하는 추론(귀납법, 삼단논법)으로 이루어진다. 이러한 기술적인 증거가 비극에 개입하게 되면, 그것은 6장(50 b 11 이하)과 19장(56 a 36 이하)에서 정의하고 있는 비극의 한 구성 부분으로서의 사상(*dianoia*)의 영역에 들어가게 된다. 그래서 오레스테스의 발견은 대번에 논리적 층위에 위치하게 되는 것이다. 즉 서로 닮았다고 확인되는 유사성(*homoios*)에서 발견이 이루어지고, 삼단논법의 형식으로 분명하게 전개된다(55 a 5 이하를 참조할 것. 삼단논법의 세 명제는 "그런데"*de*와 "그러므로"*ara*라는 접속사로 연결되어 있다). 사상의 영역에 들어서면서 우리는 표시의 순전히 외부적인 양상을 넘어서게 되고, 사건들을 조직적으로 배열하여 줄거리를 구성한다는 비극의 핵심에 한 걸음 더 다가서게 된다. 그처럼 발견 유형들은, 그와 연결된 비극의 구성 요소들과 마찬가지로, 필연성과 있음직함에 따른 줄거리의 구조화에 얼마나 더 전체적으로 긴밀하게 기여하는가에 따라 작시술과 보다 더 밀접한 관련을 맺게 된다(아래, 주해 8을 참조할 것).

7. 55 a 16

추론에 의한 발견의 변이형으로, "관객의 그릇된 추론"(*ek paralogismou tou theatrou*)에 토대를 둔 발견도 있다. "그릇된 추론" 또는 "거짓 추리"에 대해서 24장에 기술된 것에 따르면, "A는 필연적으로 B를 끌어들인다"라는 관계에서 "B는 A를 끌어들인다"는 결론을 내린 다음 관객은 더 이상 묻지도 않고 A를 받아들인다. 따라서 그것은 실제로 관객의 주의를 끌지 않고서도 불합리한 요소에 있음직함이라는 무해한 가면을 씌워 통과시키는 방식이다(24장, 60 a 18 이하와 주해 10을 참조할 것).

　『거짓 사자 오뒤세우스』에 대해 알려진 것이 없고 그 저자도 모른다는 사실은 별로 중요하지 않다. 중요한 것은 주인공이 말로 다른 사람을 속이고 이를 통해 저자는 관객을 속인다는 것이다. 거짓 추리의 내용을 봐도 극의 내용에 대해서는 거의 알 수가 없다. 필사본 텍스트는 알기 어렵고, 그래서 보통은 훼손된 것으로 간주된다(아랍어 판본 또한 알기 어렵다). 그럼에도 불구하고 우리는 필사본 텍스트를 그대로 유지하여 번역해 보려고 했다. 아리스토텔레스의 논리 전개과정은 아마도 이럴 것이다, 즉, 한 가지 유형의 발견, 호메로스에 의해 영원히 남게 된 유형은 오뒤세우스만이 활을 당길 수 있다는 것이다. 시인이 만들어 낸 이 사실(*pepoièmenon hupo tou poièton*, 55 a 14)은 구혼자에게, 따라서 관객들에게 오뒤세우스를 발견할 수 있게 해 주는 추론의 출발점이자 전제(*hupothesis*)가 된다. 그런데 아마도 관객의 기억에 남아 있을, 이미 알려진 그러한 유형의 추론에 기댐으로써("활을 당김으로써 사람들이 그를 알아볼 것이라는 구실로"*hôs di'ekeinou anagnôriountos*) 『거짓 사자 오뒤세우스』의 저자는 그 자체가 거짓인 또 다른 추론에서 발견을 이끌어 낸다(*dia toutou poièsai*, 55 a 15). 즉 오뒤세우스는 자신이 활을 알아볼 수 있을 것이라고 주장하고(*to toxon ephè gnôsesthai*, 55 a 14) 사람들은 그로 인해 그가 이미 활을 본 적이 있다는 결론을 내린다. 그리고 관객들은 별 생각 없이 말("그는 알아볼 수 있을 것이라고 주장한다"*ephè gnôsesthai*)을 사실("그는 실제로 알아본다")로 간주하고 오뒤세우스의 정체에 대해 결론을 내린다.

그릇된 추론에 의한 발견(55 a 12)에 붙여진 형용사 '*sunthetè*'(원래는 "구성된"이라는 뜻)는, 『소피스트적 논박』(*Réfutations sophistiques*, 166 a 22 이하와 177 a 33 이하)에 기술된 "낱말 결합"(*sunthesis*)에 의한 언어학적 궤변을 가리킨다고 볼 수 있다. 이 경우 『거짓 사자 오뒤세우스』에서 그릇된 추론의 원인을 제공하면서 속임수를 쓴 발견의 축으로 사용된, 이중의미로 구성된 어떤 표현에 대한 암시가 있을 수도 있다. 물론 이것은 검증할 수 없는 가설이다.

8. 55 a 19

마지막 발견 유형은 가장 훌륭한 것으로, 사건들의 필연적이거나 있음 직한 연쇄에서 생겨나는 놀라움(*tès ekplèxeôs* [⋯] *di'eikotôn*, 55 a 17은 9장의 공식 *para tèn doxan di' allèla*, 52 a 4에 대응한다)이라는, 이상적인 비극적 효과의 도식에 정확하게 부합한다. 여기서 아리스토텔레스 자신이

모든 비극의 패러다임으로 간주하는 소포클레스의 『오이디푸스 왕』을
예로 든 것은 당연하다. 하지만 『이피게네이아』에서 끌어온 예가 더 의
미심장하게 보이는 것은, 이피게네이아가 그리스로 편지를 보내려 하고
그를 위해 자기 제물들 가운데 한 명을 살려 준다는 것이 어째서 있음직
한가를 보여 주기 때문이다. 가장 중요한 것은 심리적인 있음직함이며,
결국 자신의 에토스에 따라 행동하는 인물이 점점 중요해지는 것을 알
수 있다. 아리스토텔레스에 따르면 그러한 인물이 점차 비극의 장을 점
령하게 될 것이다(24장, 60 a 5 이하 그리고 주해 8 해당 부분을 참조할 것).

끝으로 이 장에서 살펴본 발견 방식 전반을 돌이켜 보면, 아리스토
텔레스가 각기 엄격하게 서열이 정해져 있는 두 가지 준거 체계를 조정
하려 한다는 것을 알 수 있다. 한편으로 그것은 감각, 기억, 추론과 같은
인식 형태들의 근본적인 서열 ──『형이상학』 A권(1장)에 기술된 것과
같은 서열 ── 에 토대를 두고 있다. 다른 한편으로는 비극의 구성 부분
들 나름의 서열을 정하는 문제가 고려되고 있다. 즉, 볼거리, 사상, (성격
을 자기 영역 안으로 끌어들이는) 행동과 같은 구성 부분들은 비극적 효과
의 생산에 준해서 순서가 정해진다. 보다 정확히 말하면 아리스토텔레
스는 핵심적이고 이론의 여지가 없어 보이는 인식 범주들, 이 경우엔 발
견을 확실하게 하는 범주들을 비극의 특수한 조건에 맞추려고 하는 것
처럼 보인다.

(a) 눈으로 볼 수 있는 물질적 표시에는 볼거리의 우세가 상응한다
   (하지만 이 표시들도 증거로 사용되거나 더 낮게는 급전에서 사용되면
   고상해질 수 있다).

(b) 기억에 의한 발견은 분류하기가 더 어렵다. 등장인물은 거기서
   기억을 매개로 자기 정체를 드러내는 표시가 되는데, 증인들이
   추론할 수 있도록 제시된 가시적 표시들은 행동 속에서 이루어지기

때문이다.

(c) 추론에 의한 발견은 비극을 구성하는 요소인 사상에 보다 확실하게
상응한다.

(d) 마지막으로 비극 고유의 발견 유형이 있는데, 그것은 놀라움과
있음직함을 묶음으로써 사건 그 자체에서 비롯되는 발견 유형이다.
이것만이 순전히 비극적 발견이다.

이처럼 복잡하게 조정된 준거들은 다음과 같은 표를 통해 체계적으
로 정리될 수 있다.

『형이상학』＼『시학』	볼거리	사상	행 동
감각	(1) 독특한 표시에 의한 발견	(증거로 사용된)	(급전에서 사용된)
기억	(2) 기억에 의한 발견 (행동을 통해 이루어지는 추론을 위한 표시)		
추론		(3) 추론에 의한 발견	
			(4) 사건 자체에서 비롯되는 발견

제17장

55 a 22 줄거리를 구성하고[1] 표현을 통해서 줄거리에 완성된 형태를 부여하기 위해서는 가능한 한 실제 장면을 눈앞에 그려 보아야 한다. 그렇게 마치 자기가 행동 그 자체를 목격하는 것처럼 생생하게 그려 볼 수 있다면, 그 어떤 내적인 모순들도 그냥 지나치지 않고 무엇이 적절한지를 가장 효과적으로 발견할 수 있기 때문이다.[2] 카르키노스에 대한 비판이 그 증거가 될 것이다. 암피아라오스가 신전에서 돌아오는 문제의 장면은, 관객들이 공연을 보지 않았더라면 그냥 넘어갈 수도 있었겠지만, 무대

55 a 29 위에서는 실패하고 말았다.[3] 관객들이 그 장면을 받아들이기 힘들었기 때문이다. 또 가능하다면 동작을 사용하면서 완성된 형태를 자세히 그려 보아야 한다. 실제로 타고난 재능이 서로 비슷하다면 감정을 강렬하게 느끼는 쪽이 가장 설득력이 있을 것이다. 격정에 사로잡힌 사람이 격정을 가장 진실하게 표현할 것이며, 분노에 사로잡힌 사람이 분노를 가장 진실하게 표현할 것이다.[4] 그러므로 작시술은 남다른 재능을 가진 사람이나 망상에 사로잡힌 사람들의 소관이다. 전자는 쉽게 자기를 맞추고 후자는 쉽사리 자기 자신으로부터 벗어나기 때문이다.[5]

55 a 34 　주제가 이미 정해져 있건 시인이 스스로 주제를 정해야 하

건, 먼저 전체적인 구도를 대체로 그려 본 다음 삽화들을 집어 넣고 발전시켜야 한다.[6] 예컨대 『이피게네이아』의 "전체적인 구도"는 다음과 같이 그려 볼 수 있을 것이다. 어떤 처녀가 제 물로 바쳐졌다가 그녀를 제물로 바친 사람들도 모르게 감쪽같 이 사라져 다른 나라에서 살게 된다. 그곳에는 이방인들을 여 신에게 제물로 바치는 관습이 있었는데, 그녀는 이러한 의식을 주관하는 제관이 된다. 세월이 지나 제관의 동생이 이곳에 오 게 된다. (그러나 전체적인 구도와는 무관한 이유로 신탁에 따라 그 가 거기에 오게 된 사실, 그리고 그 여행의 목적은 줄거리 바깥에 있 다.) 그는 도착하자마자 붙잡히고 제물이 되려는 순간 자신을 알아보게 한다[7](에우리피데스의 방식이든 폴뤼이도스의 방식이 든, 누이뿐 아니라 자기도 제물이 될 운명이라는 것을 깨닫는 것은 있음직하다). 그 결과 목숨을 구한다.

55 b 6

그 다음에는 등장인물들에게 이름을 붙이고 삽화를 집어 넣어야 한다.[8] 이때 유의해야 할 점은, 예컨대 오레스테스가 광기로 인해 붙잡히고 정화의식 덕분에 목숨을 구하게 되는 경 우처럼 삽화들이 적절해야 한다는 것이다.[9]

55 b 12

극에서는 삽화가 간결하지만 서사시는 삽화들로 인해 그 길이가 늘어난다. 그래서 『오뒤세이아』의 주제는 길지 않다. 어 떤 사람이 오랫동안 고향을 떠나 방랑한다. 그는 포세이돈의 감시를 받고 있으며 세상과는 완전히 동떨어져 있다. 그런가 하면 고향에서는 아내의 구혼자들이 그의 재산을 탕진하고 그 의 아들을 죽이려는 음모를 꾸미는 일들이 벌어지고 있다. 그 는 풍랑에 시달리며 천신만고 끝에 고향에 돌아와 몇몇 친구들 에게 자신을 알아보게 만들고 적에게 덤벼든다. 그는 살아남아

55 b 15

적들을 죽인다. 이것이 그 서사시 고유의 구도이고 나머지는 삽화다.[10]

적들을 죽인다. 이것이 그 서사시 고유의 구도이고 나머지는 삽화다.[10]

제17장 주해

1. 55 a 22

몇 장에 걸쳐 비극을 구성하는 개별적인 요소들 — 비극적인 감정 그 자체와 그 감정을 불러일으키는 데 적합한 구조(13, 14장), 성격(15장), 발견(16장) — 을 다룬 다음에, 17장과 18장은 줄거리에 대한 검토를 마무리하면서 논의를 조망하는 포괄적인 관점을 제시한다는 것이 특징이다. 즉, 7장과 8장의 관점을 다시 이어 가는 것이다. 7장과 8장에서 줄거리는 하나의 단일한(*heis*, 8장, 51 a 16) 전체(*holon*, 7장, 50 b 26)를 이루어야 한다고 말한 바 있다. 이제 일련의 세부적인 증거들을 통해 그러한 규정을 구체화한다. 17장은 세부적인 표현에 있어서까지 줄거리에 최대한의 일관성을 부여하게 해 주는 작시 기술에 초점이 맞추어져 있다. 18장에서는 "분규"(*desis*)와 "해결"(*lusis*)이라는 용어들을 도입하고 정의하면서 아울러 전체적으로 비극을 훌륭하게 만들어 내는 기교에 대해서도 다양한 각도에서 다룬다.

2. 55 a 26

"(실제 장면을) 눈앞에 그려 본다"(*pro ommatôn*)는 것이 첫 번째 규정인데, 시인은 이를 지킴으로써 줄거리의 배열과 표현 작업을 잘 이끌어갈 수 있다는 것이다.

'*pro ommatôn*'이란 무엇을 의미하는가? 이 표현은 『시학』에서는 여기서 단 한 번 나타나는데, 『수사학』 3권(1411 b 25)의 정의에 따르면 기술적인 용어로서의 지위를 갖는다. 그에 따르면 "눈앞에 그려 본다는 말은 현재 실현되고 있는(*energounta*) 사건들을 의미한다". 또한 『수사학』은 여러 가지 예를 제시하며 "눈앞에 그려 본다"는 비유를 은유와 대립시킨다. 즉, "착한 사람에 대해 그가 사각형이라고 말하는 것은 은유이다. 실제로 그 둘은 각각 완전하기 때문이다. 하지만 그것이 행위임을 뜻하지는 않는다(*ou sèmainei energeian*). 반대로 그 나이에 걸맞게 꽃피어 나는 힘이란 표현은 행위(*energeia*)를 나타낸다". 다른 예들과 그에 대한 아리스토텔레스의 설명을 보면, 흔히 은유와 결부되는 '*pro ommatôn*'은 움직이고 있는 존재를 제시하거나 사물을 살아 있는 것처럼 보여 줌으로써 텍스트에 "생기"를 부여한다는 독특한 측면을 지니고 있다. 『시학』에서는 관점이 약간 다르다. 텍스트가 그려 내야(*poiein*, 『수사학』 3권, 1411 b 23) 한다는 말은 없고 시인 스스로 사건들을 눈앞에 그려 보아야(*tithemenon*) 한다고 되어 있다. 그러므로 여기서 '*pro ommatôn*'은 문체상의 비유가 아니라 시적 창조의 기술을 가리킨다. 아리스토텔레스는 시인이 현재 실현되고 있는 사물 쪽으로 "시선"을 돌리도록 권유하고 있는 것이다.

이 점을 확실하게 하고 나면 다음 문장에서 '*energestata*'(A)와 '*enargestata*'(B)라는 두 가지 이본(異本) 사이에서의 선택이 보다 쉬워진다. 많은 그리스어 텍스트들이 거의 같은 뜻을 지닌 두 단어, 즉 "적극적인, 효과적인"이라는 뜻의 '*energes*'와 "분명한, 명확한"이란 뜻의 '*enarges*' 사이를 오가고 있으며, 경합하는 이본들 중에서 선택하는 것이 종종 어려울 때도 있다. "보다"(*horôn*)라는 동사와 인접해 있다는 사실 때문에 실제로 지금까지 모든 편집자들이 '*enargestata*'로 되어 있는 독본을 선호했다. 그렇게 해서 "가장 분명하게 보는"(Hardy), "가장 생생하게 보는"(Else) 등의 번역들이 나온다. 필사본 A와 B(Bywater, Kassel)의 'ho horôn' 대신 최근 발견된 필사본의 'horôn'을 선택하게 되면 그러한 해석은 더욱 힘을 얻게 된다. 여기서 우리는 더 어렵지만 보다 검증된 독본, 즉 'energestata ho horôn'을 택하고자 한다(즉, 필사본 A의 것이다. 'energestata'를 'efficacissime'로 옮기고 있는 무르베커의 라틴어 번역도 참조할 것). 'energestata'는 관사에 의해 분사 'horôn'과 분리되어 있기 때문에 주동사 'heuriskoi'에 연결되어야 한다. 그래서 아리스토텔레스는 "마치 자기가 행동 그 자체를 목격하는 것처럼 보는 사람(ho horôn)은 무엇이 적절한지를 가장 효과적으로(energestata) 발견할 수 있을 것"이라고 말한다(여기서 'heuriskoi'란 단어의 어간은 새로 만들어 낸다는 발견의 과정을 잘 드러내고 있다). 즉 시인은 사물을 "눈앞에" 그려 볼 것이기 때문에 가능한 한 행위(『수사학』에서의 'pro ommatôn'과 밀접하게 연결된 'energeia')와 직접 접촉하면서 적절한 표현(to prepon)을 발견하기에 가장 효과적인 위치에(energestata […] heuriskoi) 서게 될 것이다.

우리는 표현이라는 말을 썼다. 대개는 'prepon'을 줄거리나 그렇지 않으면 무대장치 구성의 적합성으로 보는데(루카스는 이 부분에 대해 "모순적인 장면들과 대조되는, 적절한 동작과 무대 작업일 것"이라고 해석한다), 우리는 그러한 해석과 달리 이 용어를 『수사학』에서 통상적으로 사용되는 의미, 특히 감정과 성격뿐 아니라(『수사학』 3권, 1408 a 10) 문학 장르와 관련하여(『시학』, 59 a 4) 설득에 도움이 되는 표현의 적합성(『수사학』 3권, 1414 a 28, to pithanon ek tou prepontos)이라는 의미로 이해한다. 그렇게 해서 시인의 "시선"은 무엇보다 표현을 풍요롭게 만들어 낼 수 있게 한다는 효과를 갖는다. 그리고 'to prepon'은 앞 문장에서 "표현을 통해서 완성된"이라는 언급을 (교착 어법으로) 반복하고 있다.

이 두 가지는 병행하여 일어나며 또한 서로 보완적이다(*hèkista an lanthanoito~an energestata* [⋯] *heuriskoi*). 그러한 시선은 방안에서 작업하는 시인으로 하여금 모순적인 장면(*hupenantia*)들을 그냥 지나치지 않도록 하면서(*epilanthanesthai*와 마찬가지로 *lanthanoito* + 목적격으로 되어 있는데, 이를 *lanthanoi*로 고칠 필요는 없다), 줄거리를 잘 배열할 수 있게끔 한다. 23장에서 여러 번 사용되고 있는 "모순적인 장면들"이라는 용어는 사건들의 질서, 보다 정확하게는 텍스트 층위에서 실제로 있거나 눈에 띄는 내적인 불일치를 가리키는 것이 분명한데, 그러한 불일치를 판별하는 최종적 기준은 사건들에 있다. 극 텍스트의 경우 바로 연출을 통해 모순이 드러날 것이다.

3. 55 a 29

아리스토텔레스는 우리에게 알려져 있지 않은 카르키노스의 작품에서 사건들의 배열 과정에서 볼 수 있는 모순, 작품 공연을 보지 못했을 관객(*mè horônta*)이라면 그냥 지나칠 수도 있었겠지만(발렌은 '*an*' ⋯ *elanthanen*이라고 옮기고 있으며 우리도 이를 따른다) 무대 연출(*epi tès skènès*), 즉 상연을 통해 드러나는 모순의 예를 들고 있다. 우리에게 전해진 『시학』 텍스트에서 알 수 있듯이, 여기서 말하는 것은 관객의 시선이다. 몇몇 편집자들은 공연을 보지 못한 관객이라는 생각이 혼란스러웠는지 텍스트에서 "관객"(*ton theatèn*)이란 말을 빼 버렸다. 꼭 그렇게 고칠 필요는 없지만 해석이 바뀌지만 않는다면 고쳐도 무방할 것이다. 하지만 엘스처럼 다시에(Dacier)를 따라 "시인이 행동을 눈으로 그려 보지 않았기 때문에 간과했던 상황"이라고 옮긴 것은 잘못이다. 통사적으로도 이러한 해석이 허용되지 않을뿐더러(*horônta* 앞에 부정의 *mè*가 위치하고 있기 때문이다), 텍스트의 의미로 보아도 동사 "보다"의 주어가 바뀌었다는 점이 중요하다. 시인이 "가능한 한 실제 장면을 눈앞에" 그려 보았을 때 그 "시선"의 산물인 사건 배열 과정에서의 일관성은, 바로 무대 상연의 증인인 관객의 시선이라는 결정적인 시금석을 통해 긍정적이든 부정적이든 인정을 받기 때문이다.

이러한 시금석의 존재로 인해 극시(劇詩)는 수사학과 구분된다. 연설가에게 (사물을) 눈앞에 그려 본다(*pro ommatôn*)는 것은 표현(*lexis*)에 합당한 비유에 도움을 청함으로써 그리고 해석 수단(*hupokrisis*)을 구성하는 다양한 방식들을 활용함으로써 행동하고 있다는 환상을 만들어 낸다. 그렇게 함으로써 실제로 수천 년 전의 사건들도 "가깝게 보이게끔"(*engus phainesthai*, 『수사학』 2권, 1386 a 33) 하는 것이다. 연극 시인의 경우에 행동은 행위의 형태로 재현된다. 즉 재현 행위를 실현하는 것은 바로 실제의 행위자 —— 우리가 배우라고 말하는 —— 이다(3장 48 a 23 : *prattontas kai energountas tous mimoumenous*; 주해 1 해당 부분 참조). 그렇기 때문에 사건들을 "눈앞에" 그려 봄으로써, 그처럼 극시가 상연될 때 관객의 시선을 예상해 가면서, 행동에 이르기까지(*energeia*) 전체적으로 파악하는 것은 연설가보다는 시인에게 더 긴요한 일이 된다. 카르키노스의 불운이 그 증거라고 하는데, 문제의 그 작품을 잘 아는 사람에겐 증거가 되겠지만 우리의 경우엔, 종종 그랬듯이, 해당 사항이 없다.

4. 55 a 32

줄거리를 배열하고 표현을 통해 완성된 형태를 부여하기 위해서 시인은 최대한으로 실제 장면을 눈앞에 그려 보아야 할 뿐만 아니라 "가능하다면 동작을 사용하면서 완성된 형태를 자세히 그려 보아야 한다". 이 끝 문장이 첫 문장과 맺고 있는 이중적인 관계는 상당히 놀랍다. 엄밀한 통사적 대응관계(*hosa dunaton* + 분사 ~ *hoti malista* + 분사)로 인해 이미 "줄거리를 구성하고 표현을 통해서 완성된 형태를 부여한다"라는 첫 문장이 이 문장 속에 함축된다. 또한 도구를 나타내는 말을 여격 (與格)으로 사용하면서(*tois skhèmasin ~tèi lexei*) "완성된 형태를 부여하다"(*sunapergazesthai*)라는 동사가 어휘의 측면에서 반복된다. 이것은 형태적인 대응 관계를 간접적으로 이용하여 동작의 기능이 주로 표현에 완성된 형태를 부여하는 데 있다는 인상을 낳게 된다.

『수사학』의 한 대목(2권, 1386 a 29 이하)은 유사한 어휘가 다른 방향으로 사용된 것을 보여 주는데, 그와 대조함으로써 『시학』의 의도를 밝히고 그 특수성을 규정할 수 있을 것이다. "격정적인 사건들(*pathè*)이 가깝게 보일 때는 연민을 불러일으킨다. 과거건 미래건 듣는 이로부터 수천 년 떨어진 사건들은 기억하지도 기대하지도 않는다. 그러므로 그것들은 어떠한 연민도 불러일으키지 않거나 적어도 (가깝게 보일 때와는) 같지 않다. 그러므로 필연적으로 동작을 통해(*skhèmasi*) 또는 음성 효과, 의상 그리고 일반적으로 말해서 연민을 더 불러일으키는 해석 수단들을 통해(*hupokrisei*) 완성된 형태를 부여해야 할 사람은(*tous sunapergazomenous*) 바로 연설가들이다. 실제로 불행을 눈앞에 보여 줌으로써(*pro ommatôn poiountes*) 미래건 과거건 사건을 보다 가깝게 보이도록 하는 것이다."

위의 대목에서 우리는 '*skhèmata*', 즉 "동작" 또는 보다 포괄적으로 "몸의 자세"가 연설가라는 직업에서 어떤 기능을 갖는지를 알 수 있다. 그것은 연설하는 연설가가 구사하는 수단, 즉 음성 효과나 의상 등과 더불어 '*hupokrisis*'의 저장고, 다시 말해서 사건을 청중들의 "눈앞에" 그려 냄으로써 가까이 있다는 효과를 만들어 내기 위한 한 가지 수단이다. 여기서는 이러한 효과가 텍스트를 해석할 때 텍스트에 제공된(*sunapergazesthai*) "연극적인" 보완물로 간주되고 있다.

『시학』에서는 똑같은 표현 — *tois skhèmasin sunapergazomenon* — 이 텍스트의 해석이 아니라 시인에 의한 텍스트의 생산을 가리키고 있다. 이 두 가지의 차이는, 우리가 앞에서 지적했던 "눈앞에 그려 낸다 (*poiein*)"(『수사학』)와 "눈앞에 그려 본다(*tithemenon*)"(『시학』) 사이의 차이(주해 1)와 같은 것이다. '*pro ommatôn tithemenon*'(55 a 23)에 통사적으로 대응하는 '*tois skhèmasin sunapergazomenon*' 또한 시적 창작의 방식에 관련된 동일한 종류의 규정을 표현한다. 시인은 신체적인 동작과 기술을 통해 등장인물들의 감정과 정념(*pathè*)을 가능한 한(*hosa dunaton*) 자기 마음속에 불러일으키도록 노력해야 한다. 영혼의 움직임이 얼굴과 몸 전체의 움직임에 의해 표현되듯이 신체에 적절한 생동감을 주게 되면 그에 상응하는 감정들을 영혼에 새겨넣을 수 있다. 따라서 그렇게 할 준비가 되어 있는 시인은 등장인물들의 정념을 그만큼 더 진실하게 재현할 수 있게 된다. 거기서부터 이러한 규정을 정당화해 주는(*gar*) 문장이 나온다. 즉, "실제로 타고난 재능이 서로 비슷하다면 감정을 강렬하게 느끼는 쪽이 가장 설득력이 있을 것이다". 아리스토텔레스는 그러니까 창작 작업의 조건과 단계를 한 문장으로 압축해서 분석하고 있다.

(a) 타고난 재능이 서로 비슷한(*apo tès autès phuseôs*) 시인들이라는 전제가 주어진다.

(b) 그들 가운데 어떤 시인들은 물리적인 기술, 특히 동작과 관련된 기술에 도움을 청함으로써 정념의 상태에 스스로 들어가게 된다. 여기서 중간태 역할을 하는 두 개의 실사화된 분사, 즉 "격정에 사로잡힌 사람"(*ho kheimazomenos*)과 "분노에 사로잡힌 사람"(*ho orgizomenos*)이라는 분사는 바로 그런 뜻을 갖는다.

(c) 그들이 가장 설득력을 갖는(*pithanôtatoi*) 이유는 감정들을 재현함에 있어 가장 진실한(*alèthinôtata* — 두 개의 최상급이 서로

대응한다) 상태에 이르기 때문이다. 이것이 바로 중간태 분사와는 달리 능동형 동사 — "격정을 표현하다"(*kheimainei*)와 "분노를 표현하다"(*khalepainei*) — 의 문맥에 따른 정확한 의미이다.

참고로 여기서 말하는 진실은 설득의 조건이라는 점에서 재현적 가치라는 지위를 지닌다는 것을 지적할 수 있다. 이것은 진실이나 참이라는 개념이 『시학』에서는 거의 나타나지 않는다는 점에서 더 주목할 만한 사실이다. 그러한 개념을 만날 수 있는 다른 두 곳은, 그릇된 추론(거짓을 믿게 만들기 위해 시인이 원용하는 방식으로 이는 설득의 논리에 속한다. 60 a 27의 *apithana*를 참조할 것)에 관해 논의하는 24장(60 a 24)과 재현의 세 가지 가능성 — 있는 것의 재현(=참), 있다고 하거나 있을 수도 있는 것의 재현 — 에 대해 검토하는 25장(60 b 32 이하)이다. 그런데 25장에서는 진실이 설득의 세 가지 가능한 조건들 가운데 하나에 불과한 반면, 정념의 재현을 다루고 있는 17장에서는 꼭 필요한 것으로 보인다.

그런데 시인의 입장에서 감정을 진실하게 재현한다는 것은 정확하게 무엇을 뜻하는가? 우리가 보기에는 바로 이 지점에서 표현의 완성된 형태 문제와 다시 만나게 된다. 동작과 그것이 불러일으키는 감정은 단지 수단일 뿐이며, 동작을 사용함으로써 도달해야 하는 완성된 형태(*tois skhèmasin sunapergazomenon*)는 바로 표현에서의 완성된 형태(*tèi lexei sunapergazesthai*)이다. 또한 동작과 몸의 자세 그리고 표현 사이에 어떤 관계가 있는지를 명확히 해야 할 필요가 있다. 이러한 관계는 미학과 관련된 그리스 용어에서 신체적이고 언어적인 형태들, 춤의 형상(*skhèmatizomenôn rhuthmôn*, 1장 47 a 27 참조)과 표현의 문채(*skhèmata lexeôs*, 19장 56 b 9 참조) 모두를 가리키는 '*skhèmata*'라는 낱말에 들어 있다. 이 두 영역의 결합은 결코 우연이 아니며, 콜러[Koller(1958, p.12 이하)]는 그리스 로마의 오랜 수사적 전통에서 동작과 말은 '*skhèma*'(라

턴어로 'gestus', 'figura')라는 용어를 통해서 매우 밀접한 관계로 연결되어 있음을 분명하게 밝혀 내었다. 나중에는 "문채 또는 형상"이라는 뜻으로 관례화되어 굳어져 버렸지만 원래 'skhèma'는, 동작이 몸의 움직임과 리듬과 관련을 맺듯이, 언어의 움직임, 리듬과 관련된다. 'skhèma'가 춤에서 "음성적인 것"으로 옮겨 가는 과정은 거의 은유적이다(예를 들어 키케로는 『연설가에 대해서』 3권, 222에서 "연설가의 행동은 몸의 언어와도 같다"quasi sermo corporsis라고 말하고, 『연설가』 83에서는 "그리스인들이 'skhèmata'라고 부르는" 낱말 배열의 우아함에 대해 이는 "담론의 동작에 속하는 부류"quasi aliquos gestus orationis라고 말한다). 그러므로 동작의 완성된 형태와 표현의 완성된 형태 사이에는 연속성이 존재한다. 우리가 보기엔 이상할지 모르지만, 시인이 자기암시라는 신체적 기술을 원용해야 한다는 아리스토텔레스의 규정이 갖는 직접적인 목표는 언어적 표현(lexis)을 잘 다듬는 것이다. 『수사학』의 한 구절(3권 1408 a 19 이하)은 표현이 어떻게 진실 효과를 만들어 냄으로써 설득의 기능을 담당하는가를 보여 준다. "적절한 표현은 주제에 신빙성(pithanoi to pragma; 『시학』 55 a 30, pithanôtatoi 참조)을 부여한다. 왜냐하면 정신은 일종의 거짓 추리에 의해, 말하는 사람은 진실(alèthôs; 『시학』 55 a 32, alèthinôtata 참조)을 말하고 있다고 결론짓기 때문이다." 그것이 바로 격정적인 표현(pathètikè lexis)의 효과인데, 예를 들어 분노에 사로잡힌 사람(orizomenon, 『수사학』 1408 a 16; 『시학』 55 a 32, orizomenos 참조)의 표현은 청중으로 하여금 표현된 정념과 결합하게 함으로써 지지를 이끌어 낸다는 것이다. "청중은 격정적 표현을 사용하는 이가(tôi pathètikôs legonti) 별로 신통한 말을 하지 못했다 하더라도 그 사람의 정념을 공유하게 된다(sun-omo-pathei)."

　　그러므로 연설가나 배우가 구사하는 표현이야말로 정념을 전달한다고 할 수 있다. 그러나 이는 또 다른 문제를 제기한다. 19장(56 b 8 이하)을 보게 되면 표현의 문채(*skhèmata lexeôs*)는 시학과는 무관하며 배우의 기술, 즉 해석(*hupokritikè*)의 소관이다. 하지만 그렇다고 해서 17장에서 '*skhèmata*'를 통해서 작품에 완성된 형태를 부여하라고 시인에게 권유하고 있는 아리스토텔레스의 말을 자기모순이라고 단정할 수 있을까? 우리는 그렇게 생각하지 않는다. 시인이 수단으로 사용하는 신체적인 기술들과 배우가 작품 해석에 도움을 주기 위해 사용하는 음성 및 동작의 기술들 사이에는 텍스트가, 시인에게는 하나의 목적이자 그 작업의 궁극적인 목적인 텍스트가 존재한다. 시인은 정념의 움직임을 "가장 진실하게" ── 통사 및 리듬과 관련되어 ── 재현할 형식들을 언어가 제공하는 모든 수단들을 동원하여 텍스트 속에 담아내야 한다. 바로 그것이 창작에 도움을 주는 '*skhèmata*'(『시학』 55a 29)와 해석의 저장고에 들어 있는 '*skhèmata*'(『수사학』 2권 1386 a 32) 사이에서 시인이 자기가 창조하는 "문채들"이 깃들게 하는, 엄밀한 의미에서의 시적인 지점이다. 따라서 표현을 통해 작품에 완성된 형태를 부여한다는 것은 탁월하게 시적인 과제로서, 표현 형식과 "문채들"을 텍스트 고유의 코드에 따라 새겨넣는 작업이다. 그리고 그러한 문채들을 낳게 한 감정의 움직임의 순서를 바꾸게 되면, 이번에는 거꾸로 이를 다시 동작과 음성으로 적절하게 옮길 수 있을 것이며, 그것이 바로 배우의 해석 기능을 규정한다.

그러므로 우리가 보기에는 '*skhèma*'란 개념에는 본질적인 통일성이 존재한다(그런데 이 개념을 프랑스어로 동작geste이나 문채 또는 형상figure으로 번역하게 되면 불행히도 이러한 통일성이 드러나지 않는다). '*skhèma*'는 그것이 창작의 순간에 포착되건 글쓰기 또는 해석의 순간에 포착되건 항상 역동적인 형식, 즉 몸(동작), 텍스트(문채; *skhèma tès lexeôs* 항목으로 단위 문장의 리듬과 관련된 문채들을 검토하고 있는 『수사학』 3권 8장을 참조할 것) 그리고 표현법의 움직임과 리듬으로 나타난다.

결국 "눈앞에 그려 보다"와 "'skhèmata'를 통해 완성된 형태를 부여하다"는 서로 같은 목적을 가진 두 가지 기술들이다. 둘 다 시인으로 하여금 자신의 텍스트에 생기를 불어넣고, 행동하고 있다(*energeia*)는 환상을 주며, 현실 효과(*alèthinôtata*)를 만들어 낼 수 있는 힘을 갖게 한다. 이 모든 것이 재현의 성격을 최종적으로 결정하는 설득(*pithanôtatoi* 참조)에 달려 있다.

5. 55 a 34

"남다른 재능을 가진"(*euphueis*) 사람들과 "망상에 사로잡힌"(*manikoi*) 사람들 사이에 뚜렷한 서열을 매기기 위해서 이 문장에 대해 지나치게 심사숙고할 필요는 없다. 몇몇 연구자들(Gudeman, Else)이 제안했듯이 텍스트를 고칠 필요는 더더욱 없다. 이 점에서 루카스의 지적은 타당하다. 그에 따르면 이 부분에서 그 두 그리스어 용어는 정도의 차이에 따라 대조를 이루고 있을 뿐이며, 그 용어들 각각에 대응하는 다른 두 형용사 ── 자기를 맞추는이란 뜻의 '*euplastoi*'와 자기 자신으로부터 벗어날 수 있는이란 뜻의 '*ekstatikoi*' ── 도 마찬가지라는 것이다. 플라톤과 마찬가지로 아리스토텔레스도 시적 창조는 부분적으로 비합리적인 것에 속한다는 점을 인정하면서 "영감"을 전제로 하는데, 이를 플라톤의 어법에 따라 신적인 개입이라는 용어로 기술하고 있다. 예컨대 『수사학』(3권, 1408 b 19)에서 "시는 영감을 받은 것이다"라는 뜻의 '*entheon hè poièsis*' 란 구절을 볼 수 있다. 이는 말 그대로 사람이 "자기 안에 신"을 가지고 있다고 가정하는 것이다. 그러나 여기서 억지로 어원을 끌어내어 '*entheos*'만이 아니라 '*enthousiasmos*' 그룹에 속하는 그 파생어들의 어원이 "신들림"이라거나 '*ekstatikos*'가 "황홀"에서 나왔다고 견강부회해서는 안 된다. 아리스토텔레스는 다소 일상적인 규범을 벗어나는 성향들을 지칭하기 위해 그러한 관용적 어휘를 사용하고 있으며, 그러한 성향들은 예술가들로 하여금 다른 방식으로는 다가갈 수 없었을 창조의 원동력을 제공한다는 공통점을 가지고 있다고 보는 것이다. 그 현상의 원인들은 문맥에 비추어 신체적인 동작과 기술에 관련되어 있다는 점에서 특히 물리적일 가능성이 많고, 그래서 적어도 부분적으로 조절하면서 사용할 수 있음을 알 수 있다. 생리학적인 성향이나(『문제들』, 954 a 32에서는 지나친 우울증이 착란*manikoi*이나 과대망상*euphueis*을 낳을 수 있다고 말한다), 경우에 따라서는 신이 개입하는 사건들이 있을 수는 있지만(아리스토텔레스는 적어도 신들의 총애를 받는 현자의 경우에는 이를 인정하는 듯하다. 『니코마코스 윤리학』 10권, 1179 a 23 이하를 참조). 『시학』의 논지에는 거의 영향을 미치지 못한다. 여기서 중요한 것은 시인이 자신이 창조한 인물들의 다양한 감정을 재현하기 위해서는 적어도 어느 정도는 "자기로부터 벗어날" 수 있는 능력을 가지고 있어야 한다는 점이다.

6. 55 b 2

17장의 뒷부분은 개요(*logos*)와 그것에 살을 붙여 전개하는 설명들(*epeisodia*)의 관계라는 관점에서 줄거리 구성을 다룬다. 아리스토텔레스는 이 장에서는 지극히 교육자적인 태도를 취하면서 우선 규칙을 말하고 이를 권고하고 있다(55 a 34-b 1). 즉 시인은 주제 "전체에 대한 조망을 가져야"(*ektithesthai katholou*) 하며, 그런 다음(*eith' houtôs*)에는 "삽화들"을 집어넣음으로써 전개시켜야(*parateinein*) 한다는 것이다. 이러한 규정에서 우리는 시가 "보편적인 것"(*kathoulou*, 51 b 7)을 다룬다고 설명하는 9장에서의 분석 정신을 알아차릴 수 있는데, 그에 따르면 시는 예컨대 등장인물들의 이름(*onomata epitithemenè*, 51 b 10과 해당 부분 주해를 참조할 것. 또한 17장, 55 b 12, *hupothenta ta onomata*)과 같이 특수하고 우발적이며 서로 대체될 수 있는 것에 비해 "보편적인 것"에 우선권을 부여한다. 그러나 여기서 'kathoulou'는 특수한 것(kath' hekaston, 9장 51 b 7)이 아니라 살을 덧붙여 전개하는 우연적인 설명들로 이해된 "삽화"(epeisodion은 덧붙이는이란 뜻의 ep-eis-odios라는 형용사가 중성명사화된 것이다)와 관련하여 규정되고 있다는 것에 유의해야 한다. 그러니까 아리스토텔레스가 여기서 'kathoulou'라는 용어로 설정하고 있는 우선권은 철학적 보편성의 그것(9장, 51 b 5, philosophôteron 참조)이 아니라 줄거리의 골격을 이루는 전체적인 구도와 개요의 우선권이다. 이러한 위계구조는 6장에서 말한 줄거리와 성격 사이의 위계구조(50 a 38 이하)를 상기시킨다. 17장의 논의는 마치 본질의 탐구가 이를 보완하면서 한 단계 더 풍요로워지는 것처럼 진행된다. 줄거리는 성격과 대조되어 "비극의 원리이자 영혼인 것처럼" 이야기되었으나, 이른바 그 "심층구조"를 분석해 보면 줄거리 그 자체는 우연적인 삽화들에 비해 작품 고유의 것(55 b 23), 즉 로고스(55 b 17)라는 핵심으로 구성되었음이 드러난다는 것이다.

그러므로 여기서는 "줄거리"(muthos)와 관련하여 "주제와 개요"(logos, 알렉산드리아학파의 문헌학자라면 'hupothesis'라는 보다 전문적인 용어를 공식적으로 사용했을 것이다)의 특수성을 잘 분간해야 한다. 시인은 'logos'라는 최초의 대상을 가지고 작업을 해야 하는데, 이를 자신이 직접 만들어 낼 수도 있고(auton poiounta, 55 b 1) 이미 그것이 만들어져 있다고(pepoièmenous, 55 a 34) 생각할 수도 있다. 두 번째 경우는 시인이 문학적 유산(서사시, 비극 등)에서 이미 형태를 갖춘 주제들을 찾아 자기 취향에 맞게 다시 다루고 변화시키며 발전시킨다는 뜻으로 이해할 수 있다(여기서 과거분사 pepoièmenon은, poiounta/pepoièmenon의 대립체계에서 시인의 창조 작업이 아니라 만들어진 대상을 지칭할 때 일반적으로 갖게 되는 경멸적인 함의에서 벗어난다. 위 16장 54 b 30, 주해 4 참조). 사실상

이는 『시학』의 다른 부분에서 "전통적인 줄거리"(*paradedomenoi muthoi*, 51 b 24; 53 b 25)라고 부르고 있는 것과 관련이 있으나, 여기서는 보다 추상적인 논의의 형태로 다루어지고 있다. 아리스토텔레스는 자신이 말하는 로고스의 두 가지 예로 『타우리케의 이피게네이아』의 로고스와 『오뒤세이아』의 로고스를 제시한다.

7. 55 b 9

"자신을 알아보게 만들다"란 뜻의 '*anegnôrisen*'에 대해서는 16장, 54 b 32와 주해 3을 참조할 것. 그 아래 본문 55 b 21에서도 동사 '*anagnorizô*'를 그와 동일한 의미로 사용하는 것을 볼 수 있는데, 거기서는 '*tinas*'란 목적격 보어와 함께 "몇몇 친구들에게 자신을 알아보게 만들고"라는 사역적이고 재귀적인 용법으로 사용하고 있다.

8. 55 b 13

『타우리케의 이피게네이아』의 "전체적인 구도"(*to katholou*)에 대해서는 몇 가지 언급할 사항들이 있다.

1. 뒤에 나오는 『오뒤세이아』에서와 마찬가지로(55 b 17 이하) 이 부분은 연결을 나타내는 그 어떤 부사나 접속사도 없이 개요를 이야기하고 있다. 그래서 마치 그대로 인용하고 있는 것처럼 보인다. 이 두 대목은 마치 비극이나 서사시 한 편을 읽고 가능한 한 간략하게 요약해 보는 연습 문제와도 같다.

2. 아리스토텔레스 원문의 통사 구문 자체가 주목할 만하다. 그것은 (전부 부정과거aoriste로) 순전히 사실을 나타내는 이야기의 통사 구문으로서, 그 이야기는 서로 연결되어 있고 간결하면서도(상황 또는 동격의 분사들을 많이 사용함으로써 연결어 없이도 내용이 하나로 묶이게 된다.『수

사학』 3권, 1407 b 38을 참조할 것), 행동의 세 가지 계기에 각기 상응하는 세 문장으로 분절되어 있다. 즉 (a) 한 처녀가 어떻게 자기 나라를 떠나 이방인들의 제관이 되었는가, (b) 나중에 그녀의 동생이 도착하고, (c) 동생이 붙잡힌 뒤에 신분이 밝혀지고 그래서 살아난다.

3. 이 요약된 줄거리에 고유명사는 들어 있지 않다(“한 처녀”, “다른 나라”, “여사제의 동생”). 이름은 그 다음에, 삽화들을 집어넣기 전에(55 b 22) 덧붙여질 것이다. 이름과 삽화라는 이 두 요소들은 개별화와 전개를 통하여 서로 협력하면서 주제를 줄거리로 변형시키는 역할을 한다. 반면에 텍스트는 복합적인 비극적 줄거리라면 본질적으로 갖추어야 할 요소들을 배치하고 있는데, 혈연관계(남매 관계)가 격정적인 행위(동생을 제물로 바치려는 누이)에 의해 깨어질 운명에 처하지만, 발견이 급전을 불러온다(동생은 죽음 대신 구원을 얻는다).

4. 지나치게 개별적인 몇몇 요소들은 명시적으로 배제되는데, 동생이 여행하게 된 연유와 목적, 발견의 형태(에우리피데스의 방식이든 폴뤼이도스의 방식이든)가 그것이다. 이와 관련하여 에우리피데스 작품에서는(『타우리케의 이피게네이아』, 77 이하) 오레스테스가 광기와 방황의 끝을 알고 싶어서 아폴론의 신탁을 물으러 왔으며, 타우리케로 가서 하늘에서 떨어진 아르테미스 여신의 조각상을 가져오라는 명령을 받게 되는 것으로 알려져 있다. 55 b 7 이하의 구절에서 아리스토텔레스는 전설에 나오는 바로 그러한 내용을 암시하는 것으로 보이지만, 자세히 무엇을 말하는지는 바로 드러나지 않는다. 우리에게 전해지는 텍스트(대부분의 경우 수정된)를 그대로 따른다면, 아리스토텔레스는 오레스테스를 타우리케로 보낸 신탁의 명령(*to hoti aneilen ho theos* […] *elthein ekei*)과 임무의 정확한 목적(*eph' ho ti*)을 “줄거리 바깥”의 것으로, 그리고 그러한 신탁이 내려진 특별한 이유(*dia tina aitian*)를 “전체적인 구도와 무관한” 것으로

판단한다. 하지만 이렇게 거론된 요소들을 서로 다르게 다루어야 하는 이유가 금방 드러나는 것은 아니다.

이러한 논리적 난점을 해결하기 위해서는 "전체적인 구도"와 "줄거리"라는 개념들을 그 상호 관계를 통해 명확하게 규정할 필요가 있다. 우리는 지금까지 대충 "전체적인 구도" + "삽화" = "줄거리"라는 등식을 인정해 왔다(9장, 주해 5 참조). 그러나 사실은 그리 간단하지 않다. "전체적인 구도"를 구성하는 요소들 가운데 "줄거리 바깥"(여기서 "줄거리"는 극에 나타난 사건들 전체를 가리킨다는 좁은 의미로 쓰인다)에 위치하는 요소들도 있다. 예를 들면 이피게네이아의 과거나(아울리스에서 희생제물로 바쳐진 것에서부터 타우리케에서 제관이 되기까지) 오레스테스의 과거(복수의 여신 에리뉘에스를 피해 도망가고 아폴론의 신탁을 물으러 가는 것)에 속하는 사건들이 그 경우에 해당된다. 에우리피데스의 작품에서 그러한 사건들은 프롤로그에서 간략한 이야기로 제시된다. 이야기의 형태로 주어진 이러한 정보들이 『이피게네이아』에서 차지하는 역할은 『오이디푸스 왕』에서 라이오스의 살인 — 아리스토텔레스는 이를 "극 바깥"(*exô tou dramatos*, 14장, 53 b 32. 그와 동일하지는 않지만 비슷한 의미의 표현에 대해서는 15장, 54 b 7과 24장, 60 a 30을 참조할 것)에 위치시키고 있다 — 이 차지하는 역할과 유사하다. "전체적인 구도"와 "줄거리"는 그러니까 서로 어긋날 수도 있다.

<table>
<tr><td rowspan="3">전체적인 구도</td><td>줄</td></tr>
<tr><td>거</td></tr>
<tr><td>리</td></tr>
</table>

"전체적인 구도 바깥"에 있는 요소들은 줄거리 안에 나타날 수도 있

고 — 그 경우 우연적이고 삽화적인 성격을 지닌다 — 경우에 따라선 줄거리 바깥에 나타날 수도 있지만, 이를 반드시 이야기 형태로 언급해야 할 무조건적인 필요성은 없다. 아폴론이 내린 신탁의 이유(*tina aitian exô tou kathoulou*)가 명백하게 그 경우에 해당하는데, 실제로 에우리피데스의 『이피게네이아』에서는 그에 대한 분명한 언급을 찾아볼 수 없다.

9. 55 b 15

"삽화"는 줄거리에 맞추어야(*oikeia*) 하는가(Lucas, 해당 부분 참조), 아니면 이름, 다시 말해서 개별적인 성격에 맞추어야 하는가(Rostagni)? 엄밀하게 보자면 줄거리도 이름도 아니고 바로 "전체적인 구도"에 맞추어야 한다. 오레스테스라는 이름이 언급되었다는 점에서(*en tôi Orestèi*) 로스타니의 해석이 그럴듯해 보인다. 그러나 "오레스테스의 경우"를 예로 들었다 하더라도 오레스테스라는 인물 자체의 성격을 결정하는 것은 여전히 전체적인 구도다(극에서 이름*onoma*이 갖는 위상에 대해서는 9장, 주해 2를 참조할 것). 그 경우에 오레스테스의 광기와 그가 도망갈 수 있게 하는 정화의식의 술책은, 전체적인 구도가 극 바깥의 사건을 환기하는 형태로 제시하는 그에 대한 이미지, 즉 에리뉘에스에게 쫓겨 광기에 내몰린 부정한 사람이라는 이미지와 일관되게 부합한다. 마찬가지로 에우리피데스의 연극에서 오레스테스는 망상에 사로잡혀 소 떼를 복수의 여신이라 생각해서 싸움을 벌여 죽이고(『타우리케의 이피게네이아』, 283 이하), 이피게네이아는 모친 살해의 부정함을 핑계로 정화의식이라는 속임수를 쓰게 된다(같은 책, 1163 이하).

물론 오레스테스의 부정함과 광기는 그의 이름과 밀접하게 연결되어 있으며, 아마도 이것이야말로 아리스토텔레스가 시인으로 하여금 절대로 바꾸지 못하게 했던(14장, 53 b 22) 전통적인 요소라 할 것이다. 그럼에도 불구하고 원칙적으로는 "전체적인 구도" —— 나중에 덧붙여진 이름이나 줄거리가 아니라 —— 야말로 다른 우연적인 요소들이 "적절하게" 나타나게끔 하는 준거 틀을 이루게 된다.

10. 55 b 23

비극과 서사시의 길이의 차이에 대해서는 5장, 49 b 12와 26장, 62 a 18을 참조할 것.

『오뒤세이아』의 개요(logos) 또한 『이피게네이아』의 전체적인 구도와 같은 언어적 특성을 지니고 있다. 즉 주인공을 부정관사로 지칭하고 있고(tinos, 55 b 17), 이야기는 분사를 사용함으로써 매우 압축적이고 등위접속사에 의해 하나로 통합되어 있으며, 시제는 부정과거로 되어 있다(aphikneitai 서술의 현재는 부정과거의 가치를 갖는다). 다른 한편으로 이러한 요약은 『이피게네이아』의 경우와 마찬가지로 줄거리의 핵심에 초점이 맞추어져 있는데, 오뒤세우스의 부재와 구혼자들의 난동, 오뒤세우스의 도착, 발견, 이중의 결말(주인공의 구조, 악한 자들의 처벌, 13장, 53 a 31 참조)이 그것이다. 삽화와는 대조적으로 『오뒤세이아』 "고유"(to idion)의 것이라 규정하고 있는 이 개요(logos)는 위에서 우리가 "전체적인 구도"라 부른 것과 완전히 똑같은 것으로 볼 수 있다. 이처럼 개요와 전체적 구도를 같은 것으로 볼 수 있다면 바로 앞의 주해에서 'oikeia'에 대한 우리의 해석은 더 힘을 받게 된다. 즉 삽화의 특성은 작품의 고유성을 만드는 것, 즉 그 개요나 전체적인 구도와 관련해서 규정된다는 것이다("특성"propriété, "적절한"approprié, "고유성"propre과 같은 프랑스어 용어들의 어원이 유사하다고 해도 달라지는 것은 없다. 이는 단지 그리스어에서 'oikeios'와 'idios를' 연결하는 밀접한 의미론적 유사성을 강조할 뿐이다. 예컨대 L.S.J., s.v. oikeios, III, 2; 또한 색인에서 "고유성"propre 항목을 참조할 것).

제18장

모든 비극[1]은 분규와 해결로 이루어져 있다. 분규는 줄거리 바 **55 b 24**
깥의 사건들을 포함하고, 종종 줄거리 안의 사건들 가운데 일
부를 포함한다. 나는 시작부터 행복이나 불행으로 이끄는 반전
이 일어나기 직전까지를 분규라 부르고, 그러한 반전이 시작된
뒤부터 마지막까지를 해결이라 부른다.[2] 예를 들면 테오덱테
스의 『륑케우스』에서 분규는 이전에 일어난 사건들과 아이를
데려간 일에 이어 그들의 *** 를 포함하며, 살인죄의 고발에서
부터 마지막까지가 해결 부분이다.[3]

비극의 종류는 네 가지이다(실제로 이는 앞서 말한 바 있는 **55 b 32**
구성 부분들의 수와 같다). 전체가 급전과 발견으로 이루어지는
복합적인 비극이 있고, 『아이아스』나 『익시온』처럼 격정적 효
과를 사용하는 비극도 있으며, 『프티아의 여인들』이나 『펠레우
스』 같은 성격비극도 있다. 네 번째 것은 볼거리인데, 『포르퀴
스의 딸들』이나 『프로메테우스』, 그리고 명부(冥府)에서 벌어
지는 모든 비극에서 그 예를 찾아볼 수 있다.[4] 이 모든 종류의 **56 a 3**
비극을 다 만들 줄 아는 것이 이상적이겠지만, 아니면 적어도
그 가운데 가장 중요한 것들을, 그리고 가능한 한 많이 만들 수
있도록 노력해야 할 것이다. 시인들이 부당한 비판을 받고 있

는 요즘에는 특히 그렇다. 실제로 각각의 구성 부분들을 돋보이게 하는 데 뛰어난 시인들이 있었기 때문에, 시인이라면 자기가 뛰어난 분야에서 그들 각자를 능가하기를 요구한다. 그러나 어떤 비극이 다르다고 혹은 같다고 정당하게 평가할 수 있으려면, 줄거리가 가장 중요하다. 갈등이 같고 해결이 같은 줄거리인가의 문제인 것이다. 그런데 갈등은 잘 만들어 내지만 해결은 잘 맺지 못하는 작가들이 많다. 언제나 이 두 가지를 동시에 완벽하게 다룰 줄 알아야 한다.[5]

56 a 10   내가 이미 여러 차례 말한 것을 명심하여 비극에 서사시적 구조를 부여해서는 안 된다. 나는 줄거리가 여러 개 있는 구조를 서사시적 구조라 부른다. 예를 들자면 『일리아스』의 줄거리 전체를 가지고 비극을 만들려고 하는 경우가 그렇다. 사실 서사시는 그 크기로 볼 때 각각의 부분들이 그에 적합한 규모를 가질 수 있지만, 비극에서는 결과가 예상했던 것과 전혀 다르다. 에우리피데스처럼 트로이 함락을 부분적으로 다루는 것이 아니라 그 전체를 다 다루려고 하는 시인들이나, 니오베의 이야기를 아이스퀼로스처럼 부분적으로 다루지 않고 전체를 다 다루고자 한 시인들 모두가 실패하였거나 경연에서 좋은 성적을 거두지 못했다는 사실이 이를 입증한다. 사실 아가톤도 바

56 a 19   로 그 때문에 실패한 것이다.[6] 반면 작가들은 급전과 단순한 행동을 통해 놀라움의 효과를 거둠으로써 목표를 이루려고 한다. 왜냐하면 바로 그러한 효과가 비극적인 것이며, 인간적 감정을 일깨우기 때문이다. 이러한 효과는 시지프스와 같이 영리하나 사악한 주인공이 속임을 당한다든가, 용감하지만 정의롭지 못한 주인공이 패배하는 경우에 생겨난다. 아가톤의 말대로

그것은 있음직한 일이다. 있음직하지 않은 일들이 많이 일어나
는 것 또한 있음직하기 때문이다.[7]

합창대도 배우들 가운데 하나로 간주되어야 한다. 합창대 **56 a 25**
는 에우리피데스의 극보다는 소포클레스의 극에서처럼 전체의
한 부분이 되어 행동에 참여해야 한다. 다른 모든 시인들의 경
우에는 노래로 된 부분들이 다른 비극에 써도 될 만큼 줄거리
와 무관하다. 그래서 합창대가 막간 노래를 부르는데, 그러한
관례의 기원은 아가톤으로 거슬러 올라간다. 그러나 막간 노래
를 부르는 것과 대사나 삽화 전체를 어떤 작품에서 끌어와 다
른 작품에 적용하는 것 사이에 무슨 차이가 있겠는가?[8]

제18장 주해

1. 55 b 24

"모든 비극"이란 표현은 6장(50 a 8)에서도 똑같이 사용되고 있는데, 문맥을 비교해 보면 6장에서는 비극을 구성하는 여섯 부분들을 나열하면서 비극의 "종류들"(*eidé*)의 특징을 제시하는 반면 여기서는 새로운 이분법을 도입하여 비극의 윤곽을 이루는 두 가지 "측면"을 제시하고 있다. 두 경우 모두 비극 전체에 해당되는 얘기임을 쉽게 알 수 있는데, 모든 비극은 여섯 부분으로 구성되어 있는 것과 마찬가지로 두 가지 측면을 갖는다는 것이다. 언뜻 이 두 가지 구분은 서로 별개의 것으로 보인다. 모든 비극은 줄거리, 성격, 사상, 표현, 노래 그리고 볼거리를 포함하고 있다는 사실과 모든 비극은 분규와 해결로 이루어진다는 사실 사이에 어떤 공통점이 있는가? 그러나 이 두 가지 분석은 서로 호응한다. 실제 아리스토텔레스는 분규와 해결을 정의한 후(55 b 24-32) 바로 비극의 종류들에 대한 목록으로 넘어가고(55 b 32 - 56 a 7), 이어서 분규와 해결이라는 용어로 줄거리의 구조에 관한 검토를 계속한다(56 a 7 이하). 이렇게 뒤얽힌 것이 흔히 지적된 대로 원고 집필 과정에서의 우연인가("주로 줄거리와 관련된 잡동사니들의 모음"이라고 언급한 Lucas, p.182를 참조할 것), 아니면 겉으로 드러나 있지 않은 어떤 이유가 있는가? 우리는 논의를 계속하면서 이에 대해 답을 제시해 볼 것이다.

2. 55 b 29

서로 반대되는 뜻을 가진 명사들의 짝 *'desis/lusis'*는 가능한 한 정확하게 번역될 필요가 있으며, 그래서 우리는 "해결"이라는 전통적 용어에 대응하여 "분규"라는 용어를 선택했다. 이 용어들에 대한 정의는 두 단계에 걸쳐 이루어지는데, 두 번째만이 "~라 부른다"(*legô de*~)라는 표현을 사용함으로써 명시적으로 정의로 제시된다.

첫 번째 단계. "안"(*esôthen*)과 "바깥"(*exôthen*)이라는 개념에 의거하여 분규와 해결의 범위를 정한다. 이러한 관점을 통해 18장과 앞의 17장이 연속선상에 놓이게 된다. 17장에서는 전체적인 구도(*to katholou*)나 줄거리와 관련하여 몇몇 사건들이 바깥(*exô*, 55 b 7과 8)에 위치하고 있다는 사실을 통해 이 두 개념을 관련지을 수 있었으며(주해 8, 55 b 13 해당 부분 참조), 그때 언급된 두 개념의 관계를 전제로 하여 여기서 분규가 포함하는 범위가 설정된다. 즉 55 b 25에서 안과 밖은 줄거리와 관련하여 사용되고 있으며, 분규가 포함하고 있는 "바깥"의 사건들은 정확히 말하자면 전체적인 구도 속에는 있으나 줄거리의 일부분은 아닌 사건들을 말한다. 그러니까 이제 알려지게 될 비극적 행동에 앞선 사건들로서 극의 시작 부분, 특히 프롤로그에서 드러나는 사건들이 그에 해당된다.

몇몇 줄거리 "안"의 사건들, 즉 엄밀한 의미에서의 줄거리의 시작 부분을 이루는 사건들 또한 분규에 포함될 수 있다. "종종"(*pollakis*, 55 b 25)이라는 낱말이 규정하는 문장 부분에 대해 논란이 있을 수 있다. 분규는 "종종 줄거리 바깥의 사건들과 줄거리 안의 몇몇 사건들"로 이루어지는가 아니면 "줄거리 바깥의 사건들과 종종 줄거리 안의 몇몇 사건들"로 이루어지는가? 우리는 두 번째 해석을 지지한다. 정관사로 한정된 "줄거리 바깥의 사건들"이라는 표현은 그 사건들이 언제나 줄거리의 배경에 존재하고 그냥 지나칠 수 없는 것임을 암시한다. 줄거리 바깥에 있는 사건들만으로도 분규를 만들어 낼 수 있으며, 그 경우 비극의 행동이란 다름 아닌 바로 분규가 완전히 해소되는 과정이다. 이러한 경우를 잘 보여주는 예로 소포클레스의 『오이디푸스 왕』을 들 수 있다. 하지만 줄거리의 도입부까지가 분규에 속하고 "나머지"(to loipon)가 해결을 구성하는 경우도 종종(pollakis) 있다.

두 번째 단계. "반전"(metabasis)을 기준으로 분규와 해결 사이의 경계를 정의한다. 그 정의는 놀라울 정도로 명확한 규정을 제시한다. 즉 그 경계는 반전이 시작되는 바로 그 행동 지점에 정확하게 위치한다는 것이다. 그렇다면 그 지점을 언제나 명확하게 확인할 수 있다는 것인가? 그렇게 단언하기는 힘들다. 이어지는 테오덱테스의 『륑케우스』의 예는 별로 도움이 되지 않는다. 소실된 작품이고, 아리스토텔레스의 텍스트는 훼손되었기 때문이다(다음 주해를 참조할 것).

그러니까 반전은 전적으로 해결 부분에 위치하며 무엇보다도 두 가지가 뒤섞인다는 것을 기억해야 한다. 반전이 시작되어 끝날 때까지가 해결이라고 말하는 것은 해결 이후에는 아무것도 없다는 뜻이기에, 반전의 끝과 해결의 끝은 일치한다고 말할 수도 있다. 한편 "바깥"의 사건들만으로도 분규가 이루어지는 경우가 있으므로 극단적인 경우에는 줄거리 전체가 해결이 되는, 다시 말해서 반전의 줄거리가 되는 경우도 상정할 수 있다. 바로 이런 맥락에서 아리스토텔레스는 7장 끝부분에서(51a 11 이하) 비극의 길이에 관한 내적 기준을 "불행에서 행복으로 또는 행복에서 불행으로 뒤바뀌게끔(metaballein) 하는 일련의 사건들을 있음직함이나 필연성에 따라 연결하는 데 필요한 길이"로 규정했던 것이다. 이 대목은 그러한 규정에 직접 상응하며, 그와 마찬가지로 일반성의 층위에 위치한다는 점에도 주목할 수 있다. 중간에 13장에서 행복에서 불행으로 넘어가는 것이 더 낫다는 말이 나오지만, 여기서는 반전의 의미에 그 어떤 제한도 요구하고 있지 않기 때문이다.

3. 55 b 32

테오덱테스의 『륑케우스』의 내용은 정확하게 알려진 바가 없다. 그러므로 31행의 빠진 부분("그들의"*hè autôn*라는 표현이 통사적으로 실사를 요구하는 것은 명백하다)을 채우는 것은 불가능하다. 기껏해야 우리가 지적할 수 있는 것은 『륑케우스』의 분규 부분은 흔히 볼 수 있는 유형이며, 여기서 "이전"(*propepragmena*)이라고 불리는 "바깥"의 사건들 말고도 줄거리에 속하는 적어도 두 가지 사건들, 즉 아이를 데려간 사건과 또 다른 사건이 포함되어 있었다는 점뿐이다. 필사본 A와 B에는 해결(*lusis*)에 대한 언급이 없다. 결국 모든 것이 불확실하다.

4. 56 a 3

분규와 해결에 대한 정의에서 갑작스럽게 비극의 네 종류(*eidè*)로 넘어가고 있다. 그러나 두 주제는 설명하고 분류한다는 공통점을 보이며, 이어지는 규범적 명제들과 대조를 이룬다. 즉 "해야 한다"(*dei*, 56 a 3과 10; *khrè*, 56 a 10)라는 표현은 이후 이 장의 전반적인 어조를 구성하게 된다. 논의는 전체적으로 마치 아리스토텔레스가 비극의 줄거리를 구성하는 데 최종적으로 필요한 조언을 주기에 앞서 아주 일반적인 준거틀을 설정하는 것처럼 진행된다. 즉 모든 비극에는 근본적으로 분규가 있고, 반전을 통해 이루어지는 해결이 이어진다는 것이다. 또한 모든 비극은 네 가지 유형들 가운데 하나에 들어간다. 바로 다음에(56 a 10까지) 이러한 원칙에 의거한 규정들이 제시된다. 이 장 끝부분에 제시되는 규정들은 이 정도로 확실하게 원칙에 연결되지는 않았다.

비극의 네 종류를 나열하는 부분은 여러 가지 어려운 문제를 야기한다.

- 종류(*eidè*)와 구성 부분(*merè*)들의 수(*tosauta*)가 동일하다는 괄호 속의 문장은, 『시학』의 그 어디에서도 비극의 네 가지 부분들에 대한 언급이 없다는 점에서 진정 수수께끼가 아닐 수 없다.
- 56 a 2 부분의 텍스트가 훼손되었기 때문에 ── 필사본들에 나오는 '(h)oès'는 아무 뜻도 없으며 무르베커는 라틴어 번역본에서 이 부분을 비워 두었다 ── 네 번째 종류가 무엇인지 정확히 알 수가 없다. 두 가지 문제가 겹쳐지면서 더욱 어려워지는 것이다.

그렇지만 두 번째 문제의 경우는 서사시의 종류와 비극의 종류가 동일하다고 말하면서 단순한 서사시, 복합적인 서사시, 성격이나 격정적인 효과에 초점을 맞춘 서사시를 열거하는 24장(59 b 7-9)에 근거하여 풀어 볼 수 있다. 목록에서 네 가지 중 세 가지는 18장과 정확히 일치한다는 점에서, 훼손된 56 a 2 부분은 사실상 단순한 종류에 대한 언급을 담고 있다고 생각할 수도 있다. 하지만 이러한 가설은 몇 가지 반론에 부딪힌다.

(a) 이 유형이 목록의 맨 마지막으로 밀려나 있다는 점이 의아스럽다. 그렇게 해서 단순한/복합적인의 대립이 짝을 이루어 나타나는 24장과 달리 짝이 분리된다.

(b) 단순한 유형과 그 예로 제시된 작품들 ── "『포르퀴스의 딸들』이나 『프로메테우스』 그리고 명부(冥府)에서 벌어지는 모든 비극" ── 사이에 어떤 관계가 있는지 이해하기 어렵다. 『포르퀴스의 딸들』은 고르곤들을 지키는 자매들로 눈 하나, 이 하나를 함께 쓰는 저승의 괴물이며, 아이스퀼로스의 『프로메테우스』는 이승과 저승의 경계에서 티탄이 "십자가형"을 받는 장면으로 시작된다는 것을 감안한다면, 이 이름들이 명부의 장면과 연결될 때 단순한 행동의 예라기보다는 오히려 기괴한 장면의 예에 가까워 보인다.

(c) ΑΠΛΗ가 OHC로 철자가 훼손된 연유는 여전히 풀리지 않고 있다.

이러한 이유들로 말미암아 여기서 언급된 네 번째 종류가 "단순한"(*haplé*) 유형이라는 가설은 배제되어야 할 것이다. 따라서 18장과 24장의 목록 사이에는 불일치가 있음을 인정하지 않을 수 없다. 하지만 그 불일치는 이제 우리가 살펴볼 불일치에 비하면 놀라운 것이 아님을 보게 될 것이다.

실제로 비극의 네 종류가 (여섯) 구성 부분들과 수가 같다는 수수께끼를 어떻게 풀 것인가? 문제는 단순히 산술적인 것만은 아니라는 데에 있다. 『시학』에서 여러 번이나 비극의 여섯 구성 부분(*merè*)들은 "비극의 종류로 사용되어야" 할 것으로 규정되고 있고(12장의 52 b 14, 52 b 25 그리고 6장의 50 a 12와 주해 10 해당 부분 참조), 55 b 33의 실제로(gar)라는 표현 ── "비극의 종류는 네 가지인데, 실제로 이는 앞서 말한 바 있는 구성 부분들의 수와 같다" ── 이 바로 그에 상응하는 것임을 감안한다면, 숫자상의 동일성만이 아니라 두 가지 목록을 구성하는 각각의 요소들 사이에 용어상의 대응 관계가 존재한다는 사실을 (가능한 한) 정립해야 한다. 그 두 가지 목록을 상기해 보자.

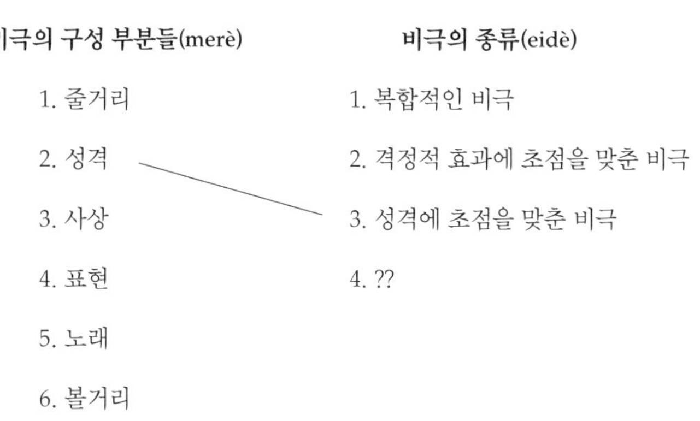

대응 관계가 성립하는 것은 성격(ēthos)과 "성격"(ēthikē) 비극뿐이다. 이것만으론 너무 부족하다. "구성 부분"이라는 개념을 좀 다르게 사용함으로써 도표를 좀 더 풍성하게 만들 수 있을 것이다. 실제로 11장에서 줄거리는 세 부분으로(*tou muthou merē*, 52 b 9), 즉 급전과 발견 그리고 격정적인 효과로 분석되고 있으며, 10장에서는 줄거리가 급전이나 발견 또는 둘 다 포함하고 있을 때 복합적이라고 한다는 것을 알고 있다. 바로 거기서 "복합적"인 유형과 "격정적 효과에 초점을 맞춘" 유형은 비극의 구성 부분들이 아니라 줄거리를 구성하는 부분들을 "종류로" 사용하는 데서 비롯되었다는 가설을 다음과 같이 세워 볼 수 있다.

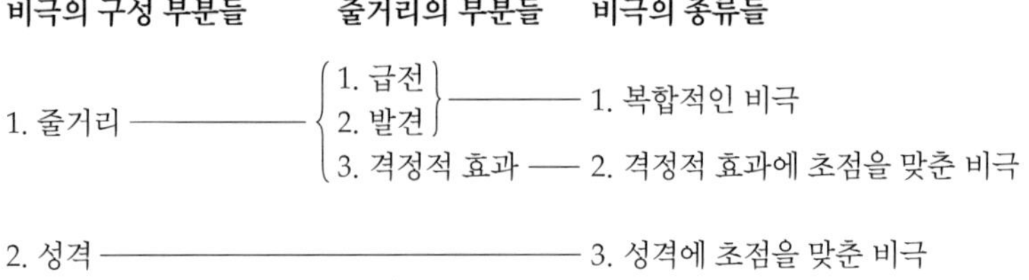

거부하기 어려워 보이는 이러한 대응 관계를 인정한다면, 비극의 여섯 가지 구성 부분들을 활용하여 비극의 종류를 제시하는 것이, 거기에 포함되지 않은 그 나머지 구성 부분들을 감안할 때 순전히 이론적인 가능성에 그치는 반면, 줄거리를 구성하는 부분들은 그것만으로도 비극의 두 종류의 토대를 이루고 있음을 수긍하지 않을 수 없다. 그러므로 55 b 32에서 비극의 종류와 결부된 부분들은 다른 어떤 곳에서도 언급되지 않은 것으로 보아 별도로 생각해 낸 것으로 보이며, 비극의 구성 부분들(성격)과 줄거리의 부분들(급전+발견, 격정적 효과)이 이질적으로 합쳐진 것임에 분명하다.

그렇지만 이 "부분들"이 14장에서 16장까지 분석의 대상이 되었다는 사실도 주목해야 할 것이다. 예를 들어 14장에서 격정적인 효과를 잘 사용하는 법 — 가족끼리의 살인(53 b 19), 폭력적 행위와 발견의 유기적 연관(53 b 26 이하) 등과 같은 격정 — 에 대해, 15장에서 성격에 대해, 16장에서 발견에 대해 분석한 바 있다. 그런데 11장에서는 발견과 급전을 동일한 층위에서 다루고 있음에도 불구하고, 급전을 끌어들이는 발견 유형(54 b 29)을 보면 실제로 그 두 "부분들"이 단 하나로 귀결되는 경향이 있음을 볼 수 있다. 어쨌든 부분들의 목록보다 그러한 분석의 내용에 보다 큰 중요성을 부여하고, *"tosauta ta merè elekthè"*라는 구절이 목록이 아니라 그 이전 장들의 분석을 가리키고 있다는 점을 인정한다면 — 그렇게 되면 이 구절은 "이는 우리가 구성 부분들에 부여했던 것과 같은 숫자"라는 뜻이 아니라 "이는 앞서 말한 바 있는 구성 부분들의 수와 같다"라는 뜻으로 읽히게 된다 — 비극의 "구성 부분들"과 "종류들"을 서로 연관시키는 것이 생각만큼 무리가 아니라는 사실을 인정할 수 있게 된다.

그러나 아직 모든 문제가 해결된 것은 아니다. 지금까지 네 가지 유형 가운데 세 가지만 확인되었고, 56 a 2에서 '*(h)oès*'라는 훼손된 형태로 수수께끼처럼 감추어져 있는 네 번째 유형이 남아 있다. 앞서 말한 것들을 고려한다면 어떤 종류가 아직 논의되지 않은 어떤 구성 부분에 대응할 수 있는지를 찾아보는 것도 좋은 방법일 것이다.

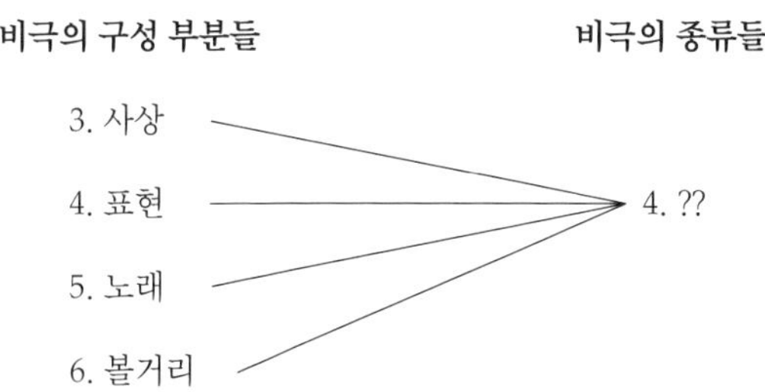

확실한 실증적 지표가 없으므로 소거하는 방식으로 검증해 나가는 것이 좋을 것이다. 그런데 『시학』 어디에도 사상, 표현 또는 노래가 실제로 비극의 유형을 구분하는 기준이 되는 요소로 상정된다고 짐작할 수 있는 대목은 없다. 즉 아리스토텔레스가 세 가지 구성 부분들 중 어느 하나가 지배적인 위치를 점하는 비극 유형들을 생각했다고 ── 그 유형들을 칭찬하기 위해서건 비판하기 위해서건 ── 짐작케 하는 대목은 어디에도 없다. 또한 그 가운데 어느 구성 부분이 이전 장에서 잠시라도 분석의 대상이 된 적도 없다.

그런데 볼거리의 경우엔 사정이 다르다. 아리스토텔레스는 14장에서 비극적 정서를 만드는 데 줄거리가 무엇보다 중요한 역할을 한다는 것을 입증하기 위해 "볼거리를 사용하여 두려운 것이 아니라 단지 기괴한 것만을 만들어 내는 사람들"(53 b 8)에 대해 의도적으로 언급한 바 있다. 이러한 작가들과 그들의 작품이 "비극과는 아무런 관련이 없는" 것으로 배제되고 있긴 하지만 여하튼 존재하는 것은 사실이다. 그들이 바로 포르퀴스의 딸들이나 프로메테우스의 형벌, 그리고 명부의 장면들을 스스럼없이 연출하는 작가들이 아닌가? 아리스토텔레스는 이상적인 비극에 관한 이론을 정립하려고 할 때에는 그들을 폄훼하기도 하지만, 논의를 정리하고 분류할 때에는 그들을 완전히 무시하지 못한다. 따라서 우리는 네 번째 유형이 볼거리에 초점을 맞춘 비극이라고 생각한다.

인용된 예들이 14장(53 b 9)에서 언급된, 볼거리에 초점을 맞춘 작품들의 특수한 효과로서의 기괴한 것(*to teratôdes*)의 연출을 떠올리게 한다는 점에서 56 a 2의 구절 *"to de tetarton (h)oès"* ── "네번째: ?" ──를 *"to de teratôdes"*로 고쳐 볼 수도 있다고 생각했다. 슈라더(Schrader)가 제안한 이 해결책은 의미를 잘 파악하고 있다는 점에서는 탁월하다. 하지만 고문자학상으로 볼 때에는 불가능하다. 보다 매력적인 해석은 바이워터가 제안한 것으로 '(h)oès'(옹시알체로는 OHC)를 'opsis', 즉 "볼거리"를 잘못 옮겨 쓴 것으로 보는 것이다. 글자를 잘못 읽었다는 추측은 21장(58 a 5, 주해 11 해당 부분 참조)에서도 같은 오류가 나타난다는 점에서 상당히 설득력이 있다. '(h)oès' 문제에 대한 그러한 해결책을 받아들인다면 다음과 같이 도식이 완성된다.

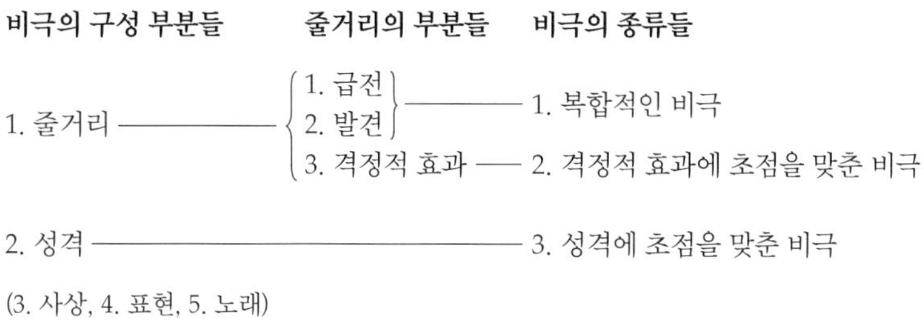

각각의 "종류"는 14장에서 16장에 이르기까지 문제가 되었던 (elekthè) 비극이나 줄거리의 "구성 부분"(발견과 급전을 합해 하나로 본다는 가정을 받아들인다면)에 대응하게 된다. 네 번째 종류의 경우 그 대응 관계는 특별한 형태를 띤다. 14장에서 비극적인 것이 일어나는 장소로서 볼거리가 줄거리를 돋보이게 하는 역할을 한다고 말한 것과 마찬가지로, 18장에서는 "볼거리"라는 비극의 종류를 제시함으로써 볼거리에 별도의 위치가 부여된다. 여성형으로 비극의 종류를 ─ "복합적인 (비극)…, 윤리적인…, 격정적인…" ─ 나열한 다음에 "네 번째"라는 중성형으로 넘어가고 있으며, 종류를 "비극"이라는 실사에 갖다 붙이기에 적합한 형용사로 지칭하는 것이 아니라(예를 들면 복합적인 비극 등과 같이) "볼거리"(opsis)라는 "구성 부분"의 명칭 자체로 지칭하는 것이다. 엄밀하게 말해서 볼거리 위주의 "시각적" 비극이란 존재하지 않으며, 단지 그것이 불러일으키는 정서들의 유형에 의해(14장, 53 b 1을 참조할 것) 비극과 유사해지는, 그리고 아리스토텔레스가 비극의 종류들에 대한 목록을 작성하면서 어쩔 수 없이 비극에 결부시키게 된 볼거리라는 장르만이 있을 뿐이다. 하지만 우리도 알고 있듯이 그럼에도 불구하고 엄밀하게 이론적으로 볼 때 이 유형은 "비극과는 아무런 관련이 없다"(14장, 53 b 10)는 것이 아리스토텔레스의 생각이다.

비극의 네 가지 종류들에 대한 이러한 해석이 결코 완벽하게 만족스럽지는 않다는 것은 우리도 잘 알고 있다. 왜냐하면 우리의 해석은 아리스토텔레스의 텍스트에서 "세 가지 내적 모순들"을 받아들일 수밖에 없다는 사실을 전제로 하기 때문이다.

1. 비극의 네 종류와 네 구성 부분 사이의 대응 관계가 있다고 해서 그것이 네 구성 부분들로만 이루어진 목록을 뜻하는 것은 결코 아니다.

2. 비극적 "볼거리"는 14장에서 형식적으로 배제된다고 말한 것들과 모순되는 비극 종류로 분류되어 있다.

3. 24장 첫 부분에서 비극의 종류와 동일하다고 말한 네 종류의 서사시들의 목록은 우리가 방금 전에 제시한 목록과 일치하지 않는다. 즉 실제 서로 대응하는 세 종류들을 짝 짓고 나면 한쪽에는 단순한 서사시, 그리고 다른 쪽에는 볼거리-비극이라는 서로 다른 두 종류가 최종적으로 남게 된다.

이 모순들은 각기 성격이 다르다. 첫 번째 모순은 소홀한 논지 전개로 인한 것이다. 실제로 텍스트 그 어디에서도 비극의 종류들에 대한 근거를 제공하는 네 부분들 ── 그것이 비극이든 줄거리든 ── 의 목록을 찾을 수 없다. 따라서 그것은 순전히 물질적인 것이며 내용에 관한 언급을 요구하지는 않는다. 게다가 'elekthè'를 목록에 관한 얘기가 아니라 14장에서 16장까지의 분석을 가리키는 것으로 보는 우리의 해석을 받아들인다면 모순이 상당히 완화된다. 반면에 두 번째 모순은 『시학』에서 자주 드러나는 규범적인 이론적 담론과 기술적 담론 사이의 긴장을 뚜렷하게 보여 준다. 경험적인 것을 보다 더 존중하는 기술적 담론은, 자가 당착에 빠질 위험에도 불구하고, 규범적 담론에 의해 펌하되었던 요소들을 다시 끌어들인다.

세 번째 모순은 다음과 같은 질문을 제기한다. 단순한 서사시와 "볼거리-비극"은 서로 완전히 다르고 화해할 수 없는 종류인가? 아니면 단순한 서사시가 서사시의 일종이듯 볼거리는 비극의 한 종류가 될 수 있는가? 24장을 보면 ─ 『일리아스』의 예가 제시되어 있다 ─ 단순한 종류와 격정적인 효과에 초점을 맞춘 종류 사이에는 일종의 친화적 관계가 존재하는 듯하다. 우리는 이러한 친화성이 우연한 것이 아니라고 생각한다(24장, 주해 3을 참조할 것). 격정적인 효과는 그것을 특징짓는 정서적 강렬함에 비추어 볼 때, 규정상 급전이나 발견을 포함하지 않는 단순한 줄거리의 상대적인 "진부함"을 나름 상쇄한다. 서사시에서 단순성이 격정적인 효과를 "요청한다면", 비극에서도 그와 유사한 상보 관계가 볼거리의 주도권과 줄거리의 단순함 사이에 성립된다고 생각할 수는 없는가? 그렇다면 왜 볼거리는 해당되고 서사시에서처럼 격정적인 효과는 해당되지 않는 것일까? 그 이유는 우리가 지적했듯이(11장, 주해 5), 격정적인 효과는 자연스럽게 볼거리 위주로 가는 경향이 있으며, "볼거리-비극"은 기괴한 것(*teratôdes*, 14장, 53 b 9)을 무대에 올리게 만드는 이러한 경향을 적극적으로 활용하기 때문이다. 반면 서사시는 볼거리에 의존할 수 없기 때문에 줄거리의 단순함을 상쇄하기 위해서는 서술을 통한 격정적인 효과들의 재현(예를 들어 『일리아스』의 전투 장면)에 집착할 수밖에 없다. 격정적인 효과에 초점을 맞춘 비극에 비해 ─ 주인공이 자살하는 『아이아스』나 수레바퀴에 팔다리가 묶이는 『익시온』의 예가 그러한 유형으로 분류된다 — "볼거리-비극"은 그러니까 격정적인 효과에 내재한 볼거리 측면의 과도한 팽창이 극도의 단순한 줄거리와 짝을 이룰 수 있는 극단적인 유형으로 나타난다.

이제 우리는 비극의 네 종류들이 나열되는 순서를 이해할 수 있다. 줄거리의 중요성이 기준이 되고, 중요성이 큰 순으로 나열되어 있다.

1. 복합적인 비극: 볼거리와는 무관한 줄거리의 원동력(급전과 발견)을 최대한 활용하는 비극.

2. 격정적인 효과에 초점을 맞춘 비극: 줄거리의 세 번째 구성 요소(격정적인 효과)를 두드러지게 활용하되 볼거리 측면이 과도하게 팽창되지 않도록 하는 비극.

3. 성격에 초점을 맞춘 비극 : 성격은 행동은 아니지만 행동에 속하면서 그 동기가 되므로(6장, 50 a 21) 특별히 잘 다듬어 만들어야 한다(아리스토텔레스가 여기서 예로 제시하고 있는 『프티아의 여인들』이나 『펠레우스』에 대해서는 알려진 바가 없다).

4. 볼거리 : 격정적인 효과에 연결된 볼거리 측면의 과도한 팽창으로 특징지을 수 있으며, 비극성은 기괴한 것을 지향하며 줄거리는 가장 단순한 표현을 지향하는 극단적인 종류이다.

단순한 서사시와 볼거리-비극 사이에는 그러므로 실제적인 유비(類比) 관계가 존재하며 우리가 언급했던 세 번째 모순은 결국 사물이 아니라 말의 문제에서 비롯된 것이라 생각할 수 있다.

5. 56 a 10

56 a 3에서 10까지의 규정은 이 장 첫 부분에서 말한 내용, 즉 분규와 해결의 정의, 비극의 종류들에 대한 분류에 의거하고 있으며, 다음과 같은 도식에 따라 이루어진다.

- 시인은 여러 종류 전체(*hapanta*)를 재현하는 비극들을 만들 수 있도록 노력해야 한다(*dei*, 56 a 3).
- 그렇지 못할 경우 그 가운데 가장 중요한 것들을(*ta megista*) 가능한 한 많이(*pleista*) 만들어야 한다. 비평가들은 모든 "구성 부분들"을 동일한 층위에 올려놓고 악의(*sukophantousin*. 그들은 문학비평의 직업적인 첩자이자 밀고자들이다)에 가까운 엄격함을 보이기 때문이다.
- 그런데 이론적으로(*dikaion de*) 비극의 정체성을 이루고 있으며 따라서 그 질에 대한 가치판단의 가장 중요한 기준이 되는 것은 줄거리이지 그 이외의 다른 것이 아니다(*ouden isôs tôi muthôi*). 그런데 줄거리의 정체성은 구조에 있고, 구조란 다름 아닌 갈등("실을 잣다, 엮다"라는 동사 '*plékô*'의 명사형 '*plokè*'는 여기서 '*desis*'와 정확하게 똑같은 뜻을 갖는 것으로 보인다)과 해결이 합쳐진 것이다.
- 따라서 시인은 어떤 경우에든 갈등-해결로 이루어진 전체의 질을 통해서 자신의 기량을 입증할 수밖에 없다. 특히 갈등은 좋은데 해결은 나쁜 흔한 실수를 범해서는 안 된다.

전체적인 논지는 분명하다. 『시학』의 저자 입장에서 중요한 것은 시인들이 비평가들에게 주눅 들지 않으면서도 자신의 창작 활동을 훌륭하게 수행할 수 있게 해 주는 본질적인 규칙을 제공하는 것이다. 다시 한번 가장 중요한 것은 줄거리이다(6장, 50 a 15 이하를 참조할 것). 이번에는 용어들이 갈등(분규)과 해결이라는 양상으로 정의되어 주어진다.

이 부분이 독창적이고 난해한 것은 비평가들의 행위를 고려함으로써 잠시 논지가 흐트러지기 때문이다.

1. 비평가들의 그런 행위는 존재하며 아리스토텔레스는 시인들에게 가능한 모든 수단을 강구하여 방어하면서 이를 고려하라고 권하고 있

다. "전체(종류들을: 'hapanta'는 조금 전에 논의되었던 'eidē'를 가리키는 것이 틀림없다)를, 아니면 적어도 그 가운데 가장 중요한 것들을, 그리고 가능한 한 많이(ta megista kai pleista) 갖도록(ekhein, 말하자면 "자기 마음 내키는 대로" 만들 수 있도록) 노력해야만 한다." 이처럼 시인이 비극의 모든 종류에서 자신의 탁월한 능력을 보여 주거나, 아니면 서로 다른 구성 부분들(meros, 56 a 6)을 번갈아 부각시킴으로써 어쨌든 가장 중요한 종류에서 능력을 보여 주게 되면, 아무리 까다로운 비평가들의 검열이라도 무력화시킬 수 있게 된다. 분명 이러한 충고가 갖는 순전히 "전략적인" 양상은 놀라울 수 있지만, 우리는 여기서 아리스토텔레스의 현실주의 또는 실용주의라는 새로운 측면을 인정할 수밖에 없다. 비평가들이란 오히려 쩨쩨하고 언제나 명민하지는 않기 때문에, 시인들은 할 수 있는 한 그들의 공격에 대비할 필요가 있다는 것이다. 여기서 권하고 있는 방법은 한마디로 풍부하고 다양한 "자료"를 가지고 검열관들 앞에 서라는 것이다. 이와는 약간 다른 해석도 있다. 그에 따르면 아리스토텔레스는 시인들에게 각각의 비극에서 모든 구성 부분들을 다 배려해야 하고 그렇지 못한 경우 가장 중요한 구성 부분들만이라도 가능한 한 많이 드러나게 해야 한다고 충고했다는 것이다. 그렇게 되면 각각의 비극이 비평가들의 공격을 견딜 수 있게 되며, 이는 작품들 전체에 다각화된 통합전선이 형성되는 것보다 더 만족스러울 수 있다. 하지만 이 경우 "(가능한 한) 많은" 구성 부분들이 무엇을 뜻하는지는 알기 어렵다. 어쨌든 이런 실용적인 충고는 비극의 종류들에 대해 아리스토텔레스가 생각했던 위계와는 거의 부합되지 않는다. 다시 말해서 그가 단지 비평가들을 즐겁게 하기 위해서 시인들에게 볼거리-비극을 지으라고 무조건 충고했다고 받아들이기는 힘들다. 여하튼 "가장 중요한" 유형들에 대해 다시 언급함으로써 논지를 재정립할 수 있는 계기를 마련하는데, 비평 행위가 띠는 형식에 대한 논의를 통해 이 문제를 매듭지을 수 있을 것이다.

2. 비평 행위의 특성은 시인들을 비교하는 데 있다. 그러므로 추론의 향방은 비교 가능성에 의해 가늠될 것이다. "어떤 비극이 다르거나 혹은 같다"고 말할 수 있는 근거는 무엇인가? 이러한 물음을 통해 아리스토텔레스는 은연중에 비평가들을 비판하면서 자신의 이론의 핵심과 본론으로 되돌아가려 한다. 같은 것과 다른 것에 관한 물음은 『정치학』 3권 (1276 a 18)에서도 도시와 관련하여 제기되고 있는데, 엄밀하게 말해서 이 물음은 동일성의 기준이라는 형태를 통해 핵심으로, 혹은 『시학』의 용어를 빌리자면 가장 중요한 것(*to megiston*, 6장, 50 a 15)으로 이끄는 역할을 한다. 즉 도시의 핵심이 성벽이나 인구의 안정성에 있는 것이 아니라 그 조직에 있는 것과 마찬가지로(『정치학』, 3권, 1276 b 11), 비극에서도 가장 중요한 것은 성격이나 볼거리가 아니라(아리스토텔레스는 이처럼 배제하는 논증 부분을 생략하고 있다), 분규(갈등)와 해결로 이루어진 구조로서의 줄거리에 있다는 것이다. 아리스토텔레스는 비평가들의 터무니없는 요구들을 기각시킬 수 있는 관점을 정립한 다음, 원래의 논지로 돌아가서 자신이 내렸던 규정의 방향을 다시 설정한다. 즉 필요한 것은(*dei*, 56 a 10) 모든 종류의 비극을 다 만들 수 있도록 노력하는 것이 아니라, 그 어떤 경우에든(*aei*) 갈등과 해결로 이루어지는 구조를 구성해서 잘 다룰 수 있는 능력이다(우리는 여기서 '*krotheisthai*' 대신에 '*krateisthai*'로 수정한 발렌의 필사본 A 텍스트를 따른다. "완벽하게 다루다"라는 의미의 동사 '*kratein*'(이런 의미로는 『정치학』 7권, 1331 b 37을 참조할 것)은 "손에 넣다, 소유하다"라는 의미의 동사 '*ekhein*'과 썩 잘 호응하며, 이 점에서 의미로 보나 형태로 보나 나무랄 데 없이 그것과 함께 동사구를 이루는 두 낱말, '*amphô*'와 '*aei*'도 마찬가지로 주목할 만한 가치가 있다. 하지만 예외적으로 우리는 필사본 B의 '*antikroteisthai*' 부분을 '*artikroteisthai*'로

약간 수정한 이미슈(Immisch)의 기발한 추측도 제시한다. 그것은 갈등과 해결이 "서로 어울려야" 한다는 만족할 만한 의미를 부여하면서도 실수라고 설명하기는 힘든 'kroteisthai'의 'o'를 "구해 내는" 장점이 있다.

6. 56 a 19

앞에서 보았듯이 아리스토텔레스는 줄거리 구성의 문제로 되돌아온 다음, 여러 차례 거론되었고(*pollakis eirètai*; 예를 들어 5장 , 49 b 12-16, 17장, 55b 15 이하) 또 앞으로도 거론될(24장, 59 b 17-30; 26장, 62 a 18-b 11) 항목, 즉 비극의 줄거리와 서사시의 줄거리 사이의 규모(*mèkos*)의 차이 그리고 그에 따른 구조(*sustèma*)의 차이를 다시 강조한다. 비극의 구조와 대비하여 서사시의 구조는 "줄거리가 여러 개 있는"(*polumuthon*) 것으로 그 특성이 규정된다. 이러한 특성은 비극뿐 아니라 서사시에도 유효한 행동의 일치라는 원칙(23장, 59 a 18)과 원칙적으로 모순된다. 하지만 이는 주된 줄거리와 어울리면서도(24장, 59 b 28) 그 상대적인 자율성으로 인해 일종의 줄거리 속의 줄거리를 구성하는 이야기 요소들(*merè*)을 삽화 형태로 받아들일 수 있는 서사시 고유의 능력을 가리키는 것으로 이해해야 할 것이다. 『일리아스』와 『오뒤세이아』가 여러 비극의 재료를 제공할 수 있었던 것은 ─ 물론 호메로스가 과하게 사용한 것은 아니다 ─ 바로 이러한 다수의 줄거리들 덕분이다(23장, 59 b 4와 26장 62 b 8을 참조할 것. 즉, 아리스토텔레스는 비극의 우월성을 열정적으로 찬양하면서 호메로스의 두 서사시가 "여러 행동들로"*ek pleionôn praxeôn* 이루어져 있다는 사실을 인정하며 유감스러워 한다). 그런데 서사시가 줄거리 속의 줄거리를 받아들일 수 있고 그럼으로써 그 독특한 구조(*sustèma*)를 가질 수 있는 것은 그 길이가 이를 허용하기 때문이다. "거기서는(서사시에서는) 그 크기(*mèkos*)로 볼 때 부분들(*merè*)이 적합한 규모(*megethos*)를 가질 수 있다".

다시 말해서 주된 행동에 비해 주변적인 삽화가 줄거리 속의 줄거리로 받아들여질 수 있는 임계 규모에 도달하기 위해서는 일정한 길이가 요구되는 것이다. 비극은 이런 길이를 제공하지 않기 때문에 삽화들은 짧을 수밖에 없으며(17장, 55 b 16), 그러므로 비극이라는 장르를 특징짓는 단 하나의 줄거리에 긴밀하게 통합되지 않을 수 없다. 『일리아스』전체(holon)를 비극적 줄거리로 다룰 수 없는 이유는 바로 그 때문이다. 여러 의미심장한 예들이(sèmeion de) 이러한 분석의 정당성을 긍정적이거나 부정적인 방식으로 뒷받침하는데, 예컨대 에우리피데스는 『트로이의 여인들』에서 트로이 함락이라는 소재 전체(holèn)를 다 다루려고 하지 않았다. 아이스퀼로스 또한 『니오베』의 행동에 한계를 둘 줄 알았지만, 아가톤을 포함한 다른 작가들은 오직 그렇게 하지 못했다는 그 이유 때문에(en toutôi monôi) 실패한다(아가톤의 실패에 대해서는 알려진 것이 없으며, 아이스퀼로스의 『니오베』는 그 일부가 전해지고는 있으나 그것만으로는 시인이 방대한 분량의 전설에서 어떤 선택을 할 수 있었는지 분명히 알기 어렵다. 뿐만 아니라 텍스트 자체도 미심쩍다).

7. 56 a 25

이 장의 마지막 부분은 비록 연관성이 뚜렷하게 드러나 있지는 않지만 비극에 "서사시적 구조"를 금지한 것의 연장선상에 있다. 이제 아리스토텔레스에게 중요한 것은 비극의 행동이 이루어야 하는 전체의 엄격한 단일성(tou holou, 56 a 26)을 옹호하는 일이다. 두 가지 논증이 잇달아 제시된다. (a) 복합적이건 단순하건 비극의 행동은 겨냥하는 목표에 도달할 수 있게 한다(stokhazontai hôn boulontai, 56 a 19-25). (b) 몇몇 시인들이 합창대에 맡기는 막간 노래들(embolima) 또한 작품 속에 낯선 삽화들을 삽입하는 것과 마찬가지로(56 a 25-32) 단일성을 훼손시키는 군더더기이다. 같이 나열된 이 두 논증은 동일한 유혹, 즉 서사시를 다양하게 하듯 비극을 다양하게 하고자 하는 유혹을 물리치려는 데 목적이 있는 것처럼 보인다. 실제로 "획일성은 금방 싫증을 느끼게 하고 비극의 실패(*ekpiptein*; 56 a 18의 *ekpiptousin*을 참조할 것)를 초래하는 원인이 된다"(24장, 59 b 30). 그러므로 아가톤의 실패(*exepesen*)를 초래했던 위험과 반대되는 또 다른 위험 즉 획일성의 위험이 존재하는 것이다. 비극 시인은 이 두 가지 심연을 사이에 둔 좁은 능선을 따라 걸어가야 한다. 아리스토텔레스는 이런 물음들을 제기한다. (a) 오로지 단 하나의 행동만으로도 특히 그것이 단순한 경우에도 싫증나지 않게 할 수 있을까? (b) 합창대의 노래를 서사시에 다양성을 부여하는 삽화(*anomoiois epeisodiois*, 59 b 30을 참조할 것)와 같은 것으로 봄으로써 획일성을 물리칠 수 있지 않을까? 아리스토텔레스는 18장 마지막 부분에 이르러서야 이 두 가지 물음에 대한 답을 제시한다.

"놀라움의 효과"(*thaumaston*)는 첫 번째 물음에 대한 대답에서 핵심이 되는 낱말이다. 놀라움의 효과는 비극시든 서사시든(60 a 11 이하) 시의 목적(*to telos*, 60 b 24)이자 매력(*hèdu*, 60 a 17)이다. 비극에서 이러한 효과는 무엇보다도 가장 훌륭한 줄거리를 만들어 내는(52 a 4-10) 역설적인 연쇄 관계를 통해(*para tèn doxan*) 생겨난다. 이 대목에서 사악하지만 속임을 당하는 주인공이나 용감하지만 패배하는 주인공의 예들을 "있음직함에 반하는 있음직함"(*eikos para to eikos*)으로 설명하면서 하려는 말이 바로 그것이다. 논의를 시작하면서 급전에 대해 언급하는 부분(56 a 19) 또한 분명히 같은 방향으로 나아간다(급전과 놀라움의 효과의 연관성에 대해서는 『수사학』, 1권, 1371 b 10을 참조할 것). 끝으로 이 대목(56 a 20)에 나타나는 '*thaumaston*'이란 단어가 기술적 의미를 지니고 있다는 사실에는 의심의 여지가 없어 보인다. 로스타니가 생각한 것처럼 필사본에 나오는 부사 '*thaumastôs*'에도 이러한 의미를 부여할 수 있을까? 그보다는 차라리 '*thaumastôn*'으로 약간 수정한 틸위트(Tyrwhitt)의 해석이 더 나아 보인다(엘스의 견해도 그렇다). "급전을 통해 그리고 단순한 행동에서도 시인들은 그들이 목표로 하는 놀라움의 효과를 지향한다(실현한다)." 아리스토텔레스가 절대적인 규칙으로 만들어 버린 행동의 엄격한 단일성으로 말미암아 비극은 단조로움이라는 위험을 안게 되는데, 급전은 놀라움의 충격(*ekplèxis, thaumaston*)을 불러일으킴으로써 그러한 위험을 피하게 할 수 있는 탁월한 수단이 된다. 그렇게 되면 아리스토텔레스가 복합적인 행동, 보다 자세히 말해서 급전이 발견의 효과를 강화시켜 주는 행동을 더 선호한 이유를 이해하게 된다(11장, 52 a 32; 16장, 54 b 29). 하지만 단순한 행동(*ta hapla pragmata*)을 통해서도 놀라움의 효과를 마련할 수 있다. 아리스토텔레스 역시 단순한 행동으로 이루어진 비극 작품을 실패라고 선고하지 않으려면 이를 인정하지 않을 수 없었다. 이 점에 대해 그가 별도로 해명하고 있지는 않지만, 놀라움을 불러일으키는 데에도 여러 단계들이 있으며 일정한 충격 효과에 못 미치는 작품의 경우에는 더 이상 급전, 즉 복합적인 행동에 대해 논할 수도 없다고 생각할 수 있을 것이다.

보다 까다로운 문제는 놀라움의 효과(문장 속에서 '*touto*'라는 단수형으로 나타나는)와 다른 한편으로 "비극적이며 인간적인 감정" 사이에서 "왜냐하면"(*gar*, 56 a 21)이라는 낱말이 제기하는 논리적 연관성이다. 어떤 편집자들은 이 문장을 사례들을 제시하는 문장 뒤로 옮기기도 하고, 아예 삭제해 버린 경우도 있다. 그렇지만 놀라움의 효과가 그 자체로는 비극적이 아닐지라도, 특히 격정적인 어떤 행위(*pathos*)가 친인척 사이에서(*en tais philiais*, 14장, 53 b 19) 이루어졌거나 이루어지리라는 것을 발견 단계에서 알게 될 경우에는 비극성에 직접적으로 기여한다는 점을 지적할 수 있다. 엄밀히 말해서 그 기능은 바로 비극성을 증폭시키는 데 있다. 인간적인 것(*philantrôphon*)의 의미에 대해서는 있음직함이 윤리적인 영역에서 취하는 형식이라고 분석한 바 있는데(13장, 53 a 7 주해 2를 참조할 것), 그 다음 예에서 볼 수 있듯이 그것은 예기치 않았던 연쇄 관계에 의해 윤리적인 있음직함(사악한 자가 함정에 빠지거나 정의롭지 못한 자가 패배하는 것)이 실천적인 있음직함(영리한 자가 함정을 파고, 용감한 자가 승리하는 것)을 누를 때마다 놀라움의 효과에서 생겨난다. 따라서 사례들에 잘 적용되는 이 문장을 뒤로 옮기고 싶을 수는 있지만, 그 어떤 경우에도 이를 삭제할 이유는 전혀 없다.

8. 56 a 32

아리스토텔레스가 『시학』을 쓰던 시절 비극의 합창대는 줄거리와는 무관하게 삽화들 사이에서 막간 노래(*embolima*)를 부르는 역할을 맡은 합창단에 불과했을 것이다. 소포클레스에서 에우리피데스를 거쳐 아가톤에 이르면서 비극의 단일성은 실종되었고, 아리스토텔레스는 그러한 타락을 받아들이지 않는다. 그는 합창대는 "배우들 가운데 하나"여야만 한다고 주장함으로써 우리가 생각할 수 있는 가장 보수적인 입장을 취한다. 거의 디튀람보스로, 적어도 아이스퀼로스로 되돌아가는 셈이다. 아이스퀼로스는 극의 한가운데에 합창대를 위치시킨(『탄원하는 여인들』 *Suppliantes*이나 『프로메테우스』를 떠올려 볼 것) 대표적인 경우가 아닌가? 이번에도 아리스토텔레스는 소포클레스를 전폭적으로 지지하며 모델로 내세운다. 이 장의 마지막 문장은 특히 엄격하며 아리스토텔레스의 논지를 잘 드러낸다. 즉 합창대의 막간 노래를 이 작품에서 저 작품으로 옮겨서 아무 데나 갖다 붙일 수 있는 대사나 삽화와 같은 것으로 받아들일 이유가 없다는 것이다. 비극의 삽화들은 줄거리 속의 줄거리로 나타날 수 있는 서사시의 삽화들보다 더 강력하게 하나로 통합되어 있고, 따라서 절대 서로 바뀔 수 없다. 결국 아리스토텔레스는 합창대의 노래를 비극의 삽화와 같은 층위에 놓음으로써, 서사시를 다양하게 만드는 삽화들처럼 합창대의 노래가 비극을 다양하게 만들 수 있다는 가능성을 차단한다.

비극의 다양한 종류를 인정함으로써 시인이 상당한 재량권을 가지고 있다고 생각할 여지를 주고 있음에도 불구하고, 18장에서 두드러지는 것은 궁극적으로 엄격한 규범들이다. 실제로 분규와 해결로 이루어지는 줄거리는 모든 비극의 관건이며, 그것은 단일한 것으로 남아 있어야 한다. 단지 시인은 놀라움의 효과를 마련함으로써 비극을 위협하는 단조로움을 물리칠 수 있다. 그러므로 아리스토텔레스는 비극 시인에게 좁은 길을 제시하는 셈이다. 하지만 급전과 발견에 인정하고 있는 유혹의 힘, 비극이 감추고 있는 가장 커다란 힘(6장, 50 a 33) 덕분에 그 길은 따라갈 수 있는 길이 된다. 또한 이어서 논의될 표현이라는 수단도 고려해야 할 것이다.

제19장

56 a 33 다른 구성 부분들에 대해서는 이미 말했으므로[1] 이제 표현과 사상에 대해 설명하는 일이 남았다.[2] 사상에 관해서는 『수사학』에 맡겨 두도록 하자. 왜냐하면 보다 엄밀히 말해서 사상은 수사학의 연구 영역에 속하기 때문이다. 말에 의해 만들어질 수 있는 모든 것이 사상에 속한다. 즉 증명하거나, 반박하거나, (연민이나 두려움, 분노 또는 이러한 종류의 다른 감정들처럼) 격

56 b 2 렬한 감정을 불러일으키거나, 또한 과장하고 축소하는 것 등이 그 부분에 해당한다. 물론 사건들을 배열하는 경우에도 마찬가지로, 연민이나 두려움 또는 장엄함이나 있음직함의 효과를 만들어 내야 할 때마다 그와 동일한 형태를 따라야 한다. 단지 차이점이 있다면 후자의 경우에는 설명이 없어도 효과가 나타나는 반면, 전자의 경우에는 말을 통해, 말하는 사람에 의해 효과가 생겨야 하고 말의 흐름에서 도출되어야 한다는 것이다. 사실 말을 거치지 않고도 의도했던 형태가 나타날 수 있다면 등장인물이 말한다는 것이 무슨 소용이 있겠는가?[3]

56 b 8 표현에 관해 말하자면[4] 그 연구 분야 가운데 한 측면을 이루고 있는 것은 표현의 문채들이다. 그에 관한 지식은 배우의 기술 그리고 이 방면에서 다른 사람들을 압도하는 기술에 속한

다. 예를 들어 명령, 기원, 서술, 위협, 질문과 대답 그리고 이러한 종류의 모든 것이 이에 속한다. 그러한 것들을 알든 모르든 그 이유 때문에 작시술이 특별히 비난받을 이유는 없다. 프로타고라스는 "분노를 노래하소서, 여신이여"라고 말한 것을 기도를 올린 것이라고 믿고서는, 명령을 내린다고 비난을 하는데 도대체 그 말에 무슨 잘못이 있다는 말인가? 프로타고라스는 **56 b 17** 어떤 일을 하라거나 또는 하지 말라거나 지시하는 것을 명령을 내리는 것이라고 한다. 따라서 이 문제는 시학이 아닌 또 다른 연구에 속하는 대상이므로 그만하기로 하자.[5]

제19장 주해

1. 56 a 33

우리는 필사본 B의 'eidôn' 대신, 필사본 A에서 'èd'로 잘못 나온 것과 라틴어 번역본 'iam'("이미")에 준해 "이미"라는 뜻의 'èdè'로 바로잡는다. 그래서 "다른 것들[즉 구성 부분들merè]에 대해서는 이미 말했다"라는 의미가 생겨난다. 최근의 편집자들은 'eidôn'을 채택하면서도(Rostagni, Else, Kassel-Lucas, Gallavotti) 같은 의미에 이르고 있다. 하지만 그들은 'meros'와 'eidos'를 같은 것으로 보는데, 이는 『시학』의 다른 어느 곳에서도 확인되지 않는다. 번역의 일부분만을 가지고 그렇게 받아들이는 것은 좋지 않은 방법일 것이다. 우리가 보기에 "구성 부분"을 뜻하는 'meros'(여기서는 생략되어 있다)와 "종류"를 뜻하는 'eidos'는 『시학』에서 서로 교환될 수 있는 용어들이 아니다. 6장(50 a 14), 12장(52 b 16과 27) 그리고 18장(56 a 3)의 주해들을 참조할 것.

2. 56 a 34

이 문장은 헤르만(Hermann)처럼 "표현과(kai) 사상에 대해 설명하는 일이 남았다"라고 수정하지 않을 수 없어 보인다. 하지만 이를 "또는"이라는 뜻의 'è'로 읽는 획일적인 전통에는 문제가 많다. 슈타인탈(Steinthal)은(I, p.260) 이 'è'가 "주목할 만"(beachtenswert)하지만 불행히도 더 설명해 주는 것은 없다고 말한다. 아무튼 표현과 사상은 『시학』에서 짝을 이루어 제시되고 있으며 실제 낱말의 순서도 변하지 않고 나타난다는 점을 지적할 수 있다(6장, 50 a 9 이하 그리고 50 a 29 이하; 24장, 59 b 16을 참조할 것. 하지만 24장, 59 b 12에서는 순서가 바뀌어 나타난다). 표현이 사상과 이처럼 밀접하게 연관되어 있는 이유는 아래 주해 5에서 자세히 설명할 것이다. 사상과 성격의 연관에 대해서는 6장, 50 b 11과 주해 16을 참조하라.

다음 단계로 넘어가는 성격을 띠는 이 문장("다른 구성 부분들에 대해서는 이미 말했으므로 이제 표현과 사상에 대해 설명하는 일이 남았다")은 6장(50 a 10)에서 언급하고는 있으나 『시학』에서 그 자체로 다루고 있지는 않은, 볼거리와 노래의 구성이라는 비극의 두 가지 구성 부분들을 암암리에 배제하고 있다.

3. 56 b 8

『시학』은 사상에 대한 적어도 네 가지 이상의 정의를 담고 있다. 그 가운데 처음 셋은 6장에 나온다.

(a) "사상은 말을 통해 어떤 주장을 내세우던가 준칙을 진술하면서 드러나는 모든 것이다"(50 a 6).

(b) "세 번째로 중요한 것은 사상이다. 사상이란 상황이 무엇을 함축하고 있으며 무엇이 적절한 것인지를 말할 수 있는 능력으로서, 엄밀하게 말해서 정치적 또는 수사학적 담론 기술의 대상이다"(50 b 4-7).

(c) "사상은 무엇이 있거나 없다고 논증하는 형식이며, 또는 보편적 진리를 말하는 형식이다"(50 b 11 이하).

이 장에서 제시된 "말에 의해 만들어질 수 있는 모든 것이 사상에 속한다"(hupo tou logou paraskeuasthènai)라는 정의는 가장 종합적이고 추상적이다. 그 다음에도 여러 번 반복되는 (56 a 38, 56 b 4와 6) 동사 'paraskeuazô'는 여기서 고려되고 있는 언어의 화용론적 기능을 강조한다. 즉, 극의 등장인물은 해설이 수반되지 않는(aneu didaskalias, 56 b 5) 있는 그대로의 행동으로는 만들어 낼 수 없는 특수한 효과를 얻기 위해 말을 한다. 아리스토텔레스의 설명에 따르면 그것이야말로 극에서 로고스를 정당화하는 유일한 근거이다. "말(로고스)을 거치지 않고도 의도했던 형태가 나타날 수 있다면 등장인물이 말한다는 것이 무슨 소용이 있겠는가(ti […] ergon)?" 여기서 의도했던 형태(마지Maggi는 필사본의 'hèdea'를 'hè idea'로 약간 고치고 있다)란 언어에 의해 전달되는 사상 형식들(idêon, 56 b 3을 참조할 것) 가운데 하나인데, 수사학에서는 이를 증명, 반박, 감정들의 자극, 과장이나 축소 등으로 분류하고 있다. "사상"이란 용어는 'dianoia'를 정확하게 그대로 옮긴 것인데, 이는 로고스를 사변적으로 사용하는 것이 아니라 능동적으로 구사하는 것을 가리킨다는 점에서 주의해야 한다. 그렇기 때문에 "사상"은 비극이 재현하는 행동 속에 위치한다. 행동하는 인물(prattôn)은 당연히 말하는 인물(legôn)일 것이며, 재현에서 사건들(pragmata)과 말(logoi)은 똑같은 화용론적인 목적(ideai)에 따라 배치될 것이다. 그러나 이는 단지 부분적으로만 그렇다. 연극 고유의 미메시스를 특징짓는 사건들이 감정을 자극하는 데 일종의 우선권을 지니고 있다면(14장 참조), 오로지 언어만이 "사상" 형식들을 만들어 낼 수 있다. 사상의 구성 부분들의 목록(56 a 37-b 2)과 사건들이 불러일으킬 수 있는 효과들의 목록(56 a 3 이하) 간의 차이를 통해 판단해 보면, 특히 중요한 것은 증명(과 반박)이다. 실제로『수사학』(1권, 2장)에서는 반드시 로고스라는 매체를 통해 표현되어야 하는 "기술에 속하는"(entekhnoi) 일군의 증명들을 설명하고 있다. 보편적인 명제(gnômè)도

극시(劇詩)가 원용하는 사상 형식에 들어간다는 점에서(50 a 7; 50 b 12를 참조할 것) 역시 언어가 절대적으로 중요한 역할을 함은 자명한 사실이다. 보편적인 명제는 말로 표현되었을 경우에만 존재한다.

증명이나 반박, 보편적인 명제뿐 아니라 감정의 자극, 과장(56 b 2에서 언급하고 있는 "축소"는 비극이라는 고귀한 장르에서는 설 자리가 없다) 등이 모두 "사상" 형식들, 다시 말해서 언어의 화용론적 용법의 형식들이다. 이에 대해 아리스토텔레스는 그러한 형식들을 자세히 연구하려면 『수사학』을 참조하라는 말로 그친다. 요컨대 시와 연설에 공통된 목적은 설득(pistis, to pithanon, 9장, 주해 3을 참조할 것)이기에 당연히 『수사학』을 참조해야 한다는 것이다. 그러나 우리가 보았듯이 아리스토텔레스는, 『수사학』에서는 다루고 있지 않는 사건들도 마찬가지로(kai en tois pragmasin) 연극에서는 전적으로 로고스의 몫이므로 설득에 기여한다는 점을 빼놓지 않고 지적한다. 여기서 줄거리(muthos)는 그 화용론적 목적에서 말(logos)과 다시 만난다. 그것이 "사상"을 다루고 있는 이 장의 관점이라고도 할 수 있겠지만, 실제로 『시학』에서 드러나는 서열을 보면 이러한 관점을 뒤바꾸지 않을 수 없다. 줄거리가 가장 중요하고 그래서 곧장 그 화용론적 기능을 받아들이지 않을 수 없으며, 수사학적 로고스는 사실상 부차적인 기능을 수행하는 것이다.

4. 56 b 8

『시학』에서 표현(lexis)이 차지하는 위상은 아리스토텔레스에게서 수사학 이론과 시학 이론의 관계에 대한 문제를 제기한다. 보다 자세히 말하자면,

1. 『수사학』에서는 사상뿐만 아니라 표현도 다루고 있다(3권, 1-12장). 그런데 『시학』에서 아리스토텔레스는 그러한 사실을 언급하지 않고

있으며, 사상의 경우와는 달리『수사학』을 참조하지도 않는다. 그러면서도 그는 표현에 세 개의 장을 할애하고 있는데, 그와 비슷한 경우를『수사학』에서는 찾아볼 수가 없다. 이처럼 특별하게 다루고 있는 이유는 무엇인가?

　2. 표현은 두 작품에서 서로 다른 용어들로 제시되는데,『시학』에서는 재현의 수단이지만『수사학』에서는 말하는 양식이다. 이러한 차이에 대해 어떻게 생각해야 하는가?

　이 두 질문은 다행스럽게도 서로 연결되어 있다. 우리는 두 번째 질문에서 출발할 것이다.『수사학』은 표현을 사상과 밀접하게 연결하고 있다. 3권 첫 대목(1403 b 15 이하)은 위 주해 3에서 인용한 2권 마지막 대목을 반복하면서 보다 자세히 설명한다. "말해야 할 것(*ha dei legein*)을 가지고 있는 것만으론 충분치 않으며, 이를 어떻게 말해야만 하는가(*hôs dei*)도 필요하다." 말해야 할 것이란 담론의 대상(*ha*, 목적격)이며 사상에 대응한다. 말하는 방식 또는 양식(*hôs*, 방식을 나타내는 부사)이란 표현(*lexis*)이며,『수사학』에서는 여기에 말할 재료들의 배열(*taxis*)이 덧붙여진다. 엄밀하게 말해서 대상과 양식의 구분 그리고 양식에 의한 표현의 정의는 플라톤이『국가』3권(392 c)에서 말한 바 있다. "아데이만토스와 함께 다양한 신화들의 내용을 검토하고 나서 소크라테스는 이렇게 말했다. '그러니 말(*logoi*)에 대해서는 그만 이야기하자. 이제부터 검토해야 할 것은 표현에 속하는 것이라 생각하는데, 그렇게 되면 말해야 할 것(*ha lekteon*)과 말하는 양식(*hôs lekteon*)에 대해 온전하게 살펴보게 될 것이다.' 그러니까『수사학』에서 아리스토텔레스는 플라톤의 견해를 따르고 있지만, 흔히 그렇듯이 문자적으로는 충실하나 밑바탕에는 차이가 숨어 있다.『국가』를 읽어 가다 보면 표현에 관한 매우 독특한 의미가 나타나는 것을 볼 수 있다. 이 낱말은『수사학』에서처럼 담론의 "문체"를 결정하는 표현 방식 전체를 가리키는 것이 아니라, 로고스의 발화 양식만을 제한적으로 지시한다. 그 양식은 서사적(직접화법이 배제된 서술양식)이거나 모방적(연극에서처럼 완전히 대화로 이루어진 양식)이거나 또는 혼합적(서사시에서처럼 직접화법을 포함하는 서술양식)이다. 그런데 이것이야말로 『수사학』이 아니라 『시학』에서 말하는 재현 양식(*hôs*)이다(3장 첫 부분과 48 a 24의 주해 1을 참조할 것). 다만 아리스토텔레스는 더 이상 렉시스란 말을 쓰지 않는다. 이 말은 다른 용도로, 즉 재현 수단을 분류하는 기준과 관련해서 사용되고 있으며(*en hois*, 6장, 50 a 10-12를 참조할 것), 『시학』에서는 플라톤이 렉시스, 즉 발화 양식이라는 말로 지칭했던 것을 가리키는 총칭적 용어를 전혀 찾아볼 수 없다. 다음 도식은 지금까지 언급한 것을 요약한다.

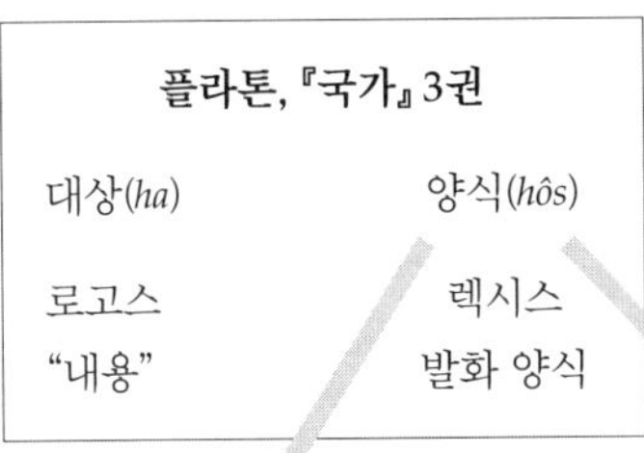

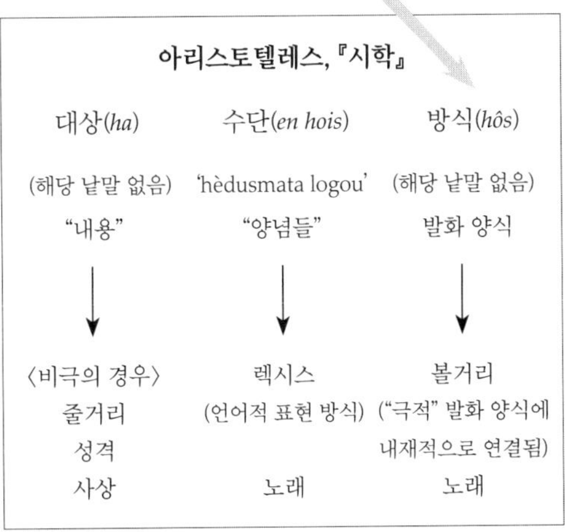

이러한 비교를 통해 우리는 몇 가지 사실을 알 수 있다.

(a) 아리스토텔레스는 렉시스란 용어를 플라톤에게서 빌려 오지만 그 의미는 (『국가』 3권과 비교할 때) 현저하게 달라진다. 적어도 우선적으로 드러나는 새로운 의미는 『시학』이나 『수사학』이나 마찬가지이다.

(b) 겉으로 드러나는 것과 달리 아리스토텔레스는 말의 대상(*ha*)과 양식(*hôs*)이라는 기준에 따른 플라톤의 분석을 『시학』에서 가장 충실하게 따르고 있다. 그러므로 『시학』 3장이 『국가』 3권의 논의를 되풀이하고 있음은 놀라운 사실이 아니다.

(c) 『수사학』과 『시학』에서 렉시스가 서로 다르게 분류되고 있는 것 ── 전자에서는 말하는 양식이고 후자에서는 재현 수단이다 ── 은 두 이론서의 주제가 서로 다르기 때문이다. 즉 『수사학』에서는 대상과 양식 사이의 근본적인 대립이 웅변가의 연설(로고스)에 적용되지만, 『시학』에서는 재현(미메시스)에 적용되기 때문이다. 그런데 연설의 경우에는 사상(*dianoia*)과 표현(*lexis*)이라는 두 축 사이의 대립이 발화 내부에 있는 반면, 일단 재현의 문제로 들어서게 되면 발화행위 양식이 중요해진다. 그 결과 표현이 『수사학』과 『시학』에서 같은 의미로 이해되고 있기는 하지만 『시학』에서는 별도의 기준, 즉 재현 수단이라는 기준에 따라 분류된다. 이러한 기준은 대상과 방식을 매개하는 위치를 차지한다. 즉 그 도구적 기능이라는 측면에서는 재현의 방식과 가깝고 재현의 대상과 뚜렷하게 구분되지만(비극의 경우 그것은 볼거리와 마찬가지로 작품에 그 사로잡는 힘[*psukhagôgia*]을 부여하는 "양념"의 영역이다), 언어 속에서 실현된다는 점에서는 대상과 공통점이 있으며, 그로 인해 볼거리와는 뚜렷하게 구분되고 실제로 어떤 경우엔 양념 이상이 된다(17장, 주해 4의 "문채"의 역할 및 아래 주해 5와 20장, 주해 10을 참조할 것). 수단과 대상 사이의 친화성은 특히 표현/사상의 짝에서 잘 드러난다.

이렇게 해서 우리는 첫 번째 질문으로 되돌아간다. 즉,『수사학』의 토대를 이루는 이 개념이『시학』에서는 어떻게 다루어지고 있는가? 아리스토텔레스가『수사학』에서 사상은 다루면서 표현은 다루고 있지 않은 이유는 무엇인가? 이에 대한 대답 또한『수사학』3권의 첫 부분에서 찾아야 한다. 아리스토텔레스는 "연설에서 표현은 시에서와는 다르다"(*hetera logou kai poièseôs lexis estin*, 1404 a 28)라고 말한다. 문맥을 살펴보면 그 차이를 알 수 있다. 낱말을 통해 재현(*onomata mimèmata*, 1404 a 21)하는 시인은 낱말에 근거해서, 보다 정확히 말해서 일상적인 용법에서 벗어나기에 시적인 낱말의 탐색에 근거해서 표현을 만들어 낸다. "그러한 표현에 대해서는『시학』에서 다루었다"(1404 a 39). 그런데 연설에서는 표현이 지향하는 바가 다르다. 그것이 낱말의 층위에서의 일탈이라는, 전형적으로 시적인 탐색에 있다고 보는 것은 우스꽝스러운(*geloion*) 일일 것이다.

이처럼 애초에 분명하게 입장을 밝히고 있음을 감안하면,『시학』의 저자가 표현에 관해서는『수사학』을 참조할 수 없었을 것이라고 충분히 수긍할 수 있다. 여기서는 시적 표현의 특성을 낱말의 표현으로 규정하고 있음을 기억하자. 하지만 실제로 그러한지 검증하는 작업은 우리의 몫으로 남아 있다. 이와 균형을 맞추어 수사학의 표현의 특성에 대해서도 연구할 필요가 있다. 여기서 그 작업을 할 수는 없지만, 그와 관련하여 우리의 논의에 도움을 주는 한 가지만 지적하자.

『수사학』에서 표현을 다루고 있는 장들을 전체적으로 살펴보면 사실 'onomata'를 따로 다루는 부분은 상대적으로 제한되어 있음을 알 수 있다. 주된 원리는 일상적인 말에서의 일탈이 시보다는 연설에서 더 적어야 한다는 것이다. 다른 한편으로『수사학』은 문장(5, 6장)과 그 리듬(8장) 그리고 그 전체적인 구성(9장) 사이의 연관성을 고려하고 있는데,

이 모든 문제들이 『시학』에서는 다루어지지 않는다. 하지만 그렇다고 해서 그 차이를 너무 많이 강조하는 것도 옳지 않을 것이다. 실제로 좀 더 자세히 살펴보면 『수사학』에서 다루고 있는 복합적인 표현 단위들과 운율이라는, 시에 주어진 근본 조건 사이에는 상동성이 존재한다. 그래서 단위 문장période은 시구(詩句)의 특성을 드러내며, 리듬을 갖춘 단위로서 그 수(數)에 의해 기술되고 있다. "단위 문장은 귀에 쉽게 들어온다. 왜냐하면 주기적으로 반복하는 표현은 수를 가지고 있으며, 그것이야말로 기억하기가 쉽기 때문이다. 또한 그렇기 때문에 사람들은 산문(tôn khudèn)보다는 운문(metra)을 더 잘 기억한다. 운문은 운율을 부여하는(hôi metreitai) 수를 가지고 있다"(『수사학』3권, 1409 b 4-8). 아리스토텔레스는 그래서 단위 문장은 의미 있는 문장으로 끝맺어야 한다고 권고함과 아울러, 피해야 할 예로 시구가 한 행에서 끝나지 않고 다음 행에 걸치는 소포클레스의 3보격 운율을 들고 있다!

이 대목에서 볼 수 있는 운율-단위 문장의 등가 관계는 결국 표현에 관한 수사학적 문제제기가 근본적으로 시학의 방법론과 다르지 않음을 짐작하게 한다. 낱말의 선택과 리듬에 관한 작업은 그 두 가지 주된 요소들이다. 다만 일상 용법에서 벗어나는 낱말과 리듬의 함량이 다를 뿐이다. 낱말에 대해서는 이미 언급했고 리듬에 대해서는 『수사학』3권, 8장에 매우 분명하게 밝혀져 있다. "표현의 형식은 운율에 의존해서도(emmetron) 안 되지만 리듬이 없어도(arrhuthmon) 안된다(1408 b 21)··· 그것은 적절한 리듬을 갖추어야(eurhuthmon)"(1409 a 22)하며, 그러기 위해서는 목가적인 리듬을 원용해야 한다.

그러나 『시학』에서는 "운율의 구성"이란 표현을 6장에서(49 b 35) 표현(lexis)이란 용어를 정의하면서 사용하고는 있지만 본격적으로 다루지는 않는다. 노래의 구성에서와 마찬가지로 이번에도 아마, 산문에서 보다는 더 진전된 이러한 연구가 『시학』으로는 대신할 수 없는 전문적인 이론서의 대상이 되기 때문일 것이다(20장, 56 b 34, 여기서는 운율에 관한 개론서를 참조하고 있다).

지금까지는 본론을 벗어난 애기였으나, 만약 아리스토텔레스가 사상을 다룬 것과 다른 방식으로 『시학』에서 표현을 다룰 수밖에 없는 이유, 본질적으로 낱말의 차원에서 다룰 수밖에 없는 이유를 우리가 제대로 드러냈다면 적어도 생각처럼 논지를 벗어나지는 않았을 것이다.

5. 56 b 19

로고스의 "내용"으로서의 사상 다음에 그 "형식"으로서의 표현을 다루고 있다. 표현-사상의 짝에 기표-기의의 짝 ── 소쉬르적이기 이전에 스토아적이다 ── 을 투사하는 것은 시대착오적인 측면이 있기는 하지만, 대체로 비슷하다. 로고스에 대한 다른 정의들도 있지만 플라톤은 『테아이테토스』에서(206 d) 이미 다음과 같은 정의를 내리고 있다. "거울 속이나 물속에서처럼 입을 가로지르는 흐름 속에 자신의 의견(*doxa*)을 새기면서(*ektupoumenon*) 생각(*dianoia*)을 목소리로(*phônè*) 표현하는 것이야말로 로고스가 아닌가? 그렇다. 어쨌든 그렇게 하는 사람을 두고 우리는 그가 말한다(*legein*)고 한다."

구조화된 목소리의 흐름은 이를 알려 주는 사상의 기표이다. 아리스토텔레스에게서 표현은 이러한 기표를 가리킨다. 우리는 이 낱말을 (엘름슬레우를 염두에 두고) "문체"보다는 좀 더 중립적이며 렉시스의 다양한 함의들을 담고 있는 "표현"이라고 옮겼다.

실제로 렉시스는 두 가지 층위에서 파악할 수 있다. 하나는 음성적 실현의 층위이다. 그러한 층위에서 표현은 곧 화술이다. 다른 하나는 (소쉬르적인 의미에서) 랑그라는 보다 추상적인 층위로서, 표현은 그 층위에서 음성적인 재료를 형식적으로 구조화한다. 첫 번째 층위에서 그것은 "문채"(*skhèmata tès lexeôs*, 56 b 9)의 형태로 이해되며, 두 번째 층위에서는 "구성 부분들"(*tès lexeôs merè*, 56 b 20)로 분석된다. 아리스토텔레스는 『시학』에서 두 가지 관점들(*eidos theôrias*, 56 b 9)을 분명하게 구별한다(『수사학』3권 1장에서는 그처럼 명확하지는 않고 그래서 더 혼란스럽다). 첫 번째 관점은 시학의 역량을 넘어선다는 이유로 밀려나 19장 끝에 가서야 언급되며, 두 번째 관점은 20장에서 그런대로 자세하게 다루어진다.

화술로서의 표현은 배우의 기술, 즉 '*hupokritikè*'에 관련되며 "이런 종류의 우월한 기술(*arkhitetonikèn*)을 가진 사람"의 몫이다. 아리스토텔레스는 여기서 그리스어 낱말이 포함하고 있는 분야 전체를 통달하고 있다는 함의를 담아(플라톤, 『정치학』, 295 e를 참조할 것) "우월한 기술"이라고 말하고, '*hupokritikè*'에 대해서도 『수사학』3권 첫 부분에서 그것은 "기술보다는(*atekhnoteron*, 1404 a 15) 본성의 문제에 속하며", "이 분야에 아직 체계화된 기술이(또는 거의 비슷한 뜻으로 "이론서"가) 없다(1403 b 35)"고 다소 빈정거리듯이 말한다. 빈정거리든 아니든 간에 우월한 기술이라는 언급으로 말미암아 어쨌든 아리스토텔레스는 표현을 그 음성적 형식을 통해 가르쳐야 한다는 거추장스러운 짐에서 벗어날 수 있게 된다. 표현의 이 부분을 배우의 기술로 돌리는 것은 볼거리를 시학의 영역 밖으로 배제하는 것(*opsis*, 6장, 50 b 15 및 14장, 53 b 7을 참조할 것)과 유사하다. 연극을 공연할 때 시학은 첫 번째 경우에는 청각적인 것에서 벗어나고, 두 번째 경우에는 시각적인 것에서 벗어난다. 둘의 대응은 더 나아간다. 볼거리에서 무대배경과 보조 장치 그리고 넓은 의미의 연출(*khorègia*, 53 b 8)에 속하는 모든 것을 빼고 나면 텍스트에 덧붙여지는 기호로서의 배우들의 움직임(*kinèsis*, 26장, 62 a 8), 동작(*skhèmata*, 26장, 62 a 3)이 남게 되는데, 정확히 말해서 동작의 '*skhèmata*'와 마찬가지로 표현의 ‘*skhèmata*’ 또한 『시학』에서 배제된다. 두 경우 모두 배우들에게 목소리와 동작을 잘 사용할 수 있도록 가르치는 비극 선생(*tragôidodidaskalos*)의 고급 기술에 속하는 것으로 간주되기 때문이다.

‘*skhèmata tès lexeôs*’란 표현은 바로 이러한 특수한 틀에서 해석되어야 하는데, 아리스토텔레스에게서 그 의미는 확정되어 있지 않다(이는 문맥에 따라 다양한 생략삼단논법, 단어들의 문법적인 형태, 담론의 리듬을 가리키기도 한다). 후에 수사학 이론에서 ‘*skhèmata*’를 “언어의 문채”(*skhèmata lexeôs*), “사상의 문채”(*skhèmata dianoias*), “담론의 문채”(*skhèmata logou*) 세 가지로 나누는 것과도 완전히 무관하다. 예들은 명확하다. 명령, 기원, 서술, 위협, 질문과 대답 등”은 그처럼 다양하게 양태화된, 그리고 그 점에서 훌륭한 배우라면 다양한 어조를 부여할 수 있는 다양한 발화 유형들이다. 그러므로 배우는 주어진 발화에 어떤 “양식”이 어울리는지를 알아야 하지만 이는 시학과는 상관이 없는 것이다.

그러나 정말 그처럼 간단하게 단정할 수 있을까? 아리스토텔레스가 말하려고 했던 것처럼 시인이 “문채”에 그처럼 무관심할 수 있을까? 이 지점에서 17장에서 제시했던 ‘*skhèmata*’에 대한 해석(55 a 29)을 상기할 필요가 있다. 아리스토텔레스가 시인들에게 창작의 원동력으로 삼으라고 한 동작(낭송 또한 이에 해당된다)과 배우가 텍스트 해석에 활용하게 될 동작과 음성의 효과들 사이에는 시적 생산의 가장 탁월한 대상인 텍스트, 즉 표현을 구성하는 부분들(*merè lexeôs*)의 배열(‘*suntaxis*’, 나중의 문법 이론이 이 용어를 사용하게 된다)이 존재한다. 그런데 이러한 부분들의 선택과 배열은 결코 ‘*skhèmata*’와 무관하지 않다. 반대로 언어가 시인에게 제공하는 특수한 형태를 통해 텍스트는 “문채”, 즉 오늘날 가장 엄밀한 의미에서 정말로 “언어의 문채”라 부를 수 있는 것을 담게 된다. 그렇게 부르지 않았을 뿐, 아리스토텔레스는 암묵적으로 그 존재를 인정했다. 또한 20장에서 표현의 구성 부분들을 연구하는 대목에서 동사 굴절(*ptôsis rhèmatos*)의 예로서 질문, 명령과 같은 문장의 양태들을 똑같이 '*hupokritika*'라는 이름으로 다시 다루면서 시학에 문채의 권리를 부여했다고 할 수 있다. 그러므로 시인은 동사의 두 가지 "굴절"(그러나 이는 하나의 예에 불과하며 언어는 다른 수많은 가능성을 제공한다) 중에서 선택함으로써 배우가 선택하게 될 화술의 문채를 텍스트 속에 적어도 부분적으로 "미리 형상화"한다.

그러므로 표현의 두 층위는 서로 구분되면서도 연결되어 있다. 아리스토텔레스가 프로타고라스를 반박한 것은 두 층위의 연관 관계를 과소평가한 것일 수도 있다. 호메로스가 『일리아스』의 첫 행에서 "분노를 노래하소서, 여신이여"라고 말한 데 대해 프로타고라스가 이를 여신에게 명령을 내린 것이라 비난했을 때, 그러한 불평은 필시 문법적인 것이었다. 즉 그리스어처럼 기원(소망)을 나타내는 동사 굴절을 가지고 있는 언어에서 신성한 존재에게 무엇을 요구할 때 '*aeide*'("노래하소서")라는 명령형은 적합하지 않다는 것이다. 거기에는 동사의 양태를 나타내는 형태들을 어떻게 올바로 사용하는가에 대한 성찰이 자리 잡고 있는데, 이는 다른 무엇보다도 낱말의 정확성(*orthoepeia*)에 대한 이론 — 그에 관해서는 모두가 인정하듯이 프로타고라스가 선구자이다 — 을 어떻게 적용하는가의 문제이다[R. Pfeiffer(1968), p.37을 참조할 것]. 아리스토텔레스는 이를 모르는 체하면서 단지 화술의 층위에서만 대답한다. 즉 프로타고라스의 비난은 근거가 없고, 그 이유는 훌륭한 음유 시인이라면 명령형이라고 하더라도 요구의 표현에 맞는 억양을 고를 줄 알기 때문이며, 하지만 그것은 시인과 관계없다는 것이다!

제20장

표현은[1] 전체적으로 볼 때 다음 부분들로 구성되는데, 기본 요소, 음절, 접속사, 명사, 동사, 연결사, 격, 발화가 그것이다.[2] **56 b 20**

　기본 요소란 분해 불가능한 소리[3]인데, 그 어떤 분해 불가능한 소리라도 상관없는 것이 아니라 그 본성상 이해할 수 있는 소리를 만들어 내기에 적합한 것을 말한다. 실제로 짐승들도 분해 불가능한 소리를 내긴 하지만 그 가운데 어느 것도 내가 말하는 기본 요소는 아니다.[4] 이 기본 요소는 모음과 반모음 그리고 무성음을 포함한다. 모음은 발성기관들을 접근시키지 않더라도 들을 수 있는 소리를 갖는 기본 요소이며, 반모음은 예컨대 's'나 'r' 같이 발성기관들을 접근시켜야 들을 수 있는 소리를 가지는 기본 요소이다. 무성음의 경우는 예컨대 'g'나 'd'와 같이 발성기관들을 접근시켜도 그 자체만으론 아무런 소리도 갖지 않고, 소리를 갖는 기본 요소들과 어울려야만 들을 수 있게 되는 기본 요소이다. 여기서 그 차이는 입 모양이 어떠한가, 어디에 접근시키는가, 기음(氣音)인가 아닌가, 장음인가 단음인가, 뿐만 아니라 억양이 높은가 낮은가 아니면 중간인가에 달려 있다. 그러한 물음들을 검토하는 것은 운율학 이론에서 맡아야 할 몫이다.[5] **56 b 22**

56 b 34   음절은 무성음과 모음으로 구성되는 무의미한 소리이다. 실제 'gr'에 'a'가 없어도 하나의 음절이고 'a'가 붙어 'gra'가 되어도 하나의 음절이다. 이러한 구분들을 검토하는 것은 운율학에서 할 일이다.[6]

56 b 38   접속사는 의미를 갖지 않는 소리로, 속성상 앞뒤나 중간에서(?)… 여러 소리들로 이루어져 의미를 갖는 통합된 소리의 형성을 가로막지도 이끌지도 않는다. 접속사는 따로 떨어져 있는 발화의 첫머리에는 놓일 수 없으며, 'men', 'ètoi', 'de'가 그 예이다. 또는 의미를 갖는 여러 소리들로부터 의미를 갖는 통합된 소리의 형성을 이끌기도 한다.

57 a 6   연결사는, 예를 들어 'amphi'나 'peri' 등처럼, 시작이나 끝 또는 단락을 지시하는, 의미를 갖지 않는 소리이다. 또는 여러 소리로부터 의미를 나타내는 통합된 소리의 형성을 가로막지도 이끌지도 않으며, 그 속성상 앞뒤나 중간에 위치하는 의미를 갖지 않는 소리이다.[7]

57 a 10   명사는 의미를 갖는 복합소리로서 시제를 나타내지 않으며, 그 어떤 부분도 그 자체만으로는 의미를 갖지 않는다. 실제로 복합명사에서 개개의 구성 부분이 그 자체로도 의미를 갖는다고 간주하지는 않는다. 예를 들어 "테오도로스"(Theodôros)의 경우, 'dôron'은 의미를 갖지 않는다.[8]

57 a 14   동사는 의미를 갖는 복합소리로서 시제를 나타내며, 명사의 경우에서처럼 그 어떠한 부분도 자체로는 의미를 갖지 않는다. '사람'이나 '흰색' 같은 명사가 "언제"라는 의미를 나타내지 않는 반면, '(그는) 걷는다' 또는 '(그는) 걸었다' 같은 동사는 더욱이 현재나 과거 시제도 의미한다.[9]

격은 명사나 동사의 형태로서 "의"나 "에게" 그리고 그 같은 종류의 관계들을 의미하는 것도 있고, 예를 들어 '사람' 또는 '사람들'과 같이 단수와 복수를 의미하는 것도 있으며, 질문이나 명령과 같이 배우의 재량에 속하는 양태를 의미하는 것도 있다. 예를 들어 "그는 걷는가?" 또는 "걸어라!"는 그러한 양태의 종류에 따른 동사의 격이다.[10]

발화는 의미를 갖는 복합소리로서 그 구성 부분들 가운데 어떤 것은 그 자체로 무언가를 의미한다(왜냐하면 사실상 모든 발화가 다 동사와 명사로 구성되는 것은 아니지만, 예를 들어 인간에 대한 정의와 같이 동사가 없는 발화도 가능하기 때문이다. 그렇지만 발화를 구성하는 부분은 그 안에서 언제나 어떤 것을 의미할 것이다). 예컨대 '클레온이 걷는다'에서 '클레온'이 그러한 부분이다. 발화가 하나의 발화가 되기 위해선 두 가지 방식이 있는데, 하나의 사물을 의미하거나 여러 발화들이 접속사로 연결되어 이루어져 있어야 한다. 예컨대 『일리아스』는 접속사에 의한 하나의 발화이며, 인간의 정의는 하나의 사물을 의미하기 때문에 하나의 발화이다.[11]

제20장 주해

1. 56 b 20

이미 말했듯이 20장은 음성과 관련된 해석은 모두 제쳐 둔 상태에서 "표현의 구성 부분들"(*mère tès lexeôs*)이라는 항목 아래 언어학적 기표를 구조화하는 형태들을 다루고 있다. 이러한 문법적 설명을 시학 이론서에서 만난다는 것이 오늘날 독자들에게는 놀라울 수도 있다. 그래서 엘스는 19장 끝부분을 포함하여 20장에서 22장까지를 연구에서 완전히 제외한 바 있다. 무엇보다도 문법의 역사에 관한 자료가 될 수 있을 정도로 상당히 전문적이며,『시학』과 결부시키기에는 그 관계가 "놀랄 만큼 허약하다"는 이유였다. 요컨대 엘스는 이 부분을 위작으로 여기지는 않지만(p.567에서 이 부분이 가필해서 발표된 것은 아닌지 의심하기도 한다) 편의상 논의에서 배제한다. 방대한 주석을 요구하고(엘스는 이를 다루고 있는 발렌의 *Beiträge* 일부분을 예로 든다), 또한 엄밀한 의미에서의 시학 이론의 논증이라는 관점에서는 거의 흥미를 끌지 못한다는 점에서 불균형이 심각하기 때문이다.

그러한 추론방식은 우리가 짚고 넘어가지 않을 수 없는 문제를 제기한다. 과연 표현을 다루고 있는 부분들이 아리스토텔레스의 시학 이론과는 무관한 것일까? 이 질문에 답하려면 다음과 같이 세 단위로 나누어 구분할 필요가 있다. 1: 19장 끝 부분, 2: 20장, 3: 21장과 22장.

1. 19장 끝부분에서는 표현에 도입된 이분법에 관해 상세하게 설명하면서 음성과 관계된 부분, 즉 화술이 시학에서 제외되는 것을 보았다. 그러한 명시적 배제는 볼거리와 관련한 유사 대목과 마찬가지로 그 자체로 중요하고 유용하지만, 아울러 표현에 관한 다른 관점은 시학에 속한다는 사실을 암묵적으로 지시한다.

2. 요컨대 20장은 차원에 제한을 두지 않고 그 가장 기본적인 요소에서부터 완전한 발화에 이르기까지 문법 자료를 총망라한 목록을 싣고 있다(56 b 20의 "표현은 전체적으로 볼 때"*lexeôs hapasès*라는 대목을 참조할 것). 곰퍼츠(Gomperz)가 지적하고 있듯이 그 분석이 산문에 비해 특히 시에 더 관련된 것은 아니다. 하지만 우리는 관련이 덜한 것도 아니라는 말을 덧붙이고 싶다. 다시 말하면 언어라는 문학적 구성의 기본 자료에 대한 체계적인 기술(記述)로서의 문법은 당연히 시학에도 포함된다. 물론 오늘날 "작시술"에 관한 책을 쓴다면 — 호라티우스 시대에도 이미 그랬듯이 — 문법을 요약하는 부분은 분명 생략했을 것이다. 하지만 그것은 문법이 이미 이천 년도 넘게 제도적 학문 분야로 존재해 왔고 따라서 그 알려진 기본 요소들을 상정해 볼 수 있기 때문이다. 하지만 아리스토텔레스 시대에는 사정이 달랐다. 이를테면 그 당시의 문법 교육에 대해서 우리가 전혀 모르긴 하지만(읽고 쓰는 법을 배운 후에 "자기의 수사학을 익혔다"), 아마도 정교하게 이론화된 상태는 아니었으리라 추측해 볼 수 있다. 그렇지 않다면 아리스토텔레스가 『명제론』의 시작 부분에서 명사(*onoma*)와 동사(*rhèma*)를 정의하느라 두 개 장이나 할애하고 있는 것을 어떻게 설명할 수 있는가? 또 『시학』에 이 20장의 내용이 들어 있는 이유를 어떻게 이해해야 할 것인가? 그러므로 우리는 어떤 의미에서는 20장의 내용이 있는 것이 맞지 않을까 생각해 본다. 왜냐하면 다른 곳에는 없기 때문이다. 말하자면 기원전 4세기 그리스 학생들이 사용했을 법

한 기초문법서 속에, 물론 그런 책은 존재하지 않았고, 또한 그 같은 주제를 다루는 전문 서적도 없었다. 비극이 사용하는 운율학과 음악의 경우에는 시와 무관하다고 말하지 않고 분명 전문 이론서를 따를 수 있었지만(56 b 34를 참조할 것), 문법의 경우엔 그렇지 않았다. 따라서 그 빈틈을 메워야 했다.

그러면서 아직 시를 전문적으로 다루지는 않았겠지만 꼭 필요한 접근이 이루어졌다. 당연히 그것이 시학 저술과 논리학 저술에서 같을 수는 없다. 논리학의 경우(『명제론』)에는 명제를 구성하는 부분(*merè logou*), (주어로서의) 명사와 (속사로서의) 동사를 정의하는 것으로 충분했지만, 시학의 경우는 "모든 표현"(*lexis hapasè*)의 목록을 작성하지 않을 수 없었다. 시에서는 가장 기본적인 소리에 이르기까지 의미는 없다 하더라도 나름대로의 역할을 갖기 때문이다. 결국 문법에 관한 내용이 다른 어느 곳에서도 아직 발표된 적이 없었다는 점에서, 『시학』20장은 시학 이론 속에 문법 항목을 아무렇게나 끼워 넣은 것이 아님을 알게 될 것이다.

3. 명사의 종류와 표현의 품격을 다루는 21장과 22장은 재현기술로서의 작시술과 직접적으로 관련된다. 실제로 아리스토텔레스는 『수사학』(3권, 1404 a 21)에서 시인이란 곧바로 무엇을 재현하는 언어(*onomata mimèmata*)로부터 시작해서 일탈로 정의되는 잘 다듬어진 표현을 창안하는 이들이라고 말한다. 그리고 그러한 표현은 일탈을 통해 일상적인 어법(*kuria onomata*) 그리고 나아가서 우리가 "문학적"이라고 부르는 산문과도 구별된다. "산문의 표현과 시의 표현은 서로 다른 것이다"(『수사학』3권, 1404 a 28). 시, 특히 고대의 시는 일탈을 가장 높은 단계로 이끌어 가는데, 그러한 일탈에 대한 추구는 표현에 멋을 가져다주면서도(『시학』, 24장, 60 b 2; 4장, 48 b 18, 회화에서 색채의 역할을 참조할 것) 언어의 재현 능력을 증대시킨다. 한편으로 "아름다운 가면"이라는 기능을 통해 듣지

도 보지도 못한 재현 작품, 때로는 터무니없을 수도 있는(*to atopon*, 24장, 60 b 2) 작품도 "눈감아 주게" 한다. 또 한편으로는 시에서 무엇보다 "가장 중요한"(*polu megiston*, 22장, 59 a 5) 방식인 은유를 통해 "닮은 것을 보게"(*theôrein to homoion*, 59 a 8) 함으로써 시선을 확장시킨다.

이러한 몇 가지 지적만으로도, 일상적으로 쓰이는 "명사들"과 다양한 종류의 시적 "명사들" 사이의 일탈의 목록을 작성하고 시적 명사들의 올바른 용법을 다루고 있는 21장과 22장이 『시학』에서 핵심적인 부분을 구성한다는 것을 잘 알 수 있을 것이다. 물론 아리스토텔레스가 이 부분들과 시적 재현에 대한 이론의 연관성을 강조하지 않은 것은 사실이다. 따라서 그 연관성을 규명하는 일이 주석자에게 주어진 시급한 과제이고, 이를 위해서는 이 부분들이 『시학』의 논증과는 무관하다고 단정해서도 따로 제쳐 두어서도 안될 것이다.

2. 56 b 21

아리스토텔레스가 여기서 제시하고 있는 목록을 보면 "표현의 구성 부분"이라는 개념을 명확히 규정하지 않을 수 없다. 우리는 이미 주해 1에서 표현(*lexeôs*)의 구성 부분과 "담론"(*logou*)의 구성 부분을 구분할 필요가 있다고 지적한 바 있다. 로고스가 목록에 들어 있고 당연히 로고스가 로고스 자체를 구성하는 부분으로 간주될 수는 없다는 점에서 테오프라스토스가 분명하게 제시한 그 구분은 필수적인 것이다. 심플리키우스에 따르면(*in Cat*., p.10 Kalbfleisch) 테오프라스토스는 명사와 동사를 담론(*logou*)의 구성 부분에 포함시켰지만 접속사와 연결사는 표현(*lexeôs*)의 구성 부분에 포함시켰다. 둘 사이의 분할선은 아리스토텔레스가 각기 의미를 갖는 것과 의미를 갖지 않는 것으로 기술하고 있는 부분들 사이를 지나간다. 『수사학』(3권, 1404 b 26)에서는 실제로 의미를 갖는 부분들만이 담론의 구성 부분으로 제시되고 있으며, 마찬가지로『명제론』(2장과 3장)에서는 "명사"와 "동사"가 그 논리적 기능에서 각기 주어와 속사로서 명제를 나타내는 발화를 구성하는 기본 요소로 간주되고 있다. 반면에 접속사나 연결사처럼 의미를 갖지 않는 것(asèma)으로 간주되기에 기본 요소, 그리고 음절과 더불어 오로지 표현의 물질적 차원에만 속하는 도구로서의 낱말은『수사학』에서 고려할 필요가 없었는데,『시학』은 바로 그러한 차원을 탐사한다. 따라서 구성 부분이라는 용어가 가리키는 것은 동질적이고 명확하게 규정된 개념이 아니다. 위에서 열거한 "구성 부분들" 대부분이 상위 단위에 의해 통합되는 부분으로 나타날 수 있다 하더라도(기본 요소 → 음절 → 명사 또는 동사 → 발화) 맨 마지막 단위에 대해서는 그렇게 말할 수가 없다. 예컨대 아리스토텔레스처럼 발화의 예로 인간에 대한 정의나『일리아스』를 든다 하더라도 그러한 발화들이 어떤 것의 "구성 부분들"이 될 수 있는지는 알 수 없다. 표현을 구성하는 다양한 부분들의 공통된 특징은 —— 비록 그 가운데 어떤 것들을 정의할 때는 분석이 지나치기는 하지만 —— 그것들이 매우 다양한 길이를 갖는 기표 구분 단위들이라는 점이다. 그렇게 파악된 구분 단위들이 전체적으로 모여 텍스트의 물질성을 소진시킨다. 즉 기본 요소들의 연속, 음절들의 연속, 접속사, 명사, 동사, 연결사, 격 또는 마지막으로 발화에 이르기까지, 텍스트는 각각의 경우 남김없이 파악된다.

구성 부분들이 제시된 순서는 이어지는 논의의 순서와 일치하지 않는다. "연결사"(arthron)가 "접속사"(sundesmos) 다음에 와야 할 것 같은데 이 대목에서는 별다른 이유 없이 명사와 동사 다음으로 밀려나 있다. 그러한 비정상적인 상태가 새로 가필한 부분임을 드러내는 것으로 해석하고 연결사와 그에 관해 기술하고 있는 그 아래 대목(57 a 6-10)을 삭제하는 편집자도 있다. 이 문제에 관해서는 주해 7을 참조하라. 우리는 주

해 2에서 논의된 이유들로 인해 연결사 항목을 보존하지만, 목록에서의
위치는 그리 중요하지 않다고 생각하기에 필사본에서 제시된 순서를 그
대로 따른다.

3. 56 b 22

아리스토텔레스에게서 ‘*phônè*’는 근본적으로 목소리를 가리키며, 음성
과 관계된 것이 아닌 모든 청각적 사건(*psophos*, 일반적인 “소음, 소리”로
서 이에 관해서는 『영혼에 관하여』, 420 b를 참조할 것)과 대조를 이룬다.
다른 한편 ‘*phônè*’는 음성에 의해 생산된 것 전체를 망라하며(그런데 플
라톤은 『필레보스』 18 c[『크라튈로스』 424 를 참조할 것]에서 몇몇 자음들을
“음성의 소음”*phthongos*이라고 기술한 바 있다) 이로 인해 그 성질과 길이
에 상관없이 모든 발성에 적용될 수 있다. 그러므로 20장에서 ‘*phônè*’는,
기본 요소에서 발화에 이르기까지 표현을 구성하는 모든 부분들의 정의
에 공통된 기초 용어이다.

다른 한편 ‘*phônèen*’, ‘*hèmiphônon*’, ‘*aphônon*’(글자 그대로 하자면
“‘*phônè*’를 갖춘”/“반만 갖춘”/“갖추지 못한”으로 번역된다)과 같이 ‘*phônè*’
어족에 속하는 용어로 음성학적 종류들이 명칭을 붙임으로써 ‘*phônè*’는
일종의 변수가 되는데, 이 변수를 삭제하면 개별적인 종류의 기본 요소
들, 그러니까 ‘*phônai*’의 특징을 규정할 수 있다. 이러한 역설은 파열음
을 “무성음”, 즉 모음과 대립되는 소리 없는 소리로 지칭하는 고전적인
전문용어 속에 그대로 보존되어 있다. 용어들이 비논리적인 것은 음성
복합체를 부분적으로 구성하고 있는 성대 진동으로서의 목소리가 아리
스토텔레스 당시엔 따로 분리되어 있지 않았던 데도 일부 원인이 있을
것이다.

그 어떤 프랑스어 낱말로도 20장에 나오는 ‘*phônè*’ 및 그 어족에 속

하는 낱말들을 "자연스럽게" 옮길 수 없다. 우리는 "모음"과의 연관을 유지하기 위해 'phônè'를 불연속적인 단음절 "소리"(voix)로 옮기기로 했다. "음성적 실체" 같은 유의 용어가 번거롭지만 더 정확한 의미이긴 한데, "소리"라는 관례적인 용어로 대체할 수 있을 것이다.

4. 56 b 24

가장 기본적인 것에서 보다 복합적인 것으로 나아가면서 아리스토텔레스는 "기본 요소"(stoikheion)를 표현의 첫 번째 구성 부분으로 간주한다. 'stoikheion'이라는 낱말의 역사 그리고 특히 이를 알파벳 철자와 그에 상응하는 소리로 이루어진 언어의 "기본 요소"에 적용하게 된 유래에 대해서는 논란이 많다. 샹트렌느(DE, s.v)에 따르면, "열(列), 계열"을 뜻하는 'stoikhos'에서 파생된 'stoikheia'(복수형)는 우리가 배우듯이 불변의 순서에 따라 일렬로 배열된 알파벳의 "기본 요소들"을 가리킨다[…]. 낱말의 뜻, 즉 물리학과 철학의 기본적 원칙인 "기본 요소"의 의미는 바로 그러한 용법에서 비롯된다. 반면에 부르케르트(W. Burkert, *Philologus 103*, 1959, 167-197)의 견해에 따르면 "기본 요소"라는 뜻의 기원은 초등학교에서 배우는 것을 가리키는 것이 아니라 수학에서 체계나 공리를 세우기 위한 이론적인 노력에 있다. 즉 기원전 5세기에 'stoikheion'이란 용어는 그 분야에서 모든 추론의 토대가 되는 논리적으로 일관된 하나의 계열(stoikhos)의 구성 요소로 간주되는 최초 공리, 가정, 정의들에 적용되었음을 확인할 수 있다는 것이다. 그렇게 본다면 'stoikheia'는 무엇보다도 이런저런 수학 이론의 궁극적 토대를 이루는 환원 불가능한 단순 가정들을 말한다. 부르케르트에 따르면, 일단 이렇게 개념을 정립하고 나면 이를 수학 영역 밖으로 옮기기는 어렵지 않으며, 특히 그리스어로 된 모든 문장이 궁극적으로 이르게 되는 24개의 근본적이고 분해 불가능한 소리-기호들에 'stoikheion'을 적용할 수 있다. 플라톤(그리고 그와 동시대의 아에네아스 탁티코스)이 그러한 전이를 실행에 옮겼는데, 플라톤의 입장에서 언어의 "기본 요소"란 분해의 산물로서(분해*diairesis*를 통해 "음성적 무한"을 기본 요소들의 유한하고 구조화된 전체로 환원하는 것으로서, 이집트 토트 신의 작품이다.『필레보스』, 18 b-c) 종합할 수 있는(『크라튈로스』, 434 a-b: "기본 요소들"로부터 기초 명사들을 구성*sunthesis*) 특별한 계열체를 구성한다.

'stoikheion'을 "분해 불가능한 소리"로 규정하는 아리스토텔레스의 정의는 플라톤의 용법을 그대로 따른 것이다. 즉 분해 불가능하다는 것은 소리에 대한 분해가 "최종적인 분해"임이 입증될 때 그렇다는 것이다(『형이상학』, 1014 a 26 이하를 참조할 것). 그러나 그 정의가 확장되면 필사본 전승의 미묘한 변형을 목격하게 된다. 그러니까 기본 요소는 "그 어떤 분해 불가능한 소리라도 상관없는 것이 아니라 그 본성상 이해할 수 있는 소리"(필사본에 따르면 'sunetè'인데 이는 라틴어 판본과도 일치한다) 혹은 "복합적인 소리"(아랍어 판본의 추정에 따르면 'sunthetè'이다)라는 것이다. 'sunthetè'에 비해 'sunetè'가 더 어려운 해석 방식으로 보이며, 그만큼 더 잘 검증되어 있기에 더욱 우리의 관심을 끈다.

그 해석은 『명제론』의 한 대목을 근거로 정당화될 수 있어 보인다. 즉, 아리스토텔레스는 명사(*onoma*)를 "관례에 따라 의미를 갖는 음성적 소리"로 정의한 다음 "관례에 따라"(*kata sunthèkèn*)의 뜻을 규정한다. "그 어떤 명사도 그 본질상(*phusei*) 명사인 것이 아니라, 짐승들이 내는 소리와 같이 글자로 분해 불가능한(*agrammatoi psophoi*) 소리들도 어떤 것을 드러내긴 하지만(*dèlousi ge ti*) 그렇다고 명사가 되는 것은 결코 아니기에, 상징으로 구성될 때 (명사가 된다)."『시학』의 대목과 놀라울 정도로 유사하기 때문에 각각의 대목에서 "동물의 소리"와 대조를 이루고 있는 표현들을 비교할 필요가 있다.

『명제론』

(명사가 명사가 된다)

"그것이 상징으로 구성될 때"　　　*hotan genètai sumbolon*

『시학』

(기본 요소라는 분해 불가능한 소리로부터)

$$
\left\{\begin{array}{c} \text{"이해할 수 있는} \\ \text{혹은} \\ \text{복합적인} \end{array}\right\} \text{소리가 구성된다"} \left\{\begin{array}{c} \textit{sunetè} \\ \text{또는} \\ \textit{sunthetè} \end{array}\right\} \textit{gignetai phônè}
$$

　　『명제론』(1장을 참조할 것)의 문맥으로 볼 때 'sumbolon'은 기의(어떤 정신 상태)를 지시하는 기표라 부를 수 있는 것(예를 들어 음성적인 것)을 가리킨다는 사실을 알고 있으므로, 마찬가지로 『시학』에서도 "이해할 수 있는 소리"를 기표와 기의라는 'sum-bolon'의 양면을 연결하는 종합적인(*sun-ièmi*) 파악의 대상으로 읽고 싶어진다. 그 소리를 이해할 수 있는 대상으로 만드는 본질적이고 변별적인 조건이 소리의 분절(동물 "언어"의 "글자로 분절되지 않는 소음"*agrammatoi psophoi*에 반해)이라는 특성에 있음은 분명하다. 그러나 『명제론』에서의 'sumbolon'이 말하고 있는 종합적 결합이란 소리를 기본 요소들의 복합체(*phônè sunthetè*)가 아니라 오히려 이해할 수 있는 것, 즉 기의와 연결된 것(*phônè sunetè*)으로 볼 수 있게 하는 결합이다.

5. 56 b 34

우리는 여기서 아리스토텔레스가 제시하고 있는 음성학적 설명의 세세한 부분까지 다루지는 않을 것이다(이러한 기술적인 문제에 관심 있는 독자라면 슈타인탈, I, p.253 이하를 참조할 것). 모호한 부분들이 있음에도 불구하고 "소리"(*phônè*)는 기초적인 개념이 된다는 것만 지적하자. 유성자음의 경우는 세부적인 구분이 제시되지 않았다. 이에 대해서는 슈타인탈을 참조하라. 슈타인탈은 아리스토텔레스가 "기본 요소"(p.257)와 소리(p.259)를 구체적으로 제시한 것을 비난했다. 음성학적인 대분류들 사이의 구분, 음향이나 분절과 관련된 사태들의 관찰, 운율과 관련된 특징들의 완벽한 목록 작성 등은 이미 정립된 이론이라는 것이다. 음성학 이론은 아리스토텔레스 시대에도 존재했다. 다만 완전하게 다듬는 일만 남아 있었다. 그리고 그 일은 알렉산드리아의 문법학자들(스토아학파의 연구 토대에 관해서는 디오게네스 라에르티오스, VII, 55를 참조할 것), 그 다음엔 현대 음성학자들의 몫이 될 것이다. 하지만 여기서 놀라운 점은 연속성이다. 『시학』에서 음성학을 다룬 부분과 현대 음성학 교재는 같은 것에 대해서 말하고 있으며, 같은 말을 할 때가 많다는 것이다.

하지만 문법적 분석의 영역에서는 사정이 전혀 다르다. 20장에서 앞으로 논의될 "담론의 구성 부분들"에 대한 이론은 그로부터 겨우 2세기 후의 상황과 비교해 보아도 매우 거친 상태임을 알 수 있다. 아리스토텔레스가 『시학』을 쓸 당시 이미 운율학자들은 여러 세대에 걸쳐 음성학적 설명의 문제에 천착하고 있었다. 플라톤은 『크라튈로스』(424 c)에서 이를 암시하고 있다. "리듬을 연구하는 사람들은 먼저 기본 요소들의 기능 (또는 능력, *tôn stoikheiôn* [⋯] *tas dunameis*)을 구분하고 그 다음에 음절의⋯" 아리스토텔레스 또한 음성학적 문제의 세부적인 사항들("운율학 이론에서"*en tois metrikois*, 56 b 34; 아래 38도 참조할 것. "음절에 관한 이론은 운율학에 속한다")에 관해서는 그들의 작업을 참조할 수 있었겠지만, 담론의 구성 부분에 대해서는 그렇게 하기 어려웠을 것이다.

따라서 여기서 아리스토텔레스가 제시하고 있는 간략한 음성학적 분석은 무엇보다도 시인에 대한 연구가 중요한 비중을 차지한 [Marrou(1948, p.121, 157)을 참조할 것] 초등교육 및 중등교육상의 필요에 의해서 이미 존재했고 대중화된 학설을 요약하고 있다고 말할 수 있다. 하지만 중요한 것은 『시학』의 저자가 단지 참조하는 것만으로 만족하지는 않는다는 점이다. 언어 자료의 가장 기본적인 형태("기본 요소"와 운율법상의 다양한 변이)에 대한 기술은 시학 이론에서 당연히 다루어야 할 부분이다. 운율의 구성(6장, 49 b 35)이나 낱말을 지어내는 작업, 길이를 늘이거나 줄이는 문제(21장, 57 b 2) 등 실제로 소리의 자질과 그 양은 시 분야에서 계속해서 다루어 온 주제이다.

6. 56 b 38

음절에 관한 이론은 매우 간략하게 언급된다. 운율학을 참고하라는 말을 통해 그 당시 전문가들이 다양한 음절 유형들을 기술했다는 사실을 알 수 있다. 디오뉘시오스 스랙스(§ 7-10)의 『문법론』에서 음절을 다루고 있는 부분들을 보면 이를 어떻게 기술했는지 대략 짐작할 수 있다. 음절의 여러 가지 정의, 장음, 단음, 또는 길이와는 관계없는 음절 각각에 대한 세부적인 연구 등이 포함되어 있다.

아리스토텔레스는 정의를 내리고 예를 하나 드는 것에 그친다. '*sullabè*'의 어원(글자 그대로 하자면 "[여러 기본 요소들의] 집합체")이 암시하는 정의는 엄밀한 의미에서의 음절, 다시 말해서 (적어도) 두 가지 기본 요소들로 구성된 음절의 경우로 한정된다. 아리스토텔레스는 음절은 의미가 없다(*a-sèmos*)고 명확히 규정하고 있다. 문맥을 보면 그러한 규정을 쉽게 납득할 수 있다. 즉 인간 언어의 "기본 요소들"은 이해할 수 있는 소리('*sunetè*', 56 b 23, 위 주해 4를 참조할 것), 다시 말해 기의(*sumbola*)를 가리키는 기표를 형성하는 데에는 적합하지만 음절 그 자체만으로는 의미를 나타내는 복합체가 아직 아니다라고 규정할 필요가 있다는 것이다. 나아가서 "접속사"와 "연결사"에 대해서도 같은 말을 할 수 있을 것이다. 의미 발생의 문턱은 담론의 주된 구성 부분들 ── "명사"와 "동사", 그 변이(굴절형)와 복합체(문장) ── 과 더불어서만 넘어설 수 있기 때문이다.

아리스토텔레스가 제시한 예는 편집자들을 당혹스럽게 만들었다. '*gr*'이 '*gra*'과 마찬가지로 하나의 음절이라고 이해해야 할 것인가? 어떤 편집자들은 이를 선뜻 받아들이지 않고 텍스트가 훼손되었다고 보았지만, 우리가 보기에는 훼손된 것이 아니다. 아리스토텔레스는 무성음(글자 그대로 하자면 "소리가 나지 않는"*a-phônou*)과 "소리를 갖춘" 기본 요소의 결합으로 음절을 정의했다. 그런데 "소리를 갖춘" 기본 요소라는 표현은 모음만이 아니라 '*r*'이 포함되는 반모음("들을 수 있는 소리", 56 b 27 이하)도 가리킬 수 있다. 따라서 '*gr*'의 예는 음절의 정의와 모순되지 않는다. 반면 '*gr*'이 음절 값을 갖는 낱말을 어디에서도 찾을 수 없다는 점에서 그리스 음운론과는 모순된다. 하지만 아리스토텔레스의 관점이 엄격하게 음운론적이라고 말할 수 있는 근거는 없다. 그러니까 여기서는 음성학적인 문제에 대해 나름대로 입장을 밝힐 수 있게 하는 극단적인 예를 의도적으로 선택했다고 보는 편이 타당할 것이다. 그러니까 텍스트를 의심하기보다는 아리스토텔레스의 입장에서 '*gr*'은 하나의 음절(비록 그리스어에서 그 예를 제시할 수는 없다 하더라도)이라고 인정하자. 게다가 '*r*' 소리가 그리스인들에게는 분류의 문제를 제기했으리라는 것도 충분히 가능한 일이다. 디오뉘시오스 스락스의 『문법론』에 대한 『비평 주석』에 따르면, 실제로 다른 반모음('s', 'm' 등)에서와 달리 "'r'의 경우는 거의 완벽한 소리를 내기 때문에 어떤 이는 이를 모음으로 보기도 했다"(p.42, 15 Hilgard).

7. 57 a 10

"접속사"(*sundesmos*)와 "연결사"(*arthron*)를 다루는 56 b 38에서 57 a 10까지의 대목은 해결할 수 없는 문제들을 제기한다. 실제 이 부분은 텍스트가 심각하게 훼손된 상태이며(이 점에 관해서는 모든 편집자들이 동의하고 있다), 어느 정도 훼손되었는지 확신을 가질 수 없을뿐더러 합리적인 추측을 토대로 수정하기는 더욱 힘든 상황이다.

물론 절망적인 상태라고 체념하지 않고 텍스트를 살려 내려는 시도도 많이 있었다. 하지만 제시된 해결책들이 너무 다양해서, 재구성하려고 시도하는 것이 과연 옳은 일인지 오히려 회의적인 여지만 남겨 주었다. 제시된 해석들을 하나하나 검토할 필요는 없을 것이고, 관심이 있는 독자라면 그중에서 발렌(*Beitr.*, III, 220 이하), 로스타니(해당 부분), 팔리아로[Pagliaro(1954)], 모르푸르고 탈리아부에[Morpurgo-Tagliabue(1967), p.43-58]의 연구를 참고할 수 있을 것이다.

우리가 취한 입장은 이렇다. 즉 우리는 '*pephukuian*'(57 a 2), '*sèmantikon*'(57 a 5), '*amphi*'(57 a 7), 이 세 가지를 제외하고는 필사본 A를 텍스트로 삼아 옮겼다. 독자들은 원문 번역에서 우리가 해결할 수 없다고 생각했던 문제들과 마주하는 셈이다. 이어지는 주해 부분에서 우리는 불확실하고 모호하더라도 얻을 수 있는 것이 있다면 무엇이든 텍스트에서 끌어내려고 노력했다.

첫 번째 제기되는 문제는 "연결사"(*arthron*)에 대한 언급인데, 이는 두 가지 이유에서 의심스러워 보인다. (a) 할리카르나소스의 디오뉘시오스(*De compositione verborum*, 2장)는 아리스토텔레스가 구분한 담론의 구성 부분은 'ononma'(명사)', 'rhèma'(동사), 'sundesmos'(접속사) 세 가지뿐이라고 단언한다. 연결사는 훨씬 후에 스토아학파에 의해 비로소 따로 다루어졌다는 것이다. (b) 이 장 처음에 나오는, 표현을 구성하는 부분들을 나열한 대목에서(56 b 21) 연결사는 원래 예견되는 위치, 즉 접속사와 명사 사이가 아니라 엉뚱한 곳에 나타난다. 그 점에서 원래의 텍스트에는 연결사에 관한 언급이 없고 후에 끼워 넣은 흔적이라고 생각할 수 있다. 이것은 할리카르나소스의 디오뉘시오스의 말과 일치한다.

　많은 편집자들의 견해를 좇아 'arthron' 부분을 없애야 할 것인가? 57 a 6-10에서 예(전치사 'peri'와 아마도 전치사 'amphi'까지 포함해서)와 함께 제시된, 용어의 두 가지 정의가 거의 이해할 수 없다는 점에서 그것은 더욱 편리한 방법으로 보인다. 특히 접속사에 대한 첫 번째 정의(56 b 37-57 a 3)를 거의 글자 그대로 되풀이하는 두 번째 정의는 잘못된 반복이 아닌지 의혹을 사기에 충분하다. 그러나 불행히도 그처럼 쉽게 빠져 나올 수는 없어 보인다. (a) 정의 부분이 훼손되었다(고 인정된다) 하더라도 'arthron' 및 보다 넓게는 'arthron'을 다루고 있는 부분 전체를 끼워 넣은 것이라고 말할 수는 없다. (b) 이 부분이 낯설고 난해하다는 사실 그 자체가 끼워 넣었다는 가설을 반박하는 셈이다. 즉, 문법에 심취한 어떤 필경사가 아리스토텔레스의 문법 이론을 완성하려고 기원전 2세기에 이미 "관사"의 의미로 사용된(아리스타르코스, 디오뉘시오스 스랙스) 'arthron'에 원래 뜻과는 거의 무관한 설명을 갖다 붙이면서 하물며 전치사 예를 들기까지 했다는 가설은 받아들이기 어렵다.

　따라서 연결사(*arthron*)와 관련된 것을 체계적으로 보존하여 선입견 없이 해석해 볼 필요가 있다. 반면 이러한 해석은 접속사(*sundesmos*)의 해석과 분리될 수가 없는데, 거기에는 세 가지 이유가 있다.

(a) 이 두 용어들을 다루고 있는 부분들은 각기 서로 밀접한 형식적 유사성을 보여 준다(정의 I, 예시, 정의 II).

(b) 두 경우 모두, 고려되고 있는 낱말이 그룹 속에서 차지할 수 있는 자리 그리고 의미론적 영역에서의 그 기능을 고려하여 정의 자체가 아주 비슷한 용어들로 구성되어 있다.

(c) 끝으로 할리카르나소스의 디오뉘시오스의 증언을 완전히 배제하기는 어렵기 때문에, 『시학』에서 정의되고 있는 그대로의 '*arthron*'이 정말 후대의 전승을 거쳐 '*sundesmos*'와 구분되는 담론의 부분으로 간주될 수 있는지 살펴보는 것도 흥미로울 것이다.

그런데 '*sundesmos*'와 '*arthron*'에 대한 정의 I과 II(앞으로는 SI, SII, AI, AII로 지칭할 것이다)에 의해 이루어진 대목 전체를 살펴보면 네 가지 특징이 그 정의들을 구성하고 있음을 알 수 있다.

1. 발화에서 기본 요소의 위치. SI과 AII는 동일한 용어를 사용하면서 여기서 논의되는 '*sundesmos*'와 '*arthron*'이 "속성상 발화의 앞뒤나 중간에" 위치한다고 말한다. 그런데 이 특성은 상당히 모호하다. 문제의 "발화"(*logos*)의 차원이 전혀 확정되어 있지 않기 때문이다. 게다가 "접속사"(다양한 소사小辭들), 전치사(어순 도치) 그리고 나아가서 관사(특히 거기에다 그 뒤의 문법 이론에서 말하는 것처럼 관계사[ho *anèr* ho *megas* hos…, 글자 그대로는 "…하는 위대한 인물"이라는 뜻이다]를 덧붙인다면)와 관련된 몇몇 기본 요소들의 상대적인 유동성으로 말미암아 여기서 말하고 있는 것과 같은 위치적 특징은 크게 기대할 것이 없는 평범한 특징이 되어 버린다.

2. 통사론적 연결 기능. SI에서 이를 언급하고 있는 것을 볼 수 있는데, 여기서 '*sundesmos*'는 "따로 떨어져 있는 발화의 첫머리에는 놓을 수가 없다". 달리 말해서 앞 문장과 연결하는 기능을 가지려면 — "접속사"

라는 명칭이 거기서 비롯된다 —— (적어도) 또 다른 하나의 "발화"가 있어야 한다. *'kath' hauton'*(필사본 A)에 대한 이러한 해석에 관해서는 아폴로니오스 디스콜로스, 『구문』, I, p.17, 5 이하를 참조할 것.

3. 의미론적인 통합 기능. SII에서는 긍정적으로, SI과 AII에서는 부정적으로 언급되고 있는 이 기능은, 의미를 갖는 여러 단위들을 의미론적으로 통합하는 것이다.

4. 통사론적 경계 구분 기능. 이 기능은 AI의 특징이며, 발화의 "시작이나 끝 또는 단락을 지시하는" 것이다.

이 서로 다른 특징들이 결합하여 네 가지 정의를 구성하는 방식은 다음과 같은 도표로 요약될 수 있다.

도표 1

	위치	연결	통합	경계 구분	예
SI	+	+	− (중립)		연결 소사
SII			+		
AI				+	전치사
AII	+		− (중립)		

통합 기능과 관련하여 SI과 SII 사이의 명백한 대립을 통해 알 수 있는 것은 SI과 SII가 서로 다른 두 종류의 "접속사"에 대응한다는 사실이다. 그로부터 AI과 AII도 마찬가지로 두 종류의 "연결사"에 대해 정의하고 있다고 추론할 수 있을 것이다. 통합이라는 관점에서 보자면 SII는 SI에 비해 긍정적인 것으로 표시되어 있다. 그러니까 서로 붙어 있는 단위들을 의미론적으로 통합하는 "접속사"가 있을 것인데, *'men'*, *'ětoi'*, *'de'*

는 그런 기능을 하지 못한다는 것이다. "또는"이라는 뜻의 '*ètoi*' 그리고 '*men… de…*'가 두 구성 요소를 연결하면서도 분리(*ètoi*)를 나타내거나 상대적인 의미마저도 포함할 수 있는 비교(*men… de…*)를 나타낸다는 점에 주목한다면, SII는 결합(예를 들어 "그리고"를 뜻하는 '*kai*')이나 논리적 연결(예를 들어 "만일"*ei*, " 때문에"*epei*, "실제로"*gar*)을 긍정적으로 나타내는 "접속사"를 가리킨다고 추측할 수 있다. 그러한 "접속사들"이, 접속사라는 그 이름이 가리키듯, 고유의 연결 기능을 수행하고 있다고 인정하지 못할 이유는 없다. SII에서 그러한 특징이 언급되지 않은 것은 그것이 자명한 사실이기 때문이다.

이제 '*arthron*'은 어떻게 생각할 것인가? 상황은 한층 더 모호해진다. AI의 긍정적 특징인 경계 구분 기능은 그리 명확하지 않으며, SI과 AII에서 언급된 위치 관련 특징들과 불가피하게 연결된 것으로 보이는 경계 구분 효과와 관련해서도 그 특수성을 파악하기 어렵다. 실제로 아리스토텔레스가 SI 부분에서 언급하고 있는 연결 소사와 SII에 상응하는 것으로 추정되는 "접속사"가 발화에서 경계 구분 역할을 담당하기 때문이다. 그러므로 "연결사"는 "접속사"에 비해 그 특징이 연결의 "빈약함"에 있는 게 아닌지 생각해 볼 수 있다. 연결하거나 경계를 구분한다는 구분 기능(연결사라는 이름이 그래서 나왔다)은 이미 접속사가 수행하고 있지만, 보다 "풍부한" 일차적 접속 기능에 비해 부차적인 기능을 담당한다는 점에서 그렇다는 것이다. 인대('*sundesmos*'의 해부학적 의미)는 관절('*arthron*'의 해부학적 의미)보다 더 많은 역할을 하기 때문이다. 이처럼 가정한다면 AI과 AII의 대립은 어떻게 해석할 것인가? SII에서 연결 기능과 관련하여 그렇게 했던 것처럼, AI에서 언급된 경계 구분 기능은 되풀이해서 말하고 있진 않지만 AII에 함축되어 있는 것으로 받아들여야 할까? 논리적으로는 그렇다. 하지만 그렇게 되면 AI과 AII 사이의 구별이 모두 사라져 버린다. 그 이유는 (a) AI에 따르면 'arthron'은 발화의 "시작이나 끝 또는 단락을 지시"한다는 점에서 AII에 표현된 위치 관련 특징은 AI에 함축되어 있으며, (b) AII를 규정하는 또 다른 특징은 중립적인 내용, 즉 'arthron II'는 연결된 기본 요소들의 의미론적 통합과는 무관하다는 내용을 가지고 있기 때문이다.

그러므로 우리에게 주어진 두 가지 가설을 바탕으로 — 두 가설은 양립 가능하다 — AI과 AII를 해석해 볼 수 있다.

1. 사실상 경계 구분 기능이 AII에는 없다고 할 수 있다. 여기서 기술된 'arthron'은 그러니까 위치가 자유롭고 기능은 중립적인 낱말이 된다. 다시 말해 그것은 언어학적으로 특성을 규정할 수 있는 가장 낮은 단계이며, 나중에 전통문법에서는 "허사적 접속사"라 부른 것에 해당될 수 있을 것이다. 허사적 접속사란 종종 금방 사라져 버리는 미묘한 차이를 표현하는 단음절 소사로서, 디오뉘시오스 스락스는 그것이 "운율이나 장식상의 목적으로"(p.96) 사용된다고 했다. AII가 정말 이를 가리킨다면 "연결사"(arthron)라는 용어는 넓은 뜻으로, 매우 느슨하게 사용한 것에 지나지 않는다.

2. 의미론적 통합이 영역에서 명백히게 'arthron II'의 중립성을 인급하고 있는 AII와는 대조적으로, AI은 그러한 유형의 기능을 무언중에 함축하고 있다고 말할 수 있다. 그렇다면 'arthron I'은 'sundesmos II'에 접근하게 될 것이며, 따라서 SII 유형의 접속사가 갖는 접속 기능("태양이 빛나니 날이 밝았다"처럼 두 개의 발화를 연결하는 기능)과 유사하다고 볼 수 있는 "연결" 기능(예를 들어 "왕위에 관한 연설", "어떤 주제에 관해 말하기"처럼 57 a 7에 인용한 그리스어 전치사 'peri'를 사용한 명사구나 동사구의 "통합" 기능)을 가진 전치사(amphi, peri)를 예로 든 이유를 이해할 수 있을 것이다. 이처럼 'sundesmos'와 'arthron' 사이에 다리를 놓고 나면 표

현을 구성하는 이 두 부분에 대해 다음과 같은 전반적인 도표를 작성할
수 있다. 여기서 우리는 텍스트에서 언급되었거나 가설을 통해 보충된
변별적 기능들만을 포함시켰다(가설을 통해 보충된 기능은 〈 〉로 표시).

도표 2

	연결	통합	경계 구분	예
SI	+	중립		연결 소사
SII	〈+〉	+		〈접속사〉
AI	〈+〉	〈+〉	+	전치사
AII		중립	〈중립〉	〈허사적 소사〉

위의 도표 구성은 물론 대략의 가설에 따른 것이다. 확정된 도표로
제시하려는 것은 아니며, 이를 통해 텍스트에 만족스러울 만한 의미를
부여할 수 있다고 여기는 것도 아니다. 하지만 이 모든 것을 감안하더라
도 여러 편집자들이 가했던 손질 — 삭제, 첨가, 전치, 다양한 수정 —
만큼 자의적이라고는 생각하지 않는다.

게다가 정의들에서 드러나는 진부함과 혼동은 텍스트가 훼손된 탓
도 아니고 또한 아리스토텔레스 당시의 기술(記述) 문법이 아직 초보적
인 단계에 머물러 있기 때문도 아니다. 우리가 이것을 접속사를 기술하
고 연결사라는 새로운 낱말 부류를 끄집어내려는 최초의 시도로 간주하
지 못할 이유는 없다. 놀라운 것은 이 연결사들(우리의 번역이 옳다면)이
아마도 다소 찌꺼기가 남아 있는 상태(경계 구분이라는 기준이 모호하고
부적절하게 기능하는 것도 그 때문이다)의 혼성체를 이루고 있으며(전치사
와 허사적 소사 사이에 무슨 공통점이 있는가?), AI이 정의하고 있는 그 일

부가 기능적으로는 접속사와 비슷해 보인다는 사실이다.

그래서 할리카르나소스의 디오뉘시오스의 증언이 만들어 내는 수수께끼의 해결책을 찾을 수 있을지도 모른다. 어떤 이들(발렌 참조)이 가정하듯 디오뉘시오스가 『시학』 텍스트를 몰랐다던지, 또는 알고 있으면서도 'arthron'에 관한 언급을 발견하지 못했다는(슈타인탈 참조) 설명은 전혀 설득력이 없다. 그보다는 오히려 『시학』 20장을 'sundesmos'로부터 'arthron'을 떼어 내려다 실패로 끝나고 만 흔적으로 보는 설명이 훨씬 설득력이 있다. 바로 거기서 그 둘을 구분한 것은 스토아학파의 공이며, 아리스토텔레스는 'onoma'와 'rhèma' 말고는 'sundesmos'밖에 알지 못했다는 주장이 나오게 된다. 실제로 'arthron'이 관사(와 관계사)를 가리키던 시대에 디오뉘시오스가 어떻게 해서 『시학』 텍스트에 준해 표현을 구성하는 그러한 부분을 만들어 낸 공을 아리스토텔레스에게 돌릴 수 있었는지, 그것은 알 수가 없다. 아리스토텔레스의 시도에서 그래도 타당한 것은 기능, 특히 접속 기능과 경계 구분 기능이라는 이름으로 그리스어의 도구어들을 분류하려는 시도일 것이다. 접속 기능 ─ 의미론적 연결과 통합 ─ 은, 20장 끝부분(57 a 28-30)에서도 드러나듯이 발화의 통일성을 이루는 두 가지 조건 가운데 하나라는 점에서 특별한 중요성을 지닌다. 우리가 제안한 해석의 연장선상에서 그것이 "접속사"뿐만 아니라 "연결사"에서도 변별적인 기준이라는 의견을 제시할 수 있을 것이다. 둘은 각각 그러한 기능을 보장하는 정도에 따라 서로 상대적인 두 종류, 정도가 높은 SII와 AI, 정도가 약하거나 전혀 없는 SI과 AII로 이루어진다. 그 결과 "연결사"는 "접속사" 층위보다 아래 층위에서 기능하는 일종의 "접속사"에 지나지 않게 된다(할리카르나소스의 디오뉘시오스의 주장이 옳다는 또 다른 증거이다). "접속사"가 절과 절 사이의 층위에서 텍스트의 의미론적 통합을 위한 접합 기능을 수행하는 것과 마찬가지로, "연결사"

는 절 내부의 층위에서 그러한 기능을 하는 것이다. 적어도 엄밀한 의미에서의 "연결사"와 "접속사"(AI과 SII)는 그렇다. SI 그리고 나아가서 AII의 경우는, 좀 덜 유표화되어 있고 수사학적 명료성이나('*men … de …*' 유형의 연결을 나타내는 접속사의 올바른 사용법에 관해서는 『수사학』 III, 1407 a 22-30의 분석을 참조할 것) 논리-의미론적 구성, 그리고 때에 따라서는 리듬과 미적 형태("허사적" 소사들의 충전이나 장식 역할)라는 측면에 있어서도 정돈되어 있지 않은 구조적 기능 요소들로 이루어져 있다.

어쨌든 우리가 살펴본 정의들에서 빠짐없이 포함된 언급이 있는데, 그것은 "접속사"와 "연결사"는 음절과 마찬가지로 의미를 갖지 않는다는 것이다. 접속사 유형의 문법 요소들을 의미를 갖지 않는 것으로 축소시키고 있는 것은 지금의 관점에서는 놀라운 측면이 있다. 아리스토텔레스의 입장은 당시부터 논란거리였다. 아폴로니오스 디스콜로스에 따르면(*Conj.*, p.214, 4 Schneider), 스토아학파의 포시도니오스는 저작 『접속사 논고』에서 접속사는 의미를 담고 있다는 주장을 펼쳤다. 하지만 문법 전통은 접속사에 아리스토텔레스의 설명에서 함축적인 방식으로나마 예시되었다고 할 수 있는 중간적인 입장을 부여하고 있다. 문법학자들의 입장에서 접속사와 전치사라는 담론의 구성 부분들은 그 자체로는 의미하지 않고 그것들이 나타나는 발화 속에서 더불어-의미한다(*sus-sèmainousi*). 물론 아리스토텔레스가 말한 것은 아니지만, 표현의 구성 부분들을 배치하고 있는 순서를 보면 "접속사"와 "연결사"가 의미를 갖지 않는다는 것이 음절의 경우와 정확히 똑같은 성격이라고 가정할 수는 없다. 음절은 순전히 음성학적인 실체로서 의미 형성에서 근본적으로 배제되며, 주해 6에서 음절이 의미를 형성하지 않는다는 언급은 "기본 요소"의 정의에 의해 ― 그에 따르면 기본 요소들의 모든 조합은 이해할 수 있는(*sunetè*) 것이라는 가정을 할 수 있다 ― 필연적인 것이 되었음을 지적한 바 있다. 실제로 음절은 기본 요소보다는 상위 층위의 복합성을 나타내지만 의미를 갖지 않는다는 점에서는 같은 영역에 속한다.

반대로 "접속사"와 "연결사"는, 그렇게 말하고 있지는 않지만, 영역이 달라진다. 이는 표현을 구성하는 그러한 부분들이 반드시 음절보다 상위의 음성적 복합성 층위에 자리 잡지는 않는다는 사실에서 예견할 수 있다. 그 가운데 상당 부분은 단음절이며 몇몇은 '*e*'처럼 모음 하나로 줄어들기도 한다. 여하튼 아리스토텔레스는 그것들을 복합소리로 정의하지는 않지만, 그와 달리 앞에 나오는 음절이나 뒤에 나오는 명사, 동사는 복합소리로 정의한다. 뿐만 아니라 "접속사"와 "연결사"는 의미를 갖는 전체와 다양한 정도로 ─ '*metri causa*'로 사용되는 자유 음절 종류인 "허사적" 소사를 설명하고 있다고 본다면 AII가 가장 낮은 정도가 된다 ─ 관계를 맺고 있음이 분명하다. 통째로 보자면 그것들은 기표 체계의 첫 단계를 구성하고, 다음 단계와는 대조적으로 0도의 단계로 취급된다. 체계의 가장 높은 곳, 즉 발화(*logos*)에서 출발하게 되면 그 도식은 분명해진다. 발화란 (a) 의미를 갖고 있으며 (b) 그 구성 부분들도 의미를 가진다. 거기에 대립하는 명사와 동사는 (a) 의미를 가지고 있으나 (b) 그 구성 부분들은 의미를 갖지 않는다. 보다 하위의 단계에서, 즉 "접속사"와 "연결사"의 단계에서는 분명 의미 생성을 위한 여지가 없다. 하지만 역으로 그 자체로는 의미를 갖지 않는(*kath'heauto*) 복합명사의 구성 요소('*Theodôros*'에서의 '*-dôros*', '*Kall-ippos*'에서의 '*-ippos*', 『명제론』, 16 a 22)가 그럼에도 불구하고 의미를 "갖고자 하는"(*bouletai*, 『명제론』, 16 a 26)것과 마찬가지로, "접속사"와 "연결사"도 그 자체로는 의미를 갖지 않지만 그래도 의미작용에 따라 배열된다. 그것이 바로 고대 문법학자들이 더불어-의미할 수 있는 능력에 관해 말해면서 표명했던 것이다.

8. 57 a 14

"명사"(*onoma*)와 더불어 우리는 의미를 갖는 단위, 표현의 구성 부분인 동시에 담론을 구성하는 부분이기도 한 단위들을 다루게 된다. 『시학』에는 간략한 설명뿐이지만, 『명제론』 초반부(2, 3, 4장)에서는 이에 해당되는 부분을 보다 상세하게 논의하고 있다. 그에 관해서는 나중에 참조할 것이다.

"그 어떤 부분도 그 자체만으로는 의미를 갖지 않는 복합소리"로서의 "명사"는 "동사"(*rhèma*)와 만난다. 시제가 있느냐 또는 없느냐 하는 것이 그 둘을 구분하는 특징이 된다. 그래서 동사는 시제도 덧붙여 지시하는 명사로 정의될 수 있다. 바로 그것이 『명제론』에서 그에 해당하는 텍스트(3장, 16 b 6)의 내용이다. 거기서 '*to prossèmainon khronon*'이라는 중립적 표현은 앞장에 나오는 중립적인 명사를 참조할 수밖에 없다. 게다가 "그 자체로 발화인 동사는 명사…"(16 b 20)라는 구절도 나온다. 아리스토텔레스가 말하는 것은, 구성된 발화를 벗어나 동사만으로는 명사보다 더하거나 덜하게 의미를 갖지 않는다는 사실이다. 따라서 '*onoma*'가 (적어도) 두 가지 의미를 갖는다 해도 놀랍지 않다. (a) 동사와 대조되는 명사로서 20장과 21장의 경우(58 a 8-17)에 해당된다. (b) 명사와 동사를 아우르는 "명사"로서, 이 경우 명사라는 낱말은 그 두 용어에 공통되는 가치에 상대적인 "원어휘소"(*archilexème*)로 기능한다. 즉 "그 어떤 부분도 그 자체만으로는 의미를 갖지 않는 복합소리"가 21장과 22장에 나오는 '*onoma*'의 의미인데, 거기서 검토되고 있는 '*onomata*'는 명사이자 동사다. 우리는 그 용어의 다의성을 보존하여 '*onoma*'를 일률적으로 명사로 옮겼다.

우리가 보았듯이 "기표"로서의 명사와 동사는 순전히 음성학적인 단위들과 절대적으로 대립되거나(『명제론』, 4, 16 b 30을 참조할 것. "'생쥐'

라는 뜻의 'mus'에서 'us'는 의미를 갖지 않는 순전히 단순한 소리이다"), "접속사"와 "연결사"라는 도구어들과 상대적으로 대립된다(그것이 적어도 우리의 가설이다). 반면에 의미 형성이라는 측면에서는 발화와 구분되지 않고, 여기서 변별적 특징은 명사와 동사는 발화처럼 "그 자체로 의미를 갖는" 부분들로 분해되지 않는다는 사실이다. 기본 요소들로 구성된 소리인 음절과는 대조적으로 기본 요소가 음성적으로 분해 불가능했던 것과 마찬가지로, 명사와 동사 또한 의미론적으로 분해 불가능하다는 점에서 "그 자체로 의미를 갖는 부분들로 이루어진"(56 b 24) 발화와 대립된다. 균형을 이루고 있는 이러한 체계에서 우리는 구조주의적 직관을 알아볼 수 있는데, 그러한 직관이야말로 아폴로니오스 디스콜로스가 로고스를 "이해할 수 있는 음절"로 설명하는 토대가 될 것이다. "기본 요소들이 서로 얽히면서 음절을 이루는 것과 마찬가지로, 이해할 수 있는 것들의 구성(suntaxis)은 낱말들의 얽힘을 통해 여러 종류의 음절들을 이룰 것이다"(『구문』, I, p. 2, 12 Uhlig). 언어 구조에 대한 이러한 관점은 『시학』에 은연중 들어 있을 뿐 명백하게 드러나지는 않는다. 마찬가지로 아리스토텔레스에게서 문제는 구성 부분들을 분리하고 구별하는 것이지 그 조합규칙들을 기술하는 것이 아니다. 그런데 바로 거기서 복합어의 위상이라는 핵심적인 문제에 부딪히게 된다. 'Theodôros'라는 고유명사를 보면 아무리 거친 언어 감각을 가지고 있다 해도 "신의 선물"이라는 뜻의 'theou dôron'이라는 명사구에서와 같이 "신"(theos)과 "선물"(dôron)이라는 두 가지 요소를 알아볼 수 있다. 바로 거기서 문제가 생긴다. 'Theodôros'는 예컨대 생쥐라는 뜻의 'mus'처럼 하나의 명사인가, 아니면 'theou dôron'처럼 두 개의 명사가 합쳐진 것인가? 아리스토텔레스는 그것이 하나의 명사라고 단호하게 대답한다. 그 이유는 'Theodôros'의 경우, 'dôron'은 의미를 갖지 않기 때문에, 달리 말해서 그 이름에도 불구하고 'Theodôros'는 선물이 아니기 때문이라는 것이다.『명제론』(2장, 16 a 22 이하)에서는 좀 다르긴 하지만 보다 명확한 용어로 같은 문제를 다루고 있다. "'Kallippos'에서 '말'을 뜻하는 'hippos'(라는 부분)는, '아름다운 말'을 뜻하는 'kalos hippos'라는 발화에서 (그런 것과) 달리 그 자체로는 아무것도 의미하지 않는다. 하지만 단순명사와 복합명사에서는 경우가 다르다. 전자의 경우에 그 명사의 구성 부분은 그 어떤 식으로도(oudamôs) 의미를 갖지 않는 데 비해, 후자의 경우에는 의미를 갖는 경향(bouletai)이 있으나[4장, 16 b 33에서 아리스토텔레스는 미묘한 차이는 무시하고 복합어를 구성하는 부분은 "의미한다"고까지 말한다], (전체에서) 따로 떨어져서는 아무 의미도 없다는 것이다." 달리 말해서 'Kallippos'에서 'hippos'는 "말"을 뜻"하려" 하지만 그 구성 부분과 하나가 되어 있고, 칼리오페라는 사람을 지칭하는 복합어에서 그것을 떼어 내어 그렇게 말하게 한다는 것은 부당하다.

　　요컨대 아리스토텔레스는 여기서 자신의 생각이 정당함을 분명하게 주장하고 있다. 그 결정의 근거가 되는 의미론적 논증은 결국 표현의 구성 부분들의 분류라는 분야에서 얻어진 결과보다는 덜 중요해 보인다. 그 어떤 명사도, 비록 그것이 확인 가능한 의미를 갖는 구성 부분들로 이루어져 있다 해도, 하나의 발화로 간주되어서는 안 된다는 것이다. 위에서 인용한 『명제론』의 한 대목 끝부분에 나오는 예 ── "'해적-선'(epaktro-kelès)에서 'kelès' 부분은 그 자체로는 아무 의미도 갖지 않는다" ── 는 그렇게 설명이 된다. 이 주장은 'kelès'만으로도 "배"를 의미하고 해적선도 일종의 배라는 점을 감안하면 이상할 수도 있다. 결국 아리스토텔레스는 복합어의 특성은 그에 대한 분석을 금하는 의미론적 통합이라는 독특한 효과를 통해 규정된다는 사실을 증명하기보다는 주장하고 있는 것이다. 아리스토텔레스가 이러한 금지를 정당화하기 위해 제시한 논증에서 우리가 무엇을 얻을 수 있을지는 생각해 볼 만하다. 어쨌든 그러한 금지는 명사와 발화 사이의 경계를 지나갈 수 있게 한다는 이점이 있다.

9. 57 a 18

플라톤(『소피스트』, 262)은 이미 '*onoma*'와 '*rhèma*'를 서로 상대적이며 보완 관계에 있는 두 요소로 제시하고 명제를 구성하는 하나의 발화가 나타나기 위해서는 그 둘의 "혼합"이 필수적이라고 보았다. 그가 제시했던 '*onomata*'의 예로는 "사자", "사슴", "말", 그리고 '*rhèmata*'의 예로는 "걷다", "뛰다", "자다"(3인칭 단수) 등이 있는데, 그러니까 우리의 문법 어휘로 하자면 명사와 동사에 해당된다. 따라서 무엇보다도 각기 어떤 명제의 주어와 속사를 제공할 능력이 있는 언어학적 부류로서의 명사와 동사를 플라톤이 알고 있었다는 사실에는 의심의 여지가 없다. 하지만 거기서 진정으로 명사와 동사의 문법적 정의를 찾는 것은 헛된 일이 될 것이다. 명사와 동사의 차이를 드러내기 위해 그가 하는 모든 말은 의미론적 영역에 속한다. 즉 동사는 "동사는 '*praxeis*'(행동이나 상태)에 적용되는 명칭"이며, 명사는 "그 행동 주체(*prattontes*)에 적용되는 음성 기호"이다. 따라서 명사는 행동의 주체 또는 상태의 중추를 지칭하는 주어라는 그 기능을 통해 파악되며, 그로써 기초적인 학교 문법의 가장 초보적인 정의들 ― 동사는 행동을 가리키고 주어는 행동하는 사람을 가리킨다 ― 도 고대의 권위 있는 후원자를 내세울 수 있게 된다.

플라톤에게서 '*onoma*'와 '*rhèma*'란 단어는 분명 문법적 부류라기보다는 논리적 기능으로 이해해야 한다. 그런데 1세기와 2세기에 알렉산드리아에서 형성되고 체계화되는 학문 분야로서의 문법이 담론을 구성하는 서로 다른 부분들의 형태 연구로 상당 부분 대체된다는 의미에서, 아리스토텔레스는 동사를 "시제도 덧붙여 의미하는" 것으로 보고 이를 명사와 대립시킴으로써 그러한 문법의 진로에 중요한 진전을 가져온다. 실제로 "시제를 덧붙여 의미한다"고 의미론적으로 공리화함으로써 아리스토텔레스는 동사의 형태론적 특성을 분리시킨 것이다. 예를 들어 'badizei'/'bebadiken'의 짝은 동사로 하여금 때로는 현재를, 때로는 과거를 의미할 수 있게 하는 동사만의 형태 변화를 명백하게 보여 준다. 여기서 동사는, 아직 엄밀하게 정의되지는 않았지만, 더 이상 어떤 논리적 기능을 실현하는 매체에 머물지 않고 처음으로 형태론적 부류로 간주된다. 『명제론』(3장)이 『오르가논』 고유의 관점을 빌려 문법적 시점 — "동사는 시제를 덧붙여 의미하는 (명사)이다"(16 b 5) — 과 논리적 시점 — "언제나 그것은 다른 어떤 (명사)에 대해 말해지는 것의 기호이다"(16 b 10) — 이라는 두 가지 시점을 겹쳐서 연결시키고 있다는 점에서 더욱 주목할 만하다. 반면 『시학』은 담론(logos)보다는 표현(lexis)에 신경을 더 많이 쓰기 때문에 이러이러한 낱말을 명사의 부류 또는 동사의 부류에 할당할 수 있게 하는 형식적 특성을 더 많이 고려한다. 이 점에서 우리는 "희다"라는 뜻의 'leukon'이 — (품질과 관계된) 그 속사 기능은 『범주』(5장, 3 a 18 이하. 그리고 자주 인용되는 "사람은 희다" 유형의 예들에 관해서는 예컨대 『명제론』, 7장과 8장을 참조할 것)에 대한 논문에서 명확하게 설명된다 — "사람"과 마찬가지로 "언제라는 의미를 나타내지 않기" 때문에 무조건 명사로 분류되고 있다는 점에 주목할 것이다.

요컨대 계속해서 의미론적 논증으로 이어 가던 담론의 끝에 이르러 형태론적 분류가 매우 뚜렷하게 그려진다. 다시 말해서 명사(onoma)란 비록 그것이 'Kallippos'처럼 'kalos hippos'라는 발화와 비할 수 있는 것처럼 보이거나, 또는 'leukon'처럼 동사를 연상케 할 수도 있는 속사 기능을 가지게 되어 있다 할지라도 'anthrôpos'와 같은 명사의 형식적 특성을 가지고 있는 것을 말한다. 그리고 동사(rhèma)는 시제를 의미하기 위해 형태론적으로 다양하게 변화하는 것이다. 변화에 관한 물음은 자연스럽게 언어 굴절(*ptôsis*)의 문제로 나아간다(주해 10 참조).

10. 57 a 23

우리는 '*ptôsis*'(글자 그대로는 "추락"이란 뜻이며 라틴어로는 '*casus*')를 "격"으로 옮긴다. 우리는 심사숙고 끝에 (이 낱말이 관례적으로는 명사의 다양한 격 변화에 한정되어 사용됨을 감안한다면) 적절하지 않을 수도 있는 이 번역어를 택하기로 했다. 그것은 '*onoma*'를 "명사"로 옮긴 것과 마찬가지로 독자로 하여금 낯선 느낌을 주는데, 이는 기표는 새롭게 바뀌지 않고 기의만 이동한다는, 전문용어의 역사에서는 익히 알려진 사실에 대해서 관심을 끌기 위함이다. 아리스토텔레스가 '*ptôsis*'를 문법적 의미로 사용하는 것은 이번이 처음이다. 사실상 이것은 아리스토텔레스에게 있어서 의미가 넓은 말이며, 원칙상 어휘와 관련된 항목의 형태적 변화로 인정될 수 있는 모든 것(파생형을 포함하여)을 포괄한다. 그렇다면 왜 "격"이라고 불렀을까? 이 문제는 많은 논란을 불러일으켰고, 그 말이 제한된 의미를 가지고 있던 시기에 이를 다시 해석했던 문법학자들의 이론(Hilgard, *Gram. Graeci*, I, 3의 색인에 나오는 '*ptôsis*'를 참조할 것)도 연구에 새로운 빛을 던져 주지 못했다. 우리는 히어쉐(R. Hiersche, *Sitzber. der deutschen Akad. der Wiss. zu Berlin*, Kl. für Sprachen, 1955-3, pp.5-19, 그 이전의 참고문헌에 관해서 참조해 볼 것)의 견해를 따라, 애초에 '*ptôsis*'의 문법적 용법에 있었건 아니건, 아리스토텔레스는 다음과 같은 논리에 따라 그렇게 불렀다고 생각한다. 즉 "격"이란 다양하게 변화하는 낱말(명사와 동사)이 경우(문장은 "전형적인 경우"이다)에 따라 우연히 받아들이는 형태로 간주된다(명사에 관해서는, 핵심적인 텍스트로 『분석론 전서』, 48 b 35 이하를 참조할 것). 이런 관점에서 명사나 동사의 다양한 변화로 인정될 수 있는 모든 형태는 해당 명사나 동사가 출현하는 (개별적인) "경우"가 될 것이다. 이러한 이론적 입장(예를 들어 앞서 언급한『분석론 전서』의 텍스트에도 반영된 입장으로, 주격이 포함되어 있다)은 이와는 조금 다른 시각에 상당 부분 자리를 양보하게 되는데, 그에 따르면 "경우"는 엄밀하게 말해서 정상이기 때문에 하나의 경우("그런 경우도 있지"라고 말할 때의 의미)로 나타나지 않는 "정상적인" 경우와는 대립되는 "특별한" 경우만을 가리킨다.『시학』텍스트에서, 그리고 의미심장하고도 미묘한 차이를 감안한다면『명제론』시작 부분에서, 우리와 관계가 있는 것은 바로 그러한 관점이다.

기본 가설은 분명하다. 즉, 명사와 동사의 "정상적인"(특별한 경우가 아닌) 상태는 "소크라테스는 걷는다"(*'Sôkratès peripatei'*) 유형의 단정문에서 나타나고, 거기서 명사는 주격 단수이고 동사는 직설법 현재의 3인칭 단수이다. 그처럼 정의된 기본 형태와 관련하여 명사와 동사의 모든 다양한 변화는 하나의 경우로 간주될 것이다. 즉 동사가 과거나 미래가 되는 경우도 있고(『명제론』, 3, 16 b 16), 양태를 부여받는 경우도 있으며 (의문이나 명령,『시학』, 57 a 21), 명사가 소유격이나 여격(이런 경우엔 관례적으로 대명사로 지칭되는), 또는 복수가 되는 경우(57 a 19 이하)도 있다. 그런데 아리스토텔레스가 "예를 들어 사람(주격 단수) 또는 사람들(주격 복수)같이 단수나 복수"라고 말하고 있기에, 설명에 약간의 망설임도 있다. 마찬가지로『명제론』과『시학』사이에서도 동사적 과거의 위상은 다르게 나타나는 것처럼 보인다. 즉 한편으로 "건강이 좋았다"는 동사의 격이고(『명제론』, 3, 16 b 16), 다른 한편으로 "걸었다"는 동사의 한 예이다(『시학』, 57 a 17).『시학』에 그러한 흔들림이 드러나는 것은 아마도 우연이 아닐 것이다. 실제로『명제론』에서 무엇보다 엄밀하게 제한하여 다루고 있는 대상은 단순 단정문이며, 명사와 동사 그리고 격(동사의 시제를 나타내는 격은 단정문에 들어갈 권리를 가지고 있다. 17 a 11과 24를 참조할 것)과 같은 구성 요소들의 정의는 바로 단순 단정문(*haplē apophansis*, 5장, 17 a 20)의 정의에 준해 정리되어 있다. 반면에 『시학』은 원칙상 가능한 모든 발화와 관련이 있으며, 나타날 수 있는 모든 형태들의 목록을 만들고자 했다. 이런 관점에서 보자면 명사와 동사의 격에 대한 언급은 그 어떤 형태도 목록에서 배제되지 않도록 하기 위해 꼭 필요한 것이기에 구태여 자세히 설명할 필요가 없다. 다시 말해 동사나 명사와 그 각각의 격을 나누는 분할선을 특별하게 강조할 필요가 없으며, "걸었다" 같은 경우나 "사람"(주격 단수) 같은 경우에도 분류의 문제는 별로 중요하지 않은 것이다. 앞서 말했던 망설임은 바로 거기서 비롯되었다는 것이 우리의 생각이다.

격 변화의 영역이나 종류(*eidē*, 57 b 23)에 관한 목록을 보면 명사에는 둘(제한된 의미의 격과 수), 동사에는 하나(발화 양태)인데, 그 목록이 아리스토텔레스에게는 완전한 것이었을까, 아니면 부분적이었을까? 후자의 경우, 그 표본 추출은 자의적인가? 첫 번째 물음에 대해서는 열거하고 있는 형태를 보아(기타 등등 같은 표현으로 확장시키지 않고 "격은 … 것도 있고, … 것도 있으며, … 것도 있다"*hē men … hē de … hē … de*고 말한다) 완전한 목록으로 제시된 것 같다. 하지만 이는 추측일 뿐이며, 우리는 그 목록이 최소한 작위적이지는 않다는 점만을 받아들일 것이다. 그러므로 목록에 대해서는 몇 가지 언급해야 한다.

1. 주격 문제에 있어서 어떤 명사(형용사)의 성(性)을 나타내는 다양한 변화는 언급되지 않았다. 제한된 의미에서의 격에 관한 예를 마무리하는 "그와 유사한 모든 것들"(*hosa toiauta*)이라는 표현에서도 그것을 찾을 수 없다. 그보다는 언급되지 않은 격을 가리킨다고 보는 게 맞을 것이다. 즉 호격, 목적격 그리고 형용사에서 파생된 부사 ── "올바

른"(*dikaios*)에서 나온 "올바르게"(*dikaiôs*) 같은 유형 — 는 아리스토텔레스의 여러 저술(예컨대 *Top.*, II, 9 등)에서 다양한 격 변화로 나타나고 있다. 성을 나타내는 범주(물론 아리스토텔레스가 이를 모르지는 않았다. 『시학』, 21장, 58 a 8; 『소피스트적 논박』, 4장, 166 b 11)는 명사를 구성하는 일부분, 즉 형용사에서만 형태적 표지를 갖기 때문에 옆으로 제쳐 두었던 것일까? 그럴 수도 있다.

2. 동사의 문제에 있어서 다양한 시제 변화는 이미 포함되어 있지만, 발화 양태에 대한 언급과 비교해서 태와 인칭에 대한 언급이 비어 있다는 점이 놀라울 수 있다. 원래 이 두 동사적 범주는 극시에 초점을 둔 시학 이론에서 당연히 언급되어야 할 것이다. 능동과 수동의 대립, 대화에서 인칭의 교체는 극(劇)의 핵심 요건이며, 그리스어 동사의 다양한 "격" 변화는 이를 분명하게 표현하고 있다.

우리는 능동과 수동이 아리스토텔레스에 의해 논리적 "범주"의 지위에까지 격상되었음을 알고 있다. 『범주론』(9장, 11 b 1 이하)에 보면 능동과 수동은 "데우다/데워지다"(*thermainein/thermainesthai*), "식히다/식혀지다"(*psukhein/psukhesthai*)의 짝이 예로 제시되어 있는데, 뱅베니스트[「사유범주와 언어범주」, 1958, in Benveniste(1966), p.75 이하]는 그처럼 짝을 이루는 범주를 "상당수의 그리스어 동사에서 기정사실화된(*sic*) 두 가지 '태'의 형태론적 대립"이 직접적으로 반영된 것으로 보았다. 우리도 기꺼이 그러한 견해를 따른다. 그리고 여기서 형태론이 함정을 감추고 있다 하더라도 — "지각하다"란 뜻의 '*aisthanesthai*'와 "보다"란 뜻의 '*horân*'은 둘 다 수동성을 나타내지만 형태론적으로는 하나는 수동이고 다른 하나는 능동이다(『소피스트적 논박』, 22장, 178 a 12 이하) — 그렇다고 해서 이 범주를 "격"의 목록에서 지워야 하는 것은 아니다. 그렇지 않다면 수(집단적 단수 때문이다)와 격(간접화법의 함정 때문이다. 『소피스트적 논박』, 32장)도 삭제해야 할 것이다.

그리스어 동사 형태론에서 가장 뚜렷하게 나타나는 굴절이라 할 수 있는 인칭 변화는 아리스토텔레스의 주의를 끌지 못한 것처럼 보인다. 문법학자들에게는 매우 중요한 인칭 이론이 『시학』에는 완전히 빠져 있다. 물론 증거는 없지만 이 경우에 설득력 있는 방증은 아리스토텔레스가 문법에 대해 체계적으로 관심을 기울이지 않았으리란 것이다. 그보다는 논리, 그리고 보다 세부적으로는 술어 기능 이론과 관련하여 몇몇 언어적 구조들에 대한 개략적 설명을 제시한 것으로 보인다. 그런데 하나의 명사와 하나의 동사로 이루어진 단순 단정문에 대한 이론에서 만날 수 있는 것은 오로지 3인칭 단수뿐이다. 『시학』이 제시하고 있는 "격"의 목록에서 인칭이 완전히 빠져 있는 연원을 아마도 거기서 찾아야만 할 것이다. 표현의 구성 부분에 대한 설명에서 공백으로 보이는 것이 논리 이론에서는 쓸데없는 질문이 되는 것이다. 태의 대립에 관해서는 아리스토텔레스도 이를 인정하고 있으나 부차적인 것으로 간주하고 대충 다루고 있다. 『범주론』에서 능동과 수동은 단 몇 줄로 간략하게 처리되고 있는데(9장, 11 b 1-8), 아리스토텔레스가 네 가지의 "대(大)범주" —— 실체, 양, 관계, 질 —— 의 언어적 표현에 관해서는 장황하게 다루고 있지만 구문의 태에서 나타나는 표현에 대해서는 거의 관심을 기울이지 않는 것이 분명하다. 이 점에 관해서도, 논리를 다룬 그의 글을 참조해 본다면, 『시학』의 공백을 받아들이지는 못할지라도 설명할 수는 있을 것으로 보인다.

우리의 가설이 옳다면 "격"을 다루는 방식에서 밝혀지는 것은, 기대와는 반대로, 『시학』에서 표현의 구성 부분들에 대한 기술은 여전히 부분적이지만 정확한 언어학적 견해, 담론의 구성 부분들에 대한 무엇보다 논리적인 연구 덕분에 생겨난 견해에 상당 부분 의존하고 있다는 사실이다. 이런 조건 속에서 더욱 의미심장한 것은 의문과 명령을 예로 제시하면서 우리가 "문장 양태"라고 부를 수 있는 것에 아리스토텔레스가 'hupokritika'라는 이름으로 부여한 위치이다. 또한 이 두 가지 양태 —— 무엇보다 비-단정적인 양태(Lyons, 『일반언어학』, 프랑스어 번역본 , 7.5.2, p.235 이하를 참조할 것) —— 에 대한 언급을 통해 확실하게 드러나는 것은 『명제론』과 관점 차이가 있을 수 있다는 점이다. 『명제론』에서는 양상에 대한 연구는 수사학이나 시학(4장, 17 a 6 이하)으로 돌리고, 진술문(*logos apophantikos*)을 주된 대상으로 삼고 있기 때문이다. 결국 분명한 것은 논리적 담론의 대상을 어떻게 한정하든 의문과 명령이라는 서로 간의 대화 형태를 빠뜨린다면 극시는 물론 수사학적 활동에서 본질적인 여건을 무시하게 된다는 사실이다. 그렇더라도 두 가지 점은 지적해야 할 것이다.

1. 여기서 "격"의 개념은 보다 느슨하다. 그리스어에 명령형은 있으나 프랑스어가 그렇듯이 의문을 나타내기 위한 특별한 동사 형태는 없다. 그러니까 의문을 나타내는 "격"은 어떤 것인가? 필사본에 의해 전해져 내려오는 예문들이 당혹스럽기에 답하기 어려운 질문이다. 글자 그대로 옮기자면 "의문, 명령: 걸었다[직설법 부정과거 3인칭 단수] 또는 걷고 있었다[직설법 반과거 3인칭 단수]는 그러한 양태의 종류에 따른 동사의 격이다". 여기서는 의문도 명령도 없기 때문에 전혀 말이 안 된다. 따라서 고쳐야만 하는데, 어떻게 고칠 것인가? 당연히 가장 경제적인 방법을 찾아냈는데, 이는 "걷고 있었다"라는 뜻의 'ebadizen'에서 "걸어라"라는 명령형 'badize'를 끌어내는 것이다(최근 발견된 필사본에서도 이미 그렇게 고친 부분이 나온다). 그러면 "걸었느냐"라는 뜻의 'ebadisen'을 의문형으로 만드는 일이 남는다. 발렌[Vahlen(1885, p.217)]은 "하느냐?"라는 뜻의 의문형 소사 'ar(a)'('to gar <ar>ebadisen'으로 추정되는 문장에서 중복되는 철자를 탈락시키면서 없어졌다는 주장은 설득력이 있다)를 도입하

면서 다음과 같은 주장을 펼친다. (a) 아리스토텔레스는 의문형 예문을 인용할 때 습관적으로 그렇게 한다(『변증론』, I, 101 b 30; 『소피스트적 논박』, 176 b 1; 182 a 36). (b) 편집자들이 가장 흔히 대안으로 취하는 해결책은 의문부호를 갖다 붙이는 것인데, 이는 시대 고증의 오류를 범할 위험이 있다. 실제로 구두점을 사용하게 된 시기를 아무리 오래전으로 거슬러 올라간다 하더라도, 알렉산드리아 문헌학 시대 이전에 이미 그런 구분 기호가 있었다고 추정할 만한 근거는 없다[Pfeiffer(1968), p. 179 이하를 참조할 것]. 결국 아리스토텔레스가 의문형의 예를 들면서 텍스트에서는 그것이 의문형임을 나타내는 것이 아무것도 없는 동사 형태를 제시하고 있다는 사실은 당연히 이상해 보일 수 있다.

하지만 우리는 이런 이상한 점을 받아들이고 전해져 내려오는 텍스트를 그대로 유지해야 한다고 생각한다. 실제로 아리스토텔레스의 글에는 때때로 주제의 핵심적인 세부사항들이 생략되어 있는 것처럼 보인다. 『소피스트적 논박』(177 b 10 이하)에서도 "*'idein tois ophthalmois tuptomenon'*이라고 말하는 것과 '··· *idein tois ophthalmois tuptomenon'* 이라고 말하는 것은 다르다"라는 대목을 볼 수 있다. (쓰인) 글자 그대로 보면 아리스토텔레스가 차이가 있다고 강조하고 있는 두 표현들은 완전히 똑같은데, 최근의 편집자들은 때로 구두점으로 그 둘을 구분함으로써 논리적 요청을 충족시키기도 한다. 독자는 그러한 도움을 받아 "때리는 사람을 자기 눈으로 보는 것과 자기 눈으로 때리는 사람을 보는 것은 다르다"라고 이해하게 된다. 여기서 표기상의 모호성이 의도적인 것이든 아니든 우리는 그 덕분에 아리스토텔레스의 텍스트 자체에 대해 다음과 같은 사실을 알게 된다. 즉 글로 쓰인 메시지는 독자에게 해석의 여지를 남겨 주며, 정확하게 바로 거기서 *'hupokritès'* —— 해석자(극 텍스트의 경우엔 배우) —— 는 *'poiètès'* —— 글로 된 텍스트의 저자 —— 를 이어받을 수밖에 없다는 것이다. 『시학』에서 문제가 되고 있는 의문형의 예는 의문 부호가 만들어지기 전 고대의 극 텍스트가 지니고 있던 모호성을 보여 주는 가장 전형적인 예라고 할 수 있다. 그리고 편집자들이 필사본에 있는 의문문 기호를 그대로 간직(또는 삭제)할 때에는, 기원전 5세기나 4세기의 저자에게 책임을 돌려야만 하는 일방적인 표기상의 지시가 아니라, 의문형의 해석을 자기들이 간직(또는 삭제)하는 것이 된다.

결국 57 a 22에서 'ebadisen'을 "의문형 격"으로 간단하게 기술함으로써 아리스토텔레스는 시인이 — 아무리 조심스럽게 자신의 텍스트에 문채를 새겨 넣었다 할지라도(17장, 주해 4를 참조할 것) — 배우들과 이들을 지휘하는 "연출자"에게 맡기는 것과 비슷한 해석 연습을 독자에게 구체적으로 제안하는 것과 같다(19장, 56 b 9 이하를 참조할 것). 짝을 이루고 있는 'ebadisen'(표기상으로는 표시가 없는 의문형)과 'badize'(명령형) 형태로 말하자면, 그것들은 양태의 "격" 변화가 서로 정도를 달리하며 배우에게 의존하고 있고 그렇다 해도 시인의 몫은 아님을 예증하고 있다. 전자의 경우에는 의문부사가 없기 때문에 양태를 나타내는 것은 전적으로 배우에게 달려 있다. 후자의 경우에 시인은 이미 양태가 나타나 있는 형태를 활용하지만, 『일리아스』 첫 행의 예에서 볼 수 있듯이 그렇게 함으로써 시인은 문맥이 요구하는 것에 억양을 맞추는 일은 여전히 배우의 몫으로 남겨 둔다(19장, 인용문과 주해 5를 참조할 것). 즉 "격"은 시인에 의해 미리 형상화되어 있고 그 "형상"을 완성하는 것은 배우라는 것이다.

11. 57 a 30

더 나은 선택이 없어 "발화"(énoncé)로 옮기고 있는 로고스는 여기서 가장 넓은 의미로 쓰인다. "아름다운 말"(kalos hippos)이나 "두 발로 걸어가는 동물"(『명제론』, 2, 16 a 18; 5, 17 a 13)과 같은 간단한 속사 구문에서부터 서사시 『일리아스』 같은 방대한 언어 작품에 이르기까지, 그 자체로 의미를 갖는 (적어도 두 개의) 구성 부분으로 분해할 수 있는 모든 구문을 다 포함하기 때문이다. 괄호 안에 들어 있는 57 a 24-27 부분은 명백하게 플라톤과 정반대의 입장을 표명하는데, 플라톤(『소피스테스』, 262 c)에게서 발화란 "사람은 배운다"처럼 하나의 명사와 하나의 동사로 구성된 것으로서 "가장 축소되어 있고 일차적인"(*elakhiston te kai prôton*) 로고스를 이룬다. 여기서 아리스토텔레스에게 문제가 되는 것은 단순 진술문(*haplè apophansis*, 『명제론』, 5, 17 a 20를 참조할 것)의 정의다. 그런데 『시학』의 저자가 중요하게 생각하는 것은 "명사"(명사나 동사)와 술부(述部)를 중간에서 매개하는 위치에 있는 "복합태" 부류를 조사 목록에 집어넣는 일이다. 명사와 가장 가까운 로고스 모델은 정의(*horismos*, 57 a 26; 하지만 로고스라고도 한다. 『명제론』, 17 a 12)인데, 이는 "보다 상세한 표현" 같은 것으로 그것이 정의하는 명사와 바꿀 수 있는 것이다. 바로 거기서 이러한 유형의 로고스의 의미론적 통일성이 생긴다. 즉 "두 발로 걷는 동물"은 하나의 발화이다. 그것은 "사람"이라는 명사에 상당하는 표현으로, 마찬가지로 하나의 사물을 의미하기 때문이다. 그러나 명사가 그렇듯, 이다, 였다, 일 것이다 또는 그 같은 종류의 어떤 것을 덧붙이지 않는다면 아직 하나의 진술문이라고 할 수 없다(『명제론』, 5, 17 a 12).

명사와 발화의 의미론적 등가는 이들을 비교하고 구별할 수 있는 이상적인 기회를 제공한다. 우리가 보았듯이 그 차이는 발화를 구성하는 부분들의 자율적 의미작용에 있다. 『명제론』은 여기서 '*phasis*'라는 개념을 도입한다. "발화는 의미를 갖는 소리인데, 이러이러한 구성 부분은 긍정문(*kataphasis*)이나 부정문(*apophasis*)으로서가 아니라 '*phasis*'로서 따로 의미를 갖는다"(4, 16 b 26). 따라서 '*phasis*'는 단언을 나타내는 문장 이하이지만 의미를 갖지 않는 분절음(음절을 예로 들 수 있다, 16 b 30을 참조할 것)을 발성하는 것 이상으로서, 이를 통해 "화자는 생각을 붙들어 매고, 청자는 안정된 버팀목을 찾게 되는"(16 b 21) 하나의 언급이다. 그래서 "클레온이 걷는다"에서 "클레온", 그리고 마찬가지로 "아름다운 말"(*kalos hippos*)에서 "말"(*hippos*)은 그러한 효력을 가지지만 "칼리오페"(*Kallippos*)에서는 그렇지 않다(『명제론』, 16 a 22).

로고스라는 용어를 단순 속사 구문보다 더 확대된 구문에 적용하게 되면 로고스의 경계 문제가 제기된다. 그것은 다음과 같이 정리할 수 있다. 의미를 갖는 두 개 또는 그 이상의 구성 요소들을 포함하고 있는 줄말(시퀀스)이 있다고 할 때, 관계되는 것이 하나 또는 여러 개의 발화라고 어떻게 말할 수 있겠는가? 사실상 문제가 되는 것은 불연속적인 어떤 계열의 맨 마지막 용어가 그 다음에 나오는 용어와 변별적으로 대립될 수 없는 경우인데, 이때 그 마지막 용어가 그 직전의 용어를 넘어서 나머지 전체로 확대해서 정의될 수 있느냐 아니면 이해 영역에서 그 또한 새로운 정의를 받아들이느냐가 관건이 된다. 발화에 관한 이러한 물음에 대해 아리스토텔레스는 『시학』과 『명제론』에서 거의 동일한 방식으로 대답한다. 하지만 후자가 좀 더 정확하다. "하나의 사물(*hen dèlôn*)을 가리키거나 접속사에 의해 하나가 되는(*sundesmôi heis*) 진술문은 하나의(*heis*) 발화이다. 하나의 사물이 아니고 다수의 사물(*polla kai mè hen*)을 가리키거나 접속사에 의해 연결되지 않은(*asundetoi*) 진술문은 다수의(*polloi*) 발화이다"(5장, 17 a 15 이하). 여기서 단수에서 복수로 넘어가는 부분이 의미심장해 보인다. 즉 하나의 발화가 다수가 될 수 있다고 말하는 것을 피함으로써 아리스토텔레스는 하나이거나 통합되어 있는 경우에만 로고스가 있다고 함축하는 것처럼 보인다. 통일성이 없게 되면 여러 개의 로고스(*logoi*)가 있는 것이다. 달리 말해서 통일성은 이해 영역에서 로고스를 정의하는 특징이 된다.

통일성이라는 개념이 매우 큰 역할을 하는『시학』에서 이 점은 핵심적이다(8장을 참조할 것). 그런데 하나의 발화가 하나가 되는 데에는 두 가지 방법이 있다. 하나는 우리가 이미 보았듯이 하나의 사물을 의미하는 것으로, (인간에 대한) 정의가 그 예다. 다른 하나는 접속사에 의한 통합에서 나오는데, 그 예로『일리아스』를 들고 있다. 이를 넘어서면 발화는 다수가 되고, 그것은『시학』에서 다루지 않는다. "접속사"(*sundesmos*)에 의한 통일성은 어떻게 이해해야 하는가? 바로 이 20장에서 그 용어가 받아들인 정의를 참조한다면(56 b 38,『시학』에서 '*sundesmos*'가 나오는 다른 경우는 없다), 텍스트의 불확실성(주해 7을 참조할 것)에도 불구하고 두 번째 정의(57 a 4), 즉 접속사는 **통합** 기능을 갖는 기본 요소로서 의미를 갖는 여러 소리들을 복수성에서("여러 소리로부터"*ek pleionôn phônôn mias*) 통일성으로(*mian phônèn*) 이끌 수 있다는 정의를 받아들일 수 있다. 이 장 끝에서 언급된 바와 같이, "여러 발화들이 접속사로 연결되어 (하나의) 발화"(*ho* [*heis*] *ek pleionôn sundesmôi*, 57 a 29)가 되며, 통합 기능에 의한 하나의 발화는 그렇게 형성된다.『수사학』(III, 1407 b 38과 1413 b 31)에 보면 접속사는 동사들을 연결시킴으로써 — 가서 대화를 나누면서 — 다수를 통합하는(*hen poiei ta polla*) 반면, 접속사 생략은 하나를 다수로 — "나는 갔다, 말했다, 간청했다" — 만든다(*estai to hen polla*).

두 텍스트 사이에 나름의 일관성이 있음은 부정할 수 없다. 그러나『일리아스』가 "접속사에 의한 하나의 발화"라는 말을 어떻게 이해해야 할 것인가? 두세 개의 동사로 이루어진 계열의 수사학적 통합과 16000행으로 이루어진 서사시의 그것 사이에는 단순한 정도의 차이를 넘어선 무엇이 있는 것처럼 보인다. 아리스토텔레스가『일리아스』에서 연결 소사와 접속사의 용법을 암시하는 것인지는 알 수 없다. 하지만 결국 그가 옹호하는 것은 "시는 하나의 사물을 의미하기 때문에" 하나라는 주장임을 더 잘 이해할 수 있을 것이다. 즉 호메로스의 시가 갖는 행동의 단일성이라는, 아리스토텔레스가 매우 중요하게 여기는 주제를 알아볼 수 있는 것이다(8장, 51 a 23 이하; 23장, 59 a 30 이하). 하지만 그러한 단일성이 비극이 다다를 수 있는 단일성만큼 완벽하지는 않다는 것도 사실이다. 26장(62 b 8)에서 아리스토텔레스는『일리아스』와『오뒤세이아』는 "많은 부분들"(*polla merè*)로 이루어져 있으며, 이는 "복수적인 행동"(*ek pleionôn praxeôn*; *polumuthon*, 18장, 56 a 12를 참조할 것)에 상응하는 것이라고 인정한다. 그러므로 접속사에 의한 통일성이란 노련하게 연결하는 기술 덕분에, 그리고 궁극적으로는 "가능한 한 단 하나"(24장, 62 b 11)의 행동 덕분에 다양한 삽화들을 성공적으로 통합할 수 있었던 호메로스의 완벽한 솜씨를 가리키는 것이 아닌지 생각해 볼 수 있다. 어쨌든 "접속사에 의한 하나의 발화"라는『일리아스』를 구출할 다른 방도는 없어 보이며, "접속사"는 그러므로 매우 느슨한 의미를 가지게 된다는 사실을 다시 한 번 인정하게 된다.

제21장

명사의 종류[1]에는 단순명사(예를 들어 '땅*gè*'이라는 명사처
럼 의미를 갖는 부분들로 이루어져 있지 않은 명사를 "단순"명사
라고 부른다)와 복합명사가 있는데, 복합명사는 (구성 부분들
이 의미를 갖는가 아닌가는 명사 안에 들어 있지 않음에도 불구하
고) 의미를 갖는 부분과 의미를 갖지 않는 부분이 합쳐서 이
루어질 때도 있고, 의미를 갖는 부분들로 이루어질 때도 있
다. 또한 맛살리아인들의 대부분의 명사들이 그렇듯이(예컨대
Hermocaïcoxanthe…), 세 개나 네 개, 또는 그 이상의 부분들로
구성되는 명사도 있을 수 있다.[2]

　모든 명사는 일상어이거나, 차용어이거나, 은유이거나, 장
식어이거나, 신조어이거나, 연장어이거나, 단축어이거나, 변형
어이다.[3]

　모든 사람들이 일반적으로 사용하는 명사를 "일상어"라
부르고 다른 지방에서 사용되는 명사를 "차용어"라 한다. 따라
서 하나의 같은 명사가 당연히 일상어인 동시에 차용어일 수
있지만, 같은 사람들에게 일상어이며 동시에 차용어가 될 수는
없다. 예를 들어 '*sigunon*'이란 명사는 키프로스인들에게는 일
상어이지만 우리에게는 차용어이다.[4]

57 b 6 은유란 부적절한 명사를 옮겨서 붙이는 것인데, 이는 유
(類)에서 종(種)으로, 혹은 종에서 유로, 혹은 종에서 종으로, 혹
은 유비(類比) 관계에 따라 이루어진다.[5] 유에서 종으로 옮겨
간 예는, '여기 내 배가 서 있다'와 같은 표현인데, '정박하고 있
다'는 '서 있다'의 한 방식이기 때문이다. 종에서 유로 옮겨 가
는 예는 '정말로 오뒤세우스는 일만 가지 위업을 이루었다'와
같은 표현인데, '일만'이라는 것은 '수많은' 것이며, 여기서 그
것은 '수많은' 대신에 쓰이고 있기 때문이다. 종에서 종으로의
예를 들면, '청동검으로 생명을 퍼내고'와 '불멸의 청동검으로
베고'와 같은 표현인데, 여기서 '퍼내다'는 '베다'의 의미로, '베
다'는 '퍼내다'의 의미로 사용되고 있으며, 둘 다 무언가를 '제
거하는' 방식들이기 때문이다.

57 b 16 첫 번째 항과 두 번째 항의 관계가 세 번째 항과 네 번째 항
의 관계와 같을 때 유비가 존재한다. 그 경우 두 번째 항을 네
번째 항으로, 네 번째 항을 두 번째 항으로 대체할 수 있을 것이
며, 때로는 대체된 항과 관련된 용어를 덧붙이기도 한다. 예를
들어 잔과 디오니소스 신의 관계는 방패와 아레스 신의 관계와
같다고 할 수 있고, 따라서 잔을 '디오니소스 신의 방패'라고 부
르거나 방패를 '아레스 신의 잔'이라고 부를 수 있을 것이다. 또
는 노년기와 인생의 관계는 저녁과 하루의 관계와 같다고 할
때, 저녁을 '하루의 노년기'라고 부르거나, 또는 엠페도클레스
처럼 노년기를 '인생의 저녁'이나 '인생의 황혼기'라고 말할 수
있게 된다.[6]

57 b 25 유비를 구성하는 항들 가운데 한 항을 지칭하는 이름이 없
지만 그럼에도 은유를 만들어 낼 수 있는 경우도 있다. 예를 들

어 씨앗을 던지는 것을 '뿌리다'라고 부르는데, 태양에서 쏟아지는 불꽃에 대해서는 특별한 이름이 없다. 그렇지만 이러한 행위와 태양의 관계가 뿌리는 행위와 씨앗과의 관계와 같다고 보기 때문에, '신성한 불꽃을 뿌리면서'라고 말할 수도 있었던 것이다.[7] 이러한 종류의 은유를 사용하는 또 다른 방식이 있는데, 부적절한 이름으로 지칭하면서 그 이름 고유의 어떤 특징을 제거하는 방식이다. 그래서 방패를 '아레스 신의 잔'이 아니라 '술 없는 잔'으로 부를 수 있을 것이다.[8] 57 b 30

"신조어"[9]는 그 누구도 전혀 사용한 적이 없으며 시인이 독자적으로 처음 만들어 낸 말이다. 뿔을 '어린 싹'(*ernugas*)이라고 한다든지, 제관을 '수도원장'(*arètèra*)이라고 하는 것 등 이런 종류의 명사가 몇 개 있는 것으로 보인다.[10] 57 b 33

원래 모음보다 길이가 더 긴 모음을 사용하거나 또는 그 명사에 음절을 하나 집어넣는가, 아니면 그 일부를 줄이는가에 따라 "연장어"가 되기도 하고 "단축어"가 되기도 한다. '*poleôs*' 대신에 '*polèos*'라고 하거나 '*Pèleidou*' 대신에 '*Pèlèiadeô*'라고 하는 경우를 연장어의 예로 들 수 있으며, '*kri*'와 '*dô*' 그리고 '(*mia ginetai amphoterôn*) *ops*'를 단축어의 예로 들 수 있다. 57 b 35

사용되고 있는 명사의 일부는 시인이 그대로 보존하고 나머지 부분을 새로 만들었을 때 그 명사를 "변형어"라고 한다. 예컨대 '*dexion*' 대신에 '*dexiteron* (*kata mazon*)'이라고 말하는 경우가 그에 해당된다.[11] 58 a 5

명사 그 자체는 남성이거나 여성이거나 중간이다.[12] '*n, r, s*'로 끝나거나 '*s*'가 들어간 복합철자('*psi*'와 '*ksi*'의 두 가지가 있다)로 끝나는 명사는 남성이다. 모음들 가운데 항상 장음인 '*ê*' 58 a 8

와 ‘*ō*’로 끝나거나, 장음이 될 수 있는 모음들 가운데서 ‘*a*’로 끝
나는 것은 여성이다. 따라서 (‘*psi*’와 ‘*ksi*’는 복합철자이기 때문
에) 남성명사의 경우와 여성명사의 경우에 가능한 어미들의 수
는 같다. 무성음이나 단모음으로 끝나는 명사는 없다. ‘*i*’로 끝
나는 명사는 세 개밖에 없으며(*meli, kommi, peperi*), 다섯 개가
‘*u*’로 끝난다. 중성명사는 이 철자들 가운데 하나로 끝나거나
아니면 ‘*n*’ 또는 ‘*s*’로 끝난다.[13]

58 a 14

제21장 주해

1. 57 a 31

여기서 말하는 명사는 문법적인 좁은 의미에서 명사와 동사 모두를 포괄하는 총칭적인 용어로 이해되어야 한다. 21장은 이처럼 20장에서 열거했던 표현의 구성 부분들 가운데 의미를 갖는 두 부분들(그 자체로 의미를 갖는 부분들로 구성된 것, 즉 발화는 별도로 한다)에 관한 연구를 시적 표현 이론의 관점에서 발전시키고 있는 것으로 보인다. 이러한 선택은 아리스토텔레스가 표현의 기본적인 구성 요소로서 어휘 차원의 의미작용에 부여하는 절대적인 중요성을 잘 드러낸다. 이 21장의 중심부를 차지하고 있는, 기의에 대한 기표의 이동으로서의 은유에 대한 상세한 묘사(주해 5를 참조할 것)는 이러한 관점을 분명하게 확인시켜 줄 것이다.

그러나 아리스토텔레스의 관점을 그렇게만 축소시키는 것은 잘못일 것이다. 기표 그 자체의 형태에 대해 그가 기울이는 관심은 신조어, 연장어, 단축어, 변형어를 나열하면서(57 b 2 이하) 하나씩 검토하고(57 b 33-58 a 7) 있는 데서 뚜렷이 드러난다. "기본 요소들" ─ 모음과 자음들 ─ 이 각기 어떤 문법적 성에 속하는가에 따라 명사 끝에 어떻게 분포되는지를 설명한 이 장 마지막(58 a 8-17)의 상당히 형식적인 고찰은 이런 각도에서 정당화될 수 있을 것이다. 이 단락은, 흔히 중간에 삽입된 것이 아닌가 하는 의혹의 대상이었고 차라리 20장에 포함되는 것이 더 좋다고 여겨졌다. 하지만 이 대목의 앞에서 시작되어 21장 전체를 관통하는 형식적 설명의 연장선에서 보게 되면 좀 덜 이질적인 부분으로 보일 것이다. 그러나 주해 13번에서 알 수 있듯이 그 내용은 세부적으로 볼 때 상당히 당혹스러운 문제들을 제기한다.

2. 57 b 1

명사의 "종류들"(*eidē*)이라는 항목 아래 아리스토텔레스는 단순명사와 복합명사, 즉 문법학자들이 나중에 명사의 문형(*skhēmata*, 디오뉘시오스 스랙스, p. 29, 5 Uhlig)이라고 부르게 되는 것을 설명하고 있다. 그러한 설명은 아리스토텔레스가 이미 20장에서 구분했던 것들, 즉 한편으로는 의미를 갖는 부분들과 의미를 갖지 않는 부분들 사이의 구분, 그리고 다른 한편으로는 (그 자체로) 현재적인 기표와 (복합명사 내에서 부분이 독자적인 의미를 지니지 못하는) 잠재적인 기표 사이의 구분과 직접적으로 연결되어 있다.

사실 아리스토텔레스는 명사가 두 개, 세 개, 네 개 또는 그 이상의 부분들로 구성되는 경우들을 나열하고 있다는 점에서 명사의 구성을 있는 그대로 일반적인 차원에서 다루는 것은 아니다. 이것은 명사를 이루는 재료들에 대한 확대된 설명, 말하자면 목록 같은 것으로, 주어진 것들은 정리되어 있을 뿐 위계적 관계는 성립하지 않는다. 여기서 우리는 아리스토텔레스가 문법론을 쓴 것은 아니라는 사실을 재차 확인하게 된다. 그의 의도는 차라리 명사의 종류들을 나누고 그것들에 이름을 붙여서 때가 되면 서로 다른 장르에서 이것들을 어떻게 사용해야 하는가를 지적하기 위한 것으로 보인다. 그래서 22장에 가면(59 a 9) "이중 복합명사는 무엇보다 특히 디튀람보스에 잘 어울린다"는 사실을 알게 된다. 반면에 세 개, 네 개, 또는 그 이상의 부분들로 구성된 복합명사들의 용법에 대해서는 아무런 언급이 없다. 이러한 복합명사들이 보여 주는 이상함은 기형에 가깝다고 할 수 있는데(맛살리아인들의 '*Hermokaïkoxanthos*'는 사소한 예에 지나지 않는다), 이는 이러한 명사들이 아주 자연스럽게 희극적인 용도(예를 들어 여러 단어들로 이루어진 아리스토파네스의 복합명사를 참조할 것)로 사용될 수 있음을 가리킨다고 생각할 수 있다. 그런데 아리스토텔레스는 다음 장인 22장에서도 희극적 표현의 특성은 별도로 규정하지 않고 있으며, 명사들의 목록 가운데 이 부분에 대한 용법이 주어지지 않고 있는 것 역시 그러한 이유 때문일 것이다.

(아랍어 판본으로 판단해 보건대, '*Hermokaïkoxanthos*'란 단어 뒤에는 누락된 부분이 있으며, 그 자리는 아마도 그리스어가 전해져 내려오는 가운데 흔적조차 사라져 버린 사중 복합명사가 차지하고 있었을 것이다.)

3. 57 b 3

"모든 명사는(*hapan onoma*) [⋯]이거나, [⋯]이거나"라는 구문이 다시금 나타난다. 전체를 망라하거나 또는 적어도 그렇게 보이는 목록을 제시하고자 하는 아리스토텔레스의 의지를 엿볼 수 있는 대목이다. 여기서 문제는 어떤 명사와 그 자리에 대신 쓰일 수 있는 일상(*kurion*) 명사를 구별하는 서로 다른 유형의 일탈들의 목록을 작성하는 것이다. 이런 의미에서 일상명사, 즉 "모두가 사용하는 명사"는 나머지 모든 명사들과 대립된다(22장, 58 a 23 참조). 대립의 기준은 경우에 따라 다르다. 즉 "외래어"(*glôtta*, 다음 주해 4를 참조할 것)의 경우에는 그 지역의 언어이고, 은유의 경우에는 의미론이며(기표와 기의의 간접적인 관계에 대해서는 주해 5를 참조할 것), 신조어나 연장어, 단축어나 변형어(완전히 새롭게 만들어졌거나 기존의 기표를 변형시켜 만든 비일상적인 기표)의 경우에는 기호론이 기준이 된다. 이러한 유표적 종류들은 낯설음(*xenikon*, 22장, 58 a 22)

이라는 특성을 공통적으로 지니며 그래서 담론에서 그리 자주 나타나지는 않는다. 그와 달리 일상어는 통계적으로 볼 때 빈번하게 나타나고 그 용법은 덜 유표적으로 보인다.

여기서 본문에 열거된 목록 가운데 네 번째 항목이면서 우리가 지금까지 주해에서 언급하지 않았던 장식어(*kosmos*)의 문제가 제기된다. 장식어는 유일하게 이 장 뒷부분에서도 정의가 주어지지 않는다. 그에 대한 설명으로 장식어를 뒤에 나오는 네 종류의 용어를 포괄하는 총칭적 용어로 간주할 수도 있을 것이다. 종들에 대한 설명이 유에 대한 정의를 대신할 수 있고, 이어지는 네 가지 명사를 하나의 항목으로 통합하는 것으로 충분할 수 있을 것이기 때문이다. 하지만 이러한 설명은 포기할 수밖에 없다. 단순히 이름들을 열거하는 평범한 형식에서 서열화된 구조를 읽어 낼 수는 없을 뿐만 아니라, 『시학』에서 '*kosmos*'란 낱말이 여기 말고도 두 번 더 나온다는 사실(22장, 58 a 33과 59 a 14), 그리고 특히 22장, 59 b 14에서 장식어는 "가능한 한 구어(口語)를 재현한다"는 점에서 단장격의 풍자시에 적합하다고 말하고 있다는 사실을 감안한다면 '*kosmos*'를 신조어, 연장어, 단축어, 변형어들을 묶는 총칭적 용어로 볼 수는 없다.

결국 이 단어에 대한 정의가 빠져 있는 것으로 보아야 하고, 57 b 33 대목에서 일부가 누락되었다고 인정해야 할 것 같다. 그렇다면 어떻게 해야 장식어라는 개념을 정확하게 규정할 수 있는가? 『시학』만을 놓고 보면 불가능하다. 우리가 지적할 수 있는 것은 이 용어가 『시학』에서는 특수한 것을 가리키는 명칭이라는 성격을 가지고 세 군데에서 사용되고 있다는 것, 이것은 우리가 익히 알고 있는 수사적 문학의 잔재에서 확인되는 총칭적 용법, 즉 '*kosmos*'란 용어가 그 이후의 라틴어 '*ornatus*'처럼 표현의 장식에 기여하는 방식들 전체를 지칭하는 용법(이소크라테스,

Evagoras, 9; 할리카르나소스의 디오뉘시오스, *Lysias*, p. 457, Radermacher 등을 예로 들 수 있으며, 아리스토텔레스의『수사학』3권, 1405 a 15에서도 장식하다*kosmein*라는 동사는 은유의 도움을 통한 장식에 적용되고 있다)과 대조를 이룬다는 것뿐이다. 하지만『수사학』의 한 구절(3권, 1408 a 14)에서는 이 용어가 특수하게 사용된 경우를 볼 수 있는데, 다행히 예도 제시되어 있다. 즉 표현에 있어 "균형"을 해칠 작정이 아니라면 단순(*eutelei*, 다시 말해서 "통상적이며, 검소한")명사에 장식어를 갖다 붙여서는 안 된다는 것인데, "위엄 있는 무화과나무"라는 말을 하기 위해 몇 가지 표현을 장식으로 사용한 클레오폰을 그 예로 든다. 여기서 장식어는 그것이 수식하고 있는 대상과 불균형을 이루고 있기 때문에 그 장식적 효과가 기괴한 것으로 판단되는 수식어를 말하는 것이 분명하다. 이는 단지 하나의 예에 지나지 않지만 적어도 장식어가 장식적 수식어의 형태를 가질 수도 있음을 시사해 준다.『수사학』의 여러 대목들(3권, 1405 a 10, 1405 b 35 이하[3장]; 1406 a 11; 1407 b 31; 1408 b 11 등)도 이러한 지적을 뒷받침한다. 즉,『시학』의 목록과 유사한 목록에 포함된 수식어(*epitheton*)가『시학』에서 장식어가 차지하는 것과 동일한 위치를 차지하고 있는 것이다.

이러한 검토를 통해 장식어(*kosmos*)는 전적으로 그런 것은 아니지만 우선적으로 수식어(*epitheton*)를 가리킨다는 것을 알 수 있으며, 장식적인 의도로 명사에 부가된 실사나 형용사라는 뜻에서 우리는 "장식어"라고 번역한다.

그렇다면 장식어가 어떤 관계에서 일상어와 대립되는가를 생각해 볼 필요가 있다. 그것은 일상어와는 다른 종류의 명사인가(차용어가 그에 상응하는 토착어와 다르고, 은유는 통상어와 다르며, 연장어가 정상어와 다르듯이), 아니면 텍스트에서 명사들이 특수하게 사용된 것인가? 달리 말해서 낱말들을 문맥에서 떼어 내 목록을 만든다면, 다른 명사들에 대해서 그렇게 하듯이 장식어를 일상어와 분리하는 것이 가능한가? 혹은 장식어는 그 자체로 장식적인가, 그리고 만일 그렇다면 이러한 성격은 어디에 기인하는가? 가진 자료가 없기 때문에 이러한 물음들에 명확하게 답할 수는 없다. 하지만 우리는 『시학』에서 장식어란 용어는 그것이 속해 있는 목록과는 (적어도 상대적으로는) 이질적이라고 생각하고 싶다. 다시 말해서 자체적으로 장식적인 것으로 보이는 명사들 ─ 특히 형용사들 ─ 이 있을 수 있다 하더라도 이는 오히려 모든 명사 ─ 일상어, 차용어, 은유 등 ─ 에 장식적 지위를 부여할 수 있는 동격 용법(이것이 바로 ‘*epitheton*’의 의미이다)이 아니겠는가? “흰 우유”(『수사학』 3권, 1406 a 12)에서 흰, “이스트미아 경기 축제에서”(『수사학』 1권, 22절)에서 축제, “그는 육신의 부끄러움을 입고 있었다”(『수사학』 1권, 29절)에서 부끄러움 같은 단어들은 함께 놓이면(*epitheta*) 덧붙여진 장식들로 여겨지는 일상어들이다. 장식어의 특수성은 따라서 통합체적인 반면, 목록 속의 다른 명사들(그 지위가 복잡한 은유를 제외하고, 아래 주해 5를 참조할 것)은 모두 계열체적인 용어로 기술될 수 있다. 일상어가 유표화되지 않은 계열체를 이룬다면 차용어는 낯선 계열체에 속하는 것으로, 다양하게 변형된 명사들은 형태적으로 벗어난 계열체에 속하는 것으로, 신조어는 그 어떤 계열체와도 무관한 것이 된다.

은유와 더불어 이 모든 명사들은 일상어에 대체될 수 있다는 공통점을 지닌다. 그러나 장식어는 다르다. 덧붙여져 있기는 하지만 정의가 가능한 계열체적 성격은 전혀 갖지 않기 때문이다.

이어지는 대목에서도 장식어만이 유일하게 정의가 주어지지 않는다는 사실을 바로 이러한 특성을 통해 설명할 수 있을까? “설명”이 불충분해 보일 수도 있다. 그러나 57 b 33에 누락된 부분이 있다는 가설을 뒷받침할 수 있는 고문서학적 추론이 전혀 없고, 장식어에 관한 정의 부분이 사라졌다는 가정 역시 오리무중이라는 점을 지적해야 할 것이다(발렌도 그러한 지적을 한 바 있다. *Beitr.*, III, 257). 다른 한편 특수한 용어로서 장식어의 일시적인 성격 —— 아리스토텔레스 자신도 1408 a 14을 제외하면 『수사학』에서 이 용어를 더 이상 사용하지 않았다 —— 으로 말미암아 아리스토텔레스는 그에 대한 정의를 결코 내릴 수 없었을 것이고, 그래서 이 용어는 수사학 용어 체계 속에 견고하게 뿌리를 내릴 수 없었다고 생각할 수는 없을까? 이 모든 점을 고려하여 우리는 누락된 부분이 있다는 생각을 받아들이지 않는다.

4. 57 b 6

'*sigunon*'(헤로도토스에 의하면 '*sigunnè*'라고도 하는데, 키프로스인들은 이오니아어로 '*doru*'인 "투창"을 이렇게 불렀다고 한다)의 예는 차용어(*glôtta*)에 대한 정의라기보다는 그것이 낯선 일상어임을 보여 준다. 역사적으로 낯선 것일 수도 있고(지금 현재 더 이상 쓰이지 않는 낱말) 지리적으로 낯선 것일 수도 있는데(그리스의 다른 방언이나 때로는 이방인의 언어에서 빌려 온 낱말), "다른 지방에서 사용되는 명사"라는 아리스토텔레스의 표현은 이 둘 모두를 포괄할 수 있다. 그러나 공시태적인 방언의 다양성에 대해 그리스인들이 활발한 관심을 갖고 있었다는 사실을 고려한다면 차용어에 대한 설명에서 지리적인 관점에 더 신빙성을 부여할 수 있을 것이다. 기원전 4세기 아티카 지방의 독자가 호메로스나 다른 작가의 글을 읽으며 일상적으로(*kurion*) 사용하는 말에서 찾을 수 없는 낱말들, 즉 차용어(*glôtta*)를 보게 되면, 바로 그것이 다른 곳, 즉 다른 방언(에올리아 등)이나 다른 언어에서 온 것으로 여겼을 것이다.

5. 57 b 9

메타포라(métaphora, 은유)는 그 이름이 가리키듯 — 글자 그대로는 이동을 뜻하며 라틴어로는 ‘*translatio*’ — 장소를 옮긴다는 뜻이다. 그로부터 “부적절한 명사를 옮겨서 붙이는 것”(*onomatos allotriou epiphora*)이라는 정의가 생겨난다. 여기서 핵심적인 것은 “알맞은, 적절한, 제자리에 있는”을 의미하는 ‘*oikeion*’과 대립되는 형용사 ‘*allotrion*’이다(이러한 명시적인 대립에 관해서는 57 b 31을 참조할 것). 『수사학』에서 ‘*oikeion*’이 ‘*metaphora*’와 연결되어 나오는 대목이 인용할 만하다. “일상어, 적절한 (뜻으로 사용된) 명사 그리고 은유만이 산문으로 된 표현에서 유용한 것들이다”(*to de kurion kai to oikeion kai metaphora*…, 3권, 1404 b 31). 번역자들(Wartelle, 해당 부분과 Vahlen, *Beitr.*, III, 256 이하를 참조할 것)은 여기서 일상어라는 개념이 적절한 용법이라는 개념을 함축하고 있다는 점에서 일상적(*kurion*)과 적절한(*oikeion*)이라는 앞의 두 용어가 거의 같은 뜻으로 사용되고 있다고 지적했다. 하지만 그렇다 하더라도 더 분명하게 드러나는 것은 ‘*oikeion*’이 ‘*metaphora*’에 이끌려 서로 대립하면서 짝을 이룬다는 사실이다. “부적절한 명사를 갖다 붙인다”(*allotriou*)라는 은유가 일상어와 대립되는 것은 일상어가 적절하게(*oikeion*) 갖다 붙인다는 것을 전제로 하기 때문이다(이렇게 되면 『수사학』의 대목 역시 “적절한 뜻으로 그리고 은유로 사용된 일상어…”와 같이 읽을 수 있을지도 모르지만, ‘*oikeion*’ 앞에 있는 관사 그리고 두 줄 밑에서 이 세 용어들을 동일한 층위에서 다시 사용하고 있다는 점을 고려하면 불가능한 해석이다).

어쨌든 분명한 것은, 아리스토텔레스에게 모든 일상어는 기표로 간주되어 기의와 직접적이고 즉각적인 관계를 맺고 있으며, 이 기표를 기의에 갖다 붙이는 것이 명사를 “적절한”(*oikeion*) 뜻으로 사용하는 것이라는 사실이다. 예를 들어 “잔”(coupe)을 의미하기 위해 (그리고 지칭하기 위해서이기도 한데, 여기서는 아직 의미작용과 대상지시는 구분하지 않고 있다) [쿠프](kup)라는 기표를 갖다 붙이는 것이다. 다른 한편으로 동일한 기의에 적절하지 않은 다른 기표, 그 역시 또 다른 기의에는 적절한 기표를 다른 곳에서 옮겨와(*allotrion*) 붙일 수도 있다. 이처럼 옮겨서 붙이는 것이 과정(전이)으로서 그리고 결과로서(옮겨진 기표 그 자체를 '*metaphora*'라고 부른다) 메타포라를 정의하게 된다. 예를 들어 기표 [부클리에](bukliye)에 적절한 기의는 "방패"(bouclier)인데, 이를 일반적으로 무관한 "잔"이라는 기의에 적용하게 되면 전이가 일어나고 "은유"가 되는 것이다.

따라서 은유는 차용어와 마찬가지로 다른 명사 — 이는 일상어가 될 것이다 — 대신 사용된 명사이다. 그러나 은유는 장식어와 마찬가지로 물질적으로 말하자면 일상어이고, 이는 아리스토텔레스가 제시하는 예를 차례로 따라가 보면 쉽게 확인할 수 있는 사실이다. 은유는 또한 문맥상으로만 존재한다. 즉 장식어들이 따로 존재하지 않듯이 은유의 독자적인 계열체 또한 존재하지 않는다. 은유를 구성하는 부적절함(*allotrion*)은 의미론적 적절함(*oikeion*)이라는 기준을 지니고 있는 것으로 간주되는 문맥과 관련하여 규정된다. 바로 그러한 기준이 문제가 되고 있는 문맥의 각 지점에서 적절한 의미로 사용될 수 있는 명사들의 계열체를 한정한다. 그 계열체는 애초에는 적합한 명사들로만 구성되어 있었는데, 은유는 그 안에 원래 나타나지 않았던 어떤 명사, 그러니까 적합한 명사들 가운데 하나와 대체될 수 있는 명사를 들여오는 것이다. 그래서 예컨대 "오뒤세우스는 ~ 위업을 이루었다"라는 문장에서, 엄밀하게 말하자면 빈칸으로 남아 있는 자리를 다양한 명사들 — 아주 적은/많은, 다섯 가지, 열 가지, 스무 가지 등 — 로 채울 수는 있지만 "일만 가지"라는 말로 채울 수는 없다(그처럼 배제하는 이유야 무엇이든 간에). 따라서 "오뒤세우스는 일만 가지 위업을 이루었다”는 문장에서 “일만 가지”라는 말은 은유이다.

은유는 어디서 들여오는 것일까? 언어의 기본적인 상징성에 무질서와 혼란을 초래하지 않으려면 전이는 제어된 과정이어야 한다. 실제로 기표를 제멋대로 옮기는 것이 아니라 엄격하게 규정된 경로에 따라, 즉 “유에서 종으로, 혹은 종에서 유로, 혹은 종에서 종으로, 혹은 유비 관계에 따라” 옮겨야 한다. 어휘를 의미론적으로 종과 유로 분류할 수 있기에 은유가 가능한 것이다. 이와 관련하여 지적해야 할 것은 바로 아리스토텔레스가 전이의 네 가지 가능성을 단계적 진행의 순서로 열거하고 있다는 점이다.

1. 유에서 종으로의 전이에는 거의 은유가 존재하지 않는다고 할 수 있다. 규정상 종은 유에 포함되어 있기 때문이다. 배가 “정박하고 있다” 대신 “서 있다”고 말하는 것을 적절하게 갖다 붙이는 대신에 부적절하게 갖다 붙인 것이라고 할 수는 없다. 이는 “정박하고 있다”는 “서 있다”의 한 방식이기 때문이다.

2. 종에서 유로의 전이에서는 부적절함이 뚜렷해진다. 오뒤세우스는 수많은(=유) 위업을 이루었지만 그렇다고 해서 정말로 일만 가지(=종) 위업을 이룬 것은 아니기 때문이다. 은유는 여기서 과도한 명시로 인해 “과오를 범하고” 있다. 그러나 적어도 분류 체계의 하위 항목과 상위 항목의 관계는 직접적이다.

3. 종에서 종으로의 관계는 세 번째 용어 ─ 유 ─ 에 의해 매개되고 있으므로 부적절성은 그만큼 더 커질 위험이 있다. 바로 그렇기 때문에 아리스토텔레스가 제시하고 있는 두 가지 예가 바로 명료하게 들어오지 않는 게 아닐까? 엠페도클레스에서 빌려 온 두 개의 인용문(*Catharmes*, frag. 138과 147 D.K.)에 대한 설명은 간단하지 않다. “청동검

으로 생명을 퍼내다(=종)"라는 표현은 아마도 무기로 몸에 칼자국을 내고(=종) 그렇게 해서 생명을 끊는다(=유)는 뜻으로 사용되었을 것이다. 우선 보기에는 별로 부적절하지 않은 "불멸의 청동검으로 베다"라는 표현은 배를 타고 뱃전으로 강의 물살을 가르며 가는 사람에 대한 묘사일 것이고, 여기서 "베다"(=종)는 "퍼내다"(=종)를 대신할 것이다. 문맥이 없으면 이 표현은 수수께끼 정도가 아니라 일종의 함정이다(22장, 58 a 26을 참조할 것). 하지만 당시 『시학』의 독자들은 이 표현이 엠페도클레스 작품에서 나왔다는 사실을 분명 알았을 것이다(혹은 몰랐다고 핑계 댈 수는 없을 것이다). 그렇다 하더라도 그들에게는 종에서 종으로 옮겨 가는 이러한 은유가, 궤변이라고는 할 수 없어도, 상당히 미묘해 보였을 것이다. 아리스토텔레스가 제안하는, 공통의 '유'를 매개로 한 설명은 그러한 은유들을 ― 특히 두 번째 예 ― 썩 명쾌하게 규명하지 못한다는 것을 알 수 있다.

4. 유비에 의한 은유는 그 이름이 가리키듯 비례(*analogon*) 관계, 즉 첫 번째 항과 두 번째 항의 관계가 세 번째 항과 네 번째 항의 관계와 같은 네 개의 용어들을 전제로 한다. 여기서 용어의 전이는 두 가지 관계들의 비교라는 추상적인 매개를 가정한다.

은유적 전이의 다양한 형식들 사이에 어떤 공통점이 있는가? 아리스토텔레스는 22장(59 a 8)에서 이를 "닮은 것에서 닮은 것"으로의 이동이라고 말한다. 은유라고 하는 의미론적 위반이 언어의 상징적 기능 작용을 위태롭게 하지 않으면서도 오히려 반대로 그것을 그 무엇도 흉내 낼 수 없을 만큼 풍요롭게 만드는 것은 바로 그러한 기준임을 알게 될 것이다.

6. 57 b 25

아리스토텔레스는 유비에 의한 은유를 길게 설명하고 있다. 아마도 유비에 의한 은유가 가장 복잡하고, 은유적 과정과 그 가능한 변이들을 가장 잘 보여 주기 때문일 것이다.

동일한 비례적 관계에 기초하여 — 잔(b)과 디오니소스 신(a)의 관계는 방패(d)와 아레스 신(c)의 관계와도 같다, 혹은 디오니소스 신(a)/잔(b) = 아레스 신(c)/방패(d) — 두 가지 은유적 표현들이 가능하다. 『수사학』(3권, 1413 a 2 이하)에서 하나는 단순한(haploun) 것으로 다른 하나는 단순하지 않은(oukh haploun) 것으로 규정되어 있다. 첫 번째 표현(『시학』, 57 b 18 이하)은 "b 대신에 d 또는 d 대신에 b"라고 말하는 것, 그러니까 "잔" 대신 "방패", "방패" 대신 "잔"이라고 말하는 것이다. 명사로 국한된다는 점에서 단순하다고 할 수 있는 이 은유가 인지되기 위해서는, 그러니까 은유로 기능하기 위해서는, 적절한 문맥을 필요로 한다. 실제로 "방패"나 "잔"도 "X가 방패를 들었다"나 "Y가 잔을 보았다" 같은 문장들에서는, 문맥상으로 보아 그 어떤 형태로든 디오니소스 신(첫 번째 경우)이나 아레스 신(두 번째 경우)에 대한 언급을 내포하고 있지 않다면 결코 은유로 볼 수 없다. 비례 관계를 구축할 수 있게 해 주는 문맥상의 받침점이 없기 때문에, "방패"와 "잔"이라는 명사를 옮겨서 — 여기서는 바꿔서 — 붙일 수 있는 가능성이 전혀 없기 때문이다. 반면 "디오니소스적" 문맥(이 여건은 불변이며 은유에 따르지 않는 것으로 가정된다)에서 보면 방패는 아레스 신의 속성이라는 점에서 낯선 요소로 나타나지만, 문맥상 아레스 신이 부재하게 되면 은유적으로 디오니소스 신의 속성, 즉 잔을 지칭하는 것으로 이해될 것이다.

단순하지만 독자적이지는 않은 이러한 은유와는 달리 "단순하지 않은" 은유는 관련이 있는 문맥상의 요소를 집어넣음으로써 독자성을 확보하는 은유이다. 즉 "때로는 대체된 용어와 관련된 용어를 덧붙이는"(57 b 19 이하) 경우도 있는데, "디오니소스 신의 방패"(a의 d) = 잔(b)이거나 "아레스 신의 잔"(c의 b) = 방패(d)이다.

57 b 24에서, 텍스트는 독자들이 익히 알고 있으리라 가정하고, 엠페도클레스가 "저녁"에 대해 은유적으로 지칭한 부분을 암시한다. 실제로 엠페도클레스가 텍스트에서 인용된 은유들 가운데 하나를 만들어 내었을 가능성은 충분하다. 약간만 고친다면 — 아랍어 판본에 의거하여 '*ē*'를 삭제하거나 아니면 '*kai*'를 삭제하면 — 텍스트를 이러한 가정에 맞출 수 있을 것이다.

7. 57 b 30

유비에 의한 은유는 앞서 말한 비례 관계 — a와 b의 관계는 c와 d의 관계와 같다: a/b = c/d — 에 준해 "b 대신에 d 또는 d 대신에 b라고 말할" 수 있게 한다. 사실 여기서 문제가 되는 것은 서로 대칭을 이루는 두 가지 은유적 경로, 즉 "방패" 대신에 "(아레스 신의) 잔"이라고 하거나 "잔" 대신에 "(디오니소스 신의) 방패"라고 하는 것이다. 이러한 과정에서 비례 구조가 정립된다 해도 은유는 단지 세 항들만으로 이루어진다. 여기서는 네 번째 항을 대체하는 것이 바로 은유이기 때문이다. 그러므로 네 번째 항이 없을 수 있다는 것을 알게 된다. 이 경우 존재하는 명사(*onoma keimenon*, 57 b 25)를 대체하는 대신 존재하지 않는 명사(*anônumon*, 57 b 28)의 "빈칸"을 채우는 식으로 은유가 만들어지게 될 것이다. 『수사학』에서 이러한 경우를 적절하게 설명해 주는 표현을 찾아볼 수 있다. 글자 그대로 하자면 "이름이 붙어 있지 않은 것을 이름을 붙여 옮기는 것"(*metapherein ta anônuma onomasmenôs*, 3권 1405 a 36)이란 표현인데, 이름 없는 것을 이름이 있는 것으로 바꾸고, 이름 없는 것에 이름을 부여하는 은유를 만든다는 뜻으로 이해할 수 있다.

사소한 실수(좀 더 엄격한 비례 관계를 위해서는 57 b 28의 태양을 태양의 불꽃이라는 표현으로 바꾸었더라면 더 좋았을 것이다)를 제외하면, 텍스트는 매우 정확하게 쓰여 있다. 26행에서는 "말하다"라는 동사를 한정하는 'homoiôs'의 용어상의 용법에 주목할 수 있다. 즉 "닮은 것에 따라(to homoion, 위 주해 5 끝부분을 참조할 것) 말하다"라는 것은, 은유적 표현에 의해 그 말하기를 "~와 같다"(homoiôs ekhein, 57 b 28)라는 관계에 일치시키는 것인데, 바로 그 관계가 유비를 정의한다. 은유를 통해 채워지게 되는 어휘의 "빈칸"은 텍스트 속에 미세하게 암시되어 있다. 즉 "씨앗을 멀리 던지는 것은 뿌리는 것이다"와 비교해서, 태양 빛의 경우 "태양에서 쏟아지는 불꽃은 (그것을 멀리 던지는 것은) 이름이 없다"라고 말하고 있다. "뿌리다"에 상응하는 특수한 용어의 부재가 기본 구조로서의 비례 관계를 문제 삼지 않는 어휘의 공백으로 나타나는 것은, 이 두 경우 모두 "멀리 던지다"(aphienai)라고 말할 수 있기 때문이다. 문제가 되는 것은 오직 비례 관계의 특수한 경우인데, 'a/b = c/d'라는 공식은 여기서 '씨앗/뿌리다는 태양의 불꽃/0와 같다'라는 형태로 나타난다. 아울러, 유비에 의한 것으로 설명되고 있는 표현 "신성한 불꽃을 뿌리면서"에서 "뿌리다" 역시, 유에 해당하는 용어가 "멀리 던지다"라는 점에서, 종("뿌리다")에서 종(존재하지 않음)으로의 이행에 의한 유비가 될 수 있음을 지적할 수 있다. 바로 이 점에서 우리는 유비에 의한 은유가 다른 은유들과 완전히 분리된 것이 아님을 알 수 있다.

8. 57 b 33

유비에 의한 은유에서 마지막으로 언급된 형태는 주해 6에서 말했던 "단순하지 않은" 은유의 변이이다. "아레스 신의 잔"이 "술 없는 잔"으로 대체된 것이다. 그 차이는 여기서는 은유적 표현에 통합된 문맥적인 요소가 부정적이라는 점이다. 아리스토텔레스는 이 은유를 탁월하게 설명한다. 즉, "부적절한(*allotrion*) 이름을 붙이면서 적절한 어떤 특징(*oikeiôn ti*)을 부정한다"는 것이다. 적절하다는 말은 사용된 명사 고유의 의미와 결부되어 있다는 뜻으로 받아들이자. 여기서 부정은 고유의 의미를 가로막고, 그럼으로써 은유적인 독법을 받아들이게 한다는 효과를 낳는다(그러나 그러한 독법이 언제나 분명하다고 말하지는 않는다. 은유가 어휘화되지 않는다면 "술 없는 잔"은 방패와는 다른 것을 가리킬 수도 있지만, "아레스 신의 잔" 같은 경우는 그렇지 않다).

9. 57 b 33

현대 독자들에게 신조어 항목과 더불어 연이어 나오는 네 종류 명사들의 목록(신조어, 연장어, 단축어, 변형어)은 놀라울 수도 있다. 시인의 은유적 활동에 대한 성찰에는 즉각적으로 동의할 수 있기에, 명사들의 목록은 그만큼 더 낯설 것이다. 이러한 명사들을 시인 자신이 실질적으로 창조하거나 변형시키는 것 또한 시적 창조, 즉 포이에시스의 한 양상을 구성한다고 여겨지기 때문이다.

이 목록은 아리스토텔레스와 동시대인들의 문헌학적 노력을 입증하는 것 같다. 그들은 당대의 시인들, 특히 호메로스의 시를 읽으며 다소간 틀을 벗어나거나 동떨어진 형태를 보게 되면 가능한 수단을 동원해서 분류하고 설명하려 했을 것이다. 현대인들에게는 매우 친숙한 역사적 관점이 아리스토텔레스와 동시대인들에게는, 완전히 결여되었다고 할 수는 없어도, 상당 부분 결핍된 상태이므로 모든 낯선 형태는 이질적인 것으로, 다시 말해서 "차용된"(*glôtta*) 것으로 확인되지 않는 순간부터 기존 형태의 변형이거나 순수하고 단순한 창조의 결과로 설명되어야 했다. 시인 자신이 혁신에 책임을 져야 한다는 생각은, 결국 시인이 이름 붙이는 장인들(*onomatothète*)의 뒤를 잇고 있다고 보는 것이며, 그리스인들은 기꺼이 이들을 언어의 기원에 결부시켰다. 게다가 이 점에 관해서 아리스토텔레스가 유보적인 견해를 표명하고 있다는 사실에 주목할 필요가 있을 것이다. 신조어(*pepoièmenon*)는 "시인(*poiètès*)이 독자적으로 만들어 낸" 낱말이라고 말함으로써 시인이라는 용어를 어원적으로 해명하고 있기는 하지만(*pepoièmenon ~poiètès*), 예를 제시하는 문구를 보면 상당히 신중한 것을 알 수 있다. "이런 종류의 명사가 몇 개 있는 것으로 보인다." 그 뒤에 열거되는 세 종류의 명사들 ── 연장어, 단축어, 변형어 ── 은 낱말의 "변형"으로 귀착되는데, 플라톤(『크라튈로스』)에서 알렉산드리아의 문법학자들에 이르기까지 고대인들은 이를 무소불위의 설명 원리로 삼고 있었음을 기억해야 한다. 또한 필요에 따라 다른 아무런 형태로부터 어떤 형태를 이끌어 내기 위해 스스럼없이 그 원리에 의존했다. 아리스토텔레스 역시 그런 관행에 예외는 아니지만, 그가 제시하고 있는 예들을 통해 판단하건대 한층 조심스러운 태도를 보여 준다. 즉 모음이나 음절, 그리고 경우에 따라서는 접미사를 추가하거나 삭제하는 데 있어서(알려진 예로는 *dexios → dexiteros, leukos → leukoteros*) 고대의 어원학자들의 조작에 비하면 상당한 유연성을 보여 주고 있다.

결국 역사적인 관점의 결여나 그와 상관관계가 있는 기표의 유연성에 대한 다소 순진한 표상들을 빼고 생각한다면, 아리스토텔레스의 견해는 그리스 시인들이 특히 운율의 요구를 충족시키기 위해 다소간 인위적인 형식들을 탁월하게 사용할 줄 아는 능력을 지녔다고 인정하는 현대인들의 견해와 그리 다르지 않음을 알 수 있을 것이다(샹트렌느, 『호메로스의 문법』, I, 7장, 「낱말을 운율에 적용하기」).

10. 57 b 35

이어지는 명사들과 비교해 볼 때 신조어는 그에 상응하는 명사와 형식상으로는 아무런 공통점도 없다는 특징을 갖는다. 뿔(*kerata*) 대신 사용된 어린 싹(*ernugas*)이나 제관(*hierea*) 대신 사용된 수도원장(*arètera*)은 대신하는 명사와는 완전히 이질적인 대체어인 반면, 다음 경우들에서는 특수한 시적 명사가 마치 언제나 일상어로부터 파생된 것처럼 나타난다.

그러나 이러한 특징만으로 신조어의 특수성을 다 해명할 수는 없다. 신조어란 그것이 나타나는 시를 벗어나서는 전혀 쓰이지 않는다는 점에서 단순한 동의어와 구분되기 때문이다. 그로부터 시인 자신이 직접 사용하기 위해(이러한 미묘한 차이를 '*tithetai*'에서 끌어낼 수 있을 것이다) 만들었고 언어가 그것을 받아들이지는 않을 수 있다는 생각이 생겨난다. 우리가 조사한 자료에 의거해 판단해 보면, '*ernugas*' ── 아리스토텔레스가 여기서 그 존재를 우리에게 가르쳐 주지 않았다면 모르고 있었을 낱말이다 ── 도 '*arètera*' ── 호메로스가 쓴 말인데 호메로스를 모방한 글에서 다시 나온다 ── 도, 실제로 사용되는 언어에서는 전혀 쓰이지 않았던 낱말들이며, 시인이 그 말들을 새로 만들어 냈을 가능성은 충분하다. "뿔"은 "싹"이라고도 하기 때문에 "새싹, 어린 싹"을 뜻하는 '*ernos*'라는 낱말에서 새 말을 만들어 내고, 제관을 "수도원장"이라는 직책에서 볼 수 있으므로 "기도하다"라는 뜻의 동사 '*arèmenai*'에서 새 말을 만들어 냈을 것이다. 아리스토텔레스에게 이러한 어원들은, 특히 두 번째 어원은 아주 분명했을 것이다. 따라서 신조어의 지위는 그 어떤 점에서도 어원적인 불투명함을 전제로 하지 않는다는 점을 알아 둘 필요가 있다. 즉 기준이 되는 것은 바로 배타적으로 사용되는가의 여부이다.

여기서는 시인이 신조어를 만들 수 있는(*poiein*) 자유를 찬양하지도 폄하하지도 않는다. 그런데 다른 곳에서는 "만들어진"(*pepoièmenon*)이라는 분사를 명백하게 폄하하는 어조로 사용하고 있다는 점에서 — "시인이 꾸며서 만들어 낸" 발견은 "비예술적"이라고 단언하며 가치로 볼 때 가장 낮은 단계에 위치하는 발견이라는 16장(54 b 30)의 경우가 특히 그렇다 — 이 점은 주목할 만한 가치가 있다. (기표로서의) 명사와 관련해서 무엇을 만든다는 포이에시스 행위는, 시에서 표현이 경험적인 여건인 것과 마찬가지로, 시적 창조의 본질을 나타내는 것은 아니지만 그래도 실제로 일종의 발견 대상이 되는 것처럼 보인다. "시인이란 운율보다는 줄거리를 만들어 내는 시인이어야 한다"(9장, 51 b 27)는 말을 기억한다면 시인은 말을 먼저 만들어 내는 사람이 아니라고 말할 수 있을 것이다. 하지만 그럼에도 불구하고 시인이 말을 만든다는 것을 부정할 수는 없으며, 이는 시인이 목적을 달성하는 데 수단이 하나 더 생긴 셈이라고 보아야 할 것이다.

11. 58 a 7

연장, 단축, 변형되었다고 간주되는 명사들은, 현대인의 눈에 그렇게 차이가 생긴 이유가 무엇이든 아리스토텔레스 시대에 사용되었던 형태와 비교할 때, 그리고 경우에 따라서는 논의된 형태보다는 더 규칙적인 것으로 간주되는 다른 형태와 비교할 때 그렇게 나타나는 것들이다. 그리스어로 "연장"을 뜻하는 *ektetamenon*'과 "단축"을 뜻하는 *aphèirèmenon*'은 둘 다 모음의 양이나 한 음절의 첨가나 삭제에서 명백하게 드러나는 순전히 음성적인 변화를 가리킨다. 바로 그 점에서 그것들은 "변형어"(*exèllagemon*)와 대립된다. 주어진 예들로 판단하자면 변형어는 "사용되고 있는 낱말의 일부는 그대로 보존하고 나머지 부분을 새로 만드는(*poièi*)" 시인이 의도적으로 일상어를 형태론적으로 변형시켜 만든 변이로 나타난다. 결국 변형어는 부분적으로는 신조어인 셈이다.

연장어의 예들은 다음과 같이 설명된다.

1. "도시"를 뜻하는 '*polis*'의 속격으로 '*poleôs*'(아티카 그리스어) 대신에 '*polèos*'(호메로스 그리스어)라고 한 경우. 여기서는 단지 모음 '*e*'의 길이만을 고려하고 있는데, 아티카 그리스어에서는 단모음이고 호메로스의 시에서는 장모음이다. 이와는 반대로 아티카 그리스어에서는 장모음이고 호메로스에게서는 단모음인 '*o*'의 길이는 이론적으로 볼 때 호메로스의 경우 단축된 형태라고 말할 수 있을 것이다. 그러나 실제로는 음절의 탈락만이 단축어를 만들어 낼 수 있는 것으로 인정되고 있기 때문에 전혀 그렇지 않다(필사본 B의 '*poleôs*' 대신 필사본 A와 라틴어 번역본의 '*poleos*'[단모음 '*o*']를 사용한 경우를 호메로스의 시에서 확인하기란 매우 힘들고 ―『일리아스』 필사본 21장, 567에서 단지 두 차례 나올 뿐이다 ― 다른 곳에서도 알려진 바가 없다. 뒤에서도 보면 알겠지만 아리스토텔레스는 "최소대립쌍"을 통해 정상어와 단축어 사이의 대립을 입증하는 데는 별 신경을 쓰지 않았기 때문에 '*poleos*'에 대해서는 주목하지 않았을 것이다).

2. "*Pêlèide*"라는 성(姓)의 속격으로 '*Pêleidou*'(아티카 그리스어) 대신에 '*Pêlèiadeô*'(호메로스 그리스어)라고 한 경우('*Pêleidou*'가 파리시누스 2038 사본에 근거한 그럴듯한 추정이긴 하지만 텍스트는 불확실하다. 다양한 해결책들이 제시되었으나[슈미트, 발렌] 그 어느 것도 강한 인상을 주거나 본질을 다루고 있지 않으므로 여기서는 더 이상 언급하지 않을 것이다). 호메로스가 사용했다는 낱말은 특히 아티카 그리스어 형태에는 없는 모음 '*a*'의 삽입을 설명하기 위해 인용된 것으로 보인다. 그러나 표기상으로 보자면 '*Pêlèiadeô*'는 아티카 그리스어의 단모음들에 비해 두 개의 장모음들을 포함하고 있으며 ― '*lei*' 대신에 '*lèi*', '*dou*' 대신에 '*deô*' ― , 운율상으로 보자면 호메로스의 형태가 아티카 그리스어의 형태보다 하나가 아닌 두 개의 음절을 더 많이 가지고 있다고 할 수도 있다.

아티카 그리스어: *Pè - lei - dou*

호메로스: *Pè - lè - i - a- deô*

단축어에 대해서 아리스토텔레스는 통용되는 형태를 제시하고 있지 않지만 이를 재구성하기는 어렵지 않다.

3. "보리"를 뜻하는 명사 *'kirthè'*(아티카 그리스어) 대신에 *'kri'*(호메로스 그리스어)라고 한 경우.

4. "집"을 뜻하는 명사 *'dôma'*(호메로스, 헤로도토스, 그 밖의 시인들) 대신에 *'dô'*(호메로스)라고 한 경우.

5. "시각", "시선"을 뜻하는 명사 *'opsis'*(아티카 그리스어) 대신에 *'ops'*(엠페도클레스)라고 한 경우. 필사본 텍스트들에는 *'(h)oès'*로 되어 있어 어려움을 야기하지만, 다행히 스트라봉(Strabon, p. 364 Kramer)이 엠페도클레스의 해당 대목을 인용하고 있다. 거기에는 *'ops'*로 나와 있고, 그 낱말을 *'opsis'*의 마지막 음절이 소실된 형태로 보고 있다. 56 a 2(18장, 주해 4)에서도 그랬지만 여기서도 고대인의 귀중한 증언에 힘입어 필사본에 나오는 *'vox nihili (h)oès'*는 *'opsis'*에 상당하는 형태를 포함하고 있다는 사실을 받아들일 수 있게 되었다. 고문서학적으로 세부적인 내용은 우리가 자세히 알 수 없으나 이는 분명 (특히 18장과 관련하여) 핵심적인 정보라고 할 수 있다(여기서 *'(h)oès'* — 옹시알체로는 'OHC' — 는 *'ops'* — 옹시알체로는 'OΨ' — 를 나타내고 있다고 여겨지는데, 표기상으로만 보자면 확실하지 않다. 그렇다면 옹시알 표기는 필사본에 나오지 않는 *'ops'*가 고대에 손상되었음을 나타내고 실제로 *'(h)oès'*는 옹시알 표기를 대략 옮겨 적은 것이라고 생각해야 할 것인가? 아니면 슈미트가 생각하듯이 *'(h)oès'*는 *'ops'*를 가리키며, 이는 우리가 예상했던 'OΨ'가 아니라 'OΠC'로 표기되었으나 필사하는 사람이 이를 'OHC'로 잘못 읽었다고 생각

해야 할 것인가? 이러한 가설들은 전문가에게 맡기고 그냥 넘어가기로 한다).

12. 58 a 9

명사 "그 자체"(*autôn*)라는 표현은 "동사"와 대립되는 것으로서의 명사라는 제한적 의미와 관련이 있다. 아리스토텔레스는 세 종류의 성으로 구분하고 있지만, 남성과 여성 다음에 사물(*skeuè*,『수사학』3권, 1407 b 6을 참조할 것)에 대해 말했던 프로타고라스와는 달리 세 번째 종류를 중간(*metaxu*, 같은 용어가『소피스트적 논박』, 166 b 12에도 나오는데 이를 참조할 것)이라고 이름 붙인다. 후대의 문법학자들이 중성(*oudeteron*, 글자 그대로는 "이것도 저것도 아닌"이라는 뜻)이라는 명칭으로 대체하게 되는 이러한 명칭이 낯설게 보일 수도 있다. 중성은 무엇으로 이루어져 있으며, 성별이 없거나 문법적인 중성의 지시대상이란 무슨 뜻인가? 그리고 중성이란 남성과 여성 사이 "중간"이란 뜻인가? 플라톤이『고르기아스』(467e-468a)에서 선도 악도 아니지만 "때로는 선, 때로는 악, 때로는 그 어느 것의 성질도 띠지 않는(*oudeterou*)" 것을 지칭하기 위해 '*metaxu*'란 용어를 사용하고 있음을 감안한다면 그러한 명칭을 이해할 수 있을 것이다. 중성적인 낱말은 남성이거나 여성이거나(예를 들어 "젖먹이"*to brephos*, "어린아이"*to teknon*, "계집아이"*to gunaion*, "머슴아이"*to meirakion*) 또는 성별이 없는 것(프로타고라스가 말하는 "사물")을 지시할 수 있다는 점에서, 아리스토텔레스가 구분한 '*metaxu*'라는 종류는 이러한 정의를 그대로 받아들일 수 있을 것이다. 프로타고라스의 '*skeuè*'를 '*metaxu*'로 대체함으로써 아리스토텔레스는 생물학적인 성과 문법적인 성이 서로 일치하지 않는 중성적인 경우에 대해 주목하게끔 했다고 말할 수 있다.

하지만 여기서 문제가 되는 것이『소피스트적 논박』(173 b 26 이하)에서처럼 명백한 의미론적 관점인지는 전혀 확실하지 않다. 이어서 검

토하고 있는 내용은 성의 언어적 가치를 토대로 결론을 내리려 하는 것
이 아니라 형태적으로 주어진 것에 엄격히 국한되어 있다. 그런데 그런
관점에서 보더라도 중성명사는 남성명사와 여성명사 사이에서 중간적
인(*metaxu*) 유형의 위치(고르기아스가 말하는 뜻으로)를 차지하는 것으로
설명될 수 있다. 중성명사는 실제로 철자가 남성명사처럼 끝나는 것도
있고(*n*과 *s*), 어떤 것들은 여성명사처럼 끝나기도 하며(*a*, 다음 주해 13을
참조할 것), 또 어떤 것들은 그들 나름대로의 방식으로 끝난다(*i*와 *u*).

13. 58 a 17

21장을 끝맺는 이 대목은 두 부분에서 당혹스러운데, (1) 21장의 주제와
는 매우 느슨하게 연결된 듯하며, (2) 부정확한 부분들이 있기 때문이다.

첫 번째 난관은 표면적으로만 그렇다고 할 수 있다. 원래 명사 어미
들의 형태(주격 단수)와 문법적 성 사이의 조응에 관한 논의가 나올 수
있는 자리는 두 군데이다. 그 하나는 "분포주의 형태론"이라고 부를 수
있는 관점에서 "기본 요소들"의 목록 다음에 오는 것이다. 디오뉘시오스
트락스(p.15 이하. Uhlig)의 교본에서는 바로 그 부분에서 나온다. 다른
하나는 우리가 여기서 보는 것처럼 명사들의 분류를 다루고 있는 장이
다. 우리는 이미 위의 주해 1에서 지금의 독자들이라면 이 대목을 읽고
엉뚱하다는 인상을 느낄 수도 있지만, 앞에 나온 분석(신조어, 연장어 등)
의 매우 형식적인 특성으로 말미암아 그러한 인상이 누그러질 수 있다
고 지적한 바 있다. 하지만 『시학』에서 이러한 논의가 어떤 필요에 부응
할 수 있는지는 생각해 볼 문제이다. 그 대답은 전체적으로 보자면 20장
에서 우리가 제시했던 것과 유사하다. 즉 아리스토텔레스는 여기서 아
마도 그 당시 다른 저술에서는 다루지 않았지만 그럼에도 불구하고 표현
과 직접적인 이해관계가 있는 것을 논의하고 있다. 어법상의 잘못을 저

지르지 않기 위해서는 실제로 명사들의 성을 아는 것이 필수적이다. 아리스토텔레스는 『수사학』(3권, 1407 b 6)에서 프로타고라스가 성을 세 종류로 나눈 것을 일깨우면서, "정확하게 일치시키도록(*apodidonai*)" 권고하고 있다. 21장 끝부분의 목적이 바로 그런 것이라면 명사의 성에 관해 정확하고도 확실한 정보를 얻을 것이라 기대할 수 있다. 바로 거기서 앞서 말했던 두 번째 난관을 만나게 된다.

본문에는 부정확한 부분과 모순된 내용들이 들어 있다. '*i*'와 '*u*'로 끝나는 중성명사들의 불충분한 목록이 보여 주듯, 가장 일상적으로 쓰이는 낱말들에만 국한해서 짧게 요약하려 했기 때문에 사소한 오류가 생겨난 것으로 설명할 수 있을 것이다(게다가 '*u*'로 끝나는 다섯 개의 명사들이 그리스어 필사본과 라틴어 번역본에서 우연히 사라져 버렸다). 그런 오류들은 내버려 두고라도 우리는 다음과 같은 점들을 지적할 수 있다. (1) '*a*'로 끝나는 중성명사들의 수가 매우 많은데도 언급되지 않았고, '*r*'로 끝나는 중성명사의 경우도 드물긴 하지만 마찬가지로 언급되지 않았다. (2) 단지 여성명사들 가운데 모음으로 끝나는 경우(*ē, ō, ā*)만 언급되고 있는데, 그리스어에는 분명 남성명사와 똑같이 자음으로 끝나는(*n, r, s*와 두 번째가 *s*인 이중자음) 여성명사들도 있다.

'*a*'로 끝나는 중성명사로 말하자면, 지시대명사 '*tauta*'(58 a 16)는 바로 그 앞에 나오는 '*i*'와 '*u*'뿐만이 아니라 같은 하위 그룹, 즉 단음 또는 장음이 될 수 있는 모음들의 그룹에 속하는 모음 '*a*'에 대한 지시도 포함하지 않는지 생각해 볼 수 있다(58 a 12를 참조할 것). 또한 '*u*'로 끝나는 중성 명사들의 목록 다음에 나오는 '*a*'와 관련되어 있다고 생각할 수 있지만, 이 대목에서 아랍어 판본 역시 결함이 있는 것으로 보인다. 대담하게 조응 효과를 노린 것인가? 아니면 누락인가? 그 어느 것도 만족스럽지는 않다. 하지만 둘 가운데 어느 하나의 가설을 세우지 않는다면 다음과 같이 인정할 수밖에 없을 것이다. (1) 아리스토텔레스는 '*a*'로 끝나는 수많은 중성명사들의 존재를 "잊어버렸다". (2) 그 결과 중성명사와 여성명사에 공통된 그 어떤 종결어미도 없으므로 중성명사에 적용된 '*metaxu*'란 용어는 형식적으로 더 이상 정당화될 수 없다. 있음직하지 않은 이 두 가지 가설은 받아들일 수 없고, 따라서 아리스토텔레스가 '*a*'로 끝나는 중성명사에 관해 언급하고 있다고 — 또는 언급했다고 — 인정해야 할 것이다.

마찬가지로 '*r*'로 끝나는 중성명사에 대한 언급 역시 58 a 17에서 우연히 사라졌을 것이라고 생각할 수 있다.

여성명사와 관련된 부정확성은 앞에서와는 다른 방식으로 다루어야 할 것 같다. 기실 아리스토텔레스는 "남성과 여성 어미의 수는 같다"(58 a 12)고 분명하게 말하고 있는데, 이는 앞에서 말한 것 — 세 개의 남성 어미(n, r, s)와 세 개의 여성 어미($\bar{e}, \bar{o}, \bar{a}$) — 에 정확하게 일치하며 더 이상의 누락이 있으리라는 가정을 배제한다. 그리고 만일 누락된 부분이 있다면 자음으로 끝나는 여성 어미가 포함될 것이다. 그와는 반대로 아리스토텔레스가 엄밀한 의미 또는 본질적으로 여성형으로 간주되는 어미들만을 의도적으로 언급한 것으로 볼 수 있다. 앞서 남성명사와 관련하여 언급되었던, 엄밀한 의미 또는 본질적으로 남성형으로 간주되는 어미 'n, r, s'가 나오지 않는 것은 바로 그 때문이다. 상황이 아무리 기이해 보일지라도, 모든 것을 감안한다면, 아리스토텔레스가 여기서 언어에 대해 규범적 관점, 요컨대 프로타고라스의 관점과 가까운 관점을 취하고 있다고 생각할 수밖에 없다. 우리가 아는 바로는, 프로타고라스는 "분노"를 뜻하는 '*mēnis*'와 "백로"를 뜻하는 '*pēlex*'가 통상적인 용법과는 달리 남성이라고 주장했고, 이를 우리에게 알려준 것 역시 아리스토텔레스이다(『소피스트적 논박』, 173 b 20). 다시 말해서 이 낱말들은 '*s*'

로 끝나기 때문에 프로타고라스는 그것들이 "당연히" 남성이어야 한다고 생각했을 것이다. 아리스토텔레스는 문제의 대목에서 그러한 의견이 프로타고라스에게서 비롯되었다고 말하면서도 이를 터무니없다고 간주하지는 않는다. 오히려 '*mènis*'의 일치 문제를 어법상의 잘못된 예로 간주하면서 아리스토텔레스는 적어도 프로타고라스가 제기한 문제가 형편없다거나 무효라고 생각하지는 않았다고 말할 수 있다. 어쨌든 『시학』 본문이 크게 잘못되었다고 여기지 않는다면, 텍스트 그 자체는 명사의 성에 상응하는 어미들의 분포에 관해 프로타고라스와 같은 관점을 전제로 하고 있는 것으로 보인다. 다음 도표는 그러한 입장을 요약한다.

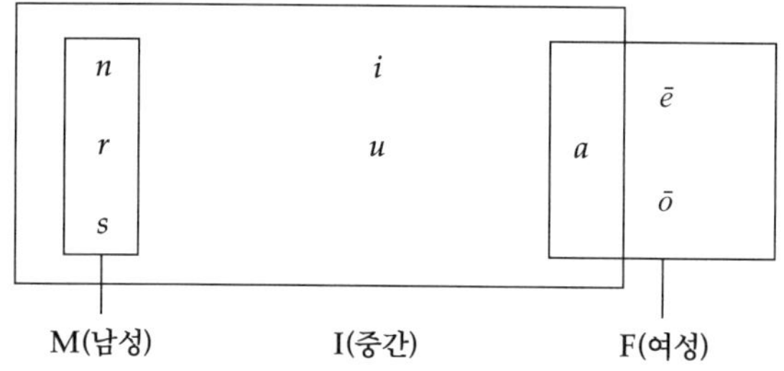

I가 M과 교집합을 이루는 부분(포함 관계가 될 수도 있다) 그리고 F와 교집합을 이루는 부분이 중성명사의 "중간적"(*metaxu*) 위치를 규정한다. 반면에 자음으로 끝나는 여성명사에 관해 원칙적으로 침묵하고 있다는 사실로 말미암아 M과 F는 분리되어 나타난다.

앞에서 우리는 본문에 모순된 내용들이 있다고 말한 바 있다. 실제로 58 a 9("'*n, r, s*'로 끝나는… 모든 명사는[*hosa*] 남성이다")와 58 a 17("중성명사는 '*n*', ⟨*r*⟩, '*s*'로 끝난다") 사이에는 모순이 있다. 그리고 58 a 10-12("'*a*'로 끝나는 모든 명사는[*hosa*] 여성이다")와 본문 마지막에서 '*a*'로 끝나는 중성명사에 관해 언급하고 있다고 짐작되는 부분 사이에도 같은 모순이 있는 것으로 추정된다. 그런데 앞에서 제시했던 "엄밀한 의미 또는 본질적으로" 남성이거나 여성인 종결어미라는 개념을 받아들인다면 그러한 모순들을 제거할 수는 없어도 적어도 완화시킬 수는 있다. 그 어미들 가운데 몇몇이 중성('n', $\langle r \rangle$, 's', $\langle a \rangle$)으로 나타난다 하더라도 이는 중간적인 성이 기본이 되는 두 개의 성에 관여하고 있는 표지로 해석할 수 있기 때문이다. 반면에 'n, r, s'로 끝나는 여성명사들에 대한 침묵은 남성형 어미와 여성형 어미 사이의 교집합(M이 F에 포함되는 형태를 취한다고도 할 수 있다)을 원칙적으로 받아들이지 않으려는 표지로 해석할 수 있을 것이다.

그러므로, 당혹스럽기는 하지만, 명사의 성과 연관된 형태들에 관한 논의를 주도하는 논리는 바로 그러한 것이라고 인정하지 않을 수 없다(58 a 12에 대해 루카스는 "아리스토텔레스는 마치 이것이 알려지지 않은 어떤 저자의 작품인 듯 기술하고 있다"라고 말한다). 그렇다면 이제 남은 일은 이러한 논의가 『시학』에서 어떤 기능을 할 수 있는지 생각해 보는 것이다. 우리는 그 어떤 기능도 찾을 수 없었다. 그렇지만, 이 대목이 순전히 기술적이고 앞에서는 그 같은 주제를 다룬 적이 없었다 하더라도, 상당수 명사들(종결어미가 특수한 명사의 경우로서 실제 여성은 'e'와 '$ō$'로, 중성은 'i'와 'u'로 끝난다)의 문법적 성에 관한 이론을 정립하는 데 길잡이 역할을 한다는 점에서는 그 정당성을 찾을 수 있을 것이다. 물론 본문에 나오는 논의를 있는 그대로 명사들의 성을 결정하는 데 사용하려 한다면, 'n, r, s'로 끝나는 모든 명사는 여성이 아니라는 오류에 이르게 될 것이다('a'와 'r'로 끝나는 중성명사가 없다는 것도 마찬가지인데, 이를 그대로 적용하면 앞에서 우리가 발전시켜야 한다고 판단했던 논의도 무용지물이 될 것이다).

문법 이론을 다루고 있는 이 대목은 『시학』에서 갈팡질팡하는 대목이다. 여기서 우리는 어떤 결론을 내릴 수 있을 것인가? 그저 "시적" 명사에 관한 논의라는 목적에 기계적으로 끌려다닌 게 아닐까? 아리스토텔레스가 이론에 대한 관심 때문에 명사를 다루는 장에서, 심지어 "주제를 벗어나더라도", 이론을 세우려는 욕구에 저항할 수 없었던 것이라고 해야 할까? 몇몇 학자들(리터Ritter)이 그랬듯이, 이 대목을 필사자가 가필한 것으로 간주함으로써 그런 당혹스러운 물음에서 벗어날 수도 있을 것이다. 그러나 아리스토텔레스의 논문을 그런 이상한 방식으로 "완성" 하려 한 필사자가 고대에 있었다는 가설이 과연 설득력이 있는가? 어차피 이 딜레마를 해결할 수 있는 결정적인 논거가 없으므로, 그 물음은 그대로 남겨 두기로 하자.

제22장

58 a 18 표현이 좋으려면 명료하면서도 진부하지 않아야 한다. 그런데 가장 명료한 것은 일상어를 사용하는 표현이지만, 그것은 진부하다. 그리고 그 예로 클레오폰의 시와 스테넬로스의 시를 들 수 있다. 이에 반해 평소와 다른 말을 쓰게 되면 표현은 위엄을 갖추고 통상적인 것에서 벗어나게 된다. 내가 "평소와 다른" 말이라 부르는 것은 차용어, 은유, 연장어 그리고 요컨대 일상적

58 a 23 인 용법과는 거리가 있는 모든 것을 말한다.[1] 그러나 시인이 이런 종류의 말로만 시를 쓴다면 그 결과는 수수께끼나 횡설수설이 될 것이다. 다시 말해서 은유로만 되어 있다면 수수께끼가 될 것이고, 차용어로만 되어 있다면 횡설수설이 될 것이다.[2] 사실상 수수께끼의 원칙은 불가능한 연상에 의해 실제 사물에 관해 말하는 것이다. 말의 조합으로는 그렇게 할 수 없으나, 은유를 통해서는 가능하다. 예컨대 나는 어떤 사람이 다른 사람에게 불로 청동을 붙이는 것을 보았다와 같은 표현이나 이런 종류의 다른 예들이 그렇다.[3] 차용어로만 한다면 횡설수설이 된다.

58 a 31 따라서 필요한 것은 두 가지를 섞어 쓰는 것이다. 하나는 색다른 효과를 낳고 진부함을 피할 수 있을 것이며 ─ 차용어, 은유, 장식어 그리고 내가 말한 다른 종류의 말들이 해당된

다 ─ 반면 일상어는 명료하게 할 것이기 때문이다. 연장, 축약 또는 변형은 명료하면서도 색다른 표현에 적지 않게 기여하는 방식이다. 일상적인 언어 형태와의 거리는 관습과 충돌함으로써 색다른 것을 낳고, 반면 관습적인 형태와 공통된 부분은 표현을 명료하게 할 것이기 때문이다.[4]

따라서 노(老) 에우클레이데스처럼 이러한 어법을 비판하거나 시인을 조롱거리로 만들면서 비난하는 것은 근거 없는 일이다. 그는 음절을 마음대로 늘일 수 있게 한다면 작시하기는 쉬울 것이라고 말하면서, 바로 그러한 표현 방식을 사용하여 다음과 같은 풍자시를 지었다. *"Epikharèn idon Marathônade badizonta"*와 *"ouk † an geramenos † ton ekeinou elleboron"*. 이러한 어법을 너무 노골적으로 사용하는 것은 우스꽝스러우며, 절제는 표현을 구성하는 모든 부분들에 공통되는 원칙이다. 실제로 은유와 차용어 그리고 다른 종류의 말들을 까닭 없이 사용하여 일부러 우스꽝스러운 효과를 겨냥한다면 바로 그러한 결과에 이르게 될 것이다.[5]

서사시에서 일상어를 운율에 도입해 보면 알 수 있듯이, 적합한 표현[6]은 많이 다르다. 즉, 차용어나 은유 또는 다른 형태들을 일상어와 바꾸어 보면 우리가 말한 것이 진실이라는 것을 알 수 있을 것이다. 아이스퀼로스와 에우리피데스는 그렇게 해서 똑같은 단장격 시를 썼는데, 단 하나의 낱말을 바꿈으로써, 즉 관습적인 일상어 대신 차용어를 사용함으로써 하나는 아름다운 것으로 다른 하나는 평범한 것으로 보이게 되었다. 실제로 아이스퀼로스는 『필록테테스』에서, "내 발의 살을 먹는 종기"라고 했지만, 에우리피데스는 "먹는"을 "향연을 즐기는"

으로 바꾸었다. 마찬가지로, "반면에 그는 하잘것없고, 끔찍한 무용지물이다"라는 시를 일상어로 바꾸면 "반면에 그는 작고 약하고 꼴사나운 사람이다"가 된다. 또는, "가련한 의자와 하잘 것없는 식탁을 놓고서"는 "허름한 의자와 작은 식탁을 놓고서" 가 되고, 그리고 "해안의 아우성"은 "해안의 외침"이 된다.[7]

58 b 31 아리프라데스 또한 비극 시인들이 예컨대 *"apo dômatôn"* 이라고 하는 대신에 *"dômatôn apo"* 라 하고, *"sethen"*, *"egô de nin"* 이라는 말을 쓰며, *"peri Akhilleôs"* 라고 하는 대신에 *"Akhilleôs peri"* 라고 하는 등, 일상 대화에서는 결코 쓰지 않을 어법을 사용한다고 조롱했다는 것을 덧붙이자. 그런 종류의 어법은 일상 용법에는 없는 것이기 때문에 색다른 표현을 만들어 내는 것인데도, 아리프라데스는 그 점을 몰랐던 것이다.[8]

59 a 4 앞서 말한 각각의 형태들, 특히 복합어와 차용어를 적절하게 사용하는 것도 중요하지만, 그보다 훨씬 더 중요한 것은 은유를 만들 줄 아는 것이다. 왜냐하면 이것만은 남에게서 빌릴 수 없는 것이며, 타고난 천품을 드러내는 징표이기 때문이다. 은유에 능하다는 것은 닮은 것을 보는 것이다.[9]

59 a 8 여러 말 가운데 복합어는 특히 디튀람보스에 적합하고, 차용어는 영웅시에, 은유는 단장격 시에 적합하다. 그밖에도 영웅시에서는 앞서 말한 모든 종류의 말들이 각기 나름대로 역할을 하지만, 가능한 한 구어를 모방하는 단장격 시에 적합한 말은 일상 대화에서 사용할 수 있는 말들, 다시 말해서 일상어나 은유나 장식어 같은 말들이다.[10]

59 a 15 비극과 행동에 의한 재현에 관해서는 이 정도로 충분할 것 이다.[11]

제22장 주해

1. 58 a 23

21장에서는 여러 다른 종류의 말들을 순전히 기술(記述)적인 목록 형식으로 열거했었다. 그에 비해 표현의 품격(*lexeôs aretè*)을 다루는 22장은 시적 표현에서의 올바른 어법에 관한 전반적인 견해를 담고 있다. 여기서 말하고 있는 내용의 상당 부분은 표현을 풍부하고 보다 체계적으로 다루고 있는 개론서라 할 수 있는『수사학』3권에서 다시 볼 수 있다(1404 b 1 이하에는 21장의 첫 부분과 매우 유사한 대목이 나온다).

표현은 그러므로 성격과 마찬가지로 가치판단의 영역에 속한다. 즉 표현은 여기서 "품격, 가치, 미덕"을 뜻하는 '*aretè*'("결점, 악덕"을 뜻하는 '*kakia*'와 반대되는 말로서, 이 한 쌍의 용어를 성격에 적용하는 것에 관해서는 2장, 48 a 3을 참조할 것)라는 용어로 파악되고 있다. 물론 도덕적 품격과 표현의 품격은 다르다. 하지만 우리가 지적했듯이『시학』에서는 윤리학의 영역과 미학의 영역이 결코 완전하게 분리되어 있지 않다. 예컨대 여기서 표현의 품격들 가운데 하나를 가리키는, 우리가 "위엄을 갖춘"이라고 옮기고 있는 형용사 '*semnè*'(58 a 21)는 "진부한"이라는 뜻의 '*tapeinè*'(58 a 18, 글자 그대로는 "비천한, 저속한"이라는 뜻)와 대립되는 말로서, 4장(48 b 25)에서는 시인들의 성격을 규정하는 말로 쓰였다. "고상한 품격을 가진 행동 주체에서 나오는 고상한(*kalas*) 행동의 재현"을 목표로 하는 "보다 엄숙한"(*semnoteroi*) 시인들은 자기들이야말로 비극에서 절정을 이루는 고귀한 시의 기원에 있다고 생각한 것이다. 더구나 사튀로스 극에서 그러한 고귀한 장르가 생겨나는 변형 과정을 아리스토텔레스는 '*semnotès*'라는 용어를 사용해서 기술했다. 즉 "비극은 장중함을 갖추게 되었다"(*apesemnunthè*, 49 a 20)는 것이다.

22장에서 표현의 품격을 규정하는 용어가 가리키는 것 역시 사실상 동일한 대립 영역이다. 즉 표현의 장중함(*semnotès*)은 귀족적인 사회윤리를 은유적으로 옮겨 놓았다고 할 수 있는, 기품의 미학을 특별하게 예시한다고 할 수 있다. 이런 관점에서 보자면 언어의 외시 기능을 충족시키는 명료성뿐 아니라(『수사학』 3권, 1404 b 1) 표현의 품격을 거리라는 용어로 정의한다 해서 놀라울 것은 없다. 표현은 "통상적인 것에서 벗어나야 한다"(*exallattousa to idiôtikon*)는 말은 원문 그대로 하자면 보통 사람(*idiôtès*), 즉 특별한 기품도 없고 따라서 다소 거칠고 세련되지 못한 사람의 어법에서 벗어나야 한다는 말이다. 거기까지 가지 않더라도 통상적인(*idiôtikon*) 말이란 일상어(*kuria*)로 환원된 언어로 이해된다. 그래서 표현의 기품은 당연히 "평소와는 다른"(*xenika*) 어법, 즉 "차용어, 은유, 연장어 그리고 요컨대 일상적인 용법과는 거리가 있는 모든 것"(*pan para to kurion*, 58 a 22 이하)에 근거를 두게 된다. 사회적 차이의 기본 형태를 제공하는 것은 이방인(*xenos*)과 동향인(*politès*, 하지만 경우에 따라서는 *idiotès*: 아리스토파네스, 『개구리』, 459를 참조할 것)의 대립인데, 아리스토텔레스가 표현에서 거리의 모델로 명백하게 제시하는 것 또한 그러한 대립이다(『수사학』 3권, 1404 b 8 이하). "거리는 표현을 보다 위엄 있어(*semnoteran*) 보이게 한다. 실제로 사람들이 표현에서 느끼는 것은 이방인 앞에서 느끼는 것 혹은 동향인 앞에서 느끼는 것과 같은데, 바로 그 때문에 언어에 낯설다는 느낌을 주어야 한다. 사람들은 멀리 떨어져 있는 것에 경탄하기 때문이다…"

클레오폰에 대해서는 알려진 것이 전혀 없지만(*Souda* III, p.128 Adler에 간략하게 언급되어 있다), 아리스토텔레스에게는 주로 들러리 역할을 하고 있다는 것은 명백하다. 2장에서도 이미 그런 경우가 있었고(48 a 12; 주해 2 해당 부분과 『수사학』에 대한 언급 부분을 참조할 것) 여기서도 클레오폰은 진부함, 이를테면 표현의 "0도"를 나타내는 "계열체"로 제시된다. 스테넬로스 또한 우리에겐 알려지지 않은 인물이다. 아리스토파네스 역시 같은 이야기를 하는 것을 보면(*Gerytadès*, frag. 151 Kock), 문체의 진부함에 관해 아리스토텔레스의 느낌을 공유했을 것이다.

2. 58 a 26

평소와 다른 말을 찾다 보면 때로 지나칠 경우도 있는데, 이를 구체적으로 보여 주는 것이 수수께끼(*ainigma*)와 횡설수설(*barbarismos*)이다. 둘 다 명료성과는 지나치게 거리가 있기에 시에서도 용납될 수 없는 경우이다. 수수께끼에 대해서는 다음 주해 3에서 다시 언급할 것이다. 횡설수설이란 텍스트에 낯선 이방인의 언어라는 인상을 주는 차용어들이 쌓여서 된 것이다. 여기서 횡설수설은 그 의미가 정확하지는 않은데, 후에 문법학자들은 이를 "파격 어법"(*soilokismos*)과 구분하게 되지만 아리스토텔레스는 다른 텍스트에서도 별다른 구별 없이 사용한다(『소피스트적 논박』, 165 b 15-22를 참조할 것). 여기서 말하는 횡설수설은 그리스어 관용어(*hellènismos*, 바빌로니아의 디오게네스, SVF, III, p. 214)의 순수성과는 반대로 불분명하고 알아들을 수 없는 형태의 말을 가리키는 것으로 본다. '*barbaros*'란 알아들을 수 없는 말을 중얼거리는 이방인을 가리키는 의성어라는 것은 잘 알려져 있다(문학에서 이방인의 언어는 동물의 언어, 특히 새의 언어에 비교된다. 예를 들어 아이스킬로스, 『아가멤논』, 1050 이하, 헤로도토스, II, 57). 따라서 '*barbarismos*'가 암시하고 있는 것은 문법적인 부정확성이라기보다는 청각적인 낯섦이라 할 것이다. 우리는 "횡설수설"이라는 말이 그런대로 알맞은 번역이라고 생각했다.

3. 58 a 30

횡설수설이 기표의 혼란을 가리킨다면, 수수께끼는 기의의 혼선으로 나타난다. 아리스토텔레스에 따르면 그 원칙(idea)은 "존재하는 것에 관해 말하면서 불가능한 것들을 연관시키는 것"(*legonta huparkhonta adunata sunapsai*)이다. 그러니까 수수께끼 특유의 긴장은 예를 들어 "나는 어떤 사람이 다른 사람에게 불로 청동을 붙이는 것을 보았다" 같은 문장에서 즉각적으로 주어지는 기의 — 말이 안 되는 기의이다 — 와 실제의 지시대상 — 부항 놓기 — 사이에 있다. 『수사학』(3권, 1405 a 37 이하)은 이 유명한 수수께끼가 이름 없는 것에 이름을 붙임으로써 성립되는 은유(『시학』21장, 57 b 25 이하와 주해 7 해당 부분을 참조할 것)를 감추고 있다고 분석한다. 즉 부항 놓기를 가리키는 특별한 용어가 없어서 "붙이다"라는 용어를 "적용하다, 설치하다"라는 총칭적인 용어 대신 사용하고 있다는 것이다. 아리스토텔레스는 다음과 같이 결론을 내린다. "은유란 수수께끼 같은 표현이기 때문에(*metaphorai ainittontai*), 일반적으로 훌륭한 수수께끼에서 탁월한 은유를 끌어올 수 있다. 그러므로 (훌륭한 수수께끼에) 훌륭한 은유가 들어 있다는 점은 확실하다." 은유와 수수께끼의 본성이 같다는 것을 명백하게 규정하고 있다는 점에서는 중요한 대목이지만, 그 둘을 나누는 특별한 차이는 명시하고 있지 않다는 점에서 실망스러운 대목이기도 하다. 『시학』 원문에 따르면 수수께끼의 특징은 (횡설수설의 특징이 차용어의 증식에 있듯이) 은유의 증식에 있다. 모든 은유는 그 정의상 수신자로 하여금 말을 올바르게 적용하기 위해서는 에움

길을 거쳐 가도록 요구한다는 점에서, 은유들을 쌓아 올리게 되면 일종의 미로 ── 수수께끼의 공간적 유비(*analogon*) ── 에 들어서는 효과를 낳게 될 것이다.

우리가 가지고 있는 텍스트에서 이러한 해석이 충분히 나올 수 있는가 아니면 흔히 하듯이 텍스트를 고쳐야 하는가? 다시 말해서 58 a 27 이하에서 "다른 말(⟨*allôn*⟩ *onomatôn*, 트위닝Twining의 추측)의 조합으로는 그렇게 할 수 없으나 은유(바이워터는 전통적으로 받아들여지고 있는 '*metaphoran*'을 '*metaphorôn*'으로 고쳐, "은유를 통해서는 그렇게 할 수 있다"로 적고 있다)를 조합하면 그렇게 할 수 있다"로 고쳐야 하는가? 고친 두 부분은 모두 말/은유의 대립을 전제하고 있다는 점에서 상응한다. 그래서 (a) 은유 또한 말이지만 '*allôn*'은 "다른 말"이며, (b) 속격인 '*metaphorôn*'은 '*onomatôn*'과 대응 관계에 놓인다. 즉 다른 말의 조합으로는 할 수 없는 것을 은유(의 조합)를 통해서는 할 수 있다.

겉으로 보기엔 수긍할 만하지만, 그럼에도 불구하고 고칠 수 없다는 게 우리의 생각이다. 실제로 기본적인 대립은 "말의 조합"(*sunthesin onomatôn*)과 "은유" 사이에 설정된다. 전자는 말의 통사론적 배열을 가리키고, 후자는 계열체적 전이로서(21장, 주해 5) 곧 바로 수수께끼 같은 것(*metaphorai ainittontai*, 위에서 인용한 『수사학』의 해당 대목을 참조할 것)이 되어 버리는 독특한 어떤 구조를 그 자체로 구성한다. 은유의 축적이 수수께끼 같은 불투명성을 증가시키는 것이 사실이라면, '*onomatôn*'과 같이 쓰여야만 뜻이 통하는 '*sunthesis*'에서 이를 찾을 것이 아니라 앞에서 말했던 것에서, 즉 차용어와 은유의 남용에서 동시에 찾아야 할 것이다 ("오로지 이런 종류의 말로만 시를 쓴다면").

그렇게 정리한다면 부황의 수수께끼가 어떻게 작동하는지를 정확하게 말할 수 있을까? 우리는 이미 그 안에는 이름 없는 것의 은유, 즉

“붙이다”라는 동사의 은유가 담겨 있다고 말했다. 아리스토텔레스의 눈에는 이 은유가 억지스러운 점이라곤 전혀 없는 뛰어난 은유로 보였다 (『수사학』, 인용문 참조). 하지만 거기에는 또 다른 은유가 담겨 있다. “부황” 대신에 쓰인 “청동”이라는 (유에서 종으로의 은유라 할 수 있는) 은유가 그것인데, 바로 이 둘을 덧붙임으로써 수수께끼가 만들어지게 된다. “나는 어떤 사람이 다른 사람에게 불로 부황을 붙이는 것을 보았다”라는 표현이라면 정말 유명한 수수께끼가 될 수 있었겠는가? 그러므로 여기서는 은유에 내재한 수수께끼 효과가 배가되는 것을 감안해야 한다.

4. 58 b 5

표현의 진부함과 지나친 색다름을 동시에 피하기 위해서는 명료함을 보장하는 일상어와 일상어법과는 거리가 있음을 보여 주는 다른 모든 말들을 적절하게 배합(kekrasthai, 58 a 31)해야 한다. 그런데 어떤 경우에는 말 자체에서 이러한 배합이 이루어진다. 21장에 나오는 목록 끝부분에 열거된 말들이 그러한데, 그 말들의 공통점은 일상어에 비해 기표의 다양한 형식적 변화를 보여 주고, 그 변화의 이면에서 즉각적으로 일상어를 확인할 수 있다는 점이다. 우리가 보기엔 기계적이고 때로는 매우 인위적일 수도 있는 그러한 방식들에 아리스토텔레스가 큰 중요성을 부여했다는 사실 ─ 58 a 34의 완곡어법이 “명료성과 색다름에 적지 않게 기여한다…” ─ 이 처음엔 놀라울 수도 있다. 그것이 단순한 “요령”이 아니고 그래서 시적 표현에 관한 연구에서 그토록 찬사를 받을 만한 자격이 있는 것인가? 사실 아리스토텔레스의 주장은 확인할 필요가 있으며, 그에 입각하여 기원전 4세기의 그리스인들이 호메로스의 시가 낭송되는 것을 들으면서 어떠한 감정을 느꼈는지 머릿속에 그려 보아야 한다. 바로 거기서 서사시에 리듬을 붙이는 오랜 공식과 떨어질 수 없는 “연장어", "단축어", "변형어" 등이 다시 나타난다. 영웅시 운율의 순수성을 유지하기 위해 세심하게 연결된 그 말들이 청중들에게는 서사시 낭독을 들으면서 느끼는 가장 효과적인 매력들 가운데 하나로 받아들여졌을 것이다. 그렇지 않다면 낡은 호메로스의 작품들을 세밀하게 연구하는 데 만족하지 못했던 헬레니즘 시대 초기 몇 십 년 동안, 칼리마코스나 아폴로니우스 로디우스처럼 학자이면서 시인인 사람들이 호메로스의 글쓰기를 그토록 모방하길 원했고 또 성공적으로 모방할 수 있었다는 사실을 달리 어떻게 설명할 수 있겠는가? 단지 그들만이 아니라, 그 수가 얼마나 되었는지 알 수는 없지만 교양을 갖춘 모든 청중들이 'Pèlèiadeô'나 'dexiteron', 그리고 음성적으로 약간 차이가 있는 다른 수많은 낱말들의 낯설고도 친숙한 소리를 민감하게 느꼈을 것이다. 그리고 바로 그러한 낱말들이 호메로스의 시 작품을 모든 시적 표현의 보고(寶庫)이자 모델로 만든 것이다. 따라서 속아선 안 된다. 아리스토텔레스의 말처럼, 말을 연장하고 단축하고 변형시키는 방식들이 시적 표현의 질을 높이는 데 크게 기여한다고 해서 그것이 시인들에게 기표를 기계적으로 조립하는 방식을 제공했다는 뜻은 아니며, 오히려 그리스 시학 전체를 통틀어 가장 중요하고 움직일 수 없는 자명한 사실, 즉 호메로스는 불멸의 시인이다라는 사실을 간접적으로 일깨워 주는 것으로 보아야 한다.

5. 58 b 15

원칙을 설정한 후 아리스토텔레스는 잘못을 바로잡기 위해 중재에 나선다(13장, 53 a 24; 19장, 56 b 15에서도 이와 똑같은 흐름을 볼 수 있다). 그는 우선 "시인"(ton poiètèn)에게, 사실상 호메로스에게 가해지는 부당한 비난을(ouk orthôs psegousin) 규탄한다. 노(老) 에우클레이데스라는 사람(확인하기 어렵지만 기원전 403년 아티카 그리스어의 철자법 개혁의 선구자를 가리키는 것으로 보인다. 하지만 이 경우 "노"라는 수식어가 문제가 된다)이 음절을 늘이는 시적 파격을 손쉬운 해결책이라 비난하면서, 호메로스를 희화화하려는(*diakômôidountes*) 풍자적 의도로 시를 지었다(*iambopoièsas*)는 것이다. 인용된 두 예문의 판본을 확실하게 정립할 수는 없으나, 호메로스의 모델을 모방하고 있다고 간주되는 에우클레이데스의 "시"가 육각 운율 구조에 맞추기 위해 여러 곳의 단음들을 인위적으로 늘이고 있다는것은 분명해 보인다. 어떤 텍스트를 택하느냐에 따라 단음의 수는 변할 수 있는데, 첫째 예문의 경우 우리가 제시한 대로라면 적어도 세 개 이상이다. 주목할 만한 또 다른 사실은, 이 예문이 가장 뛰어난 기술을 사용한 육각 운율의 시로서 완벽하게 중간 휴지 운율을 맞추고 있음에도 불구하고(trihémimère, penthémimère, diérèse bucolique, 『일리아스』, 1장, 38; 42 등을 참조할 것) 그 의미는 ── "나는 에피카레스가 마라톤으로 가는 것을 보았다" ── 지극히 산문적이라는 점이다(두 번째 예문의 의미는 알 수가 없다). 이러한 내용과 영웅시 운율의 화려함 사이의 대조로 말미암아 특히 부적절하게(*aprepôs*, 58 b 14) 단음절을 지나치게 노골적으로(*phainesthai*, 58 b 11을 참조할 것) 사용하는 방식(*tropos*)은 우스꽝스러운 것(*geloion*)이 되고 만다.

아울러 '*dialektos*'라는 용어는 "언어"라는 일반적 의미로도 쓰이지만 어떤 문맥에서는 표현(*lexis*)과 거의 같은 뜻으로 쓰일 때도 있다는 점을 지적할 수 있을 것이다. 『수사학』 3권 1404 b 11(*dialektos*)과 1406 a 15(*lexis*) 사이에서도 유사한 경우를 볼 수 있지만, 이 말이 아리스토텔레스에게서는 일반적으로 "분절된 언어"(*Hist. An.*, 535 a 28 등)나 "대화"(『시학』, 4장, 49 a 26; 22장, 58 b 32)를 뜻함을 의미론적으로 명시한다 하더라도, 텍스트에서는 문맥에 따라 의미가 결정된다는 사실에는 변함이 없다. 나중에 문법의 발달과 더불어 '*lexis*'가 "낱말"이라는 특수한 의미로 사용되면서 비로소 몇몇 작가들이 '*lexis*'를 대신하여 '*dialektos*'라는 용어(그 또한 "방언"을 가리키는 명칭이 되기도 한다)를 "표현, 문체"의 뜻으로 자유롭게 사용할 수 있게 되었다. 그에 관해서는 예를 들어 기원전 1세기, 할리카르나소스의 디오뉘시오스, *Comp*., 23, 21; 필로데모스, 『시에 관하여』, II, frag. 33 등을 참조할 수 있다.

'*en autèi tèi lexei*'(58 b 9, "그러한 표현 방식을 사용하여")의 의미에 관해서는 의견의 일치가 이루어지지 않고 있는데, 발렌은 '*lexis*'가 언어용법에서 가장 중립적인 형태("노래"에 대립되는 "말"이라는 뜻으로 4장, 49 a 24와 주해 16 해당 부분을 참조할 것)를 가리키기 때문에 "순수한 산문으로"(*in purer prosa*)의 뜻으로 이해한다. 로스타니는 에우클레이데스를 희극 시인으로 간주하여 그가 곧바로 "표현을 실천으로 옮김으로써", 다시 말해서 호메로스의 시를 희극 양식으로(*en autèi tèi lexei tès kômôidias*) 다시 옮겨 씀으로써 호메로스를 희화화했다고 생각한다. 이는 방향은 제대로 짚었지만, 패러디의 궁극적인 효과를 보다 정확하게 짚어 내지 못했다는 점에서 본질적인 것은 놓치고 있다. 에우클레이데스는 바로 호메로스가 직접 사용한 표현, 다시 말해서 조금 전 말했던 음절의 연장이라는 방식을 사용하여 호메로스를 희화화하고 있기 때문이다. 희극적 효과는 우리가 보았듯이 그러한 방식의 남용(절제에 반하는 과오)과 적절한 균형이 결여되는 데서(산문적인 내용과 육각 운율이라는 영웅시의 형식) 생겨난다.

그처럼 아리스토텔레스는 본의 아니게 희극적 표현의 특성을 규정한다고 생각했던 한 가지 특징을 우리에게 언뜻 보여 주고 있다. 아리스토텔레스는 『수사학』의 여러 대목에서 산문으로 된 말(*logos*)의 표현 기준을 시의 그것과 대립시키고 있는데(2, 3, 4, 6, 7, 8장 해당 부분을 참조할 것), 이를 지금 이 대목과 비교해 보면 표현의 용법에서 단계적인 변화의 마지막에 희극적인 것을 위치시킬 수 있을 것으로 보인다.

(a) 산문 작품은 평소와는 다른 말(시에서처럼 진부함을 피하기 위해, 『수사학』, 3권, 1404 b 3)을 사용해야 하지만, 매우 절제하며(실제로 은유에만 한정될 수도 있다, 1404 b 32; 『시학』, 59 a 14를 참조할 것), 그리고 그 규칙을 감추며(『수사학』, 3권, 1404 b 18과 36; 1408 b 1 이하) 사용해야 한다.

(b) 장르에 따라 다양한 변이를 갖는 (엄숙한) 시는(『수사학』, 3권, 1406 b 1; 『시학』, 59 a 8을 참조할 것) 보다 폭넓은 표현 수단들을 자유롭게 구사하면서 보다 고귀한 주제를 다룰 수 있지만(『수사학』, 3권, 1404 b 12 이하), 그 또한 절제하면서 적절한 균형을 존중해야 한다(*metron*, *prepon*). 시는 어떤 점에서 보자면 정점에 해당되며, 그것을 넘어서게 되면

(c) 희극적인 것으로 미끄러지고 만다. 그것은 노골적인(*phainesthai*, 58 b 11) 무절제와 적절한 균형의 결핍(*aprepôs*)에서 생겨난다.

6. 58 b 15

서로 다른 말들의 배합(*kekrasthai pôs*, 58 a 31) 원칙을 설정하고 반례(反例)를 통해 노골적인 과잉(*phainesthai pôs*, 58 b 11)을 소개한 다음, 아리스토텔레스는 22장 끝부분을 여러 종류의 낱말들의 올바른 용법에 할애하면서 이를 적합성(*harmotton pôs*, 원문은 확실하지 않으나 전접前接 부사가 이 대목의 형태적 구조화에 기여하고 있는 것으로 보이기 때문에 필사본 B에 나오는 '*pôs*'를 취한다)이라는 용어로 다루고 있다.

적합성이라는 개념은 『시학』에서 매우 중요한 역할을 한다. 그것은 어떤 요소를 다른 요소에 맞추는 것을 말하며, 그래서 여러 층위에서 통합이나 통일 원칙을 가리키게 된다. "사상"은 (성격 그리고/또는 상황에, 6장, 50 b 5; 주해 15 해당 부분을 참조할 것) 적합한 것을 말하는 것이다. 성격은 적합해야 하고, 그래서 여자는 용감해서는 안 된다(15장, 54 a 22).

운율과 장르 사이에 적합성이 있는데, 단장격과 희극(4장, 48 b 31), 영웅
시 운율과 서사시(24장, 60 a 4)가 그렇다. 동사 'harmottein'은 지금 우리
가 다루는 대목에서 세 번 나오고(58 b 15; 59 a 9와 12), 다양한 종류의 말
들과 다양한 리듬, 그리고 그와 밀접한 관계가 있는 장르 사이의 유사성
에 적용된다. 그에 대한 검토는 엄숙한 시, 무엇보다도 서사시와 비극에
국한된다. 산문 작품은 필요할 경우 참고로 하는 정도이고(59 a 13), 희극
은 이를테면 그 "부적합성" 때문에 제외된다(위 주해 5를 참조할 것).

7. 58 b 31

말의 적합성이 갖는 중요성을 예증하기 위해 아리스토텔레스는 바꿔 넣
어 보는(*metatithenai*, 58 b 18과 20) 테스트 방식을 사용하는데, 이를 통해
아름다운 것(*kalon*)과 평범한 것(*euteles*, 58 b 21 이하)의 차이가 나타나게
된다(*phainetai*, 58 b 21). 즉, 테스트란 바로 시구에서 차용어나 은유 또는
전혀 다른 말을 그에 상응하는 말(즉 일상어를 말하는데 58 b 16에는 그 형
용사가 함축되어 있다. 1. 18을 참조할 것)로 대체한 후, 그로 인해 어떻게
평범해지는지를 확인하는 것이다.

아리스토텔레스는 서사시에 관해(*epi tôn epôn*, 58 b 15) 말해 보겠다
고 말하지만, 실제로는 아이스퀼로스와 에우리피데스가 쓴 두 개의 3보
격 비극시를 비교하고 난 다음에 서사시를 다룬다. 경술해 보이는 이런
태도 때문에 당혹스러워 한 사람들도 있다. 몽몰랭은 58 b 17-24 부분이
아리스토텔레스가 여백에 기록했다가 나중에 본문에 삽입한 주석이라
고 가정한다. 그럴 수도 있을 것이다. 하지만 호메로스의 시구를 평범한
말로 대체하는 나름의 연습문제를 제시하기에 앞서, 아리스토텔레스가
테스트를 소개하고 시인들 자신도 이런 놀이에 몰두했다는 것을 보여 줌
으로써 어떤 의미에서는 자신이 보여 줄 테스트를 정당화하려 했을 것

이라는 가정 역시 무리는 없다. 아리스토텔레스에 따르면(인용된 시구를 달리 확인할 수가 없기 때문에 여기서는 아리스토텔레스만이 유일한 증인이다), 에우리피데스는 평소의 일상어 "먹다"(*esthiei*) 대신에 차용어("큰 기쁨을 맛보다, 향연을 즐기다"라는 뜻의 '*thoinatai*'인데 도리아 방언에서 나온 말인가? Chantraine, *DE*, s.v. '*thoinè*'를 참조할 것)를 사용하고 나머지는 그대로 둠으로써 아이스퀼로스의 시를 — 더 낫게! — 개작했다. 비록 그것이 자신의 논의를 잠깐 중단시키고 (앞서 예고했던 바와는 반대 방향의 대체를 보여 주는 것이라 하더라도) 아리스토텔레스는 이 "최소 대립쌍"을 인용하는 즐거움을 거부하지 못했을 것이다. 아이스퀼로스는 평범한 말을 사용한 시인으로, 에우리피데스는 표현을 돋보이게 한 시인으로 나타난다는 사실도 더불어 지적할 수 있다. 그런데 이는 아리스토파네스가 『개구리』에서 개진한 상투적인 견해와는 반대이다. 아리스토텔레스 자신이 시인들 가운데 "일상어에서 낱말을 선택함으로써 자신의 기술을 잘 감추는 법" — 그것이야말로 『수사학』에서 산문의 이상형으로 제시되는 것이다! — 을 보여 준 시인으로 제일 먼저 에우리피데스를 꼽고 있기 때문이다(『수사학』, 3권, 1404 b 24).

호메로스의 두 개의 시구(각기 『오뒤세이아』, 9장 515와 20장 259에 나온다)는 형용사 '*oligos*'를 은유적으로 사용하는 유형의 시적 용법("하잘 것없고" 대신에 "작고")과 '*aeikès*' 또는 그 파생어 '*aeikelios*' 같은 시적 낱말들(게다가 이러한 낱말들에서 확인되는 머리글자 '*aik-*'에 비하면 "연장어")을 제시하고 있다는 공통점을 지닌다. 이러한 관계를 통해 아리스토텔레스가 — 적어도 외우고 있는 것에서 — 예를 끌어오려는 교육적인 목적에서 "카드"를 작성했을 것이라는 추측을 할 수 있다. 인용된 두 개의 시구를 대조함으로써 첫 번째 시구의 '*aeikès*'(이 단어는 통속적인 호메로스 그리스어에서는 "나약한"이라는 뜻의 '*akikus*'와 대립된다)를 "지독

한, 끔찍한"이라는 뜻으로 읽을 수 있을까? 그럴 수도 있다. 어쨌든 아리스토텔레스는 그에 상응하는 일상어 *aeidès*("꼴사나운")로 바꾸어 쓰고 있는데, 그로써 58 b 25에서 그렇게 읽는 독법에 책임을 진다. 게다가 그것은 『오뒤세이아』, 9장, 515에서 전승되는 판본의 한 변이로 나타난다. 형용사 *aeikès*는 사람에게는 쓰지 않는 것으로 보이는데 아리스토텔레스는 이를 일종의 은유로 보았을 수도 있다. 아리스토텔레스가 *outidanos*("아무것도 아닌 것"이라는 뜻으로 호메로스가 사용한 *outi*라는 용어의 파생어로서, 아이스퀼로스의 작품에서도 나온다)를 어떤 종류의 말로 분류했는지를 명확하게 밝히는 것은 쉽지 않다.

*aeikelios*의 경우 역시 마찬가지로, 결국 특별히 시적인 낱말들, 그래서 시의 아름다움을 드높이는 데 기여하는 낯섦의 맛을 지니고 있는 낱말들이 관건임을 확인하는 것으로 충분할 것이다. 아리스토텔레스가 제안하는 대체어들은 모두 일상어법에 속한다. 호메로스가 사용한 말과 그 대체어들에 대해 우리가 제시한 번역들은 그 의미를 대략 추정한 것이며, 그리스인이라면 대체 연습을 통해 실제로 어떤 효과를 느꼈을지 막연하게 윤곽을 보여 준 것에 지나지 않는다. 어쨌든 그러한 효과가 본질적으로는 의미론적 영역에 속했을 것이라는 점도 기억해 두자. 아리스토텔레스는 각각의 낱말을 그에 상응하는 리듬을 가진 말로 대체하는 데 신경을 썼으며, 그래서 다시 만들어진 시구들도 리듬의 측면에서는 훌륭한 육각 서사시로 간주될 수 있다.

"해안의 외침"(『일리아스』, 17장, 265)이라는 예는 조금 다른 경우라 할 수 있을 것이다. 호메로스의 *booôsin* 대신에 아리스토텔레스가 사용한 *krazousin*은 그에 상응하는 은유이다. 여기서 생략된 것은 연장어(아티카 그리스어의 *booôsin*)인데, 그것은 '*o*'를 세 개 연달아 붙여 씀으로써 뛰어난 환기력을 지녔을 것이다. 할리카르나소스의 디오뉘시오스

(*Comp.*, 15)는 호메로스의 이 시구를 음절의 음성학적 표현성을 보여 주는 예로 인용하고 있다(『일리아스 주석』, 해당 부분도 참조할 것).

8. 59 a 4

아리프라데스(이 또한 알려져 있지 않은 인물인데, 아리스토파네스가 『기사』, 1280 이하, 『말벌』, 1275 이하에서 비꼬고 있는 희극 시인으로 추정된다)는 노(老) 에우클레이데스 식으로 말하면서 "비극 시인들을 조롱했다"(*tragôidous ekômôidei*)고 덧붙인다(*eti de*), 여기서 모순어법은 글자 그대로 받아들여야 할 것이다. 다시 말해서 에우클레이데스와 마찬가지로 아리프라데스는 비극 시인들이 일상대화(*dialektos*)에는 낯선 형태들에 애착을 가지고 주제와는 상관없이 이를 사용했다고 조롱거리로 만들었다는 것이다. 인용된 형태들은 도치된 형태들("집으로부터"라는 뜻의 '*apo dômatôn*'을 '*domatôn apo*'로, "아킬레우스에 관해"라는 뜻의 '*peri Akhilleôs*'를 '*Akhilleôs peri*'처럼 두 음절로 된 전치사를 후치시키는 경우)과 아티카 그리스어가 아닌 대명사 형태들("너에게서"라는 뜻의 '*sethen*'은 아티카 그리스어의 '*sou*'에 해당하는 레스보스 그리스어와 호메로스 그리스어 형태이며, '*nin*'은 강조를 위한 3인칭 단수 목적격의 두운 반복 형태로서 문학작품에 자주 사용되는 도리아 그리스어이다)이다. 이런 말들은 비극의 대화에서 볼 수 있으며 일상어(*idiôtikon*, 위 58 a 21과 32를 참조할 것)의 진부함에서 벗어나게 하는 기능을 갖는다. 따라서 아주 적절한 말인데, 아리프라데스가 그것을 몰랐다(*ègnoei*)는 것이다.

9. 59 a 8

이 대목은 시적 용법에서 말의 서열을 매기고 있는데, 모두 나름대로의 중요성을 가지고 있으나 특히(*kai*) 복합어와 차용어가 중요하고, 은유가 맨 위에 있다.

복합어와 차용어가 차지하는 중간적 위치에 대한 언급은 "특히"(*kai*)라는 말로 상당히 느슨하게 이루어지고, 앞에서도 나온 적이 없기 때문에 분명하게 정당화할 만한 근거가 없다. 단지 우리가 지적할 수 있는 것은 뒤에 나오는 대목에서 말하는 적합성 원칙에 따르면 (*harmottei*, 59 a 9) 복합어와 차용어가 일상어법에서 가장 동떨어진 시적 형태들의 탁월한 구성 성분이 된다는 점이다. 그러니까 이 두 종류의 말들이 각광을 받게 된 것은 아마도 그 특성이 무엇보다 변별적이기 때문일 것이다. 『수사학』, 3권, 3장에 산문 문체의 "차가움"의 네 가지 원인이 나열된 대목에서도 이 점을 확인할 수 있는데, 복합어와 차용어가 맨 앞에 나오지만, 이어지는 수식어나 은유와는 달리, 이를 남용하거나 오용해서는 안 된다고 말하지는 않는다. 아마도 복합어와 차용어는 금해야 한다는 뜻일 것이다(표현이 정열적인*pathètikè* 것이 되어, 엄밀히 말해서 "영감을 얻은"[*entheos*, 1408 b 11 이하] 시에 가깝게 될 때처럼 드문 경우[1404 b 28]를 제외하고).

은유에 대한 격찬, 보다 정확하게 말하면 은유를 만들 줄 아는 능력 (*to metaphorikon einai*)에 대한 격찬이 같은 방식으로 정당화될 수는 없다는 것은 분명하다. 일상어를 제외하고는 오직 은유만이 시는 물론 산문에서도 합법적으로 쓰일 수 있는 말이 아닌가(『수사학』, 3권, 1404 b 32를 참조할 것; 『시학』, 59 a 14에서는 장식어도 추가하고 있다)? 하지만 아리스토텔레스는 여기서 몇 가지 이유를 제시한다. "왜냐하면"(*gar*)이라는 용어로 연결된 두 가지 설명이 그에 대한 논증을 펼친다. 은유에 관한 재능이 가장 중요한 이유는, "왜냐하면 이것만은 남에게서 빌릴 수 없는 것이며, 타고난 천품을 드러내는 징표(*euphuïas sèmeion*)이기 때문이다. 은유에 능하다는 것은 닮은 것을 보는 것이다(*to homoion theôrein*)".

　　이 대목은 유명하긴 하지만 그럼에도 불구하고 마땅한 주목을 받지는 못했다. ‘*oute* […] *te*’라는 등위접속사로 밀접하게 연결된 첫 문장은 서로 상관관계에 있는 두 가지 여건을 제시한다. 즉 은유를 만드는 기술은 시인의 개인적 천품에 근거하고, 다른 사람에게서 빌려 올 수 없다는 것이다(『수사학』, 3권, 1405 a 9). 이러한 사실에 근거해서 은유의 우월성에 대한 논증을 펼친다는 것은 생산, 즉 이를테면 양도할 수도 없고 위조할 수도 없는 개인적 창조 행위로서의 포이에시스를 무엇보다 강조하는 것이다. 다시 말해서 시인이 시인인 것은 바로 개인으로서 그렇다는 것이다. 두 번째 문장이 이번에는 그러한 주장에 정당한 근거를 부여한다. 즉 은유는 “시선”에 토대를 두고 있으며, 이를 다른 사람의 눈으로는 볼 수 없다는 것이다.

　　이러한 정당화에 만족할 수 있을까? 물론 시인의 개인적 재능이 중요하지만 그것이 왜 은유가 다른 말들보다 더 우월할 수 있는 충분한 근거가 되는지는 알 수 없다. 시인의 역량에서 끌어온 논증은 증거라기보다는 징표에 가깝다. 그렇기에 초기 시인들이 줄거리를 구성하는 데에 능숙하지 못했다는 점을 줄거리의 우월성을 나타내는 징표(*sèmeion*)의 예로 든 바 있다(6장, 50 a 35-38). 그러나 우리가 알고 있듯이 이러한 우월성은 우리가 “내재적”(6장, 50 a 15-35)이라고 부를 수 있는 다른 논증들을 통해서도 증명이 된다. 그런데 이 22장에는 은유의 솜씨가 표현 분야에서는 “무엇보다 가장 중요하다”(*polu megiston*)는 주장을 뒷받침하기 위한 논증이 나타나지 않는다.

　　우리가 이미 지적했듯이, 은유가 시 고유의 것은 아니라는 점에서, 『시학』에 그렇게 쓴다는 것 자체가 역설이라고 할 수도 있다. 실제로 아리스토텔레스는 “모든 사람은 은유를 통해 이야기한다”(*pantes metaphorais dialegontai*)라고 말한다(『수사학』, 3권, 1404 b 34). 그리고 어휘에는 오로지 유비에 의한 은유만이 메울 수 있는 "빈칸"이 있음을 알고 있는데(21장, 57 b 25) 사정이 어떻게 달라질 수 있겠는가? 그러므로 은유는 가장 자연스러운 일상 대화에서도 불가피하며, 시인보다 표현 수단을 덜 갖춘 산문 연설의 저자에게도 각별히 바람직하다(*mallon philoponeisthai*, 『수사학』, 3권, 1405 a 6 이하). 그런데 왜 시인이 그 무엇보다 먼저 은유에 뛰어나야만 하는가? 적어도 우리에게 가장 설득력이 있어 보이는 이유는, 여러 종류의 말들 가운데 은유가 가장 분명하게 재현적 생산으로 나타나기 때문일 것이다. 어떤 점에서는 사물을 직접 밖으로 드러낸다고 할 수 있는 일상어와는 달리, 그리고 단지 기표만이 낯설어서 일상적이지 않은(*xenika*) 다른 종류의 말들과는 달리, 은유는 의미의 변형 과정으로 설명할 수 있다. 이는 언어 내에서 인간의 행동을 줄거리, 즉 뮈토스로 변형시키는 미메시스("재현")의 움직임과 유사한 것이라고 할 수 있다. 어느 경우에서나 훌륭한 화가와 같은 "시선"을 가진 시인(15장, 54 b 9)은 닮은 것(*homoion*)을 분간할 줄 알고 그래서 참신한 가공물, 즉 『오이디푸스 왕』의 줄거리나 "인생의 황혼" 같은 행동이나 기의의 독특하고 진정 시적인 재현을 만들어 내는 것이다. 우리가 여기서 은유와 미메시스 사이에 설정한 유비 관계는 은유가 다른 종류의 말에 비해 우월하다는 주장을 밝혀 줄 뿐만 아니라 시인의 창조행위의 통일성을 더더욱 부각시킨다. 폴 리쾨르 또한 『살아 있는 은유』(1장)에서 우리의 견해와 놀랄 만큼 가까운 시각에 도달한 바 있다는 사실을 서문(33쪽)에서 언급한 바 있다.

10. 59 a 14

적합성이라는 관계로 여러 종류의 말들을 서로 다른 시 장르와 연결 짓는 것은 『수사학』에서도 마찬가지이다(3권, 1406 b 1 이하). 적합성은 시인이 어떤 유형인가에 따라 어떤 종류의 말이 가장 효용 있는가 또는 가장 많이 쓰이는가(*khrèsimôtatè*)로 표명된다. 디튀람보스 시인들이 복합어 표현(*diplè lexis*)을 선호하는 이유는 소음, 어쩌면 "요란스럽다"고 할 수 있는 소리 형식에 대한 취향(*psophôdeis*)으로 설명할 수 있을 것이다. 서사 시인들이 차용어(*glôttai*)를 좋아하는 것은 그것들이 표현에 "위엄 있고 우아한 분위기"(*semnon kai authades*)를 부여하기 때문이다. 우리가 제대로 이해하고 있다면, 우아한이란 형용사는 서사시 장르로 하여금 장엄함만이 아니라 "장엄한 분위기"를 갖게 한다는 점에서 주목할 만하다. 아리스토텔레스가 차용어, 다시 말해서 서사시 장르와 불가분의 관계에 있는 것으로 보이는 전형적으로 서사시적인(차용된 것으로 추정되는) 상당수의 낱말들에 이러한 외양을 부여하고 있다는 사실을 기억해 두자. 서사시의 전반적인 특징이 "장엄함"이나 "방대함"(5장, 주해 5와 24장, 주해 7을 참조할 것)이라는 점에서 차용어가 의미 있는 요소가 되는 것은 분명해 보인다. 그러나 다른 한편 『시학』 본문(59 a 11)에서 "영웅시에서는 모든 종류의 말들이 쓸모가 있다"고 명시하고 있고, 24장(59 b 35)에서는 영웅시가 "특히(*malista*) 차용어와 은유를 받아들인다"고 강조함으로써 이를 확인하고 있다. 서사시는 그처럼 실제로 시적 용어가 될 수 있는 모든 것의 거대한 저장고로, 따라서 그 방법에 있어 보다 전문화되고 제한된 모든 장르들의 원조로 나타난다(4장, 48 b 34 이하, 모든 시인들의 원조로서의 호메로스의 이미지를 참조할 것).

은유가 단장격 시에, 실제로 대화체의 3보격에 적합하다는 지적 역시 『수사학』(3권, 1406 b 3)과 『시학』이 일치하는 부분이다. 아리스토텔레스는 이미 단장격 시와 일상 대화 언어(*hè dialektos hè pros allèlous*) 사이에는 자연스런 친화력이 있다고 말한 바 있다(4장, 49 a 23, 주해 16 해당 부분을 참조할 것). 여기서도 역시 "단장격 시는 가능한 한 구어를 모

방한다"(*hoti malista lexin mimeisthai*)라고 말함으로써 같은 생각을 드러
낸다. 본문의 표현에 따르면(4장의 '*dialektos*'와 동의의) '*lexis*'만이 아니
라 '*mimeisthai*'라는 동사도 비-기술(技術)적인 용법으로 쓰이고 있음을
알 수 있는데, "가능한 한"이라는 제한적 표현으로 인해 '*lexin*'을 모델-
대상으로 간주할 수 있으며, 이는 다시 말해서 단장격의 삼각 운율은 가
능한 한 가장 비슷하게 일상적인 구어를 모방한다는 뜻이다. 그런데『수
사학』(3권, 1404 b 33)에 따르면 일상적인 구어는 "은유, 원래 의미의 말
(*oikeiois*), 그리고 일상어(*kuriois*)"만을 주로 사용한다. 따라서 "산문 표
현에서 유일하게 유용한(관용적인) 것"(*mona khrèsima pros tèn tôn psilôn
logôn lexin*, 1404 b 32)은 바로 이 세 가지 종류의 말이다.『시학』본문은
몇 가지 세부적인 내용만 빼고는『수사학』과 상당히 유사하지만(*logois*,
59 a 13 이『수사학』에서는 *psilôn logôn*으로 되어 있다), 한 가지 놀라운 것
은, 산문을 구성하는 성분으로 일상어와 은유에 장식어(*kosmos*)를 덧붙
이고 있다는 점이다. 원래 의미의 말(*oikeion*)과 장식어(*kosmos*) 사이의
등가성을 가정하는 데에는 ──『수사학』에서는 '*oikeia*'가 별도 부류로 다
루어진다는 사실이 당혹스러운 것은 사실이지만 ── 문제가 없다(오로지
각각의 경우에 세 용어의 순서가 다르다는 사실만이 이러한 등가성에 의문을
제기하게 한다. 즉『수사학』에서는 일상어-원래 의미의 말-은유의 순으로 되
어 있으나『시학』에서는 일상어-은유-장식어의 순으로 나온다). 여기서 "장
식어"는 무슨 역할을 하는가? 우리가 보았듯이 이 낱말은 무엇보다『수
사학』에서 '*epitheton*'이라 부르는 것, 즉 장식적 기능의 "동격"을 가리킨
다고 말할 수 있다. 그런데 자세히 들여다 보면『수사학』(3권, 3장)에서
'*epitheta*'는 은유와 매우 유사한 방식으로 다루어지고 있음을 알 수 있
다. 산문에서 사용이 금해져 있는 복합어(1405 b 35 이하)나 차용어(1406
a 6 이하)와는 달리(복합어에서 필요에 따른 경우를 제외하고, 1406 a 35),

"동격"(1406 a 10 이하)과 은유(1406 b 5 이하)는 단지 몇 가지 제한사항만 따르면 된다. 즉 알키다마스가 'epitheta'를 양념(*hèdusma*)이 아니라 주식(*edesma*)으로 삼고 있다고 비판하고 있는 대목에서 우리는 전자의 용법이 정당하다는 것을 알 수 있다. 'epitheton'과 'kosmos'에는 적어도 부분적인 등가성이 있기 때문에 『시학』, 59 a 14에서 'kosmos'라는 용어가 나온다 해도 놀랍지는 않을 것이다. 게다가 아리스토텔레스가 보기엔, 단장격의 삼각 운율이 아무리 산문과 가깝다 해도, 그 용법이 시적 성격을 갖고 있던 다양한 종류의 말을 산문보다는 더 쉽게 받아들인 것으로 생각할 수 있다. 그렇다면 일상 대화의 언어에서 자신의 말을 선택함으로써 절제의 모범 사례를 보여 주었다는 점에서 에우리피데스를 인용하고 있다는 사실 — 인용의 맥락이 함축적임에도 칭찬하고 있는 것만은 확실하다 — 또한 잊어서는 안 될 것이다(『수사학』, 3권, 1404 b 25).

11. 59 a 16

결론을 맺는 이 문구는 이어지는 23장의 첫 문장을 참고해서 이해해야 한다. "비극과(*kai*) 행동에 의한 재현"은 똑같은 것이다. 59 a 15에 나오는 '*kai*'는 설명하는 것이지 덧붙이는 것이 아니다. 즉 그 다음에 나오는 표현은 그와 대립되는 "서사적 미메시스"가 이제부터 문제가 될 것임을 예고한다.

비극에 대한 이러한 "공식적" 결론이 갖는 장점은 비극을 다루는 부분과 서사시를 다루는 부분 사이에 분명한 경계선을 긋는다는 점이다. 하지만 20장에서 22장에 걸쳐 표현을 다루고 있는 부분이 특별히 비극의 표현만을 다루는 것은 아니라는 점에서 경계선이 다소 작위적인 것은 사실이다.

제23장

운문으로 된 이야기를 통해 재현하는 기술에 대해 말해 보자.[1]
명백한 것은 비극에서처럼 그 줄거리는 극 형태로 구성되어
야 하며[2] 처음과 중간 그리고 끝과 더불어 하나의 단일한 전체
를 이루면서 그 결말에까지 이르는 하나의 단일한 행동에 초점
이 맞추어져야 한다는 사실이다.[3] 그래야만 하나의 전체를 이
루는 단일한 생명체와 흡사하게 줄거리는 그 고유의 쾌감을 만
들어 낼 수 있을 것이다. 그 구조가 연대기적 역사의 그것과 비
슷해서는 안 될 것이다. 연대기적 역사는 하나의 단일한 행동
이 아니라 어떤 한 시기와 그 시기에 일어난 모든 사건들, 단 한
사람 또는 여러 사람과 관계되면서 서로 간에는 우연적인 관계
를 맺는 사건들에 대한 진술이 될 수밖에 없다. 왜냐하면 살라
미스 해전과 시켈리아 섬에서 카르케돈인들과의 전쟁은 같은
시기에 일어났지만 결코 같은 결말을 향해 나아가지는 않았던
것과 마찬가지로, 시기적으로 한 사건이 다른 사건과 전후하여
일어나는 경우에도 하나의 단일한 결말에 이르지 못할 수도 있
기 때문이다.

그런데 거의 대부분의 시인들은 그렇게 하고 있다. 그러
므로 앞에서 이미 말한 것처럼 호메로스는 이 점에서도 다른

시인들에 비해서 신성한 영감을 얻은 것으로 보일 수 있다. 트로이 전쟁이 처음과 끝을 가지고 있음에도 불구하고 그는 이를 전부 하나의 전체로 구성하려고 하지도 않았고(그랬다면 너무 길이가 늘어나서 이를 한눈에 파악할 수 없었을 것이다), 다양성 때문에 복잡하게 뒤얽히게 될 만큼 길이를 줄이려고 하지도

59 a 35 않았다.[4] 실제로 그는 단 한 부분만 취하고 나머지 부분에서는 많은 삽화들을 끌어왔는데, 예컨대 함선 목록이나 다른 삽화들을 군데군데 사용하여 자신의 작품을 구성하고 있다. 반면에 다른 시인들은 그들의 시에서 한 사람 또는 한 시기를 다룬다지만 여러 부분들로 이루어진 하나의 행동을 구성하고 있는데,[5] 예를 들면 『키프리아』와 『소(小) 일리아스』의 작가들의 경

59 b 2 우가 그렇다. 따라서 『일리아스』와 『오뒤세이아』는 기껏해야 각기 두 편의 비극의 주제를 제공할 수 있는 데 비해, 『키프로스인들의 노래』는 여러 편의 주제를 그리고 『소(小) 일리아스』는 여덟 편 이상의 주제를 제공했다는 것을 이해하게 되는데, 즉 『무기 배당』, 『필록테테스』, 『네오프톨레모스』, 『에우뤼필로스』, 『걸인』, 『라케다이몬의 여인들』, 『트로이 함락』, 『함대의 귀환』, 『시논』과 『트로이의 여인들』이 그것이다.[6]

제23장 주해

1. 59 a 17

6장 이후부터 비극과 그 구성 부분들을 다룬 후에, 여기서 아리스토텔레스는 3장에서 구분했던 두 번째 재현 방식에 접근한다. 서사적(diégétique) 이야기, 즉 화자에 의해(*apangellonta*, 3장, 48 a 21) 옮겨지는 이야기가 그것이다. 이때 아리스토텔레스는 운문으로 된 이야기라고 분명하게 밝힘으로써 서사시가 사실상 운문으로 쓰인다는 점을 명시적으로 지적한다. 하지만 아리스토텔레스가 산문으로 된 재현적 이야기가 존재한다고 언급한 적이 없다는 점에서 그러한 지적은 불필요하고 구별 기능도 없다. 반면 서사적 형태와 더불어 운율 형태를 사용한다(‘*diègèmatikès*’와 ‘*en metrôi*’의 등위 관계 참조)는 점은 서사시와 비극을 구분 짓는 특징들 가운데 하나라는 사실을 적절하게 환기하고 있다. 5장 49 b 11에서 이미 언급한 바 있는 이 두 가지 변별적 차이를 환기하는 것은 서사시를 검토하는 틀이 비극과의 비교라는 점을 분명하게 해 준다. 두 장르의 유사점들을 제시한 후에(*mutatis mutandis*, 23장과 24장, 59 b 16까지), 차이점들을 다루는 부분(24장, 59 b 17에서 끝까지)의 첫 문장(59 b 18)에서 운율을 다시 언급하게 될 것이다. 그리고 곤란한 문제들과 그 해결책을 다루는 25장에서 잠시 중단되었다가, 비극이 서사시보다 우월하다고 결론짓는 26장에서 다시 그 둘을 비교하게 될 것이다.

2. 59 a 19

서사적 이야기에 부과되는 첫 번째 규범은 줄거리가 극 형태(*drama-tikous*)로 구성되어야 한다는 것이다! 이 주장은 3장에서 바로 극시와 견주어 서사적 이야기를 정의했던 것(48 a 19-24와 26-29)을 생각한다면 역설적일 뿐만 아니라 모순적이기까지 하다. 서사적 이야기와 극시는 각기 서로 확실하게 구분되는 재현 방식을 구현하며, 호메로스는 소포클레스와는 반대되는 쪽에 속해 있었다(48 a 26).

분명한 것은 이론적 가능성들을 기술하는 과정에서 서사시는 단일한 화자의 발화행위로 정의되는 데 비해, 비극은 나라고 말하면서 줄거리를 행동으로 옮기는 서로 다른 등장인물들에게 배분한다는 점이다. 하지만 여기서 아리스토텔레스의 관점은 기술적이라기보다는 규범적이다. 중요한 것은 서사시가 나아가야만 하는(*dei*) 이상적인 모델을 제시하는 것이기 때문이다. 그리고 사실상 그 모델은 호메로스일 수밖에 없다. 그런데 호메로스는 서사적 이야기를 극시처럼 구성하고 있다. 즉 성격을 부여받은 등장인물들 뒤로 자신을 숨기고서 인물들을 행동하게 하고 그들 이름으로 말하게 한다는 것이다. 간단히 말해서 인물들이 "무대"를 차지하도록 하는데, 그 결과 호메로스의 작품에서 서술행위는 가능한 한 가장 가깝게 극시를 모방하게 된다(24장, 60 a 5-10). 적어도 이 점에서는 서사시가 비극을 모델로 삼고 있다고 말할 수 있다. 그리고 그처럼 서사 장르를 다루면서도 극시의 개화를 준비했다는 것이 바로 호메로스의 가장 큰 장점들 가운데 하나이다(4장, 48 b 34 이하).

3. 59 a 20

문장 속에서 "결말, 끝"을 뜻하는 '*telos*'는 "결말에까지 이르는"이라는 파생형용사 '*teleian*'과 중복되는 것처럼 보인다. 하지만 '*telos*'란 말의 두 가지 뜻을 구분할 필요가 있다. 즉 "처음"(*arkhè*), "중간"(*meson*)과 같이 위치를 규정하는 다른 용어들과 짝이나 계열을 이루는 경우는 공간이나 시간 속에서의 끝부분을 가리키고, 우리는 이를 "끝"으로 옮긴다. 다른 경우에는 목적을 갖는 어떤 과정의 완성이나 완수를 가리킨다. 예를 들어 살아 있는 생명체의 만개(滿開)나 행동의 논리적 결말, 방향성을 가진 기능의 완수 등이 이에 해당되는데, 그래서 우리는 이를 관례적으로 "결말"로 옮긴다. 파생 형용사 '*teloeios*'가 가리키는 것은 이 두 번째 의미이다. 그러므로 같은 때에 끝난 사건들이라도 같은 결말에 이르지 않을 수 있으며(59 a 27), 처음과 중간 그리고 끝을 갖는 트로이 전쟁(59 a 32)도 결말에까지 이르는 단일한 행동으로 재현되지 못할 수도 있다는 사실을 이해하게 된다.

4. 59 a 34

문장 뒷부분(*è tôi megethe metriazonta*…)의 구성에 대해서 문제가 제기될 수 있는데, 부정법으로 된 동사는 보어가 필요하고, 보통 주어와 일치하는 목적격 분사 '*metriazonta*'는 앞 문장(*lian gar megas*…)과의 대칭을 깨뜨리고 있다. 우리는 로스타니의 구성을 따라 '*lian gar* […] *esesthai*'를 괄호 속에 넣고, 두 개의 부정법은 두 번째 문장에서도 반복되어야 하고 '*è*'는 '*mède*'를 다시 취하는 것이므로 '*è tôi megethei* […] *poikiliâi*'를 '*tôi mède ton polemon* […] *épikheirèsai poiein*'("트로이 전쟁이 […] 구성하려고 하지도 않았고")에 결부시킬 것이다. 분사 '*metriazonta*'는 타동사로서 "적절하게 지니다"를 의미할 수 있다. 여기서는 생략된 부정법 '*poiein*'의 주어 호메로스와 연결되어 있으며 '*poiein*'과 마찬가지로 "전쟁"(*polemon*)이 보어가 된다. 그리스어 문장은 그 분사를 "뒤얽힌"(*katapeplegmenon*)이라는 낱말과 비교하면서 대립을 강조한다. 서로 대칭되는 두 문장은 교착어법으로 조응을 이룬다. "트로이 전쟁이 처음과 끝을 가지고 있음에도 불구하고 그는 이를 전부 하나의 전체로 구성하려고 하지도 않았고(그랬다면 너무 길이가 늘어나서 이를 한눈에 파악할 수 없었을 것이다), 다양성 때문에 복잡하게 뒤얽히게 될 만큼 길이를 줄이려고 하지도 않았다."

다시금 호메로스는 서사적 시의 완벽한(*thespesios*, "신의 경지에 이른", 59 a 30) 모델로 나타난다. 그런데 서사적 시도 줄거리를 이상적으로 구성하게 되면 비극이 요구하는 조건들 ─ 단일성, 완결성, "한눈에" 볼 수 있는 가능성으로 제한되는 길이(*eusunoptos*, 7장, 51 a 5 이하와 8장을 참조할 것) ─ 을 매우 정확하게 충족시키게 된다.

5. 59 b 2

아리스토텔레스는 하나의 단일한 행동(*peri mian praxin*, 59 a 19; 59 a 35에서는 *hen meros*, "단 한 부분"이라는 말로 다시 언급하고 있다)에 초점을 맞춘 호메로스의 서사시 모델을 "여러 부분들로 이루어진 하나의 행동"(*praxin polumerè*, 59 b 1)을 구성하는 "다른 시인들"(*para tous allous*, 59 a 31, *hoi d'alloi*, 59 a 37)의 그것과 견주고 있다. 필사본에는 "여러 부분들로 이루어진 하나의 단일한 행동"(*kai mian praxin plumerè*)이라고 되어 있는데, 이것은 "단일한, 통일된"이라는 뜻의 '*mia*'(59 a 19를 참조할 것)의 어휘론적인 강한 의미를 지워 버리는 묘기를 부리지 않고는 이해할 수 없는 표현이다. 우리는 텍스트를 수정하여 아랍어 판본에서는 번역하지 않고 있는 '*kai mian*'을 삭제했다. 23장은 '*kai*'로 연결된 문장이 많고 '*mia praxis*'라는 표현이 자주 나오기 때문에 텍스트에 이를 잘못 삽입한 것으로 설명할 수 있을 것이다.

행동의 단일성이라는 조건은 8장(51 a 16-21)에서 비극의 공식으로 정리되었던 바로 그것이다. 게다가 그때 제시된 예도 『오뒤세이아』였으며 거기서 사용되었던 표현이 여기서 다시 나타난다(51 a 17-19와 25-28부터 59 a 22-29; 8장의 주해 3을 참조할 것).

하지만 이 부분은 앞장에서 말한 내용들과 두 군데 모순되는 점이 있다.

1. 18장에서 아리스토텔레스는 비극 줄거리 고유의 특성을 환기하면서 이를 서사시의 구조, 즉 여러 개의 줄거리를 연결시키는 구조(*sustèma polumuthon*, 56 a 12)와 대립시켰다. 그리고 트로이 함락을 그 전체가 아니라 "부분적으로"(*kata meros*, 56 a 16) 다루었다는 점에서 에우리피데스를 높이 평가했다. 이러한 '*polumuthon*'과 '*kata meros*'의 대립으로 말미암아 '*polumerè*'("여러 부분들")와 '*polumuthon*'("여러 개의 줄거리들")을 비교하지 않을 수 없다. 게다가 아리스토텔레스는 이미 8장에서 서사시를 구성하는 부분들(*merè*)의 필연적 질서에 따른 배열을 언급한 바 있고(51 a 32), 24장과 26장에서 다시 "동시에 일어나는 여러 부분들"(*hama prattomena polla merè*, 24장, 59 b 24; *polla merè*, 26장, 62 b 9)을 재현할 수 있다는 서사시 고유의 가능성에 관해 언급할 것이다.

아리스토텔레스는 서사시를 구성하는 부분들이 여럿이라는 사실을 인정하지 않을 수 없었을 것이다. 그러나 18장에서는 비교하는 과정에서 비극을 부각시키기 위해 서사시가 이용되었으며, 따라서("여러 개의 줄거리를 지닌", '*polumuthos*'한 것으로 규정될 정도로) 다소 푸대접을 받았던 반면, 이곳에서는 서사시를 위한 규범을 찾다 보니 자연스럽게 서사시를 비극에 가깝게 접근시키기에 이른 것이다. 서사시와 비극은 둘 다 단일한 행동이라는 동일한 이상적 형태를 가지고 있으며, 호메로스는 트로이 전쟁의 한 부분(*hen meros*)만을 다룸으로써 그것을 실현했다. 그럼에도 불구하고 여러 부분들(*polumerè*)로 확산되려는 경향은 여전히 서사시의 특성으로 남을 것이다. 그리고 서사시는 완벽한 비극이 대표하는 절대적인 이상적 형태에 이를 수 없을 것이며, 호메로스처럼 최상의 경우라도 그에 근접한(가능한 한 근접한[*hoti malista*], 26장, 62 b 11) 형태만을 제시할 수 있을 뿐이다. 그렇게 이상에 근접한 상태에 이르는 방법은 줄거리에 삽화들을 종속시킴으로써 구성 부분들의 위계를 정하는 것이며, 이때 줄거리는 아리스토텔레스가 8장 끝(51 a 32 이하)에서 설명한 체계적 특성을 가져야만 한다.

2. 두 번째 모순은 9장에서 아리스토텔레스가 "삽화식 줄거리"(*epei-sodiôdeis*)를 가장 나쁜 것이라고 혹평하고 있다는 점이다(51 b 35). 그런데 여기서는 호메로스가 "많은 부분들을(*kekhrètai autôn pollois*, 59 a 35) 삽화로(*epeisodiois*) 사용할" 줄 알았다고 칭찬하고 있다. 하지만 이러한 모순은 삽화들을 사용하는 것(23장)과 "삽화식"으로 줄거리를 구성하는 것(9장)을 동일시하는 경우에만 성립하므로, 실제로는 표면적 모순일 뿐이다. 즉 두 가지가 같다고 보는 것은 그릇된 해석으로 볼 수 있다. "삽화식" 줄거리는 "그 속에서 삽화들이 개연성도 필연성도 없이 연속되는" 줄거리로 정의되기 때문에 명백한 과오로 규정된다. "무능한 시인들"이 그렇게 하지만 우수한 시인들도 배우들을 즐겁게 하기 위해서 우발적으로 그렇게 하는 경우도 있다. 문제가 되는 것은 삽화나 삽화의 수가 아니라, 제어되지도 않고 단일성 원칙에도 전혀 따르지 않는 삽화들의 연쇄 관계이다. 직설적으로 말하자면 그러한 줄거리들(*muthoi*)은 주제(*logos*)를 가지고 있지 않다. 그것은 삽화들의 모음집에 불과하며, 따라서 무의미하다. 삽화('*ep-eis-odion*'은 "덧붙여지는 것"이란 뜻이다)란 주제를 전제하며 그것에 살을 덧붙이는 것이기 때문이다. 그런데 23장은 관점이 전혀 다르다. 호메로스는 단 한 부분만을 떼어 내어 격리시켰다(*hen meros apo-labôn*). 다시 말해서 호메로스는 그것을 통합되어 있고 통합시키는

주제로 삼기 위해서, 다른 것들로부터는 많은 삽화를 끌어내 이야기 속에 "배열"(*dia-lambanei*)함으로써 서사시 특유의 매력이라 할 수 있는 다양성을 부여하고 있다(24장, 59 a 28 이하를 참조할 것). 신성한 영감을 받은 시인인 호메로스에게서는 삽화들이 단일한 주제를 결코 가리는 법이 없어서, 『일리아스』나 『오뒤세이아』로부터 하나의 비극밖에 끌어낼 수 없다. 아리스토텔레스는 한 걸음 양보해서 "기껏해야 두 개"의 비극을 끌어낼 수 있다고 말한다. 호메로스를 찬양하는 가운데 머뭇거리면서도 서사시라는 것의 현실성(26장, 62 b 3 이하를 참조할 것)을 슬그머니 끼워넣어 인정하고 있는 셈이다.

6. 59 b 7

아리스토텔레스의 산술적 계산은 나무랄 데 없지만 (10 > 8) 그럼에도 불구하고 놀라지 않을 수 없다. 그래서 대부분의 편집자들은 『시논』과 『트로이의 여인들』(전자는 소포클레스, 후자는 에우리피데스의 극이다)이 후대에 덧붙여진 것이고, (여덟 편) "이상의"(*pleon*)라는 말이 그 때문에 삽입된 것으로 간주하고 있다. 그밖에도 이 작품들 가운데 몇몇은 전혀 알려져 있지 않으며(『걸인』, 『함대의 귀환』), 특히 『함대의 귀환』 같은 경우에는 정확하게 제목인지 아니면 오히려 서사시에서 다루어졌거나 단지 가능성만 있는 주제인지마저 의문시된다. 프로클로스가 이 부분을 끼워넣은 것으로 보고 이 대목 전체를 삭제한 엘스의 급진적 해결책은 정당화할 근거가 없어 보인다[Else (1957), p.589를 참조할 것].

아마도 전해지는 과정에서 목록이 상당히 변했겠지만, 근본적인 대립은 흔들리지 않고 남아 있다. 즉 『일리아스』와 『오뒤세이아』가 단일성에 근접한 만큼이나 다른 서사시들은 그 구성 부분들의 다양성과 이질성으로 인해 거기서 멀리 떨어져 있다는 것이다.

제24장

59 b 8 또한 서사시는 비극과 동일한 종류를 포함해야 한다. 즉 서사시는 단순하거나 복합적일 수도 있고, 성격에 초점을 맞추거나 격정적인 효과에 초점을 맞출 수도 있다.[1] 구성 부분들 역시 노래와 볼거리를 제외하고는 동일한데, 왜냐하면 서사시도 급전과 발견, 격정적인 장면들을 요구하기 때문이다. 그리고 품격을 갖춘 사상과 표현도 필요하다.[2]

59 b 12 호메로스는 이러한 모든 요소들을 최초로 그리고 완벽하게 사용한 시인이다. 그의 두 시가 각각 특유의 구성을 가지고 있기 때문인데, 『일리아스』는 단순하며 그리고 격정적인 효과를 노리고 있고, 『오뒤세이아』는 복합적이며(처음부터 끝까지 발견뿐이다) 그리고 성격에 초점을 맞추고 있다.[3] 뿐만 아니라 이 두 시는 사상과 표현에서도 다른 시들을 넘어선다.

59 b 17 그러나 서사시는 작품의 길이와 운율에서 비극과 다르다. 앞에서 정의한 바 있듯이 적당한 길이는 한눈에 시작과 끝을 감싸 안을 수 있어야 한다. 옛 시인들의 작품보다는 조금 짧지만, 한번에 들을 수 있는 일련의 비극작품들에 상응하는 작품

59 b 22 들이 이에 해당될 것이다. 서사시는 그 길이를 늘일 수 있다는 매우 독특한 특징이 있다. 다시 말해서 비극에서는 동시에 일

어나는 행동의 여러 부분들을 재현할 수 없고 단지 무대 위에
서 배우들이 연기하는 부분만을 재현할 수 있는 데 반해,[4] 서
사시는 이야기이므로 동시에 이루어지는 줄거리의 여러 부분
들을 이야기할 수 있다는 것이다.[5] 그러한 부분들이 행동과 잘
어울리면 시의 분량이 늘어난다. 그러므로 서사시는 탁월한 수
단을 지닌 덕분에 웅장한 규모에 이를 수 있고, 다양한 삽화들
을 도입함으로써 청중에게 변화의 즐거움을 줄 수 있다. 사실
상 획일성은 금방 싫증을 느끼게 하고 그래서 비극의 실패를
초래하는 원인이 된다.

운율에 관해 말하자면 경험으로 보아 가장 인정받는 것은 **59 b 31**
영웅시의 운율이다. 다른 운율이나 여러 가지의 운율을 사용해
서 서사적 재현작품을 써 보려 한다면 걸맞지 않아 보일 것이
다. 왜냐하면 영웅시의 운율이야말로 모든 운율 가운데서 가장
안정성이 있고 방대한 규모를 지니기 때문이다(그렇기 때문에
서사시는 차용어와 은유를 특히 잘 받아들이는데, 이는 서사적 재
현작품이 다른 것들보다 길이가 더 길기 때문이다).[6] 반면 단장격
의 삼각 운율과 장단격의 사각 운율 시구는 매우 동적인 운율
로서, 전자는 행동에 후자는 춤에 적합하다. 그리고 카이레몬처 **60 a 1**
럼 여러 운율들을 뒤섞는다면 더욱 우스꽝스러울 것이다. 그처
럼 영웅시 운율 말고 다른 운율로 긴 시를 쓴 사람은 아무도 없
었는데, 앞서도 말했듯이 본성 자체가 서사시에 알맞은 운율을
선택하게끔 해 주기 때문이다.[7]

호메로스는 다른 많은 점에서도 칭송받을 만하지만, 특히 **60 a 5**
자신이 해야 하는 일을 알았던 유일한 시인이었다는 점에서 그
렇다. 시인은 가능한 한 자기 개인의 이름으로 말하는 것을 피

해야 한다. 만일 그렇게 한다면 그것은 재현하는 것이 아니다. 그런데 다른 시인들은 개인적으로 곳곳의 장면에 등장함으로써, 재현해 내는 것도 거의 없고 재현할 때도 거의 없다. 반면 호메로스는 몇 마디로 서두를 꺼낸 다음 곧바로 남자나 여자 또는 특징 있는 전혀 다른 인물을 내세운다. 성격을 갖지 않는 인물은 그 누구도 없으며, 모두가 나름의 성격을 갖고 있다.[8]

60 a 11 　　비극은 놀라움의 효과를 산출해야 한다. 하지만 서사시는 놀라움을 불러일으키기에 가장 알맞은 수단인 비합리적인 것을 훨씬 더 쉽게 받아들인다. 행동하는 인물이 우리 눈앞에 있는 게 아니기 때문이다. 헥토르를 추격하는 장면을 극장에서 공연한다면 — 한쪽에는 그를 추격하지 않고 서 있는 무리들이 있을 것이고, 다른 쪽에는 고갯짓으로 그들을 제지하는 아킬레우스가 있다 — 우스꽝스러울 것이다. 그러나 서사시에서는 그런 것이 눈에 띄지 않는다. 그리고 놀라움의 효과가 즐거움을 준다. 누구나 무슨 이야기를 할 때는 성공을 거두기 위해서 그러한 효과들을 덧붙인다는 것이 그 증거이다.[9]

60 a 18 　　무엇보다도 호메로스는 거짓말하는 법, 다시 말해서 거짓 추론을 사용하는 법을 다른 시인들에게 가르쳤다. 실제로 사람들은 어떤 사실이나 사건이 다른 사실이나 사건을 끌어들이는 경우 두 번째 일어나는 사실이나 사건의 존재가 첫 번째 것을 내포한다고 생각하는데, 이는 거짓이다. 첫 번째 사실이 거짓이지만 필연적으로 다른 사실이나 사건을 끌어들인다면, 두 번째 것을 일부러 덧붙여야 할 것이다. 왜냐하면 우리는 그것이 진실이라는 것을 알기 때문에 마음속으로 첫 번째 것도 존재한다고 거짓 추론을 통해 결론을 내리기 때문이다. '발 씻는 장면'의

예가 그렇다.[10]

가능하지만 설득력 없는 것보다는 불가능하지만 있음직한   **60 a 26**
것을 택해야 한다.[11] 다른 한편으로 주제는 비합리적인 부분들
로 구성되어서는 안 되며, 나아가서 가능한 한 비합리적인 것
은 하나도 포함하지 말아야 한다. 그게 아니라면 예를 들어 오
이디푸스가 라이오스왕이 어떻게 죽었는지 몰랐던 것처럼 이
야기되는 줄거리 바깥에 있어야 한다. 『엘렉트라』에서 퓌티아
경기를 전하는 사자들이나 『뮈시아 인들』에서 테게아에서 뮈
시아까지 말 한마디 않고 온 사람처럼 극 안에 들어가서는 안
된다.[12]

이런 부분들이 없다면 줄거리가 성립되지 않을 것이라고   **60 a 33**
말하는 것은 우스운 일이다. 그런 종류의 줄거리를 구성하는
것은 애초에 배제되기 때문이다. 그리고 만일 시인이 그렇게
해서 보다 합리적인 외양을 부여한다면 불합리한 것까지도 받
아들여야 할 것이다. 『오뒤세이아』에서 오뒤세우스의 출항 장
면처럼 비합리적인 요소들은 받아들이기 힘들었을 것이며, 무
능한 시인이 그 장면을 그렸다면 눈에 거슬렸을 것이다. 하지
만 그런 경우에도 호메로스는 텍스트의 다른 장점들을 통해 즐
거움을 부각시킴으로써 불합리한 점을 사라지게 한다.[13]

또한 행동도 없고 성격이나 사상도 포함하지 않는 부분들   **60 b 2**
에서도 표현을 다듬어야 할 것이다. 지나치게 화려한 표현은
오히려 성격과 사상에 대한 주의를 흩뜨리기 때문이다.[14]

1. 59 b 10

서사시와 비극의 또 다른 닮은 점은 동일한 종류들을 포함한다는 것이다. 네 개의 그리고(è)로 연결해서 나열된 부분은 적어도 부분적으로는 18장(55 b 32-56 a 2)에서 나열되었던 것을 다시 언급한다. 이를 통해 확인할 수 있는 것은, 이어서 검토하게 될 구성 부분들(merè)에 반해 'eidè'는 비극이나 서사시의 종류를 말하며, 그것은 행동의 어떤 양상이 보다 잘 드러나는가 또는 어떤 구성 부분에 보다 우월한 위치가 부여되었는가에 따라 규정된다. 세 종류의 서사시, 즉 복합적인 서사시, 성격에 초점을 맞춘 서사시, 격정적인 효과를 갖는 서사시는 정확하게 비극의 세 종류에 대응한다. 단순 서사시 유형과 볼거리-비극 사이의 유사성에 관해서는 앞에서 언급한 바 있다(18장, 주해 4).

2. 59 b 12

종류 다음에 구성 부분들이 나온다. 아리스토텔레스는 5장(49 b 16-20)에서 말했던 것, 즉 서사시는 노래도 볼거리도 포함하지 않는다는 언급을 다시 확인하면서 그 이유를 설명한다. 결국 공통 부분은 줄거리, 성격, 사상, 표현이 될 것이다. 그런데 여기서 아리스토텔레스가 그것을 강조하려는 것은 아닌 것 같다. 왜냐하면 닮은 점들을 열거해 나가면서 그리고 서사시는 사상과 표현을 포함한다고 조심스럽게 덧붙임으로써 마치 그 구성 부분들은 특별히 언급되어야 하는 것처럼 되어 있기 때문이다. 따라서 여기서 고려되는 것은 줄거리와 성격뿐이다. 실제로 설명적인 용법의 'gar'("왜냐하면")가 유도하는 것은 비극의 구성 부분들이 아니라 줄거리를 구성하는 세 부분, 즉 급전과 발견, 격정적인 효과이다(11장, 52 b 9-13를 참조할 것). 추론 과정에서 아리스토텔레스는 슬그머니 비극의 구성 부분에서 줄거리를 구성하는 부분들로 넘어간 것이다. 우리는 18장에서 아리스토텔레스가 왜 갑자기 구성 부분들의 수와 종류들의 수가 같다고 하는지(55 b 32) 역시 같은 이유로 설명했고, 그렇게 해서 '(meresi) hôs eidesi khrèsthai'라는 난해한 표현 역시 규명할 수 있었다(12장, 52 b 14; 6장, 50 a 14; 12장, 52 b 25; 18장, 55 b 32; 그리고 해당 부분의 주해를 참조할 것). 이런 식으로 넘어가는 것은 특히 이 대목에서 생생하게 포착되기는 하지만 사실상 『시학』 전체를 통해서 일관된 것이다(11, 12, 18장을 참조할 것).

3. 59 b 16

표면적으로 네 가지 종류는 성격(èthikè)이나 줄거리를 각기 그 다양한 양상에 따라 어떻게 부각시키느냐에 대응하므로, 격정적 효과(pathètikè)를 강조할 수도 있고 급전과 발견을 갖는 행동의 복합성(peplegmenè)을 강조할 수도 있으며, 그러한 요소들의 부재, 즉 행동의 단순성(haplè)을 강조할 수도 있다. 그러나 이 경우 맨 마지막 항목은 엄밀하게 말해서 그 어떤 구성 부분에도 대응하지 않기 때문에 분명 다른 것들과 동일한 차원에 있다고 말할 수는 없을 것이다. 그것은 차라리 그에 따라 다른 것들의 가부(可否)가 규정되는 중립적 요소, 즉 "0도"의 위치를 차지한다.

하지만 흥미로운 점은 아리스토텔레스가 이러한 종류들을 순수한 상태로 재현하는 서사시를 인용하지 않고 호메로스의 서사시 각각에서 두 종류들의 연합을 발견하고 있다는 사실이다. 즉『일리아스』는 단순하며 그리고 격정적인 효과를 노리고 있고,『오뒤세이아』는 복합적이며 그리고 성격에 역점을 두고 있다. 이러한 설명에 힘입어 호메로스는 단지 두 편의 시만으로도 다시 한 번 더 보편적인 모델이 된다.

『시학』의 주석자들(예를 들어 루카스, 해당 부분을 참조할 것)은 여기서 아리스토텔레스가 호메로스의 서사시에 대해 제시하는 특성들이 정확한가에 대해 다분히 유보적 입장이다.『일리아스』에 성격은 나타나지 않는가? 발견(제6권, 119 이하 글라우코스와 디오메데스가 서로를 알아보는 부분을 참조할 것)과 급전(제2권의 "거짓 출항"을 참조할 것)도 포함하고 있지 않는가?『오뒤세이아』에는 격정적인 효과가 없는가(구혼자들을 학살하는 장면)? 맞는 말이긴 하지만 이러한 지적들은 거의 타당성이 없어 보인다. 아리스토텔레스의 논지는 호메로스 작품의 세세한 부분에 이르기까지 어떤 정확한 이미지를 제공하려는 것이라기보다는 그 분류법에 맞고 호메로스의 권위에 기대어 이를 정당화하는 서사시 모델을 구성하려는 것이다. 따라서 단순하며 그리고 격정적인 효과를 노리는 서사시와 복합적이며 성격에 초점을 맞춘 서사시는,『일리아스』와『오뒤세이아』에 그런대로 들어맞는 이미지라기보다는, 두 가지 유형이 구성되는 모델로서(*paradeigma*라는 뜻으로서의 "패러다임", 25장, 61 b 13; 해당 부분 주해를 참조할 것) 연구되어야 할 것이다.

두 작품의 대응 관계에서 단순한 줄거리가 복합적인 줄거리와 대립되기도 하지만,『일리아스』안에서 단순한 줄거리는 보충 역할을 하고 행동의 단순성을 보완하는 것으로 보이는 격정적인 효과와 대립된다. 아리스토텔레스에게서 단순성은 13장(52 b 31 이하)에서 알 수 있듯이 장점이 아니다. 줄거리는 모든 "극"시의 핵심적 요소이므로,『오뒤세이아』

유형의 주된 긍정적 특징은 그 복합성에 달려 있고,『일리아스』유형은
격정적 효과(이는 줄거리를 구성하는 "부분"이다, 11장, 52 b 10)에 달려 있
다고 할 수 있다. 남은 문제는 그 아래에서(60 a 10 이하) 호메로스의 탁
월함을 나타내는 표지라고 말하고 있는 성격 구성이 어떤 기능을 담당하
는지를 밝히는 것이다. 성격 구성이 속한 짝에 종속된 항목인 단순한 줄
거리에 대응하여, 짝을 바꾸면 단순한 것은 복합적인 것과 대립된다는 점
에서, 이번에는 성격 구성을 격정적인 효과와 대립시켜 볼 수도 있을 것
이다(*èthikè* 대 *pathètikè*). 보다 정확히 말해서 단순한 것 대 복합적인 것
과 대칭을 이루어 "무표항" 대 "유표항"의 관계로 성격 구성이 격정적인
효과와 대립한다는 가설을 세울 수 있을 것이다. 이렇게 해서 후에 아리
스토텔레스의 수사학 이론에서 큰 비중을 차지하게 될 짝 형태의 밑그
림이 그려진다. 예를 들어 퀸틸리아누스(VI, 2, 8-20)는 정열과 그 격정
적이고 독선적인 모습들을 가리키는 파토스(*pathos*)와, 보다 평온하고 더
잘 제어되어 있으며 차분함과 호의가 들어간 감정들을 아우르는 에토스
(*èthos*)를 대립시켰다.『수사학』(3권, 1408 a 10 이하) 원문 역시, 그러한 분
류를 제시하지는 않지만, 같은 방향으로 가고 있다. 즉 *èthikè*라는 표현
은 성격의 안정된 여건(나이, 성, 국적, 습관)을 반영하는 반면, *pathètikè*
라는 표현은 일시적인 원인에 따른 감정의 성향(분노, 적개심, 존경)을 반
영한다. 따라서 파토스는 직접적으로 에토스에 대립되며 그보다 더 "유표
화"된 것으로 보인다. 이를 도표로 요약하면 다음과 같다.

『일리아스』	『오뒤세이아』
단순한 줄거리 -	복합적인 줄거리 +
격정적인 효과를 노림 +	성격에 초점을 맞춤 -

하지만 『시학』의 맥락에서 성격(*ĕthos*)은 재현 대상의 위상을 차지하고 더구나 줄거리가 재현하는 행동(*praxis*)에 종속되어 있기 때문에, 줄거리 구성 부분인 파토스와의 관계가 그렇게 단순할 수는 없다. 행동에 종속된 것으로서의 에토스는 행동이 그 전개 자체를 통해 드러내는 것, 즉 행위자들의 "성격"적 성향이다. 행동이 복합적일수록 행위자들의 성격은 발견과 급전을 따라가면서 더 풍요로운 양상으로 드러날 것이다. 반면 단순한 행동은 행동으로서 빈약하기 때문에 "성격 규정"의 관점에서도 그만큼 빈약할 것이고, 따라서 격정적 효과(파토스)가 그러한 행동에 극적인 강렬함을 부여하게 될 것이다. 하지만 성격(에토스) 구성 역시 격정적 효과에 대립하여 규정될 수 있을 것이며, 그 모델과 마찬가지로 자체의 자율성을 지니려 함으로써 행동이 부차적 위치로 물러나는 줄거리 유형의 변별적 특징이 될 것이다. 그렇게 해서 행동의 재현을 휘묻이해서 태어난 새싹처럼 "성격"극(비극적이거나 서사시적인)이 태어난다. 6장(50 a 23-34)을 보면 아리스토텔레스는 그런 유형의 존재를 인정하면서(18장, 56 a 1에 제시된 예를 참조할 것) 그것이 극시를 정의하는 행동의 재현이라는 이상(아래, 주해 8을 참조할 것)에 불완전하게 응한다는 점에서 결국 부수적 유형일 뿐이라고 생각했음을 알 수 있다.

4. 59 b 26

서사시 고유의 특성들 가운데 하나는 동시에 일어나는 행동을 재현할 수 있다는 것인데(주해 5를 참조할 것), 비극은 두 가지 이유로 인해 그것이 불가능하다. 하나는 단일한 무대 공간을 가지기 때문이며, 다른 하나는 그 공간에서 연기하는 배우들이 작품을 해석하기 때문이다. 그러니까 재현은 연극을 하는 배우들이 살아 움직이는 시공간에서 펼쳐지는 것이다. 그러한 제약으로 인해 원칙적으로 비극은 동시에 일어나는 행동을 재현하면 안 된다. 그런데 실제로는 그런 일이 없지 않은 것은, 비극이 서사시에서 그 가능성, 특히 이야기(*apangelia*)를 빌려 오기 때문이다. 그 경우 ("플래시백"에서처럼) 동시성 효과는 가능하지만 엄밀히 말해서 그것은 연극에 속하지 않는다(15장, 54 b 3과 주해 4를 참조할 것). 장면과 무대가 나뉘는 경우도 상상해 볼 수 있다. 그런데 이는 비극 그 자체가 무엇보다도 텍스트이며 텍스트 속에 흔적이 없는 모든 것은 거기서 배제된다는 점을 망각하는 것이다.

5. 59 b 27

(동시에 이루어지는) "여러 부분들"(*polla merè*)이란 표현에서 23장(59 b 1)에 나왔던 '*polumerè*'란 형용사를 다시 만날 수 있다. 앞에서 서사시를 비난했던 똑같은 이유로 여기서는 서사시를 칭찬하고 있는 걸까? 사실 아리스토텔레스는 여기서 서사시를 비극과 대립시킴으로써 서사시에 부여된 구조적 가능성을 강조할 뿐이며, 23장에서처럼 가치판단을 내리지는 않는다. 게다가 문맥도 앞에서와는 분명 다르다. 다시 등장한 형용사 '*polla*'는 긍정적인 이미지를 제공하는 관계사를 통해 이어지고 그 결점을 방대함이라는 서사시의 우월성으로 변환시키고 있다. 반면에 23장에서는 "여러 부분들"(*polumerè*)이라는 복합어 형태로 어휘화됨으로써 "단 한 부분"(*hen meros*)이라는 표현과의 대조가 더 뚜렷해졌고, 호메로스의 서사시가 좋은 관례를 보여 주었던 어떤 가능성을 노골적으로 조롱하고 희화화하는 면을 보여 주었다. 26장에 가서야 아리스토텔레스는 두 관점, 즉 설명적 관점과 규범적 관점의 조화를 시도하고, 서사시의 위치를 확실하게 비극과 관련하여 정립할 것이다(62 b 9-11).

6. 59 b 37

차용어와 은유가 특별히 자주(*malista*) 나타나는 것, 따라서 그러한 말들을 많이 받아들일 수 있으며 가장 안정되고 가장 방대한 유일한 시구인 육각 운율시가 자주 나타나는 것은 서사적 재현의 길이가 보다 우월(*perittè*)하기 때문인 것으로 추정된다. 그러므로 양적으로 우월한 것과 최대한의 시적 일탈은 짝을 이루게 된다. 우월성이 일탈을 설명하고 일탈은 우월성을 정당화하므로, 논증이 순환적이라고 이미 말한 바 있다. 하지만 이는 논의를 다소 단순화시키는 것이다. 서사시의 방대함은 그 본성(*phusis*)의 산물이기 때문이다. 그리고 이러한 본성이 더듬어 찾아내야 하고 경험을 통해 규명해야 하며 그에 적합한 것(59 b 32)을 차츰 발견하면서 전개된다 할지라도, 여전히 모든 과정의 원인이자 기원이라는 사실에는 변함이 없다. 오로지 본성만이 그에 적합한 것을 구분하도록 가르친다(60 a 4). 그처럼 본성은 경험의 연속적인 획득을 주도하며 그 과정을 통해 형태를 갖춘다. 여기서 우리는 아리스토텔레스의 추론이, 흔히 그렇듯 서로 상반된 두 가지 관점을 병치시키고 있음을 지적할 수 있다. 즉 한편으로는 경험주의적인 관점에 따라 "경험"이라는 용어로(*apo tès peiras*) 추론을 하는 동시에, 목적론적 유형의 가설에 기대고 있다는 것이다. 각각의 종류는 자기 본성(*phusis*)을 완전히 개화시키고자 하며, 바로 그것이 경험에 방향을 부여하고 진화의 극을 설정한다(이런 유형의 추론에 관해서는 4장, 49 a 15를 참조할 것).

7. 60 a 4

4장(49 a 23)에 나왔던 용어를 다시 사용하면서 아리스토텔레스는 각각의 운율에 별도의 특성을 부여한다. 육각 운율 시는 가장 안정성이 있고 방대한 규모를 지닌 것('*stasimôtaton*'과 '*onkôdestaton*')으로 나타난다. 아리스토텔레스는 일상 구어와 가장 거리가 먼 육각 운율 시의 이러한 양상에 대해 이미 지적한 바 있다(4장, 49 a 27, ‘ekbainontes’란 낱말은 우리가 거리라 이름 붙인 뜻을 잘 표현하고 있다). 그리고 이는 단지 그 리듬 때문만이 아니라 가능한 모든 종류의 말을 받아들일 수 있기 때문이다(22장, 59 a 11을 참조할 것). 부분적으로 순환적인 아리스토텔레스의 추론(주해 6을 참조할 것)에서 육각 운율 시의 “본성”이 거의 서사시와의 연관을 통해 결정된다는 것은 분명하다. 그리고 그에 부여된 안정성과 방대함이라는 특성은 상당 부분 아리스토텔레스가 호메로스의 서사시에 대해 갖고 있는 이미지를 운율에 투사한 것이다. 장르와 운율 사이에는 밀접한 조응 관계가 성립하는데, 이는 그 두 측면에서 규모의 방대함과 원래 의미의 웅장함(onkos, 59 b 28~onkôdestaton, 59 b 35)뿐 아니라 비유적 의미의 웅장함, 즉 장중함(megaloprepeia, 59 b 29 ~ 반대로 그 밖의 다른 모든 운율은 ‘aprepes’라 할 수 있다. 59 b 34; 4장, 49 a 19-28을 참조할 것)을 볼 수 있기 때문이다. 마찬가지로 서사시는 다양한(anomoiois, 59 b 30) 삽화들을 많이 허용하고, 운율은 진부함을 벗어나는 모든 표현 형태들을 받아들이므로(glôttas kai metaphoras dekhetai malista, 59 b 35), 그 두 측면에서 다양성을 볼 수 있다.

마찬가지로 단장격 운율은 행동에(praktikon) —— 다시 말해서 행동이 앞으로 진행될 수 있게 하는 언어적 교환에 —— 어울리며, 장단격의 사각 운율 시구는 춤에(orkhèstikon) 그처럼 자연스럽게 어울려 보인다면, 이는 아마도 서로 다른 문학 장르들(또는 비극의 서로 다른 부분들)이 서로 다른 운율들을 자기 것으로 삼기 때문일 것이다(이러한 인과성이 갖는 의미 문제에 관해서는 4장, 49 a 24, 주해 17을 참조할 것).

8. 60 a 11

호메로스는 "극 형태로"(*dramatikas*) 재현작품들을 구성했고, 그로 인해 연극 장르의 탄생을 준비했다는 점에서 비할 데 없는(*monos*, "유일한") 시인이었다는 것을 우리는 4장에서부터(48 b 35) 이미 알고 있다. 아리스토텔레스는 여기서 다시금 호메로스를 유일한 시인으로 만드는데, 그 이유는 (a) 시인 자신은 아주 조금만 말해야 한다는 점을 다른 시인들은 모르고 있는 데 비해 호메로스는 알고 있었으며, (b) 간단한 서시(序詩) 뒤에 성격(*èthos*)을 부여받은 인물들을 제시했기 때문인데, 특히 이 점은 예외적으로 과장된 표현으로 강조되어 있다. 시인이 모습을 드러내지 않는 것과 성격을 창조하는 것(*èthopoiia*)은 같은 길을 가는 것이다. 호메로스의 탁월함은 여기서 허구적인 등장인물들 뒤로, 즉 등장인물들 자신이 서사시의 "장면"을 차지함으로써 정작 그들을 창조한 시인의 빛을 가릴 수 있을 만큼 충분히 일관성 있는 인물들 뒤로 사라질 수 있는 특별한 능력을 통해 드러난다. 반면에 "다른 시인들" — 이류의 서사 시인들을 말한다 — 은 진정한 성격을 창조할 능력이 없기 때문에 자기들이 만들어 낸 인물들 속에 스스로를 투사하며 따라서 "그들 자신을 등장시킬" 뿐이다.

반대로 호메로스가 가진 두 가지 탁월한 점 — "극 형태"(4장)의 재현 구성과 성격 창조(24장) — 은 밀접하게 연결되어 있다. 실제로 성격은 결코 그 자체를 위해 만들어져서는 안 된다. 아리스토텔레스가 성격을 세 가지 재현 대상들(*ha mimountai*, 6장, 50 a 11) 가운데 하나로 인정한다고 할 때, 그 대상은 목적이 아니다. "목표는 행동"(*to telos praxis tis estin*, 50 a 18)이며, "행위자들이 그들의 성격을 그려 보이는 것은 바로 그들의 행동을 통해서이다"(50 a 21). 호메로스가 성격 창조에 탁월하다는 것이 절대 그가 행동을 희생시키고 성격 묘사에 치중했다는 말은 아니다. 그와는 반대로 호메로스는 자신의 등장인물들이 그들의 행동이 되어 버린 행동에 참여하게 만듦으로써 성격이 강력하게 드러나도록 하고, 시인의 인격적 존재(*autos*)를 잊게 한다. 따라서 이 장 첫 부분(59 b 15)에서 같은 호메로스의 작품 『오뒤세이아』가 복합적인 (행동인) 동시에 성격에 초점을 맞춘 것으로 소개되는 것은 우연이 아니다. 위대한 시인 호메로스에게서 이 둘은 항상 짝을 이루고 있다. 『시학』은 논의의 끝 무렵에 가서야 성격도 나름의 자율성을 가지고 재현적 작품의 주된 대상이 될 수 있음을 암시한다(에토스/파토스의 짝에 관한 주해 3을 참조할 것).

9. 60 a 18

서사시의 새로운 특징(그리고 이 경우에는 우월성?)은, "놀라움의 효과"를 비극에서보다는 훨씬 더 만들어 내기 쉽다는 것이다. 놀라움은 사건들의 예기치 않았던(*para tèn doxan*) 연쇄의 산물이라고 9장(52 a 4)에서 정의된 바 있다. 하지만 이러한 효과는 이어지는 사건들이 겉으로 인과적 연쇄 관계(*di' allèla*)를 지닐수록, 그러니까 합리적으로 설명될수록 그만큼 더 강렬하게 나타날 것이다. 그런데 서사시에서는 있음직함이라는 제약조건이 비극에서보다는 훨씬 더 느슨하다. 심지어 비극에서는 배제되었던(15장, 54 b 6) 비합리적인 것(*to alogon*)도 받아들이기 때문에 이례적인 자유를 누리기도 한다. 이것을 정당화하기 위해 제시된 이유는 서사시는 공연을 전제로 하지 않는다는 것이다. 서사시에서는 그것이 눈에 띄지 않는다(*dia to mè horan*, 60 a 14). 실제로 17장에서 공연을 전제로 한다는 사실은 비극 줄거리의 완성을 위한 궁극적인 기준으로 간주된 바 있는데, 같은 표현이 여기서 다시 나온다(*mè horônta*, 55 a 27과 *to mè horan*, 60 a 14; *epi tès skènès*, 55 a 28과 *epi skènès*, 60 a 15). 그러니까 줄거리 구성의 몇몇 잘못들은 오로지 무대 위에서만 드러난다.

예로 든 것은 헥토르의 추격 장면이다(『일리아스』, 제10권, 131행 이하). 어떤 것이 비합리적인 것인지는 잘 알 수 없으나 아마도 아킬레우스가 고갯짓으로 무리들을 제지할 수 있다는 것이 있음직하지 않다는 것 같다. 게다가 같은 삽화가 뒤에서는 불가능한 것(*to adunaton*)의 예로 나온다. 이처럼 있음직함을 저버리고 정도를 넘어서서 놀라움의 효과를 추구한다면, 표현 방식에서의 무절제와 마찬가지로 구성이 우스꽝스러운 것(*geloia*, 60 a 15~ 58 b 12와 14)으로 변모할 위험이 있다. 그러나 서사시의 강점은 볼거리(*opsis*, 6장을 참조할 것)를 무시한다는 데에, 눈앞에 보여 주지 않아도 된다는 데에 있다. 그러니까 서사시는 오로지 언어의 소관이기 때문에, 언어가 만들어 내는 이러한 중개와 가상(假象)의 유희에서 있음직하지 않음의 극단적 형태들도 받아들이고 넘어가게 할 수 있는 것이다. 현실에서 불가능한 것(*adunaton*)은 담론에서는 비합리적인 것(*alogon*)으로 나타난다. 따라서 있음직함을 특징으로 하는 재현적 담론의 모든 작업은 다양한 형태의 비합리적인 것들을 약화시키고 희미하게 하면서 있음직하지 않은 것을 말하는 데 있다. 그럴 때 놀라움이 극대화될 것이다. 이어지는 본문에서는 있음직하게 만들기 위한, 다시 말해서 놀랍게 하고 즐거움을 주는 있음직하지 않음을 미메시스 내에 받아들일 수 있게끔 하는 서사시의 수법을 주로 분석하고 있다.

10. 60 a 26

호메로스의 장점들 가운데 하나는 거짓 추리 또는 거짓 추론 기술의 달인으로 통했다는 것이다. 관건은 청중으로 하여금 그릇된 추론이지만 그것이 받아들일만 하다고 믿게 만드는 것이다(16장, 55 a 12-16과 주해 7을 참조할 것). 그 작동 과정은 단순하다. 즉 어떤 사실이 다른 어떤 사실의 필연적 결과일 때, 뒤의 사실이 일어난다면 청중은 앞의 사실이 존재한다고 결론을 내리게 될 것이다. 따라서 아리스토텔레스는 시인은 일부러(*prostheînai*) 두 번째 사실을 덧붙여야 한다고 명시한다.

발 씻는 장면의 예는 주석자들 사이에서도 논쟁이 아주 많은 부분인데, 아리스토텔레스가 정확히 어떤 대목을 염두에 둔 것인지는 명확히 말하기 어렵다(아마도 『오뒤세이아』, 19장, 220–248을 말하는 듯하다). 심지어 이 대목이 나중에 끼워 넣은 것이라는 주장도 있다. 중요한 것은 진실을 가장하거나 따라가는 거짓 추리, 거짓 추론(*para-logismos*)이 비합리적인 것(*a-logon*)을 "통하게" 하며, 이를 건전한 이성(*eu-logôterôs*, 60 a 34와 주해 13을 참조할 것)에 접근시킴으로써 받아들일 수 있게끔, 진실-임직한 것으로 보이게끔 만든다는 것이다.

11. 60 a 27

비합리적인 것에 대한 이러한 반성은 24장의 중심을 차지한다. 그 원리는 재현하는 시인에게 요구되는 유일한 근본적 의무, 즉 있음직한 것에 대한 의무가 다른 어떤 제약보다도 앞선다는 것이다. "가능하지만 설득력이 없는 것보다는 불가능하지만 있음직한 것을 택해야 한다"라는 표현은 25장(61 b 11)에서도 거의 똑같이 나온다 다만 여기서는 형용사 '*pithana*'("설득력 있는")가 '*eikota*'("있음직한")에 대한 설명으로 나오지만 25장에서는 이를 대체하게 된다. 하지만 이미 보았듯이(9장, 51 b 16), 설득력이 있다는 것은 결국 관객들에게 미치는 영향을 고려한 있음직함이며, 따라서 미메시스의 궁극적 기준이다.

이 문장은 본문 속에 이중의 모순을 끌어들인다. 우선 애초에 9장에서는 가능한 것을 설득력 있는 것으로 제시했는데, 이 문장은 불가능한 것이 있음직하고 가능한 것이 설득력이 없다고 단정하고 있다. 그러나 분명한 것은, 그러한 가능한 것이 9장에서는 부차적인 역할을 맡고 있었으며 아리스토텔레스는 현실을 구해 내서 미메시스에 통합하기 위해 그것에 도움을 구하고 있다는 사실이다. 그뿐만 아니라 9장의 흐름 자체는 개념들을 도입해서 이를 미메시스에서 핵심적이고 모든 것이 그에 결부되는 것, 즉 설득력 있는 것(9장, 주해 3을 참조할 것)에 단계적으로 종속시키는 데 있다. 있음직한 것(또는 설득력 있는 것)만이 즐거움이라는 예술의 목적성을 채울 수 있으며, 그 절대적 우위는 24장에서 가장 역설적이고 의미심장한 결과에까지 이르게 된다. 그 중심에는 "불가능하지만 있음직한 것을 택해야 한다"고 예리하게 표현된 근본 원칙이 흐르고 있다. 우리가 보았듯이(주해 9와 10) 미메시스의 임무 가운데 하나는 그 자체가 비합리적인 것, 즉 말의 영역에서 불가능한 것이 취하는 그러한 형태마저도 있음직한 담론 속에 통합하는 것이다.

그런데 이러한 전개 과정의 원칙을 일깨우고 요약하는 문장은 그와 어긋나는 또 다른 전개 과정과 밀접하게("그리고… 그리고…"*te… te…*라는 연결사에 의해) 연결되어 있다. "그리고 가능하지만 설득력이 없는 것보다는 불가능하지만 있음직한 것을 택해야 한다. […] 그리고 다른 한편으로 주제는 비합리적인 부분들로 구성되어서는 안 되며, 나아가서 가능한 한 비합리적인 것은 하나도 포함하지 말아야 한다." 다시 용어상의 모순이 나타난 것일까? 재현행위를 바라볼 수 있는 여러 관점들을 신경 써서 구별한다면 그렇게 말할 수 없다. 24장 끝부분(60 a 28-60 b 5)은 핵심 공식과는 다른 측면에서 처음 비합리적인 것에 대해 이야기한 대목(60 a 11-27)과 짝을 이룬다. 서사시가 놀라움을 주려는 목적으로 비합리적인 것을 사용할 수 있는 가능성을 살펴본 다음, 아리스토텔레스는 이 문제를 비극이라는 이상적인 작품의 규범적 관점에서 다시 논의하는 것이다. 이상적인 구성에서 비합리적인 것은 배제된다. 보다 정확히 말해서 재현적 담론, 뮈토스(주해 12를 참조할 것)에 비합리적인 것을 넣게 되면 이상적인 구성은 변질되고 변형된다. 왜냐하면 시인은 비합리적인 것 자체를 있음직한 것으로 만들 수 있는 수사학적 수단을 가지고 있기 때문이다. 비합리적인 것은 언어로 표현됨으로써 분칠이 되고 희미해지며 모습이 바뀌어 아마도 재현적 작품 속에 들어가게 될 것이다. 하지만 그것은 진실-임직한 겉모습을 지닐 것이다.

12. 60 a 32

'*logos*'(주제와 그 구성 부분들*merè*), '*mutheuma*'(그 구체적인 형태의 줄거리로서[접미사 *-ma*를 참조할 것], 여기서는 상응 관계로 볼 때 극에 대응한다. "이야기되는 줄거리 바깥에…, 극 안에 들어가서는 안 된다"), 그리고 '*muthos*'(줄거리)라는 세 용어가 정확히 어떻게 다른지, 그 가운데 어느 것이 비합리적인 것을 어떤 형태로 받아들이는지 밝혀내기가 쉽지 않다는 것이 바로 이 대목의 문제점이다.

일반적으로 주석자들은 이 세 용어가 두 가지씩 서로 대응한다고 보면서 그 차이를 판별한다. 하지만 그렇게 되면 아리스토텔레스가 계속 암시하고 있는 미묘한 차이는 물론 그 용법 자체가 더 이상 정당화되지 않는다.

실제로 15장(54 b 6-8)에서 비극에 대해서도 같은 종류의 요구 조건이 내세워진 바 있다. 그때는 구분이 보다 명확했는데, 관객들에게 제시되는 사건들의 진행, 즉 극 안에만 비합리적 전제들이 나타나지 않는다면 줄거리(*muthos*)는 이를 수용할 수 있다는 것이었다(주해 4의 해당 부분을 참조할 것). 여기서는 로고스와 그 "구성 부분들"(*merè*)이라는, 보충적 구분이 나타난다. 그런데 17장에서 다양한 주제들에 관해 논의한 것(55 b 1 이하)과 『오뒤세이아』에서 빌려 온 예(55 b 17 이하와 주해 8)에 따르면, 아주 엄밀히 말해서 로고스는 주제, 작품의 요지, 사건들의 진행을 이끄는 논리적 도식, 핵심적인 부분들의 연쇄라고 생각할 수 있다. 그런 다음 서로 다른 이 구성 부분들 사이에 삽화들을 끼워 넣을 수 있을 수 있을 것이다. 따라서 비합리적인 것은 이 부수적인 삽화들 속에 한정되어야 하며, 결국 'mutheuma'는 삽화라기보다는 서사시의 근간이 되는 행동이라고 우리는 결론을 내렸다. 'mutheuma'를 로고스와 동등한 것으로 본다는 것은 그 낱말의 가치를 극단적으로 축소시키는 것이며, 그리고 특히 이는 극(劇)과의 상응 관계를 망각하는 일이 될 것이다(심지어 여기서는 혼동되기까지 한다). 극이 관객들 눈앞에 펼쳐지는 모든 것이라면, 그와 마찬가지로 'mutheuma'는 서사시적 이야기에서 줄거리에 서사적 형태를 부여하는 것으로밖에 이해할 수 없다. 그리고 서사시 얘기를 하면서 비극에서 예를 든 것은, 23장에서 시작된 비교적 관점이 결코 중립적이지 않으며, 오히려 언제나 비극 형태라는, 도달해야 할 이상적 형태에 대한 집요한 관념 때문에 왜곡, 편향되어 있기 때문이다. 비록 상황과 주제의 여건에 따라 포함할 수 있을지라도, 원칙적으로는 비극에서와 마찬가지로 서사시에서도 비합리적인 것은 배제된다.

우리는 이제 행동의 연쇄가 어떻게 놀라움의 효과에 자리를 내줄 수 있는지 — 그리고 내주어야 하는지 — 잘 이해하게 된다. 이야기는 비합리적인 외부적 사실의 결과들을 고려한다. 미메시스의 연금술에 의해 있음직하게 된 그 결과들은, 있음직한 놀라움의 효과라는, 예술의 최종적 효과를 가능하게 한다. 로고스의 틀 속을 흐르는 'alogon'은, 이를 비합리적인 것이라 보고 은폐하면서도(60 b 2와 주해 13) 여러 종류의 놀라움의 효과로 이를 활용하는 서사 행위(mutheuma)를 통해 동화될 수 있다. 비합리적인 부분을 포함하고 있는 주제(logos)에 토대를 둔 줄거리(muthos)가 받아들여질 수 있는 것이 되려면, 서사 행위의 구체적 형태를 통해서 이러한 비합리적인 부분을 청중의 즐거움을 위해 변형시켜야 한다.

13. 60 b 2

논란도 많고 때로 훼손된 것으로 간주되기도 하는 60 a 34−35 문장과 관련해서 우리는 다음과 같은 구문을 택하기로 한다(로스타니, 해당 부분을 참조할 것). "(시인이) 그렇게 해서", 다시 말해서 줄거리에 비합리적인 것을 도입해서(*thèi*), "그리고 그것이 보다 합리적인 외양을 갖는다면 ('*phainètai eulogôterôs*'[즉 *ekhein*]의 주어는 줄거리 또는 실현된 작품을 가리키는 중성형), 그 경우 불합리한 것까지도(*kai atopon*) 받아들여야 할 것이다('*endekhestai*'는 앞 문장에 걸려 있는 '*dei*'에 종속되어 있다)". "드러나다, 외양을 갖다"라는 뜻의 동사 '*phainètai*'(그리고 시인을 주어로 하는 동사 '*thei*'와의 결합 덕분에 "시인에게서 외양을 부여받다"라고 이해하게 된다)는 시인의 기교에 속하는 이러한 가상과 가장의 유희를 강조하는 이 논의 과정에서 매우 중요하다. 보다 합리적인 외양(*eulogôterôs*)은 숨겨진 것, 불합리한 것 자체를 잊게 만들기에 족하다. 60 b 2에 다시 나오는 형용사 '*atopon*'은 사실들의 영역에선 불가능한 것(*adunaton*)에, 담론의 영역에서는 비합리적인 것(*alogon*)에 상응하는 것으로 보인다. 그러나 매우 강한 뜻을 지닌 그 용어는 극단적인 경우를 가리킨다고 할 수 있다. 실제로 불합리하고 "부적당한" 요소가 '*atopon*'인데, 눈에 보이지 않고 숨겨져 있는 경우에만, 즉 "사라지는" 경우에만 그것이 허용된다. "사라지게 하다"라는 뜻의 동사 '*aphanizein*'(60 b 2)은 '*phainètai*'와 정확히 대구(對句)를 이룬다. 시인이 보여 주는 것은 제자리에 있지 않은 것, 텍스트에 들어설 자리가 없는 것을 사라지게 한다. 그리고 눈에 보이는 그러한 면, 텍스트의 가시적인 면은 모두 수사학적 효과(특히 무엇보다 거짓 추리)이며 "다른 장점들"(*ta alla agatha*), 즉 표현의 수단들이다.

14. 60 b 5

표현은 행동도 없고 성격이나 사상도 포함하지 않는 부분들을 때로 상쇄하는 역할을 해야 한다. "과제, 행위"를 뜻하는 'ergon'의 결여를 나타내는 형용사 'argos'는 그 용법이 상당히 어렵다. 우선 일반적 의미를 부여할 수 있다. 그 경우 'argos'는 실현 과정에서 특별히 눈에 띄는 것도, 탐구의 흔적도 없는 대목들이라 할 수 있다. 그 다음에 나오는 'kai'("그리고")는 허사적으로 사용되었으므로, "다시 말해서 성격도 사상도 포함하지 않는"이란 뜻으로 옮길 수 있다. 여기서 우리는 『시학』에서 'ergon'의 파생어들이 갖는 핵심적인 의소들 가운데 하나를 볼 수 있을 것이다. 실현 과정에서의 끝손질(*apergasia*, 4장, 48 b 18을 참조할 것)이라는 의소가 그것이다. 그 자체가 실현 방식 가운데 하나인 표현(*sunapergazesthai tèi lexei*, 55 a 22를 참조할 것)은 그러한 결핍을 보완하게 될 것이다. 무대 위에서의 행동, 즉 현재 실행되고 있는 극의 부재를 거기서 보는 것은 분명 무모하겠지만 아마 보다 흥미로울 것이다. 그런데 극은 실현 영역, 무대 위에서의 실행 영역에 속하며, '*epi tôn ergon*'(26장, 62 a 18)이란 표현은 "무대 위에서"라는 뜻이라는 점에서 그것이 불가능한 일은 아니다. 따라서 무대 위에서의 행동도, 성격(*ethè*)의 구현도, 전통적으로 내려오는 일반적인 생각(*dianoia*)도 관심을 끌기에 충분치 않은 부분들을 말하는 것이다. 그러므로 표현은 핵심적인 자리를 차지하면서 그 자체로 전개될 수 있고 또 그래야 한다. 그렇다면 'argos'라는 용어를 오히려 행동 자체의 결핍이나 불충분함에서 끌어와야겠지만, 이러한 규정은 모델이 되는 장르, 즉 비극만이 아니라 아마도 서사시에도, 아니 서사시에서 훨씬 더 잘 적용될 수 있을 것이다.

제25장

여러 가지 문제들[1]과 그 해결책에 관해 말하자면, 다음과 같 60 b 6
은 방법으로 그 종류를, 즉 그 수와 특징들을 명확하게 알 수 있
다. 시인은 화가 혹은 이미지를 만들어 내는 다른 사람들과 마
찬가지로 재현작품을 만들어 내는 사람이므로, 사물을 언제나
가능한 세 가지 양상들 가운데 한 가지 양상에서 재현할 수밖
에 없다. 즉 사물을 과거에 있었던 대로거나 현재 있는 대로, 혹
은 사람들이 말하는 대로거나 보이는 대로, 혹은 그렇게 되어
야만 하는 대로 재현해야 한다.[2] 이러한 재현의 매개는 표현인
데, 그것은 차용어, 은유 그리고 여러 가지 변화된 형태의 표현
을 포함한다. 왜냐하면 우리는 시인들에게 이를 허용하기 때문
이다.[3]

　　게다가 정확성이라는 개념은 그것이 정치학이나 다른 기 60 b 13
술에 적용되는가, 그리고 시학에 적용되는가에 따라 동일하지
않다. 시학 분야에서는 두 종류의 과오가 있는데, 하나는 작시
영역에 속한 것이고 다른 하나는 우발적인 것이다.[4] 시인이 무
엇을 재현할지는 선택했으나 능력부족 ***, 과오는 작시술 그
자체와 관련이 있다. 반면 시인의 선택이 정확하지 않다면 ── 60 b 18
말이 오른쪽 두 발을 앞으로 내딛는 모습을 재현한다면 ── , 과

오는 예를 들어 의술이나 다른 기술과 같이 어떤 특별한 기술과 관련이 있거나, 혹은 재현된 대상이 불가능한 것이라면 과오는 아무것이나 다루었다는 것이지만, 이는 작시술에 속하지 않는다.[5] 따라서 바로 이러한 구별을 명심하고서, 제기된 여러 문제점들에서 반론에 대한 해결책을 찾아보아야 할 것이다.[6]

60 b 22　　먼저 작시술 자체와 관계된 반론이 있다. 재현된 대상이 불가능한 것이라면? 과오는 있으나 시의 목적이 달성된다면 작시술의 규칙은 구제된다. 그 목적이 무엇인지는 말한 바 있는데, 예컨대 헥토르의 추격 장면에서처럼 문제의 대목이나 다른 대목을 보다 충격적인 것으로 만드는 것이다. 하지만 특별한 기술에 충실하면서도 시의 목적을 어느 정도 똑같이 달성할 수 있었다면, 과오는 정당화될 수 없다. 사실상 가능성이 조금 **60 b 29** 이라도 있다면 과오는 절대로 범하지 말아야 한다. 또한 과오가 어떤 범주에 속하는지도 구분할 필요가 있다. 즉 작시술에 대한 과오인가 아니면 다른 것에 대한 우발적인 과오인가? 실제로 암사슴에게는 뿔이 없음을 모르는 것은 암사슴을 그리면서 재현의 기술을 저버리는 것보다는 덜 심각한 과오이다.[7]

60 b 32　　또한 어떤 것이 진실이 아니라고 반박한다 하더라도 다른 관점에서는 그것이 있어야만 하는 대로일 수도 있다. 그래서 소포클레스는 자신은 있어야만 하는 대로의 인간을 그렸고 에우리피데스는 있는 그대로의 인간을 그렸다고 말했고, 해결책은 바로 거기서 찾아야 할 것이다.[8] 그 어느 것도 아니라면 "그것이 사람들이 말하는 바"라고 주장할 수 있는데, 예를 들어 신들과 관계된 경우가 그에 해당된다. 우리가 흔히 신에 대해 말하는 것은 더 바람직한 것도 진실도 아닐 수 있지만, 그런 일이

있다면 크세노파네스가 생각했던 것처럼 어쨌든 그것은 사람들이 그렇다고 말하는 것이다.[9] 어떤 경우에는 더 바람직한 상태가 아니라 "예전처럼" 재현하는 수도 있는데, 예컨대 '그들의 창은 하늘을 찌르며 꼿꼿하게 서 있었다'와 같이 무기에 관한 묘사의 경우가 그렇다. 실제로 그것은 옛날의 관습이지만 오늘날 일뤼리아 사람들의 관습이기도 하다.

61 a 1

누군가가 한 말이나 행동이 좋은지 아닌지를 정하려면 행동이나 말 자체만을 보고 그것이 고상한지 저속한지 검토하는 데 그칠 것이 아니라, 행동하고 말하는 사람이 누구인지, 누구에게 말하는지, 언제 또는 누구를 위해서 또는 무엇 때문에 그렇게 하는지, 예컨대 더 큰 이익을 얻기 위해서인지 아니면 더 큰 손해를 피하기 위해서인지도 생각해 보아야 한다.[10]

61 a 4

다른 반론들에 대해서는 표현을 검토함으로써 해결책을 찾을 수 있다. 예를 들어 '먼저 *ourèas*들'이란 표현에서는 차용어를 사용한 것으로 설명할 수 있는데, 실제로 시인이 말하고자 한 것은 아마도 '노새'가 아니라 '보초'일 수도 있다. 또 돌론에 대해서는 "정말 고약한 '*eidos*'를 가지고 있다"고 하는데, 이는 그의 '몸'이 기형이라는 것이 아니라 그의 '얼굴'이 추하다는 뜻이다. 실제로 크레타인들은 '얼굴이 잘생긴'을 '*eueides*'라고 말하기 때문이다. 또 '*zôroteron* 섞기'라는 표현은 술꾼들이 마시는 것 같은 순수한 포도주 얘기가 아니라 더 빨리 섞으라는 것이다.[11]

61 a 9

은유로 말해지는 것도 있다. 예를 들어 '모든 신들과 인간들은 밤새도록 잠들어 있었다'고 말하면서 동시에 '그가 들판으로 시선을 던졌을 때 플루트와 쉬링크스 소리를…'이라고 말

61 a 16

한다. 여기서 '많은' 대신 '모든'이란 말을 은유적으로 사용하고 있는데, 왜냐하면 모든 것은 많기 때문이다. 마찬가지로 '오로지 그 별만이 참여하지 않는다'라는 표현도 은유로 말하고 있는데, 가장 잘 알려진 것만을 언급하고 있기 때문이다.[12]

61 a 21 타소스의 힙피아스가 그랬듯이, '*didomen de hoi*', 그리고 '*to men (h)ou kataputhetai ombrôi*'[13]라는 구절을 강세를 주어 발음함으로써 해결하는 수도 있다. 단락을 나눔으로써 해결할 수도 있는데, 예를 들어 엠페도클레스의 '*aipsa de thnèt' ephuon -to ta prin mathon athanat' einai zôia te prin kekrèto*'[14]라는 구절이 그렇다. 중의성을 통해 해결할 수도 있는데, '*parôikhèken de pleô nux*'라는 구절에서 '*pleiô*'는 중의적이다.[15] 다른 해결책들로 말하자면 일상어법에 의지해야 한다. 이를테면 물 탄 포도주에도 '포도주'라는 이름을 붙이듯이, 시인은 '새 주석으로 만든 정강이받이'라고 말한다. 그리고 쇠를 세공하는 장인들에게도 '청동 조각가'라는 이름을 붙이듯이, 신들은 술을 마시지 않음에도 불구하고 가뉘메데스가 제우스의 '술 시중꾼'이라고 말한다. 이것은 정말로 은유라고 할 수 있을 것이다.[16]

61 a 31 낱말의 의미가 모순을 끌어들이고 있는 것처럼 보이는 경우에도 그 낱말이 얼마나 많은 의미를 가질 수 있는지 검토할 필요가 있다. 예컨대 '청동 창이 바로 그것에 의해 제지되었다'라는 구절에서 '그것에 의해 가로막혔다'라고 하면 얼마나 많은 의미를 가질 수 있는가? 이렇게 또는 저렇게, 어느 쪽으로 해야 더 잘 이해할 수 있는가?[17]

방법은 글라우콘이 말하는 것과는 정반대이다. 글라우콘 **61 a 35** 에 따르면 어떤 텍스트를 비난해 놓고서 비합리적 선입관에서 출발하여 그 텍스트에 대해 추론하는 사람들이 있다. 이들은 자신들이 그렇게 생각한 것은 시인이 그렇게 말했기 때문이라고 문제를 시인의 탓으로 돌리며, 그것이 자신들의 개인적 견해와 모순될 때에는 시인을 비난한다. 이카리오스와 관계된 문제들이 이 경우에 속한다. 사람들의 생각은 그가 라케다이몬 사람이므로 텔레마코스가 스파르타에 갔을 때 그를 만나지 않았다는 것은 불합리하다는 것이다. 그러나 실제로는 케팔레니아 사람들이 말하는 대로일 수도 있는데, 그들은 오뒤세우스가 케팔레니아에서 결혼했고 이카리오스가 아니라 이카디오스라는 것이다. 여기서 문제는 십중팔구 착오에서 비롯된 것으로 보인다.[18]

대체로, 불가능한 것은 시나 최상의 것 또는 세상 사람들이 하는 말을 기준으로 삼아야 한다.[19] 시의 관점에서는 가능하더라도 설득력이 없는 것보다는, 불가능하지만 설득력이 있는 것이 더 바람직하다.[20] 제욱시스가 그린 것과 같은 사람들이 존재한다는 것은 〈한편으로 불가능할지도 모르지만〉, 그는 더 바람직한 상태로 그린 것이다. 왜냐하면 예로 든 것은 더 뛰어나야만 하기 때문이다.[21] 비합리적인 것의 경우에는 사람들이 말하는 바를 기준으로 삼아야 하는데, 그런 경우들 역시 때로는 비합리적인 것에 속하지 않을 수도 있다. 있음직하지 않은 것이 일어나는 일도 실제로는 있음직하기 때문이다.[22]

모순에 대해서는, 담화에서 논박하는 방법에 따라서 텍스트 속에서 모순이 어떤 형태를 취하는지 검토해야 한다. 즉 동일한 사물을 동일한 관계에서 동일한 방식으로 말하고 있는지 생각해 보아야 하고, 또한 시인 스스로를 그 자신이 말한 바나

상식을 지닌 사람의 입장과도 대조해 보아야 한다.[23]

61 b 19 그러나 시인이 아무 필요도 없이 비합리적인 것 — 아이 게우스와 관련하여 에우리피데스가 그랬던 것처럼 — 이나 비열한 것 — 『오레스테스』에서 메넬라오스가 그런 것처럼 — 에 호소한다면, 비합리적인 것이나 비열한 것에 반론을 제기하는 것이 옳다.[24]

61 b 21 따라서 반론은 다섯 종류로 나눌 수 있다. 즉 그것은 불가능한 것이거나, 비합리적인 것이나, 해로운 것이거나, 모순적인 것이거나, 작시술의 영역에서 정확성을 어기는 것을 겨냥한다. 해결책에 관해서는 내가 앞서 열거했던 항목들에 준해 검토해 보아야 하는데, 열두 가지 해결책이 있다.[25]

제25장 주해

1. 60 b 6

기원전 6세기와 5세기의 그리스의 학교 교육과 교양 문화에서 호메로스 작품의 강독이 어떤 위치를 차지하고 있었는지는 정확하게 알 수 없으나[Pfeiffer(1968), p.14 이하를 참조할 것], 상당히 중요한 위치를 차지했다는 점에는 의심의 여지가 없어 보인다. 호메로스의 작품을 둘러싼 논쟁이 많았던 것도 분명하다. 예를 들어 크세노파네스는 호메로스 작품에서 신들이 인간의 모습을 하고 있는 것을 비판했고, 레기움의 테아게네스와 시로스의 페레키데스는 호메로스에 대한 우의(寓意)적 해석의 길을 열면서 반론을 제시했으며, 프로타고라스는 까다로운 순수주의로 호메로스가 뮤즈에게 말을 거는 장면에서 명령법을 사용했다고 질책했고 (19장, 56 b 15 이하를 참조할 것), 고르기아스의 제자인 안티스테네스는 호메로스 시에서 외양과 진리라는 두 가지 의미작용 층위를 구분했다. 또 대부분 우리에게 전해지지는 않았지만, 비판적이고 해석학적인 작업에 대한 많은 증언들이 있었다. 아리스토파네스의 한 구절(222 Kock)을 보면 기원전 5세기 말 학교 교육의 양상이 어땠는지 어렴풋이나마 짐작할 수 있는데, 그러니까 호메로스의 작품에 나오는 어려운 낱말들에 관해 "*korumba*'는 무슨 뜻인가…? '*amenèna karèna*'는 무슨 말인가?" 등의 질문을 던졌던 것이다. 이러한 난해한 부분들과 다른 어려운 부분들은 시험 문항이 되기 이전에, 여러 세대에 걸친 독자들을 몰두하게 만들었을 것이다. 아리스토텔레스 시대에 그러한 부분들은 문제(*problèmata*), 다시 말해서 출제 문항(*zètèmata probeblèmena*)이 되었고(60 b 21 이하를 참조할 것), 풀이(*lusis*)나 시인에 대한 비판(*epitimèna*)을 통해 답을 제시할 수 있었다. 문제와 풀이 또는 비판들은 기원전 4세기, 혹은 그 이전부터 모음집 형태로 기록되었는데, 그 흔적이 지금까지도 전해져 내려오고 있다. 우리에게 존재가 알려진 최초의 작품들은 9권으로 된 엠피폴리스의 조일로스의 『호메로스의 시에 대한 반론』, 그리고 여섯 권으로 된 아리스토텔레스의 『호메로스 작품의 문제들』이다. 『시학』 25장을 보면 아리스토텔레스의 작품에 수록된 문제들이 어떠한 것인지 대략 알 수 있으며, 거기에 포르퓌리오스의 『호메로스 작품의 물음들』에 나오는 약 40여 개의 인용문들을 덧붙여야 할 것이다.

2. 60 b 11

재현하는 자로서의 시인은 광범하면서도 명확하게 제한된 자유를 누린다. 즉 그는 오직 세 가지 가능성 가운데서 선택해야만 한다. 사물을 현재 있는(또는 과거에 있었던) 대로, 혹은 보이는 대로(또는 사람들이 말하는 대로), 혹은 그렇게 되어야만 하는 대로 재현해야 한다. "해결책"을 모색한다는 비평 연습의 규칙을 제공하기 위해서 이렇게 의무론적 규범을 언급하면서 아리스토텔레스는 다시 한번, 종합적으로 주의를 환기하는 형태로, "재현"(미메시스) 개념을 한정한다. 즉, 재현 개념은 시인 바깥에 있는 지시대상과 관련하여 정의되며, 시인은 자기 기술 고유의 수단을 통해 이를 모방하면서 옮기는 것이다(다음 주해 3을 참조할 것).

　　이러한 지시대상은 현재의 현실과 더불어, 과거, 세상 사람들이 하는 말과 당위를 포괄하면서 광범하게 정의되고 있기는 하지만, 그럼에도 불구하고 시적 허구의 정확한 경계를 정하고 있음에는 변함이 없다. 상상적인 것이 관여한다 하더라도 문제가 되는 것은 단지 그 집단적인 산물, 즉 사물이 그렇다고 사람들이 말하는 것이나 믿는 것(*hoia phasin kai dokei*) 혹은 사물이 그렇게 되어야만 한다고 생각하는 것(*hoia einai dei*)일 뿐이다. 관객이 자기의 세계관을 구성하는 요소들을 시 작품에서 알아보게 되는 한에서만, 그러니까 관객이 자기와 비슷한 사람(*ton homoion*, 13장, 53 a 5를 참조할 것)을 알아봄으로써 자기 자신을 재발견하게 되는 한에서만, 작품은 설득력을 갖고(*pithanon*) 즐거움(*hèdonè*)을 만들어 낼 것이다. 즐거움이야말로 인간이 그 본성에 따라(4장) "재현작품들" 속에서 추구하는 것이다.

미메시스의 영역에 대해 여기서 설정하고 있는 경계는 9장에서 포괄적으로 "일어날 수 있는 일"(*hoia an genoito*, 51 a 37)로 표현했던 것의 외연을 구체적으로 규정한다. 즉 이러한 가능한 것의 영역은 한 사회집단의 특성을 규정하는 (일반적인 의미로서의) 재현작품들 ── 그것들이 가리키는 것이 현실이든 세상 사람들의 말이든 아니면 이상적인 것이든 ── 전체를 포괄한다. 한편 우리는 연대기적 역사(*historia*)는 현실에 묶여 있는 것으로 간주된다는 것 역시 기억하고 있다.

3. 60 b 13

모든 재현적 활동의 규범을 환기한 다음 아리스토텔레스는 시의 특성을 규정하는 세분화된 차이를 제시하는데, 표현(*lexis*)이 바로 그것이다. 여기서 표현은 가장 중요한 재현의 매개로 나타난다. 앞에서 표현은 언제나 비극(6장)이나 서사시(24장, 60 b 1-5)의 구성 부분 가운데 하나로 소개되었다. 하지만 17장(55 a 22 이하)에서는 표현이 시적 재현에서 담당하는 특별한 기능을 분명하게 제시하면서 오로지 줄거리와 연관시켰다. 표현에 대한 그러한 가치 부여는 상당 부분 여기서 다루는 주제 ― 문제와 해결책 ― 에 기인한다고 할 수 있다. 이 대목에서 제기된 문제들, 특히 호메로스와 관련된 문제들은 본질(시인이 재현하는 것, 60 b 8 이하와 앞의 주해 3을 참조할 것)이나 형식, 즉 차용어, 은유 그리고 일상 언어와 관련한 다른 일탈들 같은 표현의 특이성들을 다룬다. 이 점에서 시 텍스트에 대한 비평 실습은 아리스토텔레스 이론과 일치한다. 즉 볼거리는 별도로 하고 재현의 대상(*ha mimountai*, 6장, 50 a 11) ― 줄거리, 성격, 사상 ― 과 그 수단(*hois mimountai*, 50 a 10) ― 표현과 노래인데, 노래는 부차적인 성격을 지니고 있으므로 표현에 전적으로 자리를 양보한다 ― 을 구분하는 것이다.

표현과 관련된 마지막 문장("우리는 시인들에게 이를 허용하기 때문이다")은 일탈에 대한 권리를 인정하면서 25장 특유의 관점에 잘 들어맞는다. 시적 표현에 대한 이론은 일상어법과 관련하여 시인이 정당하게 누릴 수 있는 일탈들을 목록으로 작성하고, 비평가들을 논박하고 문제를 해결할 수 있게 하는 여러 논법들을 제공하게 될 것이다. 무엇보다 시인이 재현 대상과 연관된 규범들을 위반할 경우 표현을 내세워 해결책을 제시할 수 있다. 특히 의미의 이동이 허용되는 은유는 글자 그대로는 불합리한 많은 것을 정당화할 수 있을 것이다(61 a 16 이하의 예를 참조할 것). 보다 일반적으로 우리는 24장 끝부분(60 b 1 이하)에서 표현이 그 아름다움을 통해 재현의 몇몇 약점을 가릴 수 있음을 보았다. 이런 관점에서 "시인에게 양도한다"는 것은, 언어라는 표현 수단을 가지고 이를 그 자체로 미적인 어떤 대상, 즉 즐거움(*hèdunôn*, 60 b 2)을 생산하고 필요할 경우에는 특히 행동의 재현과 결부된 즐거움의 결핍을 보완할 수 있는 대상(24장, 주해 14를 참조할 것)을 만들 수 있도록 양도한다는 뜻이 될 것이다.

4. 60 b 16

재현의 대상과 관련된 범위와 표현이 제공하는 특권들에 관해 이야기한 후에 60 b 13에서는 세 번째 고려할 문제, 즉 시와 관련하여 정확성(*orthotès*) 문제가 덧붙이는 방식으로(*pros de toutois*, "게다가") 제시된다. 『국가』와 『법률』에서 '*orthotès*'라는 용어로 이 문제를 제기한 플라톤 역시 단순하고 범주론적인 방식으로 이를 해결한 바 있다. 다시 말해서 모방적인, 그러니까 부차적인 예술로서의 시는 다른 예술이나 기술 — 시는 그 산물을 모방한다 — 과 동일한 판단, 즉 궁극적인 실재-이데아와의 일치 기준에 따른 판단의 대상이었다. 이런 관점에서는 모든 모방 예술이 과소평가되었는데, 이는 그 산물이 실재와 관련하여 세 단계 멀어진 상태에 있기 때문이었다. 아리스토텔레스는 시에서의 정확성을 다른 기술에서의 정확성과 명백하게 구분함으로써 플라톤과 반대의 입장을 취한다. 즉 플라톤의 주된 관심사였던 자연의 모델에 대한 충실성은, 가능한 두 가지 기준들 가운데 하나이자 덜 중요한 것으로 간주된다(*elatton*, 60 b 31을 참조할 것). 그래서 예술가가 한쪽 발을 동시에 내디디며 걷는 말을 재현한다 하더라도 그 과오는 우발적인 것에 불과하다. 본질은 다른 곳에 있는 것이다.

5. 60 b 21

"작시 영역에서의"(*kath' hautèn* [즉 *tèn tekhnèn*]) 정확성이 어떤 것인지 본문에서는 정확히 말하고 있지 않다. 60 b 15 이하에서 원래 텍스트가 의미하는 바는 이렇다. "시인이 능력 부족을 재현하기로 택했다면, 과오는 작시술 그 자체와 관련이 있다." 그런데 "능력 부족을 재현한다"는 것이 무엇을 의미하는지 알 수가 없다. 다른 한편 우발적인 과오를 잘못된 선택(*to proelesthai mè orthôs*)에서 비롯되는 것으로 설명하고 있는 다음 대목을 보면, 균형을 이루기 위해서는 정확한 선택을 했으나 다른 과오가 생긴 것으로 텍스트를 복원할 수 있을 것 같다. "능력 부족"(adunamian) 이란 낱말이 가리키는 것은 바로 이러한 과오가 될 것이다. 따라서 텍스트에 누락이 일어났다고 가정할 수 있으며, 발렌은 다음과 같이 이를 채워 넣고 있다. "시인이 자기가 무엇을 재현할지 정확한 선택을 했으나, 능력 부족으로 인해 실행과정에서 실패했다면…" "선택, 기획, 의도"(proairesis) 대 "능력, 잠재력"(dunamis)의 대립 — 아리스토텔레스의 작품 다른 데서도 쉽게 확인할 수 있다 — 을 설정하는 이러한 해결책은 매우 설득력 있어 보인다(예컨대 『정치학』, VII, 1331, b 26 이하에서 아리스토텔레스는 목표의 정확한 선택[to ton skopon keisthai kai to telos tôn praxeôn orthôs]과 이에 도달할 수 있는 수단의 창안[tas pros to telos pherousas praxeis heuriskein]을 구별하면서 이 둘이 일치하지 않을 수 있음을 강조한다). 문헌학적 문제를 이렇게 해결하는 방법을 받아들이고 나면 남은 문제는 작시술 그 자체의 과오를 불러오는 능력 부족이 어떤 것인지를 알아보는 것이다. 아리스토텔레스는 60 b 32에서 그것이 재현상의(ei amimêtôs egrapsen, 글자 그대로는 "재현하지 않고 그렸다면") 과오라고 말한다. 따라서 문제가 되는 것은 엄밀히 말해서 옮겨 놓는 기술, 즉 시의 경우에는 헥토르의 추격 장면의 예가 보여 주듯이 있음직함과 필연성에 따라 줄거리를 구성하는 것이다(60 b 26).

우발적인 과오 또한 문제들을 제기하는데, 특이한 것은 불가능한 것(adunata, 60 b 20)이 우발적인 것에 속하는지의 문제이다. 원래 텍스트에 따르면(우리는 'è <ei> adunata pepotiètai'로 조금 고쳤다) 그렇다고 볼 수 있는데, 우발적인 것에도 두 가지 단계가 있다. 혹은(è, 60 b 19) 특별한 기술상의 과오가 있고, 혹은(è, 60 b 20) 작시술 자체가 아닌(ou kath' heautèn) 어떤 것이든(hopoianoun) 다른 기술상의 과오로 일관성이 크게 결여된 경우(*adunaton*)가 있다. 많은 편집자들이 불가능한 것은 작시술 그 자체의 과오는 아니라는 역설을 거부하고, 60 b 20에서는 60 b 23의 '*adunata pepotiètai*'를 중복해서 잘못 옮겨 적었다는 가정 아래 뒨처(Duentzer)의 견해를 따라 '*è adunata pepotiètai*'(60 b 20)을 삭제했다. 필사본 B의 누락된 부분은 행을 건너뛰는 것이 가능하다는 것을 분명하게 보여 주기는 하지만, 60 b 20에서 '*adunata pepotiètai*' 앞의 '*è*'의 존재에 상응하는 것이 60 b 23에는 전혀 없다는 점에서 중복으로 인한 오류로 가정할 수는 없다. 그러므로 불가능한 것이란 어떤 특별한 기술에 근거하는 것이 아니라 일반적으로 생각할 수 있는, 작시술의 문제가 아닌 우발적인 과오의 극단적인 경우로 보아야 한다. 불가능한 것이 있음직함이나 필연성과 갈등 관계에 있는 한, 아리스토텔레스는 여기서 역설적인 주장을 하면서 줄거리 구성 영역에서 기술상의 과오를 제거하고 있다. 이러한 역설이 다시 한 번 이 25장 특유의 관점과 밀접한 관계에 있음을 인용된 예들을 통해 확인할 수 있을 것이다.

6. 60 b 22

이 문장은 문제들을 체계적으로 제기하는 단계에서 비평가들에게 제시해야 할 반론을 통해 해결책을 검토하는 단계로 넘어가는 부분을 이루고 있다. 그리하여 아리스토텔레스의 관점은 처음부터 변론의 성격을 띠게 되는데, 그에 따라 이제부터 제기될 문제들은 주로 호메로스와 관련된 것이며, 모두 시인에게 유리한 방향으로 해결될 것이고, 비평가들은 모두 반박당하게 될 것이다(유일한 예외는 에우리피데스가 『오레스테스』에서 메넬라오스의 비열함을 비난하는 경우이다. 61 b 19 이하).

이어지는 본문은 세 가지 종류의 문제들을 중심으로 전개된다.

(a) 작시술과 관련된 문제들(60 b 22 [*prôton men*⋯]~32)

(b) 재현된 대상과 관계된 문제들(60 b 32[*pros de toutois*…]~61 a 9)

(c) 표현상의 문제들(61 a 9[*ta de pros tèn lexin*…]~61 a 9)

비판과 해결책의 유형들을 다시 요약하면서 결론을 내리기에 앞서 (61 b 22-25, *ta men oun epitimèmata* […] *kai de luseis* […]), 아리스토텔레스는 논의를 잠시 중단하고 불가능성, 비논리성, 모순 등 표현상의 모순과 관련해서 제기될 수 있는 문제들에 대한 해결책을 제시한다(61 a 31 이하). 이러한 전개(61 b 9[*hôlos de to adunaton*…]-21)는 요점을 제시하는 (*holôs*, "일반적으로") 성격을 지닌다. 그것이 어떤 영역에 속하든 결국 이런저런 이유로 텍스트의 불가능성 또는 일관성의 결여로 보이는 것 앞에서 독자가 느끼는 당혹감(*aporia, aporèma*, 비평 영역에서의 곤란한 문제들에도 적용되는 변증법의 기술적인 용어로서 아리스토텔레스의 『호메로스의 아포리아』*Aporèmata Homèrika*를 참조할 것)에 대한 설명이기 때문이다.

7. 60 b 32

작시술과 관련된 문제들에 대한 해결책(*ta pros autèn tèn tekhnèn*, 60 b 23)을 다루는 이 대목은 두 부분으로 나뉜다. 전반부에서 아리스토텔레스는 예술의 합목적성(*telos*, "목적")을 논하면서 몇몇 과오들이 어떻게 정당화될 수 있는지 보여 준다. 예로 든 것은 헥토르의 추격 장면이다. 이 장면에 대해서는 24장(60 a 11-18)에서 서사시는 비합리적인 것에 호소함으로써 놀라움의 효과(*thaumaston*)를 산출할 수 있다 ─ 하지만 비극은 안 된다 ─ 는 것을 보여 주기 위해서 이미 분석한 바 있다(주해 9의 해당 부분을 참조할 것). 같은 장면이 여기서는 부정적인 관점에서, 즉 호메로스를 비판하는 사람들의 관점에서 검토된다. 그들은 이야기의 매력에는 관심이 없고 아킬레우스가 단지 고갯짓으로 그리스군을 제지하는 장면을 보여 줌으로써 불가능한 것(*adunata*)을 연출했다는 이유만으로 시인을 비난한다는 것이다. 아리스토텔레스는 불가능한 것은 그 자체로는 앞서(60 b 20) 우발적 과오들 가운데 하나로 분류된 과오를 범하는 것이라고 한발 물러서기는 하지만, 여기서 이러한 분류는 중요하지 않다. 시인을 정당화할 수 있는 것(*orthôs ekhei*)은 불가능한 것이 시의 합목적성에 봉사한다는 것이다. 그것은 바로 충격(이러한 합목적성을 정의하는 '*ekplèktikôteron*'["보다 충격적인"]은 24장, 60 a 17의 '*thaumaston*'["즐거운 놀라움"과 조응한다]이 독자에게 가져다주는 즐거움이다. 24장에서 이미 아리스토텔레스는 그러한 기술을 제한하는 조건을 밝힌 바 있다. 즉 헥토르의 추격 장면이 우스꽝스럽게 된다면 이 경우 즐거움은 더 이상 비극 고유의 즐거움(*oikeia hèdonè*)이 아닐 것이며(13장, 53 a 35 이하를 참조할 것), 따라서 실제로 무대 위에 올려지면 안 된다는 것이다. 시 장르에 영향을 미치는 이러한 제약에 또 다른 제약이 추가된다. 다른 방식으로는 합목적성에 이를 수 없는 경우에만 과오는 정당화될 수 있으며, 따라서 일탈은 필연성의 규칙에 종속된다.

후반부(60 b 29-32)는 시적 영역에 속하는 과오(*kata tèn tekhnèn*; *kath'houtèn*, 60 b 16과 21을 참조할 것)와 우발적인 과오(*kat' allo sumbebè-kos*; *kata sumbebèkos*, 60 b 16를 참조할 것)를 분명하게 구분한다. 그 예는 회화에서 빌려 오고 있는데, 뿔을 가진 암사슴은 앞서 말한 한쪽 발을 동시에 내딛는 말 그림과 동일한 유형의 과오를 범하고 있다. 두 경우 모두 예술가는 동물학적인 정확성에 비추어 부정확한 선택(*to proelesthai mè orthôs*, 60 b 18)을 한 것이다. 그러한 과오와는 대조적으로 예술의 본질과 관계된 과오의 특성은 부사 '*amimètôs*'(아리스토텔레스 작품에서는 여기서 단 한 번 나온다)로 규정되는데, 글자 그대로는 "비재현적 방식으로"라는 뜻으로, 즉 미메시스의 관점에서 볼 때 결함이 있다는 것이다. 미메시스의 과오가 일어나면 기술 그 자체에 결함이 발생한다. 회화 영역에서 그러한 결함이 무엇에 상응하는지는 쉽게 알 수 있다. 즉 그림의 윤곽을 구성하고(6장, 50 b 2를 참조할 것) 재현을 통해 어떤 대상을 미화하면서도(15장, 54 b 9 이하를 참조할 것) 그 특수한 형태를 보여 주는 능력의 부족(*adunamia*, 60 b 17을 참조할 것)이 바로 그것이다. 아리스토텔레스는 시 영역에서는 예를 들고 있지 않는데, 그 이유는 두 가지 방식으로 해석될 수 있다. 하나는 회화 영역에 준해서 시로 옮기는 것은 어려운 일이 아니기 때문에 이를 실행하고 예를 상상하는 일은 독자의 몫으로 남겨 둔다는 것이다. 다른 하나는 시 영역의 과오는 따로 분리하기가 어렵기 때문에 이론의 여지가 있을 수 있는 예문에 걸려 좌초되지 않으려 한다는 것이다.

첫 번째 가설을 따르면 줄거리 구성(시에서 이것은 회화에서 그림의 윤곽을 구성하는 것과 같다)이나 성격 재현에서의 결함(성격을 너무 고상하게 그리는 과오는 회화에서 지나친 미화의 결함에 상응한다. 시인의 '*epieikeis*'는 화가의 '*kallious*'에 대응한다는 15장, 54 b 11-13을 참조할 것)은 당연히 시 영역에 속하는 과오를 범하는 것이다. 그럴듯하기는 하지만 이러한 가정은 정확한 예를 제시하려고 하면 난관에 부딪힐 위험을 안고 있다. 줄거리 구성의 황금률은 있음직함이나 필연성에 부합하는 것이지만, 다른 한편으로(주해 4를 참조할 것) 그와 정반대되는 불가능한 것은 우발적인 과오를 범하는 것이라는 점에서, 줄거리 구성에서의 어떤 과오를 시 영역에 속하는 과오라고 내세울 수 있는지 묻게 된다. 여기서 모든 추측이 근거를 잃을 수도 있다.

두 번째 가설이 남는다. 즉 시 영역에서의 과오는 내재적으로 정의되는 것이 아니고, 외부적인 요소가 개입해서 그 자체로는 명시되지 않은 과오에 그러한 특별한 위상을 부여한다는 것이다. 외부적 요소란 다름 아닌 필연성의 부재일 것이다. 즉 필연성이 없음에도 불가능한 것(60

b 26 이하), 비합리적인 것 또는 비열함(61 b 19 이하)을 재현한다면, 이는 작시술 그 자체에 반하는 잘못을 범하는 일이 될 것이다. 25장 끝부분에서 비판의 대상들을 요약하면서 아리스토텔레스가 불가능한 것, 비합리적인 것, 해로운 것 그리고 모순적인 것을 작시술 규칙의 위반(*para tèn orthotèta lèn kata tekhnèn*, 61 b 24)과 겹쳐 놓고 있는 이유는 이렇게 설명될 수 있을 것이다. 즉 맨 마지막 과오는 필연성이 없는데도 저지른 앞의 네 가지 과오들 가운데 하나에 지나지 않을지도 모른다.

8. 60 b 35

아리스토텔레스는 이제 재현의 불성실성, 진실상의 결함(*hoti ouk alèthè*)을 비난하는 비판들을 검토한다. 시인은 진실만을 말해야 하는 것이 아니라 허구의 기술(미메시스)이라는 자기 기술에 대한 의무도 있다. 그로 인해 다른 두 가지 가능성이 열리는데, 더 바람직하게(*beltion*) 재현하거나 사람들이 그렇다고 말하는 것(*houtô phasi*)에 부합하는 것이다. 더 바람직하게라는 용어는 60 b 11의 "있어야만 하는 대로"라는 표현을 이어받은 것으로, 비극의 성격을 만들어 내는 미적이고 윤리적인 성격의 격상을 말한다(비극은 "우리보다 우월한"[*beltionôn è hèmeis*] 존재들의 재현이므로 시인들은 그 등장인물들에게 "품격을 부여해야"[*epieikeis poiein*]한다고 아리스토텔레스는 말하고 있다. 15장, 54 b 8 이하를 참조할 것). 그러므로 이러한 격상은 단순한 가능성을 넘어서서 비극적 재현 특유의 의무가 된다. 아리스토텔레스는 여기서 소포클레스와 에우리피데스에게 발언권을 넘기는 것에 만족하고 특별히 주장을 내세우지는 않는다. 전자는 바람직한 쪽으로, 후자는 진실한 쪽으로 분류되었고, 둘 사이에 위계상의 차이는 전혀 보이지 않는다. 그렇다고 아리스토텔레스가 선호하는 바가 없는 것은 아님을 우리는 알고 있다. 『시학』에서 분명히 드러나는 것은, 아리스토텔레스의 눈에는 에우리피데스가 아니라(비록 13장, 53 a 29 이하에서는 그가 "시인들 가운데 가장 비극적인 시인으로 나타난다"고 말하고 있긴 하지만) 소포클레스가 그 누구보다 뛰어난 비극 시인이라는 사실이다. 아리스토텔레스는 에우리피데스가 비극에서 필연성이 없음에도 불구하고 — 일반적으로 비극에서 'ponèroi', 즉 "비열한 자"와 "추악한 자"를 위한 자리는 없다 — 성격에 비열함(ponèria)을 부여했다고 비난하는데(61 b 20 이하; 15장, 54 a 28 이하를 참조할 것) 적어도 소포클레스에 대해서 그런 말을 하지는 않는다. 아리스토텔레스가 더 바람직한 인물들을 재현하는 비극 시인이 더 뛰어난 시인이라고 여기는 것은 당연하다. 그러한 선호는 비극적 재현을 구성하는 규칙에서 직접적으로 얻어진다.

9. 61 a 1

진실한 것이나 바람직한 것에 의한 해결책이 없는 경우에는 사람들이 그렇다고 말하는 것에 호소하는 방법이 남아 있다. "사람들이 말하는 바"(houtô phasi, 60 b 35)는 "사람들이 말하는 대로거나 보이는 대로"(hoia phasin kai dokei, 60 b 10)를 이어받는다. 아리스토텔레스는 여기서 시에서 신들을 재현하는 예를 들면서, 이러한 영역에서는 신적인 것을 인간적인 모습으로 받아들이는 것을 비판하는 크세노파네스가 옳을 수도 있으며, 여기서 시인을 정당화하기 위해서는 진실한 것이나 바람직한 것이 아니라 사람들이 그렇다고 말하는 것을 내세워야 할 것이라고 의견을 제시한다(isôs, "아마도"; ei etukhen, "그런 일이 있다면"을 참조할 것). 실제로 필사본 텍스트에는 "크세노파네스가 생각했던 것처럼" 다음에 "그러나 사람들은 이를 부정한다"(all' ou phasi)라는 말이 나온다. 이 독본에 따르면 사람들이 하는 말이란 상대방의 거부를 거부함으로써 전통적인 믿음을 반대하는 사람과 정반대의 입장을 취하는 것으로 나타나게 된다. 이처

럼 부정을 부정하는 것이 이론적으로는 가능하지만, 문맥상으로는 정당
화될 수 없어 보인다. 60 b 35의 *'houtô phasi'* 다음에는 그냥 단순하게 사
람들의 의견이라는 심급의 존재를 참고삼아 환기하고 있다고 예상된다.
그런 이유로 해서 틸위트는 이 부분을 "어쨌든 그것은 사람들이 그렇다
고 말하는 것이다"라고 (약간) 고치고 있는데, 그것이 원래보다 더 바람
직해 보인다.

10. 61 a 9

아리스토텔레스는 비판자들로 하여금 말이나 재현된 행위들에 관해 가
치판단을 내리기에 앞서 거듭 신중하게 생각해 보도록 권유한다. 이러
한 말이나 행동은 바로 중심인물이나 상황 또는 합목적성과의 관계에서
그 품격을 부여받기 때문이다. 이러한 가치의 상대화는 시 영역 고유의
것인가? 달리 말해서 아리스토텔레스는 여기서 도덕적 조언 이상의 것
을 주고 있는 것은 아닌가? 그 조언은 윤리적인 겉모습 아래 재현된 행
동의 미학을 가리키고 있는 것은 아닌가? 예가 주어지지 않았기 때문에
확인하기 어렵다.

11. 61 a 16

표현에서 끌어내어야 할 해결책들 가운데 첫 부분은 "차용어"(*glôttai*)
를 다루고 있는데, 차용어에 대해서는 21장(57 b 3 이하)에서 정의 내린
바 있다. 제시된 세 가지 예 가운데 두 번째 예만이 그 정의에 부합한다.
'eidos'(『일리아스』, 10장, 316)의 뜻이 평상시와 다른 것은 크레타어의 용
법이라고 설명할 수 있기 때문이다. 그것이 크레타어에서 차용한 것이
라면 호메로스가 의도적으로 자기 시에 차용어를 사용한 것일까? 그것
이 아니라 아리스토텔레스가 단지 이오니아-아티카 그리스어에서는 사

라진 '*eidos*'의 호메로스적 의미의 흔적이 기원전 4세기의 크레타인들의 방언에 남아 있었다는 사실을 지적하는 것이라면, 이 경우 '*glôtta*'란 크레타인이 아닌 기원전 4세기의 독자들에게만 존재하는 게 아닌가? 아쉽게도 본문은 이에 대해 명쾌한 답을 주지 않는다. 다시 말해서 이 두 가지 가능성은 각기 호메로스의 텍스트에 대해 서로 전혀 다른 관점을 내포하고 있다. 첫 번째 경우에는 호메로스 같은 작가가 (왜?) 낱말이나 의미를 도리아인의 어법에서 빌려 왔는가를 생각해 볼 수 있는데, 문헌학자들은 이를 분명하게 논의에서 제외한다. 하지만 아리스토텔레스는 호메로스의 언어에서 방언으로 구성된 요소들에 대해 확고한 생각이 있었던 게 아닐까? 두 번째 경우, '*glôtta*' 같은 낱말의 해석은 작가의 공시태와는 다른 공시태 내에서만 의미를 갖는다. 그렇다면 표현의 몇몇 특징들은, 작가와는 다른 시공간에 있으며 그 의도로부터도 완전히 독립된 독자에게만 시적 특수성을 갖는다는 사실을 받아들일 수밖에 없을 것이다. 아리스토텔레스와 그 시대 사람들이 단지 이 같은 양자택일의 항목만을 제시했을 거라고 말할 근거는 없다. 우리는 기껏해야 당시 학교 교육에서는 아티카의 독자들이 그 뜻을 분명히 알 수 없거나 은유적 유형의 이동이나 다른 비유를 통해서도 설명할 수 없는 모든 단어들이 '*glôtta*'로 간주되었을 것이라고 추측할 수 있을 뿐이다. 언어 내에서의 의미 이동은 배제되고 언어의 시간적인 진화는 간신히 눈에 띌 정도였을 것이므로(이 주제에 관해 명쾌한 주장을 얻기 위해서는 알렉산드리아의 문헌학자들을 기다려야만 할 것이다), 주석자들로서는 말의 의미를 밝히는 데 만족하지 않고 왜 그 의미인지를 설명하기 위해서는 낱말들의 공간적인 이질성을 내세울 수밖에 없었을 것이다. 하지만 그런 설명에 대해서 이론적인 문제는 전혀 제기하지 않았다. 근본적으로 아리스토텔레스는 이러한 자기중심주의적 주석자의 관점에 서 있는 것으로 보인다.

그에게 'glôtta'는 우선 번역해야 할 말인 것이다. 아리스토텔레스는 다른 두 가지 예 — 'ouréas'는 "노새"보다는 "보초"로, 'zôroteron'은 "순수한" 보다는 "더 빨리"로 — 에서도 역시 그렇게 하고 있다. "아마도"(isôs, 61 a 11)라는 표현을 사용함으로써 이 분야에서 아리스토텔레스가 보여 주는 신중함도 주목할 수 있을 것이다.

12. 61 a 21

차용어에 이어 은유적 이동에 관해 말하고 있다. 이 두 예문은 호메로스에게서 빌려 온 것인데, 아리스토텔레스는 이를 기억에 의거하여 인용하고 있다. 실제로 첫 번째 예문은 『일리아스』, 2장, 1 이하와 10장, 1 이하 그리고 11 이하가 뒤섞인 것임을 알 수 있다. 게다가 교양이 풍부한 어느 필사자가 "다른 사람들"(alloi)이란 이본(異本)을 복원시켰을 것이고 우리에게 전해지고 있는 호메로스의 모든 필사본에도 그렇게 되어 있는 데 비해서, 아리스토텔레스는 "인용문"에 "모든"(pantes)이란 낱말이 들어 있었다고 추론한다(따라서 우리는 그래펜한Graefenhan의 견해를 따라 본문에 이 낱말을 복원시켰다). 이 대목에 주어진 두 가지 은유는 각기 계량적인 근사치를 도입한다는 점에서는 같은 영역에 속하지만 서로 반대 방향이다. 즉 전자는 "많은" 대신에 "모든"이라고 말하지만(플루트와 쉬링크스 소리가 들리기 때문에 모두가 잠들 수는 없었다), 후자는 큰곰자리 곁에 있는 다른 별자리들도 여전히 지평선 위에 머물고 있음에도 "오로지 그 별(큰곰자리)만이 (오케아노스의 목욕에) 참여하지 않는다"(『일리아스』, 18장, 489; 『오뒤세이아』, 5장, 275)고 말하고 있기 때문이다. 여기서 아리스토텔레스는 산술적 논리나 천문학적 정확성이라는 명분으로 호메로스를 비판하기를 거부할 뿐만 아니라 심지어 고치기도 거부한다. "은유적" 어림잡음은 전적으로 호메로스의 권리임을 분명하게 인정하는 것이다.

13. 61 b 23

타소스의 힙피아스에 대해서는 이 대목과 『소피스트적 논박』(4장, 166
b 1 이하)에서 아리스토텔레스가 같은 예문들을 보다 자세히 분석하고
있는 대목 외에는 알려진 것이 없다. 힙피아스는 각각의 예문에서 낱
말 하나의 강세 부호를 바꿈으로써 신학적 문제와 물리학적 문제를 해
결한(*eluen*) 것으로 보인다. 즉 『일리아스』, 2장, 15에서는 '*dídomen*'을
'*didómen*'으로 바꿈으로써, 아가멤논에게 메시지를 전하는 일을 맡고 있
는 꿈의 신에게 거짓말에 대한 책임을 전가하고 제우스의 무죄를 증명
한다. 그리고 '*hoû*' 대신에 '*où*'라고 바꿈으로써(우리가 '*h-*'라고 옮겨 적
은 첫 글자의 유음이 아리스토텔레스 당시에는 표기되지 않았을 것이다. 표기
되었다 하더라도 그것은 나중에 볼 수 있듯이 철자 상단의 선문자線文字 같은
기호를 통해서만 가능했을 것이다. 이런 이유로 해서 "거친 숨결"이라는 표현
은 원래의 강세를 지니고 '*prosôidia*'라는 총칭적 이름 아래 분류된다. 20장, 56
b 32 이하를 참조할 것), 참나무와 소나무의 일부분만이 부패를 견뎌 내는
것이 아니라 나무들 자체가 썩지 않는다고 이해할 수 있다. 이 두 경우
모두 힙피아스가 제시했다는 "해결책"이 상식적으로 너무나 당연한 것
이라서, 과연 그가 고쳤다는 텍스트가 실제 쓰였는지도 의문스럽다.

14. 61 a 25

여격으로 쓰인 '*diairesei*'는 '*eluen*'(61 a 22)에서 끌어와야 할 '*luteon*'을
한정하는 도구적 의미로 받아들여야 할 것이다. "단락을 나눔으로써 (해
결할 수 있는) 다른 문제들", 즉 텍스트를 통사적으로 정확하게 연결하는
것이 된다.

엠페도클레스의 글은 설명 없이 인용되었다. '*zôia te*'를 앞 문장에 붙일지 뒤의 문장에 붙일지가 문제가 될 것이다. 앞에 붙여서 "단락을 나눌" 경우에는 다음과 같은 뜻이 나온다. "이제 곧 그들이, 죽을 수밖에 없는 그들이 태어나니, 전에 그들은 섞이기 전에, 살아서 영원히 죽지 않는 법을 배웠으니…" 뒤에 붙여 "단락을 나눌" 경우에는, "이제 곧 그들이, 죽을 수밖에 없는 그들이 태어나니, 전에 그들은 살아서 섞이기 전에, 영원히 죽지 않는 방법을 배웠으니…"가 된다. 첫 번째 경우에 앞의 '*prin*'(부사로서 "예전에"라는 뜻이다)은 뒤의 것(접속사로서 "하기 전에"의 뜻이다)과 상관관계에 있으며, 연결 소사 '*te*'는 '*zôia*'(살아서)를 '*athanata*'(영원히 죽지 않는)와 결부시킨다. 두 번째 경우에 '*te*'는 인용문에는 나와 있지 않은 '*mathon*'의 보어를 그 부정법과 결부시킨다고 볼 수 있다. 반면에 '*zôia*'는 시간을 나타내는 '*prin kekrèto*'("산 자를 만드는 식으로 섞이기 전에")에서 미래를 예시하는 보어 기능을 하는데, 여기서 그것은 부사적으로 쓰인 앞의 '*prin*'과는 더 이상 상관관계를 맺지 않고 등가적인 기능을 한다. 의미론적인 이유에서 두 번째 해석을 취할 필요가 있다. 첫 번째 해석("살아서 영원히 죽지 않는")은 별 의미가 없는 반면, 산(죽을 수밖에 없는) 자를 만들어 내는 혼합의 개념은 엠페도클레스의 동물 발생론과 완벽하게 부합하기 때문이다(시간을 나타내는 '*zôia prin kekrèto*'와 엠페도클레스의 텍스트[frag. 15 D.K. = 58 Bollack, v.4: '*prin de pagen brotoi*', "그들이 사람을 굳히기 전에"]를 비교할 수 있을 것이다).

꼭 해야 할 이유가 있는 것은 아니지만 여기서 엠페도클레스와 관련된 문헌학적 문제를 그냥 지나치기는 힘들다. 베토리(Vettori) 이래 『시학』의 모든 편집자들은 우리가 택한 필사본의 '*zôia*' 대신에 35 D.K. = 201 Bollack, v.15에 나오는 '*zôra*'를 택하고 있다. 그런데 실제로 『시학』에 나오는 텍스트는 frag. 35 D.K.의 14행과 15행(시작 부분)을 잘

못 인용한 듯하다. 우리는 볼락(J. Bollack, 『엠페도클레스』III:『해설』, 1권, p.208 이하;『엠페도클레스』I, p.322 이하를 참조할 것)이 서로 구분되는 두 개의 단락이라는 가설을 충분하게 입증했으므로('zôia'로 된 인용문은 frag. 509 Bollack에 나온다!) 'zôia'를 'zôra'로 수정할 필요가 없다고 생각한다.

"단락 구분"에 관한 또 다른 문제에 대해서는『수사학』3권, 1407 b 14 이하를 참조할 수 있는데, 거기서 아리스토텔레스는 헤라클레이토스 작품의 첫 문장("사람들이 언제나 소홀히 이해하고 있는 이러한 이유")에서 구두점을 "언제나"의 앞에 찍어야 하는지 뒤에 찍어야 하는지의 문제로 망설이고 있다.

15. 61 a 26

여기서 호메로스의 텍스트는 부분적으로만 인용되고 있는데, 이는 당시 호메로스 전문가들 사이에서도 논란이 컸던 문제였을 것이다. "밤의 3분의 2 이상(pleô)이 지나고 3분의 1만이 아직 남아 있다"는 것이 문제의 대목이다. 그러니까 사람들은 다름 아닌 산술적 문제에 대한 해결책을 열심히 찾아 왔던 것이다(포르퓌리오스는 6페이지 이상에 걸쳐 이 문제를 다루고 있다). 아리스토텔레스는 여기서 "대부분"이라는 뜻으로 이해될 수 있는 'pleiô'('pleô'의 또 다른 형태)의 중의성을 통해 해결하는 방법을 택하고 있는데, 이런 식의 해결책은 목적에 맞추어 예문을 만들어 내는 전형적인 예라 할 수 있다. 즉 시인(호메로스)의 계산이 문제가 없는 것이 되도록 언어에 폭력을 가해서 시인이 옳은 게 되도록 하는 것이다.

16. 61 a 31

시 텍스트에 나오는 몇몇 비논리적인 표현들은 적어도 유추를 통해 언어 용법 자체에서(to ethos tès lexeôs) 설명할 수 있다. 시인은 물 탄 포도주를 포도주라 부르는 용법에 근거하여, 정강이받이가 순수한 주석이 아니라 합금으로 만들어졌음에도 불구하고 주석으로 만든 정강이받이라고 말한다. 마찬가지로 대장장이는 쇠를 가지고 작업하지만 이를 뜻하는 그리스어 '*khalkeis*'는 글자 그대로 하면 "청동 조각가"가 된다. 같은 맥락에서 신에게 넥타르와 암브로시아를 따르는 시중꾼 가뉘메데스에게 붙여진 '*oinokhoos*'라는 용어의 자구적 의미는 "포도주를 따르는 사람"이지만 유추에 의해 이해할 수 있다. 이러한 사실들을 "은유"라는 용어로 설명할 수 있음을 인정함으로써 아리스토텔레스는 어떤 특별한 경우에 대해서는 시적 언어의 구성에서 은유적 사행(事行)이 중요함을 보여 준다. 게다가 우리는 "은유"가 서로 다른 시 장르들에서 가장 널리 알려진 문채라는 것을 알고 있다(22장, 59 a 14, 주해 10을 참조할 것). 이 두 가지 사실이 연관된 것은 분명하지만 아리스토텔레스는 이를 언급하지 않는다. 따라서 아리스토텔레스의 말을 확대 적용해야만 "은유"가 중요한 표현의 문채임을 보여 줄 수 있을 것이다.

17. 61 a 35

61 a 31 61 b 9의 대목은 시 텍스트의 내재적 모순(*hupenantiôma*)으로 야기되는 문제들을 다룬다('*hupenantiôma*'는 17장, 55 a 26에서도 같은 의미로 쓰이고 있음을 참조할 것). 그에 대한 해결책은, 문맥상 한 낱말이 갖는 여러 가능한 의미작용들을 통해(*posakhôs an sèmèneie touto en tôi eirèmenôi*) 모순을 제거하는 방법을 찾아내는 데 있다.

여기서 제시된 예는 호메로스 작품에서 널리 알려진 주석상의 문제를 암시한다. 아이네이아스의 창은 아킬레우스의 방패, 즉 헤파이스토스가 만들어 준 신의 방패를 맞춘다(『일리아스』, 20장, 268-272). 원문을 보면 그 창은 다섯 겹의 금속판으로 되어 있는 방패의 두 겹을 뚫고 들어가지만 금판에서 제지된다(*eskheto*). 금판의 위치에 대해서는 정확하게 말하고 있지 않으나, 그것이 두 가지 금속, 즉 청동과 주석 사이에 있을 것이라는 가설에 대해서는 고금을 막론하고 대부분의 해석자들이 회의적이다. 그 가설이 맞다면 문제는 사라져 버릴 것이다. 그런데 아리스토텔레스의 입장에선 전혀 그렇지 않았다. 그는 (a) 문제가 있음을 인정하며(그래서 아마도 나중에 아리스타르코스가 생각하듯이 금판이 바깥에 있다고 여겼을 것이다), (b) "제지되었다"(*eskheto*)란 말의 다의성에서 해결책을 찾아야 한다고 말한다. 이 대목과 관련해서 우리에게 알려진 해결책들 가운데서 아리스토텔레스가 제안한 원리에 근거를 두고 있는 것은 없다. 따라서 아리스토텔레스가 과연 어떤 해결책을 생각하고 있었는지 파악하기 위해서는 아리스토텔레스 자신으로부터 출발하는 수밖에 없다. 아리스토텔레스는 '*eskheto*'와 자기가 같은 뜻으로 제시하는 '*kôluthènai*'("방해받았다")가 "이렇게 또는 저렇게"(*hôdi è hôdi*) 이해될 수 있다고 말한다. 실제로 우리는 물리적 의미(물질적으로 가로막다)와 추상적 의미(예를 들어 만류함으로써 방해하다)를 생각해 볼 수 있다. 금판이 바깥에 있다면 창은 두 겹을 뚫고 들어갔으므로 일반적인 물질적 의미에서 창을 가로막았다고 말할 수는 없다는 점에서, 뚫렸음에도 불구하고 여전히 힘을 발휘하고 있는 금판의 또 다른 저항 형태를 상상해 볼 수 있을 것이다. 이는 신비로운 힘을 지닌 저항일 수밖에 없다. 물론 아리스토텔레스가 이런 유형의 해석을 생각하고 있었다는 근거는 어디에도 없지만, 호메로스의 텍스트가 그러한 해석에 반하는 것도 아니라는 점을 지적할 수 있다. 즉 268행, "신의 존재가 담긴 금은 그것을 제지했다(*erukake*)"라는 표현은 금의 보호 행위를 그 신적인 기원과 연결시키고 있다. 다른 한편 거기서 사용된 동사 '*erukake*'는 일반적으로 인간을 행위 주체로 하는 행동에 대해 쓰인다. 다시 말해서 금의 신적인 기원 덕분에 그것은 여기서 신비스럽게 인간적인 행위자의 자리를 차지할 자격을 얻게 되는 것이다(이 동사와 밀접한 상관관계를 갖는 용법에 대해서는 『일리아스』, 11장, 349 이하를 참조할 것. 오뒤세우스의 창은 헥토르의 머리를 맞혔으나 몸에까지 닿지는 못한다. "왜냐하면 아폴론 신이 그에게 주었던 세 겹으로 된 투구가 […] 이를 제지했기erukake 때문이다").

18. 61 b 9

아이네이아스의 창에 대한 예에서는 적어도 해석에 앞서 텍스트의 진짜 모순을 볼 수 있었으나, 이와 달리 이카리오스의 예는 비평가의 머릿속에서만 존재하는 가짜 모순이라고 할 수 있다. 즉 이 문제는 독자의 착오(hamartèma)에 근거하고 있기 때문에 잘못된 문제인 것이다. 글라우콘에 대해서는 고유명사 색인을 참조할 것.

아리스토텔레스가 "이카리오스 건"에서 벗어나는 방식에는 놀라운 측면이 있다. 페넬로페의 아버지 이카리오스가 사는 곳은 이타카에 가까운 곳일 수밖에 없고, 따라서 스파르타는 확실히 아니라는 사실이 『오뒤세이아』의 여러 대목에서 분명하게 나오고 있는데도(예를 들어 2장, 52; 15장, 16) 왜 케팔레니아의 선화를 내세우고 이름의 차이에 대해 논하고 있는 걸까?

19. 61 b 10

결론(61 b 22 이하)을 내리기에 앞서 아리스토텔레스는 더 이상 예를 제시하지는 않고 문제 유형들을 나누어 요약하면서(holôs, "대체로") 종합적으로 다룬다. 문제들은 크게 두 가지로 나뉘는데, 하나는 "비합리적인 것"(alogon)과 결부된 "불가능한 것"(adunaton)이고, 다른 하나는 "내재적인 모순"(ta hupenantia)이다. 불가능한 것에 대해서는 앞에서 소개한 세 가지 유형의 해결책이 환기된다. "작시술 자체"(*pros tèn poièsin*; 위 60 b 23, *pros autèn tèn tekhnèn*을 참조할 것), "가장 좋은 것"(*to beltion*; 위 60 b 33, *hôs dei*, 그리고 그 앞의 60 b 11, *hoia einai dei*를 참조할 것) 또는 "사람들이 하는 말"(*pros tèn doxan*; 위 60 b 35 *houtô phasi*, 그리고 그 위의 60 b 10, *hoia phasin kai dokei*를 참조할 것)과 관련해서 해결하는 방식이 그것이다. 그러니까 "불가능한 것"이라는 항목으로 25장 전반부 전체(60 b 13-61 a 9)를 요약하고 있다. "사물을 과거에 있었던 대로거나 현재 있는 대로"(*hoia èn è estin*, 60 b 10)라는 언급이 빠져 있다 해도 놀라울 것은 없다. 문제가 있다면 그 해결책은 언제나 사실상의 여건을 기준으로 삼는 데 있다는 점에서, 본질적인 것, 그러니까 가장 어려우면서도 적어도 분명한 것을 다루는 요약 부분에서는 언급하지 않을 수도 있기 때문이다.

20. 61 b 12

"시를 기준으로 삼는" 해결책의 원리는 설득력 있는 것(*pithanon*)이 우선한다는 것인데, 이미 24장(60 a 26 이하)에서도 비슷한 용어로 정리된 바 있다. 이 부분에 정리된 내용은 60 b 23 이하에서 말한 것, 즉 "예술의 목적"은 특히 "충격적인"(*ekplèktikôteron*) 효과를 주는 데 있으며 이를 달성할 수 있는 한 불가능한 것의 재현도 정확한 것(*orthôs ekhei*)임을 다시 해명하고 보완한다. 작가는 관객으로 하여금 재현된 것을 믿도록 하는 데 성공해야만 관객에게 영향을 미칠 수 있다는 점에서, 설득력 있는 것은 이러한 효과를 실현하기 위한 필수 조건인 것이다.

21. 61 b 14

원래의 본문으로는 문장이 구성되지 않는다. 발렌은 '*toioutous*' 앞에 누락된 부분이 있다고 가정했다. 문맥상으로는 말을 보충하여 (사람들이 제욱시스가 그린 것과 같은 사람들은)"불가능(*adunaton*)하며"(그보다 더 낫다)가 되어야 한다. '*dunaton*'이나 '*adunaton*' 같은 형태가 빈번하게 나오는 대목에서는 그 낱말이 우연히 빠졌을 수도 있다.

여기서 제욱시스가 회화 분야에서 차지하는 위치는 앞에서 소포클레스가 시 분야에서 차지하는 위치와 같다. 현실과의 거리(제욱시스에게서 "불가능한 것"은 소포클레스에게서는 "진실이 아닌 것"*ouk alèthè*에 상응한다)는 "더 바람직한"(여기서 "더 바람직한 것"은 소포클레스의 "있어야 하는 것"에 상응한다. 즉 이 두 가지 표현은 서로 동등하다) 것을 통해 정당화된다. 제욱시스를 예로 든 것은 다소 의외라 할 수 있다.『시학』에서 인물을 "더 바람직한 상태로"(*kreittous*) 재현하는 화가의 예로 제시하고 있는 것은 폴뤼그노토스이고 제욱시스는 반대로 "그 어떤 성격도 포함하고 있지 않은" 그림을 그린 화가로만 언급되어(6장, 50 a 27) 있기 때문이다. 이러한 비교에서 추론할 수 있는 것은, 어쨌든 성격을 더 바람직한 상태로 변형시키는 것만으로는 "더 바람직한" 것을 통한 해결책의 근거를 마련할 수 없다는 것이다. 적어도 회화에서는 또 다른 영역에 속하는 "더 바람직한" 것이 있다. 제욱시스의 예가 "은연중에" 암시하고 있는 사실은, 문제 되는 것이 미학적 구성 요소이며 그로부터 시 분야에도 그에 상당하는 요소가 있다는 가설을 세울 수 있다는 점이다.

"더 바람직한"이란 용어로 제욱시스를 정당화할 수 있다는 판단을 설명하는(*gar*, "실제로") 짧은 문장 '*to gar paradeigma dei huperekhein*'은 문법적으로 두 가지 해석이 가능하다. 즉 "모델을 뛰어넘거나" 또는 "모델이 더 뛰어나야 한다". 어떤 선택을 하느냐에 따라서 동사 '*huperekhein*'의 구성(전자의 경우에는 타동사, 후자의 경우에는 자동사)과 '*paradeigma*'란 낱말의 뜻이 달라진다. 과연 어떠한 "모델"과 관계가 있는가? 그런데 "뛰어넘다"(*huperekhein*)는 목적격을 유일한 보어로 하는 용법으로는 쓰이지 않는 것으로 보인다. 반면에 "더 뛰어나다"(L. SJ., s.v., II c)라는 뜻의 절대적 용법은 자주 쓰인다. 따라서 문법적으로는 후자의 구성이 더 그럴듯하다. 또한 'paradeigma'도 예술가에게 모델 역할을 하는 대상이 아니라 견본으로서의 생산된 작품이라는 뜻으로 이해해야 한다. 사실상 『시학』에서 'paradeigma'라는 낱말이 전자의 뜻으로 쓰인 경우는 한 번도 없다. 현재 이 대목 말고 다른 곳에서는 "예를 들어"라는 표현에서 "예"라는 뜻으로 5번 나오는데, 예로 드는 것은 언제나 생산된 작품 쪽이다(54 a 28; b 14; 58 a 20; 60 a 26; b 26). 여기서 말하는 "패러다임"이란 재현행위의 독특한 기능을 통해 제시되는 순화된 형태("이상적인 것", Vahlen, *Beitr.*, IV, p.380)를 가리킨다. 우리가 제안한 대로 그런 활동의 결과 재현된 대상의 형상인(形相因)이 분명하게 드러난다면, 'paradeigma'에 대한 우리의 해석을 빌려, 형상인의 특성을 "형식"(*eidos*), "모델"(*paradeigma*)로 규정하고 있는 『물리학』(II, 194 b 26) 본문을 원용할 수도 있을 것이다.

22. 61 b 15

24장에서 비합리적인 것(*alogon*)은, 그 줄거리의 도식으로 이해된 작품의 주제를 가리키는 로고스와 비교되었다. 용어들 자체에서 나오는 규정에 따르면 로고스는 비-합리적인(*a-loga*) 부분을 포함할 수 없다. 여기서 아리스토텔레스는, 비-합리적인 것을 — 이번에는 정당화하기 위해서 — "사람들이 그렇다고 말하는 것"(*ha phasin*)과 연관시켜야 한다고 설명하는데, 이는 로고스의 또 다른 가치를 겨냥하는 것처럼 보인다. 사람들이 하는 말이란, 말해지고 있다는 점에서 결코 완전히 "비-논리적"일 수는 없을 것이다. 로고스의 느슨한 형태로서의 "소문"은 합리성(*logos*)의 영역을 넓힌다. 그것이 바로 있음직한 것의 유비를 통한 설명

('*gar*'를 참조할 것)이 암시하는 것이며, 이어 아리스토텔레스는 그 설명을 제시한다. 강한 개연성(*hôs epi to polu*, 『수사학』, 3권, 1357 a 34)으로 정의되는 있음직한 것이 있음직함에 반하는 있음직한 것(*eikos para to eikos*; 18장, 56 a 24와 주해 7을 참조할 것)이 나타날 수 있는 개연성의 여지를 남기는 것과 마찬가지로, 사람들이 말하는 것은 경우에 따라 비합리적인 것의 동기를 설명할 수도 있을 것이다.

23. 61 b 18

모순(*hupenantia*)을 비난하는 비평가들에게 무슨 대답을 해야 하는지 역시 말해진 것의 논리에서 찾아야 한다. 이러한 관점은, 일반적으로 트위닝 이래 여러 편집자들이 채택한 교정본과 반대로 원본을 고수하는 것이 정당하다고 주장하는 것처럼 보인다. 원본 61 b 15 이하의 '*ta d' hupenantia hôs eirèmena*'(글자 그대로는 "말해진 것으로서의 모순들")을 교정본에서처럼 '*ta d' hupenantiôs eirèmena*'("담화의 모순들")로 고치면 것으로서의 말에 대한 강조가 부당하게 지워지게 된다. '*eirèmena*'를 '*hôs*'("것으로서")에 의해 분리하게 되면, 이번에는 복수로 사용된 로고스의 세 번째 의미, 즉 '*en tois logois*'("담화에서")와 관계를 맺게 된다. 여기서 논박이라는 수사학 기술을 사용해서 담화로서의 시 텍스트를 옹호할 수 있을 것이다.

　세부적으로 보면 본문은 난해하다. 61 b 18에서 필사본 A의 '*phronimon*'(예를 들어 『니코마코스 윤리학』, 1107 a 1에는 '*hôs an ho phronimos horiseie*', "상식을 지닌 사람이 결정하듯이"로 나와 있다) 대신에 최근의 필사본에 나오는 남성형 주격 '*phronimos*'를 취하는 것은 합리적이지만, 같은 행에 있는 '*auton*'의 훼손 여부는 분명하지 않다. 우리는 그것을 보존한 채로 다음과 같이 이해할 것이다. 즉, 해결책을 찾고자 하는 비평가는 상대방이 비난하는 내재적 모순이 표면적일 뿐임을 보여 줄 수 있게 하는 수사학적 기술에 힘입어 시인 자신(*auton*)을 그가 말한 바나(*pros ha autos legei*) 아니면 상식을 지녔다고 간주되는 사람의 의견과 대조할 수 있을 것이다. 우리는 "대조하다"라는 동사가 빠진 것으로 본다. 그 의미는 문맥상 '*auton pros ha hautos legei*'("그 스스로를 자신이 말한 것과 관련해서*pros*")라는 표현에서 쉽게 끌어올 수 있다.

24. 6 b 21

요약에 앞서 아리스토텔레스는 두 가지 경우를 인용하는데, 어쨌든 비판이 정당화될 수 있는 그런 경우, 즉 비합리적인 것이나 비열한 것이 필연성 없이 도입된 경우가 있다는 것이다. 이 부분의 해석에 대해서는 위, 주해 8 끝부분을 참조할 것. "아이게우스"의 예는, 에우리피데스의 『메데이아』에서 메데이아가 도움을 필요로 하는 바로 그 순간에 맞춰 아이게우스가 거의 기적적으로 코린토스에 도착하는 장면을 암시하는 듯하다. 메넬라오스의 예는 15장(54 a 28 이하)에서 같은 용어를 사용하여 인용된 바 있다. 비극에서 "비열함"(*ponèria*)이 맞지 않는다는 사실에 대해서는 위, 주해 8 끝부분을 참조할 것.

25. 61 b 25

요약적인 성격을 띤 이 대목은 심각한 문제들을 드러내며 그 해석은 지극히 신중하게 제기되어야 할 것이다. 왜 비판이 다섯 가지이며, 왜 그 다섯 가지인가? 앞에서 설명한 내용에 근거해서 독자 자신이 찾을 수 있다고 간주되는 열두 가지 해결책은 어떤 것인가?

　첫 번째 물음은 상대적으로 가장 쉽다. 나열된 다섯 가지 항목들 — 불가능한 것, 비합리적인 것, 해로운 것, 모순적인 것, 작시술 영역에서의 과오 ── 은 25장에서 검토했던 사항들을 그런대로 잘 포괄하기 때문이다. 해로운 것(blabera)은 따로 검토된 바가 없지만, 메넬라오스의 비열함에 관한 예는 그런 종류가 당연히 존재함을 보여 준다. 그리고 61 a 4에 함축되어 있는 "좋지 않다"라는 반론 또한 해로운 것을 가리킨다고 할 수 있다(아래를 참조할 것). 그럼에도 불구하고 미심쩍은 것은, 비열한 성격이나 나쁜 행동의 재현이 어떤 종류의 해(blabè)를 야기할 수 있으며, 누구에게 해를 끼치는가, 하는 점이다.『시학』에서는 이 물음에 대해 명료한 답을 얻을 수가 없다. 다른 한편 비판하는 이유들의 목록 가운데 진실상의 결함(hoti ouk alèthè, 60 b 33)이 들어 있지 않다는 사실이 놀라울 수 있다. 그렇다고 열거된 다섯 가지 항목들 가운데 하나에 포함된다고 받아들이기도 어렵다.

"열거된 항목들에 준한" 열두 가지 해결책들을 재구성하는 작업은 지극히 불확실하다. 가장 단순하고 확실한 것부터 시작하자. 표현에 속하는 여섯 가지 해결책은 분명하다(61 a 9-35). (a) 차용어, (b) 은유, (c) 강세를 부여하기, (d) 단락 나누기, (e) 중의성, (f) 일상어법을 통한 해결책들이 그것이다. 여기에다 재현된 대상과 관련된 범위에서 비롯되는 세 가지 해결책을 덧붙일 수 있다. 즉, 그것이 "진실이 아니다"(60 b 32 이하)라고 반박하는 사람들에게는, 그것이 (a) 그렇게 되어야만 하는 대로, (b) 사람들이 그렇다고 말하는 대로, (c) 예전에 그랬던 대로라고 대답할 수 있다는 것이다. 열 번째 해결책은 불가능한 것을 변호하기 위해 예술의 합목적성에서 논증을 끌어오는 것이다(60 b 23 이하).

나머지 두 가지 해결책은 지금까지처럼 명확하게 끌어낼 수가 없다. 의미작용 층위에 의한 해결책(61 a 31-35)은 바로 직전에 나왔던 일상어법에 의한 해결책의 특수한 경우로 간주될 수 있기 때문에 제외될 수 있을 것이다. 비평가들이 만들어 낸 거짓-문제를 비판하는 것으로서의 "이카리오스 건"에 대한 해결책이 정말 온전한 자격을 갖춘 해결책이 될 수 있는가 역시 의문의 여지가 있다. 그 해결책이 그 어떤 연결 소사—비록 단순한 '*de*'라 할지라도—도 없이 제시되었다는 점에서 오히려 부정적인 대답 쪽으로 기울게 된다. 거짓 문제에 대한 언급은 사실상 일상어법과 의미작용 층위에 의한 해결책에 대한 설명을 좀 더 자유롭게 부연하면서 대립된 추론에 의해 입증하는 것에 지나지 않는다.

비판하는 내용들의 목록에서 "해로운 것"(*blabera*)과 "모순적인 것"(*hupenantia*)에 대한 언급은 그에 대해서 특별한 해결책이 가능하다는 것을 암시한다. 우리는 서로 상당히 비슷한 구성을 지닌 두 대목(61 a 4-9와 61 b 15-18)에서 답을 찾을 수 있다고 생각한다. 두 경우 다 "내적 비판"에 속하는 추론과 관계되는데, 그 목적은 전자의 경우에는 도덕적인 이유로("그것은 좋지 않다"*mè kalôs*, 61 a 4), 후자의 경우엔 논리적 이유로("그것은 모순적이다"*hupenantia*, 61 b 15) 비판받는 부분을 정당화하는 것이다. 그 어느 경우에나 작품 자체에서 비난받는 부분의 자세한 내용에 대해 추리해 보면(여기서 61 a 7 이하와 61 b 17 이하를 비교할 것) 원칙적으로 해결에 이를 수 있어야 한다. 이 두 대목에서 사용된 동사 "검토하다"(*skepteon*, 61 a 5, *skopein*, 61 b 16)가 앞에서 해결책에 관한 설명의 첫 부분에 나온 것과 같은 동사(*ek toutôn episkopounta luein*, 60 b 22, "해결책들에 대한 검토는 이를 토대로 이루어져야 할 것이다)임을 감안한다면, 이것이 바로 해로운 것과 모순적인 것에 대응하는 두 가지 해결책이 된다는 가설이 더욱 개연성 있어 보인다.

그래도 한 가지 어려움이 남는다. 위에서는 별도의 해결책이라고 제쳐 두었던, 의미작용 층위에 의한 해결책 역시 "검토해야 한다"(*dei … episkopein*, 61 a 31 이하)라는 규정을 통해 제시되고 있으며, 이 규정은 새로운—즉 언어 용법에 의한 것과 구분되는—해결책이 도입됨을 말해 주는 형식적 표지로 간주될 수 있을 것이다. 이러한 가설에 따르면 서로 환원될 수 없는 해결책은 모두 열둘이 아니라 열셋이 된다("모순"[*hupenantiôma*, 61 a 31, *hupenantia*, 61 b 16]에 주어진 두 가지 해결책은 모두 문맥에 따라 어떻게 의미가 한정되는지 검토한 바에 근거하고 있다는 점에서 하나로 묶을 수도 있겠으나, 그것은 다소 작위적인 생각인 것 같다).

이러한 요약이 제기하는 산술적 문제들에 대해서는, 23장, 59 b 4 이하와 주해 6을 비교할 수 있을 것이다.

<h1 style="text-align:center">제26장</h1>

61 b 26 서사시적 재현은 비극적 재현보다 더 우월한 품격을 지니는가? 이 물음은 당혹스러울 수도 있다.[1] 왜냐하면 가장 덜 저속한 재현이 가장 훌륭한 재현이고, 가장 좋은 재현은 언제나 가장 훌륭한 관객을 상대로 하는 것이라면,[2] 모든 것을 재현하는 것이 아주 저속하다는 사실은 명백하다[3](실제로 연기자들은, 자기가 만들어 낸 것에 무엇을 보태지 않으면 관객들이 아무것도 이해하지 못하리라는 핑계로 온갖 몸짓 발짓을 다 하는데, 예를 들어 무능한 플루트 주자들은 원반던지기를 재현할 때 몸을 빙글빙글 돌

61 b 32 리고, 스퀼라 곡을 연주할 때는 합창단 단장을 끌어당긴다[4]). 그런데 옛 배우들이 그들을 계승한 후배 배우들에게 내리는 판단이 올바로 보여 주듯, 비극이 이런 경우에 해당된다. 예컨대 뮌니스코스는 연기가 지나치다는 이유로 칼립피데스를 원숭이로 취급했으며, 핀다로스 또한 그런 유의 평판을 들었다. 이 배우들과 선배 배우들의 관계는 비극과 서사시의 관계와 같다. 즉 서사시는 몸을 통해 형상화할 필요가 전혀 없는 교양 있는 관객들을 상대하는 반면,[5] 비극 예술은 형편없는 관객을 상대하는 것이다. 그러므로 저속한 것은 바로 비극이며, 따라서 비극이 열등할 수밖에 없다.

하지만 우선 이러한 비방은 분명 시인의 작시술이 아니라 **62 a 4**
배우의 연기와 관련된 것이다. 왜냐하면 지나친 외부적 신호는 소시스트라토스 같은 음유 시인에게서도 볼 수 있고, 오푸스의 므나시테오스가 그랬듯이 가수에게서도 볼 수 있기 때문이다. 이어서 모든 동작을 규탄할 것이 아니라(춤까지도 규탄하는 게 아니라면), 무능한 배우들이 동작으로 연기하는 것을 규탄해야 한다. 바로 이것이 칼립피데스, 그리고 오늘날 다른 배우들이 비판받고 있는 점인데, 그들이 재현하는 여자들은 전혀 자유로 운 여자들이 아니기 때문이다. 게다가 비극은 서사시와 마찬가 지로 동작이 없어도 그 고유의 효과를 산출할 수 있다. 즉 읽는 것만으로도 그 품격이 드러나기 때문인데,[6] 그러니까 만일 비 극이 다른 측면에서 우월하다고 한다면 그것을 비극 고유의 것 으로 간주할 그 어떤 필연성이 없음은 분명하다.[7]

이어서 비극은 서사시가 가지고 있는 것을 다 가지고 있으 **62 a 14**
며(서사시의 운율도 사용할 수 있다), 아울러 간과할 수 없는 요 소로 음악과 볼거리에 속하는 것을 가지고 있는데, 가장 생생 한 쾌감들은 바로 거기서 생겨난다. 그리고 또 비극은 읽을 때 에도 무대 위에서와 다름없이 그 생생함을 완전히 느낄 수 있 다.[8] 게다가 비극은 그 자체로 간결하게 재현의 목적을 달성한 다(실제로 보다 농축된 작품이 긴 시간에 걸쳐 희석된 작품보다 더 큰 즐거움을 가져다준다. 예를 들어 소포클레스의 『오이디푸스』를 가지고 『일리아스』만큼이나 긴 서사시를 만든다고 생각해 보라[9]). 게다가 서사시에서는 재현의 통일성이 덜한데(어떤 재현작품이 **62 b 3**
든 그로부터 여러 개의 비극을 끌어낼 수 있다는 게 그 증거이다. 따 라서 서사 시인이 단 하나의 줄거리만을 다룬다거나 짤막하게 전개한다면 갑자기 멈춘 것 같은 느낌을 줄 것이고, 혹은 운율이 요구하는 차원에 이를 맞춘다면 장황하다는 느낌을 줄 것이다), 예를 들어 서사시가 여러 가지 행동으로 구성된 경우가 그렇다. 이를테면『일리아스』에는 그와 같은 부분들이 많고『오뒤세이아』도 마찬가지인데, 그런 부분들 자체가 범위가 넓다. 그렇다고 이 시들이 가능한 한 가장 훌륭한 구성을 가질 수 없다거나 가능한 가장 통일된 행동의 재현이 될 수 없는 것은 아니다.[10]

62 b 12 그러므로 비극이 이 모든 점에서만이 아니라 예술이 만들어 내는 효과를 통해서도 더 뛰어나다면(왜냐하면 이 예술들은 그 어떤 것이라도 상관없는 쾌감이 아니라 앞서 말한 쾌감을 산출해야 하기 때문이다) 서사시보다 예술의 목적을 더 잘 달성하므로 더 우월하다고 판단할 수 있음은 명백하다.[11]

62 b 15 종류와 그 구성 부분들 — 그 수와 변별적 특징은 말한 바 있다 — 을 통해 그 자체로 살펴본 비극과 서사시, 작품이 좋거나 그렇지 않다고 판단할 만한 이유, 반론과 해결책들에 관해서는 이 정도 설명한 것으로 그치기로 하자.[12]

제26장 주해

1. 61 b 27

다른 무엇보다 고귀한 장르를 대표하고 부분적으로 동일한 미학적 기준 (줄거리의 단일성과 "극적" 특성, 성격의 일관성, 표현의 적합성)의 대상이 되는 (호메로스의) 서사시와 비극은 『시학』에서 여러 차례에 걸쳐 관련지어 다루어졌다(특히 1, 3, 4, 5, 22, 23장을 참조할 것). 그리고 이 26장 서두에서 아리스토텔레스는 다음과 같은 물음을 던진다. 이 두 장르들 가운데 어느 것이 다른 것보다 더 우월한가? 이러한 물음은 아마도 기원전 4세기에 이미 "고전적인" 물음이 되었고, 플라톤(『법률』, 658 d)도 서사시에 대한 자신의 선호를 표명함으로써 해결한 바 있다. 아리스토텔레스는 가능한 한 엄격한 논증을 통해 그에 대한 해답을 제시하려 한다. 그리고 증명을 해야 한다는 생각 때문에 ― 이는 『시학』에서 유일한 경우이다 ― 자신이 거부한 명제를 체계적으로 설명하는데, 그 설명의 분량이 13행을 넘어선다(61 b 27 - 62 a 4).

2. 61 b 28

61 b 27 - 62 a 4에 이르는 전체적인 골격은 다음과 같다.

(a) 가장 덜 저속한 장르가 가장 훌륭한 장르이다(61 b 27).

(b) 그런데 비극은 저속하다 (61 b 32 이하).

(c) 따라서 그것은 열등한 장르에 속한다(62 a 4).

그러나 엄격한 삼단논법으로 이루어진 이 구조는 여러 가지 과잉 요소들로 인해 모호해진다. 대전제 그 자체는 "저속한"(*phortikè*) 것과 "모든 것을 재현하는"(*hapanta mimoumenè*, 그리스어를 그대로 살려 번역하자면 "판토마임을 하는") 것 사이의 등가성을 설정함으로써 소전제를 예고하는 추론을 포함한다. 이러한 등식은 두 가지 논증에 기대고 있는데, 하나는 명시적인 것 — 장르의 품격은 관객의 품격에 달려 있다 — 이고, 다른 하나는 암묵적인 것 — "판토마임"에 열광하는 관객은 저속하다 — 이다. 후자의 예는 61 b 29-32의 괄호 안에 들어 있다. 배우들이 몸짓에 스스로를 내맡기는 것은 관객이 이해하지 못하리라 생각하기 때문이라는 것이다.

소전제는 비극을 판토마임으로 보여 주는 예들 — 칼립피데스의 지나친 연기, 핀다로스(이밖에는 알려진 것이 없는 배우이다)의 우스꽝스런 몸짓 — 에 기대고 있다. 하지만 이번에는 그 예가 유추에 따른 추론의 출발점이 되어 우리를 다시 최초의 논제로 이끌어 가며, 그렇게 해서 결론을 예고한다. 즉 새로운 부류의 배우들(*tous husterous*)과 이들에 대해 그처럼 가혹한 판단을 내리는 그 선배 배우들(*hoi proteron*)의 관계는 (판토마임의) 비극과 서사시의 관계와 대체 가능한 것으로 제시되며, 이미 앞에서 사용되었던 논증에 근거하여 보충 증거도 제시된다. 즉, 이러한 명제(*phasin*, 62 a 2)를 지지하는 사람들에 따르면, 서사시는 교양 있는(*epieikeis*) 관객을 상대하며 비극은 하류(*phaulous*) 관객을 상대하는 것이 아닌가? 이 마지막 언급에서 다시 추론의 실마리를 잡아 다음과 같은 결론을 내릴 수 있다. 비극은 저속하기에(형편없는 관객을 상대하기 때문에), (서사시보다) 열등하다.

3. 61 b 29

여기서 아리스토텔레스가 내리는 결론의 명증성(*dèlon hoti*)은 “판토마임”이 저속한 관객을 상대한다는 사실을 인정하는 한에서만 나타난다 (주해 2를 참조할 것).

“모든 것을 재현하는 것”(*hè hapanta mimoumenè*)이란 표현에는 의외의 요소가 있다. 전적인 미메시스는 어떤 점에서 저속한 성격을 지니는가? 전체적인 맥락을 고려하면 ‘*mimeisthai*’라는 동사는 여기서 “몸짓을 통해 재현한다”(“몸을 통한 형상화”라는 뜻의 ‘*skhèmatôn*’, 62 a 3을 참조할 것)는 의미로 이해되어야 할 것이다. 본질적으로 언어적인 시적 활동을 재현적인 것으로 일관되게 정의한 논저의 결론에서, 별다른 규정 없이 동사 ‘*mimeisthai*’가 엄밀한 의미에서의 시학과는 상반되는(62 a 5 이하를 참조할 것) 의미로 몸짓을 통한 재현을 가리킬 수 있다는 점은 낯설 수밖에 없다. 여기에는 콜러의 주장을 그럴듯하게 보이게 하는 어떤 역설이 있는데, 그에 따르면 미메시스라는 용어의 원래 뜻에는 몸짓, 춤을 통한 재현이라는 개념이 같이 들어 있다는 것이다(서문, 26쪽을 참조할 것). 이 용어가 『시학』에서는 언어예술의 기술적 용어라는 위상으로 격상되었음에도 불구하고, 이 26장은 그 오랜 이미지가 아직도 강하게 남아 있음을 보여 주는 특히 충격적인 예라 할 수 있을 것이다.

4. 61 b 32

무능한(*phauloi*) 플루트 주자들이 형편없는 관객(*phaulous [theatas]*, 62 a 4)의 이해를 얻기 위해 자신의 기술과는 무관한 재현적 수단에 호소함으로써 무엇을 덧붙이는 것(*prosthèi*, 어떤 방식의 남용이라는 동일한 내포 의미로 같은 동사를 사용하고 있는 용법에 관해서는 24장, 60 a 18을 참조할 것)은 잘못된 일이다. 원반던지기를 재현하기 위해서 몸을 빙글빙글 돌리거나, 스퀼라 곡을 보여 주기 위해서 합창단 단장을 끌어당기는 풍자적인 예는, 아리스토텔레스가 그 다음에는 비극 그 자체와 배우들의 부적절한 몸짓을 분리할 것임을 예고한다.

5. 62 a 3

본문의 문맥에서 미메시스에 부여된 "몸짓을 통한 재현"이라는 가치와 상관하여(주해 6을 참조할 것), "형상"(*skhèmata*)은 여기서 특히 몸짓으로 재현하는 형태를 가리킨다. 이러한 용법은 1장(47 a 27)에서 춤꾼들은 "리듬의 형상화를 통해" 성격, 정열 그리고 행동을 재현한다고 할 때의 용법을 상기시킨다(주해 6의 해당 부분을 참조할 것). '*skhèmata*'의 수사학적 의미에 대해서는 17장, 55 a 29; 19장, 56 b 9 그리고 그 대목들에 관한 주해를 참조할 것. 조금 아래(62 a 6)에 나오는 신호(*sèmeion*)라는 낱말은, 엄밀히 말하자면 육체와 관련된 그 어떤 내포 의미와도 결부되지 않으나, 이 역시 일반적인 고대의 음유 시인이 말로 표현하는 것과는 반대로 "눈에 보이는 신호", 그러니까 몸짓을 통한 신호를 가리킨다.

6. 62 a 12

비극을 헐뜯는 사람들에 대한 반론이 일차적으로 겨냥하는 것은, 비극을 서사시에 최대한 접근시켜 비극이 서사시보다 적어도 열등하지는 않다는 생각을 심어 주는 것이다. 이를 주장하기 위해 아리스토텔레스는 『시학』에서 이미 여러 차례 밝혔던 생각, 즉 배우들의 연기에 속하는 것 ── 여기서는 특히 그들의 동작(*kinèsis*) ── 은 작시술과 구별되는 기술에 속하는 것이므로 분리되어야 한다는 생각을 내세운다(19장, 56 b 10에서도 이와 유사하게 분리하고 있으며, 보다 일반적으로 비극을 구성하는 다른 구성 부분들에 비해 볼거리*opsis*가 지닌 별도의 위상에 대해서는, 6장, 50 b 16-20;

14장, 53 b 7 이하를 참조할 것). 두 개의 논증이 차례로 제시된다.

　　1. 그러한 유형의 재현을 전혀 요구하지 않는 서사시를 낭송하는 음유 시인들에게서도 지나친 몸짓을 볼 수 있다면, 설사 배우들이 지나친 몸짓을 한다 해도 비극이 비난받을 몫이 줄어들게 된다(62 a 3을 참조할 것). 서사시에서 볼 수 있는 아무 이유 없는 지나친 몸짓에 당연히 무죄를 선고한다면, 몸짓을 통한 재현이 상대적으로 더 격에 맞는 비극을 어떻게 비방할 수 있겠는가? 이 점은 62 a 8-11에서 논의되고 있다. 즉 육체적인 동작에 의한 표현은 그 자체로 나쁜 것이 아니며 ── 그렇지 않다면 춤까지도 비난해야 할 것이다 ── , 비판해야 할 것은 단지 이를 잘못 사용하는 것이다. 그러니까 아리스토텔레스에 따르면 몸짓의 품격을 주장하면서 형편없는 관객(*phaulous*, 62 a 4를 참조할 것)의 기대를 충족시키는 무능한(*phaulôn*) 배우들의 몸짓만이 비판받아야 한다. 아울러 주목할 만한 것은, 칼립피데스의 우스꽝스러움에 이어 아리스토텔레스가 몸짓을 통한 나쁜 표현의 예로 "자유롭지 못한 여자들의 재현"을 들고 있다는 점이다. 몸짓에서 "나쁜" 것은 미학적인 것이기도 하지만 윤리적인 것이기도 하다는 주장이 바로 여기서 나온다. 15장(54 a 21 이하)에서, 재현된 성격들 가운데 여자의 성격은 "열등하고"(*kheiron*), 노예의 그것은 "아주 비열하거나", "천하다"(*holôs phaulon*)고 단정한 것을 기억할 것이다. 따라서 26장의 "자유롭지 못한 여자들"은 특별히 "나쁜" 재현 대상이라는 것이다. 다시 말해서 반드시 노예가 아니라 하더라도('*aneleutherous*'와 동등한 표현일 것으로 추정되는 '*ouk eleutheras*'는 실제로 노예 계급에 속하는 것을 가리킨다기보다는 자유로운 여자로서는 품격에 맞지 않는 외적 특징을 가리킨다), 이들의 성격을 규정하는 천하고 저속한 에토스를 배우의 입장에서 연기하려면, 텍스트를 해석하면서 적절함과 세련됨보다는 몸짓이 더 많은 역할을 할 수밖에 없다는 것이다.

2. 동작은 서사시에서와 마찬가지로 비극에서도 본질적인 것이 아니다. 소리 높여 읽는 것만으로도 그 품격을 드러내기에는(*hopoia tis estin*) 충분하기 때문이다. 그런데 이 주장은 좀 놀랍다. 몇 줄 아래에서 (62 a 17 이하) 비극은 소리 높여 읽을 때뿐만 아니라 행위로 옮길 때에도 (*epi tôn ergôn*) 그 광채(*to enarges*)를 드러내기 때문에 서사시보다 우월하다고 주장하기 때문이다. 즉, 아리스토텔레스는 거추장스러울 땐 볼거리를 부정하지만, 논증에 필요할 땐 서둘러 복권시키고 있는 셈이다.

그 때문에 아리스토텔레스를 비난해야만 하는지는 확실하지 않다. 실제로,

(a) "극" 텍스트는 전체적으로 등장인물들 사이에서 배분된다는 점에서(3장, 주해 3을 참조할 것), 행위(*ergon; energountas*, 3장, 48 a 23; *ergôn*, 62 a 18을 참조할 것)로 연장되어야 하다는 규정은 텍스트 구조 자체에 들어가 있다. 행위가 텍스트의 잠재성을 현실화시키는 한에서, 이처럼 행위로 옮기는 것은 소리 높여 읽는 것과 마찬가지로 재현하는 것이며 (*mimèsis*), 그렇기 때문에 비극의 몫이 될 수 있는 것이다. 실제로 이는 비극이 볼거리를 가지고 있기 때문에 서사시 이상의 것을 가지고 있음을 뜻한다.

(b) 그럼에도 불구하고 볼거리로 나타날 수 있는 모든 것은(혹은 대부분, 19장, 주해 5 끝부분을 참조할 것) 잠재적으로 이미 텍스트 속에 들어 있으며(텍스트에 의한 표현과 몸짓에 의한 표현의 관계에 대해서는 17장, 주해 4를 참조할 것), 따라서 텍스트는 읽는 것만으로도 그 고유의 효과 (*to hautès*, 62 a 11)를 산출하고 품격을 드러낼 수 있다는 사실에는 변함이 없다. 그러므로 볼거리가 텍스트와 관련해서 독자성을 확보함으로써 볼거리 위주나 우스꽝스러운 방향으로 흐른다면, 이는 더 이상 비극의 문제가 아니다. 비극을 저속하다고 비난할 수 있는 유일한 경우는, 천

한(*phauloi*) 성격을 재현함으로써 배우들로 하여금 저급한 몸짓(*kinèsis phaulôn*)을 하도록 이끌 때뿐이다. 천박함이 이미 텍스트의 천박함에서 비롯되는 경우를 제외하면, 볼거리를 저속한 단계로 끌어내리는 배우들의 동작은 전적으로 배우들이 책임져야 할 일이다.

따라서 비극은 서사시와 마찬가지로 읽는 것만으로도 그 고유의 효과를 산출하며, 서사시에 비해 "행위로 옮기는 것"에 따른 내재적인 이점도 있다는 아리스토텔레스의 주장은 우리가 생각하는 것과 조금도 모순되지 않는다.

7. 62 a 13

이 문장의 표현법은 당혹스럽다. 이어지는 내용을 예고하는 조건절 — 어떤 측면에서는 비극이 우월하다 — 과 앞선 내용에 관해 결론을 내리는 결과절 — 동작(본문에서는 "그것"*touto*이라고 막연하게 지칭하고 있다)은 비극을 전체적으로 구성하는 요소의 하나가 되지 못한다 — 사이에는 실제로 논리적 관계가 없다. 하지만 이 두 개의 절 안에 놓인 소사 '*ge*'(*ta g'alla, touto ge*)는 둘이 어떤 관계가 있음을 나타낸다. "어쨌든 다른 점에서 비극이 우월하다고 인정한다면, 어쨌든 그것을 비극의 탓으로 돌릴 필요는 없다…" 결론으로 넘어가는 대목에 주어진 이 불완전한 두 주장은 서로 보완적인 것으로 보인다. 전체적으로 이 문장이 낯선 이유는, 결과절에서 진술된 주장에 유리한 논증을 논리적으로 포함하게 되어 있는 조건절(만일 A라면, 그 경우 B이다)이 실제로는 전체의 결론을 내리게끔 되어 있는 추론의 윤곽을 미리 제시하고 있기 때문이다(62 a 13의 "그러니까 만일"*ei oûn*은 62 b 12의 '*ei oûn*'을 예견하고 있다. 이 낱말들에 의해 도입되고 있는 두 개의 절의 내용을 참조할 것).

우리는 '*huparkhein* + 여격'을 "~에 고유하게 속한다"라는 강한 의미의 표현으로 옮긴다. 예를 들어 이 동사가 같은 용법으로 사용된 『전제론』(109 a 14 이하)에 따르면 "P *huparkhei* à S(여격)"이란 표현은 "S는 P이다"로 바꿀 수 있다. 그러니까 아리스토텔레스가 이 대목에서 거부하고 있는 것은 "동작이 비극 고유의 것에 속한다" 혹은 "비극은 동작이다"라는 주장이다.

8. 62 a 18

일차적으로("우선"*prôton men*, 62 a 4를 참조할 것) 비극이 서사시보다 열등하지 않다는 명제(62 a 4-18)를 확정한 다음, 이제부터("이어서"*epeita*, 62 a 14) 두 개의 논증을 통해 비극이 서사시보다 우월하다는 것을 밝히게 될 것이다. 첫 번째 논증은 비극은 서사시보다 더 많은 것을 가지고 있다(*ekhei*)는 것이다. 두 번째 논증(62 a 18 ~ b 11)에서는 서사시보다 비극이 시간적 길이라는 양적인 이상과 단일성이라는 질적인 이상에 더 잘 부합한다는 점을 밝힐 것이다. 이어서 결론을 내리게 된다(62 b 12-15).

62 a 14에서 시작되는 문장의 허술함(주해 7을 참조할 것)은 앞 문장의 허술함과 상관관계를 맺으면서 상응한다. 원인을 나타내는 접속사 "왜냐하면"(*dioti*, 우리는 이를 번역하지 않았다)은 공중에 떠 있다. 통사적으로 그리고 논리적으로 볼 때 조금 전에 말한 결과절만큼이나 정당화하기 힘든 이 접속사는, 마찬가지로 전체적인 결론을 예견한다는 움직임을 드러낸다. "비극은 서사시가 가지고 있는 것을 다 가지고 있기(그리고 뿐만 아니라 그보다 더 많은 것을 가지고 있기) 때문에 […], 비극은 그보다 우월하다." 하지만 '*ei oun*'으로 된 결과절의 내용이 62 b 12에서 다시 언급되고 있는 것과는 달리, '*dioti*'로 된 원인절은 논의의 시작부터 불분명하고 그 내용도 다시 언급되지 않고 있다. 텍스트를 수정하려 한 편집자들도 있었지만 별 성과가 없었다. 이런 경우에는 아리스토텔레스

가 자신의 텍스트를 다시 읽어 보지 않았거나, 구어체로 된 전형적인 비논리성을 자신의 텍스트에서 삭제할 필요가 없다고 판단했다는 것이 더 설득력이 있다. 어쨌든 전체적인 논리는 분명하다.

아리스토텔레스는 비극이 서사시가 가지고 있는 것을 다 가지고 있다고 말한다. 이러한 논증은 앞서 소극적으로 내세웠던 주장, 즉 비극은 서사시보다 열등하다고 할 만한 것은 전혀 가지고 있지 않다는 주장을 적극적으로 보완한다. 아리스토텔레스는 여기서 비극의 정상적인 운율은 단장격이지만(4장, 49 a 23 이하) 서사시의 운율을 원용할 수도 있다고 주장한다. 하지만 수만 행에 이르는 비극의 시구에서 실제 육각 운율이라고 알려져 우리에게 전해지고 있는 것은 겨우 열 손가락으로 꼽을 정도뿐이다. 따라서 아리스토텔레스가 이야기하는 것은 상당 부분 이론적인 가능성(*exesti*)이다. 즉 자신의 주장이 정당하다는 것을 입증하려면 무엇보다 비극 시인은 원한다면 "모든 운율 가운데서 가장 안정성이 있고 방대한 규모를 지닌"(24장, 59 b 34 이하) 영웅시의 운율을 원용할 수 있어야 한다. 그렇지 않으면 비극은 풍부함을 가질 수 없게 되고, 서사시가 그것을 독점하게 될 것이다.

이제 비극이 아울러(*eti*, 62 a 15) 가지고 있지만 서사시는 가지고 있지 않은 것이 등장한다. 그것은 "음악과 볼거리 효과이며, 그 덕분에(*sic*) 가장 생생한 쾌감이 생겨난다"는 것이다. 이 부분에서 편집자들은 의견의 일치를 보지 못했고(번역에도 그대로 나타난다) 몇몇 편집자들은 본문에서 볼거리 효과(*kai tas opseis*, 이 표현은 우리가 가진 모든 필사본에 다 있으며 아랍어 판본에서도 확인되고 있다)라는 말을 삭제하려 했다. 하지만 그 말이 텍스트가 만들어질 때부터, 수정된 부분으로 덧붙여졌을 가능성도 있다. 이 대목이 문법적으로 엄격하지 않다는 것만 받아들인다면 그대로 보존하는 게 나을 것이다.

"음악"(*mousikè*, 『시학』에서는 이 낱말이 여기 단 한 번 나온다)은 노래로 부르는 텍스트와 그에 따른 음악을 포괄적으로 가리킨다. 노래(*melopoiia*)는 6장에서 열거한 비극의 여섯 가지 구성 부분들 가운데 "가장 큰 매력" 또는 "양념"(*megiston hèdusmatôn*, 50 b 16)으로 제시되고 있는데, 이 표현들은 비극의 언어를 "꾸미다" 또는 "양념으로 맛을 내다"(*hèdusmenon logon*, 49 b 28을 참조할 것)라는 동사에서 나온 것들이다. 26장의 이 대목은 음악이 가장 생생한 쾌감(*hèdonai*)이 생겨나는 근원임을 단언함으로써 6장에서 제시되었던 규정들과 상응한다. 볼거리 효과(*opseis*, 복수를 사용)도 마찬가지인데, 6장에서는 그 끌어당기는 힘(*psukhagôgikon*, 50 b 16)과 동시에 작시술과는 전적으로 무관하다는 특성(*atekhnotaton kai hèkista oikeion tès poiètikès*, 50 b 17)이 강조된 바 있다. 아리스토텔레스가 자신의 논증에서 볼거리를 다루면서 외견상으로는 모순적인 방식을 취하기 때문에 생기는 문제에 관해서는 위, 주해 6을 참조하라.

형용사 '*enargès*'는 처음에는 시각적 의미로, 그 다음에는 지적인 의미로 밝음, 명료함을 뜻한다. 우리는 이를 "생생한", "생생함"으로 옮겼다. 첫 문장에서 음악과 볼거리가 불러일으키는 미적 쾌감의 깨어남에 적용되는 이 용어는, 특히 감수성 측면에서 그 쾌감을 촉발하는 원인들과 연결된 매우 강렬한 감정을 강조하는 것으로 보인다. "쾌감들"(*hai hèdonai*)이라고 복수형을 사용하고 있다는 것이 이러한 해석을 확증하며, 또한 『시학』에서 비극 "고유의 쾌감"(*oikeia hèdonè*, 항상 단수로 사용되는데, 53 a 36; b 11; 59 a 21; 62 b 13을 참조할 것)이라고 부르는 것이 그 순수한 형태로는 알 수 없는 것임을 말해 준다. 하지만 그렇다고 거꾸로 그것을 우발적인 쾌감, 즉 외부로부터 덧붙여지거나 "고유의 쾌감"을 대신하는 쾌감으로 보는 것은 잘못일 것이다. 두려움과 연민으로 이루어진 비극적 쾌감의 최초의 근원은 시인이 만들어 내는 줄거리(*muthos*)인데 (53 b 11), 재현 방식으로서의 음악과 볼거리는 그러한 쾌감을 독특한 방식으로 늘리고 증폭시킨다. 읽을 때에도 나타난다고 아리스토텔레스가 말하고 있는 생생함(*enargeia*)은, 우선 시인이 "(사물을) 눈앞에 그려 봄으로써"(17장, 55 a 23) 구성하는 텍스트의 재현적 자질 ─ 줄거리와 표현 ─ 이다. 텍스트 속에 새겨진 개념상의 명료성은, 작품을 읽을 때에도 드러나는 동시에(*kai en têi anagnôsei*) 행위로 옮길 때에도 나타난다(*kai epi tôn ergôn*).

9. 62 b 3

비극의 우월성을 옹호하는 두 번째 논증의 두 가지 양상 ─ 그 간결함과 단일성 ─ 은 각기 "게다가"(*eti*, 62 a 18; 62 b 3)라는 용어에 의해 도입된다. 이 두 양상은 서로 밀접하게 겹쳐지는데, 둘 다 서사시로 하여금 길이가 길지 않을 수 없게 하는 제약(24장, 59 b 17 이하를 참조할 것)과 결부된다. 첫 번째 양상은 도구적인 용법의 여격으로 명사화된 명제를 이루는데, 그로 인해 통사론적 관점에서는 62 a 14의 원인절과 동일한 유보적 위치를 갖게 된다. 더 짧은 시간 안에 자신의 미학적 목적을 달성하는 비극은 더 농축되어 있고(*athroôteron*), 따라서 더 즐겁다(*hèdion*). 7장 (51 a 9 이하)에서 비극의 길이에 대한 기준은 이와는 상당히 다른 용어로 표현된 바 있는데, 그에 따르면 한눈에(*sundèlos*) 이해할 수 있어야 한다는 조건이 있긴 하지만, 가장 훌륭한 줄거리는 가장 긴 줄거리(*ho meizôn*)이다. 거기서는 길이가 아름다움의 조건이었지만, 26장에서는 농축도가 쾌락의 조건으로 주어진다. 그 차이는 문맥을 통해 설명할 수 있다. 즉 (7장의 기준에 따라) 정상적인 길이를 가진 비극은 서사시보다 더 농축되어 있다. 그리고 아리스토텔레스는 한눈에 쉽게 이해할 수 있는

(*eusunoptos*, 59 a 33) 서사시를 만들었기 때문에 호메로스가 뛰어나다고 인정함에도 불구하고, 길이로 보자면 비극적 유형의 줄거리를 더 좋아한다고 고백하고 있다. 그의 논증은 더 농축된 것이 더 즐거운 것이라는 사실을 공리로 받아들이는 사람들을 납득시킬 수 있을 것이다.

10. 62 b 11

서사시는 그 장르의 법칙에 따라 더 길기 때문에, 그리고 시인이 엄밀하게 하나의 줄거리를 유지하면서 그 길이를 늘이려 한다면 줄거리를 희석(*hudarè*, 62 b 7, 이 용어는 정확히 말해서 물이 많이 섞인 혼합물을 가리킨다) 시킬 수밖에 없기 때문에, 비극보다 단일성이 덜하다. 따라서 사실상 우리는 눈으로 단일성을 파악하게 하는 조건인 농축이라는 기준으로 되돌아온다("농축된"이란 뜻의 '*athroos*'의 어원을 복합어로 추정할 수도 있는데, 그에 따르면 앞의 용어는 "하나"라는 수로서 계사 기능을 하며, 뒤의 용어는 "바라보다"라는 뜻의 어간 '*athrein*'과 결부되는 요소이다).

『시학』의 이 최종적인 논의에서 예로 인용된 작품들 —『일리아스』(62 b 3과 8), 『오뒤세이아』(62 b 9), 소포클레스의 『오이디푸스 왕』(62 b 2) — 은 아리스토텔레스가 보기에는 그리스인들이 생산한 서사시와 비극의 탁월한 모델을 구성한다고 할 수 있다. 그런데 비극의 우월성을 이끌어 내려는 비교에 몰두하다 보니 아리스토텔레스는 일순간 호메로스의 서사시에 대해 무심코 기대 이하의 이미지를 제시하게 된다. 여러 가지 행동으로 구성되어 있어 각기 나름의 길이를 갖는 많은 부분들을 포함하고 있다는 것이다. 그렇게 되면 호메로스를 예로 들면서 "하나나 기껏해야 두 편의 비극"밖에 이끌어 낼 수 없을(23장, 59 b 2 이하를 참조할 것), "단 하나의 유일한 행동(*peri mian praxin*)을 중심으로 『오뒤세이아』와 『일리아스』를 썼다"고 했던 8장(51 a 22 이하)의 주장과는 멀어지게 된다. 아리스토텔레스는 곧바로 되돌아와 앞의 말을 취소하면서, 호메로스의 시는 "가능한 가장 훌륭한 구성"을 가지고 있으며 "가능한 가장 통일된 행동"을 재현하고 있다고 다시 확언한다. 여기서 우리는 호메로스의 서사시와 관련하여 『시학』에서 볼 수 있는 불협화음의 이유를 직접 접하게 된다. 즉 호메로스의 서사시는 그 무엇보다 줄거리의 자질이라 할 수 있는 행동의 단일성을 보여 주는 탁월한 모델이지만(23장, 59 a 19), 『일리아스』(18장, 56 a 10 이하)는 또한 "여러 개의 줄거리를 가진 체계"(*polumuthon sustèma*)를 보여 주는 예이며, 『오뒤세이아』는 사건들의 "이중적 배열"(*diplèn sustasin*, 13장, 53 a 31)을 보여 준다는 것이다. 서사시가 희석되고(62 b 7) 따분해질(24장, 59 b 31) 위험을 무릅쓰고 복수성과 다양성으로(특히 삽화를 통해서, 24장 59 b 30을 참조할 것) 단일성 ── 하지만 이것은 이상적인 단일성이다 ── 을 약화시킬 수밖에 없는 이유는, 길이를 늘이기 위해서, 그러니까 영웅시 장르의 규범에 부합하기 위해서(62 b 7, '*akolouthounta tôi tou metrou mèkei*'를 참조할 것)이다. 서사 시인은 서로 모순되는 제약에 따를 수밖에 없으므로, 비록 호메로스라 하더라도 "가능한 가장 훌륭하게" 작품을 쓸 수밖에 없다는 것이다. 반면 비극 시인은 길이가 길어야 한다는 의무에서 벗어나기 때문에 완벽함에 이를 수 있을 것이다. 소포클레스의 『오이디푸스』를 생각해 보라…

11. 62 b 15

결론을 내리는(*oun*) 문장은 앞의 내용을 요약·반복하면서 비극의 우월성에 유리한 방향으로 새로운 논증을 하나 더(*eti*) 추가한다. 이제 중요한 것은 62 b 18에서처럼 예술의 효과를 산출하기 위해 필요한 길이가 아니라, "예술의 효과(또는 목적)" 그 자체이다. 그 효과는 "앞서 말한 쾌감"으로, 비극(13장, 53 a 36; 14장, 53 b 10 이하) 그리고 이어서 서사시

(23장, 59 a 21)와 관련해 언급되었던 "고유의 쾌감"(*oikeia hèdonè*)을 가리키는 표현임이 분명하다. 어째서 이러한 측면에서도 비극이 서사시보다 우월한지를 찾다 보면, 여기에는 논점 선취의 오류가 은밀하게 감추어져 있음을 알 수 있다. 사실상 고귀한 시 장르 고유의 쾌감은 비극과 관련해서 그리고 비극을 기준으로 정의되었다(14장, 인용문을 참조할 것). 그리고 나면 서사시가 그 자체로는 고찰된 바가 없었던 합목적성에 덜 기여하는 것처럼 보인다 해도 하등 놀라움이 없을 것이다. 강력하고 체계적으로 통합된 줄거리를 통해 생산된 두려움과 연민을 기준으로 서사시를 판단하면서 과연 정말로 서사시에 대해 정당한 평가를 내릴 수 있을지는 미지수이기 때문이다. 독자는 26장을 읽으면서, 비극이 우월하다면 그것은 — 호메로스로서는 불쾌하겠지만 — 아리스토텔레스가 비극을 더 좋아하기 때문이라는 인상을 지우기 힘들다.

12. 62 b 18

앞에 말한 내용을 다시 간단하게 정리하는 이 대목은 『시학』의 내용을 잘 요약하고 있다. 즉 1장의 첫 문장과 조응을 이루면서도 논의의 주제를 비극과 서사시로 한정하고 있다는 점에서 보다 더 정확하다. 사실상 그것은 이 저서의 주된 관점(6장-26장)에 상응하는 것이기도 하다. 그와 동시에 1장에서 5장까지의 개론적 기능도 한층 더 뚜렷하게 드러난다. 즉 장르 구분의 기준들을 명시하고(1장-3장), 장르의 역사를 개략적으로 보여주며(4장), 희극이 발생하게 된 기원을 간략하게 설명하면서도(5장), 그 목적은 오로지 이제부터 저서 전체를 통해 자세히 검토하게 될, 비극과 서사시라는 두 가지 장르의 위치를 설정하고 그 범위를 규정하는 것이다.

옮긴이 해제

아리스토텔레스 철학 전반에 대해서는 여기서 굳이 설명할 필요가 없을 것이다. 다만 아리스토텔레스가 남긴 방대한 저술들 가운데『시학』이 어느 지점에 위치하는지는 간단히 짚고 넘어갈 필요가 있다. 그가 남긴 글은 크게 세 가지로 분류된다.[1] 첫 번째는 '엑소테리카'(exôterika)로서, 그의 스승이었던 플라톤의 작품처럼 대화체 형식으로 대중을 위해 쓴 글이다. 두 번째는 '에소테리카'(esôterika), 즉 일반 대중이 아니라 자신이 세운 뤼케이온 학원에서 공부하는 제자들이나 일부 지식인들을 대상으로 한 글들이다. 세 번째는 비교적 최근에 발견된 글들로서 연구와 토론을 위한 일종의 자료모음집 성격을 띠고 있으며, 제자들과의 공동저술로 추정되는 글들이다.『시학』은 이 가운데에서도 뤼케이온 학원에서 강의를 준비하기 위해 초록 형태로 작성했던 '에소테리카'에 해당된다. 그런데 대중을 위한 엑소테리카와는 달리 에소테리카의 글들은 대부분 강의와 연구를 위한 초고 형태의 텍스트이기 때문에 다소 혼란스럽고 체계를 찾기 어려우며, 그 점이 오랜 세월에 걸쳐『시학』이 수많은 논쟁과

---

1 이에 관해서는 김헌, 「아리스토텔레스의『시학』에 나타난 창작의 원리」,『지중해지역연구』제 11권 1호, 부산외국어대학교 지중해지역원, 2009를 참조할 것.

해석을 불러일으킨 이유이기도 했다.

실제로『시학』은 그 자체에 상충되는 부분들을 많이 포함하고 있다. 이 책의 서문에 인용된 로스타니의 말을 빌리면,『시학』은 아리스토텔레스의 다른 저술들에 비해 그 스타일이 한층 더 "도식적이고, 개략적이며, 밖으로 드러나는 엄격한 질서와는 거리가 멀고, 갑자기 말을 끊었다가 다시 논의하기도 하고, 예상치 못한 주제들을 한참 길게 다루는 등 다양한 변화를 보이고 있으며, 삽입 구문과 파격적인 구문들이 잔뜩 뒤섞여 있고, 함축적인 표현, 생략법, 간략 어법들로 가득 차 있다". 그래서 토도로프의 말대로『시학』을 번역한다는 것은 하나의 해석이 될 수밖에 없으며, 그것도 "서로 매우 다를 뿐만 아니라 때로는 상반되는 여러 독서 행로들 가운데 하나를 선택"하는 것일 수밖에 없다. 이것은『시학』을 연구한 문헌학자들이 정도의 차이는 있지만 보편적으로 공유하는 판단이기도 하다. 그렇다면 과연 로즐린 뒤퐁록과 장 랄로는 어떠한 독서 행로를 취하고 있는가?

이 책은 츠베탕 토도로프의 머리말과 주해자들의 서문,『시학』원문의 번역, 주해, 개념 색인, 고유명사 색인, 서지사항으로 이루어져 있으며, 전체 분량 또한 방대하다. 저자들이 서문에서 밝히고 있듯이 이 책은 '미메시스'(*mimèsis*), '뮈토스'(*muthos*), '렉시스'(*lexis*) 등『시학』의 주요 개념들을 토론하는 모임에서 구상되었으며, 프랑스어권 일반 독자들에게『시학』을 깊이 있게 소개하려는 의도로 집필되었다. 뒤퐁록과 랄로의 번역에서 우선 눈에 띄는 것은 그리스어 원전과 프랑스어 번역을 나란히 놓고 주해에서도 그리스어 낱말들이 나올 때마다 모두 표기함으로써 그리스 고전 문헌학자들과 현대의 시학 이론가들을 겨냥하는 이중의 독자 전략을 취하고 있다는 점이다. 다시 말해서 이들은 '현대성'의

도구(말과 개념)를 빌려 아리스토텔레스를 읽고 "되살리려" 한다. 문헌학적인 측면에서 원문을 확정하는 작업과 관련하여 이들이 스스로 빚지고 있다고 언급하는 주해서들에 관해서는 「서문」과 서지사항에 자세히 설명되어 있다. 그에 따르면 자신들의 작업은 "『시학』 전문 연구자들의 판본 대신 새로운 판본을 만들어 내려 한 것이 아님을, 그와 경쟁하려고 한 것도 아님"을, 또한 "이미 출판된 수많은 『시학』 해설들과 나름의 방식으로 경쟁할 뿐, 이전의 작업들을 대체하려는 것은 아니"라는 것이다. 요컨대 『시학』에 관한 기존의 번역 및 연구성과들을 종합하는 한편, 상반된 견해들을 비판적으로 대조하고 때로는 새로운 해석을 제시함으로써 문제들을 제기하고 독자에게 다양한 해석의 가능성을 열어 주려 한다는 것이 이들이 취하는 독서 행로의 특징이다.

무엇보다 주목할 만한 것은 이들이 단순한 번역을 넘어 독자로 하여금 텍스트 해석이 제기하는 문제들에 접근할 수 있도록 풍부한 주해를 달고 있다는 점이다. 분석의 밑바탕이 되는 문헌학적 주해에서 출발하여 통사구조의 분석 그리고 텍스트 내적인 구조로 나아가며 서로 어긋나고 모순된 부분들을 드러냄으로써 토도로프의 지적대로 "텍스트 자체에 문제를 제기하는" 효과를 보여 주는 것이다.[2] 특히 『시학』의 텍

---

2 김헌도 토도로프의 이러한 지적에 동의하면서 아리스토텔레스 연구자들이 이러한 모순들을 해결해 온 방법들을 크게 세 가지로 구분하고 있다. 첫 번째는 아리스토텔레스의 작품 자체가 하나의 거대한 체계를 지니고 있다는 가설 아래 "체계 정합적" 틀로 해석하는 방법이다. 그에 따르면 모순되거나 상충되는 내용들은 아리스토텔레스의 탓이 아니라 이를 잘못 해석한 해석자들의 몫이다. 따라서 내용을 최대한 체계에 맞게 해석하고 설명하는 것이 올바른 방법이 될 것이다. 두 번째는 시간의 흐름에 따라 아리스토텔레스의 사상이 발전해 나갔다는 "발전사적 맥락"에서 해석하는 것인데, 그 또한 체계에 맞는 것만 골라내고 나머지는 발전사의 앞부분으로 밀어냄으로써 문제를 해결하려고 한다는 점에서 자의적이다. 그리고 마지막 세 번째는 아리스토텔레스를 진리를 위해 끊임없이 물음을 던지는 "문제 제기의 철학자"로 보는 것인데, 그에 따르면 아리스토텔레스의 저술에서 발견되는 상충된 부분들을 어떤 체계나 발전사적 맥

스트 구조에서 뒤퐁록과 랄로가 주목한 것은 "두 담론 사이의 내적 긴장", 즉 "명제들을 제시하고 거기서 가르침을 이끌어 내는 이론가의 담론"과 실제 공연되는 작품들에 대한 비평적 성격을 띤 "역사가와 증인의 담론" 사이의 내적 긴장이다. 이론적으로는 작시술과 가장 무관한 '볼거리'(opsis)가 실제 공연에서는 매우 중요한 영향을 미친다든지, 비극의 행동은 '필연성'이나 '있음직함'의 규칙을 따라야 하지만 실제 비극 작품에서는(호메로스 같은 대시인의 경우에도) 관객의 감동을 극대화하기 위해 그 규칙이 파열되기 직전의 극한까지 행동을 몰고 가는 것 등을 그 예로 들 수 있는데, 아리스토텔레스는 이를 '파토스'의 정화 효과, "있음직하지 않음의 있음직함"이라는 역설적인 공식으로 풀어 나감으로써 "이론가의 엄밀한 담론과 사실에 보다 충실한 증인의 담론 사이의 갈등에서 생겨난 흔적"을 보여 준다. 다시 말해서 아리스토텔레스는 "이론가로서 이론을 정립하는 작업에 전력을 기울이면서도 이론에 저항하고 여러 측면에서 이론을 넘어서는 대상들과 겨루었다는 사실"을 보여 준다.

미메시스, 모방이냐 재현이냐 : 뒤퐁록과 랄로의 『시학』 주해[3]

앞에서 말했듯이 아리스토텔레스의 『시학』은 고대 그리스 고전기의 비

락에서 해결하려고 노력하기보다는 그 자체를 "하나의 주제에 대한 다양한 접근의 시도로, 다각적인 해석의 모험으로 이해"해야 한다는 것이다. 그리고 이 점에서 김헌은 뒤퐁록과 랄로의 『시학』 번역과 해석을 "서로 상충되는 부분들을 이론적이고 규범적인 잣대와 사실적이고 경험적인 잣대라는 이중의 잣대로 해명하려는 탁월한 노력"을 통해 어쩌면 위에 말한 세 가지 태도를 아우를 수 있는 "모범적인 해석과 주해"의 사례를 보여 준 것으로 판단한다. 김헌, 「서양 고전문헌학에서 텍스트 재구성과 해석의 태도-아리스토텔레스의 『시학』을 예시로」, 『해석학연구』 24집, 2009를 참조할 것.

3 아래 내용은 졸저, 『해석의 에움길』(문학과지성사, 2019)의 2부 4장(「이야기, 미메시스」)의 일부를 요약한 것이다.

극작품들과 호메로스의 서사시를 대상으로 그 안에서 작동하고 있는 "창작 원리"를 분석하고 이를 강의 초록 형태로 정리한 것이다. 하지만 아리스토텔레스의 다른 저작들에 비해 특히 『시학』은 용어나 통사구조 그리고 작품 전체의 구성에 이르기까지 암시적이고 건너뛰는 듯한 느낌을 주는 부분이 많기 때문에 원전을 번역하는 것 자체가 하나의 해석이며, 또한 그 해석을 둘러싸고 숱한 논쟁이 벌어질 수밖에 없었다. 유실된 것으로 추정되는 희극 부분에 대한 논란, '미메시스'와 '카타르시스' 개념 등을 둘러싼 논쟁 등이 대표적이다.

아리스토텔레스는 유명한 『시학』 6장에서 비극을 "그 끝까지 완결되어 있고 일정한 크기를 갖는 고귀한 행동의 미메시스(*mimèsis*)"라고 정의하고 있는데, 『시학』에서 가장 중요한 개념이라 할 수 있는 '미메시스'는 라틴어로는 'imitatio'로 번역되었고 그에 따라 영어와 프랑스어, 그리고 국내의 번역에서도 대부분 'imitation', 즉 '모방'이라는 낱말로 옮겨졌다. 그런데 모방이라는 말에는 모델이 되는 원본을 베낀다는 부정적 의미, 그리고 때로는 가짜나 모조라는 뜻이 강하게 들어 있다는 점에서 미메시스를 모방으로 옮기는 것이 적절한가에 대해서는 논란의 여지가 많았다. 미메시스 개념이 단순히 예술 양식이나 제작 기술을 넘어 닮음과 유사성에 근거한 동일성의 철학적 전통과 얽혀 있는 것도 그처럼 모델-대상과 복제-대상 사이의 차이에 대한 해석의 문제와 관련이 있기 때문인데, 문제는 『시학』 그 어느 곳에서도 미메시스 개념에 대한 명확한 개념 정의를 찾아볼 수 없다는 점이다. 여기서 뒤퐁록과 랄로는 지금까지의 모든 전통과 달리 미메시스를 '모방'이 아닌 '재현'으로 옮김으로써 미메시스 개념에 대한 새로운 해석을 제시한다. 그에 따르면 미메시스와 관련된 말들은 어원으로 볼 때 연극에서 말하는 재현 형태에 뿌리를 내리고 있으며,[4] '모델'이 되는 대상과 생산된 대상 두 가지 모두를 가리킬 수 있다는 점에서 후자를 배제하게 되는 '모방'이 아닌 '재현'으로 옮겨야 한다는 것이다. 이런 해석에 입각해서 뒤퐁록과 랄로는 『시학』의 핵심 논제를 "시적 미메시스, 즉 사람의 행동을 언어로 재현하는 활동"으로 보고 논의를 이끌어 간다.

미메시스 개념을 둘러싼 모든 논쟁은 플라톤과 아리스토텔레스로부터 흘러나온다. 플라톤은 『국가』 3권에서 예술의 기본 원칙을 미메시스-모방이라고 보고, 모방은 환영을 만들어 내며 그래서 인간의 영혼을 이데아-진리로부터 멀어지게 한다고 말한다. 현실은 이데아의 복제이고 미메시스는 또 그런 현실의 복제이기에 단순한 현실의 '모상'(simulacre)에 불과하다고, 그래서 재현을 통해 이데아에 이른다는 것은 불가능한 꿈이라고 보는 것이다. 플라톤은 그렇게 모방의 양태를 구분하고 서열을 매김으로써 문학 장르의 원초적 유형론을 제시한다. 등장인물의 대사로만 이루어진 연극에서처럼 엄밀한 의미에서의 모방(미메시스)과 화자가 이야기의 주체로 등장하는 서사시에서처럼 간접적인 모방(디에게시스 *diègèsis*)의 대립에 토대를 둔 구분이 그것이다. 언어학적으로 말하자면 미메시스는 배우를 매개로 등장인물이 마치 자기가 실제 인물인 것처럼 말하는 발화행위 형태이며, 디에게시스, 즉 이야기는 화자가 등장인물 뒤에 자신을 숨긴 채 이야기되는 사건을 마치 자기가 본 듯이 말하는 발화행위 형태이다. 미메시스와 디에게시스의 중간 유형으

---

4 우선 행동을 나타내는 명사인 미메시스는 같은 어근에 속하는 다른 낱말들, 즉 동사 'mimeisthai', 동작주를 나타내는 명사 'mimètès', 형용사 'mimètikos' 등과 결부되어 사용되고 있으며, 또한 1장(47 b 10)에서는 "소프로노스과 크세나르코스의 소극(笑劇)"을 가리키는 실사 'mimos'와 연관되어 사용되고 있다.

로 플라톤은 혼합된 양태를 제시하는데, 등장인물의 대사와 화자의 이야기가 뒤섞여 있는 호메로스의 경우가 이에 해당된다. 아리스토텔레스는 플라톤과 마찬가지로 미메시스를 예술의 기준으로 삼는다. 하지만 그는 플라톤과 반대로 존재론적 형이상학을 거부하고 미메시스를 시 짓는 기술, 즉 시학의 차원에 자리 잡게 한다. 아리스토텔레스에게서 재현의 모델-대상은 플라톤의 이데아가 아니며 복제-대상은 모방이 아니라 재-현(représentation)의 산물이다. 『시학』 4장에서 아리스토텔레스는 사람은 재현의 성향을 타고나며, 재현을 통해 즐거움을 얻는다고 말한다. 재현을 통해 무엇을 보고 배운다는 측면에서 예술을 옹호하는 것이다.

> 사람은 어릴 때부터 재현하려는 성향과 ──사람은 유난히 무언가를 재현하려는 성향이 있으며, 재현을 통해 배움을 시작한다는 점에서 다른 동물과 다르다── 무엇을 재현한 것들에서 쾌감을 느끼는 성향을 동시에 타고난다. 그 증거를 실제 경험에서 찾을 수 있다. 예를 들어 더할 나위 없이 추한 짐승이나 시체의 형체는, 실물로는 보기만 해도 고통스럽지만 그것을 아주 잘 다듬어 그린 그림을 볼 때는 쾌감을 느낀다. 무언가를 배운다는 것은 철학자들뿐 아니라 다른 사람들에게도 쾌감을 주기 때문이다(하지만 이 문제에 있어 철학자와 다른 사람들 사이의 공통점은 지극히 미약하다). 실제로 사람들이 그림을 보는 것을 좋아하는 이유는 그림을 바라보면서 알아보는 법을 배우기 때문이며, 그렇게 해서 "이 사람이 바로 그 사람이구나"라고 말할 때처럼 개개의 사물이 무엇무엇이라고 결론을 내리게 된다. 왜냐하면 그것이 이전에 본 적이 없는 모습이라면, 재현이 쾌감을 주는 것이 아니라, 솜씨, 색채 또는 그와 비슷한 다른 원인에서 쾌감이 생기는 것이다. [4장 48 b 6-48 b 19]

여기서 재현의 즐거움은 두 가지 형태로 나타난다. 하나는 능동적인 것으로 무언가를 재현한 형태를 만들어 내는 것이며, 다른 하나는 수용과 관련된 것으로 재현한 작품 앞에서 느끼게 되는 독특한 쾌감이다. 사람은 재현하거나 재현한 것을 보면서 배우고 즐거움을 느낀다. 이는 재현활동 자체가 고유의 형태를 추상화하는 작업으로 이루어지기 때문이다. 그러한 추상화를 통해 이미 알고 있는 자연의 대상을 재현된 대상과 연관시킴으로써 놀라움과 동시에 배우는 쾌감, 즉 무엇을 '발견'하는 지적인 쾌감을 느끼게 된다. 이는 재현활동 자체가 대상의 정확한 복제가 아니라는 주장을 뒷받침하는 강력한 논거가 될 수 있다. 또한 직접화법을 기준으로 미메시스와 디에게시스를 구분했던 플라톤과 거리를 두면서, 아리스토텔레스는 무엇보다 더 이상 미메시스의 정도에 따라 서사시와 연극을 구분하지 않고 미메시스 내부에서 재현양식의 대립으로 봄으로써 미메시스 개념의 위상을 근본적으로 바꾼다. 즉 플라톤은 서사시 양식을 단순 이야기(*haplè diègèsis*)라 부르면서 재현적(*dia mimèseôs*)이라는 수식어가 붙은 연극 양식과 대립시키고 있는 반면, 아리스토텔레스는 그 두 가지 양식을 다 미메시스라는 항목으로 분류한다. 게다가 그 두 양식을 나누는 기준도 조금 다르며, 인물이 아니라 인물의 행동(*prattein*)에 초점을 두면서 그 의미도 바뀌게 된다. 아리스토텔레스는 재현하는 방식을 기준으로 미메시스를 구분하면서 이렇게 말한다. "실제로 같은 수단을 사용하여 같은 대상을 재현하더라도, 때로는 화자로서 이야기할 수 있고 ── 자신이 아닌 다른 무엇이 되어 이야기할 수도 있고 (호메로스의 경우가 그렇다) 그러한 변모없이 여전히 자신으로 머물러 있으면서 이야기할 수도 있다 ── , 혹은 모든 사람들은, 그들이 실제로 행동하는 한에서 재현의 저자가 될 수 있다"[3장 48 a 20-23]. 이러한 변화가 내포하는 의미는 미메시스가 연극 텍스트, 즉 전적으로 대화로 이루어진 작품이라는 영역을 벗어나 플라톤이 디에게시스라고 불렀던 텍스트를 포함하여 서사성을 지닌 모든 텍스트에 적용될 수 있는 개념으로 사용할 수 있게 되었다는 것이다.[5] 미메시스 개념을 그처럼 이야기에 대한 일반이론으로 확대 적용할 수 있다는 사실은 미메시스를 모방이 아니라 창조적 재현으로 보아야 한다는 주장에 대한 강력한 논거가 될 수 있는데, 뒤퐁록과 랄로는 이를 세 가지로 정리한다.

i) 아리스토텔레스는 등장인물보다 행동을 우위에 둠으로써 행동의 재현이라는 미메시스의 위상을 정립한다.『시학』6장은 미메시스가 그 수단(춤, 회화, 시)과 관계없이 언제나 사람, 특히 행동(*praxis*)의 주체나 보조자로서의 사람을 대상으로 한다고 말한다. "이 요소들 가운데 가장 중요한 것은 사건들을 조직적으로 배열하는 것이다. 실제로 비극은 사람을 재현하는 것이 아니라 행동과 삶과 행복(불행 역시 행동 속에 들어 있다)을 재현하며, 비극이 겨냥하는 목표는 행동이지 성품이 아니다. 인간의 이런저런 성품은 성격에 따라 결정되지만, 행복한가 아닌가는 그들의 행동에 따라 결정된다. 따라서 그들은 성격을 재현하기 위해서 행동하는 것이 아니라, 행동을 통해서 그들의 성격이 드러나는 것이다. 그러므로 사건과 줄거리가 바로 비극이 겨냥하는 목표이며, 언제나 목표

5 　엄밀한 서사학적 입장에서이긴 하지만, 주네트 또한 플라톤의 미메시스가 디에게시스, 즉 이야기와 불가분의 관계에 있으며 그래서 단순한 복제-미메시스 개념과 단절을 이룬다고 본다. 주네트는 논증을 통해 다음과 같은 결론을 이끌어 낸다. "재현으로서의 문학이 가질 수 있는 유일한 양태는 이야기, 비언어적이고 또한 언어적인 사건의 언어적 등가물로서의 이야기이다. [⋯] 문학적 재현, 고대인들의 미메시스는 그러므로 이야기에 말을 더한 것이 아니다. 즉 그것은 이야기이며, 오로지 이야기일 뿐이다. 플라톤은 미메시스와 디에게시스를 마치 완전한 모방과 불완전한 모방처럼 대립시켰다. 하지만 (플라톤 자신이『크라튈로스』에서 보여 주듯) 완전한 모방은 더 이상 모방이 아니라, 사물 그 자체이다. 그리고 최종적으로 유일한 모방은 불완전한 모방이다. 미메시스는 디에게시스다." Genette, "Frontières du récit", *Figures II*, Seuil, 1969, pp.55-56을 참조할 것.

가 가장 중요하다."(6장, 50 a 15-22) 다시 말해서 미메시스의 대상은 성격의 윤리적 자질이 아니라 행동 또는 행동의 구성이며, 인물들이 지니는 성격(*èthos*)은 행동(*praxis*)에 종속된다.

ii) 미메시스는 창조적이라는 점에서 단순한 모방과 다르다. 그렇다고 무(無)에서 창조하는 것은 아니고 기본 재료가 주어져 있는데, 그 재료란 행동을 통해 성격을 부여받은 사람들이다. 재현하는 자(*mimètes*)로서의 시인은, 행동하는 인물이라는 재료를 그대로 모방하는 게 아니라 있음직함과 필연성의 질서에 따라 조직되는 줄거리(*muthos*)를 만들어 냄으로써 재현한다. 다시 말해서 실제로 현실에서 행동하는 사람을 모델로 삼아 허구적으로 재현하는 것이다. 미메시스란 이처럼 순수한 창조가 아니라 앞서 존재하는 대상들로부터 시적 인공물에 이르는 이러한 움직임이며, 아리스토텔레스가 말하는 시학은 바로 그러한 이행의 기술이다. 중요한 것은 '*mimeisthai*'라는 동사가 '모델-대상'과 '복제-대상'을 동시에 가리킴으로써 기본적으로 양가성을 띠고 있다는 것인데, 모방하다라는 전통적인 뜻으로 해석하게 되면 목적격을 무조건 모델의 목적격으로 보아야 하기 때문에 후자의 의미는 배제된다.

iii) 아리스토텔레스가 말하는 미메시스는 극에 기원을 두고 있기는 하지만 서사시도 포괄하는 허구적 작업이다. 시인이 '전해져 내려오는 줄거리들'을 모델로 삼아 필연성과 있음직함의 규칙에 따라 줄거리를 만들어 내는 것, 그것이 본래의 뜻에 가장 가까운 의미에서의 포이에시스(*poièsis*), '시 짓기'이다. 이른바 재현적 거리가 모델이 되는 대상과 생산된 대상 사이에 존재하며, 시인은 마치 화가가 모델로부터 거리를 두고 형상을 그릴 때처럼 줄거리의 형상을 빚어내는 것이다.

이러한 일반적 관찰로부터 뒤퐁록과 랄로는 시적 미메시스, 즉 사람의 행동을 언어로 재현하는 활동은 이중의 생산 작업, 이중의 만들기

(*poiein*)로 이루어진다는 결론에 이른다. 첫 번째는 사건들을 조직화하여 줄거리를 구성하는 것이고 두 번째는 그에 종속된 것으로서 언어로 표현(*lexis*)하는 작업, 즉 줄거리를 말과 운율로 표현함으로써 텍스트를 생산하는 작업이다. 이 두 가지 작업의 관계에 대해서 뒤퐁록과 랄로는 아리스토텔레스가 직접 언급을 하지 않았기에 원문에 대한 확대해석일 수밖에 없다는 전제 아래, 시적 생산의 최종적 통일성은 결국 '은유적으로' 바꾸는 움직임이라고 말한다. 바로 그것이 줄거리를 통한 행동의 재현과 낱말을 통한 의미의 현시(*hermèneia*)에 공통된 특성이며, 은유적 지각에 토대를 둔 미메시스의 움직임이야말로 허구 활동 전반의 패러다임 자체를 구성한다는 것이다.

요컨대 이들의 해석에 따르면 미메시스는 허구적 환상이라는 의혹에서 벗어나 세계에 대한 앎과 윤리를 얻는다는 보다 긍정적인 의미를 획득하게 된다. 그런데 창조적 모방으로 이해된 미메시스는 그 대가로 현실과의 관계라는 어려운 문제를 제기한다. 미메시스를 재현으로 옮겨야 한다면, 그러한 재현은 우리의 앎 또는 삶과 관련하여 어떤 쓸모가 있는가? 과연 재현과 비–재현의 경계는 무엇인가? 미메시스를 세계의 모방, 복제가 아니라 재현 또는 옮겨 쓰기라는 개념으로 이해함으로써 허구와 진리 사이의 역설은 해소될 수 있는가? 나아가서 그 과정에서 아리스토텔레스의 『시학』이 제기하고 있는 개념들은 원래의 뜻을 상실할 정도로 확대되거나 해석의 갈등에 휘말려 파열하는 것은 아닌가? 이처럼 미메시스의 해석과 관련된 문제들은 또 다른 논의를 필요로 한다.[6]

---

6 폴 리쾨르는 『시간과 이야기』(김한식 외 옮김, 문학과지성사)에서 미메시스를 모방이 아닌 재현으로 옮겨야 한다는 뒤퐁록과 랄로의 해석을 받아들이면서도, 무엇보다 미메시스가 무엇을 만들고(*poièsis*) 재현하고(*mimèsis*) 조직화(*sustasis*)한다는 사행적 특성을 지니고 있다는 점에

* * *

프랑스에서의 유학 시절, 폴 리쾨르의 『시간과 이야기』를 읽으면서 뒤퐁록과 랄로의 『시학』 주해본을 만나게 되었고, 그 이후 언젠가는 우리말로 옮겨보고 싶다는 생각을 품어 왔다. 문학 공부를 하면서 생각이 막히거나 뒤얽힐 때면 한 번씩 들춰 보며 꼬인 실마리를 찾아낼 수 있었다. 고전의 매력이다. 우리말로 옮기는 작업에서 가장 어려웠던 것은 그리스어 원전을 프랑스어로 옮긴 번역본을 다시 우리말로 옮기는 과정에서 발생하는 문제들이었다. 하나의 그리스어 낱말이 여러 뜻으로, 때로는 비슷하게 때로는 다르게 쓰이는 경우가 많기 때문에 이를 프랑스어로 옮기는 과정에서 발생하는 문제들이 프랑스어를 우리말로 옮기는 과정에서 한 번 더 발생하는 것이다. 예를 들어 문맥에 따라 '*logos*'

서 작품의 구조를 넘어 실천적 영역에까지 확장된다는 점에 주목한다. 다시 말해서 서사학 또는 기호학의 대상이 폐쇄적인 구조로서의 텍스트라고 한다면, 리쾨르의 해석학은 줄거리 구성의 역동성, 즉 "실천적 영역의 전-형상화와 작품의 수용에 의한 재-형상화 사이를 매개하는, 텍스트의 형상화 작업의 구체적 진행과정"(『시간과 이야기 1』, 127쪽)을 대상으로 한다. 미메시스의 해석과 관련하여 리쾨르의 독창성이 가장 돋보이는 발상이라 할 수 있는 전형상화-형상화-재형상화로 이어지는 '삼중의 미메시스' 개념은 그처럼 줄거리 구성의 역동성을 부각시키기 위해 만들어진 개념이다. 실제로 『시간과 이야기』 전체는 리쾨르의 이야기 해석학의 토대를 이루는 이러한 삼단계의 재현활동을 중심으로 구성되어 있다고 말할 수 있다. 여기서 미메시스-재현은 "허구적 공간을 여는 단절"뿐 아니라 현실과 은유적으로 연결하는 기능, 즉 "뮈토스에 의한 실천적 영역의 '은유적' 전환"(『시간과 이야기 1』, 112쪽)이라는 기능을 통해 현실을 '마치 ~처럼'comme si 그려봄으로써 현실을 재생산하고 그 의미를 새롭게 한다는 기능을 갖게 된다. 그 과정에서 독자는 독서행위를 통해 미메시스의 여정을 최종적으로 마무리하는 실천적 주체로 나타난다. 여기서 이야기의 재현적 기능은 은유적 대상지시의 문제와 대응하면서, 이를 시간 차원에서 인간의 행동 영역 전반으로 확장시키는 것이라고 말할 수 있다. "은유적 재묘사가, 세계를 살 만한 세계로 만드는 감각적, 감동적, 미학적, 그리고 도덕 가치론적 영역을 지배하는 것이라면, 이야기의 재현적 기능은 특히 행동과 그 시간적 가치의 영역에서 수행된다고 할 수 있다."(『시간과 이야기 1』, 10쪽) 리쾨르의 해석학과 관련하여 보다 자세한 것은 『해석의 에움길』(앞의 책)을 참조할 것.

는 '대화, 발화, 언어, 말, 주제' 등으로, '*sunthesis*'는 '조직, 체계, 배열, 연상, 구조' 등으로 옮길 수 있는데, 프랑스어와 우리말을 놓고 어휘를 선택하는 일이 쉽지 않았다. 이와 관련하여 특별히 언급할 부분이 있다. 뒤퐁록과 랄로는 '뮈토스'(*muthos*)를 영어의 '스토리'나 '이야기'에 해당하는 'histoire'로 옮기고 있는데, 리쾨르는 『시학』에서 '뮈토스'가 '사건들을 조직적으로 배열'하는 것으로 정의되고 있음에 비추어 볼 때 오히려 영어의 '플롯'이라는 용어를 본떠 '뮈토스'를 '줄거리'(intrigue) 또는 '줄거리 구성'(mise en intrigue)으로 옮기는 것이 더 설득력이 있다고 주장한다. 우리도 그 견해를 받아들여 이 용어가 갖는 개념적 중요성을 충분히 고려하면서도 우리말 번역이 쉽게 읽힐 수 있도록, 문맥에 따라 '*muthos*'는 '뮈토스', '줄거리' 또는 '줄거리 구성'으로, '*mimesis*'는 '미메시스' 또는 '재현'으로, 'histoire'는 '스토리', '역사' 등으로 옮겼다.[7]

2010년에 처음 번역이 나온 이후, 이번에 그린비 출판사에서 재출간하기로 해 십여 년이 지난 지금 다시 읽어 보니 개념어들을 우리말로 번역하는 과정에서 용어가 통일되어 있지 않은 경우도 있었다. 예를 들어 'vraisemblable'을 때로는 '있음직함'으로, 때로는 '개연성'으로 옮겼는데 그 두 개념은 프랑스어 역자들도 분명히 구분해서 사용하고 있기에 이를 고려하여 'vraisemblable'을 '있음직함'으로, 'probabilité'는 '개

---

7 국내에 소개된 『시학』 번역 및 『시학』에 관한 연구서들도 참고했다. 그리스 원전을 옮긴 것으로는 『아리스토텔레스의 시학』(손명현 옮김, 박영사, 1960)과 『아리스토텔레스의 시학』(천병희 옮김, 문예출판사, 1976)이 있다. 그리고 프라이[H. Fyfe(1940)]의 영어번역과 해설을 옮긴 『시학』(김재홍, 고려대학교 출판부, 1998), 레옹 골든(Leon Golden)이 영어로 옮기고 하디슨(Hardison)이 해설한 것을 옮긴 『아리스토텔레스의 시학』(최상규 옮김, 예림기획, 2002)이 있다. 『시학』에 관한 연구서로는 『아리스토텔레스의 시학과 신고전주의』(이경식, 서울대학교출판부, 1997), 본문 번역과 주해 그리고 해설을 곁들인 『아리스토텔레스의 〈시학〉 연구』(이상섭, 문학과지성사, 2002) 등이 있다.

연성’으로 통일했다.[8] 또 역사가(chroniqueur)와 시인을 구분하고 있는 9장의 유명한 부분에서 역사나 역사가란 오늘날 말하는 의미라기보다는 사건들을 연대순으로 기술하는 연대기(chronique)나 연대기 작가에 더 가깝지만 당시에는 그것이 역사였고, 또 워낙 그렇게 알려져 있기 때문에 혼동을 줄이기 위해 ‘연대기적 역사’와 ‘역사가’로 옮겼다.

이 책의 번역 과정에서 아리스토텔레스의 수사학과 시학 연구로 박사 학위를 받은 김헌 교수의 도움을 특별히 언급하지 않을 수 없다. 그는 번역 전체를 읽어 가며 그리스어와 프랑스어 사이의 다리를 놓아 주었으며, 주요 개념어들의 우리말 번역에 대해서도 귀중한 조언을 아끼지 않았다. 예를 들어 ‘opsis’를 ‘볼거리’로, ‘알아차림’이라는 뜻으로 쓰이는 ‘anagnôrisis’를 ‘발견’으로 옮긴 것도 그의 조언 덕분이다. 그를 만날 수 있었던 것은 그리스어를 모르는 나에게는 행운이었고, 이 책을 읽는 독자에게 역시 다행이라고 생각한다.

힘든 일은 많고 행복은 잠시인 번역 작업의 어려움을 앙투안 베르만은 자신의 책 제목이기도 한 “낯섦의 시련”이라는 말로 표현한다. 다르기 때문에 낯설고 그래서 두려움과 저항도 생긴다. 저항은 이중으로 발생한다. 원전의 저항도 있고 모국어의 저항도 있다. 저항은 단지 낱말이나 문장 차원에서 발생하는 것은 아니다. 예를 들어 그리스어의 ‘*arêtê*’는 라틴어로는 ‘*virtus*’로, 프랑스어로 ‘vertu’라고 옮기는데 이를 우리말

---

8 그에 따르면 “개연적인 것(*epi to polu*)이나 있음직한 것(*eikos*)은 둘 다 필연성이 완화된 형태를 나타내지만, 전자는 통계적 현실의 객관적 각도에서, 후자는 기대의 주관적 각도에서 나타낸다”(7장, 주해 1)고 설명하고 있으며, 또 25장, 주해 22에서 ‘있음직함’은 ‘강한 개연성’으로 정의되고 있다.

로 옮기면 '덕'(德)이다. 그런데 비교적 문화적 친족관계가 성립한다고
볼 수 있는 그리스어-프랑스어 번역에 비해 과연 '덕'이란 우리말이 그
리스어나 프랑스어가 지닌 뜻을 '온전하게' 담을 수 있는가? 반면『대학
(大學)』에 나오는 구절 "큰 학문의 길은 밝은 덕을 밝히는 데 있으며, 백
성을 새롭게 하는 데 있으며, 지극히 좋은 경지에서 머무는 데 있다"(大
學之道 在明明德 在親民 在之於至善)에서의 '덕'을 'vertu'라고 옮길 때의 저
항과 상실은 어떠한가! 여기서 우리는 번역 불가능한 "절대적 타자"와
마주치는 충격을 느낀다. 그것이 바로 '시련'이다. 그런데 프랑스어의
'시련'(épreuve)이란 낱말은 "감내해야 하는 고통"을 뜻하는 동시에 "수
련"을 의미한다. 즉 번역 작업이란 시련을 통해 수련한다는 말이다. 여
기에는 원문과 번역문의 의미론적 동일성을 가늠하게 하는 잣대가 되는
제3의 텍스트는 어디에도 존재하지 않는다는 명제가 들어 있다. 따라서
모든 번역은 자신의 관점에 따라 '재번역'하는 것에 다름 아니며, 좋은
번역이란 원문의 의미를 일대일 대응하는 식으로 정확하게 전달하는 것
이 아니라 같은 의미를 가지고 있다고 추정되는 번역, 기존의 번역보다
더 낫거나 다르다고 생각되는 번역을 제시하는 것일 따름이다.

  리쾨르는 "완벽한 번역에의 이상을 포기하는" 애도 작업을 통해 그
것이 가능하다고 말한다. 완벽한 번역에의 이상은 번역의 욕망이자 번
역의 행복의 원천이지만 그것은 또한 "상실 없는 획득"을 바라는 마음이
기도 하다. 낯선 것을 완전히 자기 것으로 만들겠다는 그러한 오만과 욕
망을 포기하는 '애도 작업'을 통해 번역은 "행복한 도전"이 된다. 즉 "저
자와 독자라는 두 주인을 섬기는 것"이 불가능하다는 사실을 인정할 뿐
만 아니라, 두 주인을 모두 배신하는 위험을 무릅쓰고 "이국의 언어를
모국어라는 자신의 집에 맞아들임으로써 타자의 언어를 체험하는 기쁨
을 누리는 것"(리쾨르는 이를 "언어적 환대"라는 말로 표현한다)이야말로

벤야민의 말대로 "번역가의 과제"이자 행복한 도전일 것이다. 그러한 도전을 통해 번역은 궁극적으로 텍스트 이해, 타자 이해를 거친 자기 이해의 길로 나아간다. 나 혼자만으론 공허한 독백이나 헛된 망상이 되고 만다. 낯선 타자와의 만남이라는 시련이 없다면 내가 어찌 나 자신의 낯섦을 알 수 있겠는가?

안 그래도 읽기 어렵고 두툼한 책에 굳이 이처럼 다소 장황한 해제를 붙이게 된 것은 어쩌면 그러한 과제에 대한 두려움 때문일 것이다. 번역을 마친 지금, 오랜 여행을 다녀온 기분이다. 떠날 땐 누구나 무언가를 많이 담아 오려 한다. 프랑스어에서 그리스어를 거쳐 다시 이곳으로 돌아온 지금, 많은 것을 보았고 배웠다. 하지만 낯선 『시학』 여행에서 나를 잃는 상실의 아픔을 두려워한 것은 아닌지, 그래서 내가 보고 싶어 했던 것만을, 나에게 친숙한 것만을 보려고 하지는 않았는지… 아니, 여행으로부터의 귀환은 멀기만 하고 어쩌면 끝나지 않는 유랑이 될지도 모른다. 하지만 유랑 자체가 삶이 아니던가. 그래서 또다시 주섬주섬 짐을 꾸려 어디론가 떠날 것이다. 언젠가는 이타카로 돌아갈 수 있는 날을 기다리며… 마지막으로, 절판되었던 이 책의 재출간을 제안하고 새로운 모습으로 거듭나게 해 준 유재건 대표와 그린비 출판사의 식구들 모두에게 깊이 감사드린다.

2022년 2월

김한식

개념 색인

뒤퐁록과 랄로의 프랑스어 주해본에 실린 색인의 특징은 프랑스어로 옮긴 표제어 각각에 그리스어를 병기함과 아울러 그와 관련된 텍스트의 의미론적 문맥, 어휘와 관련된 참고사항(파생어, 반의어, 동의어 등)들을 연결하여 구성하고 있다는 점이다(물론 이들도 자신들의 색인 작업이 완벽하지는 않으며 보다 자세한 그리스어 색인은 카셀 판본을 참고하기를 권하고 있다). 그러나 그리스어를 프랑스어로 옮길 때와, 또 그 프랑스어를 우리말로 옮길 때의 문제는 다를 수밖에 없기 때문에 원래 색인에서 혼동을 불러일으키는 항목은 적절하게 수정하여 작성했다. 예를 들어 그리스어의 'lusis, luein'을 프랑스어로는 'dénouement'과 'solution'으로 옮겼는데, 우리말로는 둘 다 '해결'로 옮기고 참조사항을 통합하여 작성했다. 우리말 표제어와 병기한 그리스어에 대한 해석은 관점에 따라 이론의 여지가 있겠으나 본문 번역과 일치하게끔 용어를 선택했으며, 같은 낱말을 문맥과 쓰임새에 따라 우리말로 조금씩 다르게 옮긴 경우에는 가장 많이 쓰인 경우를 택해 표제어로 정했다. 그리고 우리말과 프랑스어의 구문 차이 때문에 본문의 행 표시(예: 50 a 7)와 일치하지 않는 경우도 있으나, 문장 단위는 일치하기 때문에 참조하는 데 그리 어려움은 없을 것이다.

〔ㄱ〕

가능한 dunaton
('실제'와 대립되는 뜻으로) 9장, 51 a 37 (hoia
　an genoito), 38
('실제'로 일어난 사건) 9장, 51 b 17, 18, 32
('설득력이 있는' 것과 관련하여) 9장, 51 b 16
('설득력이 없는' 것과 관련하여) 24장, 60 a
　27; 25장, 61 b 12
cf. '불가능한', '있음직함'

가면 prosôpon (희극의 가면) 5장, 49 a 36, b
　4

가설 hupokeitai 11장, 52 b 1

간결한 brakhus, mikros
(작은 생물) 7장, 50 b 37
(짧은 줄거리) 4장, 49 a 19; (간결한 삽화)
　17장, 55 b 16; (비극과 관련하여) 26장, 62
　a 18; (서사시와 관련하여) 24장, 59 b 20;
　26장, 62 b 6; cf. ('길이'), '크기'
(모음과 관련하여) 21장, 58 a 15

갈등 plokè ('해결'과 대립되는 뜻으로) 18장,
　56 a 9

감정 pathè
('성격', '행동'과 관련하여) 1장, 47 a 28
('격렬한 감정'): cf. '격정적 (효과)'
cf. '변화'

개연성 hôs epi to polu ('필연성'과 관련하여)
　7장, 50 b 30; cf. '있음직함'

거리가 있는 (통사론적으로) cf. 벗어난

거짓말 pseudos 24장, 60 a 19, 22, 23 ; cf.
　'그릇된 추론'

걸맞지 않은 aprepes 15장, 54 a 30; 24장, 59
　b 34; cf. '적절성'

격 ptôsis (표현의 구성 요소) 20장, 56 b 21;
　(정의) 57 a 18, 22

격정적인 (효과) pathos
('급전', '발견'과 관련된 줄거리의 구성 부분)
　11장, 52 b 10; (정의) 52 b 11
('격정', '격정적인 장면') 14장, 53 b 18, 20; 54
　a 13; ('급전', '발견'과 관련하여) 24장, 59 b
　11
격정적인 효과의 결핍 apathes: 14장, 53 b
　39
격정적인 효과를 사용하는 pathètikos: (비
　극) 18장, 55 b 34; (서사시) 24장, 59 b 9;
　('단순한'과 관련하여) 59 b 14
(격렬한 감정) 6장, 49 b 28; 17장, 55 a 31;
　19장, 56 a 38; cf. '두려움', '연민'
cf. '변화'

결말 telos (사건들의 결말) 23장, 59 a 27, 29;
　cf. 59 a 20 ; cf. '목표', '끝' '해결'

결함 hamartèma ('추악함'과 구분해서) 5장,
　49 a 34; cf. '과오'

경박한 eutelès
('엄숙한' 작가와 대립되는 뜻으로) 4장, 48 b
　26

cf. '평범한'

경연 agôn

6장, 50 b 18, 7장, 51 a 6, 8; 13장, 53 a 27;
　18장, 56 a 18
(경연을 위한 작품 agônismata) 9장, 51 b 37
cf. '무대(공연)'

경우 cf. 예

고상한 spaudaios

(인물) 5장, 49 b 10; (주제) 4장, 48 b 34; (장
　르) 9장, 51 b 6; (행동) 6장, 49 b 24; cf. '좋
　은'
'저속한'과 대립되는 뜻으로: (인물) 2장, 48
　a 2; 3장, 48 a 27; (행동, 말) 25장, 61 a 6

고상함 aretè ('저속함'과 대립되는 뜻으로)
　2장, 48 a 3; cf. '덕', '품격'

고유의 idios, oikeios

('공통된'과 대립되는 뜻으로) 5장, 49 b 16; cf.
　24장, 59 b 23; 12장, 52 b 18
(성격) 4상, 48 b 24; (자연) 4상, 49 a 4; (형
　태) 15장, 54 b 10; (특징) 21장, 57 b 32;
　(모음) 21장, 58 a 2
(쾌감) 13장, 53 a 36; 14장, 53 b 11; 23장, 59
　a 21; cf. '고유의 효과'
(특징) 13장, 52 b 33; 19장, 56 a 35; cf. 6장,
　50 b 17
'고유의 구도' to idion: 17장, 55 b 23; '보편
　적 (구도)', '주제'
(적합한) 4장, 49 a 24; 17장, 55 b 13; 24장,
　59 b 28

고유의 효과 ergon (비극 고유의 효과) 6장,
　50 a 31; 13장, 52 b 29; 26장, 62 b 13; 62 a
　11 (to hautès)

고유하지 않은 cf. 부적절한

고통 odunè ('파괴'와 관련하여) 5장, 49 a 35,
　37; 11장, 52 b 12, 13; cf. '격정적인 (효
　과)'

공연 cf. 무대

공통된 koinos 1장, 47 b 10, 15, 17; 12장, 52
　b 24; 22장, 58 b 12; ('고유의'와 대립되는
　뜻으로) 12장, 52 b 17; cf. 5장, 49 b 16

과오 hamartia, hamartèma

1) (비극적 과오, '악덕', '악함'과 비교하여)
　13장, 53 a 10, 16
2) (기술적인 과오) 16장, 54 b 35; 25장, 60 b
　15, 17, 19, 30
　(과오를 범하다 hamartenein): 8장, 51 a 20;
　13장, 53 a 24; 16장, 54 b 17; 19장, 56 b
　15; 25상, 60 b 23, 28, 29
3) (비평과 관련하여) 25장, 61 b 8
4) cf. '결함'

과장 megethos (축소와 반대되는 뜻으로)
　19장, 56 b 1

관객 theatès 7장, 51 a 1 (theôrountes); 13장,
　53 a 34 (theatra), 35; 17장, 55 a 27, 29;
　26장, 61 b 28; 62 a 2; cf. '볼거리': 극적
　재현

광기(에 빠진)manikos ('남다른 재능'과 구분
  해서) 17장, 55 a 33

구성 cf. '구조'

구성된sunthetos
('발견'과 관련하여) 16장, 55 a 12 (구성된)
(구성 요소) 21장, 58 a 14; (소리) 20장, 56 b
  35; (명사) 57 a 11; (동사) 57 a 14; (발화)
  57 a 23

구성 부분meros(morion)
(시의 구성 부분) 1장, 47 a 11 (morion); ('종
  류'와 대립되는 뜻으로) 26장, 62 b 17
(비극의 종류와 관련하여) 5장, 49 b 16; 6장,
  49 b 32 (morion); 50 a 8, 11; 12장, 52 b
  14, 25; 18장, 55 b 33; 56 a 6 ; 26장, 62 a
  15; (서사시) 24장, 59 b 10
(비극의 양적인 부분과 관련하여) 6장, 49 b 26
  (morion); 12장, 52 b 15, 19, 20, 21; 18장,
  55 b 27; 24장, 60 b 3; cf. 1장, 47 b 28
(줄거리의 구성 부분) 6장, 50 a 34; 11장, 52
  b 9; (사건) 8장, 51 a 32 ; 24장, 60 a 28;
  25장, 60 b 26
(전체를 구성하는 부분) 8장, 51 a 33, 35;
  18장, 56 a 26 (morion); ('전체'와 대립되
  는 뜻으로) 18장, 56 a 14, 17; 23장, 59 a
  35; 26장, 62 b 9; (동시에 이루어지는 부분)
  24장, 59 b 25, 27; cf. '여러' (부분들)
(표현을 구성하는 부분) 20장, 56 b 20; 22장,
  58 a 34, b 12; 20장, 56 b 25; (명사와 동사)
  20장, 57 a 11, 15; (발화) 20장, 57 a 24,
  27; (리듬) 4장, 48 b 21 (morion)
(사상) 19장, 59 a 37
(추악한) 5장, 49 a 34 (morion)

구성하다(짜다, 세우다)sunistanai, sunistas
  -thai
(줄거리와 관련하여) 1장, 47 a 9; 9장, 51 b
  12; 13장, 52 b 28; 14장, 53 b 4; 17장, 55 a
  22; 23장, 59 a 18; 24장, 60 a 34; (『일리아
  스』, 『오뒤세이아』) 24장, 59 b 14; 26장, 62
  b 10; cf. '배열하다'
('짜여진') 7장, 50 b 32, 35
(~로 구성되다) 24장, 60 a 28

구어lexis 4장, 49 a 23, 24, 27; 22장, 59 a
  12, 13 (logoi); 25장, 61 a 27; cf. '표현',
  '대화', '언어'

구조suntehsis, sustasis
(비극) 13장, 52 b 31; 53 a 23; (이중) 13장,
  53 a 31
(서사시) 23장, 59 a 22; 24장, 59 b 17, 21; 60
  a 3 (구성)
서사시적 구조sustèma epopoiikon: 18장,
  56 a 12
cf. '배열', '연상', '조직'

규모
(비극의 규모megethos) 4장, 49 a 19; (서사시
  의 구성 요소) 18장, 56 a 14; cf. '크기', '큰'
(시의 분량onkos) 24장, 59 b 28; (영웅시의 규
  모) 59 b 35

그릇된 추론paralogismos 16장, 55 a 13,
  16; 24장, 60 a 20, 25; cf. '거짓말'

그리다graphô, grapheus 2장, 48 a 5;
  6장, 50 a 26; 15장, 54 b 9 (초상화가
  eikonopoios) 11; 25장, 60 b 8 (zôgraphos),

9 (eikonopoios), 32; 61 b 13

성격을 묘사하다 ēthographos: 6장, 50 a 28,
    b 1; cf. '그림'

그림 eikôn 4장, 48 b 11, 15; 6장, 50 b 3; cf.
    '그림으로 재현하다'

그림으로 재현하다 (ap)eikazein 1장, 47 a
    29; 2장, 48 a 6

극 drama
(어원) 3장, 48 a 28
('서사시'와 대립되는 뜻으로) 17장, 55 b 15;
    18장, 56 a 15
('비극'과 같은 뜻으로, 극 바깥에서) 14장, 53 b
    32; 15장, 54 b 3; (이야기된 줄거리와 관련
    하여, 극 안에서) 24장, 60 a 31
(극 형태로 dramatikos): 4장, 48 b 35, 37;
    23장, 59 a 19
(극을 연기하다 dran): 3장, 48 a 28, 29; ('이야
    기하기'와 대립되는 뜻으로) 6장, 49 b 26;
    cf. '행동하다', '행동하는 인물'

근거 cf. '증거'

급전 peripeteia
(줄거리의 구성 요소, 정의) 11장, 52 a 22
('발견'과 관련하여) 6장, 50 a 34; 10장, 52 a
    15, 17; 11장, 52 a 33, 38, b 9, 10; 18장, 55
    b 34; ('식별', '격정적인 장면'과 관련하여)
    24장, 59 b 10
(발견의 원인) 16장, 54 b 29
(단순한 행동과 구분해서) 18장, 56 a 19; cf.
    10장, 52 a 15

기계 (장치) mèkhanè 15장, 54 b 1, 2

기괴한 teratôdes ('두려움을 불러일으키는'과
    구분하여) 14장, 53 b 9

기능 dunamis 1장, 47 a 25; cf. '능력', '목적
    (성)'

기대 cf. '놀라움'

기술 tekhnè
('작시술'과 대립되는 뜻으로 시를 짓는 것이 아
    닌 기술) 25장, 60 b 15, 19, 20, 28; (소도구
    제작기술) 6장, 50 b 20
(재현기술) 1장, 47 a 21, b 29
(작시술) 7장, 51 a 7; 13장, 53 a 22; 26장,
    62 b 12; (다른 기술과 비교하여) 25장, 60 b
    23, 30; 61 b 24; ('우연히'와 대립되는 뜻으
    로) 14장, 54 a 10; ('습성에 따라'와 대립되
    는 뜻으로) 1장, 47 a 20; ('천품'과 대립되는
    뜻으로) 8장, 51 a 24; cf. '작시(술)'
('비극예술') 26장, 62 a 1; cf. '비극적'
(작시술과는 거리가 먼 atekhnos) 16장, 54 b
    31; 14장, 53 b 8 ; 16장, 54 b 28; (가상 중
    요한 기술) 6장, 50 b 17; 16장, 54 b 20; cf.
    7장, 51 a 7
cf. '운율학', '정치(학)', '수사학 (기술)'

기억 mnèmè (발견의 근원) 16장, 54 b 37

기음 (거친 dasutès, 부드러운 psilotès) 20장,
    56 b 32

긴 makros
(주제와 관련하여) 17장, 55 b 17; (구성과 관

련하여) 24장, 60 a 3

(장모음) 21장, 58 a 1, 11

길이 mèkos 5장, 49 b 12; 7장, 51 a 5, 6;
24장, 59 b 17, 18; 26장, 62 b 7; cf. '간결
한', ('길이'), '크기'
(비극) 7장, 51 a 6 이하; 9장, 51 b 37 이하
(서사시 대 비극) 5장, 49 b 14; 24장, 59 b 17
이하; 26장, 62 b 1 이하
(시야, 시선) 7장, 50 b 39 (khronos)
cf. '시기'; '간결한', '짧은', '늘이다', '길이'

끔찍한 deinos
(끔찍한 일을 겪거나 일으키다) 13장, 53 a 22;
14장, 53 b 30
('연민을 일으키는'과 관련하여) 14장, 53 b 14;
19장, 56 b 3; cf. '두려움', '두려움을 불러
일으키는'

끝(공간적 의미) teleutè, telos (정의) 7장, 50
b 29; ('시작'과 반대되는 뜻으로)
(전체) 7장, 50 b 26, 33
(행동) 23장, 59 a 20
(서사시) 23장, 59 a 32; 24장, 59 b 20
(비극) 18장, 55 b 29, 32
(발화) 21장, 57 a 7
cf. '목표(목적)', '종결'

끝(까지 이어지는) teleia (행동) 6장, 49 b 25;
9장, 52 a 2 ; ('하나의 전체를 이루는'과 관련
하여) 7장, 50 b 24; 23장, 59 a 19

〔ㄴ〕

나쁜 phaulos
('좋은'과 반대되는 뜻으로): (비극) 5장, 49 b
18; (시인) 9장, 51 b 36 ; 24장, 60 b 1
('품격을 갖춘'과 대립되는 뜻으로): (형편없는
관객) 26장, 62 a 4
(플루트 주자) 26장, 61 b 30; (배우) 26장, 62
a 9
cf. '저속한'

나은 cf. 더 나은

노래 melos, melopoiia
('선율', '운율', '리듬'과 관련된 재현 수단) 1장,
47 b 25; 6장, 49 b 29; (운율과 구분해서)
6장, 49 b 31
(비극의 질적 구성 요소) 6장, 49 b 33, 35; 50 a
10; 14, b 16; 24장, 59 b 10
(비극의 양적 구성 요소): (합창대의 노래
khorikon, khorou melos): 12장, 52 b 21,
22, 23, 24; cf. '막간 노래'; '입장 노
래' parodos: 12장, 52 b 17, 22; '무대에서
하는 노래' stasimon: 12장, b 17, 23; '탄
식의 노래' thrènos: 12장, 52 b 24; 15장,
54 a 30; '애탄가'

논증 apodeiknunai 6장, 50 a 7, b 11; ('반박'
과 대립되는 뜻으로) 19장, 56 a 37; cf. '준
칙', '사상'

놀라움 thaumaston, ekplèxis
(예기치 않았던 사건들의 연쇄와 관련하여)
9장, 52 a 4, 6; (발견과 관련하여) 14장, 54

a 4; (있음직한 사건들의 연쇄와 관련하여)
16장, 55 a 17
(비극의 목표) 18장, 56 a 20; 24장, 60 a 12;
(서사시의 목표) 60 a 13, 17; 25장, 60 b 25

눈

눈앞에 있다horan: 24장, 60 a 14; cf. '보다',
'볼거리'
눈앞에 그려 보다pro ommatôn tithesthai:
17장, 55 a 23

늘이다ep-ekteinein, parateinein

(줄거리) 9장, 51 b 38; 17장, 55 b 2; cf. 55 b
16; 24장, 59 b 23; cf. '삽화', '크기'
cf. '연장하다'

능가하다huperballein 18장, 56 a 7; 24장,
59 b 17; cf. '지나침', '뛰어나다', '우월한'

능력 dunamis 9장, 51 b 38; cf. '목적(성)',
'기능'

〔ㄷ〕

다름diaphora, diapherein

(여러 재현 기술들의 차이) 1장, 47 a 16, b 29;
2장, 48 a 8, 16; 3장, 48 a 19, 24, b 2; cf.
'방식', '수단', '대상'
(비극과 서사시의 차이) 5장, 49 b 12, 14;
26장, 62 b 12, 17
(시와 역사의 차이) 9장, 51 b 2
cf. '우월한'

단순한haplous

1)'복합적인'과 반대되는 뜻으로: (줄거리)
9장, 51 b 33; 10장, 52 a 12; (행동) 9장, 51
b 33; (정의) 10장, 52 a 14; (비극의 구조)
13장, 52 b 31; 18장, 56 a 20
성격, 격정적인 효과에 초점을 맞춘 복합
적인 것과 구분하여: (서사시와 관련하여)
24장, 59 b 9; (격정적인 효과와 관련하여)
24장, 59 b 14
2)'이중적'인 것과 대립되는 뜻으로: (줄거
리) 13장, 53 a 13; (명사) 21장, 57 a 31
3)운율: cf. '단일한'

단일성 heis, mia, hen

1)'하나'(단일성):
('하나의 전체를 이루는' 것과 관련하여 하나
의 생물) 7장, 51 a 1; 23장, 59 a 20
(대상) 8장, 51 a 31
(행동) 8장, 51 a 30; ('하나의 전체를 이루
는' 행동과 관련하여) 8장, 51 a 32; 23장, 59
a 19; ('연속적인' 행동과 관련하여) 10장, 52
a 15; (단일한 주인공과 관련하여) 8장, 51 a
19, 28
(줄거리) 8장, 51 a 31; (단일한 주인공에 반
해) 8장, 51 a 16, 22
(단일한 시기에도 불구하고 해결에 이르지 못
하는 경우) 23장, 59 a 28
(발화) 20장, 57 a 28, 30
2)(여럿이 이루어져 통합된): (소리) 20장, 57 a
1, 5, 9; (발화) 20장, 57 a 28; (행동) 26장,
62 b 11
3)통일된 (통일성):
(행동의 통일성에 반해 단일한 인물) 8장, 51
a 18; 23장, 59 a 23, 37; (줄거리의 통일성)
8장, 51 a 17, 21

(행동의 단일성과 시기의 단일성) 23장, 59 a 23, b 1

(여러 부분으로 이루어진 행동과 대립되는 하나의 부분) 23장, 59 b 35

(여러 개의 비극과 줄거리의 통일성) 26장, 62 b 5

(여러 개의 비극과 관련하여 하나의 비극) 23장, 59 b 3

(무수한 사건들과 비교하여 하나의 사건) 8장, 51 a 18

4)하나의/단일한 (부정관사의 뜻으로): (하나의 행동) 23장, 59 a 22

단일한haplous (운율) 5장, 49 b 11; cf. '단순한', '육각운율'

단장격 (시구)iambeion, iambos
(어원) 4장, 48 b 31 이하; (장단격의 사각운율과 비교하여) 4장, 49 a 21 ; 5장, 49 b 8
(서사시, 영웅시의 운율, 육각운율과 비교하여) 4장, 49 a 4, 25, 26; 22장, 59 b 37
('구어'와 관련하여) 4장, 49 a 25 이하; 22장, 59 a 10, 12
(예) 22장, 58 b 19 이하
cf. '욕설', '이암보스 시인'; cf. '삼각운율시'

단장격의 삼각운율trimetra 1장, 47 b 11; cf. '이암보스'

닮은 cf. 비슷한

담론logoi 6장, 50 b 6; 25장, 61 b 16; cf. '말'

대화logos
(소크라테스의 대화록) 1장, 47 b 11

(합창대와 관련하여) 4장, 49 a 17
cf. '언어'
(dialektos) 4장, 49 a 26; 22장, 58 b 32; cf. '어법', '구어'

더 나은beltiôn, kreittôn
(우리보다 더 나은) 15장, 54 b 9; ('더 못한', '비슷한'과 비교하여) 2장, 48 a 4, 6, 12, 18; 13장, 53 a 16
(서사시 대 비극) 26장, 61 b 26, 27, 28; cf. '우월한'
(서열) 14장, 54 a 2; (가장 좋은) 14장, 54 a 4; 16장, 54 b 30; 55 a 16; cf. ('서열')

더 못한kheirôn
('더 나은'과 대립되는 뜻으로) 2장, 48 a 4, 6, 14, 17; 13장, 53 a 17
서열: ('열등한') 15장, 54 a 21; 26장, 62 a 4; ('가장 나쁜') 9장, 51 b 34; 14장, 53 b 38
cf. '저속한', ('서열'), '나쁜', '악한'

덕aretè ('악덕'과는 반대되는 뜻으로, '의로운'과 관련하여) 13장, 53 a 8; cf. '고상함', '품격'

도입부prologos 5장, 49 b 4; 12장, 52 b 16; (정의) 52 b 19

독특한 표시sèmeia 16장, 54 b 21 이하; (만들어진) 55 a 20; cf. '증거'
(외부적 신호) 26장, 62 a 6

동사rhèma (표현의 구성 요소) 20장, 56 b 21 ; (정의) 57 a 14 ; (동사의 격) 57 a 19, 22 ; (발화의 구성 요소) 57 a 25, 26; cf. '명사'

동시에 hama (동시에 일어나는 행동의 여러 부분들) 24장, 59 b 24, 27

동작 skhèmata 17장, 55 a 29; cf. '형상', '형태'

두려움, 두려움을 불러일으키는 phobos, phoberon
(정의) 13장, 53 a 5; ('기괴한 것'과 구분해서) 14장, 53 b 9
('연민'과 관련하여) 6장, 49 b 27; cf. '정화'; 9장, 52 a 2; 11장, 52 b 1; 13장, 52 b 32, 36; 53 a 4, 5, 6; 14장, 53 b 1, 12; 19장, 56 b 1; ('인도주의적인 느낌'과 관련하여) 13장, 53 a 1; cf. '끔찍한'
(떨다 phrittein): (연민에 사로잡힌 것과 관련하여) 14장, 53 b 5
cf. '반감을 일으키는, 반감'

뒤얽힌 katapeplegmenon (다양성으로 인해) 23장, 59 a 34; cf. '복합적인'

디튀람보스 dithurambos 1장, 47 a 14, b 26; 2장, 48 a 14; 22장, 59 a 9; (비극의 기원) 4장, 49 a 11
(디튀람보스를 만드는 기술) dithurambo-poiètikè: 1장, 47 a 14; cf. '시'

뛰어나다 huperekhein 25장, 61 b 13; cf. '좋은', '능가하다'

뜻(을 드러냄) hermèneia (표현의 정의) 6장, 50 b 14

(ㄹ·ㅁ)

랍소디아 cf. 음유 시인

리듬 rhuthmos
(자연스런 성향) 4장, 48 b 21
('언어', '선율'과 관련하여) 1장, 47 a 22; ('선율'과 구분하여) 1장, 47 a 26, 27; cf. '형상'; ('선율'과 관련하여) 1장, 47 a 22, 23; ('노래', '운율'과 관련하여) 1장, 47 b 25; ('선율', '노래'와 관련하여) 6장, 49 b 29
('운율'의 정의) 4장, 48 b 21

막간 노래 embolima 18장, 56 a 29, 30

만들다 poiein
1장, 47 b 14; cf. '시인'; 6장, 50 a 35 (시에 처음 입문한 사람들); 3장, 48 a 22; 13장, 53 a 35; 14장, 54 a 1; cf. 14장, 53 b 28, 29; 17장, 55 b 10; 22장, 58 a 24; (시) 8장, 51 a 21; (사건들에 관한 시) 8장, 51 a 25; 9장, 51 b 30; (줄거리) 5장, 49 b 6; 9장, 51 b 36; 26장, 62 b 6; (주제를 줄거리로 구성하다) 5장, 49 b 8; (극적 재현) 4장, 48 b 35 (작가); (여러 부분들로 이루어진 단일한 행동) 23장, 59 a 37 이하; cf. 24장, 59 b 27; (서사시) 24장, 60 a 3; cf. 18장, 56 a 11; (『오뒤세이아』) 8장, 51 a 25; (트로이 전쟁) 23장, 59 a 32; (『켄타우로스』) 1장, 47 b 21; (경연 작품) 9장, 51 b 38; (헐뜯는 시) 4장, 48 b 27; (파로디아) 2장, 48 a 13
(누구에 대해) 9장, 51 b 15; (어떤 시기에 대해) 23장, 59 a 37
cf. '행동하다', '작가', '지어낸, 지어내다'

cf. '구성하다(짜다, 세우다)', '시인'

만들어 낸 cf. 구성된

말 legein, logos
6장, 50 a 10; 19장, 56 a 37, b 6, 7, 8
('행동', '행동하다'와 관련하여) 15장, 54 a 18;
    25장, 61 a 5, 6, 7; cf. '말(하다)'

말(하다) legein (행위와 관련하여) 9장, 51 b
    9; 15장, 54 a 35; 25장, 61 a 5, 6, 7; cf. '말'

명료한, (표현의) 명료함 saphès, saphèneia
22장, 58 b 1
('진부한'과 구분해서) 22장, 58 a 18; ('일상'어
    와 관련하여) 58 a 18, 34; (관습적인 형태와
    관련하여) 58 b 5

명사 onoma
1) ('동사'와 구분되는 뜻으로) 20장, 56 b 21;
    57 a 16, 19, 25; (정의) 57 a 10; (종류)
    21장, 58 a 8, 14; cf. ('명사의 종류')
2) 낱말
    (낱말의 의미) 25장, 61 a 31; (뜻을 갖다)
    6장, 50 b 14 (onomasia); cf. '(뜻을) 드러
    냄'
    (명사의 형태론적 종류) 21장, 57 a 31 이하;
    22장, 59 a 5; cf. '이중의', '단순한'
    (명사의 시적 종류) 21장, 57 b 1; 22장, 59 a
    13; cf. '일상어', '차용어', '부적절한', '은
    유', '변화', '장식'; (일상어) 22장, 58 b 16;
    ('은유'와 대립해서 명사의 연상) 22장, 58 a
    28
    (사용되고 있는) 21장, 58 a 6; (임의로 고른)
    9장, 51 b 13; (실제로 있었던) 9장, 51 b 15;

('지어낸') 9장, 51 b 20, 22; 21장, 57 b 33
('사건들'과 관련하여) 9장, 51 b 22
('이름을 붙이다') 9장, 51 b 10 (onomata
    epitithesthai); 51 b 13, 17장, 55 b 13 (o.
    hupotithenai); cf. 21장, 57 b 34 (tithesthai)

모방하다 mimeisthai (화가) 15장, 54 b 9;
    (구어) 22장, 59 a 12; cf. '재현하다'

모순 hupenantia (내적 모순) 17장, 55 a 26;
    25장, 61 a 32, b 3, 16, 23

모음 phônèen
20장, 56 b 25; (정의) 56 b 26; (낱말의 끝)
    22장, 58 a 1, 11, 15; cf. '무성음', '반모음'

목적(성) dunamis 1장, 47 a 9; 6장, 50 b 18;
    cf. '능력', '목표'

목표(목적) telos
(비극의 목표) 6장, 50 a 18, 22, 23; (재현의 목
    적) 26장, 62 a 18; (작시술의 목적) 25장, 60
    b 24, 25, 27; 26장, 62 b 15; cf. '끝', '(합)
    목적성'
('목표를 겨냥하다' stokhazesthai) 9장, 51 b 9;
    13장, 52 b 28; 15장, 54 a 16; 18장, 56 a 20

못한 cf. 더 못한

무능한 cf. 나쁜

무대(공연) skènè
12장, 52 b 18, 25; 13장, 53 a 27; 24장, 59 b
    25; 11장, 52 b 12 (en tôi phanerôi)
(공연을 보지 않다) 17장, 55 a 28; 24장, 60 a

15; ('읽기'와 대립되는 뜻으로) 26장, 62 a
　18 (epi tôn ergôn)
cf. '경연', '볼거리'
등장하다 agônizesthai: 24장, 60 a 9

무대공연 khorègia　14장, 53 b 8; cf. '소도
　구', '무대배경'

무대배경 skènographia　4장, 49 a 18; cf. '소
　도구'

무성(음) aphônon　20장, 56 b 26; (정의) 56 b
　28; (음절의 구성 요소) 56 b 35; (낱말의 끝)
　21장, 58 a 14; cf. '반모음', '소리', '모음'

무심한 rhâithumos　('화를 잘 내는'과 대립되
　는 뜻으로) 15장, 54 b 12

문제 problèma　25장, 61 b 9; ('해결'과 관련
　하여) 25장, 60 b 6, 22; cf. '비판'

〔ㅂ〕

바람직한 beltion
25장, 60 b 36; 61 a 1, b 10, 13; 26장, 62 b 13
(더 못한 것과 비교하여) 16장, 54 b 25
cf. '서열'

밖(에서) cf. 외부에서

반감을 일으키는, 반감 miaron　(두려움과 연
　민을 불러일으키는 것과 반대되는 뜻으로)
　13장, 52 b 36; (비극적인 것과 대립되는 뜻

으로) 14장, 53 b 39; 54 a 3
cf. '인간적인 느낌'

반대 cf. 비난

반모음 hèmiphônon　20장, 56 b 25; (정의)
　56 b 27; cf. '무성음', '모음'

반박 luein　('증명'과 비교하여) 19장, 56 a 38;
　25장, 61 b 17 (elenkhos); cf. '해결'

반전 meta-(-basis/-bainein, -bolè/-ballein)　(불
　행에서 행복으로 또는 행복에서 불행으로)
　7장, 51 a 14; 10장, 52 a 16, 18; 11장, 52 a
　23, 31; 13장, 52 b 34; 53 a 9, 13; cf. 53 a
　2; 18장, 55 b 27, 29; cf. '변화', '변형'

발견 anagnôrisis
(정의) 11장, 52 a 29, 32, 34, b 3, 8; (서열)
　14장, 53 b 37–54 a 5
('급전'과 관련된 줄거리의 구성 부분) 6장, 50
　a 34; 10장, 52 a 16, 17 (anagnôrismos);
　11장, 52 a 38, b 10, 11 ; 18장, 55 b 34;
　24장, 59 b 15; ('급전', '격정적인 장면'과 관
　련하여) 24장, 59 b 11
(발견의 종류) 16장, 54 b 19, 20; (가장 좋은)
　55 a 16; cf. ('서열')

발견하다 anagnôrizein　11장, 52 a 36, b 5, 6;
　14장, 53 b 31, 35; 54 a 3, 6, 8; 16장, 54 b
　27; 55 a 3, 15
(알게 하다) 16장, 54 b 32; 17장, 55 b 9, 21

발전 proagein　4장, 48 b 23; 49 a 13 (발전시
　키다); cf. '변형'

발화文, logos (표현의 구성 요소) 20장, 56 b
21; 57 a 3, 6; (정의) 57 a 23, 25, 27; (단위)
57 a 28; cf. '언어'

배열 sunthesis
(운율의 배열) 6장, 49 b 35
cf. '체계'

배열하다 sunistanai, sunisthai (사건들을 조
직적으로 배열하기) 6장, 50 a 37; 8장, 51 a
32; (『오뒤세이아』) 8장, 51 a 29; cf. '구성
하기'

배우 hupokritès
배우의 수; 4장, 49 a 16; 5장, 49 b 5; (경연과
관련하여) 6장, 50 b 19; 9장, 51 b 37; (합창
대와 관련하여) 18장, 56 a 26
24장, 59 b 26; 26장, 61 b 34
배우의 기술 hupokritikè; 19장, 56 b 10;
26장, 62 a 5; cf. '양태'

배우다 manthanein 4장, 48 b 7, 13, 16

배우의 재량에 속하는 양태 cf. 양태

벗어난 (통사론적으로): (일상 언어의 범위를
벗어난) 4장, 49 a 27 (ekbainein); ('일상어'
와 관련하여) 22장, 58 a 23 (para); 58 b 3
(allôs...è); cf. '변화', '통상적인 것에서 벗
어나다'

변모(변화) metaballein
(발화자) 3장, 48 a 22
(쾌감의 원천) 24장, 59 b 29
cf. '반전', '변화'

변형 metabasis, metabolè
(비극의 변형) 4장, 49 a 14 이하, 20 이하;
5장, 49 a 37; cf. '발전'
(희극의 변형) 5장, 49 b 2 이하
cf. '반전', '변화'

변형(어) exèllagmenon 21장, 57 b 3; (개념
정의) 21장, 58 a 5
변형 exallagè: 22장, 58 b 2; cf. '변화', '통상
적인 것에서 벗어나다'

변화
표현의 변화 pathè: 25장, 60 b 12 ; cf. '격정
적인 (효과)'
명사의 변화: cf. '벗어난', '연장어', '변형
어', '축약어', '신조어'

보다
horan: 14장, 53 b 4; 17장, 55 a 24, 27; cf.
'볼거리', '눈'
theôrein: (유사성을 보다) 22장, 59 a 8; cf.
'은유'

보편 katholou
6장, 50 b 12; cf. '준칙' 5장, 49 b 8; ('특수'와
반대되는 뜻으로) 9장, 51 b 7, 8
('보편적 구도') 17장, 55 b 1, 2, 8; cf. '고유의
(구도)', '주제'

복합적인 peplegmenos
('단순한' 줄거리와 비교하여) 10장, 52 a 12;
(정의) 52 a 16; (비극의 구조와 관련하여)
13장, 52 b 32; (서사시와 관련하여) 24장,
59 b 9
('격정적인 효과', '성격에 초점을 맞춘' 비극과

구분해서) 18장, 55 b 33; (서사시와 관련하
여) 24장, 59 b 9; ('성격에 초점을 맞춘' 비
극과 관련하여) 24장, 59 b 15
cf. '뒤얽힌'

본성 cf. 자연

볼거리 opsis
1) (정의) 6장, 50 a 13, b 16, 20
   (비극의 구성 부분) 6장, 49 b 33, 50 a 10;
   24장, 59 b 10; 26장, 62 a 16
   (비극 종류) 18장, 56 a 2
   ('사건들의 조직'에 반해) 14장, 53 b 1, 4, 7,
   9; cf. '기괴한', '보다'
2) 극적 재현 theatra: 4장, 49 a 9; 9장, 52 a 9
   (theôron); cf. '관객'; cf. '경연', '무대'

부분 cf. 구성 부분

부적절한 allotrion 21장, 57 b 7; ('고유의'와
   대립되는 뜻으로) 57 b 31; cf. '은유'

분규 desis ('해결'과 대립되는 뜻으로) 18장,
   55 b 24, 25; (정의) 55 b 26, 30; cf. '줄거리
   (플롯)'

분노 orgè, orgilos 17장, 55 a 32; 19장, 56 b
   1; ('무심한'과 관련하여) 15장, 54 b 12

불가능한 adunaton
('가능한', '실제'와 대립되는 뜻으로) 9장, 51 b
   18
('있음직함'과 관련하여) 24장, 60 a 27; ('설득
   력이 있는'과 관련하여) 25장, 61 b 11
('기술'과 관련하여) 25장, 60 b 20, 23

(비극에서) 25장, 61 b 9, 23
('수수께끼'와 관련하여) 22장, 58 a 27
cf. '불합리한'

불합리한 alogon
(비극에서 제외) 15장, 54 b 6; 24장, 60 a 28,
   29
(서사시에서는 허용) 24장, 60 a 13, 36; (허용
   조건) 25장, 61 b 14, 19, 20, 23
25장, 61 b 1
cf. '불가능한', '합리적인'

불행 kakodaimonia, atukhia, dustukhia
cf. '행복 대 불행'

비극 tragôidia
1) (정의) 6장, 49 b 22, 24; 50 a 16; 7장, 50
   b 24; 11장, 52 b 1; 22장, 59 a 15; (구조)
   18장, 56 a 12; cf. 23장, 59 a 18
2) (목표) 6장, 50 a 23; (고유의 효과) 6장, 50
   a 30; 13장, 52 b 29; 26장, 62 a 10; (목적
   성) 6장, 50 b 18; (원칙) 6장, 50 a 38; 7장,
   50 b 23; (호소력) 6장, 50 a 34; (고유의 쾌
   감) 13장, 53 a 35; 14장, 53 b 11
3) (가장 우수한 비극) 13장, 52 b 31; 53 a 19,
   23; cf. 14장, 54 a 10
4) (비극의 구성 부분들과 관련하여) 6장, 50 a
   8, 9; (양적인 부분) 12장, 52 b 14, 20, 25;
   18장, 55 b 24; (비극의 종류와 관련하여)
   18장, 55 b 32; (성격이 없는 비극) 6장, 50 a
   25
5) ('극'과 같은 뜻으로) 14장, 53 b 32 (비극에
   서); 15장, 54 b 7 (비극 바깥에서); cf. 23장,
   59 a 18 이하
6) ('희극', '서사시'와 관련하여) 1장, 47 a 13

(비극시); ('희극', '디튀람보스'와 관련하여)
1장, 47 b 27; ('서사시'와 관련하여) 26장,
62 b 15

('희극'과 비교하여) 2장, 48 a 16; 3장, 48 a
30; (기원) 3장, 48 a 34; 4장, 49 a 1, 2, 7,
10 이하; (비극의 변형) 4장, 49 a 15; 5장,
49 a 37

('서사시'와 비교하여) 5장, 49 b 9, 15, 17,
19; cf. 18장, 56 a 12; 23장, 59 a 18, b 3;
24장, 59 b 9, 21, 24, 31; 60 a 12; 26장, 61
b 26 (비극예술); (열등한 비극) 26장, 62 a
10 이하

비극적 tragikos
'서사시적'인 것과 비교하여: (시) 1장, 47 a
13; (재현) 26장, 61 b 26; (예술) 62 a 3; cf.
'비극 시인'
('인도주의적인 느낌'과 관련하여) 18장, 56 a
21; ('격정적인 효과'와 관련하여, '반감을 일
으키는' 것과 대립되는 뜻으로) 14장, 53 b
39
(가장 비극적인) 13장, 53 a 27, 30
비극과는 가장 거리가 먼 atragôidotaton:
13장, 52 b 37

비난, 비판 epitiman
(호메로스의) 19장, 56 b 14, 16; 22장, 58 b 6;
25장, 60 b 21, 33; 61 b 3, 19, 22, 26; 26장,
62 b 18; '문제'
(시인의) 17장, 55 a 26
(배우의) 26장, 62 a 10; cf. 62 a 5 (비방
katègoria)

비슷한(닮은) homoios
('더 나은', '더 못한'과 비교하여) 2장, 48 a 5

(toioutos), 6, 12
(우리와 비슷한) 13장, 53 a 5, 6; cf. '유사한'
(은유의 토대는 유사성이다) 22장, 59 a 8; (유
추) 21장, 57 b 17, 20, 26, 28 (homoiôs)

비탄 thrènos 12장, 52 b 24; 15장, 54 a 30;
cf. '애탄가'

〔ㅅ〕

사각운율 cf. 장단격의 사각운율

사건들 pragmata
(줄거리에 대한 정의와 관련하여) 6장, 50 a 5,
15, 32; 7장, 50 b 22; 14장, 53 b 2; 54 a 14;
15장, 54 a 34
(줄거리와 동등한 것으로서의 사건들의 조직)
6장, 50 a 22, 37; 8장, 51 a 33; 9장, 51 b
22; 14장, 53 b 5, 13; 15장, 54 b 6; 16장,
55 a 17; 18장, 56 a 20; 19장, 56 b 2
cf. '행동', '조직'

사상 dianoia
(정의) 6장, 50 a 6, b 4, 11; 19장, 56 a 36
('표현'과 관련하여) 6장, 50 a 30; 19장, 56 a
34; 24장, 59 b 11, 16
('성격'과 관련하여) 6장, 49 b 38; 50 a 2;
24장, 60 b 5
cf. '논증', '보편', '준칙'

사튀로스(극) saturikè (비극의 기원) 4장, 49
a 20, 22

산문 logoi ('운문'과 대립되는 뜻으로) 1장, 47
  a 29 (psiloi logoi); 2장, 48 a 11; 6장, 50 b
  15; 9장, 51 b 1, 3 (ametra); 22장, 59 a 13;
  cf. '언어'

삼각운율 cf. 단장격의 삼각운율

색채 없이 선으로만 그린 leukographein
  6장, 50 b 2

서사시(의 운율) epè 22장, 58 b 16; (비극
  과 비교해서) 4장, 49 a 5; 5장, 49 b 16, 18;
  24장, 60 a 17; 26장, 62 b 3
  cf. '영웅(시의 운율)', '육각운율시', '운율',
  '운문'

서사시적 epopoiikos (구조) 18장, 56 a 11,
  12; (재현) 26장, 61 b 26; cf. '서사 시인'

선 agathon ('손해'와 반대되는 뜻으로) 25장,
  61 a 8
  cf. '좋은'

삽화 epeisodion
  (비극의 양적인 부분) 12장, 52 b 16; (정의) 52
  b 20
  (비극과 서사시에서) 4장, 49 a 28; 9장, 51 b
  34; 17장, 55 b 13, 16, 23; 18장, 56 a 31;
  23장, 59 a 35, 36; 24장, 59 b 30; (고유의
  구도와 비교하여) 17장, 55 b 1, 23
  (삽화식의 줄거리) epeisodiôdès: 9장, 51 b
  33, 34
  (삽화들을 집어넣다) epeisodioun: 17장, 55 b
  1, 13 ; 24장, 59 b 30 ; cf. '늘이다'

색다른 to mè idiôtikon
  22장, 58 b 1, 4; 59 a 3; ('진부한'과 대립되는
  뜻으로) 58 a 32; cf. '벗어난'
  cf. '통상적인'

색채 khrômata ('형태'와 관련하여) 1장, 47 a
  18

생물, 살아 있는 (존재) zôion
  ('비극'과 관련하여) 7장, 50 b 34, 38; 51 a 3,
  4; 23장, 59 a 20
  ('사람'과 비교하여) 4장, 48 b 7

생생함 enarges 17장, 55 a 24; 26장, 62 a 17

서사 cf. 이야기

서사시 epopoiia
  (시의 종류) 1장, 47 a 13
  (비극과 비교하여) 5장, 49 b 9, 14, 18; 17장,
  55 b 16; 24장, 59 b 8, 18, 23, 26; 60 a 13;
  26장, 62 a 2, 12, 14, b 15, 16; cf. '서사시
  (의 운율)'
  (구조) cf. '서사시적'

서술 cf. 이야기

서열 proton, deuteron...
  (비극의 구조와 관련하여) 13장, 52 b 31; 53 a
  22 이하
  (반전의 형태와 관련하여) 14장, 53 b 27 이하;
  54 a 1 이하
  (발견의 유형과 관련하여) 16장, 54 b 20 이하;
  55 a 16 이하
  (비극과 서사시의 비교) 26장

cf. '바람직한', '더 나은', '더 못한', '우월한'

선율 harmonia
(자연스러운 성향) 4장, 48 b 20
('리듬', '언어'와 관련하여) 1장, 47 a 22; ('리듬'과 구분하여) 47 a 26; ('리듬'과 관련하여) 47 a 23; ('리듬', '노래'와 관련하여) 6장, 49 b 29

설득력이 있는 pithanon
('가능한' 것과 관련하여) 9장, 51 b 16; ('불가능한' 것과 관련하여) 25장, 61 b 11
'설득력이 없는 apithanon' 것과 비교하여: ('가능한' 것과 관련하여) 24장, 60 a 27; 25장, 61 b 12
(시인들과 관련하여) 17장, 55 a 30

성격 èthos
1) (정의) 2장, 48 a 2, 3; 6장, 50 b 8, 10; 15장, 54 a 17
2) (성격의 규범적 특징) 15장, 54 a 16, 23, 25, 27, 29; ('있음직함'과 '필연성'과 관련하여) 54 a 33, b 13
3) (비극의 구성 부분) 6장, 50 a 9, 14
   ('사상'과 관련하여) 6장, 49 b 38; 50 a 2; 24장, 60 b 5
   ('사상'과 구분해서) 6장, 50 a 5
   ('행동'과 구분해서) 6장, 50 a 19, 20, 24
4) ('감정', '행동'과 관련하여) 1장, 47 a 28
5) (서사시와 관련하여) 24장, 60 a 11; (회화에서의 성격) 6장, 50 a 29
6) ('성격이 없는' 것과 관련하여) aèthès: (비극) 6장, 50 a 25 ; (회화) 6장, 50 a 29; (서사시) 24장, 60 a 11
7) '성격에 초점을 맞춘' èthikos: (비극)

18장, 56 a 1; (서사시) 24장, 59 b 9; ('복합적인' 것과 관련하여) 59 b 15
('장광설') 6장, 50 a 29; (구성 부분) 24장, 60 b 3

성공하다 katorthoun
13장, 53 a 28; cf. '실패하다'
cf. '행복'

소극 mimoi (소프로노스와 크세나르코스의) 1장, 47 b 10

소도구 (제작) skeuopoios 6장, 50 b 20

소리 phônè
(재현수단) 1장, 47 a 20; (베틀 소리) 16장, 54 b 37
문법과 관련하여: (들을 수 있는 소리) 20장, 56 b 27, 28. 29, 30; (음절) 56 b 35; (분할 불가능한 소리) 56 b 22, 24; (이해할 수 있는 소리) 56 b23; (구성된 소리) 56 b 35; 57 a 10, 14, 23; (여러 소리들로 이루어져 통합된 소리) 57 a 1, 6, 8 이하; (의미를 갖는 소리) 57 a 1, 5, 8, 10, 14, 23; (익미를 갖지 않는 소리) 56 b 35, 38; 57 a 4, 6, 8
cf. '무성음', '반모음', '모음'

손해 cf. 악

송가 humnos (비가와 관련하여) 4장, 48 b 27

수 plèthos (배우) 4장, 49 a 16, b 5; (삽화) 4장, 49 a 28; (종결어미) 21장, 58 a 13; (비극) 24장, 59 b 21

수사학 (기술) rhètorikè
('정치학'과 구분하여) 6장, 50 b 6, 8 (웅변가
로서)
『수사학』, 19장, 56 a 35

수수께끼 ainigma 22장, 58 a 24, 26

순위 cf. 서열

습성 sunètheia ('기술'과 비교하여) 1장, 47 a
20

시
1) (poièma) 4장, 48 b 29; 8장, 51 a 21; 24장,
59 b 13, 28; 26장, 62 b 10
2) (poièsis) 1장, 47 a 10; 4장, 48 b 23, 24; 49
a 23; 22장, 58 a 20 ; 23장, 59 a 37 (구성);
25장, 61 b 10, 11
('역사'와 대립되는 뜻으로) 9장, 51 b 6, 10
(비극) 1장, 47 a 14; (디튀람보스) 47 b 26;
(비극이나 희극) 4장, 49 a 3; cf. '서사시',
'사튀로스극'

시간(시계) khronos 20장, 57 a 11, 14; (현재
와 과거) 57 a 18; cf. '시기'

시기 khronos (단일한 시기, 단일한 행동과 비
교하여) 23장, 59 a 23, b 1; (같은 시기) 59
a 25; (이어지는 시기) 59 a 28; cf. ('길이'),
'시간', '연쇄'

시인 poiètes
1) "시인"이라는 낱말 to 'poiein': 1장, 47 b
14
2) (정의) (재현하기 때문에 시인) 1장, 47 b 15,

24; 9장, 51 b 28; (운율이 아니라 줄거리를
만드는 것이 시인) 9장, 51 b 27, 28; (시인의
역할) 9장, 51 a 37, b 30, 32; 14장, 53 b 13;
24장, 60 a 7
3) (자연철학자에 반해) 1장, 47 b 19; ('소도구
제작자'에 반해) 6장, 50 b 20; ('역사가'에
반해) 9장, 51 b 1; ('화가'와 비교하여) 6장,
50 a 26; 25장, 60 b 8; (초상화가에 반해)
15장, 54 b 11
4) (이암보스, 영웅시) 4장, 48 b 33; (희극)
5장, 49 b 3; cf. '희극 시인' 등
5) (여러 시인들) 3장, 48 a 33; 8장, 51 a 20;
13장, 53 a 34; 16장, 54 b 31, 34; 55 a 14;
18장, 56 a 5; 23장, 59 a 29; 24장, 60 a 6;
25장, 60 b 13; cf. ('옛 시인들', '초기 시인
들') 6장, 50 a 37; (처음에) 13장, 53 a 8
6) (뛰어난 시인) 18장, 56 a 6; (더 나은 시인)
14장, 53 b 3; (좋은 시인과 비교하여 나쁜
시인) 9장, 51 b 36 이하; (호메로스에 비해)
24장, 60 b 1; cf. 8장, 51 a 20; 22장, 59 a
29; 24장, 60 a 6; (가장 비극적인 시인인 에
우리피데스) 13장, 53 a 30
7) '시인' (호메로스) 4장, 48 b 34; 21장, 57 b
34; 22장, 58 b 7; 24장, 60 a 6, b 2; cf. '우
월한' (호메로스의 우월함)
8) cf. '작가'
희극 시인 kômôidopoios: 4장, 49 a 4; cf.
5장, 49 b 3
애가 시인 elegeiopoios: 1장, 47 b 14
서사 시인 epopoios: 1장, 47 b 14; 26장,
62 b 4; cf. 4장, 48 b 33; 49 a 5
풍자 시인 iambopoios: 9장, 51 b 14; cf.
4장, 48 b 33; 49 a 4; cf. '욕설'
비극 시인 tragôidodidaskalos: 4장, 49 a
5; (tragôidos) 18장, 58 b 32

시작 cf. 처음

식별(하다) cf. 발견(하다)

신중한 선택 proairesis ('성격'의 정의와 관련
  하여) 6장, 50 b 9, 10; 15장, 54 a 18

실제로 (일어난/일어났던) ta ginomena/geno
  -mena
9장, 51 b 15, 29
('가능한' 것과 반대되는 뜻으로) 9장, 51 a 36,
  b 4
('가능한' 것에 포함된) 9장, 51 b 17, 18, 30
cf. '태어나다', '진실한'

실패하다 ekpipetein
(시인, 작품) 17장, 55 a 28; 18장, 56 a 18;
  24장, 59 b 31
(주인공과 관련하여) cf. '행복 대 불행'

〔ㅇ〕

아름다운 kalos
7장, 50 b 34, 37, 38
('유사한'과 대립되는 뜻으로 '더 아름다운')
  15장, 54 b 11
('가장 아름다운') 6장, 50 b 1; 7장, 51 a 11;
  9장, 52 a 10; 11장, 52 a 32; 13장, 52 b 31;
  53 a 19, 23
('평범한'과 대립되는 뜻으로) 22장, 58 b 21
cf. '잘 하는', ('서열'), '고상한', '완벽한'

악 kakôn ('선'과 반대의 뜻으로) 25장, 61 a 9

악덕 kakia ('덕', '의로움', '과오'와 반대되는
  뜻으로, '악함'과 관련하여) 13장, 53 a 8; cf.
  '저속함'

악센트를 붙여 발음하기 prosôdia 25장, 61
  a 22

악한 mokhthèros, ponèros
('의로운'과 대립되는 뜻으로) 13장, 52 b 36;
  53a 1
('좋은'과 대립되는 뜻으로) 13장, 53 a 33; cf.
  '더 못한'

악함 mokhthèria, ponèra
15장, 54 a 28; 18장, 56 a 22
('과오'와 비교하여, '악덕'과 관련하여) 13장,
  53 a 9, 15
('불합리한'과 관련하여) 25장, 61 b 19, 21

안정성(이 있는) stasimos (영웅시 운율)
  24장, 59 b 34

애가 elegeion 1장, 47 b 12; cf. '애가 시인'

애초에 cf. 처음에

애탄가 kommos 12장, 52 b 18; (정의) 52 b
  24; cf. '한탄'

양념 hèdusmata, hèdunô 6장, 49 b 25, 28;
  50 b 16; 24장, 60 b 2; cf. '쾌감'

양태 (배우의 재량에 속하는) ta hupokritika
20장, 57 a 21; cf. 19장, 56 b 10; cf. '배우(의
  기술)'

명령 entolè: 19장, 56 b 11

기원 eukhè: 19장, 56 b 11

서술 diègèsis: 19장, 56 b 11; cf. '이야기'

위협 apeilè: 19장, 56 b 12

질문 erôtèsis: 19장, 56 b 12; 20장, 57 a 22

대답 apokrisis: 19장, 56 b 12

명령 epitaxis: 20장, 57 a 22

어법 dialektos 22장, 58 b 6; cf. '대화'

억양 (높은, oxutès; 낮은, barutès; 중간의 meson) 20장, 56 b 33 이하

언어 logos
6장, 50 b 12; cf. 1장, 47 a 29
(선율, 리듬과 관련하여) 1장, 47 a 22; 6장, 49 b 25, 28
cf. '대화', '담론', '발화', '구어', '말', '산문', '주제'

엄숙한 semnos
('경박한' 작가와 대립되는 뜻으로) 4장, 48 b 25
(표현) cf. '위엄을 갖춘'
장중함을 갖추다 apesemnunthè: ('우스꽝스러운 것'과 반대되는 뜻으로) 4장, 49 a 20

여러 polus, pleiôn
'하나의', '단일한'과 대립되는 뜻으로: (주인공) 23장, 59 a 24; (사건) 8장, 51 a 17; (비극) 23장, 59 b 4; 26장, 62 b 5; (행동) 8장, 51 a 18; 26장, 62 b 8
(동시에 이루어지는 행동들의 부분) 24장, 59 b 25, 27
통일성과 관련하여: (행동) 26장, 62 b 8; (표현) 20장, 57 a 1, 4, 9, 29; cf. '연결사'

여러 줄거리 polumuthon: (구조) 18장, 56 a 12

여러 부분들 polumerè: (행동) 23장, 59 b 1

여론 cf. 의견

역할 (가장 중요한) prôtagônistein (대화에 가장 중요한 역할을 부여하다) 4장, 48 a 18

연결사 arthron (표현의 구성 요소) 20장, 56 b 21; (개념 정의) 20장, 57 a 6

연대기적 역사, 역사가 historia, historikos
('시인', '시'와 비교하여) 9장, 51 b 1, 3, 6, 7
('극 형태'와 비교하여) 23장, 59 a 21

연민, 연민을 불러일으키는 eleos, eleeinos
(정의) 13장, 53 a 5; 14장, 53 b 17
('두려움', '두려움을 불러일으키는'과 관련하여) 6장, 49 b 27, cf. '정화'; 9장, 52 a 3; 11장, 52 a 38; 13장, 52 b 32, 36; 53 a 3, 6; 14장, 53 b 1, 5, 12; 19장, 56 b 1; ('인도주의적인 느낌'과 관련하여) 13장, 53 a 1
('끔찍한' 것과 관련하여) 14장, 53 b 14 (oiktros); 19장, 56 b 3
cf. '반감을 일으키는'

연상 sunthesis ('은유'와 비교하여) 22장, 58 a 28; cf. '배열', '체계'

연속적인 sunekhès (단일성과 연관된 단순한 행동) 10장, 52 a 15

연쇄(관계) to ephexès
(단순한 시간적 연속) 23장, 59 a 27; 10장, 52
a 21 (이것 다음에 저것 tade meta tade)
(단순한 시간적 연속과 대립해서) 10장, 52 a
21 (저것 때문에 이것 tade dia tade)
(있음직함이나 필연성에 따라) 7장, 51 a 13;
9장, 52 a 1; (전혀 예기치 않게) 9장, 52 a 4
(di'allèla)

연장(어) epeketamenon 21장, 57 b 2; (개념
정의) 21장, 57 b 35; 58 a 3
연장 epekatasis: 22장, 58 a 23, b 2; cf. '변
화'

연장하다 epekteinein (모음과 관련하여)
21장, 58 a 12; cf. '늘이다'

영웅시의 (운율) hèrôion, hèrôikon (metron)
('단장격 시구'와 비교하여) 4장, 48 b 33;
22장, 59 a 10, 11; 24장, 59 b 32, 34; 60 a
3; cf. '서사시의 (운율)'; cf. '육각운율'

예 paradeigma
22장, 58 a 20; 24장, 60 a 26; 25장, 60 b 26;
61 b 13
(악한 성격) 15장, 54 a 28; (모진 성격) 54 b
14

예술 cf. 기술

옛날의, 이전의 arkhaihoi, palaioi
(옛 시인들) 4장, 48 b 33; 6장, 50 a 37(초기
시인들); 14장, 53 b 27; 22장, 58 b 7: 24장,
59 b 20; (오늘날의 시인들과 비교하여) 6장,
50 b 7

(후배 배우들과 대립되는 뜻으로 선배 배우들)
26장, 61 b 33 (proteron)

오늘날 nun
1장, 47 b 9 (아직까지); 4장, 48 b 32; 26장,
62 a 10
('처음'과 대립되는 뜻으로) 4장, 49 a 12;
13장, 53 a 18; (옛날의 관습과 비교하여)
25장, 61 a 4

올바른 cf. 정확한

완벽한 akriboun 6장, 50 a 36; 4장, 48 b 11
(잘 다듬은) cf. 잘 만들어진

완성 hikanos 4장, 49 a 8; 24장, 59 b 13, 18

완성된 (형태) sunapergazesthai 17장, 55 a
22, 30 cf. '완벽한'

외부(에서) exô
(극의) 14장, 53 b 32; 15장, 54 b 3
(비극의) 15장, 54 b 7
(줄거리의) 17장, 55 b 8; (이야기된 줄거리의)
24장, 60 a 29
(전체적인 구도의) 17장, 55 b 7

외연 to poson (비극의 양적인 부분들에 대한
정의와 관련하여) 12장, 52 b 15, 26; cf. '(구
성) 부분', ('질적인 것 대 양적인 것')

요소 stoikheion (표현의 구성 요소) 20장, 56
b 20; (정의) 56 b 22, 24; cf. '무성(음)', '반
모음', '모음'

욕설 (이암보스iambos의 파생어)

욕설을 주고받다iambizein: 4장, 48 b 32

욕설(의 형태)iambikè (idea): 5장, 49 b 8; 풍
  자시를 짓다iambopoiein: 22장, 58 b 9

cf. '단장격 시구(이암보스)'

우선 cf. '처음에'

우수한 cf. '좋은'

우스꽝스러운atopon 24장, 60 a 1, 35, b 2;
  25장, 61 b 5; cf. '불가능한', '불합리한'
  '희극적인'

우연(히)tunkhanein 6장, 50 b 2 (khudèn);
  7장, 50 b 32, 33, 36; 9장, 51 b 13; 11장,
  52 a 35; 13장, 53 a 18 (아무것이나); 23장,
  59 a 24 (우연적인 관계); 25장, 60 b 36;
  26장, 62 b 13

우연히apo thkhès: 9장, 52 a 6; cf. 52 a 10
  (맹목적인 eikèi); ('기술을 통해'와 대립되는
  뜻으로) 14장, 54 a 11

우월한kreitton

(서사시의 더 긴 길이) 24장, 59 b 36 (perittè);
  cf. '규모'

(서사시에 대한 비극의 우월성) 26장, 61 b 26;
  62 a 13, b 14; cf. '더 나은', '잘'

(다른 시인들에 대한 호메로스의 우월성) 4장,
  48 b 34 (최고의 시인); 8장, 51 a 23 (독보
  적인); 23장, 59 a 30 (신성함을 얻은); 24장,
  60 a 6 (유일한 시인), 19 (다른 사람들에
  게 가르친 시인), b 2 (무능한 시인들에 반
  해); (『일리아스』와 『오뒤세이아』의 우수성)
  24장, 59 b 17; cf. '능가하다'

cf. '서열'

우호적인 관계, 친구philia, philos

14장, 53 b 19, 31

(적대적인 관계와 반대되는 뜻으로) 11장, 52 a
  31; 14장, 53 b 15; (적과 반대되는 뜻으로)
  13장, 53 a 38

운동kinèsis 24장, 60 a 1; 26장, 61 b 30 (동
  작과 관련하여); 62 a 8, 11

운문metra, emmetra

('산문'과 대립되는 뜻으로) 1장, 47 a 29; 6장,
  50 b 14; 9장, 51 b 1, 3; (운문으로 표현하
  다) 9장, 51 b 2; (음악 없이 운문으로 된 작
  품 psilometra) 2장, 48 a 11

('이야기'와 관련하여) 23장, 59 a 17

cf. '운율'

운율metron

(리듬의 구성 요소) 4장, 48 b 21

1장, 47 b 8, 13, 17, 18, 20, 22; 4장, 48 b 32;
  24장, 59 b 18, 33; 4장, 49 a 24; ('단일한')
  5장, 49 b 11; (육각운율) 22장, 58 b 16;
  24장, 59 b 35 ; 26장, 62 a 15, b 7

(언어적 '표현'은 운율의 배열) 6장, 49 b 35

('리듬', '노래'와 관련하여) 1장, 47 b 25; ('노
  래'와 비교하여) 6장, 49 b 30

('재현'과 비교하여) 1장, 47 b 15; ('줄거리'와
  비교하여) 9장, 51 b 28

cf. '운문'; '서사시', '영웅시', '육각운율시',
  '단장격 시', '삼각운율시', '사각운율시',
  '장단격'

운율학metrikè 20장, 56 b 34, 38

원수 cf. '적대 관계'

원칙 arkhè 6장, 50 a 38
cf. '시작', '처음'

위엄을 갖춘 semnos (표현) 22장, 58 a 21;
cf. '엄숙한'

유사한 homoios (성격) 15장, 54 a 24; (초상
화) 15장, 54 b 10; cf. '비슷한'

유추 analogon 21장, 57 b 9, 16, 25; cf. '은
유'

육각운율시 cf. 장장단격의 육각운율시

윤리적 선택 cf. 신중한 선택

은유 metaphora
(정의) 21장, 57 b 6, 30; cf. '유추', '부적절
한'
(명사의 종류) 21장, 57 b 2; ('일상어'와 비교
하여) 22장, 58 a 22, 25, 33, b 13, 17; (명
사의 '연상'과 비교하여) 22장, 58 a 29; ('일
상어'와 관련하여) 22장, 59 a 14; ('차용어'
와 구분하여 단장격 시에 적합한) 22장, 59 a
10; ('차용어'와 관련하여 영웅시에 적합한)
24장, 59 b 35; (표현의 '변화와 관련하여)
25장, 60 b 12; (예) 25장, 61 a 16, 19, 21,
31
('은유를 만들다'/ '은유를 만들 줄 알다' meta
pherein, metaphorikon einai): 22장, 59 a 6,
8; cf. '비슷한'

음유 시인 rhapsôidos, -ia 1장, 47 b 22,

26장, 62 a 6

음절 sullabè (표현의 구성 요소) 20장, 56 b
21; (정의) 56 b 34; (예) 56 b 36; 21장, 58
a 2

의견(여론) doxa 25장, 61 b 10, 14 (사람들이
하는 말 ha phasin)

의로운 epieikès ('악한'과 대립되는 뜻으로)
13장, 52 b 34; cf. '품격을 갖춘'

의미(를 갖다) sèmeinein 25장, 61 a 32, 33;
cf. '의미를 갖는'

의미를 갖는 (나타내는) sèmainôn, seman-
tikos
1) (소리) 20장, 57 a 1, 5, 9 (명사), 57 a 11
(동사), 57 a 14 (발화), 57 a 24
2) (발화의 구성 부분) 20장, 57 a 24, 27; (명사
의 구성 부분) 21장, 57 a 33
의미를 나타내지 않거나 의미하지 않는
asèmos, ou sèmainon: (소리) 20장, 56 b
35; (접속사) 56 b 38, 57 a 4; (연결사) 57 a
6, 8; (명사나 동사의 구성 부분) 20장, 57 a
12, 13, 15, 16; 21장, 57 a 32, 33
의미하다 sèmainein: (시간) 20장, 57 a
16, 17; (하나의 사물) 57 a 29, 30; cf. '의미'

이론 theôrein: 19장, 56 b 9, 19; 20장, 56 b
34, 37; 22장, 58 b 16; 25장, 60 b 7; cf. '보
다', '볼거리'

이름 높은 epiphanès 13장, 50 a 10, 12

이미지 cf. 그림

이야기 diègèsis (서사시) 23장, 59 a 17;
　24장, 59 b 26, 33, 36 (서사적 재현); cf. '이
　야기하기'

이야기하기, 화자 (ap-)angelia
(서사시의 특징을 비극과 비교하여) 5장, 49 b
　11; ('행동하다'와 대립되는 뜻으로) 3장, 48
　a 21; ('극을 연기하다'와 대립되는 뜻으로)
　6장, 49 b 26 ; 24장, 60 a 18
(비극에서) 15장, 54 b 5; 24장, 60 a 31
cf. '양태', '재현방식', '이야기'

이익 cf. 선

이중적인 diplous ('단순한'과 대립되는 뜻으
　로)
(줄거리) 13장, 53 a 13, 31
(명사) 20장, 57 a 12; (정의) 21장, 57 a 32;
　('차용어', '은유'와 관련하여) 22장, 59 a 5, 9

이해할 수 있는 (소리) sunetos 20장, 56 b 23

인간적인 느낌 philanthrôpon
('두려움', '연민'과 대립되는 뜻으로) 13장, 52
　b 38; 53 a 2
('비극적인 것'과 관련하여) 18장, 56 a 21
cf. '반감을 일으키는'

인상 cf. '지각'

일관된 homalos
(성격의 일관성) 15장, 54 a 26, 27
(일관성이 없는 것과 대립해서 anômalos):

15장, 54 a 26, 28

일상(어) kurion 21장, 57 b 1; (정의, 차용
　어와 비교해서) 57 b 3, 5, 6; (차용어, 은유
　등 일상적이지 않은 말과 대립되는 뜻으로)
　22장, 58 a 19, 23, 34, b 3, 18, 21; 59 a 2;
　(차용어, 은유와 관련하여) 22장, 59 a 14; cf.
　'진부한', '명사'

읽기 anagnôsis ('무대공연'과 대립되는 뜻으
　로) 26장, 62 a 12, 17

있음직한 eikos
9장, 51 b 13; 16장, 55 a 7, 17, 18; 17장, 55 b
　10; 19장, 56 b 4
('필연성'과 관련하여) 7장, 51 a 12 ; 8장, 51
　a 28; 9장, 51 a 38, b 9, 35; 10장, 52 a 20,
　24; 15장, 54 a 34, 36; ('가능한' 것과 관련
　하여) 9장, 51 b 31
(있음직하지 않은 것의 있음직함) 18장, 56 a
　24 이하 ; 25장, 61 b 15
('불가능한' 것과 관련하여) 24장, 60 a 27
cf. '개연성'

〔ㅈ〕

자연, 자연적인 phusis
(아름다운 것의 본성) 1장, 47 a 12
(시) 4장, 49 a 24; 26장, 60 a 4
(비극) 4장, 49 a 15
(시인) 4장, 48 b 22 ; 49 a 4; 17장, 55 a 30 (타
　고난 재능); ('기술'과 대립되는 뜻으로) 8장,
　51 a 24 (타고난 천품); cf. '잘 타고난'

(타고난 성향) 4장, 48 b 5, 20

(자연철학을 주제로) 1장, 47 b 16

작가

(재현작가mimètès) 3장, 48 a 26; 24장, 60 a
　8; ('재현하다') 25장, 60 b 8

(저자ho poièsas) 2장, 48 a 13; 23장, 59 b 2;
　cf. '극 (형태로)', '시인'

작곡 cf. 노래

작시(술) poiètikè
1장, 47 a 8; 4장, 48 b 4; 6장, 50 b 17; 16장,
　54 b 16; 17장, 55 a 33; 19장, 56 b 14

(다른 기술과 비교하여) 19장, 56 b 18; ('정치
　학', '의학' 등) 25장, 60 b 14, 20 이하; ('배
　우의 기술'과 비교하여) 26장, 62 a 5

작은 cf. 간결한

잘 만들어진eu, kalôs 1장, 47 a 10; 4장, 48
　b 35; 6장, 50 a 30; 13장, 53 a 12; cf. '잘',
　'품격'

잘 못하는kakôs ('잘하는'과 반대되는 뜻으
　로) 18장, 56 a 10 ; cf. '바람직한'

잘 타고난euphuès 22장, 59 a 7; ('광기에 빠
　진'과 대립하여) 17장, 55 a 32; cf. '자연'

잘하는eu, kalôs
7장, 50 b 32; 8장, 51 a 24; 13장, 53 a 29;
　14장, 53 b 26; 22장, 59 a 7; 25장, 61 a 4;
　26장, 62 b 18

('손해'와 대립되는 뜻으로) 18장, 56 a 9; cf.

'바람직한'
cf. '품격', '완벽한'

장광설
(rhèsis) 15장, 54 a 31; 18장, 56 a 31; (성격을
　묘사하는) 6장, 50 a 29

(barbarismos) 22장, 58 a 24, 31

장단격trokhaios 12장, 52 b 24; cf. '(장단격
　의) 사각운율'

장단격의 사각운율tetrameron (단장격 이암
　보스와 구분하여) 4장, 49 a 21, 22; 24장, 59
　b 37; cf. '장단격'

장단단격의 육각운율시hexametra 4장, 49
　a 27; 6장, 49 b 21; cf. '서사시의 (운율)',
　'영웅시의 (운율)', '운문 (장시)'

장르genos
15장, 54 a 20

('종'과 비교하여) 21장, 57 b 8, 9, 11; cf. '은
　유'

(명사의 종류)
남성 ta arrena: 21장, 58 a 8, 9, 13
여성 ta thèlea: 21장, 58 a 8, 10, 13
중간ta metaxu: 21장, 58 a 9, 16

장식kosmos (명사의 종류) 21장, 57 b 2; ('차
　용어', '은유'와 관련하여, '일상어'와 대립되
　는 뜻으로) 22장, 58 a 33; ('일상어', '은유'
　와 관련하여) 22장, 59 a 14

장장단격anapaistès 12장, 52 b 23

장황한 hudarès (줄거리) 26장, 62 b 7; cf.
'길이', '짧은'

재현 mimèsis, mimètikè

1)(자연적 성향) 4장, 48 b 8

(기술): 1장, 47 a 16; 8장, 51 a 30

(변별적 기준) 2장, 48 a 7; 3장, 48 a 24, b 3

(정의: 시는 재현하기 때문에 시이다. '운율'
과 대립하여) 1장, 47 b 15; 9장, 51 b 28

2)(줄거리는 행동의 재현) 6장, 50 a 4, b 3;
8장, 51 a 31; cf. 9장, 52 a 2; 10장, 52 a 13;

(사람이 아니라 행동과 삶의 재현) 6장, 50 a
16

(두려움과 연민을 불러일으키는 사건들의 재
현) 9장, 52 a 2; 13장, 52 b 33; 14장, 53 b
12

(행동하는 인물의 재현) 6장, 50 b 3; (저속
한) 5장, 49 a 32; (고상한) 5장, 49 b 10;
(우리보다 나은) 15장, 54 b 8

(대상의 통일서에 의한 재현의 통일성) 8장,
51 a 31; cf. 26장, 62 b 4

3)(서술적 재현) 6장, 49 b 21; 23장, 59 a 17;
24장, 59 b 33, 36; cf. '이야기' (서사시 또
는 비극) 26장, 61 b 26; 62 a 18; (서사시)
26장, 62 b 4, 5; (극 형태) 4장, 48 b 35

4)재현하다, 재현행위 poieisthai tèn
mimèsin: 1장, 47 a 22, b 13, 21, 29; 6장,
49 b 31; 24장, 59 b 33

5)재현의 대상을 만들다 parekhein tèn
mimèsin: 15장, 54 a 27

6)'재현'(생산된 작품) mimèma; 4장, 48 b 9,
18

7) 재현하려는 성향 mimèkos: 4장, 48 b 7

재현대상 ha

(재현방식, 재현수단과 구분해서) 1장, 47 a 17;
3장, 48 a 20, 25

(재현대상에 대한 분석) 2장, 48 a 1 이하, 15
이하

cf. '차이'

재현방식 hôs

('재현대상', '재현수단'과 구분하여) 1장, 47 a
17; 3장, 48 a 25

(재현방식에 대한 분석) 3장, 48 a 19 이하

cf. '차이'

재현수단 (en) hois

('재현대상', '재현방식'과 구분하여) 1장, 47 a
17; 3장, 48 a 20, 24

(재현수단에 대한 분석) 1장, 47 a 18 이하, b
29

cf. '차이'

재현하다 mimeisthai

1)(정해지지 않은 대상) 1장, 47 a 17, 19; 3장,
48 a 8; 4장, 48 b 5, 20; 24장, 60 a 9, b 9,
17; 26장, 61 b 29

(행동하는 인물의 재현) 2장, 48 a 1; 3장, 48
a 28, 26 (더 못한, 우리보다 나은), 2장, 48 a
6 (eikazen), 11, 18 (고상한), 3장, 48 a 26;
(성격) 6장, 50 a 21; 15장, 54 b 11; 26장,
62 a 10; (원반던지기) 26장, 61 b 31

(행동의 재현) 4장, 48 b 25; 9장, 51 b 29;
(동시에 이루어지는 부분들) 24장, 59 b 25

2)재현하는 사람들 hoi mimoumenoi: 2장,
48 a 1; 3장, 48 a 24

3)cf. '모방하다'

저속한 phaulos
('고상한'과 반대되는 뜻으로) 2장, 48 a 2; 5장,
　49 a 32; 25장, 61 a 6
('고상한' 인물이나 행동과 반대되는 뜻으로)
　4장, 48 b 26; (저속한 성격) 15장, 54 a 21
cf. '나쁜'

저속함 kakia 5장, 49 a 33; ('고상함'과 반대
　되는 뜻으로) 2장, 48 a 3; cf. '악덕'

저자 cf. 작가

적대 관계, 적 ekhthra, ekhthros
17장, 55 b 22
('우호 관계'와 반대되는 뜻으로) 11장, 52 a
　31; 14장, 53 b 16, 17; ('친구'와 반대되는
　뜻으로) 13장, 53 a 37; cf. 원수

적절(하게) (to) prepon
(표현) 17장, 55 a 25; (명사) 22장, 59 a 4
(규모) 18장, 56 a 14 (적합한)
(적절하지 않은) 22장, 58 b 14; cf. '적절(함)'

적절성(적합성) harmotton
(사상) 6장, 50 b 5
(성격) 15장, 54 a 22; ('걸맞지 않은'과 대립되
　는 뜻으로) 54 a 30
(운율) 4장, 48 b 31; 24장, 59 b 32; 60 a 4
(명사) 22장, 58 b 15; 59 a 9, 12

전체 holos
'하나의 전체': (정의) 7장, 50 b 26; 8장, 51 a
　34, 35; ('전체') 7장, 51 a 2; 18장, 56 a 26
'하나의 전체를 이루는': 7장, 50 b 25; (생
　물) 23장, 59 a 20; (끝을 가지는 행동과 관

련하여) 7장, 50 b 24; ('통일성'과 관련하여)
　8장, 51 a 32; 23장, 59 a 19; cf. 7장, 51 a 2;
　(비극의 구성 부분) 12장, 52 b 19, 20, 21
모두, 전체적으로: (작시술) 4장, 48 b 4; (비
　극예술) 26장, 62 a 1; (비극) 18장, 55 b 33;
　(줄거리) 18장, 56 a 13; 23장, 59 a 32; (삽
　화) 18장, 56 a 31; (합창대) 12장, 52 b 23

전통적인 (줄거리) paradedomenoi, pa-
　reilèmmenoi 9장, 51 b 24; 14장, 53 b 22,
　25

절제 metron 22장, 58 b 12

접근 (발음기관들의) prosbolè 20장, 56 b 26;
　20장 56 b 27, 29

접속사 sundesmos (표현을 구성하는 부분)
　20장, 56 b 21; (정의) 56 b 38; 57 a 4; (발
　화를 통합하는) 57 a 29, 30

정의 cf. 가설

정치(학) politikè ('작시술'과 비교하여) 25장,
　60 b 14; ('수사학'과 구분하여) 6장, 50 a 6,
　7

정해진, 정하다 pepoièmenos, poiein (주제)
　17장, 55 a 34, b 1; cf. '구성하다', '지어내
　다'

정화 cf. '카타르시스'

정확한 orthos 25장, 60 b 14, 18, 24 (예술의
　규칙), 28; 61 b 19, 24; cf. 13장, 53 a 26;

22장, 58 b 5

조직, 체계sunthesis, sustasis 사건들의 조
직(사건들을 조직적으로 배열) 6장, 50 a 5,
15, 32; 7장, 50 b 22; 14장, 53 b 2; 54 a 14;
15장, 54 a 34; (줄거리의 조직) 10장, 52 a
19; cf. '배열', '연상', '구조'; cf. '배열하
다', '구성하다'

종류eidos
1) (유類와 비교하여) 21장, 57 b 8 이하; cf.
'은유'
2) (시의 종류) 1장, 47 a 8; (양념의 종류) 6장,
49 b 26, 30; (발견의 종류) 16장, 54 b 19;
(문법) 20장, 57 a 23; (명사의 종류) 21장,
57 a 31; 22장, 58 a 34, b 14; (문제의 종류)
25장, 60 b 7; 61 b 22
3) (특유의 구성 요소) 6장, 50 a 13; 12장, 52
b 14; (비극과 서사시의 종류) 4장, 49 a 8;
18장, 55 b 32; 24장, 59 b 8; (구성 부분들
과 구분해서) 26장, 62 b 17
cf. '장르'

좋은agathos
(우수한 화가, 시인) 6장, 50 a 28; 15장, 54 b
9; 18장, 56 a 6 (뛰어난)
('무능한' 시인과 반대되는 뜻으로): 9장, 51 b
37; (우수한 비극) 5장, 49 b 17
('악한'과 반대되는 뜻으로) 13장, 53 a 33
cf. '선(이익)', '더 나은'

주제logos ('줄거리'와 구분하여) 5장, 49 b 8;
(이야기된 '줄거리'와 구분하여) 24장, 60 a
27; ('보편적 구도'와 동일한 뜻으로) 17장,
55 a 34, b 17; cf. '고유의 (구도), '언어'

준칙 gnômè 6장, 50 a 7; cf. '논증', '보편',
'사상'

줄거리 muthos
1) (정의) 6장, 50 a 4, 32; cf. 14장, 54 a 14;
(줄거리는 행동의 재현) 6장, 50 a 4; 8장,
51 a 31; 10장, 52 a 13; (행동과 관련하여)
11장, 52 a 37; cf. 9장, 51 b 33; cf. '사건들'
4장, 49 a 19; 7장, 51 a 5; 14장, 53 b 7; 54
a 12; 15장, 54 a 37, b 1; 16장, 54 b 35;
18장, 56 a 8, 28; 24장, 60 a 33
(비극의 구성 부분) 6장, 50 a 9, 14; (원칙,
비극의 '영혼') 6장, 50 a 38; (비극의 목표)
6장, 50 a 22; ('운율'과 비교하여) 9장, 51 b
27
(줄거리를 구성하다) 1장, 47 a 9; 5장, 49 b
5, 9; 9장, 51 b 13; 10장, 52 a 19; 13장, 52
b 29; 14장, 53 b 4; 17장, 55 a 22; 23장, 59
a 18
(줄거리의 통일성) 8장, 51 a 16, 22, 31;
26장, 62 b 5; ('여러 개의 줄거리') 18장, 56
a 13; cf. '여러'
(줄거리의 구성 부분) 6장, 50 a 34; 11장, 52
b 9
(단순한 줄거리) 9장, 51 b 33; 10장, 52 a
12; (복합적인 줄거리) 10장, 52 a 12; (삽
화식의 줄거리) 9장, 51 b 34, 38; (극 형태
의 줄거리) 23장, 59 a 19; (가장 훌륭한 줄
거리) 9장, 52 a 11; (잘 만들어진 줄거리)
13장, 53 a 12; (잘 짜인 줄거리) 7장, 50 b
32
('보편적 구도'와 구분하여) 17장, 55 b 8
이야기된 줄거리 mtheuma: 24장, 60 a 29
2) 전통적인(전해져 내려오는) 이야기: 9장,
51 b 24; 13장, 53 a 37; 14장, 53 b 22, 25

(아무 이야기나) 13장, 53 a 18

중간의 metaxu
(사람) 13장, 53 a 7
(명사): cf. '명사의 종류'
cf. '억양'

중요한 (가장) megiston 6장, 50 a 15, 23, 33, b 16; 7장, 50 b 23; 13장, 53 a 27; 18장, 56 a 4; 22장, 59 a 6

즉흥적인 창작 autoskhediasmata 4장, 48 b 23; 49 a 9

증거
(pistis): ('발견'의 유형과 관련하여) 16장, 54 b 28
(sèmeion): 3장, 48 a 35; 4장, 48 b 9; 49 a 25; 6장, 50 a 35; 13장, 53 a 17, 26; 17장, 55 a 26; 18장, 56 a 15; 22장, 59 a 7; 24장, 60 a 17; 26장, 62 b 4

지각 aisthèsis ('기술'과 대립되는 뜻으로) 7장, 51 a 7; (작시술에 내포된 인상) 15장, 54 b 16

지나침 huperballein (배우의 지나친 연기) 26장, 61 b 34; cf. '능가하다'

지어낸, 지어내다 pepoièmenos, poiein
(신조어) 21장, 57 b 2; 58 a 7; (정의) 21장, 57 b 33; cf. '변화'
(고유명사) 9장, 51 b 20; (이름과 사건들) 51 b 22
(발견) 16장, 54 b 30, 55 a 14; (표지) 55 a 20

(주제) cf. '정해진, 정하다'
cf. '구성하다'

진부한 tapeinos ('명료한'과 구분되는 표현) 22장, 58 a 18, 20; ('색다른'과 대립되는 뜻으로) 58 a 32

진실한 alèthès ('그릇된'과 대립되는 뜻으로) 24장, 60 a 24; (있어야 할 것, '여론'과 대립되는 뜻으로) 25장, 60 b 33, 36; cf. '실제'; (가장 진실하게) 17장, 55 a 32

질적인 것 대 양적인 것 1장, 47 a 10 이하; 6장, 50 a 8; 15장, 52 b 15, 26 (외연적 관점에서 본 부분 대 특성을 규정하는 요소로 사용되어야 할 부분); cf. 18장, 55 b 32 이하
cf. '종류', '외연', '구성 부분'

짧은 muouron 26장, 62 b 6; cf. '간결한'

〔ㅊ〕

차용 glôtta
(명사의 종류) 21장, 57 b 1
('일상어'와 대립되는 뜻으로, 정의) 21장, 57 b 4, 6; ('은유', '연장어' 등과 관련하여) 22장, 58 a 22, 26, b 13; 59 a 5; ('은유', '이중어' 등과 구분해서 영웅시에 적합한) 24장, 59 b 35; ('은유', 표현의 '변화'와 관련하여) 25장, 60 b 12; (예) 25장, 61 a 10

차이 cf. '다름'

참된 cf. '진실한'

처음arkhè (정의) 7장, 50 b 27; ('끝'과 비
  교하여) 7장, 50 b 26; 18장, 55 b 26, 29;
  21장, 57 a 6; 23장, 59 a 20, 32; 24장, 59 b
  19; cf. '시작' '최근'

처음에ex arkhès, prôton (기원과 관련하여)
(시의 기원) 4장, 48 b 22, 29 이하
(비극과 희극의 기원) 4장, 48 b 27; ('오늘날'
  과 대립되는 뜻으로) 49 a 9; 5장, 49 b 15
(비극의 기원) 4장, 49 a 22; 13장, 53 a 17
(희극의 기원) 5장, 49 b 1, 6 이하
cf. '처음(시작)'; '태어나다'

천한, 저속한phoritikè 26장, 61 b 27; 62 a 4

체계 cf. 조직

최근prôtos 2장, 48 a 13 (헤게몬); 4장, 48
  b 37 (호메로스); 49 a 16 (아이스퀼로스);
  5장, 49 b 7 (크라테스); 18장, 56 a 29 (아
  가톤); 24장, 59 b 13 (호메로스); cf. '시작',
  '역할'; cf. '옛', ('서열'), '우월한'

최근 (사람들) hoi neoi, hoi nun 6장, 50 a 25
  (오늘날의 시인들); (옛 시인들과 대립되는
  뜻으로) 6장, 50 b 8; cf. '오늘날'

추론하다, 추론sullogizesthai, sullogismos
16장, 55 a 4, 7, 10, 21; 25장, 61 b 2; 4장, 48
  b 16; cf. '그릇된 추론'

추악한, 추악함aiskhros ('희극적인', '과오'
  와 관련하여) 5장, 49 a 34, 35, 36

축약(어) aph-, huph-èirèmenon 21장, 57 b
  2; (정의) 58 a 1, 3, 4
(축약apokopè) 22장, 58 b 2; cf. '변화'

춤orkhèsis 2장, 48 a 9; 26장, 62 a 9
(춤추는orkhèstikos) 4장, 49 a 23; 24장, 60 a
  1
(무용수orkhèstès) 1장, 47 a 27

친구 cf. '우호적인 관계'

〔ㅋ·ㅌ〕

카타르시스katharsis 6장, 49 b 28

쾌감을 주다, 쾌감hèdonè, hèdu
4장, 48 b 13; 9장, 51 b 23 (매력 euphra-
  inein); 24장, 60 a 17; 26장, 62 b 1
(고유의 쾌감) 13장, 53 a 36; 14장, 53 b 11,
  12; 23장, 59 a 21 ; 26장, 62 b 13
(쾌감들) 26장, 62 a 16
쾌감을 느끼다khairein: 4장, 48 b 8, 11, 15
  (좋아하다)
cf. '양념'

크기megethos, mèkos 6장, 49 b 25; 7장, 50
  b 25, 26, 36, 37; 51 a 4, 11, 12, 15; 17장,
  55 b 16; 18장, 56 a 14; 23장, 59 a 34;
  24장, 59 b 23; 26장, 62 b 10; cf. '규모',
  '길이'

큰megas

13장, 53 a 10, 16; 25장, 61 a 8, 9

(운문, 장시) 5장, 49 b 10; cf. '운문'

타고난 cf. 잘 타고난

태어나다gignesthai 4장, 48 b 23; 49 a 9; 49

　a 2 (등장하다paraphainesthai); cf. '처음';

　cf. '실제'

통상적인to idiôtikon

22장, 58 a 21

cf. '색다른'과 반대되는 뜻으로

통상적인 것에서 벗어나다 exallattein:

　22장, 58 a 21; cf. '벗어난'

통일성 cf. '단일성'

특수kath' hekaston ('보편'과 대립되는 뜻으

　로) 9장, 51 b 7, 10, 14

〔ㅍ〕

파괴phthartikos ('고통'과 관련하여) 5장, 49

　a 35; 11장, 52 b 11; cf. '격정적인 (효과)'

평범한eutelès ('아름다운' 표현과 대립되는

　뜻으로) 22장, 58 b 22; cf. '경박한'

평소와 다른 (말)xenikon 22장, 58 a 22;

　('일상어'와 대립되는 뜻에서) 58 a 22

표시 cf. '독특한 표시'

표현lexis

(정의) 4장, 49 b 34; 6장, 50 b 13; (표현의 형

　상) 19장, 56 b 9; (표현의 구성 요소) 20장,

　56 b 20; (표현의 품격) 22장, 58 a 18, b 1;

　59 a 3; 24장, 60 b 3; (표현의 변화된 형태)

　25장, 60 b 11, 12; 61 a 10

(희극적) 4장, 49 a 19; (서사시적) 22장, 58 b

　9

(비극의 구성 부분) 6장, 50 a 9; ('노래'와 관

　련하여) 6장, 49 b 33; ('성격', '사상'과 관련

　하여) 24장, 60 b 5; ('줄거리'와 관련하여)

　17장, 55 a 22

12장, 52 b 23

cf. '구어'

품격

khrètos: (성격) 15장, 54 a 17, 19, 20

epieikès: (인물) 15장, 54 b 13; (형편없는 관

　객과 대립되는 뜻으로) 26장, 62 a 2; cf. '의

　로운'

kalos: ('저속한' 행동이나 인물과 대립되는 뜻

　으로) 4장, 48 b 25; cf. '아름다운'

품위 (시 장르의)entimotera 4장, 49 a 6

풍자시 cf. 욕설

프롤로그 cf. 도입부

플롯 cf. 갈등

필연성, 필연적인ananké, to anankaion

('있음직함'과 관련하여) 7장, 51 a 13; 8장, 51

　a 27; 9장, 51 a 38, b 9, 35; 10장, 52 a 20,

　24; 15장, 54 a 34, 36; ('개연성'과 관련하

여) 7장, 50 b 30

(필연성의 결핍) 15장, 54 a 29; 25장, 61 b 19

〔ㅎ〕

하다 prattein

(dran, poiein의 방언) 3장, 48 b 1

('말하다'와 관련하여) 9장, 51 b 9; 15장, 54 a 35; 25장, 61 a 5, 6, 7

('겪다'와 대립되는 뜻으로) 9장, 51 b 11 cf. '행동하다', '극(을 연기하다)'

학學 cf. '이론'

한탄 cf. '비탄'

합리적인 eulogôterôs 24장, 60 a 35; cf. '불합리한'

합창 khoros

('배우'와 관련하여) 12장, 52 b 23; 18장, 56 a 25; ('대화'와 비교하여 합창대의 구성 요소로서) 4장, 49 a 17

(희극) 5장, 49 b 1

(합창대의 입장) 12장, 52 b 19

('합창대의 노래') cf. '노래'

해害 cf. '파괴'

해결 lusis, luein

15장, 54 a 37; (정의) 18장, 55 b 28; (예) 55 b 31; ('분규'와 대립되는 뜻으로) 55 b 24, 26; (줄거리 구성과 대립되는 뜻으로) 56 a 9,

10; cf. '반박'

cf. 25장, 61 a 22

행동 praxis

1) (성격, 감정과 관련하여) 1장, 47 a 28

2) (고상한) 4장, 48 b 25

3) (단일한과 반대되는 뜻으로 무수히 많은) 8장, 51 a 18

4) (성격과 사상의 결과) 6장, 50 a 1, 2; (성격을 드러내는) 6장, 50 a 22; 15장, 54 a 18; (성격과 비교하여) 6장, 50 a 24

5) (겨냥하는 목표, 성품과 비교하여) 6장, 50 a 18

6) (행동의 재현); (비극) 6장, 49 b 24, 36; 22장, 59 a 15 (to prattein); (줄거리) 6장, 50 a 4, b 3; 8장, 51 a 31; 9장, 51 b 29, 52 a 2; 10장, 52 a 13; cf. 26장, 62 b 11 (줄거리와 관련하여) 11장, 52 a 37; cf. 9장, 51 b 33

7) (단일한 인물과 비교하여 행동의 단일성) 8장, 51 a 19, 28; (단일한 시기와 비교하여 행동의 단일성) 23장, 59 a 22 (끝까지 완결되어 있고 하나의 전체를 이루는 행동) 7장, 50 b 24; 8장, 51 a 31; cf. 9장, 52 a 2; 23장, 59 a 22 (통일된 행동) 26장, 62 b 11 (고귀하고 그 끝까지 완결되어 있는 행동) 6장, 49 b 24 (여러 부분으로 이루어진 행동) 23장, 59 b 1 (단순한 행동/복합적인 행동) 9장, 51 b 33; (개념 정의) 10장, 52 a 14-18

8) (파괴나 고통을 야기하는 행동) 11장, 52 b 11 (연민과 두려움을 내포하는 행동) 11장, 52 b 1; 14장, 53 b 16, 27

9) (행동에 적합한praktikos 장단격 사각 운율)
24장, 60 a 1

10) (행동의 파생어들 ta prattonmena, ta pe-
pragmena) 11장, 52 a 22, 29; 17장, 55 a
25; cf. (사건이라는 뜻으로 perainomena)
24장, 59 b 24, 27

11) cf. '하다'

행동하는 인물(hoi) prattontes

24장, 60 a 14

('행동하는 인물'을 재현하다) 2장, 48 a 1; ('행
동하는' 사람) 6장 50 b 4; ('행동하고' '극을
연기하는' 인물) 3장, 48 a 27

('인물'이 재현한다) 6장, 49 b 31; (재현의 '주
체) 6장, 49 b 37; cf. 50 a 21; ('실제로 행동
하는' 인물) 3장, 48 a 23

(성격은 인물의 자질을 판단하게 한다) 6장, 50
a 6

cf. '행동하다'

행동하다prattein

6장, 49 b 37, 50 a 21; 3장, 48 a 23; (실제로
극을 연기하는 것과 관련하여) 3장, 48 a 27

(끔찍한 일을 저지르다praxai, poièsai) 14장, 53
b 30, 35, 36, 38; 54 a 2, 3; cf. (행위의 당사
자) 11장, 52 a 35 이하

(말하기, 말과 관련하여) 15장, 54 a 18; 25장,
61 a 5, 6, 7; cf. '하다', '행동하는 인물'

(실제로 행동하다energein) 3장, 48 a 23; cf.
'극(을 연기하다)', '재현하다'

행복 대 불행

eudaimonia vs kakodaimonia: (윤리학의 합
목적성, 행동의 결과) 6장, 50 a 17, 20

tunkhanein vs atukhia, dustukhia: (반전

의 결말) 7장, 51 a 13; 11장, 52 a 31, b 2;
13장, 52 b 35, 37; 53 a 2, 10, 14, 15; 18장,
55 b 28

('불행한' 결말) 13장, 53 a 25

헐뜯는psogos 4장, 48 b 27; ('희극적인'과 대

립되는 뜻으로) 48 b 37

현금(을 연주하는 기술) kitharisis 1장, 47 a

15, 24; 2장, 48 a 10

형상skhèmata

(리듬에 형상을 부여하다) 1장, 47 a 27; (몸을
통한 형상화) 26장, 62 a 3; cf. '동작'

(표현의 문채) 19장, 59 b 9

cf. '형태'

형태

(idea): 5장, 49 b 8; 7장, 50 b 34; 19장, 56 b
3, 8; 22장, 58 a 26(원칙), b 18

(morphè): 4장, 48 b 12; 15장, 54 b 10; cf. '고
유의'

(skhèmata): ('색채'와 관련하여) 1장, 47 a 19;
(희극과 비극) 4장, 49 a 6; (희극의 주된 특
징) 4장, 48 b 36; 5장, 49 b 3; (입의 형태)
20장, 56 b 31; cf. '형상', '동작'

호소력(을 갖다)psukhagôgein 6장, 50 a 33,

b 16

화가 cf. '그리다'

화를 잘 내는 cf. '분노'

고유명사 색인

〔ㄱ·ㄴ〕

가뉘메데스
신들의 술시중꾼. 25장, 61 a 30

『거짓 사자(使者) 오뒤세우스』
비극의 제목(내용은 알려져 있지 않다). 16장, 55 a 13

『걸인』
비극의 제목으로 추정된다(알려진 것이 없다. 『라케다이몬의 여인들』 항목을 참조할 것). 오뒤세우스가 걸인으로 변장하고 트로이에 잠입하는 이야기를 다루었을 것이다. 23장, 59 b 6

글라우콘
누구인지에 관해서 여러 가지 설이 있다. 『고대 시인들과 음악가들에 관해』라는 저술로 "알려진", 최초의 비평가 중 하나인 레기움 출신의 글라우코스라는 설도 있고, 『수사학』(III, 1403 b 26)에서 수사학 이론가로 언급되고 있는 테오스 출신의 글라우콘이라는 설도 있다(후자일 가능성이 더 크다). 25장, 61 b 1

『네오프톨레모스』
비극의 제목(니코마코스가 지은 것으로 추정됨). 23장, 59 b 6

니오베레토
여신을 모욕한 탓으로 아폴론과 아르테미스의 화살에 열두 아들을 잃는다. 고통받는 어머니의 원형. 18장, 56 a 17

니코카레스
아리스토파네스와 동시대의 희극 시인으로 추정된다. 2장, 48 a 13

〔ㄷ〕

다나오스
아르고스의 왕이며 다나이데스의 아버지. 테오덱테스의 『륑케우스』에 나오는 인물. 11장, 52 a 28

대지의 자손들
테바이 전설에 따르면 카드모스가 용의 이빨을 뿌린 대지에서 무장을 갖춘 스파르타

전사들이 태어났다. 16장, 54 b 22

도리아 사람들
고대 그리스 도리아 방언을 사용하던 사람들. 3장, 48 a 30

돌론
『일리아스』열 번째 노래의 주요 등장인물. 25장, 61 a 12

디오뉘소스
취기와 포도주의 신. 21장, 57 b 21, 22

디오뉘시오스
콜로폰 출신으로 폴뤼그노토스와 동시대의 화가 2장, 48 a 6

디카이오게네스
비극 시인(기원전 5세기 후반). 5개의 단편이 전해진다(Nauck, p.775 이하). 16장, 55 a 1

〔ㄹ〕

라이오스
오이디푸스의 아버지. 24장, 60 a 30

라케다이몬 사람
스파르타의 라케다이몬에 사는 사람. 25장 61 b 4

『라케다이몬의 여인들』
비극의 제목. 소포클레스의 것으로 추정된다. 『걸인』과 같은 작품으로 추정되기도 한

다(Radt, pp.328-330). 23장, 59 b 6

『륑케우스』
테오덱테스의 비극(전해지지 않는다). 11장, 52 a 27; 18장, 55 b 29

〔ㅁ〕

마그네스
아테나이의 희극 시인(기원전 473-472년 디오뉘소스 축제에서의 첫 우승자). 1-2행의 단편이 전해진다(Kock, I, pp.7-9) 3장, 48 a 34

마라톤
아테나이 인근의 도시. 22장, 58 b 9

『마르기테스』
호메로스가 쓴 풍자 서사시. 일부가 전해진다(Kinkel, pp.64-69; Allen, pp.152-159) 4장, 48 b 30, 38

맛살리아인들
21장, 57 a 35

메가라 사람들
메가라라는 지명을 가진 두 도시에 사는 사람들. 하나는 그리스 본토에 다른 하나는 시켈리아에 있었다. 3장, 48 a 31

메넬라오스
에우리피데스의 『오레스테스』에 나오는 인물. 15장, 54 a 29 ; 25장, 61 b 21

메데이아

에우리피데스의 『메데이아』에 나오는 여주
인공. 14장, 53 b 29

『메데이아』

에우리피데스의 비극. 15장, 54 b 1

메로페

에우리피데스의 『크레스폰테스』에 나오는
인물. 메세니아의 왕비이고 크레스폰테스
의 어머니이다. 14장, 54 a 5

멜라니페

에우리피데스의 『박식한 멜라니페』에 나오
는 여자. 따지기 좋아하는 인물이다. 일부
가 전해진다(Nauck, pp.509-514) 15장, 54 a 31

멜레아그로스

아이톨리아의 영웅(『일리아스』 9장, 529-
599). 전설이 프루니코스, 소포클레스, 에우
리피데스의 여러 비극들의 소재가 되었다
(작품은 전해지지 않는다). 13장, 53 a 20

뮈시아

소아시아 북서쪽 뮈시아인들이 사는 지방
24장, 60 a 32

『뮈시아인들』

비극의 제목(전해지지 않는다). 아이스퀼로
스 혹은 소포클레스의 것으로 추정됨. 24장,
60 a 32

뮌니스코스

비극 배우(기원전 422년 연기상을 받음). 26장,
61 b 34

므나시테오스

'오푸스의 므나시테오스' 항목 참조.

미튀스

역사에 나오는 인물이나 정확히 누구인지
는 알 수 없다. 동상의 일화로 유명하다. 9장,
52 a 8, 9

〔ㅂ〕

『발 씻는 장면』

『오뒤세이아』에서 유레클레아가 오뒤세
우스의 발을 씻어 주면서 정체를 알아차리
게 되는 장면에 붙여진 이름(『오뒤세이아』,
19장). 16장, 54 b 30 ; 24장, 60 a 26

『부상당한 오뒤세우스』

소포클레스가 지은 것으로 추정되는 비극
의 제목. 원제목은 "물고기 가시에 찔려 부
상당한 오뒤세우스"일 것이다(Radt, pp.374-
378). 14장, 53 b 34

〔ㅅ〕

살라미스

기원전 480년 페르시아 전쟁의 승부를 결
정지었던 해전이 벌어졌던 섬. 23장, 59 a 25

소시스트라토스

음유 시인(알려진 바가 없다) 26장, 62 a 7

인. 3장, 48 a 27

아리프라데스

희극 시인으로 추측되나 알려지지 않음.

22장, 58 b 31

아스튀다마스

아리스토텔레스와 동시대의 비극 시인. 약 240여 편의 작품을 썼고(그 가운데 17편의 제목은 알려져 있다), 비극 경연에서 15번 우승한 것으로 전해진다.

8개의 단장이 전해진다(Nauck, pp.777–780).

14장, 53 b 33

아이게우스

에우리피데스의 『메데이아』에 나오는 인물. 25장, 61 b 21

아이기스토스

아트레우스 전설에서 아가멤논을 죽인 인물. 아가멤논의 아들인 오레스테스가 그 범죄를 밝히고 복수하게 된다. 13장, 53 a 37

아이스킬로스

비극 시인(기원전 5세기 전반). 4장, 49 a 16 ; 18장, 56 a 17 ; 22장, 58 b 20, 22

『아이아스』

아이아스를 주인공으로 하는 여러 비극들을 가리키는 이름. 18장, 56 a 1

아킬레우스

『일리아스』와 다른 여러 비극들에 나온다.

15장, 54 b 14 ; 22장, 59 a 1

아테나이

5장, 49 b 7

아테나이이인들

3장, 48 a 36 ; b 1

『안테우스』

아가톤의 작품(전해지지 않는다). 9장, 51 b 21

『안티고네』

소포클레스의 비극. 14장, 54 a 1

알크메온

오레스테스처럼 아버지(암피아라오스)의 복수를 위해 어머니(에리퓔레)를 죽인다. 여러 시인들이 이 주제를 다루었으며 아스튀다마스도 그중 하나이다. 13장, 53 a 20 ; 14장, 53 b 24, 33

알키노오스

팔라케스인들의 왕. 『오뒤세이아』 9장에서 12장에 "알키노오스 궁전에서의 이야기"가 나온다. 16장, 55 a 2

알키비아데스

기원전 5세기 후반 아테네의 정치인이자 전략가. 9장, 51 b 11

암피아라오스

예언자. 『테바이를 공격한 일곱 장수』 가운데 하나. 에리퓔레의 남편이자 알크메온의 아버지로서, 자신을 죽음으로 몰아넣은 에리퓔레에 대한 복수를 아들에게 부탁한다.

17장, 55 a 27

이카디오스
케팔레니아 사람들이 페넬로페의 아버지라
고 주장한 이름. 25장, 61 b 8

이카리오스
『오뒤세이아』에서 페넬로페의 아버지. 25장,
61 b 4, 8

이피게네이아
여러 비극, 특히 에우리피데스의 비극에 나
오는 여주인공. 11장, 52 b 6, 7 ; 15장, 54 a 32 ; 16장,
55 a 7

『이피게네이아』
에우리피데스의 비극 두 편의 제목. 『아울
리스의 이피게네이아』와 『타우리케의 이피
게네이아』가 있다. 『시학』에서 말하는 『이
피게네이아』는 후자를 가리킨다. 14장, 54 a 7 ;
16장, 54 b 32, 55 a 18 ; 17장, 55 b 3

『익시온』
익시온 전설을 소재로 한 비극들의 제목.
18장, 56 a 1

『일리아스』
4장, 48 b 38 ; 8장, 51 a 29 ; 15장, 54 b 2 ; 18장, 56 a 13 ;
20장, 57 a 29 ; 23장, 59 b 3 ; 24장, 59 b 14 ; 26장, 62 b 3,
8

〔ㅈ·ㅋ〕

제우스
25장, 61 a 30

제욱시스
화가(기원전 5세기 후반에서 4세기 초)
6장, 50 a 27, 28 ; 25장, 61 b 12

『제주祭酒를 바치는 여인들』
아이스퀼로스의 비극. 『오레스테이아』 삼
부작의 두 번째 작품.
16장, 55 a 4

카르케돈인
기원전 479년 여름, 히메라 전투에서 패했
다. 23장, 59 a 26

카르키노스
비극 시인. 아리스토파네스와 동시대인인
노(老) 카르키노스라는 설도 있고, 기원전
4세기의 소(少) 카르키노스라는 설도 있다
(후자일 가능성이 더 크다).
16장, 54 b 23 ; 17장, 55 a 26

카이레몬
아리스토텔레스와 동시대의 시인으로 『켄
타우로이』의 저자. 1장, 47 b 21 ; 24장, 60 a 2

칼립피데스
비극 배우로서 기원전 418년에 연기상을
받았다. 26장, 61 b 35 ; 62 a 9

케팔레니아인
이타카와 이웃한 섬 케팔레니아에 사는 사
람들. 25장, 61 b 6

『켄타우로이』
카이레몬이 쓴 작품. 아주 적은 분량이 전
해진다(Nauck, pp.784-785). 1장, 47 b 21

퀴클롭스

퀴클롭스라는 제목의 극시는 여러 편이 있다. 그중에서 티모테오스(Page, p.401에 일부가 전해짐)와 필록세노스(Page, pp.423-428에 일부가 전해짐)의 것이 잘 알려져 있다.

크라테스

아테나이의 희극 시인(기원전 5세기 중후반). 작품의 일부가 전해진다(Edmonds, I, pp.152-169) 5장 49 b 7

『크레스폰테스』

에우리피데스의 비극. 일부가 전해진다 (Nauck, pp.497-501). 14장, 54 a 5

크레온

소포클레스의 『안티고네』에 나오는 테바이의 왕. 14장, 54 a 1

크레타인

25장, 61 a 14

크세나르코스

풍자 희극 작가로 소프로노스의 아들이라는 설도 있으나 정확하지 않다. 전해진 작품도 없다(Kaibel, 182쪽). 1장, 47 b 10

크세노파네스

철학자이자 시인(기원전 4세기 말에서 5세기 초). 전통적인 관습에 대한 비판으로 유명하다. 작품의 일부가 전해진다(Diels-Kranz, I, pp.113-138). 25장, 61 a 30

클레오폰

비극 시인. 아리스토텔레스가 간혹 언급하기는 했지만 사실상 알려져 있지 않다. 2장, 48 a 12 ; 22장, 58 a 20

클레온

사람 이름. 20장, 57 a 28

클뤼타임네스트라

아가멤논의 아내이자 오레스테스의 어머니로 아가멤논을 살해한다. 오레스테스의 손에 죽는다. 14장, 53 b 23

키오니데스

아테나이의 희극 시인(기원전 6세기 말에서 5세기 초). 각 1-2행으로 이루어진 8개의 단편이 전해진다(Kock, I, pp.4-6). 3장, 48 a 34

『키프로스 사람들』

디카이오게네스의 비극(전해지지 않는다). 16장, 55 a 1

키프로스인

21장, 57 b 6

『키프리아』

트로이 계열의 서사시. 일부가 전해진다 (Kinkel, pp.15-32, Allen, pp.116-125). 23장, 59 b 2, 4

〔ㅌ〕

타소스의 헤게몬
파로디아를 많이 지은 시인(기원전 5세기
후반). 2행으로 이루어진 단편이 전해진다
(Edmonds, I, pp.810-813) 2장, 48 a 12

타소스의 힙피아스
알려진 바가 없다. 25장, 61 a 22

테게아
펠로폰네소스의 도시. 24장, 60 a 32

『테레우스』
소포클레스의 비극. 일부가 전해진다(Radt,
pp.435-445). 16장, 54 b 36

『테세우스전(傳)』
테세우스의 전설을 다룬 작품. 8장, 51 a 20

테오덱테스
수사학자이자 비극 시인으로 아리스토텔레
스의 친구였다. 아홉 편의 비극을 지은 것
으로 제목이 알려져 있다. 일부(약 70행가
량)가 전해진다(Snell, pp.227-237). 16장, 55 a 9;
18장, 55 b 29

텔레고노스
오뒤세우스와 키르케의 아들. 『부상당한 오
뒤세우스』에 등장하는 인물이다. 14장, 53 b 33

텔레마코스
오뒤세우스와 페넬로페의 아들로, 『오뒤세
이아』 첫번째-네번째 노래에 나온다. 25장, 61
b 5

텔레포스
많은 역경을 겪는 인물. 여러 비극(소포클레
스, 아이스퀼로스), 특히 『뮈시아인들』의 주
인공이다. 13장, 53 a 21

『튀데우스』
테오덱테스의 비극(전해지지 않는다). 16장, 55
a 9

『튀로』
같은 제목의 비극이 여러 편 있는데 그 가
운데 둘은 소포클레스의 작품이다. 일부가
전해진다(Radt, pp.463-472) 16장, 54 b 25

튀에스테스
아트레우스의 형제로 펠로피데스 전설에서
영감을 얻은 여러 비극에 등장한다. 13장, 53 a
11, 21

『튀에스테스』
카르키노스의 비극(전해지지 않는다. Nauck,
p.797). 16장, 54 b 23

『트로이의 여인들』
비극의 제목(에우리피데스의 것으로 추정됨).
23장, 59 b 7

『트로이 함락』
트로이 전설을 소재로 한 비극의 제목으로
추정된다(Allen, pp.137-140). 18장, 56 a 16; 23장,
59 b 6

티모데오스

시인이자 음악가로 에우리피데스의 친구(기원전 5세기-4세기). 여러 가창곡과 디튀람보스, 특히 『퀴클롭스』와 『스퀼라』의 저자로 알려져 있다('스퀼라' 항목 참조). 2장, 48 a 15

〔ㅍ〕

파르나소스

포키스에 위치한 산의 이름. 호메로스의 『오뒤세이아』(19장, 392-466)에 젊은 시절 오뒤세우스가 이 산에서 멧돼지 때문에 부상당하는 사건이 나온다. 8장, 51 a 26

파우손

화가(기원전 5세기 초로 추정됨). 거의 알려진 것이 없다. 2장, 48 a 6

『펠레우스』

비극의 제목. 소포클레스의 것이라는 견해(Radt, pp.390-394)도 있고 에우리피데스의 것이라는 견해(Nauck, p.554 이하)도 있다. 18장, 56 a 2

펠로폰네소스

3장, 48 a 35

포르미스

에피카르모스와 동시대의 희극 시인. 실제로는 전혀 알려진 바가 없다. 5장, 49 b 6

『포르퀴스의 딸들』

아이스퀼로스의 작품으로 비극보다는 사튀로스극이라는 견해가 유력하다. 18장, 56 a 2

포세이돈

바다의 신. 17장, 55 b 18

폴뤼그노토스

화가(기원전 5세기 전반). "그리스 회화의 진정한 창시자"(로스타니)로 평가받았다. 2장, 48 a 5; 6장, 50 a 27

폴뤼이도스

소피스트이자 시인(정확히 확인되지 않는다). 16장, 55 a 6 ; 17장, 55 b 10

『프로메테우스』

아이스퀼로스의 비극(『프로메테우스』 연작들 중 하나로 추정된다). 18장, 56 a 2

프로타고라스

기원전 5세기의 소피스트로서 작품의 일부가 전해진다(Diels-Kranz, II, pp.253-271). 19장, 56 b 15

『프티아의 여인들』

비극의 제목. 소포클레스의 작품에도 같은 제목의 비극이 있다. 3개의 단편이 전해진다(Radt, p.481 이하) 18장, 56 a 1

『피네우스의 딸들』

작자 미상의 작품으로 내용도 알려지지 않았다(티모테오스의 디튀람보스로 추정되기도 함). 16장, 55 a 10

핀다로스
비극 배우(알려진 것이 없다). 26장, 61 b 35

필록세노스
디튀람보스 시인(기원전 5세기 말에서 4세기 초). 『퀴클롭스』의 저자로 알려져 있다(『퀴클롭스』 항목을 참조할 것). 일부가 전해진다 (Page, pp.423-432). 2장, 48 a 15

『필록테테스』
같은 이름의 비극이 여럿 있다(특히 아이스퀼로스와 소포클레스 그리고 에우리피데스). 22장, 58 b 22; 23장(아이스퀼로스), 59 b 5

〔ㅎ〕

하에몬
소포클레스의 『안티고네』에서 크레온의 아들이자 안티고네의 약혼자. 14장, 54 a 2

『함대의 귀환』
비극의 제목으로 추정됨(트로이 전쟁 이후에 귀환하는 그리스 함대 이야기일 것이다). 23장, 59 b 7

헤게몬
'타소스의 헤게몬' 항목 참조.

헤라클레스
유명한 "열두 가지 모험"을 비롯한 수많은 무용담을 남긴 반인반신의 영웅. 8장, 51 a 22

『헤라클레스전傳』
헤라클레스 전설을 담고 있는 시. 8장, 51 a 20

헤로도토스
역사가(기원전 5세기). 9장, 51 b 2

헥토르
『일리아스』의 등장인물. 24장, 60 a 15; 25장, 60 b 26

『헬레』
작자 미상의 비극작품으로, 내용도 전해지지 않는다. 14장, 54 a 8

호메로스
1장, 47 b 18; 2장, 48 a 11; 3장, 48 a 22, 26; 4장, 48 b 28, 29, 34; 8장, 51 a 23; 15장, 54 b 14; 23장, 59 a 31; 24장, 59 b 12; 60 a 5, 19.
개념 색인의 '시인' 항목도 참조할 것

힙피아스
'타소스의 힙피아스' 항목 참조.

서지사항

『시학』의 서지목록은 방대하다. 쿠퍼(L. Cooper)와 구데만(A. Gudeman, New Haven, 1928)이 서지를 작성하였고, 1931년에는 헤리크(M. T. Herrick, American Journal of Philology 52, pp.168-174), 1955년에는 엘스(G. F. Else, Classical Weekly 48, pp.73-82)가 이를 보완하였다.

여기서 제시하는 서지사항은 서문이나 주해 또는 고유명사 색인에서 (저자명으로, 경우에 따라서는 출판연도를 병기하여) 인용된 저서들에 국한된다.

간행본, 역서, 주해서

Bekker *Aristoteles Graece*, ed. I. Bekker, 5 vols., Berlin: Reimer, 1831–1836(Poétique: vol.II, pp.1447-1462).

Bywater(1909) *Aristotle on the Art of Poetry*, a revised text, with crit. introd., trans. and comm. by I. Bywater, Oxford: Clarendon Press.

Else(1957) G.F. Else, *Aristotle's Poetics: The Argument*, Cambridge: Harvard University Press.

Gallavotti(1974) *Aristotele: Dell' Arte poetica*, testo, trad. e comm., a cura di C. Gallavotti, Milano: Fondazione Lorenzo Valla.

Gudeman *Aristoteles: Peri poiétikés: mit Einleitung, Text und Adnotatio critica, exegetischem Kommentar ⋯ von A. Gudeman*, Berlin and Leipzig: De Gruyter, 1934.

Hardy *Aristote: Poétique*, éd. trad. J. Hardy, Paris: Les Belles Lettres, 1932.

Golden-Hardison(1968) *Aristotle's Poetics. A Translation and Commentary for Students of Literature*, trans. by L. Golden, comm. by O. B. Hardison, Jr., Englewood Cliffs: NJ

Prentice-Hall.

Kassel(1965) *Aristotelis De arte poetica liber*, ed. R. Kassel, Oxford: Clarendon Press.

Lucas *Aristotle: Poetics*, introd., comm. and appendixes by D. W. Lucas, Oxford: Clarendon Press, 1968(le texte est celui del'édition Kassel).

Montmollin(1951) *La Poétique d'Aristote: texte primitif et additions ultérieures*, Neuchâtel: Henri Messeiller.

Rostagni(1945) *Aristotele: Poetica*, introd., testo e comm. di A. Rostagni, 2e éd. rev., Torino: Chiantore.

Tkatsch(1928~1932) *Die arabische Übersetzung der Poetik des Aristoteles*, Wien: Hölder.

Vahlen(1885) *Aristotelis De arte poetica liber*, ed. J. Vahlen, 3e éd., Leipzing: Hirzel, 1885(réimpr. Olms, 1964)

Vahlen, *Beitr.* J. Vahlen, "Beiträge zu Aristoteles Poetik", parus dans les Sitzungsberichte der Wiener Akademie der *Wissenschaften*(I: t.50, 1865, pp.265-317; II: t.52, 1866, pp.89-175; III: t.56, 1867, pp.213-343; IV: *ibid.*, pp. 351-439), rassemblés et publiés par H. Schöne, Leipzig: Teubner, 1914(réimpr. Olms, 1965).

Vahlen, *Ges. Schr.* id., *Gesammelte philologische Schriften*, I, Leipzig and Berlin, 1911.

Valgimigli et al.(1953) *Aristoteles Latinus XXXIII: De arte poetica Guilelmo de Moerbeke interprete*, eds. E. Valgimigli et al.(révision, préface et index par A. Franceschini et L. Minio Paluello), Bruges-Paris: Desclee de Brouwer, 1953.

참고문헌

Chantraine, DE P. Chantraine, *Dictionnaire étymologique de la langue grecque, Histoire des mots*, Paris: Klincksieck, 1968 sq.

L.S.J *Greek-English Lexikon*, compiled by H. G. Liddell and R. Scott, new ed. rev. and augm. by H. S. Jones, Oxford: Clarendon Press, 1940.

조각글 모음

Allen *Homeri Opera*, t.V, éd. T. W. Allen, Oxford: Clarendon, 1912(rééd. corr. 1946).

Austin *Comicorum Graecorum Fragmenta in papyris reperta*, ed. C. Austin, Berlin: De

Gruyter, 1973.

Diels-Kranz *Die Fragmente der Vorsokratiker*, griech. und deutsch von W. Kranz, 14 1969-
1970 = 6e éd., Zürich: Weidmann, 1951-1952.

Edmonds *The fragments of Attic Comedy* [⋯] newly edited [⋯] translated into English
verse by J. M. Edmonds, 3 vols., Leiden: Brill, 1957-1961.

Kaibel *Comicorum Graecorum Fragmenta*, éd. G. Kaibel, Berlin, 1899(I 1, vol. unique; réimpr.
Berlin: Weidmann, 1958).

Kinkel *Epicorum Graecorum Fragmenta*, éd. G. Kinkel, Leipzig: Teubner, 1877.

Kock *Comicorum Atticorum Fragmenta*, éd. T. Kock, 3 vols., Leipzig: Teubner, 1880-1888.

Nauck *Tragicorum Graecorum Fragmenta*, éd. A. Nauck, 2e éd., Leipzig: Teubner, 1889
(réimpr. Hildesheim, 1964, av. suppl. par B. Snell).

Olivieri *Frammenti della commedia greca e del mimo nella Sicilia e nella Magna Grecia*, éd. A.
Olivieri. 2e éd., Napoli: Libr. Scientifica Ed., 1947.

Page *Poetae Melici Graeci*, éd. D. Page, Oxford: Clarendon Press, 1962.

Radt *Tragicorum Graecorum Fragmenta*, vol.IV(Sophocle), éd. S. Radt, Göttingen:
Vandenhoeck & Ruprecht, 1977.

Rose *Aristotelis fragmenta*, éd.V. Rose, Leipzig, 1886.

Snell *Tragicorum Graecorum Fragmenta*, vol.I, ed. B. Snell, Göttingen: Vandenhoeck &
Ruprecht, 1971.

SVF *Stoicorum Veterum Fragmenta*, éd. J. von Arnim, 4 vols., Leipzig: Teubner, 1903-1924
(reimpr. Stuttgart, 1964).

• 그리스 문법학자들(Apollonius Dyscole, Denys le Thrace)의 인용은 R. Schneider, G. Uhlig, A.

Hilgard, *Grammatici Graeci*, Leipzig, 1878-1910(재판은 Hildesheim: G. Olms, 1965) 판본을 따
랐다.

기타 저서 (또는 논문)

Benveniste(1966) É. Benveniste, *Problémes de linguistique générale*, Paris: Gallimard.

Bernays(1880) J. Bernays, *Zwei Abhandlungen über die aristotelische Theorie des Drama*,
Berlin: W. Hertz(réimpr. Darmstadt, 1968).

Cooper(1924) L. Cooper, *An Aristotelian Theory of Comedy*, Oxford: B. Blackwell.

Fuhrmann(1973)   M. Fuhrmann, *Einführung in die antike Dichtungs-theorie*, Darmstadt: Wissenschaftliche Buchgesellschaft.

Koller(1954)   H. Koller, *Die Mimesis in der Antike*, Berne: Francke.

Koller(1958)   id., "Die Anfänge der griechischen Grammatik", Glotta 37, pp.5-40.

Marrou(1948)   H.I. Marrou, *Histoire de l'éducation dans l'Antiquité*, Paris: Éd. du Seuil.

Montmollin(1966)   D. de Montmollin, Compte rendu de Kassel, 1965: *phœnox*, 20, pp.159-70.

Morpurgo-Tagliabue(1967)   G. Morpurgo-Tagliabue, *Linguistica e stilistica di Aristotele*, Rome: Edizioni dell'Ateneo.

Pagliaro(1954)   A. Pagliaro, "II capitolo linguistica della Poetica di Aristotele", *Ricerche Linguistiche* 3, Rome: Bardi, pp.1-55 (repris dans *Nuovi Saggi di critica semantica*, Messine: G. d'Anna, 1956).

Pfeiffer(1968)   R. Pfeiffer, *History of Classical Scholarship. From the Beginnings to the End of the Hellenistic Age*, Oxford: Clarendon Press.

Pickard-Cambridge   A. Pickard-Cambridge, *Dithyramb, Tragedy and Comedy*, 2e éd. rev. par T. B. L. Webster, Oxford: Clarendon Press, 1962.

Ricœur(1975)   P. Ricœur, *La métaphore vive*, Paris: Éd. du Seuil.

Saïd(1978)   S. Saïd, *La faute tragique*, Paris: F. Maspero.

Schadewaldt(1955)   W. Schadewaldt, "Furcht und Mitleid", *Hellas und Hesperien* 2, Zürich and Stuttgart: Artemis, 1970, pp.194-236.

Schütrumpf(1970)   E. Schütrumpf, *Die Bedeutung des Wortes 'ethos' in der Poetik des Aristoteles*, München: C. H. Beck (Zetemata 49).

Solmsen(1935)   F. Solmsen, "The origins and methods of Aristotle's Poetics", *The Classical Quarterly*, vol.29, pp.192-201.

Somville(1975)   P. Somville, *Essai sur la* Poétique *d'Aristote*, Paris: Librairie Philosophique J. Vrin.

Steinthal   H. Steinthal, *Geschichte der Sprachwissenschaft bei den Griechen und Römern*, 2 vols., 2e éd., Berlin: Dümmler, 1890-1891 (réimpr. Hildesheim, 1971).

Wartelle   Aristote: *Rhétorique (livre III)*, texte établi et traduit par M. Dufour et A. Wartelle, annoté par A. Wartelle, Paris: Les Belles lettres, 1973.

지은이·옮긴이 소개

지은이

아리스토텔레스(Aristoteles)

BC 384년 마케도니아 국왕령이었던 스타기로스에서 출생하였다. BC 367년부터 약 20년 동안 플라톤의 아카데메이아에서 수학하다가, BC 347년 스승 플라톤이 세상을 떠나자 아카데메이아를 떠나 어린 알렉산드로스 대왕의 교사가 되었다. 알렉산드로스 대왕이 마케도니아의 왕권을 계승한 후 아테네로 돌아간 그는 뤼케이온이라는 학교를 설립하였고, 그의 방대한 학식을 좇아 수많은 학생들이 그곳에서 수학하였다. 뤼케이온은 수학에 초점을 맞추었던 플라톤의 아카데메이아와 달리 생물학과 역사에 집중하였다.

『니코마코스 윤리학』, 『정치학』, 『수사학』, 『형이상학』 등 광범위한 학문 분야를 아우르는 그의 저작들은 고대철학에서 중세철학에 이르는 동안 심오한 영향을 미쳤고, 오늘날에도 현대의 철학자들에 의해 활발히 연구, 논의되고 있다. 특히 예술의 재현에 관한 이론을 통해 시의 중요성을 논한 『시학』은 스승인 플라톤의 예술의 모방 이론을 뛰어넘어 예술의 효용성을 부각시키며, 근세 이후 현대에 이르기까지 문학 이론의 고전으로 여겨진다.

옮긴이

김한식

서울대학교 불어교육과와 동 대학원 불어불문학과를 졸업하고, 프랑스 파리 10대학에서 「이야기의 시학과 수사학」으로 박사학위를 받았으며 현재 중앙대학교 프랑스어문학과 교수로 재직 중이다. 문학과 철학의 대화에 관심을 가지고 있으며, 문학 이론과 폴 리쾨르의 해석학에 관한 다수의 논문을 발표했다. 저서로 『해석의 에움길-폴 리쾨르의 해석학과 문학』(문학과지성사, 2019)이 있으며, 폴 리쾨르의 『시간과 이야기』(전 3권, 문학과지성사)를 번역했다.

서문 및 주해

로즐린 뒤퐁록(Roselyne Dupont-Roc)

파리국립고등사범학교를 졸업했으며, 고전문법 교수 자격을 획득하고 파리 가톨릭 대학에서 성서신학 및 고전문법을 가르치고 있다. 『시학』 주해본 외에도 『성경 필사본과 텍스트 고증』 등 고전문헌학과 관련된 저서와 논문들을 다수 발표했다.

장 랄로(Jean Lallot)

파리국립고등사범학교를 졸업하고 고전문법 교수 자격을 획득했다. 『시학』 주해본 외에도 『디오뉘시오스 트락스의 문법』 등 그리스·라틴 언어학 이론의 역사와 관련된 저서와 논문들을 다수 발표했다.

머리말

츠베탕 토도로프(Tzvetan Todorov)

러시아 형식주의를 서구에 소개하고 구조주의 비평 및 환상 문학 연구에 많은 기여를 했다. 프랑스국립고등연구원(CNRS) 미학(철학) 부문 연구원장으로 재직했으며, 저서로 『비평의 비평』, 『산문의 시학』, 『상징의 이론』, 『러시아 형식주의』, 『구조시학』 등이 있다.

시학

뒤퐁록과 랄로가 주해한 현대적 시학

초판1쇄 펴냄 2022년 2월 28일

지은이 아리스토텔레스
서문 및 주해 로즐린 뒤퐁록·장 랄로
머리말 츠베탕 토도로프
옮긴이 김한식
펴낸이 유재건
펴낸곳 그린비
주소 서울시 마포구 와우산로 180, 4층
대표전화 02-702-2717 | 팩스 02-703-0272
홈페이지 www.greenbee.co.kr
원고투고 및 문의 editor@greenbee.co.kr

주간 임유진 | **편집** 홍민기, 신효섭, 구세주, 송예진 | **디자인** 권희원, 이은솔
마케팅 유하나, 육소연 | **물류유통** 유재영, 한동훈 | **경영관리** 유수진

이 책의 한국어판 저작권은 밀크우드 에이전시를 통해 저작권자와 독점 계약한 (주)그린비출판사에 있습니다.
저작권법에 의해 한국 내에서 보호를 받는 저작물이므로 무단전재와 무단복제를 금합니다.
책값은 뒤표지에 있습니다. 잘못 만들어진 책은 구입처에서 바꿔 드립니다.
ISBN 978-89-7682-675-6 03800

學問思辨行: 배우고 묻고 생각하고 판단하고 행동하고

독자의 학문사변행을 돕는 든든한 가이드 _그린비 출판그룹

그린비 철학, 예술, 고전, 인문교양 브랜드
엑스북스 책읽기, 글쓰기에 대한 거의 모든 것
곰세마리 책으로 통하는 세대공감, 가족이 함께 읽는 책